나루배를
낫 찾아서

나루배를
잇 찾아서

초판 1쇄 인쇄 2017년 1월 13일
초판 1쇄 발행 2017년 1월 16일
저 자 양형(梁衡)
발 행 인 김승일
펴 낸 곳 경지출판사
출판등록 제2015-000026호

판매 및 공급처 / 도서출판 징검다리/경기도 파주시 산남로 85-8
Tel : 031-957-3890~1 Fax : 031-957-3889
E-mail : zinggumdari@hanmail.net

ISBN 979-11-86819-38-8   03820

나룻배를 찾아서

양형(梁衡) 지음

김승일 · 채복숙 옮김

Korea Wisdom China

경지출판사
景智出版社

경계에 대한 추구
〈양형의 산문을 논하다〉

계흠림(季羡林)

季羡林

최근 수 년 간 나는 산문을 논하는 문장에서 이런 관점을 제기한 적이 있다. 중국 산문 문단에는 두 개의 유파가 있는데, 그중 한 유파는 산문의 교묘한 점은 '흩어졌다는 산(散)'자에 있다고 주장한다. 붓이 가는 대로 쓰다 보니 산만하고 자유로우며, 구조나 포석 같은 것이 필요 없다는 것이다. 나는 이런 유파를 잠시 '산만파'라고 부르겠다. 다른 하나는 이와 반대로 문장의 구성과 포석을 고려하며 글자마다 구절마다 갈고 다듬어야 한다는 것이다. 두보(杜甫)의 말처럼 "정교한 구상을 고심히 경영해야 한다(意匠惨淡经营中)"는 것이다. 이 유파를 '경영파'라고 부르겠다.

그러나 나는 중국문학사에서 산문 대가의 명작은 고심한 결과가 아닌 것이 없다고 말한 적이 있다. 그러니 나는 '경영파'라고 할 수 있고, 양형 또한 '경영파'에 속한다고 본다. 뿐만 아니라 그의 '경영'은 사상 내용적으로나 예술 표현적으로나 모두 일반적인 '경영'과는 다르다. 인물에 대해 쓴 산문을 볼 때, 겉모습조차 비슷하게 쓰는 것이 쉽지 않으므로, 본질적으로 흡사하게 쓴 작품은 최상의 작품이라 하겠다. 하지만 양형은 이에 만족해하지 않았다. 그는 더 높은 수준에 도달하기 위해 집요할 정도로 추구하였다. 그러면 그가 추구했던 것은 무엇이었을까? 이에 대해 필자는 꽤나 오랫동안 생각해 왔는데 줄곧 합당한 단어를 찾지 못했다. '경지(境地)'라는 단어를 사용할까 하고도 생각했지만 이것만으로는 부족하다고 느껴졌다. 그리고 또 '무드(意境)'라고도 생각했지만 이것 또한 부족하다고 느껴졌다. 그 외에도 '깊은 뜻(意蘊)', '정취(韵味)' 등을 생각해 보았지만 모두 부족하다고 느껴졌다. 이렇게 이리저리 생각을 하던 중 갑자기 왕국유(王国维)의 '경계(境界)'라는 말이 생각났는데 이것이면 잘 맞겠다는 느낌이 들었다. '경계설'은 왕국유가 사(词)를 논할 때 사용했던 발명품이었고, '인간사화(人间词话)'에서도 '경계'에 대해 말한 것이 많다. 즉, "사는 경계가 최상이다. 경계가 있는 것은 스스로 격이 높고 명구가 있다." "경(境)이란 경물만 말하는 것이 아니다. 희로애락도 사람 마음속의 한 경계이다. 그러므로 진정한 경물, 진정한 감정을 써낼 수 있어야만 경계가 있다고 할 수 있다. 그렇지 않으면 경계가 없다고 말한다." 등이 그것이다.

'경계'는 '성령(性灵)', '신운(神韵)' 등 문예이론 명사와 마찬가지로 일정한 모호성이 있으므로, 엄격하게 정의를 내릴 수는 없다. 하지만 총체적으로 보면 충분히 이해할 수 있는 것이다. 이것은 일깨움, 암시성, 포괄성이 풍부한 명사로서, 위에서 말한 '인간사화' 중 마지막 몇 구절이 우리에게 어느 정도 일깨움을 줄 수 있다.

지금부터는 양형의 산문을 예로 들어 말하고자 한다. 그의 명작인 《나루를 찾다, 나루를 찾다, 어디로 넘어가는가?》는 취추바이(瞿秋白)에 대해 쓴 작품이다. 취추바이는 재능이 넘치는 사람으로, 성격과 행동에는 적지 않은 모순이 있었다. 양형은 이러한 인물을 써내기 위해 6년이란 시간을 들여 구상했고, 취추바이 기념관을 세 번이나 방문했다.

하지만 곧바로 붓을 대지 못하고 있었는데 갑자기 '나루를 찾다'라는 개념을 잡게 되었던 것이다. 그러자 곧 경계가 섰고 붓놀림이 바람처럼 빨라졌으며 끝내 이 명작을 써낼 수 있었던 것이다.

양형은 머리 쓰기를 좋아하는 사람이고, 노력가이기도 하며, 또한 우국(忧国)의 깊은 마음을 가지고 있는 사람이기도 하다. 그와 이야기를 하려고 하면 역사를 논하든, 현실을 논하든 모두 나라와 민족에 대한 걱정을 떠날 수가 없다. 그가 이러한 정치적 포부를 아름다운 문학적 무드로 변화시킨 것은 쉽지 않은 일이라고 본다. 같은 시대 산문가들 중에서 이러한 경계를 추구할 수 있는 사람, 추구하려고 하는 사람은 양형 외에 아직 아무도 없다고 감히 말하는 바이다.

나의 산문관

양형

梁衡

사람은 왜 글을 쓰는가? 이에 대답하려면 "왜 글을 읽는가?"에 대해서부터 말해야 할 것 같다. 본질적으로 글쓰기와 열독(熱讀, 책을 열심히 읽는 것 – 역자 주)은 공급과 필요성의 관계이다. 음식을 섭취하는 것은 물질적 필요성에서 하는 행위지만, 열독은 정신적 필요성에 의해서 하는 행위이다. 이러한 필요성은 낮은 차원으로부터 높은 차원에 이르기까지 6개 차원이 있다. 즉 스릴, 휴식, 정보, 지식, 사상, 심미가 그것이다. 사람은 항상 정신적으로 이 여섯 가지를 추구한다. 그렇지 않으면 공허함을 느끼게 된다. 이는 마치 밥을 먹지 않으면 배고픔을 느끼는 것과 같다. 열독자들은 문화수양과 직업적 특성의 다름으로 인해 열독의 차원도 다르게 된다. 또한 같은 차원의 사람 혹은 같은 한 사람이라 할지라도 시간과 공간이 다르고, 기분이 다름에 따라 열독 내용도 달라질 수 있다. 예를 들면, 서재와 지하철에서 읽는 내용물이 다르다는 것을 들 수 있다. 심지어 마오쩌둥(毛泽东)조차도 호방한 유형의 글을 읽기 좋아한다고 말하면서도, 그러한 글을 한동안 읽고 나면 부드러운 유형의 글이 읽고 싶어진다고 했다. 그렇지만 또 한동안의 시간이 지나면 다시 호방한 유형의 글이 읽고 싶어진다고 했다. 이처럼 열독은 복잡한 정신적 회식이고 충전인 것이다.

열독이 복잡한 만큼 글쓰기도 복잡하다. 스릴을 만족시키는 것으로는 색정, 액션 등이 있고, 휴식의 필요성을 만족시키는 것으로는 여담, 유머 등이 있으며, 정보 필요성을 만족시키는 것으로는 신문이 있다. 또 지식의 필요성을 만족시키는 것으로는 전문적인 도서나 혹은 관련 지식 보급용 읽을거리가 있고, 사상적 필요성과 심미적 필요성 이 두 고차원의 필요성을 만족시킬 수 있는 것으로는 전문적인 사상 이론서나 미학 관련의 읽을거리가 있다. 또한 이런 것들은 기타 유형의 읽을거리에서도 체현될 수 있다. 산문은 형식적으로는 짧지만 취지가 고상하고 우아하다. 실용문이 아니므로 실무적인 것을 추구하지 않으며 전적으로 추상적인 경지를 추구하므로, 주로 사람들의 사상과 심미 이 두 가지 높은 차원의 필요성을 만족시킨다. 하지만 이러한 산문은 반드시 그 미나 이치를 보여 줄 수 있어야 한다. 사상과 미감을 위해 글을 쓰는 것은 동서고금으로 예외인 경우가 없었다.

나는 산문이 정보나 지식만 전달한다면 문장이라 할 수 없다고 본다. 문(文)이란 문(纹, 무늬)이므로 꽃무늬가 있어야 하고 아름다워야 한다. 또한 문장은 사람의 정신세계를 오가는 방주이므로, 그 쓰는 주체나 열독하는 주체 모두가 사상이 있는 사람이므로 새로운 사상, 개성이 있는 사상을 전달해야 한다고 본다. 그래야만 필자는 토로하고 나서 속 시원한 감을 느낄 수 있고, 독자는 열독에서 유익한 것을 얻을 수 있다. 산문이 스릴만 추구하는 것은 취할 바가 아닌 것이다. 휴식이나 정보, 지식을 전달하는 것도 그다지 특징 있는 것은 아니다. 풍경이나 사건을 묘사할 수도 있고 정보나 지식 등을 전달할 수도 있지만, 이러한 것들은 모두 산문이 추구하는 목적이 아니기 때문이다. 만약 이러한 목적만을 추구한다면 기타 문체도 이러한 목적에 다달은 것도 가능하다. 산문에서 풍경이나 사건, 지식은 모두 캐리어일 뿐, 최종 목표인 사상과 미감에 귀결돼야 한다. 한편 글에서 이 양자를 모두 쓸 수도 있고, 각자 치중하는 바가 있을 수도 있으며, 혹은 한 가지만 추구할 수도 있다. 예를 들면, 왕발(王勃)의 '등왕각서(滕王閣序)'는 긍정적인 사상은 얼마 없지만, 그 미감은 변하지 않으므로 항상 선택하는 사람이 있게 마련이다. 하지만 이 양자 중 어느 하나도 구비하지 못했다면 그것은 문장이 아니고, 문학도 아니다. 그저 꾸밈없는 실용문이거나 혹은 술수를 부린 교묘한 문장이라 밖에는 할 수가 없는 것이다.

이 두 가지 기준을 체득한 후부터 나는 이러한 것들을 추구해 왔다. 이 목표에 따라 소재를 고르고, 가공하고 다듬었다. 내 전기의 산문은 주로 풍경을 쓴 것이지만 심미에 치중했다. 후기에 쓴 산문은 이성에 치중점을 두었으며 정치와 역사, 인생과 사회를 썼고, 사람의 사상과 인격을 발굴해 내는 데에 중점을 두었으며, 이러한 인식을 가지고 글을 썼다.

때로는 평탄하고, 때로는 교묘하고, 아름다운 것을 추구하기도 하고, 새로운 것을 추구하기도 하는 것이야말로 좋은 글이다. 수십 년 동안의 산문 창작에서 나는 줄곧 이러한 원칙을 추구해 왔고 실험해 왔다. 이제 그러한 나의 추구함을 시험하려는 두근거리는 마음으로 첫 자선집(自选集)을 독자들 앞에 내놓는 바이다.

2004년 2월 12일

차례

큰 정과 이치

역사는 거울과 같다

산하는 나 같아라

12

이성적인 인생

역외 풍경

예술과 문학을 위하여

큰 정과 이치

나루터를 찾다, 나루터를 찾다,
어디로 건너갈 것인가?

창저우(常州) 성내의 그다지 크지 않은 취추바이(瞿秋白) 기념 관을 나는 세 번이나 찾은 적이 있다. 처음으로 그 검고 낡은 가옥을 찾았을 때부터 나는 뭔가 글을 쓰고 싶었다. 하지만 6년이란 세월이 흘렀지만 나는 여전히 그 글을 써 내지 못했다. 취추바이는 참으로 미스터리한 사람이다. 그의 생각은 광대하고도 심오하여 종잡을 수가 없어서 그에 대한 글을 쓸 수가 없었다. 하지만 결코 붓을 내려놓게 하지도 않았다. 작년 내가 세 번째로 취추바이의 옛집을 방문했을 때는 마침 그가 희생된 지 60주년이 되는 해여서, 지방과 베이징(北京)에서는 그에 대한 세미나를 준비하고 있었다. 그는 희생될 때 36살이었는데, 사람들은 이미 60년이나 그를 기념해 왔으며 앞으로도 계속해서 기념해 갈 것이다. "그가 공산당의 영수였다는 까닭 때문이었을까?" 아니면 "그의 문학적 성과를 기리기 위한 것일까?" 또 아니면 "그의 재기를 기리기 위한 것일까?" 이 모든 것이 그를 평가하는데 모두가 옳으면서도 그렇다고 완전히 그런 것만도 아니다. 그의 짧았던 인생은 마치 영원히 다 읽을 수 없는 명화와도 같았다.

취추바이
(1899. 1. 29 ~ 1935. 6. 18)

내가 처음으로 취추바이 기념관에 간 것은 1990년이었다. 취추바이 기념관은 본시 취 씨네 옛 사당였는데, 이 사당 앞에는 원래 강이 흘렀다고 한다. 이 강 이름이 '멱도하(覓渡河)'라고 했다. 강 이름을 듣는 순간 나는 깜짝 놀랐다. "나루터를 찾다, 나루터를 찾다, 어디로 건너갈 것인가?" 취추바이는 직업 혁명가로서 자부했었다. 하지만 이 나루터에서 출발한 그는 끝내 건너갈 길을 찾아내지 못했다. '8·7회의' 후, 그는 백색 테러 속에서 유약한 선비의 어깨에 전 당을 통솔하는 무거운 책임을 짊어지고, 무장 투쟁을 호소했다. 하지만 곧 왕밍(王明)에게, 자기 편 사람에 의해 타도되었고, 영원히 중용하지 않는다는 결론이 내려졌다. 그 후 장정 시기에는 병이 있다는 이유로 북상하는 길에 데리고 가지 않았다. 하지만 그보다 나이가 더 많고, 몸이 더 허약한 쉬터리(徐特立), 셰자오자이(謝覺哉) 등도 모두 무사히 산베이(陝北)에 도착해 건국 후까지 살았다. 그는 사실 국민당에 피살된 것이 아니라 '좌'경 노선에 의해 살해당한 것이다. 자기 편 사람에 의해 목이 눌려졌고 적이 와서 베어가게 한 거나 다름없다. 그는 독백을 하면서 태연히 형장의 이슬로 사라졌던 것이다.

만약 취추바이가 리쿼이(李逵) 식의 인물로, "베어라, 20년 후면 또 다시 호걸로 태어날 것이다"라고 했으면 사람들이 그를 잊었을 지도 모른다. 하지만 그는 서생으로 전형적인 중국 지식인이었다. 그의 사진을 보시라. 얼마나 청수하고 창백한 얼굴인가. 그는 원래부터 총칼을 만질 사람이 아니었다. 그가 황포군관학교(黃埔軍校)에서, 상하이대학(上海大学)에서 강의를 할 때, 그의 뛰어난 재주(才華)는 빛을 뿌렸고 강당은 강의를 들으려는 사람들로 빼곡했다. 심지어 학교의 교사들마저도 비집고 들어와 강의를 듣곤 했다. 후에 이름난 작가가 된 딩링(丁玲)도 이 시기에는 강단 아래에서 눈을 크게 뜨고 그의 강의를 듣곤 했다. 취추바이의 문재는 한 세대를 믿고 따르게(信服)했다. 훗날 문화사(文化史)의 전문가이며 신중국 문화부 부부장이 된 정전둬(郑振铎)는 당시 결혼 준비를 하면서 취추바이에게 도장을 새겨줄 것을 부탁했다. 취추바이에게 줄 도장 새기는 값은 50위안이었는데 정씨는 그 돈을 낼 수가 없어서 모순(茅盾)에게 부탁했다. 결혼식 날, 취추바이는 손수건으로 싼 작은 물건을 들고 와 50위안을 선물한다고 말했다. 이에 정씨가 황공해마지 않으며 받아서 열어 보니 돌 도장(石印) 2매가 들어 있었다. 당시 그의 전각(篆刻) 수준이 어느 정도였는지를 알게 해주는 장면이다. 취추바이는 당 내에서 배척을 당해 지도자 위치를 떠난 후, 글을 쓰기 시작했는데 불과 몇 년 사이에 500여 만자에 달하는 저술과 번역 작품을 내놓았다. 루쉰(鲁迅)과 취추바이가 서로 존중하고 우의를 다진 것은 마치 마르크스와 엥겔스 사이처럼 완미했다. 취추바이 부부는 상하이에 가면 루쉰 네 집에 묵었는데, 루쉰과 쉬광핑(许广平)은 마루에서 자면서 침상을 그들 부부에게 내줬다. 취추바이가 체포되자 루쉰은 즉각 구원활동을 조직했고, 그가 희생된 후에는 직접 그를 위해 문집을

편집했는데, 장정과 책 재료는 모두 당시 일류였다. 루쉰, 모순, 장전 뒤 등 현대 문화사상 최고위층들과 비견되는 그는 자신의 문화적 가치를 모를 리 없었으며 응당 서재에서 그 가치를 실현해야 했다. 하지만 그는 그렇게 하지 않았다. 인민이 도탄 속에서 허덕이는 것을 목격하고 당이 멸망의 변두리에 이른 것을 목격한 그는 팔을 휘두르며 암흑의 나락으로 뛰어들었다. 사회의 전진을 위해 한 걸음이라도 밝게 비춰줄 수 있다면 그는 의연히 온몸을 불태워 밝히려 했던 것이다. 당시 그의 러시아어 수준은 전 중국에서도 일류였는데, 러시아 문학명작들을 중국에 소개하겠다고 발원한 적이 있다. 그가 희생된 후, 루쉰은 " '죽은 넋'은 취추바이가 번역하는 것이 제일 적합한데……" 하며 감개무량해 했었다고 한다. 나는 이로부터 다른 한 가지 일을 연상할 수 있었다. 취추바이와 동 시대의 사람으로 량스취우(梁实秋)라는 이가 있었다. 그는 항일전쟁이 고조되어 가는 기간에도 한가한 글을 써서 좌익 작가들에게 '항전무관론'이라는 비평을 받았다. 이에 그는 "마음이 급하면 식칼로 살인할 수도 있겠지만, 필경 살인은 식칼의 사명이 아니다"고 하며 스스로를 변명했다고 한다. 그는 줄곧 '순수문학'을 해왔고 후에는 확실히 매우 큰 성과를 거두었는데, 혼자 독립적으로 《셰익스피어전집》을 번역해 내기까지 했다. 현재 우리가 너그럽게 량스취우의 공헌을 인정할 때, 취추바이처럼 식칼로 국민을 구하려고 한 사람, 심지어는 자신의 주옥같은 몸으로 불 속에 뛰어든 사람을 잊어서는 안 될 것이다. 만약 그렇게 하지 않았다면, 그 식칼을 남겨 두었더라면, 청산을 남겨두고 땔감을 키웠더라면, 그는 문단에서 또 다른 량스취우 심지어는 열 사람의 량스취우가 되었을 지도 모른다. 하지만 그는 그렇게 하지 않았다.

만약 취추바이의 지조가 그의 몸처럼 연약했다면, 체포되자마자 곧 자백하고 죄를 인정했더라면 역사는 벌써 그를 잊었을 지도 모른다. 혁명 역사를 볼 때 영웅도 많았지만, 변절자 또한 결코 적지 않았다. 공산당의 총서기였던 향충파(向忠发), 정치국 위원이었던 구쉰장(顾顺章)은 모두 노동자 계급이라는 좋은 출신이었지만 이들은 체포되자마자 곧 자백하고 말았다. 그 외에도 천공보어(陈公博), 저우훠하이(周佛海), 장궈타오(张国焘) 등과 같은 고위층도 많이 열거할 수 있다. 하지만 취추바이는 그 연약한 몸으로 태산이 무너져도 끄덕하지 않는 영웅의 전기를 써냈다. 갓 체포됐을 때 적들은 그의 신분을 잘 몰랐다. 이에 그는 의사라고 자칭했고, 옥중에서도 책을 읽고 글을 썼기에 간수장마저도 그에게 진료를 청구할 지경이었다. 그는 확실히 서생이고, 화가이며, 의사였다. 이름만 가짜였을 뿐 그의 이러한 신분은 그 어느것 하나도 가짜가 아니었다. 이때 상하이의 루쉰 등은 방법을 강구하여 그를 구하려고 했지만, 그의 강의를 들었던 한 변절자가 그를 알아보고는 특무원이 무방비한 틈을 타서 "취추바이!"하고 갑자기 이름을 불렀다. 하지만 그는 전혀 반응하지 않았다. 그러자 특무원들은 변절자를 그와 대질시키자 취추바이는 담담히 웃으며 말했다. "기왕 당신들이 나를 알아보았으니, 별 수 없구려! 내가 바로 취추바이요. 과거에 내가 쓴 공술은 소설인 셈 치고 읽으시오"라고 말했다. 장제스(蔣介石)는 취추바이를 잡았다는 소식을 듣고 송시롄(宋希濂)에게 급전을 띄워 처리하라고 했다. 송시롄은 황포군관학교 시절 그의 강의를 들은 적이 있으므로, 학생의 예를 갖추어 사생(師生)의 정으로 투항을 권고하면서 군의관을 파견해 병을 치료해 주었다. 하지만 이미 죽음을 결심한 그는 "고통을 덜어주겠다는 것은 좋지만, 병을 완치시키는 것은 필요 없네"하고 담담히 말했다. 한 사람이 생사의 대의를 깨쳤다면 최고의 강함과 최고의 여유로움을 얻게 된다. 이는 육체의 인내력과 감정의 몰입만으로는 도달할 수 없는 것으로, 이성의 힘은 마치 궤도가 뻗어 나가는 것처럼 확고부동한 것이다. 진정한 지식인은 줄곧 이치에 따라 행동해 왔다. 이른바 선비는 죽일 수는 있어도 모욕을 당할 수는 없다는 말이다. 원톈샹(文天祥)은 체포된 후 물에 뛰어들거나 벽에 부딪치는 등 오직 죽기만을 바랐다. 루쉰은 공감을 받은 후 외출할 때면 열쇠를 지니지 않음으로써 불귀의 의지를 밝혔다. 마오쩌둥(毛泽东)은 주즈칭(朱自清)이 굶어 죽더라도 미국의 구제양식은 먹지 않겠다는 기개를 찬양했다. 취추바이는 바로 이렇게 전형적인 자유의 단계에 다다랐던 지식인이었다. 장제스는 온갖 위협과 회유가 먹혀들지 않자 총살 명령을 내렸다. 사형 집행 전 취추바이는 '국제가'를 부르고 홍군 가곡을 부르며 태연히 형장으로 향했다. 그는 '중국공산당 만세'를 높이 부르고, 책상다리를 하고 앉아서 총을 쏘라고 했다. 체포되어서부터 희생될 때까지 조그만치도 죽음에 대한 두려움 같은 것이 없었다.

만약 취추바이가 구호를 부르며 혁명을 위해 몸을 바친 것으로 끝났다면, 사람들은 이렇게 오랫동안 그를 기리고 연구하지는 않았을 것이다. 그는 사형 당하기 전에 급히 '불필요한 말(多余的话)'이라는 글을 쓴 적이 있다. 이는 일반 사람이 보기에는 진짜 불필요한 일일 수도 있는 것이었다. 이러한 것들을 통해 우리는 그의 짧은 투쟁 인생이 얼마나 굳건했는지를 알 수 있다. 국공합작(国共合作)기간에 국민당 우파에 대한 비판과 당내 천두시우(陈独秀) 등 우경노선에 대한 그의 비판은 얼마나 예리했던가, '8·7'회의를 주관하면서 무장투쟁을 결정한 그의 공적은 영원히 역사에 길이 남을 것이다. 감옥에서 적들과 태연히 투쟁하고 마지막에 용감히 희생되었던 것은 천지도 눈물을 흘리고 귀신도 감동할만한 일이었다. 이 얼마나 완미한 마침표인가! 하지만 그에게 있어서는 아니었다. 그는 자신이 한없이 보잘것없다고 느꼈으며, 당의 영수라는 칭호를 받는 것도 부끄럽다고 생각되어 해부도로 자신의 영혼을 자세히 해부하고 분석했다. 다른 사람이 보는 그는 빛나는 밝은 결론이었지만, 그 자신은 이 빛나는 부분 전의 암담함 혹은 그 빛나는 부분 뒷면에 숨은 그림자를 끄집어냈던 것이다. 이 또한 놀라운 평정심이 없고서는 불가능한 일이었다. 적이 그에게 병 치료를 해주겠다고 할 때, 필요 없다고 말한 것과 같은 그런 맥락이 아니겠는가? 그는 자신의 생명까지도 가볍게 대할 수 있었다. 그는 또 허명을 가볍게 보았다. 그는 자신이 지방 세도가에서, 옛 문인으로부터 혁명으로 향한 사람으로 신구 투쟁에서 고민했고, 문학에 대한 애호와 정치적 책임을 선택하면서 고민했다고 말했다. 그는 앞으로는 옛 문인이 없어질 것이라고 말했다. 왜냐하면 그가 이 전형, 이 고통스러운 개조 과정을 여실히 기록해 후세에 남길 것이기 때문이었다. 그는 "광명과 화염이 지심(地心, 지구 중심-역자 주)을 뚫고 나오려면 몇 번의 시험을 거쳐 앞으로의 길을 탐색하고 자신의 힘을 단련시키는 것은 피할 수 없는 일이다"라고 말했다. 이 '불필요한 말'에서 그는 자신의 영혼을 해부했을 뿐만 아니라, 사후 자신의 시체를 해부할 것을 부탁했다. 왜냐하면 그는 오랫동안 폐병을 앓아온 사람이었기 때문이다. 그는 이렇게 위대하면서도 사심이 없는 사람이었다. 이 세상에는 얼마나 많은 사람들이 갖은 애를 다 써서 자신의 역사를 치장하고 자신의 어두운 면은 감추고 좋은 면만 드러내 놓으려 하는가? 특히 지위가 높은 사람일수록 이렇게 하기를 좋아하고 또 옆 사람들이 그렇게 하도록 도와주고 있다. 이른바 윗사람을 위해 기휘(忌諱, 두려워 피함—역자주)하는 것이 아닌가? 하지만 그는 그렇게 하지 않았다. 사람들은 영도자로서의 그가 내외적으로 모두 철저히 붉기를 바랐다. 하지만 그는 고집스레 그러지 않았다. 그는 자신이 여러 가지 색깔을 가지고 있다고 말했다. 일반 사람들이 인생을 혁명 속에 투입했다면, 그는 혁명을 인생 속에 투입시켰던 것이다. 혁명은 그의 인생 실험의 일부분이었다. 사람들이 그의 사업 성과만을 보고, 그가 태연히 희생되는 것만을 보았다면, 그는 단순히 평원에 자리 잡은 높은 산이라 불리어졌을 것이며, 사람들의 숭경을 받아마지 않는 대상이 되었을 것이다. 하지만 그가 스스로 자신을 해부한 것을 보면, 그는 깊은 계곡 속에서 솟아 오른 높은 봉우리이며, 이 봉우리는 또 바람이 노호(怒號, 성내어 부름—역자 주)하고 기세가 험준하여 사람들로 하여금 더 많은 사색을 하게 만들었던 것이다. 그는 내심이 종횡으로 교차되기도 했지만 백지처럼 전혀 거리낌이 없는 사람이기도 했다.

나는 이 낡은 사당을 해마다 왔다 가기를 반복했다. 그리고 과거 이 사당 앞을 흘러 지났을 그 작은 강과 그 강 위에서 오르내리며 나루터를 찾았을 작은 배를 상상했다. 취추바이는 바로 이런 곳에서 출발해 상하이(上海)에 가서 학교를 세웠고, 루쉰을 만났으며, 광저우(广州)로 가서 국공합작에 참여했고, 손중산(孫中山)을 만났다. 그리고 소련에 가서 기자 생활을 했고, 공산당 국제회의에도 참석했다. 한커우(汉口)에 가서 '8·7회의'를 주관했고, 무장투쟁을 개시했다. 장시(江西) 소비에트 구역에 가서 교육임무를 주관했다. 그의 짧은 인생은 이처럼 항상 갈 길이 바빴다. 집에서 나와 배에 오를 때 그는 꼭 "들녘 나루엔 인적이 없어 배만 홀로 가로 놓였구나(野渡无人舟自横)"라는 시구와 "비단 치마 자락 살며시 걷어 올리고 홀로 조각배에 올랐어라(轻解罗裳, 独上兰舟)"라는 시구를 생각했을 것이다. 이 얼마나 편안한 생활이고, 아름다운 시구이며, 조용한 항만인가! 그는 '불필요한 말(多余的话)'에서 문학에 대한 자신의 열애를 여러 차례 표현했다. 그는 얼마나 그 나루터에 내리고 싶어 했을까? 하지만 그는 끝내 그러지를 못했다. 그는 오직 죽는 그 시각까지 생명의 귀결점을 탐색했다. 그는 일생동안 나루터를 찾았지만 마지막까지 그 어느 나루터에도 내리지 못했다. 이는 비극이 아닐 수 없다. 하지만 바로 이러한 비극적 유감이 그의 생명의 한 배, 두 배, 열 배의 세월을 두고 그를 기리게 하는 원천이리라. 만약 처음부터 혁명에 뛰어들지 않았다면, 자신의 천부적 재질을 발휘해 조금만 잘 가꾸었더라도 그는 이름난 작가, 번역가, 금석가, 서법가 혹은 명의가 되었을 지도 모른다. 량스치우, 쉬즈마(徐志摩)가 후세 사람들의 추앙을 받고 있는가? 혁명에 뛰어든 후에도 다시 뱃머리를 돌려 학문을 했더라면 여전히 문단의 태두가 되었을 지도 모른다. 그와 동 시대의 천왕다오(陈望道)도 원래는 천두슈와 함께 공산당 건립에 참여했던 사람인데 후에 혁명에서 물러났다. 그 후 그는 수사(修辞)를 연구했고 '수사학발범(修辞学发凡)'이란 저작을 내놓아, 중국 수사학의 제1인자가 되었으며, 사람들은 그를 기억할 수 있게 되었다. 하지만 취추바이는 그렇게 하지 않았다. 마치 미녀가 배우 노릇을 하지 않고, 키 큰 사람이 농구를 하지 않는 거나 다름없었다. 그는 다른 것을 구하려 했지만 결국 구하지도 못했고, 심지어 사람들의 오해까지 받았다. 만약 한 사람이 재능이 없다면 어쩔 수 없다지만, 혹은 한 가지 재능이 있어서 한 가지 일을 해냈다면 몰라도, 그는 충분한 재능이 있으면서도 한

나룻배를 찾아서

가지 일밖에 해내지를 못했다. 혹은 한 가지 일도 해내지 못했다고도 할 수 있으니, 후세 사람들이 애석해 하지 않을 수 없는 것이다. 악비 (岳飛)의 시를 보시라, 그는 문학적 재능이 뛰어난 사람이지만 후세 사람들은 그의 무공 밖에는 기억하지 못한다. 또 신기질(辛弃疾)은 무예가 뛰어났고, 젊은 시절 1만 명의 의병을 거느리고 금(金)나라에서 송(宋)나라로 찾아왔지만, 남송정부에서 그를 기용하지 않았으므로, "취중에도 등불을 밝혀 칼날을 살피고, 일어나면 병영을 깨우는 나팔을 분다(醉里挑灯看剑, 梦回吹角连营)"는 시를 지을 수밖에 없었던 것이다. 이에 후세 사람들은 그의 시재 밖에는 알지를 못한다. 취추바이는 문인으로서 정치를 했고, 그 정치에서 실패하여 다시 인생을 되돌아보게 되었다. 그가 다만 의기롭게 정의를 위해 희생됐을 뿐이라면, 아무 것도 더 말하지 않았더라면, 역사의 연륜 속에 묻혀버렸을 지도 모른다. 하지만 그는 보기에도 불필요한 말을 하였다. 그는 탐색하는 과정이 도달한 결과보다 더 중요하다고 했다. 마치 패배한 항우(项羽)가 도망을 치다 강가에 이르러 나룻배를 발견하였지만 강을 건너지 않았던 것처럼. 항우가 만약 유방(刘邦)에게 피살됐거나 혹은 실패 후 오강(乌江)을 건너갔더라면, 강가에서 자결한 것처럼 그렇게 깊은 역사적 여운을 남기지는 못했으리라. 항우는 삶의 희망 앞에서 자결의 검을 빼들었고, 취추바이는 영웅의 이름을 길이 남길 수 있는 관두에서 자신을 향한 해부의 칼을 들었다. 그들은 모두 곧 고착될 생명의 가치를 다른 한 차원으로 끌어 올렸던 것이다. 그야말로 "철인은 성공 가능한 일도 버림으로써 마음의 성취를 이룬다" 바로 그것이었다.

취추바이는 불후할 것이다!

1996년 6월 25일

한 위인의 생명 가치

얼마 전 저우언라이(周恩来) 동지 기념전시장에 갔었다. 전시장은 천안문 광장 동측 대회당 맞은편에 있는 역사박물관에 설치됐다. 전시장은 설치된 지 2년이란 시간이 흘렀지만 참관하러 오는 사람들이 여전히 개최 첫날처럼 많았다. 전시장에는 저우언라이가 학생 시절 톈진(天津), 베이징(北京)에서 5·4운동에 참가하면서부터 혁명을 위해 투쟁한 마지막 순간까지의 근 1만 건에 달하는 전시품이 전시되어 있었다. 이러한 문물들은 총리의 일생을 진실하게 기록하고 있었다. 전시품들은 조용히 사람들 앞에 전시되어 그를 그리워하는 수많은 사람들의 마음을 보듬어 주었다.

총리의 공훈은 사람마다 칭송해마지 않는다. 하지만 총리가 도대체 얼마만한 업적을 쌓았는지는 누구도 모른다. 전시품 중에는 《경찰청 구류기》란 책이 있었다. 이미 낡아서 누렇게 색 바래고 손상된 책이었다. 이는 저우언라이가 5·4운동 시기 톈진의 '각오사(觉悟社)'를 영도하여 투쟁하다가 체포된 후 감옥에서 쓴 것이다. 이 책은 주인공이 중국혁명 계몽시기 투쟁의 최전선에서 용감하게 싸운 역사를 진실되게 기록하고 있다. 해방 후 누군가 노점에서 이 책을 발견하고 총리에게 매입할 것을 요청했었다. 당시 총리는 이 책의 매입을 반대했다. 그 외 전시품들 중에는 또 총리가 직접 수정한 적 있는 '8·1봉기'의 대강(大綱)이 있었다. 이 대강에는 "저우언라이 동지를 위수로 하는 전방위원회"라는 구절이 있는데, "위수로 하는" 말 뒤에 '당의'란 두 글자가 보충되어 있었다. 그리고 '저우언라이 동지'라고 쓰여진 구절은 모두 '저우언라이 등 동지'라고 고쳐졌거나 아니면 구체적으로 주더(朱德), 허룽(贺龙), 예팅(叶挺) 등 동지라고 보충되어 있었다. 이러한 전시품들을 보면서 나는 나 자신도 모르게 과거 '8·1영화제작사'에서 '8·1봉기'를 소재로 영화를 제작하겠다고 했을 때, 총리가 끝내 비준하지 않았던 일들이 떠올랐다. 이뿐만이 아니었다. 총리는 자료를 위한 촬영마저도 거절하곤 했었다. 총리가 이처럼 겸허하지 않았다면 오늘의 이 전시장에는 이처럼 많은 문물이 전시되어 있지 않을지도 모르는 일이었다.

총리는 업무가 하도 많아 밤낮으로 쉴 틈이 없었다. 이는 모든 사람이 다 아는 일이다. 하지만 이보다 더한 고생을 했다는 걸 사람들은 잘 모른다. 전시품들 중에는 이상하게 생긴 작은 탁자가 있었다. 탁자의 네 다리는 가늘고 상 위는 조금 경사졌으며 테두리가 둘러져 있었다. 이는 그가 공문을 보는데 사용하던 탁자였다. 총리는 힘들 때면 의자에 기대거나 혹은 침상에 기대어 공문을 보았는데, 그럴 때면 무릎 위에 책 몇 권을 받침대 삼아 놓거나 혹은 합판 같은 것을 놓곤 했었다. 후에 부인인 덩잉차오(邓颖超)가 직접 이 탁자를 설계했다고 한다. 총리는 병원에 입원한 후에도 이 탁자를 이용해 번잡한 정무를 처리했었다. 당시 우리는 총리가 병원에서 외빈을 회견했다는 뉴스를 보긴 했지만, 이렇게 닳아 떨어진 탁자를 이용해 억척스레 일했으리라고는 생각하지도 못했다. 전시장 벽에는 또 이런 공문서가 전시돼 있었다. 1975

년 3월 1일 새벽, 신화사에서 '2·28'봉기 27주년 기념 소식을 발표하기 위해 총리에게 서면으로 지시해 줄 것을 요청했다. 당시 총리는 병상에 있으면서도 아주 자세하게 지시를 내렸으며, 신속히 신문을 주관하던 야오원위안(姚文元)에게 보내도록 했다. 그런데 그 시간에 야오원위안은 잠에 곯아떨어져 있었다. 그래서 이 공문 서류에다 야오원위안 집무실에 있던 직원이 "휴식 중이므로 공문서를 읽지 않았음"이라고 적어놓았다. 이 탁자와 공문서, 그리고 그 공문서 위에 쓰여 진 글을 보면서 만감이 교차했다. 바로 이 시기 장칭(江青)은 툭하면 총리의 병실을 찾아가서 소란을 피웠고, 왕홍문(王洪文)은 총리가 링거를 맞고 있는데도 반드시 전화를 받아야 한다고 종용하기도 했었다. 루쉰 선생은 앞뒤로 적의 공격을 받아 '완강한' 전투를 해야 한다고 말했었는데, 총리의 만년도 어찌 그와 마찬가지가 아니라고 할 수 있겠는가?

8억 인민의 총리로서 그는 큰 권리를 가지고 있었지만 겸손하고 온화했으며, 근검하고 소박했다. 이는 우리가 상상하기도 어려운 일이다. 또 이렇게 쓰여 진 영수증이 있었다. "고진박(주 총리)의 식량 배급표 넉 냥, 인민폐 25전을 받았음." 영수증에는 또 '25전'을 '30전'이라고쳐 쓰여 있는 것도 있었다. '문화대혁명' 기간 총리가 어느 한 학교에 가서 학생 식당에서 식사를 했는데, 취사원이 그를 위해 특별히 국 한 그릇을 더 준비했었다. 다른 학생들에게는 국이 차례가 가지 않은 것을 본 그는 그 국을 학생에게 사양하고 자신은 끓인 물을 마셨다. 식사 후에는 경호원들에게 식량 배급표와 부식비를 내게 했다. 그런데 영수증에 국 값이 매겨져 있지 않은 것을 보고 5전을 더 내도록 했다. 이 평범한 영수증은 위대한 인물의 평범함을 확실하게 보여주는 예증이다. 전시품들 중에는 또 잠옷 하나가 있었다. 이것은 1951년에 만든 것인데, 총리는 세상을 떠날 때까지 이 잠옷을 입었다. 표지판에는 이 잠옷이 흰 바탕에 남색 체크무늬가 있는 플란넬 소재라고 쓰여 있었다. 하지만 내가 눈을 아무리 크게 뜨고 봐도 잠옷은 흰 천으로 된 것만 같아 보였다. 그럼 남색은 어디로 가버린 걸까? 그리고 플란넬은 또 어디로 가버린 걸까? 총리는 국가와 국민의 운명을 걱정하여 낮에는 정무 때문에 바삐 보냈고, 밤에는 뒤척거리며 잠을 설치곤 했다. 그렇게 20년 세월을 입었으니 색깔과 플란넬 소재가 닳아 떨어지지 않을 리가 없었다. 위대한 인물의 비범한 재능과 청빈한 생활을 잘 보여주는 증거였다. 동서고금을 막론하고 총리 외에 또 어디서 이런 인물을 찾아볼 수 있을까?

전시장의 끝 부분 진열장에는 세 가지 문물이 진열되어 있었다. 하나는 총리가 생전에 늘 달고 다니던 마오쩌둥 휘장인데, 붉은 바탕에 금빛으로 "인민을 위해 복무하자"는 글자가 새겨져 있었는데, 광채가 나서 사람들의 이목을 끌었다. 다른 하나는 총리가 사용하던 탁상용 달력인데 1976년 1월 8일이라는 날짜를 펼치고 있었다. 그리고 또 다른 하나는 총리가 생전에 착용하던 손목시계였다. 이 손목시계는 아주 일반적인 '상하이'패인데 나일론 시곗줄이 여러 곳이나 헤어져 있었고 한 토막이나 끊어져 나가있었다. 시침은 9시 58분을 가리키고 있었다. 이는 청천벽력과도 같은 시각이었고 지금도 사람들의 아픔을 불러일으키게 하는 시각이다. 나는 나도 모르게 뜨거운 눈물이 두 볼을 적시는 것을 느꼈다. 총리께서는 얼마나 많은 포연에 휩싸였던 날들을 보내셨고, 땀으로 얼룩진 날들을 넘기셨습니까? 당신의 심장은 인민의 맥박과 더불어 거의 한 세기를 뛰어 오셨습니다. 당신은 나라를 구하기 위해서는 옥살이 하는 것도 두렵지 않다고 뜻을 세우셨지요, 당신은 상하이 노동자들을 불러 일으켜 봉기를 하셨고, 남창봉기를 하시는 등 항상 포화를 피하지 않았습니다. 당신은 충칭(重庆)에서, 난징(南京)에서 적들 속에 깊숙이 들어가 있었으나 언제나 적들을 두려워하지 않았습니다. 중병에 걸린 날들에도 의무관들에게 "병상에 대해 사실대로 알려 주시오, 나는 아직도 많은 일들을 인계해야만 하오"라고 하셨지요. 당신은 항상 인민을 위해 헌신할 준비가 되어 있었습니다. 당신은 끝내 모든 걸 내놓으셨습니다.

전시장에서 나오니 이제 방금 본 것이 한 사람의 평생에 대한 전시가 아니라 책을 읽은 느낌, 강의를 들은 느낌이었다. 많은 철리들이, 많은 문제들이 머리속에서 감돌았다. 천안문 광장의 타일을 밟으며 발길 가는 대로 걷노라니 갑자기 '삼국연의(三国演义)' 속의 이야기가 떠올랐다. 제갈량(诸葛亮)이 죽은 후에도 태연하게 위나라 병사들의 공격을 물리쳤다는 이야기이다. 이야기의 진위를 고증할 필요까지는 없다. 이 이야기는 사람들이 어질고 재능 있는 사람의 죽음에 대해 얼마나 안타까움을 느끼게 하는지를 잘 보여준다. 그런데 바로 이러한 일이 1970년대 이 광장에서, 인민영웅기념비 아래에서 진정으로 발생했던 것이다. 총리가 우리의 곁을 떠난 후 맞이하던 첫 번째 청명절이었다. 당시 비록 적의 군대가 쳐들어 온 것은 아니었지만, 검은 구름이 온 도시를 덮고 있었다. 사람들은 포악한 세력을 두려워하지 않고 이 곳에 모여 생화와 상장, 시사(诗词)를 무기로 '사인방(四人帮)'을 향해 맹렬한 포격을 가했다. 당시 사람들의 감정이 들끓어 성토하는 장면은 중국 역사에서도 전에 없던 일이었다. 그럼 당시 누가 그들을 지휘 했던가? 아니 누구도 지휘를 한 적이 없었다. 다만 인민이 총리에 대한 사랑과 '사인방'에 대한 증오, 그리고 총리의 인민에 대한 사랑이 이 전대미문의 시위를 조직했던 것이다. 우리는 사람의 육체가 죽은 후 영혼이 있다고는 믿지 않는다. 하지만 위인의 사상은 영원히 사라지지 않을 것이다. 총리는 심장이 박동을 멈춘 후에도 여전히 영도자로서의 역할을 발휘하였던 것이며, 인민이 계속 싸우고, 그가 완성하지 못한 대업을 계속하도록 지휘하였던 것의 역사가 전진하도록 하였던 것이다.

이것이 바로 한 위인의 생명의 가치라고 할 수 있는데, 이러한 가치는 무궁무진하고 헤아리기 어려운 위대한 것이라는 것을 그 누구나 알 것이다.

1978년 12월 8일

황토지(黃土紙)에 찍힌 붉은 손자국

나는 일찍 태어나지 못한 관계로 농촌의 토지개혁을 경험하지 못했고, 합작화는 어렴풋하게만 기억이 날 뿐이다. 하지만 기세 드높았던 '대약진운동', '인민공사', '4청운동', '농업에서 다자이(大寨) 따라 배우기' 및 '4인방' 타도 후 개혁 개방으로 인해 농민들이 다시 변화하며 부를 쌓고 집을 지어 가는 일들은 모두 직접 경험하였다. 게다가 나는 어려서부터 농촌에서 성장했고, 후에는 기자 생활을 하면서 농촌에 묻혀 있었으므로 스스로 농촌에 관한 일과 농민들의 마음은 잘 안다고 생각했다. 또한 농촌이나 농민들과의 관계가 밀접했으며 그들과 천 갈래 만 갈래로 얽혀 있고 통하는 바가 있었다. 하지만 한 가지에 대해서만은 전혀 생각지 못했던 일이었을 뿐만이 아니라, 아주 놀라기까지 했다. 바로 안훼이(安徽)성 펑양(凤阳)현 샤오강(小岗)촌 18호 농민들이 토지를 도급 받아 농사를 짓기 위해 감옥에 들어갈 위험까지 무릅쓰면서 맹세를 하고 손도장을 찍은 일이 그것이었다. 사실 그들의 요구란 먹을 밥만 있게 해달라는 것이었고, 일할 수 있게 해달라는 것뿐이었다. 자신의 노동을 통해 얻은 성과로 배불리 먹는 것마저 법을 어기는 것이라는 문제는 참으로 많이 복잡하기도 하지만, 간단한 문제이기도 했고, 간단 하다고는 하지만 또한 복잡한 일이기도 하다. 어떤 실오라기가 1천 자나 되는 긴 오색 비단 두루마리를 풀어 헤치게 되었는지는 알 수가 없는 일이었다.

내가 처음으로 이 일을 알게 된 것은 덩샤오핑(邓小平) 동지가 서거한 후인 1997년이었다. 현대출판사에서 《덩샤오핑과 현대중국》이라는 책을 출판했는데, 여기에서 "덩샤오핑이 가장 먼저 중국농민이 창조한 이런 새로운 형태의 생산관계를 인정했다"고 소개하고 있다. 이 책에 의하면 덩샤오핑은 "펑양 북춤으로 유명한 그 펑양현에서 대다수 사람들이 토지를 도급 받아 농사를 짓는데 이는 지금까지와는 다른 경작 형태의 새로운 변신이다"라고 말했던 것이다. 책에는 당시 펑양 농민들이 쓴 보증서가 수록되어 있었다. "농호가 토지를 도급 맡아 경작하게 된다면, 더는 국가정부에 양식을 달라고 손을 내밀지 않겠다. 또한 공출미도 바치겠다. 이렇게 한다면 목을 벤다 해도, 감옥살이를 한다 해도 달갑게 받아들이겠다"고 하는 내용과 함께 실린 18개의 손도장이 내 눈을 자극하며 마음을 아프게 했다. 과거, 개혁 개방 20년을 기념하면서 안훼이출판사에서 《기점(起點)》이라는 책을 출판했었는데, 25만 자나 되는 이 책은 전적으로 새 시기 농촌개혁에 대해 논하고 있었다. 책에서는 샤오강촌의 이 일이 개혁의 기점이라고 보고 있었다. 나는 목마른 사람처럼 이 책을 자세히 읽었으며 10월에는 샤오강촌을 직접 방문하였다.

'샤오강'이라는 이름자에는 '언덕 강(岗)'이라는 자가 들어가 있지만 사실 이곳은 평원으로 창장(长江)과 회화(淮河) 사이에 위치해 있다. 자고로 수재와 한재가 번갈아 가며 들어 백성들의 생활은 이루 다 말할 수 없이 고통스러움의 연속이었다. 하지만 오늘날의 샤오강촌은 큰 길이 곧게 뻗은 새로운 기상을 보이고 있었다. 나는 과거 궁핍했던 촌의 그림자를 찾으려고 했지만 새집들이 줄줄이 늘어서 있을 뿐이었다. 이리저리 돌고 돌다가 결국 아직 남아있는 흙집을 발견하여 허리를 숙이고 들어가 보니 웬 할머니 한 분이 아궁이 앞에서 밥을 하고 있었다. 바닥에는 땅콩 줄기가 가득 쌓여 있었는데 아직 뜯지 않은 땅콩이 더러 달려 있었다. 나는 쭈그리고 앉아 노인과 이야기를 나누며 땅콩을 뜯어 먹었다. "땅콩이 아직 꽤내 달려 있네요, 태워버리는 게 아깝지 않나요?" "아냐. 땅콩은 많아, 잘 여물지 않은 건 그냥 버리려고 하지, 그걸 다 뜯으려면 품삯도 안 나올걸 뭐……" 원래 이 낡은 집은 부엌으로 사용하고 있었다. 노인네는 벌써 새 집을 지었다고 했다. 바로 옆에 있는 널찍한 뜰에 붉은 기와를 덮은 벽돌집이 노인네 집이라고 했다. 뜰에는 채소밭이 있었고 나무 10여 그루가 있었다. 또 바로 옆에는 트랙터가 세워져 있었다. 집에 들어가 보니 더욱 깜짝 놀랐다. 벽에는 번쩍번쩍 빛나는 오토바이가 기대어 세워져 있었기 때문이었다. 바닥에는 빈 맥주병이 한 상자 가득 놓여 있었고 구석에 쌓아올려 놓은 마대는 대들보까지 닿아 있었다. 손으로 만져보니 일부는 쌀이고 일부는 땅콩이었다. 농민들은 확실히 부유해져 있었다. 그저 다른 곳에 비해 좀 나아졌다는 것이 아니라 기름기가 만면에서 흘러내리는 듯이 부유해졌다. 그야말로 과거의 악몽에서 깨어나 있었다. 과거 18호 농민들이 비밀리에 회의를 열고 보증서를 썼다는 그 옛집을 찾으려 했지만 아쉽게도 벌써 허물어 버렸다고 했다. 이 옛집도 노인이 지난날의 기억을 유지하기 위해 이제까지 허물지 않았기에 그나마 남겨진 것이라고 했다. 나는 노인에게 옛집 한두 채는 절대로 허물지 말라고 당부했다. 이건 중요한 문물이기 때문이었다. 내가 아는 바에 의하면 그 18개의 붉은 손도장이 찍힌 종잇장은 중국혁명박물관에 전시되어 있다. 한참 얘기를 하고 나

나룻배를 찾아서

서 나는 노인의 손을 잡고 옛 집 앞에서 사진 한 장을 찍었다.

옛집을 둘러보고 나서 나는 과거 보증서를 쓴 맹서회에 참가했다는 사람들을 만나려고 했지만, 한 사람도 찾을 수가 없어 실망하던 차에 겨우 옌진창(严金昌)이라는 사람을 만나 그의 새 집에서 이야기를 나눌 수가 있었다. 네모난 식탁에는 땅콩과 차, 그리고 담배가 있었다. 내 머리 속에는 아직도 풀리지 않은 문제가 남아 있었다. "토지를 도급 받아 농사짓는 일이 정말 반란을 일으키는 것처럼 엄중한 일이었습니까?" 방 안에는 당시 보증서에 손도장을 찍었던 노농과 나와 함께 온 현위(县委, 중국공산당 현위원회)의 간부, 그리고 당시의 향(乡) 간부와 촌에 주둔한 적 있는 공작대 대원이 있었다. 그들은 모두 열심히 과거사를 이야기했다. 옌진창은 "그때는 우리가 얼마나 가난했는지 모릅니다. 한해 농사를 지으면 석 달 먹을 것밖에 안 됐습니다. 10월이 지나면 사람마다 구걸을 나가곤 했지요. 해마다 위에서는 농사짓는데 도움을 주겠다는 공작대원을 파견해 주어 집집마다 한 사람씩 머물곤 했지요. 그랬건만 그들은 농사짓는 일에는 아예 나가려 하지도 않았지요"라고 말했다. 그의 말을 들으면서 《기점(起點)》이라는 책에서 본 장면이 떠올랐다. '4인방'을 타도한 후, 완리(万里)가 안휘성으로 직장을 옮겨 농촌에 내려가 가난한 농호를 방문했는데, 초가집 문을 열고 들어가보니 부엌에 쌓아놓은 풀 더미 위에는 한 노인과 여자애 둘이 앉아 있었다. 완리는 그들과 이야기를 나누고 싶어 그들과 인사를 나누려 했지만, 그들은 일어날 생각 않고 앉아만 있는 것이었다. 그런 사람들인가 하고 생각하며 한참을 이야기 하고 있는데 촌의 간부가 완리에게 그만 가자고 하는 것이었다. 사실 그들은 바지가 없어 풀더미에 들어가 앉아 온기를 취하고 있었던 것이었다. 그런 사연을 알게 된 이 새로 부임한 서기는 마음이 안쓰러워 눈물을 비오듯 흘렸다. 그는 땅이 꺼지도록 탄식을 하면서 혁명근거지의 백성들에게 미안하다고 했다는 내용이었다.
"확실히 이런 일이 있었습니까?" 나의 물음에 그들은 절대 과장해 말한
것이 아니라고 했다. 당시 일반적으로 한 집에 이불 한 채밖에 없었고,
다 큰 여자애가 입을 바지가 없어 벌거벗고 다니는 것도 늘 보는 일이
라고 했다. 옌진창은 "그때는 밭을 도급 받아 경작한다고 하면 자본주
의가 다시 살아나는 것이라고 보았습니다. 그러니 당연히 감옥살이를
해야 했죠. 하지만 당시는 진짜로 너무 가난해서 죽는 길밖에 남지 않
았기에, 나중 일이야 어떻게 되든 오로지 밭을 나누어 경작해서 1년만
일해 1년만 먹다가 죽는다고 해도 개의치 않겠다는 생각밖에는 없었습
니다. 만약 이 때문에 이 일을 주선한 간부들이 옥살이를 한다면, 우리
가 감옥에 밥을 나르고 그들의 애를 우리가 18살이 될 때까지 키울 것
이라고 생각했습니다." 그의 말에 나는 나도 모르게 몸서리를 쳤다. 스
스로 농촌 일에 대해 잘 안다고 자부하던 나였지만, "다자이(大寨)의
붉은 꽃이 온 대지에 모두 폈을 때" 이미 적지 않은 곳에서는 이 같은
험난한 궁지에 빠져 있었던 것이다. 이 이야기를 듣는 사람들은 20여
년 전의 초가집과 석유등, 그리고 바람이 사립문을 두드리던 그 시절로
돌아가 있을 것이다. 이 시각 새 집의 넓은 거실은 바늘 떨어지는 소리
마저 들릴 지경으로 고요했다. 그저 기자가 필기하는 사각사각하는 소
리만 들릴 뿐이었다. 혹은 누군가가 가끔씩 땅콩 껍데기를 벗기는 소리
가 들릴 뿐이었다. 담뱃불이 빠끔거렸고 담배 연기가 감돌았다. 내가
그런 조용한 분위기를 참지 못하고 물었다. "결과는 어떻게 되었습니
까?" 옌진창이 감격스러웠던지 벌떡 일어섰다. 그 바람에 다른 사람들
도 다소 긴장하는 얼굴이 역력했다. 옌진창은 큰 소리로 "결과는 그해
양식이 13만 근이나 생산되었습니다. 이는 과거 5년 동안의 총 생산량
에 상당하는 액수였지요. 그리고 내다 팔 수 있는 작물은 3만 5천 근이

나 생산되었지요. 이건 과거 20년 동안 생산한 총량에 상당하는 것이었지요. 그 때문에 3년 만에 처음으로 국가에 공출미를 바치기까지 했습니다." "하지만 이후 공사(公社)와 현에서는 샤오강의 자본주의적 행태를 비판하고 이에 관련된 사람들을 해직시켰고, 화학비료와 종자마저 압류해 갔습니다. 하지만 샤오강 사람들은 죽을지언정 뒤로 물러서지 않았습니다. 그들은 토지를 도급해 농사를 지을 결심을 이미 굳게 내리고 있었지요. 세상에 배고픈 것보다 더한 힘든 일이 어디 있겠습니까? 사람의 목숨을 살릴 수 있는 방법을 찾은 이상, 그들은 절대 물러서려 하지 않았지요"라고 말했다.

농민들이 직속상관과 서로 버티며 양보하지 않고 있을 때인 1979년 덩샤오핑이 황산(黃山)에 올라 완리에게 "형식에 얽매이지 말고 천방백계로 우선 농민들이 부유해지게 하라"고 지시했다. 샤오핑 동지의 이 말은 새로운 시대의 도래를 선포한 것이었다. 황산에서 바람이 불고 창장과 회하 옌안의 대지에서 우뢰가 터지기 시작했다. 그 의의는 30년 전 마오쩌둥 동지가 천안문 성루에서 "이제 중국인민은 다시 일어섰다!"고 높이 외친 것에 못지않은 쾌거였다. 이는 성숙된 공산당원들이 '사회주의냐, 자본주의냐'하는 표면적인 것에만 매달리지 않고, 공상을 버리고 일심으로 생산력을 발전시키려 함을 말한다. 중국의 백성들은 일심으로 행복한 생활을 하려고 했다.

마을에서 나온 우리는 마음이 훈훈해졌다. 밖에서는 가을바람이 벼 향기를 날리고 있었으며, 수확 후의 전야는 황토를 드러내고 있었다. 멀리 있는 푸른 나무 사이로 한 줄로 곧게 선 새 집들의 지붕이 보였다. 생각해 보면 그때 당시 정부에서 백성들을 굶기려고 했던가? 그것은 아니었다. 해마다 대부금을 주었고 또 해마다 구제량을 발급해 주었으며, 봉사대를 파견했다. 샤오강촌 같은 곳은 심지어 집집마다 한 사람씩 봉사대 일원이 먹고 자면서 같이 일했다. 하지만 농민들은 이러한 그들의 노고에 감격해 하지 않았을 뿐만 아니라 오히려 그들에 대한 증오심이 커져가기만 하였다. 만약 정부가 피와 살로 이루어진 사람이었다면 아마 가슴을 치며 원망했을 것이다. "나를 아는 사람이라면 내 걱정을 알겠지만, 나를 모르는 사람이라면 내가 뭔가를 바라고 있는지 생각할 것이다!"

요 몇 해 동안 나는 북방의 한 현에서 일했다. 현 정부의 사무실은 단층집이었고 전 현에는 구식 지프 차 한 대만이 있었다. 간부들은 기운 옷을 입고 다녔으며 몸에는 흙과 물이 배어 범벅이 되어 있었다. 겨울에는 촌에 내려가 농민들과 함께 땅을 고르며 토지 정비를 했는데, 큰 바람이 불면 모자가 비뚤어지고 입을 열 수조차 없었다. 정부와 정부에서 일하는 사람들은 사심이 전혀 없었고 탐욕 같은 것은 더구나 없었다. 하지만 우리는 항상 많은 것을 걱정하곤 했다. 그때에는 1년 내내 촌에 내려가 지도했는데 밤이면 회의를 열었고, 농민들과 같이 먹고 같이 자고 같이 노동했으며 같이 계획하였다. 계급투쟁을 논하고 자기비판을 하면서 자본주의의 '꼬리'를 자르느라 애썼다. 우리는 농민들에게 농사일마저 손에 손 잡고 가르쳐주지 못하는 것이 한스러웠으며, 농민들에게 공동으로 부유의 길을 가야 한다고 했고, 아름답고 순결한 사회주의에 대해 이야기했다. 마치 가장이 자녀의 앞날을 위해 스스로 그럴듯하다고 느껴지는 설계도를 도맡아 그리는 것처럼, 곳곳마다에서 지도하고 시시각각으로 독촉했다. 하지만 '자녀들'은 이에 감격해 하지 않았을 뿐만 아니라 오히려 고통스러워했고, 우울해 했으며, '무단결석'하기도 하고 집을 떠나기도 하면서 반항했다.

현소재지로 돌아가는 길에서 누군가 부근에 있는 명태조 주원장(朱元璋)의 황성에 가 보자고 했다. 마침 우리 일행 중에는 지방지 관련 전문가가 한 사람 있었다. 자동차는 수확 후의 넓은 들을 뚫고 시골 흙길을 따라 앞으로 나아갔다. 전문가는 멀리에 있는 건물을 가리키며 그곳이 바로 황궁 대전의 옛터라고 했다. 우리는 황성의 동서로 나 있는 큰길에서 걸었다. 나는 황성의 크기에 감탄했다. 전문가는 황성에 "24갈래의 길이 있고 108개의 골목이 있으며 크기가 베이징 고궁의 한 배반"이나 된다고 했다. 원래 주원장은 서기 1368년에 남경(南京)에서 등극했지만, 그 전인 1362년에는 고향을 수도로 정했었다. 그는 100만에 달하는 백성을 동원해 6년이란 시간을 들여 이 황성을 지었다. 주원장은 황제까지 되었지만 농민이라는 출신에서는 자유로울 수 없었던 것 같았다. 그는 금의환향 하고픈 생각에서 바로 고향의 집 문 앞에 황성을 건설했던 것이다. 하지만 이 황성은 건설 후 사용되지는 않았다. 아마도 주원장 신변의 책사가 살지 말라고 귀띔했을 지도 모른다. 이곳은 창장과 회하의 사이에 위치해 있어 성을 지킬 만한 험준한 요충지가 없으므로 수도로 하기에는 적합하지 않다고 말이다. 주원장은 고향을 수도로 정하기를 취소했지만, 그 사이에 100만에 달하는 백성이 6년간이나 피와 땀을 뿌렸다. 우리가 황성의 남쪽에 남아 있는 성문에 올라서니 벽돌 위에는 당시 벽돌을 구워 낸 장인의 이름이 또렷이 보였다. 먼 곳에는 마른 풀이 쭉 깔려 있었고 옛 성곽의 모습은 어렴풋하게나마 분별할 수 있었다. 그런데 가까이에서는 그 묵직한 황성의 벽돌이 누구네 집 돼지우리와 낮은 담 벽에 쌓여져 있는지는 알 길이 없었다. 일부 구간에서는 성벽이 허물어져 흙더미로 되어 버리기도 했다. 나는 가시덤불을 조심스레 피해 가며 흙더미 위에서 길을 찾았다. 그래, 이것이 바로 100만의 백성을 묻은 600여 년 전의 황토란 말인가?

우리는 황성에서 나와 주원장이 출가했다는 용흥사(龙兴寺)와 그가 집안을 일으킨 후 아버지를 위해 건설했다는 능묘를 찾아가 보았다. 주원장은 어릴 때 가정이 가난해 구걸을 다닌 적이 있었다. 앞에서 우리가 말한 샤오강촌과 비슷한 사정이었다. 어느 한 해 큰 홍수가 나는 바람에 부모와 형, 형수 등 4명이 모두 죽고 어린 주원장 혼자만 남았다. 얼마나 가난했던지 이들은 죽어도 묻힐 곳이 없었다. 마침 어느 집에서인지 그에게 자갈밭을 조금 주었기에 망자에게 수수대로 엮은 것을 씌우고 새끼줄을 세 번 둘러 매장할 수 있었다. 그리고 주원장은 절에 가중이 되었다. 중이 되니 탁발이란 이름으로 구걸이라는 이름을 대체했을 뿐이었다. 이렇게 탁발하기를 4년, 천하가 크게 어지러워 져 곽자흥(郭子興)이 군사를 일으켰다. 그는 바루를 집어던지고 곽자흥의 군대에 들어가 병사가 되었는데 그때 나이가 열아홉이었다. 그때는 오직 배만 불리면 된다는 목적밖에 없었지만, 생각 외로 황제가 되는 길로 나아갔던 것이다. 우리가 지금 볼 수 있는 용흥사는 당시 거지같았던 주원장을 받아들여준 작은 절이 아니라 위엄이 넘치는 장중한 건물이 되어 있었다. 주 씨네 선산으로 가 보니 그 곳도 수수대를 엮어 사람을 매장하는 그런 자갈밭은 아니었다. 주원장은 황제가 되자 곧 절과 선산을 수선하였다. 지금도 능묘 앞에는 석인(石人), 석수(石獸) 32쌍이 우뚝 서있다. 당시의 노농(奴農)이었던 주원장 부친이 600년 동안 지하에서 무척 당혹스러워 했을 것 같았다. 지상에서 공사하는 도끼질 소리, 제사를 지내는 떠들썩한 소리, 의장대의 마차가 굴러가는 소리 등 때문에 좀처럼 편안하게 잠들지 못했을 것이기 때문이었다. 그는 아마도 "죽어서 나 혼자 이렇게 100무나 되는 큰 무덤에 술과 고기를 산더미처럼 쌓아놓은 제사상 대신 살아 있을 때 밭 한 떼기를 주어 매일 옥수수떡이나 먹을 수 있게 했더라면 신선도 부럽지 않았을 텐데……"하고 생각했을 것이다.

분명한 것은 역대 농민들이 가장 원했던 요구는 곡식을 심을 땅 한 떼기만이라도 소유하는 것이었다. 땅은 농민들의 뿌리였고, 생계의 뿌리였으며 농민들을 보호해 주는 신이었다. 어릴 때 기억에 의하면, 촌마다 마을 어귀에는 토지 신을 모시는 사당이 있었다. 그리고 집집마다 동굴 집 벽에 토지 신을 모시는 작은 감실을 만들어 놓곤 했었다. 감실의 양측에는 해마다 대련(对联)을 바꾸어 붙이곤 했다. "흙은 만물을 키우고 땅은 산천을 담는다"는 내용의 대련이었다. 그들의 생활은 이 황토 대지에 의거해야 했기 때문이었다. 그러므로 역사적으로 경작하는 자가 그 토지를 소유하는 것은 줄곧 농민혁명의 목표였다. 주원장은 황제가 되자 곧 2만여 호의 토호들을 강제로 수도에 이사시켜 그들이 토지를 내놓도록 압박했다. 또 농민들이 황토 대지를 경작하도록 했으며 그 소유권을 인정해주었다. 이에 홍무(洪武) 24년 전국의 경작지가 홍무 원년보다 배나 늘었고 사회가 크게 안정되었다. 토지문제는 줄곧 민심과 국가의 안위에 관계되는 기초였던 것이다. 그렇지 않았다면 왜 황궁 옆에다 오색토로 사직단(社稷坛)을 지었겠는가? 황권지상이라지만 그 어느 조대에서도 토지를 경배하는 일은 감히 조금도 소홀히 하지 못했다. 농민들은 토지가 있으면 자급자족할 수 있었고, 토지가 없으면 사방으로 떠돌면서 노동력을 팔아 생계를 유지해야 했다. 노동력을 팔 곳이 없으면 구걸을 해야 했고, 구걸해도 안 되면 몸을 던져 모험을 해야 했다. 이러한 것들을 샤오강촌의 농민들도 모두 경험했던 것이다. 당시 보증서에 맹세하고 손도장을 찍었던 생산대 부대장 옌쥔창(严俊昌)은 가을이 지나면 세 아이를 데리고 아내와 함께 구걸을 나가곤 했다고 했다. 옌쥔창은 5척의 작은 사내였기에 구걸소리조차 크지를 않아 오로지 공사장에 가서 일을 하였다고 했다. 하지만 그것도 겨울이 되면 일거리가 없어져 하는 수 없이 아내와 아이들을 이끌고 마을로 돌아올 수밖에 없었는데, 가을바람이 불고 누런 낙엽이 흩날리는데 먹고 살 길이 막막했다고 한다. 이에 그는 독하게 마음먹고 어느 날 깊은 밤에 가난한 형제들을 모아놓고 맹세를 하였다고 한다. 당시의 비장한 기분은 옛날(진나라) 진승(陈胜), 오광(吴广)이 "굶어죽을 바엔 일어나서 반란을 일으키자"고 하면서 봉기를 일으킨 것에 못지않았다고 했다. 하지만 당시는 진승·오광의 역사 이야기와는 본질적인 차이가 있었다. 당시 샤오강의 농민들은 토지가 있었고, 빈부의 차이도 그다지 없었다고 했다. 그런데도 농민들은 왜 불만이 있었던 것일까? 당시의 한 성위(중국공산당 성위원회) 지도자의 말을 빈다면 "농민들이 토지는 있지만 토지에 대한 열정을 잃어 버렸기" 때문이라고 했다. 농민들은 '인민공사'라는 줄에 꽁꽁 묶여 몸은 일하러 나갔지만 힘을 내려 하지 않았던 것이다. 이른바 "첫 호루라기 소리에 머리를 내밀어 보고 두 번째 호루라기 소리에 천천히 움직이기 시작한다"는 것이었다. 그들은 남에게 좌지우지 당하는 것을 싫어했고, 하는 일마다 설계가 되어 있다는 것을 싫어했으며, 실제적인 도움이 되지 못하는 이런 생산관계를 싫어했던 것이다. 마치 여자가 묶인 채 얼굴도 모르는 어느 한 남자에게 시집을 가는 것처럼 말이었다. 비록 상대방이 훌륭한 남자라고 해도 자신에게 맞지 않으면 같이 살아갈 수가 없는 것처럼 말이다. 마르크스는 "사람은 사회관계의 총화"라고 했다. 여기에는 물론 그 사람이 처한 생산관계가 포함되어 있다. 사람은 이러한 관계를 초월할 수가 없는 것이다. 이는 마치 물고기가 물을 떠나서 새로운 생활방식을 추구할 수 없는 것과 같은 것이었다. 역사상 일부 총명한 사람들이 이러한 관계를 초월하는 시험을 해 본적이 있지만 모두 실패하고 말았다. 영국의 오웬, 프랑스의 푸리에의 공산사회주의 시험이 그랬고, 소련의 집체농장 시험이 그랬으며, 중국에서 과거 홍수전(洪秀全)이 실시했던 '천조전묘제도(天朝田亩制度)'가 그랬다. 그리고 또 신 중국 성립 후의 인민공사가 그랬다. 아마 혁명자는 일단 정권을 장악하면 급격히 약진하고픈 심리가 있는 듯싶다. 모두 전에 없던 아름답기 그지없는 이상세계를 건립하려 하고, 또 이러한 목표의 실현을 위해 많은 구체적인 보조설계를 하곤 한다. 펑양현 현위의 노 서기인 왕창태(王昌太)가 소장한 필기 노트에 기록된 바에 의하면, "우리는 합작화로부터 인민공사에 이르기까지 400여 가지의 작업량 기록 방법을 이용해 왔다"는 것을 알 수 있다. 그렇지만 지금 생각해 보면 "농민들이 어떻게 이렇게 좌지우지 당하는 일을 견디어 왔을까?"하는 의구심이 들었다. 아마도 그들의 마음은 편치 않았을 것이다. "조상 대대로 이 황토 대지에 의존해 생활해 왔기에 그 다정하기가 아버지 같고 어머니 같은 황토 대지, 산천을 담고 사람과 짐승을 키우며 만물을 생장케 했던 이 황토 대지가 왜 지금에 와서 이처럼 차갑고 부자연스러워 졌을까?" 하고 생각했을 것이다.

많은 책들에는 이런 이야기가 있다. 길을 떠나게 된 나그네가 고향을 떠나기 전 흙 한 줌을 몸에 지닌다든지, 귀국하는 화교가 이 땅에 도착하자마자 허리를 굽혀 발밑의 흙에 입을 맞춘다는 등 말이다. 이런 이야기처럼 황토는 어머니이고 어떻게 입을 맞추어도 지나침이 없다. 영원히 잊을 수 없고 내려놓을 수도 없는 것이 바로 땅인 것이다. 그런데 지금 펑양의 농민들이 이러한 토지를 두고, 또 자신에게 속하는 토지를 두고 의욕이 없어 한다는 것이다. 책에는 또 이러한 이야기도 있다. 어느 한 부자가 심산유곡으로 들어가 스스로 경작하고 자급자족했는데, 오히려 먹고 입는 것이 풍족해졌을 뿐만 아니라 국가에다가는 남아도는 식량을 바치기까지 했다는 것이다. 진자이현(金寨县) 진차오따되이(金桥大队)는 깊은 산속에 위치해 있었는데, 1962년에 이미 도급제를 실시했다는 것이다. 1980년 전성(省)적으로 도급제를 보급할 때에야 비로소 이 무릉도원에서는 풍족한 생활을 하고 있었다는 소식을 알게 되었는데, 이미 18년 전의 일이었다. 사실상 샤오강촌의 사례 전에도 안훼이성에는 이미 여러 차례나 '도급'제 실시에 대한 분위기가 일고 있었다는 것이다. 1957년에는 "가정 단위 도급 생산(包产到户)"이라고 불렀고, 1959년에는 "다섯 가지를 도급하고 여섯 가지를 정한다(五包六定)"고 불렀으며, 1961년에는 '책임전(责任田)'이라 불렀다. 이 세 차례는 모두 배고프면 실시하고 배부르면 정지시켰다. 왜냐하면 우리는 그렇게 하는 것이 자본주의라고 생각했기 때문이었다. 하지만 이번만은 달랐다. 중국에 덩샤오핑이 나타났기 때문이었다. 그는 황산의 산꼭대기에서 과감하게 결단을 내리고 농촌 생산관계의 혁명을 선포했다. 1980년 10월에 가서는 22년 동안 실시됐던 인민공사제도를 마침내 취소시켰다. 엥겔스는 마르크스의 무덤 앞에서, "만약 마르크스가 없었다면 경제학과 사회주의는 아직도 어둠 속에서 얼마나 더 오랫동안 모색되어야 했을지 모를 것이다"라고 말했었다. 오늘날 평양의 대지에 가 보니, 당시 덩샤오핑 동지가 없었더라면 우리의 농촌 개혁은 몇 년이나 더 뒤로 연기되었을지 모른다는 생각이 들었다.

황성과 주 씨네 선산을 떠나 아스팔트 길 위에서 이 20세기 말의 가을바람 속에서 질풍같이 달리노라니 내 머리 속에는 그 18개의 붉은 손도장이 스쳐 지나가고 있었다. 손도장들은 황성의 무너진 벽 위에 겹쳐져 보이기도 했고, 옛 능묘의 석인 석마 위에 겹쳐서 보이기도 했으며, 또 샤오강촌의 평화스러운 뜨락 위에 내려앉기도 하였다. 중국의 역사서와 문학작품을 보면 손도장은 항상 가난한 사람들만이 사용하는 수단이었다. 부자들은 석각 혹은 옥으로 만든 도장을 썼는가 하면, 심지어 금으로 만든 도장을 사용하기도 했다. 황제는 가장 큰 옥새(玉玺)를 사용하였다. 오직 가난한 사람들만이 노동력을 파는 열 손가락과 손도장에만 의존하여 족적을 남겼던 것이다. 마치 양바이라오(杨白劳)와

시얼(喜儿)이 강제로 손도장을 찍은 것처럼, 가난한 사람들의 손도장은 다른 방법이 없어 몸부림치는 것과 같은 최후의 항쟁이라고 말할 수 있는 것이었다. 1970년대 말, 황제가 나왔던 평양에서는 18명의 사내가 팔소매를 걷어 부치고 18개의 손가락을 내밀어 이 황지에다 손도장을 꾹 눌러 찍었던 것이다. 그리고 "부자가 되더라도 이 일을 잊지 말자"고 약속했다. 이것은 중국농민이 시작한 개혁이었고, 중국 농촌의 2차 혁명이었다. 이는 불합리한 체제를 베어 버리고, 생산력을 속박하는 생산관계를 베어 버리는 대혁명이었던 것이다.

이것은 또 정부에 대한 인민들의 비평이었고, 농민들이 흙 묻은 손을 내밀어 우리들의 잘못된 곳에다 손도장을 찍은 것이었고, 우리들은 이러한 지적을 경건히 받아들였던 것이다. 과거 마오쩌둥 동지가 옌안에서 한 농민의 날카로운 비평을 듣고는 4만 석의 공출미를 경감해주었던 것과 마찬가지였다. 우리는 이 핏빛 같은 손도장을 보면서 자성하고, 자책하며 농민들 몸에 동여진 '좌'적 생산관계의 포승줄을 풀어버렸다. 우리 이 민족은 자고로 직접 간언을 하는 전통과 이들 조언을 잘 받아들이는 전통을 갖고 있다. 중국 농촌 '도급제'가 세 번에 걸쳐 등락을 하던 중에, 위로는 중앙의 펑더화이(彭德怀), 덩샤오핑, 덩즈훼이(邓子恢), 아래로는 현위 서기, 공사 간부에 이르기까지 모두 정곡을 찌르는 의견을 발표했으며, 모두들 길게 쓴 간서(谏书)를 제시했었다. 《기점》이라는 책에 이러한 간서들 수편을 수록하고 있는데, 그중에서 가장 긴 것은 1만 자에 달했다. 하지만 가장 특징적인 것은 바로 이 18개의 붉은 손도장을 찍은 종잇장이었다. 고대에 문간(文谏), 무간(武谏), 심지어 혈간(血谏)이 있었다면, 이 손도장은 '토간(土谏)'이라고 해야 할 것이다. 평양의 농민들은 이 황토색 종이를 품에 안고 치국지책(治國之冊)을 바쳤던 것이다. 나의 머리에는 또 1945년 황옌페이(黄炎培)가 마오쩌둥 동지와 옌안에서 한 그 이름난 대화가 떠올랐다. 황옌페이는 마오쩌둥에게 "정권이 어떻게 해야 영원히 청춘의 활력을 유지할 수 있는가?" 하고 물었다. 이에 마오쩌둥은 "대중에 의거하고 민주에 의거해야 한다"고 말했다. 이 말이야말로 명언 중의 명언이다. 오직 공산당만이 진심으로 민중을 위해 일하려 하고, 잘못한 것이 있으면 바로 고치려고 했던 것이다. 우리는 일단 생산력의 발전을 속박하고 있던 쇠사슬을 풀고, 공산사회주의 바다를 건너가는 고단한 장도를 마쳤을 때, 우리는 마치 신들린 것처럼 승리의 피안에 도달하였던 것이다. 그것은 샤오강촌을 보면 알 수 있다. 샤오강촌이 1년에 5년을, 또 20년을 뛰어넘지 않았는가 말이다. 이를 시작으로 중국의 광대한 도시와 농촌은 개혁개방 20여 년 동안에 천지개벽과 같은 큰 변화를 가져온 것이다.

저녁에 성 소재지로 돌아오니 식사시간에 성위에 있는 동지가 슬그머니 일러준다. "이제 며칠 후면 장저민(江澤民) 총서기가 이 곳 샤오강촌에 시찰을 옵니다." 과연 며칠 후 신문에 이 소식이 발표되었다. 강택민 동지는 이곳에 와서 당 중앙을 대표해 토지 도급제를 다시 30년 연장한다는 정책을 선포했다.

평양은 진정 중국 농촌문제의 실험실이고 박물관이었던 것이다.

1988년 10월 허페이(合肥)에서 씀,
1999년 4월 베이징(北京)에서 수정함.

사색하는 이 동굴집(야오동(窯洞))

옌안(延安)에서 돌아온 후 나에게 가장 깊은 인상을 남긴 것은 동굴집이었다.

사실 나에게 동굴집은 낯설지 않은 곳이다. 나는 동굴집에서 태어났고 동굴집에서 자랐기 때문이다. 동굴집에 대한 익숙함은 마치 입던 낡은 옷과도 같아서인지 이미 그 존재를 잠시 잊었던 것이다. 하지만 3년 전 내가 처음 옌안을 방문했을 때, 그 익숙한 동굴집이 갑자기 내 마음을 떨리게 했다. 그 떨림은 마치 귀신에게라도 홀린 것처럼 3년간 계속되었다. 왜냐하면 그 평범한 동굴집에는 한 위대한 인물이 살았기 때문이었다. 그리고 그 위대한 사상들은 마치 감자나 좁쌀을 생산해 내는 것처럼 이 황토언덕 위의 동굴집에서 기적적으로 생산되었다.

옌안은 중국공산당이 전국 인민을 영도하여 민족혁명과 민주혁명 투쟁을 한 심장이며 어려웠던 세월을 대신해주는 대명사라고 할 수 있는 곳이다. 많은 사람들의 머릿속에 들어 있는 옌안의 이미지는 전쟁과 대생산이었고, 생사존망의 고통스러운 몸부림이었다. 하지만 내가 옌안에 갔을 때는 역사적 흔적들은 초연이 없어졌고 눈앞에는 고요한 동굴집들 만이 줄지어 있었다. 내가 찾은 동굴집 문 앞에는 나무로 된 문패가 걸려 있었는데, 그 문패에는 모 년 모 월 마오쩌둥(毛泽东) 동지가 이 곳에 거주했으며 그의 저작물들이 이곳에서 쓰여 졌다고 적혀 있었다. 나무 문패를 보고 있던 내가 정신을 차려보니 벽의 못에다가 목찰을 박아놓은 것이 아니라, 못이 내 발을 박아놓은 것처럼 난 한동안 그곳에서 떠나지 않고 있었다. 동굴집의 뜰은 깨끗하게 청소되어 있었고, 버드나무 몇 그루만이 그 옆에서 가지를 드리우고 있었다. 멀지 않은 곳에서는 옌수이(延水)가 조용히 흐르고 있었다. 나는 당시를 회상하면서 이 지역은 적과 괴뢰정권에 봉쇄되어 먹고 입을 것이 부족하고, 날마다 피를 흘리며 희생되는 사람이 많았으며, 날마다 시급한 일들이 발생하곤 하였었는데, 어떻게 마오쩌둥은 침착하게 사색하고 글을 쓰고 사상을 익혔는지, 그리고 어떻게 중국 실정과 마르크스주의를 결부시키는 일을 할 수 있었는지 상상할 수가 없었다.

나는 활짝 열린 동굴집들을 보며 갑자기 저것들은 사색을 하는 기계가 아닌가 하는 생각이 들었다. 중국에는 두 가지 동굴집이 있다. 하나는 사람이 사는 곳이고, 다른 하나는 신선이 사는 곳이다. 돈황(敦煌), 운강(云冈), 용문(龙门), 대족(大足) 석굴들은 모두가 수많은 부처님을 모시고 있고, 북악(北岳) 항산(恒山)의 석굴에는 공자, 노자, 석가모니를 함께 모시고 있다. 이는 백성들이 신에게 자신의 사상과 신앙을 기탁했던 곳이다. 그러나 철저한 유물론자에게는 우상이 필요 없다. 눈앞에 있는 이 동굴집은 마오쩌둥 초상화 한 장 없으니 말이다. 하지만 50년 동안 이곳을 찾는 사람들의 발길은 끊이지를 않고 있다. 왜냐하면 이 동굴집의 공기 분자 하나까지에도 모두 사상이 충만 되어 있기 때문이다. 나는 동굴집 문마다 '실사구시'라는 글자가 새겨져 있는 것처럼 착각했고, 귓가에는 마오쩌둥 동지가 "실사(实事)란 객관적으로 존재하는 모든 사물을 말하며, 시(是)란 객관 사물의 내부적인 연계 즉 법칙성을 말하며, 구(求)란 바로 우리가 연구해야 한다는 뜻이다"라고 설명하는 말이 들리는 듯싶었다.

당 중앙에서 1938년 1월 바오안(保安)에서 옌안으로 옮기기로 결정하면서, 마오쩌둥 동지는 옌안에서 네 곳의 동굴집에서 살았다. 지금 내가 서 있는 이 동굴집들은 지휘부였다. 마오쩌둥과 그 전우들은 여기서 전략, 전술을 세워 천리 밖에서의 승리를 결정하곤 했다. 하지만 이런 결정들의 정확성을 기하기 위해, 또 웅대한 전략의 과학적인 이론적 근거를 찾기 위해, 마오쩌둥은 적기가 폭격하는 소리 속에서 회의를 하면서 틈틈이 필사적으로 책을 읽고 글을 썼던 것이다. 그렇기 때문에 이 동굴집들은 마오쩌둥의 서재라고 하는 것이 더 적절할지도 모른다. 우리가 이 동굴집 앞에서 한가롭게 거닐며 생각해보면, 이곳에서 각 전투지에 보낸 전보와 공문의 역할이 큰 것인지, 아니면 이곳에서 써 낸 문장과 저작의 역할이 더 큰 것인지를 가늠할 수가 없다. 마르크스는 과거에 노동운동에 투신했다가, 이론 부족으로 인해 운동이 더 이상 발전하지 못하는 것을 보고는 노동운동을 그만둔다고 선포하고 서재로 돌아가 이론 연구를 한 끝에 마침내 《자본론》을 써냈던 것이다. 이 책은 그 어느 구체적인 결정보다도 탁월해, 시공간을 뛰어넘어 온 지구를 뒤흔들었다. 하지만 당시 마오쩌둥은 회의에서 벗어날 수가 없었고 전투와 생산 활동에서 조차도 벗어날 수가 없었다. 옌안에 있는 동안 그에게는 해마다 300근의 공출미를 바쳐야 하는 임무가 있었다. 그의 방은 마르크스처럼 낡은 소파조차 놓을 수가 없었다. 그에게는 낡은 나무 침대 하나밖에 없었고 커피 대신 쓴 차만 마셔야 했다. 그는 자신의 몸을 쪼개어 오른손으로는 공문을 결재하고, 왼손으로는 글을 써야 했다. 그는 중국식 민족영웅이었다. 마치 옛 소설에서 나오는 무림의 고수처럼 칼을 휘둘러 눈앞의 적을 격퇴시켜야 하는 한편, 배후에서 날아오는 화살 소리도 분별해야 했으며, 다음에는 어떻게 해야 할 지를 준비해야 했다. 우리가 적과 맞붙어 급하면 손으로 찢고, 발로 차고, 입으로 물고 할 때, 그는 남몰래 정신을 가다듬었다가 가볍게 입김을 불어 적을 하늘 끝 저 멀리까지 날려 보냈다. 그는 일반인들보다는 더 깊이 있고, 더 빨리 나아갈 수 있었다. 그는 영도자이자 사상가였다. 시간의 추이와 더불어 그의 문장의 힘은 이미 당시 공문서로서 결정하는 역할을 훨씬 넘어서고 있었다. 달마가 면벽 수도했던 것처럼, 이 동굴집들은 마오쩌둥과 그의 전우들이 적들에게 승리하기 위한 수련을 하던 곳이었다. 바로 장제스(蔣介石)가 그들을 풍경이 수려한 남방으로부터 이곳 동굴집으로 몰아넣었던 것이다. 사방의 벽은 황토이고, 기름등잔 하나만이 놓여 있는 이곳은 초라하기 그지없는 곳이었다. 하지만 비록 물질적 생활이 극도로 곤란했지만, 오히려 공산당 영도자들은 열정과 의지력, 그리고 겸손한 기풍으로 가장 실제적인 사고를 하였다. 마오쩌둥은 어려서부터 많은 책들을 읽었지만, 나라를 구하고 민족을 구하기 위해서는 끊임없이 자신을 무장하였다. 마오쩌둥은 자신보다 16살이나 어린 서생인 아이스치(艾思奇)에게 쓴 편지에서 "당신의 《철학과 생활》이란 책은 당신의 여러 저서들 중에서도 가장 깊이가 있는 책입니다. 이 책을 읽은 것이 나에게 많은 도움이 되었습니다. 제가 그중 일부를 베껴 썼는데, 틀린 것이 없나 봐주십시오. 그리고 그중의 일부 문제에 대해 약간의 의문점이 있는데(기본적인 것이 다르다는 뜻이 아님) 잘 생각해 보시고 상세한 것은 만나서 이야기 했으면 합니다. 오늘 어느 때쯤 시간이 있겠는지, 제가 가서 만나고 싶습니다"라고 했다. 아이스치 동지 서거 20주년에 중앙당학교의 전시실에서 마오쩌둥 동지가 그에게 쓴 다른 한 통의 친필 편지를 볼 수 있었다. 편지에는 "당신과의 만남에서 적지 않은 도움을 받았습니다. 지금 필기한 노트를 정리해 보내니 고쳐주시기 바랍니다"라는 등의 내용이 있었다. 이는 그 어느 한 사람에 대한 겸손이라고 하기보다는 법칙과 진리에 대한 공감이라 해야 할 것이다. 중국역사에는 어진 이를 예의와 겸손으로 대한 사례가 매우 많다. 유비(刘备)는 삼고초려(三顾草庐) 하였고, 유방(刘邦)은 발을 씻다가 어진 이가 찾아 왔다고 하자 급한 김에 신을 거꾸로 신고 마중하러 달려 나갔다고 한다. 그들은 자신의 위업을 이룩하기 위한 것이었지만, 이때의 마오쩌둥은 진정으로 사회역사의 법칙을 끝까지 밝혀내기 위해 모든 뜻있는 이들을 동지로 보았으며, 모든 박식한 사람을 스승으로 모셨던 것이다. 중국역사에서 지주계급의 가장 마지막 통치자였던 장제스는 옌안의 동굴집에 있던 이 사람들의 매서움을 근본적으로 생각지도 못했던 것이다. 그는 이들을 그냥 진승(陈胜)이가 한 봉기나 유방이 뱀을 벤 고사 혹은 주원장(朱元璋)이 군사를 일으킨 역사 정도로 생각했을 뿐이었지, 마오쩌둥이 벌써 그러한 범위에서 벗어나 역사유물주의와 변증법적 유물주의로 향하고 있었다는 것은 생각지도 못했던 것이다.

동굴집 앞에서 배회하며 이 부드러운 황토를 보고, 훈훈하고 습윤한 공기를 감촉하고 있노라니, 나도 모르게 오래전의 일이 떠올랐다. 어릴 적 고향의 동굴집에 누워 있노라면 밑은 뜨끈뜨끈한 온돌이고 눈에 들어오는 것은 두터운 둥근 천장이었다. 옆에는 어머니가 앉아 바느질을 하고 계셨는데, 뭐라고 말로 형언할 수 없는 안정감과 따뜻함을 느끼곤 했다. 동굴집은 신선을 살게 하기보다는 우선 사람이 살게 했던 곳이었다. 동굴집은 사람과 대지의 관계를 잘 보여주는 곳이다. 그리스신화 속의 영웅 안타이오스는 발이 대지에서 떨어지지 않는 이상 힘이 무궁무진하여 어떠한 적도 그를 이길 수가 없었다. 그러나 어느 한 번의 싸움에서 적이 꾀를 써서 그가 지면에서 떨어지도록 함으로써 격파시킬 수 있었다. 스탈린은 이 이야기로써 당과 인민의 관계를 비유한 적 있었다. 옌안시기는 마오쩌둥과 우리의 당이 그 땅과 인민과의 관계가 가장 밀접한 시기였다. 마오쩌둥이 살던 동굴집은 상하좌우가 모두 두터운 황토였기에 대지가 그를 꽉 껴안고 있었다고 할 수 있었기에, 네 벽에서는 끊임없이 그에게 힘을 부여해 주었던 것이다. 그 동굴집 앞에 걸려 있는 나무 문패에는 마오쩌둥이 이곳에서 〈지구전을 논함(论持久战)〉이라는 문장을 완성했다고 기록되어 있었다. 어렴풋하게나마 어린 시절 아버지가 이 책에 대해 말씀해 주시던 일이 생각났다. 당시 사람들은 외래 침략자의 기염이 하늘을 찌르는 것을 보고 걱정에 빠져 있었는데, 어느 날 〈지구전을 논함〉이라는 문장이 나타나 읽게 되자 그 후 마을에는 도처에서 노랫소리와 웃음소리를 들을 수 있었다고 했다. 마치 봄바람이 얼음을 녹이는 것과 같은 역할을 했던 것이다. 이 글이 들어 있는 책자는 '문화대혁명' 기간까지 우리 집에 소중하게 소장되어 있었다. 후에 당사(党史)를 읽고 나서야 알게 된 일이지만, 당시 장제스마저 이 책을 보물처럼 여겼으며 전군의 군관들에게 발급했다고 전해진다. 동시에 얼마 가지 않아 이 책은 미국에서도 출판되었다. 마오쩌둥은 이 책을 쓰기 위해 동굴집에서 꼬박 9일 동안 밤과 낮을 쉬지 않고 글을 썼는데, 얼마나 정신을 집중했던지, 숯불이 솜으로 된 신을 태우는 것마저 느끼지 못했다고 한다. 아흐레 되던 날 아침 그가 동굴집 문을 열고 경호원에게 원고를 청량산 인쇄공장에 보내라고 말할 때는 아마 루스벨트가 원자탄 생산 비준서에 사인한 것처럼 격동적이었을 지도 모른다. 그 이후의 전국 상황은 그가 책에서 쓴 것처럼 발전했다. 위대한 인물의 사상이란 무엇인가? 객관적으로 존재하는 법칙을 사물의 본래 모습과 연계시키는 것이기 때문에 진리는 가장 소박하다고 말하는 것이 우리는 위대한 인물이라고 하는 것이며, 우리는 우리와 가장 가깝다고 말하는 것이다. 어느 땐가 옌안에서 나귀가 번개에 맞아 죽었는데, 이 나귀의 주인이 "하늘은 눈도 없구나! 왜 마오쩌둥에게 번개를 치지 않느냐"고 말했다는 것이다. 당시 누군가 이 농민을 잡아들여야 한다고 주장했다. 이 소식이 동굴집까지 전해지자 마오쩌둥은 이같이 욕을 할 때에는 반드시 무슨 연유가 있을 것이라고 생각하여 알아본 결과 대중이 바쳐야 하는 공출미의 부담이 너무 컸음을 알았던 것이다. 이에 그는 명령을 내려 매년 20만 석의 공출미를 바치게 하던 것에서 16만 석으로 경감하여 바치게 하였다. 또 이정명(李鼎铭)의 건의를 받아들여 군대를 정예화 하고 기구를 간소화 하였다. 마오쩌둥은 바로 이 동굴집에서 그 이름난 옌안 정풍운동을 벌였으며, 그의 많은 저술들이 당을 구하고 많은 간부들을 구하게 하였다. 하지만 그 때문에 일부 사람들이 상처를 받았다는 것을 안 그는 당학교의 대회당에서 보고를 하면서 "오늘 특별히 많은 사람들에게 그동안의 잘못에 대해 사죄하는 바입니다!"라고 말하면서 공손히 두 손을 모아 모자 테까지 들어 올리며 절을 했던 것이다. 1942년 화교의 수장인 천쟈겅(陈嘉庚)이 옌안을 방문했다. 그는 그전에 충칭(重庆)에서는 한 상에 800원 하는 식사를 대접받았는데, 옌안에 와서는 20전짜리 식사를 해야 했다. 하지만 돌아간 후 그는 글에서 중국의 희망은 옌안에 있다고 썼다. 1945년 옌안을 방문한 황옌페이(黄炎培)는 옌안의 번창한 모습을 보고 앞으로의 중국을 생각하면서, 정권이 어떻게 해야만 영원히 활력을 유지할 수 있는가 하고 물었다. 이에 마오쩌둥은 그 방법은 바로 민주이다, 인민들이 감독하게 해야 한다고 말했다. 이 말을 하면서 그는 머리를 들어 주위의 두터운 황토를 둘러보았다. 중국공산당 제7차 전국대표대회를 전후해서 많은 사람들이 마오쩌둥 사상을 제기할 것을 주장했지만 그는 끝내 동의하지 않았다. 마오쩌둥은 "이것은 나 개인의 사상이 아니다. 천백만 선열들이 붉은 피로써 써낸 것이며, 당과 인민의 지혜이다"라고 말했다. 그는 또 "나의 사상은 발전하는 것이다. 나도 착오를 범할 수 있다"고 말했다. 작가 수산(蕭三)이 그의 전기를 쓰려고 하자 그는 대중에 대해 쓰라고 권했다. 그는 얼마나 명석했던가. 정국, 형세, 기풍, 대책을 모두 물처럼 투명한 사상 속에 담고 있었다. 후종난(胡宗南) 군대가 침범했을 때, 그는 9년간 살아왔던 옌안의 동굴집을 떠나 미즈(米脂)현의 다른 한 동굴집에 사가점(沙家店) 전역을 지휘하는 지휘부를 설치했다. 동서고금으로 어느 동굴집이 이 같은 영광을 지닐 수 있었는가! 흙벽에는 지도가 가득 걸렸고, 독 위에는 보고해 오는 전보가 펼쳐져 있었으며, 온돌 위에는 담배 몇 갑과 큰 차 컵이 놓여 있었다. 그리고 바닥에는 물주전자와 요강이 놓여 있었다. 군사역사에서 이러한 사령부는 아마도 더 이상 찾아볼 수 없을 것이다. 마오쩌둥은 여기서 사흘 낮 이틀 밤을 잠도 자지 않고 쉴 새 없이 담배를 피우고, 차를 마시고 찻잎을 먹었으며, 또 오줌을 누고, 서명한 전보를 발송했다. 이 전투에서 적군 6,000여 명을 포로로 잡았다. 아마도 신의 비호를 받았던 것이었으리라. 이러한 신이란 바로 묵묵한 황토요, 높이 솟아오른 궁려(穹廬)요, 눈을 부릅뜨고 사고하는 동굴집일 것이다. 대승을 거둔 후, 그는 동굴집의 문을 열고 나와서 경호병에게 "돼지비계 간장조림이나 한 그릇 먹어야 겠다"고 말했다.

동굴집 앞에서 배회하며 묵상하노라면 귓가에는 황하(黃河)의 노호하는 소리가 들려왔고, 눈앞에는 과거의 일들이 초연이 흘러가는 듯했다. 하지만 눈을 깜박이는 사이에 이 모든 것은 고요히 줄지어 서있는 동굴집 경치로 돌아왔다. 중국혁명의 승리는 사실 사상의 승리였다고 할 수 있다. 마오쩌둥 사상의 승리이었고, 마오쩌둥이 쓴 그 몇 편의 문장이 승리한 것이다. 따라서 옌안의 이 동굴집들은 마오쩌둥 사상을 만들어 낸 작업장이라고 할 것이다. 옌안시기는 마오쩌둥이 재능을 드러내고 저작물을 써낸 가장 찬란한 시기였다. 《마오쩌둥선집》(4권본)에 수록된 156편의 문장 중, 112편은 이 시기에 쓴 것이다. 마오쩌둥은 옌안을 떠난 후 또 산베이(陝北)에서 1년간을 전전하다가 끝내는 호종남을 격퇴시켰다. 원래 후종난은 마오쩌둥의 적수가 아니었다. 1947년 12월 어느 날 마오쩌둥은 산시성 북부 미지의 한 동굴집에서 먹을 갈아놓고는 말했다. "오랫동안 글을 쓰지 않았는데, 이 글을 쓰고는 장제스와 싸워 이긴 다음 다시 쓰겠다." 이렇게 쓴 것이 바로 〈현재의 형세와 우리들의 임무〉라는 글이다. 이 글에서 그는 "정규전을 할 것이고, 대도시로 진공할 것이다"라고 했다. 이 글이 바로 마오쩌둥이 산시 북부의 동굴집에서 쓴 가장 마지막 글이었다. 글을 다 쓰자, 그는 붓을 던지고 군사를 거느리고 동으로 황하를 건넜으며 곧바로 황룡부로 나가 인민정권의 수도인 베이징으로 들어갔다. 그리고 그는 다시 옌안으로 돌아오지 않았다. 다만 보탑산(宝塔山) 아래에 영원히 사색하는 이 동굴집들만 남겨놓았을 뿐이다. 사상은 동경(铜镜)과 같아서 세월로 닦아야 반짝반짝 빛이 난다. 반세기가 지났고, 정치가, 군사가로서의 마오쩌둥은 우리와 점점 더 멀어져가고 있지만, 사상가로서의 마오쩌둥은 우리와 점점 더 가까워지고 있음을 느꼈다.

1996년 10월 12일

붉은 털실과 푸른 털실

정치란 천하의 대사이고 인심의 향배이다. 정치가들 사이의 투쟁이 바로 천하 다툼이고 인심의 다툼인 것이다. 손중산(孫中山)은 "천하는 만인의 것이다(天下为公)"고 말했다. 정치가는 그가 천하를 생각하는 정도와 사회를 위해 바친 노력의 정도에 따라 인민의 지지와 사회로부터 인정을 받는다. 이에 따라 어떤 사람들은 천하를 얻고, 어떤 사람들은 천하를 잃는다. 중국은 기년이 있기 시작한 기원전 841년부터 역사에 이름을 남긴 군신, 정객 중 얼마나 많은 사람들이 지조와 희생을 논함으로써 인심을 얻고 천하를 얻었는지 모를 정도로 많다. 당태종(唐太宗)은 비둘기를 좋아했는데, 위징(魏徵)이 오자 급히 등 뒤에 감추었다. 위징이 이야기를 마치고 간 후 보니 비둘기가 이미 죽어 있었다. 왕망(王莽)은 정권을 찬탈하기 전, 사사로운 정에 얽매이지 않는다는 것을 표명하기 위해 심지어 아들을 처형하기도 했다. 왕징웨이(汪精卫)는 젊은 시절 청(淸)나라 대신을 암살하는 장거를 거행하기도 했다. 사람이 바뀌고 정권이 교체되었지만 이러한 연극은 몇 천 년 동안 계속되어 왔다. 하지만 진정 사심을 최소한으로 감소하고, 공심을 최대화한 것은 오직 공산당 영수들뿐이었다. 역사가 1940년대 말까지 발전해 온 후, 또 한 번의 정권 교체가 있었으니 허베이(河北) 핑산(平山)현 시바이보어(西柏坡)라는 이 작은 마을이 이를 증명해 주었다.

현재, 시바이보어촌의 입구에는 다섯 위인의 조각상이 서 있다. 그들은 당시 다섯 명의 서기였다. 즉 마오쩌둥(毛泽东), 류샤오치(刘샤오치), 저우언라이(周恩来), 주더(朱德), 런비스(任弼时)이다. 다섯 명의 영수는 마치 금방 마을에서 걸어 나와 어디론가 급히 가는 듯싶어 하는 형상이다. 이때의 중국혁명은 이미 가장 중요한 시기에 다다르고 있었다. 과거 중국의 산하를 유린했던 일본 침략군은 끝내 모든 힘을 소진하고 나자 하는 수 없이 항복하고 말았다. 중국의 대지 위에는 양대 세력 집단만이 남게 되었다. 즉 마오쩌둥을 위수로 하는 공산당과 장제스를 위수로 하는 국민당이었다. 장제스는 20년 전부터 공산당을 토벌했는데 이제 일본사람들이 나갔으니 다시 그 꿈을 이루어야 할 판이었다. '동북 토벌 총사령', '화북 토벌 총사령' 등의 명칭을 단 자들이 도처에서 '토벌'의 기치를 들고 횡행했다. 그들은 과거 장시(江西)에서 했던 연극을 다시 하려는 생각이었다. 하지만 이때는 이미 남북의 시세가 달라져 있었다. 마오쩌둥은 태연히 다섯 사람을 이등분하여, "나와 저우언라이, 런비스는 산시 북부의 후종난을 꼼짝 못하게 할 것이니 샤오치와 주더 총사령은 먼저 허베이 핑산으로 가서 공작팀을 묶어보십시오"라고 했다. 핑산이란 산시(山西)와 산시(陕西) 및 베이핑(北平) 사이에 있는 '강'을 건너는데 있어서 디딤돌이라고 할 수 있는 지역이었다. 이때에는 천하의 형세가 이미 명확히 구분되어 있었다.

당시 공산당은 이미 수백만에 달하는 군대를 지니고 있었고, 수 천리 강토를 점하고 있는데다 곧 개국을 눈앞에 두고 있었지만, 다섯 영수는 시바이보어라는 작은 마을에 입주할 때까지도 아무런 재산이 없었다.

그들은 기타 모든 간부들과 마찬가지로 회색의 면 제복을 입고 있었다. 류샤오치는 여전히 여러 해 동안 그를 따라다닌 공문서 상자를 가지고 왔다. 그것은 일반 농가의 작은 궤짝과 다를 바 없이 투박한 것인데, 덮개를 닫으면 그 위에 사람이 앉을 수 있었다. 이 상자는 베이징에까지 들고 갔다. '문화대혁명' 중 류샤오치가 가산을 몰수당할 때, 가정부가 이 상자 위에 꽃종이를 붙여놓았던 관계로 보존될 수 있었다. 이 상자는 현재 원래의 모습대로 류샤오치 동지 방 안의 오른쪽 구석에 놓여 있다. 그리고 왼쪽 구석에는 두 자 너비에 무릎 높이까지 오는 작은 상이 있다. 이 상은 당시 어느 평민 집에서 빌려 온 것이라 한다. 샤오치 동지는 바로 이 상에서 '중국토지법대강(中國土地法大綱)'을 기초했다. '대강'을 다 쓴 후, 그는 마을 입구로 가서 전국토지개혁회의를 소집했다. 노천에 흰 천으로 천막을 친 것이 주석대인 셈이었고, 각 지역에서 온 대표들이 돌덩이 같은 것을 주워다 놓고 그 앞에 앉았다고 한다. 그 중에서 가장 젊은 대표가 바로 마오쩌둥의 장자인 마오안잉(毛岸英)이었다. 이는 전국적으로 천지개벽을 일으킨 획기적인 대회였다. 회의장에는 소파가 없었고 마이크도 없었으며 찻물도 없었고 뜨거운 물수건은 더구나 없었다. 그야말로 진정한 회의였다. 모든 형식을 버리고 내용만 남은, 사상만 남은 회의였다. 이 작은 상, 그리고 이 회의장을 보면서 갑자기 느껴지는 바가 있었다. 회의란 오직 하나의 목적밖에 없으니 그것이 바로 일이다. 사람들이 모여 앉은 것은 새 사상을 받아들이고, 상호간의 교류와 충돌을 통해 새로운 사상을 탄생시키기 위한 것이다. 기타 다른 것은 모두 불필요한 것이고 부수적인 것이다. 그런데 아쉽게도 이러한 부수적인 것들이 점점 많아지고 있다. 이 소박한 회의에서 중국 농민들이 천여 년 동안 줄곧 마음속에 담아 온 한 마디를 털어놓았으니, 바로 토지를 골고루 나누자는 것이었다. 이 한 마디는 태항

1948년 가을, 마오쩌둥이
시바이보어에서 휴식을
취하고 있다.

산(太行山)의 바람이 불자 불꽃을 튕기며 전국 각지로 퍼졌다. 전국에
는 벌써 마른 장작들이 가득 널려 있었다. 이는 천년 동안이나 쌓여 있
던 마른 장작이었다. 진승(陳勝), 오광(吳广)으로부터 홍수전(洪秀全)
에 이르기까지 이 장작들은 불이 붙었다가는 또 꺼지기를 거듭하면서
좀처럼 활활 타오르지 못했다. 그런데 지금에 와서 마침내 큰 불로 활
활 타오를 수 있게 되었고, 온 천지를 뒤덮을 수 있게 되었던 것이다.
토지개혁은 농민들의 적극성을 극대화 하였다. 3대 전역 중 농민들이
전선을 지원하며 참전한 숫자는 886만 명에 달했다. 팔백만이라면 국
민당의 육해공 전군에 상당하는 숫자였다. 천이(陳毅)는 화이하이(淮
海)전역은 농민들이 손수레로 밀어 주어 거둔 성과라고 말했다. 핑산
(平山)현에서만 해도 토지개혁 후, 왕전(王震) 동지가 혁명 승리의 성
과를 보호하자고 호소하자 곧바로 일차적으로 1,500명이 참군해, 이름

난 제39여단 핑산연대를 구성하였다. 이 연대는 신장(新疆)까지 진군해 갔으며 지금도 아커쑤(阿克苏)에 주둔하고 있다. 해방전쟁은 사실상 10년 토지혁명의 계속이라 할 수 있으며, 중국 농민들이 천 년을 두고 혁명을 해 온 총체적인 승리라고 할 수 있다. 그리고 토지개혁은 바로 이 승리의 큰 흐름을 열게 한 수문(水門)이라고 할 수 있다. 그런데 이 수문을 여는 의식이 너무나 평온하였는데, 붉은 비단 테이프를 끊는 행사도 없었고, 악대 연주도 없었으며, 연회는 더더구나 없었다. 다만 우리 앞에 놓인 이 작은 상자와 상뿐이었다. 대회장은 민둥민둥한 돌들이 널려져 있던 강가였을 뿐이었다.

1948년 5월, 마오쩌둥, 저우언라이, 런비스는 산시 북부에서 1년간 전전하면서 후종난의 군대를 무너뜨리고는 여기로 왔다. 다섯 명의 서기는 재차 회합했다. 마오쩌둥은 여기에서 두 가지를 대국하기로 했다. 그 하나가 바로 3대 전역이었다. 그는 옆방에다 작전실을 설치했다. 국공 양당은 이미 20년이나 싸워 왔다. 그는 여기서 최후로 장제스와 싸우려고 마음먹고 있었다. 이 작전실은 30㎡ 정도의 평범한 농가였다. 작전실에는 커다란 상 3개가 놓여 있었다. 하나는 작전과에서 사용하고, 다른 하나는 정보과에서 사용하며, 또 다른 한 상은 자료과에서 사용하는 것이었다. 작전실은 밤새도록 불빛이 환했다(당시에는 이미 전등이 있었지만, 유등을 사용할 때도 많았다). 전국 각지에서 온 전보들이 모두 여기로 집중되었다. 참모들이 바삐 돌아가며 분석하고 연구하여 보고를 올렸다. 해설원에 따르면 당시 붉은색과 푸른색 연필을 구하기 어려웠으므로, 참모들은 붉은 털실과 푸른색 털실로 지도 위에 적의 상황을 표기하곤 했다고 한다. 당시 백만 대군이 결승전을 치르고 있었지만, 경제적으로는 여전히 매우 곤궁하였다. 이때 난징(南京) 국방부 빌딩에는 융단을 편 큰 책상과 가죽 소파가 있었으며, 커피와 담배가 있었다. 그들은 공산당이 이 정도로 궁핍했을 것이라고는 상상하지도 못했을 것이다. 사실 공산당은 부유한 적이 없었다. 특히 당 중앙이가장 궁핍했다. 중앙 홍군이 산시 북부에 도착했을 당시, 수만 명의 군대에는 단돈 1,000위안밖에 남아 있지 않았다. 1인당으로 계산하면 한사람에게 10전씩 남은 셈이었다. 마오쩌둥은 하는 수 없이 홍25군에돈을 꾸러 갔어야 했다. 쉬해이동(徐海东)도 중앙에서 이렇게 어려웠을줄은 몰랐다고 하면서 전군에 있던 7,500위안 중에서 5,000위안을 뽑아 주었다. 마오쩌둥과 저우언라이가 산시 북부에 있을 때는 진찰기(山西, 河北, 察哈尔) 변계지역도 산시 북부보다는 나았다. 한 번은 허룽(贺龙)이 마오쩌둥을 만나러 왔는데, 마오쩌둥 경위원이 허룽 경위원의 총을 탐스러워 하자 이에 허룽도 놀랐을 정도였다. 중앙기관에서 이 정도로 어려울 줄은 생각지 못했던 것이다. 그는 경위원에게 총을 바꿔주라고 말했다. 공산당은 가난에 습관 되어 있었고, 당의 최고층도 가난에습관 되어 있었다. 그들이 가난을 좋아한 것이 아니라 다만 한 가지 원칙을 좋아했기 때문이었다. 바로 중국 민중이 가난한데 당이 민중보다잘 사는 것을 부끄러워했다는 것이다. 또한 1선에서 적과 대치하고 있는 병사들이 아직 어렵게 생활하고 있는데, 중앙기관과 당 중앙이 그들보다 절대 우월한 생활을 할 수 없다는 생각을 하고 있었던 것이다. 바로 이러한 청빈한 생각과 여건이 어려웠던 것은 그들이 일편단심으로투명한 생활을 했다는 것을 보여준다. 이것이야말로 바로 전 인류를 해방시킨 후에야 자신을 해방한다는 철두철미한 혁명사상을 실천하고 있었다는 것을 보여주는 것이었다. 900년 전 봉건사회 명신이었던 범중엄(范仲淹)은 "천하 사람들의 근심에 앞서 내가 먼저 걱정해야 하고,이 세상의 온갖 즐거움을 모든 사람들이 다 즐긴 후에야 즐겨야 한다"고 했다. 하지만 진정으로 이 명언을 실현한 것은 공산당이었다. 마오쩌둥과 그의 참모들은 그 누추하기 그지없던 지휘부에서 장제스와 맞대결하였다. 이는 오히려 신비감을 불러일으켜 주었다. 마치 무협소설에서 겉모양이 보잘것없는 고수가 아무렇게나 부채 혹은 담뱃대를 꺼내더니 상대방의 수중에 있는 칠성보도를 순식간에 날려 보내는 것처럼 말이다.

작전실 옆에는 맷돌이 있는 작은 뜰이 있다. 이 뜰에서 마오쩌둥은 담배도 피우고 산책도 하면서 밤낮 없이 전보문을 작성하였다. 통계에 의하면 3대 전역에서 마오쩌둥은 모두 190통의 전보를 보냈다. 작전 참모들은 지도 위에다 붉은 털실로 한 바퀴씩 얽어매었다. 우선은 선양(沈陽)을 얽어매었고, 그 다음엔 쉬저우(徐州), 화이하이(淮海)를 얽어매었다. 제일 마지막으로 붉은 털실은 베이징(北京), 톈진(天津)의 목에 감기었다. 이 3대 전역에서 적군 154만 명을 섬멸하였다. 공산당의 모든 일반 간부들은 옌안 대생산 시기 털실 짜기를 익혔었다. 하지만 털실이 이렇게 큰 용도가 있으리라고는 생각지 못했으리라. 황웨이(黃維)는 화이하이 전역에서 포로가 된 후 사상 개조를 거쳐 출옥한 후, 반드시 시바이보어에 가보겠다고 했다. 시바이보어는 초라한 작전실을 보고는 그만 감격하여 "장(제스) 선생이 패배하는 게 당연하지!" 하며 탄식했다고 한다. 공산당은 사욕을 극복하고 모든 것은 인민을 위하는데 온 힘을 쏟았다. 그런 마음이 천하를 뒤덮었고 적의 진영까지 녹여버렸던 것이다. 심지어는 장제스가 파견한 담판 대표 사오리즈(邵力子), 장쯔중(張治中)마저 감복하고 돌아가지 않았던가 말이다. 그러니 장제스가 패배하는 것은 당연한 일이었다.

군사적 대국을 끝내고 나니 다른 한 중대사가 남아 있었다. 1949년 3월 5일 그 유명한 제7기 2중전회가 중앙기관의 큰 취사실에서 개최되었다. 지금도 회의실에는 주석대의 원 모습을 보존하고 있다. 말이 주석대이지 사실은 단상조차 없다. 취사실 벽에다 당기를 걸고 그 아래에 네모난 책상과 낡은 등나무 의자를 놓았을 뿐이었다. 양측에 각각 책상 하나씩이 놓여 있었는데 이는 기록하는 곳이었다. 회의장에는 마이크 조차 없었으니 녹음기가 있으리라고는 생각할 수도 없는 일이었다. 회의에는 모두 34명의 중앙위원과 19명의 후보 중앙위원이 참석했다. 마오쩌둥이 긴 책상 뒤에 앉았고 기타 사람들은 모두 단상 아래 앉았다. 단상 아래에도 고정된 걸상이 없는지라 회의 시 사람마다 자기 집 혹은 사무실에서 걸상을 가져와 앉았다. 회의는 8일 동안이나 열렸다. 위원들은 군사, 정치, 당무, 정권 접수 등에 대해 자세히 토론하였다. 발언하는 사람들은 앞에 나아가 책상 옆에 서서 이야기 하였다. 발언이 끝나면 자기 자리에 돌아가 앉았다. 마오쩌둥이 직접 기록을 하였으며 때때로 참견을 하였다. 영수와 대표들은 사이가 매우 가까웠다. 사실 이것은 오래된 습관이었다. 많은 사람들이 아마 이런 사진 한 장을 본 기억이 있을 것이다. 마오쩌둥이 옌안 동굴집 앞에 서서 보고를 하는데 황토바닥 위에는 걸상이 놓여 있고, 그 걸상 위에는 커다란 찻잔이 놓여 있으며, 보고를 듣는 사람들이 쪽걸상 앞바닥에 쭉 둘러 앉아 있는 사진 말이다. 들은 바에 의하면, 당시 앞줄에 앉은 사람은 목이 마르면 마오쩌둥의 찻잔을 들고 쭉 들이키기도 했다고 한다. 당 내에서만 그러한 것이 아니라, 영수와 일반 민중 사이도 매우 친밀하여 조금도 격의가 없었다고 한다. 시바이보어 언덕 아래에는 물이 흐르고 논밭이 있었는데, 어려서부터 논밭 일에 습관이 된 마오쩌둥은 여가 시간이면 바짓가랑이를 걷어 올리고 논에 들어서서 농민들과 같이 모내기를 했다. 후덕하게 생긴 주더 총사령이 마을에서 뒷짐을 지고 산책을 할라 치면, 논밭에서 일하고 돌아오는 마오쩌둥을 농민으로 착각할 때가 많았다고 한다. 런비스의 온 집 식구가 사는 집 온돌에는 지금도 물레가 놓여 있었다. 다섯 영수는 설산(雪山)과 초원을 걸어 나왔으며, 동서양을 왔다 갔다 했으며, 천군만마도 통솔했었다. 중국의 경제에도 익숙했으며, 경(經)·사(史)·자(子)·집(集)과 마르크스·엥겔스도 통독했다. 또 어떤 사람들은 국민당 감옥에서 살아도 본 적 있다. 그들은 지식이 해박하기를 바다 같았고, 업적은 산처럼 높았다. 하지만 그들은 자연스럽게 혁명대오 속에 융합되어 들어갔으며, 그 속의 일원이 되었다. 위인이란 그 사상, 기풍, 경계, 업적이 자연적으로 일정한 높이까지 상승한 사람을 말한다. 마치 해가 높이 뜬 것처럼, 나무가 높이 솟은 것처럼, 물이 기슭으로 넘쳐흐르는 것처럼, 떨어지게 하려고 해도 그렇게 되지가 않는 그런 사람이기에 당연히 겉치레를 할 필요가 없는 것이다. 1949년 봄 중국공산당과 다섯 영수들, 그리고 34명의 중앙위원들은 이렇게 평온하게 북방 작은 마을의 낡은 취사실에 앉아서 중국의 운명을 결정했던 것이며, 당이 역사적 전환점에서 어떻게 해야 할까를 결정했던 것이다. 20년 동안 시골에 살다가 이제 도시로 들어가게 된 것이다. 당은 존재가 의식을 결정한다는 이 철학적 기본 원리를 잊지 않았으며, 당원은 객관적 세계를 개조함과 동시에 주관적 세계도 개조해야 한다는 이 준칙을 잊지 않았다. 이 초라한 회의실에서 공산당은 자신만의 '누실명(陋室铭)'을 통과시켰다. 마오쩌둥은 '당의를 입힌 포탄(糖衣炮弹)'에 경각성을 높여야 한다고 했으며 "전국적인 승리를 거둔 것은 만리장정의 첫 걸음이다", "반드시 동지들로 하여금 계속 겸허하고 신중하며, 교만하지 않고, 성급해 하지 않는 기풍을 유지하도록 해야 한다. 반드시 힘들게 분투하는 기풍을 유지하도록 해야 한다"고 강조했다. 회의를 시작할 때에는 주석단상에다 마르크스, 엥겔스와 마오쩌둥의 초상화를 나란히 걸었으나, 폐막할 때에는 변화가 생겼다. 회의 과정에서 점차 다섯 가지에 대한 공감대를 이루었던 것이다. 즉 사람의 이름으로 명명하지 않고, 축하 말을 하지 않으며, 중국 동지들은 마르크스·엥겔스와 병렬하지 않으며, 박수를 적게 치고, 술 권하기를 적게 한다는 것이다. 이는 참으로 놀라운 일이라 하지 않을 수 없다. 당의 중앙전회에서 이렇게 사소한 일에 대해 결정을 한다는 것은, 살얼음을 밟듯 항상 조심하여 그 마음이 진실 되고 그 행동을 청렴하게 하여 천지를 비추겠다는 의지의 표현이었으리라…… 과거 위안스카이(袁世凱)가 등극할 때, 용포에 달린 용안(龙眼) 구슬 2개만 해도 은화 30만 위안이나 되었다고 한다. 그런데 공산당은 새 공화국의 초석을 닦는 데도 낡은 취사실을 빌려 썼던 것이다. 우리는 "진리처럼 소박하다"는 말을 자주 하게 된다. 일의 도리가 정확하다면 형식을 따질 필요는 없는 것이다. 도금한 마이크로 말하든지, 아니면 목청을 높여 소리치든지 모두 관계가 없는 것처럼, 진리는 많은 형식으로 치장할 필요가 없으며, 허세를 부리며 발표할 필요가 없다. 진리는 객관 진실과 소박함을 요구한다. 청나라 황실은 후궁을 봉할 때 금으로 이름을 썼다고 한다. 그래서 한 페이지에 황금 16냥이 들었다고 한다. 하지만 그들 중 어느 누구의 이름이 후세 사람들에게 기억되었던가? 붉은 털실과 푸른 털실, 그리고 작은 책상과 돌을 깔고 앉는 회의장, 작은 맷돌과 낡은 취사실…… 두 정권이 최후의 결전을 하는 시각에 공산당은 이런 법보로 창장(长江) 이북을 휩쓸었고 베이핑(北平)을 탈환했던 것이다. 참으로 콩을 뿌려도 군사가 되고 나무를 가리켜도 진세가 이루어지니 어떻게 싸워도 모두 순조롭기만 했던 것이다. 사실 당시는 무엇을 사용하든 별로 중요하지 않았다. 왜냐하면 이미 사람들의 마음이 모아졌기 때문이었다. 그 어떠한 평범한 물건이든 그 위에는 벌써 우리의 이상, 신념과 인민을 위해 복무한다는 뜻이 이미 부착되어 있었기 때문이다. 지성이면 감천이라고 했다. 천하가 귀순하니 격문만을 띄워도 평정되었고, 그 거센 바람에 대적할 자가 없게 되었던 것이다. 장제스 정권은 이미 인심이 떠나 버려서, 수분이 모두 빠져 버려 잎이 누렇게 말라 버린 나무처럼 누군가 살짝 건드리기만 해도 가지가 꺾이고 잎이 우수수 떨어지게 되었다.

　참관이 끝난 후, 사람마다 마을 입구의 다섯 영수 조각상과 기념촬영을 하였다. 다섯 영수는 가슴을 내밀고 앞으로 향하고 있는데, 마치 먼 길을 떠나는 듯싶었다. 어디로 가려는 것인가? 당시 마오쩌둥은, "우리는 과거시험을 보러 상경한다. 시험을 잘 치러 이자성(李自成)처럼 되지 말아야 한다"고 했다. 저우언라이는 "과거에 합격해야지 되돌아와서는 안 된다"고 했다.

1996년 11월 20일 시바이보어(西柏坡)에서

트리어의 유령

《공산당선언》의 첫 구절은 "한 유령, 즉 공산주의의 유령이 유럽에서 떠돌고 있다"라는 것인데, 나는 이 구절의 독일어 원 뜻이 무엇인지는 잘 모르겠고, 중국어로 번역할 때에도 왜 '유령'이란 단어를 사용했는지 잘 모르겠다. 중국 사람들의 습관에 의하면, 유령이란 심원하고 신비하며, 어렴풋하고 분명하지 않으나 위력이 대단하다는 의미로 사용되고 있다. 보이지도 않고 만질 수도 없으며 있는 듯 하지만 없는 것 같고, 믿으면서도 또 믿지 않는 것이 유령이다. 따라서 유령에 대해서는 얼마간의 경외심을 품고 있기도 하지만 그중에는 두려움도 섞여 있다. 또 진상을 알 수는 없지만, 또 그에 대한 의지심을 벗어날 수도 없다. 아마 이런 것을 두고 중국에서는 유령이라고 하고 있지 않나 싶다.

이 유령의 매력에 이끌려서인지 나는 독일에 가자마자 곧 마르크스 생가로 갔다. 마르크스는 독일 서남부의 트리어라는 작은 도시에서 태어났다. 그날 급히 도착하고 보니 벌써 저녁 무렵이 되었다. 우리는 어느 한 작은 골목에서 잿빛의 작은 건물을 찾을 수 있었다. 조용한 거리에 빽빽하게 들어선 주택들 중에 이 건물은 별로 눈에 뜨이지 않았다. 낙조는 건물에 엷은 황금색을 칠해 주었다. 문을 밀고 들어가니 정면에는 자그마한 카운터가 있고, 설명서라든가 기념품이 진열돼 있었다. 현관과 정원은 아주 작았지만, 깨끗하고 산뜻했으며 가정적 분위기가 흘렀다. 가장 눈길을 끈 것은 벽에 걸린 마르크스의 초상이었다. 사진도 아니고 그림도 아닌, 《공산당선언》의 문자로 구성된 초상이었다. 끊임없이 이어지는 영어 자모로 긴 선을 만들어서는 마르크스의 윤곽을 그리고 있었는데, 우리가 익숙히 알고 있는 수염과 넓은 이마, 그리고 그윽한 눈길이 그려져 있었다. 우리는 이 특수한 초상 앞에 멀거니 서 있었다. 한 사람에게 있어서 온 세계에 널리 알려진 자신의 저작으로 초상이 그려진다는 것은 참으로 특수한 영광이 아닐까 싶었다.

생가의 건물은 모두 3층으로 되어 있었으며 둥근 형태로 되어 있었다. 중간에는 자그마한 뜰이 있었다. 1층은 원래 마르크스의 부친이 변호사로 있을 때 이용하던 사무실인데, 지금은 접대실로 이용하고 있었다. 2층은 마르크스가 태어난 곳인데, 지금은 여러 가지 자료들을 진열하고 있었으며 마르크스의 생활과 당시 국제 공산주의 운동의 배경에 대해 소개하고 있었다. 3층은 마르크스의 저서가 진열되어 있었다. 사실 마르크스는 이 곳에서 1년 6개월밖에 살지 않았다. 마르크스의 부친은 1818년 4월 이 건물에 세 들어 살았으며, 5월 5일에 마르크스가 태어났다. 그리고 그 이듬해 10월에 이사를 갔다. 마르크스는 이곳에 대해 아무런 기억도 없으며, 아마 다시 와 본 적도 없을 것이다. 하지만 후세 사람들은 이곳을 기억해 두었다. 1904년 이 건물은 트리어의 한 사회민주당 당원이 마르크스의 출생지라고 확인했다. 당조직은 여러 차례나 이 건물을 사들이려 했지만 재력이 부족해 소원을 이루지 못했다. 그러다가 1928년 10만금을 들여 이 집주인으로부터 이 건물을 사들여 수리 복원하여, 1931년 5월 5일에 대외로 개방하려고 계획했었다. 그런데 잇따라 정세가 악화되면서 히틀러가 집권하게 되었다. 1933년 5월 이 건물은 몰수당했고, 파쇼 지방조직의 당 기관이 되었다. 그러다가 제2차 세계대전이 끝나고 나서야 사회민주당이 다시 이 건물을 회수할 수 있었으며, 그리하여 1947년 5월 5일 처음으로 개방되었다.

상전벽해라는 말이 있다. 마르크스가 1818년 이 건물에서 태어나 지금까지 170년이라는 세월이 흘렀다. 그 사이 세계의 변화는 그 이전 역사인 1700년을 초과하는 발전을 이루었다. 하지만 세계는 여전히 마르크스의 머릿속에서 운행되고 있다. 진열관에는 마르크스가 노동운동과 학문 연구를 위해 사방으로 뛰어 다니던 노선도가 있었다. 가느다란 선이 유럽의 대지를 누비며 조밀한 망을 이루었다. 영국 런던은 그 선들이 가장 많이 합류하고 집중된 곳이었다. 나의 눈길은 그 점에 멈추어 서면서 자연히 그 이름난 이야기를 떠올리게 되었다. 마르크스는 대영박물관에서 책을 읽고 글을 썼는데, 시간이 오래 흐르면서 발밑의 바닥이 오목하게 패이게 되었다. 마치 소림사(少林寺) 석판 위에 무도를 수련하는 승려의 발자국이 패인 것처럼. 무공(武功)이든 문공(文功)이든 모두 노력을 기울이는 것이 필요하다. 마르크스는 처음부터 전 지구와 전 지구상의 경제형태, 생산관계, 과학기술, 사람의 사유 및 세상의 철학 등을 모두 연구의 대상으로 삼았다. 그는 이 세계를 위하여 원리를 연구해 내고, 실마리를 풀어내려고 했다. 그는 아르키메데스, 혹은 중국의 노자 같은 철학자였다. 그는 노동자계급의 빈곤을 알았지만 그가 변화시키려 한 것은 어느 한 시기 어느 한 지역 노동자들의 형편을 대상으로 하려는 것은 아니었다. 그는 오웬처럼 구체적인 자선을 위한 실험을 하지 않았다. 즉 그는 파리공사에 대해 처음부터 동의하지 않았다. 그는 이 혼란한 세계에 대한 근본적인 해법을 찾으려고 마음먹었기 때문이었다. 이 건물에서 가장 많이 보존된 것은 마르크스의 각종 친필 원고와 저서들의 판본이다. 우리가 가장 익숙한 것은 당연히 《공산당선언》과 《자본론》이다. 여기에서 가장 진귀한 것은 《공산당선언》의 제1판본이다. 이 책 이전에는 그 어느 책에서도 사람들에게 삶의 방식 변경에 대해 이처럼 명확히 설명한 적이 없었다. 이 책은 전 세계적 범위에서 백년 동안 지속되어 온 운동을 불러일으켰다. 이 진열장에 진열된 1848년 판본이 출판된 후, 각지에서 끊임없이 《공산당선언》이 출판된 것을 보면 그 생명력을 알 수 있으며, 어떻게 이 세상에서 받아들여 졌는지, 또 어떻게 세계를 움직였는지를 알 수 있다. 통계에 따르면, 《공산당선언》은 모두 70여 가지 문자로 된 1천 여 가지 판본이 있다. 이 책이 중국에 전해진 것은 1920년으로, 천왕다오(陈望道) 선생이 첫 중국 판본을 번역하였다. 이로부터 2000년 농민 봉기를 경험한 적이 있는 중국의 대지에 새로운 공산주의라는 폭풍이 휘몰아치게 되었던 것이다. 농민들은 등잔불 밑에서 마지(麻紙)로 된 《공산당선언》을 봉독했다. 그리고 그들은 더는 황제가 되려고 하지 않았다. 그들은 삿갓을 쓰고 긴 총을 메고 "전 세계 무산자들은 연합하자"고 외치며 산림과 벌판으로 돌진해 나아갔다. 3층의 22전시실은 전적으로 《자본론》을 수장하고 전시하는 곳이었다. 가장 진귀한 판본은 《자본론》제1권의 평장으로 된 장정본이었다. 《자본론》은 사람들에게 철저하게 사회를 인식하도록 하는 거작이다. 전 책은 모두 160만 자인데 마르크스가 40년의 심혈을 기울여 저술한 것이다. 이 거작을 쓰기 위해, 마르크스는 전후로 1,500가지에 달하는 서적을 연구하였다. 그 전에는 누구도 마르크스처럼 자본과 노동의 관계를 잘 설명하지 못했다. 엥겔스는 마르크스의 무덤 앞에서 마르크스는 일생 중 양대 발견을 하였다고 말했다. 그중 하나는 물질생산이 정신생활의 기초라는 것이며, 다른 하나는 자본주의의 생산법칙이다. 이 책은 사람들에게 착취와 착취를 소멸시키는 방법을 알게 하였을 뿐만 아니라, 생산력과 생산관계를 알게 하였으며, 경제를 조직하는 것, 경제를 발전시키는 것을 알게 하였다. 이 책은 심지어 자본가마저 하는 수 없이 《자본론》을 공부하게 만들었으며, 노사 대립을 인정하고 모순을 완화시키도록 만들었다. 《자본론》은 바다라 할 수 있다. 인류사회의 모든 지식이 역사의 강바닥에서 긴 여정의 흐름을 거쳐, 각종 학과에 대한 흡수와 여과를 거쳐 최종 마르크스의 머릿속에서 회합하였으며 이 책 속에 회합된 것이다. 누렇게 빛이 바랜 저서와 여러 가지 문자가 촘촘히 적힌 친필 원고, 그리고 벽에 걸린 책의 목록과 출판 시간, 지점이 서로 다른 각종 판본의 책들을 보면서 나는 신성한 느낌에 휩싸이게 되었다. 마치 바다에서 긴 여행을 거쳐 물길을 거슬러 올라와 칭장고원(靑藏高原), 창장(長江)과 큰 하천들의 수원지에 온 듯한 느낌이었다. 물은 유량이 많지는 않았지만 반짝반짝 빛나는 물줄기들이 태고의 고원을 흘러 지나온 듯 맑고 순수하고 투명해 보였다. 온 누리가 고요했으며, 푸른 하늘과 흰 구름은 손만 뻗으면 그냥 잡힐 듯싶었다. 저녁 노을이 굴절되어 들어오면서 실내에 찬란한 황금색을 도금해 주었다.

150년 전 마르크스가 '공산주의 유령'이 나타났다고 선포하면서부터 유럽의 모든 반동세력들은 깜짝 놀라 허둥거리게 되었다. 150년 후 내가 트리어의 이 건물 앞에 서있을 때, 서양 사람들은 더는 마르크스를 두려워하지 않게 되었다. 그것은 이 창밖의 세계가 바로 자본주의의 세계이기 때문이다. 그렇기 때문에 이 세계는 이 건물을 그대로 보존하고 있는 것이고, 게다가 이 옆에다가 마르크스를 기념하는 도서관까지 설립하고 있는 것이다. 그들은 마르크스주의 유령에 대한 '포위토벌'을 거친 후, 지금에 와서는 부득불 그 존재를 인정하지 않을 수 없게 됐으며, 또한 그로부터 진지하게 자양분을 흡수하고 있다. 1983년 마르크스 서거 100주년 당시, 당시의 서독(西德)은 마르크스의 두상이 새겨진 동전 832만 매를 발행했는데, 그중 35만 매는 전문적인 수장을 하기 위한 것이었다. 그런데 그러기 이전 서독의 화폐 마르크에는 역대 대통령의 두상만 새겼었다. 그럼에도 이번에 그의 기념주화를 발행하게 된 것에 대해 연방정부 국무비서는 의회에서 "마르크스의 정치 관점이 서양에서 논쟁이 있기는 하지만, 그가 중요한 학자인 것만은 의심할 바 없으며, 인민의 존경을 받아야 한다"고 답변했다. 옥스포드대학의 휴 로이드 존스 (Sir Hugh Lloyd Jones) 그리스어 교수는 "현재 대량의 문헌, 특히 그중에서도 매우 가치가 있는 일부분까지 포함해서 보더라도 모두 마르크스주의의 기초 하에서 나타난 것이다. 역사, 정치, 경제와 사회의 각 학과는 물론, 미학과 문학 비평 영역에서도 마르크스주의는 상식이 있는 독자라면 반드시 접촉해야 하는 학설이 되었다"고 말했다. 그들은 마치 상대방에게 패한 무사처럼 검을 내리고 차분하게 검을 다루는 기예에 대해 가르침을 청하는 것과 같은 모습이었던 것이다.

방명록을 보면 이곳에 참관 온 사람들 중 중국 사람이 가장 많았다. 마르크스주의는 중국에 너무나도 많은 기쁨과 슬픔을 가져다주었다. 이 유령이 중국에 상륙하면서부터 구 중국의 모든 반동세력들은 곧 유럽을 본받아 "이 유령에 대해 신성한 포위 토벌"을 하였다. 공산당 내부에서도 10월 혁명의 포 소리와 함께 마르크스주의를 가져다 준 그 시각의 희열을 만끽하였으나 곧바로 수많은 고난을 겪어야 했다. 이 유령은 중국에 들어오자마자 곧 어떻게 받아들이고 운용할 것인가에 대한 고통스러운 논쟁을 유발시켰다. 유령은 보이지 않는 머나먼 유럽에서 온 제시였고, 은연중의 규정이었으며, 하늘에 있는 마르크스의 영혼이었다. 농민들은 역대 봉기마다 모두 신에 의지하곤 했다. 진승(陈胜), 오광(吳广)의 봉기는 호선(狐仙)의 말을 통해 이끌어 냈고, 유방(刘邦)의 봉기는 뱀을 베는 것으로써 권위를 세웠으며, 홍수전(洪秀全) 때에 와서는 배상제회(拜上帝会)를 창설해 하느님의 대변인이라고 자칭했다. 종합적으로 볼 때 유명(幽冥)에게서 위엄 있는 목소리를 빌려다 행동을 통일시켜야 했던 것이다. 공산주의 유령을 전파하는 책은 중국에 들어오자마자 곧 혁명적 '교차오저우의'가 되었다. 천상의 목소리를 빌어 지상의 혁명을 지도하면 비극을 초래하기 마련이다. 그중 큰 비극만 해도 두 번이나 된다. 한 번은 토지혁명시기, 왕밍(王明)의 '좌'경 노선으로 인해 근거지와 홍군이 거의 소모되자, 바로 마오쩌둥(毛泽东)이 그의 교차오저우의를 극복하였으며, 국제공산당에서 파견한 마르크스의 동향인을 버려버렸던 것이다. 군사지휘관 리더(李德)는 마르크스주의의 정신만을 가져오고 독일과 유럽의 껍데기는 버렸다. 그는 중국어로 심지어는 호남(湖南) 특유의 방언이 짙은 중국어로 "싸워서 이길 수 있으면 싸우고, 싸워서 이길 수 없으면 피한다. 농촌으로 도시를 포위한다"고 말해, 중국 혁명의 전략문제를 일시에 해결해 주었다. 그러자 유령이 진짜 신통력을 발휘했는지 혁명은 다시 "육반산의 높은 봉우리 위에 붉은기를 서풍에 날리게 했다(六盘山上高峰, 红旗漫卷西风)." 두 번째는 건국 후, 생산관계에 대한 잘못된 평가로 인해 진행된 대약진(大跃进)과 공사화(公社化)이다. 이 때문에 생산력이 파괴되었으며, 심지어 '문화대혁명'에 이르러서는 전체가 붕괴되는 국면에 이르게 되었다. 이번에는 덩샤오핑(邓小平)이 다시 교차오저우의를 버리고 재차 공산주의 유령에 씌워진 무거운 껍데기를 벗겨 버렸다. 그는 중국어로 심지어는 사천(四川) 방언이 짙은 중국어로 "흰 고양이든 검은 고양이든 쥐를 잡는 고양이가 좋은 고양이다"라고 했다. 뿐만 아니라 "무엇이 사회주의인가?"라고 한 마디 더 물었다. 이때로부터 중국이라는 이 사회주의 나라는 일약 공산주의라는 망상에서 뛰쳐나올 수 있었고, 순수한 홍색의 폐쇄 속에서 뛰쳐나올 수 있었다.

수 년 후 우리는 발전하고 있는 세계를 따라잡게 되었고, 그런 후 지나온 우리의 역사를 뒤돌아보니 자기도 모르게 식은땀을 흘렸음을 누구나 공감하고 있을 것이다. 마르크스는 과거 청나라를 비판함에 있어서, "인구가 거의 인류의 1/3을 차지하는 대제국이 시대적 추세를 돌보지 않고 현실에만 안주하면서 인위적으로 세상과 담을 쌓고 있으며, 대제국이라는 아름다운 환상에만 젖어 있어 자기 자신을 기만하다가 최후의 결전에서 무너지고 말 것이다"라고 했다. 만약 우리도 계속 폐쇄되어 있었다면 대청제국의 전철을 밟게 되었을 것이다.

수십 년간 마르크스의 책을 읽어왔고, 수십 년간 우려곡절의 길을 걸어오다가 모처럼 마르크스가 처음으로 강림한 이곳에 와서 가장 일찍 인간 세상에 나타난 복음의 진본을 보게 되었다. 하지만 이때의 나는 더는 과거 학교에서 그 책들을 읽을 때처럼 눈앞에 아무 것도 보이지 않는 그런 공백상태는 아니었다. 생각은 눈앞의 이 장서들처럼 묵직하게 이어졌다. 벽에 걸린 《공산당선언》의 문자로 구성된 마르크스의 초상을 바라보노라니 마치 불광에 휩싸인 부처님처럼 분명하게 보이다가는 또 어렴풋이 보이곤 했는데, 곧 마르크스의 형상이며 그의 시원한 이마와 더부룩한 수염이 나타났다가는 사라져 버리고 자모들만 남곤했다. 그 자모들 사이사이에서 백년 노동운동의 거센 흐름과 전 지구를 석권하는 상업의 조류가 보여 졌다. 내 생각에 우리는 마르크스에 대해 잘 알지 못하고 있는 것 같다. 우리는 마르크스와 가까이에 있는 것 같기도 하고 멀리 떨어져 있는 것 같기도 하다. 또 잘 아는 것 같기도 하고, 잘 모르는 것 같기도 하다. 수년간 우리는 "자본주의가 썩었는데도 왜 소실되지 않는가? 부서졌는데 왜 무너지지 않는가?"하고 절박하게 물은 적 있다. 그러면서 "공산주의의 유령이 왜 그리 영험하지 못한 걸까?"하는 의구심을 갖기도 했지만, 이 방 안에서 먼지투성이가 된 저 색 바랜 원고를 펼쳐 보니, 마르크스 이 노인은 벌써 1859년에 "그 어떠한 사회 형태든지 그 자체가 용납한 전체 생산력을 발휘하기 전에는 절대 멸망하지 않을 것이다"라고 지적했음을 재삼 느끼게 되었다. 그리고 새롭고 더욱 높은 차원의 생산관계는 그의 물질적 존재조건이 낡은 사회의 뱃속에서 성숙되기 전에는 절대 나타나지 않을 것이라고 생각되었다.

과거 우리는 아주 진지하게 마르크스의 책과 대조하여 노동자 몇 사람을 고용하면 자본주의인가를 계산했고, 농민이 닭 몇 마리를 키우면 자본주의인가를 계산했었다. 하지만 우리는 마르크스가 역시 이 원고에서 지적한 것들을 소홀히 했던 것이다. 마르크스는 사람들이 사회주의의 순서에 대해 절박하게 물었을 때, 현재 이 문제를 제기하는 것은 허무한 것이라고 말했었다. 엥겔스는 더 분명하게 궁극적 법칙을 인류에게 강요할 수 없다고 말했으며, 미래 사회조직에 관한 상세한 상황에 대한 관점은 우리가 사는 여기에서는 그림자조차 찾아볼 수 없다고 말했다. 마르크스는 위대한 사상가이다. 그런데 우리는 억지로 그를 행동가로 강등시켰다. 공산주의가 '유령'이라면, 그것은 깊이를 헤아릴 수 없는 것처럼, 그것은 다만 사상일 뿐이지 그 어떤 방안이 아닌 것이다. 그런데 우리는 거기에 우리 자신을 맞추기에 급급했었으며, 마르크스가 우리에게 구체적인 것을 말해주기를 요구했고, 억지로 유령을 붙잡아 환영시키려 했었다. 지금 돌이켜 보면 우리의 조바심과 천진함이 부끄럽게 느껴진다. 이는 마치 금방 걸음마를 익힌 아이가 "나 장가 갈래"하고 떠드는 거나 다름없는 것이다. 마르크스 노인은 그러는 아이의 머리를 쓰다듬으며 "넌 아직 밥 많이 먹고 커서 어른이 돼야 장가갈 수 있다"고 말 했을 것이다. 한 세기 하고 절반이 더 지나서, 중국공산당은 베이징에서 제15차 전국 대표대회를 개최하고 본 세기 이래의 경험과 교훈을 진지하게 종합하였으며, 현 단계를 초월한 임무나 정책 같은 것은 절대 내놓아서는 안 된다고 지적했다. 장저민(江澤民) 동지는 사회주의 초급단계는 적어도 100년이라는 역사적 과정이 필요하다고 말했다. 이것이 바로 역사 유물주의인 것이다. 중국말 속담에 "세월을 오래 겪어 보아야 사람의 마음을 알 수 있다"고 하는 말이 있다. 마음이란 사상이다. 일반 사람의 마음은 해가 가고 달이 가면 알 수 있지만, 철인의 마음은 세기가 가야 알 수 있다. 마르크스는 참으로 넓고도 심오하여, 과거의 세월에 동방학자든, 서방학자든, 자본주의든, 사회주의 실천가든 모두 그의 피상적인 것만 일부를 이해하였을 뿐인데, 곧바로 호감 혹은 악감을 갖게 하였던 것이다. 또한 이해하려고도 하지도 않고 통째로 실천하려고 했던 것이다. 많은 좌절을 거친 후에야 다시 이 초상 앞에, 마르크스의 생가에, 무덤 옆으로 오게 되었으며, 그의 저서로부터 다시금 마르크스에 대해 인식하게 된 것이다.

마르크스 생가에서 나오니 날이 어두워지기 시작했다. 트리어는 매우 작은 도시이다. 인구가 10만 명밖에 안 되는 독일의 아주 오래된 도시이다. 거리에는 불빛이 환했다. 우리는 아주 모던한 모습의 여관을 찾아 투숙했다. 내가 동반구에서 서반구로 날아왔으니, 당나라 승려가 석가모니의 옛집을 찾은 것처럼 끝내 소원을 이룬 것이나 같은 것이었다. 나는 성지가 준 흥분과 사색을 지닌 채 꿈나라로 빨려 들어갔다. 이튿날 아침 일어나 보니 온 방안에는 햇살이 가득 들어와 있었다. 창문을 열고 보니 경이롭게도 맞은 편이 고대 로마의 성루였다. 아직 그대로 있는 성문과 양측으로 조금 뻗어나간 낡은 성벽이 남아 있었다.

1997년 3월 19일을
트리어를 방문하여

2400년 전에 지어진 성루라고 했다. 성루는 모두 탁상 크기 만한 돌로
쌓아 올려 져 있었다. 돌 위에는 푸른 이끼가 가득 돋아나 있었으며 돌
틈으로는 팔뚝만큼 실한 작은 나무들이 자라나고 있었다. 마치 이미 석
화된 로마 노인처럼 처량한 모습이어서 역사의 영혼을 느낄 수 있었다.
성루의 성 가장자리를 넘어 바라보니 뾰족 지붕의 교회당이 있었다. 전
하는 바에 의하면, 이 교회당도 1400년의 역사가 있다고 한다. 묵직한
붉은 담 벽과 좁은 창문, 그리고 그 안에는 그리스도의 영혼이 안치되
어 있는 듯했다. 성루와 교회당은 골목 몇 개를 사이에 두고 있었다. 역
사는 산 넘고 물 건너 1000년을 걸어 왔건만 다시 내가 투숙하고 있는
이 여관까지 오는 데 또 500년이라는 세월이 흘렀다. 바로 지척에 있
지만 세월은 2000년의 시간을 들여서야 이 곳에 온 것이다. 나는 이 고
요한 역사의 항만을 바라보며 나도 몰래 생각에 잠겼다. 선구자의 사상
이란 항상 우리에게 이해할 시간과 기다릴 시간을 남겨준다. 트리어와
그다지 멀지 않은 울름에서는 독일의 또 다른 철인인 아인슈타인이 태
어났다. 그가 '상대성이론'을 발표할 당시 전 유럽에는 8명밖에 알아듣
지 못했다고 한다. 40년 후 첫 원자탄이 폭발해서야 사람들은 진정으

로 그에게 엎드렸다. 하지만 지금도 여전히 많은 사람들이 그 심오한 이론에 대해 모르고 있을 것이다. 이어서 또 다른 한 가지가 떠올랐다. 마르크스의 고향에서 천문학자인 케플러가 16년 동안 심혈을 기울인 끝에 행성운행의 법칙을 발견해 냈다는 점이었다. 그는 실험 전말을 적은 노트에다 "끝내 해냈다. 이제 책을 다 써냈다. 당대 사람들이 읽을 수도 있겠지만, 아마도 후세 사람들만이 읽을 수 있을지도 모른다. 심지어는 한 세기가 지난 후에야 이를 이해하는 독자가 나올지도 모른다. 마치 6000년이 지난 후에야 하느님을 신봉하는 자가 나타난 것처럼 말이다. 하지만 이는 내가 알 바 아니다"라고 썼다.

사상가는 다만 생각만 할 뿐이다. 구체적으로 어떻게 해야 할 지는 우리 후세 사람들의 몫인 것이다.

1997년 3월 트리어에서 씀
9월 중국공산당 제15차 전국대표대회 폐막을 맞으며 수정함

작은 뜰과 작은 강

위인으로서의 덩샤오핑(邓小平)은 일생 동안 얼마나 많은 저택과 영빈관에서 살았는지 알 수는 없다. 하지만 유독 이 집만은 매우 진귀한 곳이다. 이는 '문화대혁명' 중 그가 갑자기 타도되어 관의 통제 하에 처해 있을 때 살던 곳이다. 위인으로서의 덩샤오핑은 일생 동안 남전북전하면서 얼마나 많은 길을 걸었는지 모른다. 그런데 유독 이 오솔길만은 가장 귀한 길이라고 할 수 있다. 이 길은 그가 중앙 총서기, 국무원 부총리로부터 갑자기 어느 한 현(县)에 하방(下放, 중국에서, 1957년부터 상급 간부들의 관료화를 막기 위해 실시한 운동. 간부들을 농촌이나 공장으로 보내 노동에 종사하게 하여 관료주의나 종파주의 같은 결점을 극복하려는 목적으로 실시하였다 – 역자 주)되어 조립공일을 하면서 출근할 때 걷던 길이다. 덩샤오핑 동지가 서거한 지 2개월이 지난 후 나는 마침 인연이 있어 강서(江西) 신건(新建)현에 가서 이 저택과 오솔길을 찾아 볼 수 있었다.

이는 대략 600~700㎡ 되는 저택이다. 원래는 어느 한 군사학교 교장의 저택이었는데, '문화대혁명' 기간 군사학교의 운영이 중지되었다.

1969년 10월 덩샤오핑 동지는 중남해에서 연금 당했다. 3년 후 그는 쥐린(卓琳)과 그의 양모와 함께 장시(江西)로 이전되었다. 평균 연령이 70세에 가까워 오는 세 노인은 이 외딴 저택에서 살게 되었다. 꿈이라고나 할까, 중남해의 붉은 담장 안에서 살던 총서기가 이 곳에 내던져져 일반인과 같은 생활을 하게 된 것이다. 아니 일반인보다도 못한 생활을 한다고 해야겠다. 그는 자유가 없었으며 감시를 받아야 했고 강제 노동을 해야 했다. 나는 숭경하는 마음으로 조심히 이 저택 뜰 안으로 들어섰다. 이 저택은 저택으로만 본다면 괜찮은 곳이라고 할 수 있었다. 건물 앞에는 물푸레나무가 두 그루 서 있었는데, 진록의 잎이 무성했으며 암향(暗香)이 감돌았다. 잔디밭은 신록의 향기를 내뿜고 있었다. 사람이 살지 않는 빈 집이라 2층 창문에는 커튼이 드리워져 있었는데 진귀한 역사를 감추고 있다는 느낌이 강하게 들었다. 저택은 장엄하면서도 엄숙하고 경건했으며, 심지어 고귀함마저 느낄 수 있었다. 하지만 건물을 에돌아 뒤뜰에 갔을 때 내 마음은 얼어붙는 듯한 느낌이었다. 잔디와 나무들 사이에 거무스름한 나뭇광과 낡아빠진 닭장이 비스듬히 서 있었으며, 조금 먼 곳에는 채소밭이 있었다. 이것들은 뜰 안의 수려함과 고요함을 깨뜨려 버리면서 장군루(将军楼)마저 그 고귀한 머리를 높이 쳐들 수 없게 했다. 이 저택의 주인이 과거 어떠한 굴욕을 당했었던가를 보여주는 대목이었다. 당시 세 노인 중 65세였던 덩샤오핑만이 유일한 노동력을 발휘할 수 있어, 장작을 패고 불을 때는 등의 힘든 일을 그는 몸소하지 않으면 안 되었다. 그는 과거 화이하이전역(淮海战役)을 지휘했던 통수였으며, 그의 한 손으로 적 65만 병력을 항복시켰던 사람이다. 그는 또 군사를 지휘하여 창장을 건너 중국의 절반이나 되는 강산을 수복했던 사람이었다. 그런 그가 몸소 자기 손으로 연기에 그을린 부엌 옆에서 장작을 패게 된 것이다. 그리고 허리를 굽혀 아직 따스한 온기가 있는 계란을 주워 와야 했고, 채소밭에 거름을 주어 채소를 수확함으로써 모자라는 반찬값을 때워야 했다. 당시 그는 노임을 받지 못했으며 약간의 생활비만 받았다. 그 생활비도 절약을 해서 농촌에 내려가 있는 두 딸에게 보내줘야 했다. 이는 한신(韓信)의 과하지욕(胯下之辱, 사타구니 아래로 기어간 치욕-역자 주)이나 다름없었다. 하지만 그는 이를 참았다. 선비는 죽을 수는 있어도 욕되게 할 수는 없다고 했지만, 또 명예가 생명보다 소중하다고 했지만, 그것은 다만 한 사람의 명예인 것이다. 선비로서 대의를 아는 사람이라면, 명예와 생명 외에도 책임이라는 것이 있으며, 그 책임을 중히 여기고 명예를 가볍게 여기며 생명은 또 그 다음이다. 그 책임을 다 하지 못했다면 생명을 가벼이 여겨서는 안 되며, 그 명예만 추구해서는 안 된다. 사마천은 "치욕을 당하면 용기를 결단하게 된다(恥辱者, 勇之決也)"고 했다. 자고로 큰 치욕을 견디어 내고 큰일을 해 낼 수 있는 사람이야 말로 진정한 선비이며, 큰 지혜와 큰 용기를 갖춘 사람이며, 진정한 애정과 진정한 진리를 아는 사람이다. 인생에는 고난도 있지만 즐거움도 있으며, 득의할 때도 있지만 실의에 빠질 때도 있다. 공산당원이 전 인류를 다 해방시킨 후에야 자신을 해방시키겠다고 결의했으면, 인간세상의 모든 고난을 이겨내고 세상의 모든 억압을 이겨내야 했던 것이다. 공산당은 탄생하는 그 날부터 고통과 시련을 받아왔다. 나라마저 국치를 겪을 수 있는데 하물며 사람임에야. 세상사는 어쩔 수 없는 일이 있다. 이럴 때에는 오직 시국의 변화를 조용히 기다리는 수밖에는 없었던 것이다.

1년 후 '문화대혁명' 기간 박해를 받아 불구가 된 그의 장자 덩푸팡(邓朴方)이 이곳에 오게 되었다. 얼마나 튼튼하고 성실하던 아들인가, 그런데 지금은 침대에 누워 있을 수밖에 없게 되었다. 그는 아들을 돌려 눕혀 주기도 하고 밖으로 업고 나가 햇볕을 쬐게도 해주었다. 혹은 목욕통에 더운 물을 가득 담아놓고 목욕을 시키기도 했다. 뜨거운 물에서 나는 김과 눈물이 늙은 아버지의 두 눈을 흐릿하게 만들었다. 물방울은 그의 떨리는 손가락 끝을 따라 가볍게 부서졌다. 부성애가 그 손가락 끝에서 흘러 내렸다. 말 못할 괴로움에 가슴이 먹먹했다. 아들의 손상된 등이 만져졌다. 국가와 민족의 상처나 다름없는 것이었다. 노안에서는 뜨거운 눈물이 흘러 내렸다. 금방 일어 선 우리의 국가, 전성기에 있던 당이 이 같은 갑작스런 변고를 당했으니 그 상처가 얼마나 깊었으랴! 어찌 원기가 남아 있었겠는가! 후에 덩샤오핑은 '문화대혁명'은 그의 일생에서 가장 고통스러운 시기였다고 말했다. 고통도 영감을 가져온다. 위인의 고통은 국가의 운명과 연관되어 있다. 작가의 영감이 작품을 만든다면, 위인의 영감은 새로운 시대를 열어 놓는다. 덩샤오핑은 이 고통스런 영감 속에서 역사가 또 다른 모퉁이에 들어섰음을 보았다. 그는 뜰 안에서 산보를 하거나, 집안에서 뭔가를 찾을 때면 항상 우울한 눈빛이 뒤에 따라다님을 느낄 수 있었다. 2층의 책장에는 지금도 덩샤오핑 동지가 당시 읽던 '레닌전집'이 꽂혀 있다. 건물 앞뒤의 잔디밭에는 그가 산책을 하면서 낸 옅은 흔적들이 남아 있다. 매일 저녁 식사 후, 그는 이렇게 한 바퀴 또 한 바퀴씩 걸으면서 사색하고, 기회를 기다려 왔다. 그는 평생을 군대에서 생활을 해왔고, '펀지우'에서 보내다 보니 종래 한 곳에서 1년 이상 한가하게 보낸 적이 없었다. 그런데 지금 호랑이가 평야에 나온 것처럼 한가하게 산책하며 홀로 눈물을 떨구고 있는 것이다. 그때 그가 산책하던 길에는 지금 보도블록이 깔려 있다. 후세 사람들이 이 산책로를 걷노라면 곤경에 처한 위인의 심정을 얼마간 체득할 수 있을 지도 모른다. 산책로에서 걷노라면 다부진 몸집의 그가 앞에서 걸어가는 것이 보이는 듯싶었다. "조정의 높은 위치에 있으면 그 백성을 걱정하고, 강호의 먼 곳에 있으면 그 임금을 걱정한다(居庙堂之高则忧其民, 处江湖之远则忧其君)"는 말처럼. 좌천된 신하는 자기 한 몸을 생각할 겨를도 없이 오직 나라를 걱정하는 마음만 있을 뿐이었다. 과거 미뤄장(汨罗江) 가의 굴원이 이 모양이었다면, 지금 간장(赣江) 가에는 굴원과 같이 고통스러운 영혼이 있었던 것이다.

하지만 위에서는 덩샤오핑이 채소나 심고, 닭이나 먹이고 산책하는 것만으로는 만족해하지 않았으며, 더구나 그에게 많은 시간을 주어 생각하게 하지 않았다. 당시의 논리대로 하면 '주자파(走资派, '문화대혁명' 시기 자본주의 길을 가는 집권파의 영도 인물에 대한 약칭)'에 대한 개조는 노동 속에서 환원되어야 했다. 덩샤오핑은 부근의 한 농기계공장에 가서 노동하게 되었다. 처음 공장에서는 그에게 부품을 닦도록 하였다. 가벼운 일이었지만, 역시 나이가 많다 보니 쪼그리고 앉아 일하기가 힘들었다. 도면을 보게 하려 했지만, 눈이 어두워 잘 보이지 않을 뿐만 아니라, 지나치게 신경이 많이 쓰였다. 이때 덩샤오핑은 조립공 일을 하겠다고 자진해 나섰다. 공장 측에서는 이해가 되지 않았다. 그런데 생각 밖으로 며칠 지나자 숙련공들마저 엄지손가락을 내밀었다. "생각 밖입니다. 당신의 이 정도 수준이라면 4급이라 할 수 있습니다." 하지만 덩샤오핑의 얼굴에서는 아무런 표정도 찾아볼 수 없었다. 그렇다면 나라에 보답하려는 그의 마음은 몇 급이고, 나라를 다스리는 그의 수준은 몇 급이라 할 수 있었을까? 이때 전국의 모든 신문들의 제목에서는 그를 중국의 두 번째 '주자파'라고 불렀다(하지만 이상한 것은 '문화대혁명' 후 당 내외의 모든 공문서들을 찾아보아도 그에 대한 처분 결정을 찾을 수는 없었다). "군공은 동으로 흐르는 물에 흘러갔고, 치국의 공은 서풍에 날려갔네." 그동안의 공로는 어디로 가고 조립공의 기술만 남았던 걸까? 조립공은 그가 16세 나던 해 프랑스에서 고학을 할 때 하던 일이었다. 그런데 반세기가 흘러 역사는 이렇게 크게 에 둘러 다시 돌아왔던 것이다. 공장에서는 덩샤오핑이 나이가 많다고 공장 울타리에 구멍을 내어 지름길로 출퇴근 할 수 있도록 배려해 주었다. 대략 20분간 걸으면 되는 길이었다. 당시 울타리에 구멍을 내도록 결정한 사람은 이 조치가 우리에게 중요한 문물을 남겨 주리라고 생각지도 못했을 것이다. 당시 덩샤오핑이 출퇴근 하던 이 길은 현재 현지 사람들에게 '새오평의 오솔길'로 불린다. 공장과 거주지 사이에는 얕은 도랑과 농전이 있었다. 당시 덩샤오핑이 걸었던 오솔길은 그 사이로 꼬불꼬불 뻗어있다. 파란 풀숲 사이로 붉은색 흙으로 된 띠가 드러나 있다. 공장 담장(지금은 벽돌담으로 고쳐지었다)의 작은 문에서 나와 이 오솔길을 바라보노라니 감격스런 감정이 '욱' 하고 치밀어 올라왔다. 사실 이는 평범하기 그지없는 농촌의 오솔길이었다. 어릴 적 나는 이런 길에서 멧대추를 따 먹기도 하고, 메뚜기를 잡기도 하면서 어른들이 묵직한 땔나무를 지고 허리를 활등처럼 구부리고 지나가는 것을 보았었다. 방목이 끝난 후, 우리로 돌아가는 양 무리들이 일으킨 먼지는 피처럼 붉은 석양을 흐릿하게 만들기도 했다. 중국의 시골에는 이러한 오솔길이 얼마나 많은지 모른다. 3년 동안 덩샤오핑은 매일 두 번씩 이 오솔길을 다녔다. 그의 앞뒤로는 감시를 담당한 병사 2명이 따라다녔다. 그는 병사들과 함부로 말을 해서는 안 되었으며, 또 그들에게 속마음을 털어 놓을 수도 없었다. 그는 걸을 때면 묵묵히 머리를 숙여 과거 지나온 길을 생각했으며, 앞으로 가야 할 길을 생각했다. 그의 머릿속에는 너무나 많은 생각들이 담겨져 있었다. 그는 중국 현대사, 중국공산당 당사와 보조를 맞추는 걸음으로 일생을 걸어왔다. '5.4운동'이 폭발하던 해에 그는 프랑스 유학 예비학교에 입학했으며, 중국공산당이 창립된 이듬해 프랑스에서 소년공산당에 가입했다. 그 후 소련에 가서 공부했고, 귀국 후에는 백색(百色) 봉기를 영도했으며, 장정, 태항산(太

行山)에서의 항일, 화이하이(淮海) 결전과 건국에 참가했으며, 총서기, 부총리 직을 담임했었다. 당과 국가가 걸어 온 걸음마다엔 모두 그의 발자국이 찍혀 있었다. 하지만 그는 그 길을 다 걷지 못했을 뿐만 아니라, 오히려 이 때문에 박해를 받았고 강직당해야 했던 것이다. 그는 마치 우두머리 양처럼 사람들을 이끌고 가까운 길로 나아가려 했다. 그런데 갑자기 배후에서 돌멩이가 날아와 목덜미를 내리쳤다. 깜짝 놀란 그는 하는 수 없이 머리를 수그린 채 옛길을 그대로 걸을 수밖에 없었다. 제일 처음은 1933년 '좌'경 임시중앙이 군사모험주의를 실시할 때였다. 그가 반대 의사를 표명하자 곧 돌멩이에 맞아 성위원회(省委) 선전부장 직을 파면 당했고 소비에트구역의 한 농촌으로 쫓겨 가 황무지를 개척해야 했다. 두 번째는 1962년이었다. 대약진(大跃进)과 공사화(公社化)가 농촌 생산력을 파괴하는 일이 너무나 심각한 것을 보고 "이렇게 해서는 안 된다, 대중이 스스로 생산방식을 선택하게 해야 한다, 흰 고양이든 검정고양이든 쥐를 잡는 것이 좋은 고양이다"라고 말했다. 그러나 결과는 여전히 돌멩이에 얻어맞는 운명이었다. 그래도 이 때에는 강직되지 않았고 다만 비판만 받았을 뿐이었다. 그러나 상급기관에서는 당연히 그의 건의를 받아들이지 않았다. 세 번째는 '문화대혁명'이었다. 그는 린뱌오(林彪), 강청(江青) 무리가 멋대로 소란을 피우는 것에 동의하지 않다가 철저히 강직당해, 제일 처음 강직 당했던 곳이며 과거 그가 장정을 시작했던 곳인 강서 혁명 노 근거지로 오게 되었던 것이다. 역사는 이렇게 한 바퀴를 돌아서 그에게 다시금 이 붉은 땅을 밟도록 했던 것이다.

이곳은 도시 변두리에 위치한 현(县)이었으므로 비교적 조용한 셈이었다. 하지만 신문과 라디오, 그리고 상호 방문(串联, 문화대혁명 기간의 전문 용어로 학생들이 이른바 혁명 경험을 교류하기 위해 각지로 방문을 다니는 것을 말함 — 역자주)은 전국의 불안한 움직임을 끊임없이 전달해 주었다. 곳곳마다 대자보(大字報)의 바다가 되었고, 곳곳마다 "당위원회를 궤멸시키고 혁명을 하자"고 부르짖었으며, "사회주의의 풀을 먹을 지언정 자본주의의 양식을 먹지 말자"고 부르짖었다. 전국이 다 미쳤던 것이다. 이 길로 그냥 나간다면, 나라가 나라답지 않고 당이 당답지 않게 될 것이 뻔한 일이었다. 그는 "우리가 강서 소비에트 구역을 벗어나 남으로부터 북으로 장정을 거쳐, 다시 북으로부터 남에 이르기까지 철의 군대가 중국의 대지를 휩쓸어 왔는데 지금에 와 보니 결국 절벽을 향한 걸음이었던가, 막다른 골목에 다다른 것인가?" 그는 오솔길에서 걸으며 당의 제7차, 제8차, 제9차 전국대표대회에 대해 마음속으로 정리해 보았다. 도대체 어디에서 문제가 생긴 것일까? 당의 지도자로서 대사를 사색하는데 습관이 된 위인에게 사무용 책상이 없어지고, 회의실이 없어지고, 공문서가 없어지고, 사고하고 사상을 가공하는 기계가 모두 깨어지고 나서, 스스로 걸어서 낸 이 오솔길밖에 남지 않았던 것이다. 수도와 멀리 떨어진 이 오솔길에서 그는 매일 20분씩 왕복했다. 가을바람이 불어치자 풀은 시들어 갔고 전원은 황폐해졌다. 당시 그는 아마 시베리아에 유배를 간 레닌을 생각했을 것이다. 온 천지가 적막한 가운데, 레닌은 호숫가의 초막에서 러시아혁명의 이론 문제에 대해 반복적으로 고통스러운 사고를 하였으며,《러시아 사회민주당 당원의 임무》라는 책을 써내, "혁명 이론이 없다면 혁명 운동이 있을 수 없다"는 유명한 이론을 제출하였다. 그럼 우리는 지금 어떤 이론을 따라가는 걸까? 그는 꼭 과거의 마오쩌둥을 생각했을 것이다. 역시 이 강서에서 마오쩌둥도 '좌'경 당 중앙의 배척을 받은 후 〈중국의 홍색정권은 왜 존재할 수 있는가?〉라는 문장을 써냈었다. 그것은 바로 이 붉은 토지의 돌과 모래의 틈새에서 영양을 섭취하고 성장해 온 사상의 새

싹이었다. 실천은 이론에서 온다. 하지만 실천은 총화가 필요하고, 일정한 거리를 두고 관찰하고 반성하는 것이 필요하다. 이는 마치 화가가 그림을 그릴 때면 뒤로 두어 발자국 물러서서 잘 살펴보는 것이 필요한 것과도 같다. 혁명가도 가끔씩 운동의 소용돌이를 떠나야만 자신이 해온 사업의 맥락을 똑바로 볼 수 있는 것이다. 그는 열다섯 나이에 사회주의를 찾기 시작해 프랑스로부터 소련에, 다시 강서 소비에트 구역에 이르렀고, 후에 정권을 장악하기까지 자기 손으로 일련의 일들을 해왔는데, 지금 이러한 일들에서 이탈되어, 리더자에서 평민으로 강등되고 만 것이다. 그는 "사회주의란 도대체 무엇인가? 중국은 어떠한 사회주의가 필요한가?"라고 자신에게 물었다. 2년여 시간 동안 덩샤오핑은 이 길에서 사색에 사색을 거듭해 왔다. 마침내 그의 머릿속에 하나의 제목이 떠올랐고 점차 윤곽이 서게 되었다. 마치 마오쩌둥이 과거 중국 특색의 무장투쟁의 길을 설계한 것처럼, 그도 중국 특색의 사회주의를 구상하였던 것이다. 이 사상 종자가 발아하여 땅을 뚫고 나온 것은 10년 후 당의 제12차 전국대표대회에서였다. 그는 끝내 사람들을 각성시키는 목소리를 낼 수 있었던 것이다. "우리만의 길을 가자, 중국 특색의 사회주의를 건설하자!" 이것은 우리가 장기간의 역사 경험을 총화하여 얻어낸 결론이었다. 재난 속의 위인은 일반인과는 다르다. 일반인은 의식의 부족함을 걱정하고, 굶주림과 추위를 호소하지만, 위인은 묵묵히 국가 흥망성쇠의 이치를 구하며 은밀히 회천(회천, 형세를 바꿔 일으키는 것- 역자 주)할 수 있는 힘을 쓰게 된다. 시바이(西伯)는 감금되어 있었을 때 《주역(周易)》을 풀이했으며, 공자는 재난 속에서 《춘추(春秋)》를 지었으며, 굴원은 《소(骚)》를 지었고 손자는 《병법(兵法)》을 지었으며, 자기 한 몸을 내치고 국가의 대사를 생각했다. 돈 한 푼 없어도, 심지어 생사를 예측할 수조차 없었지만, 그들은 여전히 천하를 근심했던 것이다. 이렇게 3년 동안 덩샤오핑은 채소를 심고 닭 모이를 주며, 산간의 오솔길에서 해가 뜨면 일하러 나가고 해가 지면 돌아와 쉬곤 하였다. 하지만 세기의 대 조류는 이미 그의 가슴 속에서 폭풍처럼 거세게 일어나 창장의 대협곡처럼, 황허의 호구(壺口)처럼 급류에 뒤섞이는 가운데서 나아갈 길을 찾았다. 하지만 그의 얼굴은 여전히 고요했다. 마치 봄바람 속의 전원처럼 나른해 하는 가운데서도 오직 그의 눈길만은 우울한 중에서도 밝게 빛나고 있었다.

1971년 어느 가을날, 그가 여전히 무거운 사색을 하며 작업장에 들어가 일을 시작할 무렵, 공장의 지도자가 갑자기 사람들을 대회당에 집합시키고 군 대표가 공문을 발표했다. 린뱌오(林彪)가 국외로 도망치던 중 비행기가 폭발했다는 것이다. 장내는 놀라움에 빠졌다. 공기마저 얼어붙은 듯싶었다. 하지만 덩샤오핑의 얼굴에서는 여전히 아무런 표정도 찾아볼 수 없었다. 다만 귀를 기울이고 들을 뿐이었다. 군대표는 파격적으로 덩샤오핑에게 앞에 나와 앉게 했으며, 퇴근 시에는 공문서를 집에 빌려가 볼 수 있도록 허락했다. 그날 저녁 사람들은 저택 2층의 불빛이 아주 늦게까지 꺼지지 않고 있는 것을 볼 수 있었다. 1년 후 그는 베이징으로 소환되어 돌아갔다. 잠시 신젠현(新建县)에는 이로부터 영원히 고요한 이 저택과 붉은색 오솔길이 남겨지게 되었다. 그리고 이후부터 중국은 새로운 장정을 시작해 개혁 개방의 길을 걸어가게 되었고, 전 세계를 깜짝 놀라게 하는 길을 걸어 나가기 시작했다.

1997년 4월 21일 기록, 7월 20일 수정

대무대유(大无大有) 저우언라이

올해는 저우언라이(周恩来) 탄신 100주년이 되는 해이며 그가
우리 곁을 떠난 지 22년이 되는 해이다. 하지만 그는 항상 우리의 신변
에 있는 듯싶다. 지금도 많은 사람들은 총리를 얘기할라 치면 눈물을
흘리고, 국사를 논할라 치면 총리를 되뇌이곤 한다. 루팡옹(陆放翁)은
시에서 "무슨 방법으로 이 몸이 천억 개로 나뉘어져, 한 그루 매화마다
이 한 몸 루팡옹이 마주서 볼까(何方可化身千亿, 一树梅前一放翁)"라고
했는데, 총리는 무슨 방법으로 한 몸이 천억 개로 나뉘어져 사람들마다
그들 마음속에 모두 총리가 있는 걸까? 설마 이 세상에 진실로 영혼의
영원함이 존재하는 것일까? 위인의 영혼이 천지에 가득하여 만물을 침
윤(浸潤, 사상이 번져나가게 하는 것 - 역자 주)하게 하는 걸까? 1976
년 1월 국상이 거행된 이래, 나는 노승이 참선을 통해 도를 깨치려는
것처럼, 주자(朱子)가 사물의 이치를 구하려는 것처럼, 이 난해한 문제
를 두고 온갖 지혜를 다 짜내며 오늘에 이르렀다. 이렇게 20여 년이 흐
른 어느 날 나는 끝내 이 문제의 해답을 터득해 냈다. 즉 총리가 시시각
각으로 곳곳에 있을 수 있게 된 것은 그에게 수많은 '무(无)'가 있었기

때문이며, 가장 불가한 곳에, 가장 의외인 곳에, 가장 견딜 수 없는 곳에 '무(无)'가 있기 때문이라는 것이었다.

총리의 놀라운 무(无)에는 여섯 가지가 있다.

그 하나는 사후 유골을 남기지 않았다는 점이다.

총리는 중국 역사상 처음으로 사후 유골을 남기지 않겠다고 한 사람이다. 총리가 서거했을 때 중국은 정치적으로 풍운의 조화를 예측하기 어려웠던 시절이었다. 린뱌오(林彪) 집단이 갓 궤멸된 시점이었고, 장칭(江青) 등 사인방(四人帮)이 펄펄 날뛰던 시기였다. 당시 중국 상공에는 검은 구름이 짙게 드리워져 있었고, 민중은 온갖 걱정으로 인해 시름을 놓지 않고 있을 때였다. 1976년 설이 갓 지난 어느 추운 아침, 라디오에서 갑자기 추도곡이 흘러 나왔다. 사람들은 눈물을 머금고 텔레비전에서 방영하는 간소한 영결식을 보고 또 보았다. 갑자기 장칭(江青)의 가증스런 얼굴이 나타났다. 놀랍게도 그녀는 모자를 쓴 채 경례를 하는 것이었다. 텔레비전을 보고 있던 사람들 속에서는 "장칭! 모자를 벗어라!'하는 분노의 목소리가 터져 나왔다. 며칠 후 신문에서는 화장을 했다는 뉴스와 더불어 저우언라이의 유언에 따라 유골을 남기지 않는다고 발표했다. 많은 사람들은 이 사실을 믿지 않았다. 반드시 장칭이 음모를 꾸민 것이라고 생각했다. 여러 해가 지나서야 사람들은 그것이 확실히 저우언라이의 유언임을 알게 되었다. 1월 15일 오후, 추모제가 끝난 후 그의 부인인 덩잉차오(邓颖超)는 가족들을 모두 불러놓고 그와 총리가 10여 년 전 유골을 남기지 않기로 약속했다고 밝혔다. 유골이 땅에 들어가면 밭을 기름지게 할 수 있다는 것이었다. 그날 저녁 덩잉차오는 총리 생전의 당소조 성원들의 도움 하에 농업용 비행기를 타고 베이징의 칠흑 같은 썰렁한 밤하늘을 비행해 톈진(天津)으로 왔다. 톈진은 저우언라이가 소년 시절 생활했던 곳이며, 또한 가장 일

나룻배를 찾아서

찍이 혁명에 투신했던 곳이기도 했다. 황허(黃河)가 바다로 흘러드는 보하이만(渤海湾)에서 그 한 줌의 흰 가루를 바다 상공에 뿌렸다. 이렇게 뿌림으로써 총리의 혼백은 영원히 인간세상 곳곳에 충만 되어 천지를 관통하게 되었던 것이다.

하지만 사람들은 이 사실을 받아들일 수가 없었다. 여러 해가 지난 후에도 총리의 유골이 진정 조금도 남겨지지 않았는가 하고 묻는 사람들이 있었다. 중국인과 세계의 대다수 민족은 모두 토장하는 관습이 있다. 이는 살아있는 사람에게는 때때로 그리움을 풀 수 있는 장소가 되고, 망자에게는 인간 세상에 남고 싶은 마음을 위로해 줄 수 있기 때문이다. 권세가 큰 사람일수록 큰 힘을 들여 사후의 일을 해왔다. 세계적으로는 이름난 능묘는 많고도 많다. 중국의 명 13릉, 인도의 타지마할묘, 이집트의 피라미드, 그리고 신부들을 매장한 대 교회당도 있다. 공산당원은 무신론자인 만큼 전 인류를 해방하는 것을 자신의 소임으로 삼는다. 그러니 당연히 사후의 일을 위해 많은 정력을 허비하려 하지 않는다. 건국 후 마오쩌둥은 화장을 해야 한다는 문서에 제일 먼저 사인해, 이로부터 경작지를 절약하고자 했다. 하지만 저우언라이처럼 유골마저 남기지 않는 경우는 처음이었다. 저 빠바오산(八宝山)은 납골당으로 이름나 있지 않는가? 역사상 얼마나 많은 명인들이 사후에 유체는 사라져도 의관총(衣冠冢)을 조성하지 않았던가 말이다. 라오서(老舍) 선생의 추모제에는 유골함에 안경과 만년필을 넣었다. 망자를 기념하자면 뭔가 기념품이 있어야 했고 이끌어 낼 수 있는 것이 있어야 했기 때문이다.

유골이 없는 만큼 유골을 묻은 곳이 없으므로 비석과 무덤도 없으니, 울려고 해도 눈물이 안 나오고, 제사를 지내려 해도 비석이 없다. 그 혼은 어디에 있는지, 무한한 이 사념(思念, 근심하고 염려하는 마음 ‒ 역자 주)을 어디에다 기탁할 수 있을까? 중외 문학사 중 많은 유명한 문장들은 비문과 묘지, 그리고 명인의 무덤 앞에서 읊은 추모의 문장에다 있는데, 이 중에는 뜨거운 정과 영원한 이치를 보여주는 것이 적지 않다. 한 예로, 한유(韩愈)가 유종원(柳宗元)을 위해 쓴 묘지(墓志)에는 "선비가 궁할 때 비로소 절개와 의리가 보인다(士穷乃见节义)"고 썼으며, 두보(杜甫)는 제갈량(诸葛亮) 사당에서 "출정하여 이기지 못하고 몸이 먼저 세상을 떠나니, 길이 후대의 영웅으로 하여금 눈물로 옷깃을 적시게 하네(出师未捷身先死, 长使英雄泪满襟)"라고 탄식함으로써 천고의 명구로 남아 있는 것이다. 명나라 장푸(张溥)의 '오인묘비기(五人墓碑记)'는 "묘 앞으로 난 길에서 팔을 걷어 부치고 격분하여 지사에 대한 슬픔을 표하였다(扼腕墓道, 发其志士之悲)"고 하였는데, 이는 그야말로 사악함에 대한 정의의 격문이라 할 수 있었다. 전례에 없는 위대한 인물인 마르크스도 사후에는 무덤을 가지고 있어 엥겔스가 그 무덤 앞에서 한 연설도 마르크스 · 엥겔스 문집에 수록되어 국제 노동운동의 중요한 문헌이 되었다. 마르크스의 이미지는 이 문장으로 인해 더욱 빛날 수 있었다. 위인을 위해 무덤을 조성하고 비석을 세우는 것은 중국

문화의 전통이다. 그래서 중화대지 어디에고 많은 명인 혹은 알려지지 않은 고인들의 무덤, 비석, 사찰, 사당, 명(銘), 지(志) 등이 널려 있는 것이다. 하지만 저우 총리의 것만은 없다. 전대의 모든 명인들을 다 합쳐도 그 인격을 따르기 어려운 위대한 인물에게 우리가 그 아쉬운 마음을 표할 곳도, 탄식하고 눈물을 흘릴 곳도 없다니 이 무슨 연고인가 말이다. 이에 일부 사람들은 나름대로 추측하기도 했다. '4인방'이 횡포를 부리는 만큼, 사후에도 오자서(伍子胥)처럼 편시(鞭尸)의 화를 당할까 걱정했기 때문이라고 추측하는 사람도 있었고, 총리가 절약이 몸에 배어 사후 일로 국가의 재물을 쓰는 것을 원하지 않았기 때문이라고 하는 사람도 있었다. 하지만 나는 총리가 깨끗함을 위해서였을 거라고 생각한다. 살아서는 나라를 위해 혼신을 다 바치고, 사후에는 소란스럽게 하지 않으려는 생각에서 그랬을 것이라고 생각하였다. 그는 공헌하고는 곧바로 돌아서는 사람이므로 보답 같은 건 생각지도 않았을 것이다. 물론 분명한 것은 아니지만 다른 뜻이 있을 수도 있다. 공산주의자로서의 대공무사함과 중국 전통문화 중 충군(忠君) 의식으로 인해, 사후에 상급 영도자를 '참월(僭越)'하는 식의 추모현상이 나타나는 것을 원하지 않았을 수도 있으며, 혹은 그 때문에 정치적인 난처함이 생길까 걱정했을 수도 있다.

지구상에서 저우언라이를 위한 첫 번째 기념비는 중국에서 세워진 것이 아니라, 일본에서 세워졌다. 첫 기념관도 베이징에 건립된 것이 아니라, 그의 고향에서 건립되었다. 일본의 기념비는 천연석인데 그 위에는 그가 일본 유학시절에 쓴 〈우중람산(雨中嵐山)〉이란 시가 새겨져 있다. 1994년 나는 일본에 갔을 때, 사쿠라꽃 속에 묻혀 있는 이 시비를 찾아본 적이 있다. 두 손으로 비석을 어루만지며 서쪽으로 장안을 바라보노라니 나도 몰래 눈물이 줄 끊어진 구슬처럼 줄줄 흘러내렸다.

천력은 돌이킬 수 없고, 그이가 우리 곁을 떠난 것은 큰 유감으로 남아 있음에도, 국내에는 무덤마저 없으니 이 어찌 슬프지 않으랴? 천지개벽을 일으킨 영웅이, 한 민족을 위해 공화국을 남겨준 총리가 유골마저 남기지 않았으니 이는 사람들로 하여금 허전한 마음을 남게 한다.

총리의 두 번째 무(无)는 자식이 없다는 것이다.

중국 사람들은 족보를 잇는 습관이 있다. 출신을 중시하며 명인의 후예와 친분 맺기를 좋아한다. 그만큼 명인의 후예를 중히 여기기 때문이다. 유비(刘备)는 짚신과 멍석을 만들어 파는 작은 상인이었지만 황족과 인연이 있다는 점으로 인해 황숙(皇叔)이라고 존대를 받았다. 제갈량(诸葛亮)과 관우(关羽), 장비(张飞), 조운(赵云), 마초(马超), 황개(黄盖) 등은 유비가 황족이라는 명목으로 천하를 삼분하려고 했다. 일반인이 자식이 없는 것은 한 개인과 가족의 일이지만, 명인에게 자식이 없게 되면 온 국민의 유감이 된다. 불효에는 세 가지가 있는데, 자손이 없는 것이 가장 큰 불효라고 했다. 고인을 기념함에 있어서는 세 가지 방법이 있는데, 그것은 옛집, 무덤 그리고 자손이다. 이중 자손을 가장 크게 본다. 그 자손이 선인보다 공덕이나 재능과 지혜가 못할 수도 있지만, 세인이 옛일을 회고함에 있어서는 그 혈연의 뿌리가 전해져 왔다는 것은 물건인 유물보다 훨씬 더 나은 일이다. 그렇지 않으면 현재 정치협상회의 위원 중에 명인의 후예들이 왜 그리 많이 들어갈 수 있겠는가 말이다. 공자와 같은 2000여 년 전의 명인도 그 명맥을 잇는 후손을 찾아서 인민대표대회 대표라든가 정치협상회의 위원직을 맡기고 있지 않은가 말이다. 사람들이 명인의 후예를 존중하는 것은 결국 명인을 존중하는 것과 같은 것이다. 이는 그를 기념하고 그의 위대함을 널리 알리기 위함에서 이다. 청대 쳰롱(乾隆) 연간에 진대사(秦大士)라는 명사가 악비(岳飞) 무덤을 지나면서 탄식하기를; "사람들은 송 이후부터 회

(桧)라고 이름을 짓는 것을 수치스럽게 여겼다. 이 무덤 앞에 오니 나는 자신의 성씨가 진 씨라는 것이 부끄럽다"고 하였다. 이러한 이야기는 선인과 후세 사람들 사이에 여전히 관계가 있음을 알게 해준다. 명인의 후예라면 그 관계는 더욱 중대해진다. 공적이 크고 덕망이 높은 사람으로, 민족을 위하여 자신을 희생시킨 사람일수록 그 후예가 후세 사람들의 존중을 받는다. 이렇게 해야만 그 선인에 대한 감회의 정을 표달할 수 있는 것이고, 살아있는 사람들의 유감을 조금이나마 덜어줄 수 있기 때문이다. 총리는 속세를 떠난 사람이 아니며, 더구나 박정한 사람이 아니다. 나는 그의 사오싱(绍兴) 본적지에서 그와 덩잉차오가 항일전쟁 시기 고향에서 항일에 참가할 때 족보에 정중하게 이름을 써 넣었던 기록을 직접 보았다. 국민당 통치지역에 있을 때에도 그는 열사의 후손들을 찾아서 도움을 주었다. 그는 늘 "내가 이렇게 하지 않고서야 어떻게 그의 부모들을 볼 면목이 있겠는가?" 하고 말하곤 했다. 옌안에 있을 때에는 취추바이(瞿秋白), 차이허산(蔡和森), 수자오정(苏兆征), 장타이뢰이(张太雷), 자오스옌(赵世炎), 왕뤄페이(王若飞) 등 열사들의 자녀들을 소련에 보내 교육을 받게 하고 보살핌을 받을 수 있도록 직접 배려했다. 또한 친히 소련에 가서 스탈린과 담판해 그 누구도 생각지 못한 협의를 달성했는데, 그것은 바로 이들 열사 자제들이 소련에서 공부만 하고 전선에 나가지 않도록 해달라는 것이었다(소련국제아동원에 있던 기타 나라의 자제들은 전선에 나갔다가 21명이 희생되었다). 이는 당시 세계에서 가장 큰 두 인물이 달성한 가장 작은 협의일지도 모르나, 이런 점에서 총리의 깊은 마음을 엿볼 수 있는 것이다. 그는 열사의 자녀들이 살아남아서 대를 이을 수 있기를 바랐던 것이다. 60~70년대, 중일간 민간 우호 왕래가 있었는데, 일본의 이름난 여 선수인 마쓰자키 키미요(松崎君代)가 여러 차례 총리의 접견을 받았는데,

그녀가 결혼 후에 자녀가 없다는 것을 안 총리는 베이징에 남아서 치료하도록 배려해 줬으며, 애가 있으면 꼭 알리라고 했다. 1976년 총리가 서거했을 때, 그녀는 "주 선생님, 우리는 아이가 생겼습니다. 미처 알려 드리지 못해 죄송합니다!"라고 하며 비통해 했다. 자손을 낳는다는 것은 인류의 가장 실제적인 필요성이며, 사람의 가장 기본적인 정감이기도 하다. 하지만 하늘은 왜 이다지도 공평하지 못한지, 하필이면 총리가 자식이 없었던 것이다. 이 어찌 유감이 아닐 수 있겠는가? 참혹한 지하공작과 전쟁이 덩잉차오 동지의 배 속 아이를 앗아갔고, 또 그녀의 건강에 심한 손상을 주었던 것이다. 총리로서의 권리와 지위, 그리고 재능과 풍채는 얼마든지 많은 여성들의 마음을 끌 수 있었고 새로 가정을 두어 자식을 낳을 수 있었다. 해방 초기 당의 고급 간부 중에는 이러한 사람들이 적지 않았으며, 하나의 풍조를 이루다 시피 하였다. 하지만 총리는 그렇게 하지 않았다. 그는 나라를 기울게 할 수도 있는 권력을 가지고 있었지만 언제나 평민의 덕을 고수했다. 후에 어느 한 뻔뻔스러운 여성이 책을 내어 자신이 총리의 혼외 딸이라고 했다. 이는 당연히 보관서류에 대한 대조 검사를 할 때 거짓임이 밝혀졌다. 온 나라에서는 이에 대한 의론이 분분했지만 결국 바람에 누런 잎이 떨어지듯 소문도 사라져 버렸다. 하지만 사람들의 마음속에는 실제 그럴지도 모른다며 얼마간 낙담하는 사람마저 없지는 않았다. 중국의 전통문화에서 보면 사람들은 완전무결함을 좋아한다. 총리 같은 위인이라면 응당 영웅과 미인이 아름다운 한 쌍이 되어야 할 것이고, 영웅 부친에게 뛰어난 자식이 있어 가문이 번창 해야만 한다. 그런데도 총리에게는 아무런 것도 없었다. 그러니 어찌 국민들의 마음을 허전케 하지 않을 것인가? 사람들의 습관적 사유는 질주하는 열차처럼 항상 뜨거운 희망을 지니고 있다. 그런데 이 열차가 갑자기 궤도를 벗어났으니 깊은 심연에 빠지지 않을 수 없는 것이다.

총리의 세 번째 무(无)는 높은 관직에 있었지만 현귀(顯貴, 지위의 높음을 드러내지 않는 것 - 역자주)하지 않았다는 점이다.

수천 년을 내려오면서 관리의 직위는 줄곧 권력과 이어져 왔었다. 관리가 높은 지위에 있다는 것은 특수한 대우를 받는다는 의미이며, 일반인보다 등급이 높음을 말한다. 이로부터 관리와 일반인은 대립의 개념을 이루었고, 대립되는 이미지가 이루어졌다. 하지만 저우언라이는 일국의 총리로서 오로지 현귀하지 않기를 바랐을 뿐이었다. 대외적으로 공무장소에서는 관리였지만, 생활상에서, 그리고 마음속 깊은 곳에서는 자신을 최저의 기준, 심지어는 일반 평민에게도 미치지 못하는 기준으로 처신했다. 그는 중국 유사 이래의 제일 첫 평민 재상이고 세계적으로도 가장 평민화 된 총리였다. 어느 때인가 외국 방문을 나간 그는 내의가 해져 대사관에 보내 깁고, 빨래하도록 해야 했다. 대사 부인은 총리의 옷을 안고 돌아오면서 눈물을 머금었다고 한다. 그녀는 총리의 신변 일꾼에게 "총리를 이 정도로밖에 보살피지 못하는가요? 이게 대국 총리의 옷인가요?"하고 힐문했다고 한다. 셔츠는 여러 곳이나 기워져 있었으며, 흰 옷깃과 소매는 여러 번이나 새로 바꾼 것이었다. 흰 바탕에 푸른 체크무늬의 플란넬 소재의 잠옷은 너무 낡아 거즈 같아 보였다. 후에 나는 이 잠옷을 본 적 있는데, 아무리 눈을 크게 뜨고 보아도 원래의 무늬를 찾아볼 수 없었다. 이렇게 초라한 복장은 당연히 다른 사람에게는 보이지 않을 것이며 외국인에게는 더 더욱 보이지 않았을 것이다. 총리는 출국할 때면 특수한 박스를 갖고 다녔는데, 아무리 고급스런 호텔에 투숙하더라도 매일 아침마다 신변 일꾼이 이 옷들을 박스에 넣어 자물쇠를 잠그곤 했다. 호텔 웨이터는 룸을 정리할 때면 이런 박스를 두고 당연히 국가 기밀문서를 넣은 것이라고 생각할 수 있는 것이었다. 그러나 이 박스에 담아둔 것은 빈민의 영혼이었던 것이다. 하지만 총리가 국내에서 사무를 볼 때에는 이 '집안 허물'을 숨길 필요가 없었다. 사무보는 책상에 앉으면 푸른색 천으로 된 토시부터 낀다. 그 모양은 마치 포장기계 앞에 마주 앉은 노동자의 모습과 같았다. 그 많은 정부 업무보고와 국무원 서류, 그리고 세계를 놀라게 한 성명들이 모두 이러한 토시를 끼고 써낸 것이다. 오직 총리 신변의 일꾼들만이 총리가 생활에서는 얼마나 '총리' 답지 않게 생활하는가를 안다. 총리는 베이징에 입성해서부터 줄곧 중남해(中南海)의 시화팅(西花厅)에서 사무를 보았는데 이렇게 25년을 지내왔다. 이 단층집은 습하고도 어두침침해 여러 번이나 총리에게 집을 수리할 것을 요청하였지만, 모두 비준을 받지 못했다. 그러던 어느 날 총리가 외출을 한 틈을 타 일부를 수리하였다. '저우언라이 연보'의 기록에 의하면, 1960년 3월 6일 총리는 베이징에 돌아온 후 주택이 수리된 것을 발견하고는 당일 저녁 댜오위타이(钓鱼台)에 자면서 방에 있던 낡은 가구(커튼을 포함)들을 전부 돌려놓으라고 명했다고 했다. 그렇지 않으면 돌아가지 않을 것이라고 했다. 관련 직원들은 총리의 명에 따를 수밖에 없었다. 또 한 번은 총리가 항저우(杭州)로 출장을 갔는데, 돌아오는 비행기에 오를 무렵 당지에서 남방에서 나는 채소 한 바구니를 보냈다. 베이징에 돌아와서야 이를 발견한 총리는 일꾼들을 엄하게 나무랐을 뿐만 아니라, 채소 값을 보내주도록 했다. 다른 한 번은 총리가 뤄양(洛阳)에 시찰을 갔다가 마음에 드는 비첩(碑帖)을 보고 비서에게 돈을 가지고 나왔는가 하고 물었는데, 돈이 없다고 하자 총리는 머리를 저으며 그냥 가버렸다. 총리는 어릴 때 백부에게서 공부를 배웠는데, 백부의 무덤을 이장할 때 자신이 갈 수 없게 되자, 우선은 동생을 보내려 했었다. 그런데 다시 생각해 보고는 조카를 가게 했다. 지방에 폐를 끼치게 될까봐 슬쩍 바꿨던 것이다. 일국의 총리로서 천하의 일을 관리하고 천하의 재산을 관리하는데, 잠자는 집과 먹을 채소, 사용하는 물건, 그리고 가족에 관한 일 한 가지를 해주는 게 뭐가 대단하다고 그랬을까? 오랜 세월 동안 사람들의 머릿속에는 관리가 되는 것을 영예로운 일로 보았다. 봉건사회의 관모(官帽)는 오사로 된 것이 아니면 붉은 구슬을 단 것이었다. 관원이 외출하면 징을 울려 길을 열거나 혹은 피신케 했는데 이는 모두 그 존귀함을 보여주기 위한 것이었다. 권력 혹은 재부를 과시하기 위한 이러한 행동들은 모두 일반인보다 우위라는 것을 보여주기 위한 것이었다. 옛 사람들은 진사에 합격되기만 해도 징을 울려 기쁜 소식을 전했고, 장원 급제하면 붉은 비단을 두르고 말을 탄 채 거리를 돌았다. 관리가 되면 곧바로 고향에 돌아갔는데 이것이 이른바 금의환향이라는 것이었다. 유방(刘邦)은 황제가 되자 고향에 돌아가 실컷 자랑을 했다. 원(元)대 산곡(散曲)에는 '고조환향(高祖还乡)'이란 것이 있는데 바로 이 일을 조롱한 것이다. 그 장면을 보면 "붉은 칠을 한 작살에 은도금을 한 도끼, 금과추(金瓜锤)마저 도금을 하였다. 조천등(朝天镫)은 번쩍번쩍 빛나고 부채에는 거위의 흰 깃털을 붙였다. 괴상한 옷차림을 한 사람들이 이 희한한 의장을 들었다"고 했다. 서진(西晋) 시기 석숭(石崇)이란 사람이 형주(荆州) 자사(刺史)라는 관리가 되었다. 지금 말하면 지위서기(地委书记, 중국공산당 지역 1급위원회 서기, 급별은 성위원회 이하, 현위원회 이상임)인 셈인데, 감히 당시 황제인 사마소(司马昭)의 손아래 처남인 왕개(王恺)와 재부를 겨루었다. 그는 평소의 생활도 "악기는 그때 당시 가장 좋은 것으로 썼고 음식은 산해진미를 먹었다", 손님을 초대할 때에는 비단으로 둘레가 50리나 되는 장막을 둘러쳤으며 초를 땔나무 삼아 음식을 지었으니 왕개가 스스로 그보다 못함을 한탄했다고 한다. 이러한 과시가 지금에 와서는 앉는 자리를 비교하고, 카메

라에 잡히는 모습을 비교하는가 하면, 좋은 주택과 좋은 차, 그리고 폼 잡는 걸 비교하려 한다. 한 번은 현급의 관원이 나의 사무실에 찾아왔었다. 맞춤복을 입은 그와 금방 악수를 하고 나니 뒤에서 웬 아이가 나서더니 양손으로 명함을 주었다. 아이는 그의 수행원이었던 것이다. 이렇게 멋지게 폼을 잡는 그를 보면서 나는 생각지도 못한 그의 행동에 명해 있었다. 그러는 가운데 몇 마디 주고받는 순간 그가 갑자기 휴대폰을 꺼내더니 베이징에 거주하는 사람의 사무실에서 온 전화라며 받았다. 베이징에서 천리 밖의 벽지에 있는 사람에게 보고를 하는 것이었다. 나마저 그가 자신을 과시하는 하나의 대상으로 되어버렸던 것이다. 나는 그가 지방에서 얼마나 큰 정치적 업적을 쌓았는지 잘 몰랐고, 또 국민을 위해 얼마나 많은 실제적인 일을 했는지도 잘 몰랐다. 하지만 그가 으스대는 모습을 보니 말할 수 없는 저항감이 치밀어 올랐다. 총리는 항상 권력이 있어도 사사로이 쓰려 하지 않았고, 높은 명성이 있었지만 나타내려고 하지 않았다. 일국을 기울일 정도의 권력이 있으면서도 청빈한 생활을 해왔는데, 거의 참혹하다 싶은 이러한 대조는 세월의 흐름과 더불어 사람을 더욱 불안하고 참을 수 없게 만들었다.

총리의 네 번째 무(无)는 당을 조직했지만 사조직은 만들지 않았다는 것이다.

레닌은 사람은 계급으로 나뉘며, 계급은 정당이 영도하며, 정당은 영도자가 주지한다고 말했다. 아마 인류가 있으면서부터 당이 나타난 것 같다. 정당 외에도 붕당, 향당 등 작은 당도 있다. 마오쩌둥 동지는 당 외의 당과 당내 파벌에 대해 언급한 적이 있다. 같은 관심을 가진 사람들, 같은 이익을 추구하는 사람들이 어울려 당이 이루어진다. 사유제의 기초 하에서 당을 결성하는 것은 사리를 결성하기 위해서이며, 당은 권력을 추구하고, 영예를 추구하며, 이익을 추구하는 도구로 되었다. 항우(項羽)와 유방(刘邦)의 초한(楚漢) 양당 중 한당(漢黨)이 승리하여 유 씨의 한(漢) 왕조를 건립하였다. 삼국연의는 조(曹), 오(吳), 유(刘)의 삼당연의(三党演义)라 할 수 있다. 주원장(朱元璋)은 당을 결성하여 깃발을 걸었는데 그와 대립한 원(元)나라라는 집정당 외에도 장사성(张士诚), 진우량(陈友谅)이라는 두 재야당이 있었다. 결과는 주 씨네 당이 승리하고 주 씨네 명(明)왕조를 건립했다. 오직 공산당만이 성립된 후 자신은 전 인류의 해방을 위해 희생하는 당이며 인민의 이익, 국가와 민족의 이익을 도모하는 외에 사사로운 이익을 취하지 않았으며, 당원 개인은 사적인 요구가 없다고 했다. 노먼 베순(白求恩), 장스더(张思德), 뢰이펑(雷锋), 쟈오위루(焦裕禄) 등 많은 기층 당원들은 사심 없이 일해 왔다. 하지만 요직에 있으면서, 심지어 영수의 위치에 있으면서, 한 나라의 재산을 쥐고 있으면서 전혀 사심 없이 일처리를 한다는 것은 참으로 쉬운 일이 아니다. 개인을 위해 권력을 휘두를 때, 그 권력의 크기가 아주 작은 차이가 나도 도모할 수 있는 개인의 일에는 큰 차이가 나게 된다. 그러니 사심이 없는 전사가 되기는 쉬워도 사심이 없는 관원이 되기는 어렵다는 것이며, 관원의 급이 높을수록 이렇게 처신하기란 더 어려운 것이다. 총리처럼 군정 대권을 쥐고 있는 사람에게 있어서, 권력의 이동이 '좌'로 기울면 개인이 당에 쓰이지만, '우'로 기울면 당이 개인에게 이용된다. 즉 당원이 될 수도 있고, 당벌(党阀)이 될 수도 있는 것이다. 왕밍(王明), 장궈타오(张国焘)가 그렇지 않았던가. 하지만 총리는 당을 위해 사심 없이 일해 왔던 인물이었다.

1974년 캉성(康生)이 암 진단을 받고 입원하게 되었다. 저우언라이도 이 시기 불치병으로 고생하고 있었지만, 역시 아픈 몸으로 캉성에게 병문안을 갔다. 캉성은 평생토록 총리와 화목하지 않았기에 총리가 병실을 나설 때마다 뒤에서 욕을 해댔다. 이에 총리의 신변 일꾼들이 병문안을 갈 필요가 있겠느냐고 만류했지만 총리는 웃기만 할뿐 병문안을 계속 다녔다. 총리는 덕으로 원한을 갚고, 대국을 고려하여 참고 양보한 일이 어찌 이 일뿐이겠는가! 이런 일은 헤아릴 수도 없이 많았다. 총리는 형제가 세 명이었는데, 그가 맏이였다. 둘째는 일찍 세상을 떠났고 셋째 은수(恩寿)와는 매우 가깝게 보냈다. 은수는 해방 전 사업을 하여 공산당에 적지 않은 경비를 제공했었다. 해방 후에는 내무부에 배치돼 일하게 되었는데, 총리는 될수록 낮은 직무에 배치하라고 지시했다. 왜냐하면 친동생이기 때문이었다. 후에 은수가 병이 들어 정상적으로 출근할 수 없게 되자 총리는 또 퇴직시키라고 지시했다. 출근하지 않으면서 국가의 노임을 타서는 안 된다는 것이었다. 정산(曾山) 부장이 총리의 이 지시를 제때에 집행하지 않자 "당신이 제때에 처리하지 않으면 당신을 처분할 것이오"라며 호되게 꾸중을 했다. '문화대혁명' 기간 중에 총리는 사력을 다해 간부들을 보호하고 도와주었다. 어느 한 번은 판창장(范长江)의 부인 선푸(沈谱, 저명한 민주인사 선쥔루[沈钧儒]의 딸)가 총리의 질녀인 저우빙더(周秉德)을 찾아와 총리에게 편지 한 통을 전하면서 판창장을 구해줬으면 좋겠다는 의사를 전했다. 저우빙더는 선쥔루의 장손 며느리부이고, 선푸는 그의 남편의 친 고모였다. 판창장은 중국공산당 언론계의 개척자이고 선쥔루의 사위였다. 총리는 또한 그의 입당을 소개한 사람이기도 했다. 이렇게 깊은 관계의 배경이 있었지만, 저우빙더는 감히 이 편지를 받지 못했다. 왜냐하면 총리 가족은 그 어떠한 공무에도 참여해서는 안 된다는 가규를 세운 사실을 알았기 때문이었다.

만약 총리가 당의 힘을 비러 개인적인 대사를 도모하고, 권력을 얻으려 한다면 그는 누구보다도 기회가 많았을 것이고, 누구보다도 좋은 조건을 구비했다고 할 수 있다. 하지만 그는 이와는 정반대로 확고한 당

성과 인격적 응집력으로 여러 번이나 당 내의 불화를 제거했고, 네 번이나 큰 분열의 위기를 막아냈다. 50여 년 동안 그는 당 내에서 잠시라도 없어서는 안 될 응고제의 역할을 해왔다. 제일 첫 번째는 홍군의 장정시기였다. 당시 저우언라이는 다섯 가지 직무를 겸임하고 있었다. 중앙 3인 소조(博古, 李德, 周恩来)의 일원이었고, 중앙정치국 상무위원회 위원, 서기처 서기, 군위 부주석, 홍군 총정위 직을 담임했다. 준의(遵义)회의에서 오직 그만이 보어구(博古)나 리더(李德)와 논쟁할 자격이 있었으며, 마오쩌둥을 재등장 시킬 수 있었다. 이로부터 왕밍(王明)파가 공산당에 대한 교란을 배제시킬 수 있었다(철저히 배제시킨 것은 옌안 정풍 이후이다). 홍1 방면군과 홍4 방면군이 합류한 후에는 장궈타오(张国焘)가 등장했다. 병력이 중앙홍군보다 훨씬 나은 그는 실력파라 할 수 있었다. 총대가 있으면 권력이 있게 되고, 권력을 주지 않으면 반목하게 되는 법이다. 그리하여 공산당과 홍군은 또 한 차례의 분열에 직면했다. 이때 저우언라이가 자발적으로 자신이 담임하고 있던 홍군 총정위의 직위를 장궈타오에게 양보하고서야 홍군은 통일되어 계속 북상할 수 있었으며, 산시 북부에 뿌리를 내릴 수 있었다. 두 번째로는 대약진운동에 따른 3년간의 어려운 시기였다. 1957년 말, 무모한 경제발전을 위한 정서가 대두하기 시작했다. 저우언라이, 류샤오치, 천윈(陈云) 등이 반대해 나섰다. 그러자 대노한 마오쩌둥은 무모한 발전이 아니라, 약진이라고 하면서 여러 차례나 저우언라이에게 자기비판을 하라고 했다. 심지어는 당을 분열시키는 반동분자라고까지 했다. 이에 저우언라이가 나서서 모든 책임을 자신이 안고 회의 때마다 자기비판을 했다. 목적은 오직 하나, 당의 단결을 지키고 천윈, 류샤오치 등 정확한 경제사상을 가진 간부들을 지키기 위한 것이었다. 푸른 산을 남겨두면 땔나무 걱정은 없다고 했듯이, 당이 위기를 넘기도록 하기 위한 것이었다. 하지만 경제발전 기획을 수정할 때에는 조심스레 원칙을 견지하면서도 실사구시하는 방향으로 노력했다. 그는 주변에 알리지 않으면서 "15년 내에 영국을 따라잡는다"를 "15년 혹은 더 긴 시간 내에"로 고쳤다. 그리고 "앞으로 10년 혹은 더 짧은 시간 내에 전국의 농업발전을 실현하는 데에 관한 개요"에서 "더 짧은 시간 내에'를 삭제해 버렸다. 이 몇 글자를 더 써넣거나 빼어 버리는 것을 그냥 지나쳐서는 안 된다. 과연 1년 후 경제가 쇠퇴하니 마오쩌둥은 "국난에는 훌륭한 장수가 생각나고, 집안이 가난하면 어진 아내가 생각난다. 경제를 발전시키는 데에는 그래도 언라이와 천원이 있어야겠다. 다행히 언라이가 나에게 3년의 여지를 남겨 주었다"라고 말했다. 세 번째로는 '문화대혁명' 시기 린뱌오가 마오쩌둥의 신임을 받은 후의 일이었다. 이때에도 서열 2위였던 저우언라이는 재차 자신의 자리를 양보하였다. 황포군관학교 시절 주임이던 그는 공손하게 과거 학생이었고 지금은 '부통수(副統帥)'가 된 린뱌오에게 보고를 하였으며, 천안문 성루나 대회당과 같은 공공장소에서 그를 위해 길 안내를 해주었다. 린뱌오의 허세 혹은 당시 그의 질투 섞인 행동, 그리고 건강 상황 등으로 볼 때 그가 마오쩌둥의 계승자가 될 자격이 없다는 것을 총리는 당연히 알고 있었다. 하지만 마오쩌둥이 동의했고, 당의 대표대회에서 통과한 만큼 총리는 복종할 수밖에 없었다. 그러나 제9차 중국공산당 대표대회 이후 2년 밖에 지나지 않아서 린뱌오는 스스로 폭발하고 말았다. 총리는 밤을 새가며 대회당에서 지휘를 하면서 그 여당을 일망타진했고, 나라와 당을 위해 재차 정세를 전환시켰다. 양보를 한 것도 총리였고 싸운 것도 총리였다. 그는 이렇게 또 한 번의 분열을 봉합하였다. 네 번째는, 린뱌오 사건 이후, 총리의 신망은 이미 최고의 경지에 달했다. 하지만 '4인방'이 권력을 찬탈하려는 음모도 이미 일촉즉발의 상황에 이르렀다. 총리는 자신이 불치의 병에 걸려 일어나기 힘든 상황이었으나, 서둘러 '4인방'과 필적할 수 있는 후계자를 물색하였다. 그래서 덩샤오핑을 찾았던 것이다. 1974년 12월 그는 병세가 위중했지만 창사(長沙)로 가서 마오쩌둥과 덩샤오핑(邓小平)의 직위 회복에 관해 상의했다. 덩샤오핑이 복권되자 덩샤오핑 측과 '4인방' 양측은 곧바로 줄다리기에 들어갔다. 이때의 총리는 병원에 누워서 마치 제갈량이 과거 군영에서 와병으로 드러누워 있으면서도 지휘하던 것처럼 바깥의 총칼 소리에 귀를 기울였다. '4인방'이 유일하게 두려워 한 것은 총리가 살아있는 것이었다. 이때는 마오쩌둥의 병세도 매우 위급하였으므로 전 당의 안위가 저우언라이 한 사람에게 달려 있었다. 그가 단 1분이라도 더 오래 살아있으면 당의 통일은 1분이라도 더 유지될 수 있었다. 병상에 누운 그는 마치 탄약이 없는 전사처럼 위독한 몸으로 화구를 막아야 했다. 병마의 시달림으로 인해 그는 점점 더 여위어 갔고 고열에 시달렸으며, 칼로 도려내는 듯한 아픔을 겪어야 했다. 후에는 대량의 진통제와 마취제를 써도 진통을 멈추게 할 수가 없었다. 하지만 그는 이를 악물고 참아냈다. 그가 1분이라도 더 참으면 그만큼 당은 1분이라도 더 희망이 있었던 것이다. 인민은 각성하기 시작했고 예젠잉(叶剑英) 원수 등은 반격을 시작했다. 임종할 즈음, 의식이 분명해지자 그는 신변 일꾼들에게 "중앙에 전화를 해보시오, 중앙에서 나더러 어느 날까지 살아 있어야 한다고 하면 어느 날까지 살아 있을 겁니다!"고 말했다. 총리는 이렇게 하여 1976년 1월 8일까지 지탱해냈다. 당시 총리의 위급함에 대해서는 대외에 정식으로 발표하지는 않았지만, 많은 일반인들은 병원 내외의 동정을 보고는 좋지 않은 일이 생길 것을 예상하고 있었다. 하루는 총리의 담당의사가 일을 보러 외출했다가 지인을 만났다. 지인은 그에게 "총리에게 일이 생겼다면서요, 진짜입니까?"하고 물었다. 이에 담당의사는 대답을 못하자 그는 곧 돌아서서 그냥 가버리더라는 것이었다. 그는 그렇게 가면서 울기 시작했는데, 끝내는 엉엉 목놓아 울더라는 것이었다. 그 후 9개월이 지난 후 사람들 마음 속의 그 원한이 한꺼번에 '4인방'을 뒤엎어버린 것이다. 총리는 사후에도 당을 구한 셈이었다.

송대의 구양수(欧阳修)는 《붕당론(朋党论)》이라는 저서를 남겼다. 이 글에서 그는 붕당이란 두 가지가 있다고 했다. 하나는 소인배의 무리로, "좋아하는 것은 녹과 이익이요, 탐내는 것은 재화이다(所好者禄利, 所贪者财货)"라고 했다. 다른 하나는 군자의 무리로, "지키는 것은 도의요, 행하는 것은 충의로움과 신의이며, 아끼는 것은 명절이다(所守者道义, 所行者忠信, 所惜者名节)"라고 했다. 따라서 오직 군자의 무리만이 일치단결 할 수 있는 것이다. "주무왕의 신하는 3,000명이 한 무리를 이루었고(周武王之臣, 三千人成一大朋,)" 주공을 우두머리로 하였다. 이것이 바로 주나라가 상나라를 멸망시킬 수 있었던 근본이었다. 저우언라이는 충칭(重庆)에 있을 때부터 주공이라고 불리었다. 특히 만년에 와서 그는 모든 것은 당을 위하였으며, 그의 공로는 주공의 이미지보다 더 크고 위대하다. "주공은 입안의 것도 뱉어냈기에 천하 민심이 돌아왔다네(周公吐哺, 天下归心)"라는 고사가 있다. 그러나 주공은 "한끼 식사를 하는 중에 세 번 밥을 뱉어냈다"는 데에 불과하지만, 우리의 총리는 병석에서도 국사를 걱정해 "링거 주사를 한 번 맞는데 세 번이나 주사바늘을 뽑았다." 이렇게 나라를 걱정하고 성심을 다 하는데 어찌 천하의 민심이 돌아가지 않을 수 있겠는가?

총리의 다섯 번째 무(无)는 고생을 해도 원망을 하지 않았다는 것이다.

주총리는 중국혁명 과정에서 고생을 가장 많이 한 사람이다. 상하이 노동자 봉기, '8·1'봉기, 2만5천리장정, 3대전역 등 가장 어려웠던 일들에 모두 참여했으며, 지하공작도 했고, 국민당 통치구역인 호랑이 굴에서 장기간 활동하기도 했다. 이렇게 생사를 도외시하는 일들에는 그가 모두 참여하였던 것이다. 또한 해방 후의 정치공작, 경제공작, 문화공작 등 번잡하고 소란스러웠던 일들에도 그는 모두 참여했다. '문화대혁명' 중 상하 공방전과 틈새에 끼어서 양보와 양해를 거듭하면서도 공산당을 보전하는 일들은 예외 없이 모두 그의 몫이었다. 그는 임종에 이르기까지 마지막 몇 년 동안 줄곧 "인민을 위해 복무하자"라는 배지를 달고 다녔다. 그의 업무량을 계산한다면, 아마 그가 당내의 최고였을 것이다. 저우언라이는 1974년 6월 1일 병원에 입원했는데, 자료 통계에 의하면 1~5월까지 모두 139일 동안 그가 매일 12~14시간씩 일한 것이 9일간 이며, 14~18시간 일한 것이 74일, 19~23시간 일한 것이 38일이며, 24시간 연속 일한 것이 5일이나 되었다. 하루 12시간 이하 일한 것은 13일밖에 되지 않았다. 또 3월 중순부터 5월 말까지 두 달 반 동안 일상적인 업무 외에도 중앙회의에 21번 참가했고, 외교활동에 54번 참가했으며 기타 회의와 담화에 57번 참가했다. 그는 마치 소처럼 무거운 짐을 짊어지고 끊임없이 고생했을 뿐만 아니라, 종종 수모까지 당해야 했다. 1934년 왕밍(王明)의 '좌'경 노선과 서양인 고문 리더(李德)의 잘못된 지휘로 인해 홍군이 소비에트 구역을 상실했고, 샹장(湘江)을 피로 물들였으며, 북상하는 장정의 길에 오를 수밖에 없었다. 이때의 저우언라이는 군사 3인 소조의 성원이었으므로, 실패의 주요 책임을 져야 했을 뿐만 아니라, 또 보오구(博古)를 설득하여 마오쩌둥의 지휘권을 회복하도록 해야 했는데, 그 불안한 날들은 마치 "공주를 때리다(打金枝)"에서 나오는 황후처럼, 한편으로는 공주를 타이르고는 또 한편으로는 부마를 권고하는 식이었다. 1938년 그는 오른쪽 팔에 상처를 입었는데, 두 차례나 치료를 했지만 완치가 되지 않

아 소련에 가 진찰을 받게 되었다. 당시 의사는 완치가 되려면 치료 기
간이 오래 걸릴 것이라고 했다. 하지만 그는 시국이 위급하므로 오랫동
안 국외에 나와 있을 수 없다고 했다. 그 결과 소련에서 6개월 동안만
치료하였는데, 나중에는 팔을 곧게 펴는 것조차 어렵게 되었다. 린뱌
오(林彪)도 같은 시기에 병을 치료하러 소련에 갔는데, 그는 소련에서
1938년부터 1941년까지 3년 동안이나 체류했다. '문화대혁명' 기간 동
안 화급한 일마다 저우언라이가 나서야 했다. 그는 마치 어미닭이 병아
리를 지키듯이 있는 힘을 다해 간부들을 보호하였다. 홍위병들이 천이
(陳毅)의 퇴를 적발하여 비판투쟁을 하겠다고 하자 저우언라이가 나서
서 구구절절이 설득하였지만 아무런 효과도 없었다. 진노한 그는 "내가
대회당 입구를 지킬 것이다, 너희들이 나를 밟고 지나가라!"고 외쳤다.
이때 전국적으로 나라는 마비상태에 빠져 있었다. 전국 소수의 조반파
(造反派) 외 대다수 사람들은 소요파(逍遥派)가 되어 구경만 할 뿐이었
다. 이때 저우언라이 혼자만이 어렵게 국정을 지탱해 나가고 있었다.
혼자서 고생하는 셈이었다. 그러나 그는 내려놓을 수도 없고, 떠나버
릴 수도 없는 상황에서 매일 끊임없이 사람을 만나고 화해를 조정했다.
밥 먹을 시간조차 도 없었다. 이에 종업원이 총리의 찻잔에다 미숫가루
를 풀어주어 끼니를 대체하게 했다. 당시 주요 간부들이 하나하나 타도
되어 갔다. 그의 주변의 전우, 부총리, 정치국 위원들이 모두 타도되었
고, 심지어 국가주석인 류샤오치마저 타도되고 오직 그 하나만 남겨졌
던 것이다. 이런 총리에게 '휴식'이란 사치스런 말이었다. 전국 곳곳에
불을 질러놓고 그 한 사람만을 남겨두어 불을 끄도록 동분서주하게 시
키니 참으로 운명의 조화가 아니라 할 수 없었다. 그러나 총리는 "내가
지옥에 내려가지 않으면 누가 지옥에 내려가랴"하고 웃으며 태연자약
해 했다. 큰 집이 무너지려 하는데 대들보만 남은데다, 그 대들보마저

도 커다란 압력에 금이 가 비틀거리고 있는 상황이었다. 하지만 총리는 이를 악물고 모든 것을 견뎌내고 있었다. 그의 이 같은 희생과 넉넉함, 그리고 노고를 마다하지 않고 원망을 두려워하지 않는 정신으로 혁명의 중요한 관두마다, 진퇴양난의 어려운 시기마다 해결사 역할을 했다. 만일 총리가 없으면 안 되는 그런 상황에서 고군분투했던 것이다. 수많은 위기상황에서 그의 원만한 일처리로 인해 시국이 안정되곤 했다. 하지만 또 많은 시기에는 사람들 사이의 평형을 잡는 수단이 되거나 혹은 희생양이 되기도 했다. 역사적으로 "천자가 바뀌면 신하가 바뀐다"는 말이 있다. 공산당의 지도자가 얼마나 여러 번 바뀌었는지 모른다. 하지만 사람마다 저우언라이를 등용하려 했던 것은 그의 뛰어난 재능이 그 자신에게 "해를 끼친 것"이고, 노고를 마다하지 않고 원망을 두려워하지 않는 정신이 그 자신에게 "해를 끼친 것"이었다. 고생스러운 일, 힘든 일, 위험한 일은 모두 그가 나서야 했던 것이다.

　1957년 말, 중국에서는 경제를 발전시킴에 있어서 눈앞의 성공과 이익에만 급급해 하는 조짐이 나타났다. 저우언라이가 무모한 전진을 반대한다고 하자 마오쩌둥이 대노하여 연속회의를 열며 화를 냈다. 1월 초 항저우(杭州)에서 회의를 할 때 모 주석은 "당신의 주장은 각 성과 각 부의 실정을 벗어난 것이다"고 비평했다. 1월 중순 난닝(南宁)에서 회의를 할 때 모 주석은 "당신은 무모한 전진을 반대하지 않았는가? 나는 무모한 전진을 반대하는 것을 반대한다"고까지 말했다. 1958년의 청두(成都)회의에서 저우언라이가 자아비판을 했지만 모 주석은 여전히 만족스러워 하지 않았으며, 과오를 범한 일례로 삼아야 한다고까지 비판했다. 청두에서 베이징으로 돌아온 후 어느 한 조용한 날 밤, 시화팅(西花厅)은 싸늘한 한기가 감돌고 있었다. 저우언라이는 비서를 불러다 놓고 "주석에게 자아비판 하는 글을 써야겠으니 내가 말한 것들을 자네가 그대로 받아 적게"라고 했다. 외로운 등불 아래에 우두커니 앉은 총리는 5~6분이 지나도록 한 마디도 말하지 못했다. 경제에서의 무모한 전진으로 인해 야기된 위험상황이 도처에서 머리를 들기 시작하자 윗사람과 아랫사람, 보국(保國, 나라를 보위함)과 충군(忠君, 군에 충성함) 사이에서 그는 커다란 모순 속에 빠져 허우적거리고 있었던 것이다. 그가 영수에 대해 충성하는 것과 복종했던 것은 절대로 봉건적인 맹목적 충성이라고는 할 수 없었다. 그는 영수는 당의 핵심이라는 데서, 당의 통일된 표지라는 데서, 그리고 모 주석의 위신 등 유물주의 역사관과 당성 기준에서 출발하여 생각을 정리하지 않으면 안 되었다. 그래서 더더욱 자신에 대해 엄격해 지고자 노력했다. 언젠가 모 주석이 "진리는 간혹 소수 사람들이 장악하고 있는 경우가 있으며, 비천한 자가 가장 총명하다"고 말한 적이 있었다. 하지만 그는 반드시 다수 사람들 혹은 고귀한 자가 각성하기를 기다려야 한다고 생각했다. 전반적인 정세의 안정을 위해, 앞서 열린 몇 번의 회의에서 무모하게 전진하는 것을 반대한 것이 모두 자신의 잘못이라고 끌어안았지만, 지금에 와서 이를 어떻게 더 이상 깊이 검토해야 한다는 말인가? 어떻게 검토를 해야만 자신의 마음을 충분히 드러내 보이면서도 실정을 덮어 감추지 않고, 국사의 전반적 국면에 영향을 주지 않을 수 있을까 하고 생각에 생각을 더했던 것이다. 날 밝을 무렵, 비서는 마침내 글 한 편을 정리해냈다. 글에는 "저는 주석님과 여러 해 동안 생사고락을 같이 하면서 함께해 왔는데, 여전히 주석님의 사상을 따라가지 못하고 있습니다"라는 구절이 있었다. 저우언라이는 이를 검토하면서 "생사고락을 같이해 왔다"는 구절을 가리키며, "내가 어찌 이렇게 말을 할 수 있는가, 당의 역사를 나는 너무 모른다"고 자책하면서 저우언라이의 눈에는 눈물이 핑 돌았다. 하지만 저우언라이의 고충을 잘 모르는 비서는 그가 말한대로 그대로 적었다. 며칠 후 그는 중국공산당 8차 대표대회 제2차 회의에서 자아비판을 한 후 완곡하게 사직을 청했다. 결론은 사직을 허락하지 않는다는 것이었다. "절망보다 더한 슬픔은 없고, 마음이 아픈 것보다 더한 아픔은 없다"고 하지만 그보다 더한 고통은 "마음이 극히 아프지만, 여전히 단념할 수 없다"는 것이었다. 저우언라이는 나라와 국민 그리고 영수에 대한 미련을 버릴 수 없었던 것이다. 그리하여 그는 일반인들이 보기에는 감당해 낼 수 없는 억울함을 감당해 낼 수밖에 없었던 것이다.

총리의 여섯 번째 무(无)는 세상을 떠나면서 유언을 남기지 않았다는 것이다.

1976년 원단(元旦)을 전후하여 총리는 임종을 앞두고 있었다. 이때의 중앙 지도자들은 총리의 병세에 대해 하루에 한 번씩 문안을 해왔고, 부인 덩잉차오 동지도 매일 병실을 지켰다. 유감스럽게도 총리의 임종 전 중앙 지도자 핵심층은 구성이 복잡하였다. 요망한 무리로는 장칭, 왕훙원이 짐짓 종종 병문안을 왔었는데 그 속에는 살기를 숨기고 있었다. 이때 충성스러운 오래된 간부(老臣) 중 타도되지 않은 사람이라고는 예젠잉(叶剑英)밖에 남지 않았다. 예 원수와 저우 총리는 황포군관학교 시절부터 환난을 함께 해왔으며, 또 다 함께 공산당 역사에서 많은 시비곡절을 겪어 왔었다. 총리는 종일 혼미상태에 빠져 미약하게 마지막 숨을 쉬고 있을 때, '4인방'은 혼란한 시국을 틈 타 나라를 망치려 하고 있었다. 이를 본 예 원수는 착잡한 마음에 뜨거운 눈물을 쏟았다. 어느 날 그는 백지를 한 뭉치 들고 와 병실 당직자에게 "총리는 일생 동안 전반 시국을 중히 여겨왔고 기밀을 엄수해 왔으니, 임종 전 꼭 할 말이 많을 것입니다. 그러니 총리가 얘기를 하면 수시로 적어 두십시오"라고 했다. 하지만 총리가 서거한 후 당직자가 예 원수의 손에 넘긴 것은 여전히 원래의 백지 뭉치였다.

　총리는 진짜로 할 말이 없었을까? 당연히 아니었다. 회의장에서 영수에게 보고를 할 때, '4인방'과 투쟁을 할 때, 동지들과 대화를 할 때, 그는 응당 해야 한다고 생각되는 말들은 다 했었고 또 하지 말아야 한다고 생각되는 말들은 한 마디도 하지 않았다. 그러니 지금에 와서 세상을 떠나게 되었다고 무책임하게 아무 말이나 하는 것은 아니라고 생각했을 것이다. 총리는 사무실과 침실이 한 건물 안에 있었고, 덩잉차오는 그의 일생의 혁명적 지기이자 역시 중앙의 고위급 간부였지만 총리의 국사 처리에 관해 덩잉차오 먼저 자리를 회피해 주었으며, 총리 또한 그녀에게 한 마디도 하지 않았다. 총리의 사무실 열쇠는 모두 세 개였는데, 그중 하나는 총리가 가지고, 다른 하나는 비서가 가지고 있었으며, 또 다른 하나는 경위원이 가지고 있었다. 덩잉차오에게는 열쇠가 없었다. 그녀가 총리 사무실에 들어가려면 반드시 먼저 노크를 해야 했다. 총리는 항상 자신을 둘로 쪼개 생활했던 것이다. 곧 절반은 국가의 사람, 당의 사람이고, 다른 절반만이 자기 자신이었다. 그도 가정이 있고 사적으로는 내면세계도 풍부했지만 그는 이 양자를 분명히 갈라놓았으며, 절대로 뒤섞지 않았다. 저우언라이와 덩잉차오의 사랑은 가장 순수하고 진지했다. 하지만 그렇다고 하여 개인적인 일로 공가의 일에 영향을 주는 일은 없었다. 남편으로서의 저우언라이는 모든 마음을 아내에게 줄 수 있었지만 공가의 것은 거기에 조금도 보태지 않았다. 역으로 아내로서의 덩잉차오는 남편을 매우 사랑했지만, 그 사랑이 절대로 공무에까지 넘어가지 않았다. 이들 부부는 가사와 국사를 처리함에 있어서 본보기라 할 수 있다. 시는 그 작자의 의지를 나타낸 것이라고 한다. 총리도 젊은 시절 시를 쓴 적 있다. 지금 일본에 있는 저우언라이 시비에는 그의 널리 알려진 시 '우중람산(雨中嵐山)'이 새겨져 있다. 완남사변(皖南事変) 후 분노한 그는 시로써 적을 징벌했던 것이다. "천고의 기이한 원한이여, 강남 일엽이어라, 한 집안에서 싸움을 벌이고, 서로 어찌 이리 급히 들볶으려 하는가(千古奇冤, 江南一叶, 同室操戈, 相煎何急)." 하지만 해방 후 그는 공문 보고서 외에 시를 쓴 것은 매우 적다. 진정 마음의 문을 닫아버린 것일까? 그것은 아니었다. 그의 신변 일꾼의 기억에 의하면, 총리는 여가시간에 붓으로 편지지에 시를 썼는데 반복해서 고치곤 했다는 것이다. 하지만 다 쓴 후에는 찢어버렸다고 했다. 이렇게 잘게 산산이 찢어버린 조각은 휴지통에 버렸는데 마치 꿈속에 있는 나비 떼와도 같았다고 했다. 당의 결정과 당의 기율에 따르는 외에 그는 더는 자신의 속마음을 나타내지 않았고 뭔가 남기려 하지 않았던 것이다. 취추바이는 임종 전에 "불필요한 말(多余的话)"을 남겨 진실한 자신을 남김없이 드러내 보이고, 태연히 형장의 이슬로 사라졌다. 취추바이의 허심탄회한 마음을 사람들은 두고두고 숭고하다고 했다. 그렇다면 임종에 백지 뭉치만 남긴 저우언라이는 "보리수는 원래 나무가 아니요, 명경도 대가 아니다(菩提本无树, 明镜亦非台)"라고 할 수밖에 없을 것이다. "무아(无我)이니 또 무얼 더 말하랴?"고 말없는 가운데 유언을 남겼던 것이다. 더 이상 말할 필요가 없다는 것도 역시 숭고함이라 해야 할 것이다.

저우언라이의 여섯 가지 대무(大无)는 결국 사심이 없음을 말한다. 공과 사의 구분은 자고이래 있는 것이지만, 진정한 대공무사함은 공산당부터 시작되었다. 1998년은 저우언라이 탄신 100주년이 되는 해이고, 또한 획기적인《공산당선언》이 발표된 지 150주년이 되는 해이다. 이 선언은 사유제를 없애야 한다고 공개적으로 선언했고, 당원은 오직 전 인류를 해방시킨 후에야 마지막으로 자신을 해방시킬 수 있다고 요구하고 있다. 나는 여기서 감히 이 150년 동안《공산당선언》의 정신을 실천에 옮겨 공과 사의 관계를 이처럼 철저하고 완벽하게 처리하여 이같이 절묘한 경지에 이른 사람으로서는 저우언라이가 처음이라고 말하고자 한다. 마르크스, 엥겔스, 레닌도 저우언라이처럼 장기간 당권과 정권의 유혹과 온갖 모순 속에서 시련을 겪지 않았다. 총리는 자아를 떨쳐 버리고 진정 '대무(大无)'를 실현한 동시에 다른 사람들에게는 없는 '대유(大有)'를 얻었다. 즉 대지(大智), 대용(大勇), 대재(大才), 대모(大貌)를 얻었던 것이다. 이것이 나라 사람들의 마음을 사로잡았고 유엔까지도 탄복케 했다. 특히 그의 숭고한 사랑과 고귀한 품덕이 사람들의 마음을 사로잡았다.

그의 크나큰 애심은 온 나라와 인민 그리고 전 세계에까지 미쳤다. 국제관계를 처리함에 있어서도, 인간관계를 처리함에 있어서도 모두 그의 농후한 애심이 들어 있음을 엿볼 수 있기 때문이다. 미국과 중국 인민, 중국공산당은 과거 원한이 많았지만, 전쟁이 끝난 후인 1954년 저우언라이는 제네바에서 처음으로 미국 대표단을 만났을 때 바로 우호적인 감정을 표하였다. 비록 저우 총리의 이러한 감정을 미국 국무장관 델레스가 감히 받아들이지 못했지만, 저우언라이는 여전히 얼굴에 관후함과 자신감을 담고 있었다. 바로 이러한 관후함과 자신감이 건국 21년 후 닉슨 대통령이 태평양을 건너 중국에 와 저우언라이와 악수를 할 수 있게 했던 것이다. 공산당과 국민당 양당은 과거 피맺힌 원한이 있었다. 장제스(蔣介石)는 저우언라이의 목에 거액의 돈을 내걸기도 했었다. '서안사변(西安事変) 후 장제스가 구금당하자 사람들은 모두 그를 죽여야 한다고 했다. 과거 장제스 쪽으로 기울었던 천두시우(陈独秀)마저 기쁜 나머지 술을 가져오라고 소리쳤다고 하니 장제스는 의심할 여지도 없이 반드시 죽어야 할 운명이었다. 하지만 저우언라이는 열 명 만 거느리고 경계가 삼엄한 시안으로 가 장제스와 악수하였다. 저우언라이는 장기간 충칭(重庆)에서, 난징(南京)에서, 그리고 베이핑(北平)에서 공산당을 대표하여 국민당과 담판해 왔었는데, 나중에 상대방 대표들이 모두 그의 매력에 끌려 공산당 쪽으로 넘어왔다. 오직 장츠중(张治中) 연대장만이 다른 사람은 다 남을 수 있어도 자기만은 돌아가야 한다고 말하자, 서안사변 때 장씨 성의 친구(장쉐량[張學良]을 가리킴)에게 미안했었는데 이번에는 절대 비극이 재연되도록 할 수 없다고 하며 단호히 만류하였다. 한편 그는 즉시 지하당을 통해 장츠중의 가족을 베이징으로 데리고 오도록 했다. 이러한 그의 애심으로 인해 얼마나 많은 사람들의 마음을 얻었고, 얼마나 많은 사람들을 감복시켰는지 모른다. 심지어 적들마저 탄복해 마지않았다. 송메이링(宋美龄)마저 장제스에게 우리 쪽에는 왜 이런 사람이 없느냐고 물었다고 할 정도였으니 말이다. 미국 측에서도 오랫동안 그와 접촉하고 나서는 애초부터 장제스의 세력을 돕는 게 아니었다고 후회했다고 한다. 그의 인민에 대한 사랑, 혁명대열 내의 동지에 대한 사랑은 빗물이 밭을 적시 듯, 땅이 만물을 품어주 듯 더없이 두텁고 심후했다. 공산당 총서기 직을 담당한 적이 있으며, '좌'경 노선의 착오를 범했던 보어구(博古)는 저우언라이가 직접 실각시켰다고 할 수 있다. 하지만 후에 그들은 아주 잘 지냈으며, 충칭에 있을 때 보어구는 저우언라이의 유능한 조수가 되기까지 했다. 심지어 천두시우처럼 당에 피를 묻히는 손실을 가져다 준 사람도 잘못을 느끼고 당으로 되돌아오겠다고 표하자, 저우언라이는 조금도 지체하지 않고 교섭에 나섰지만 아쉽게도 교섭이 합의점을 이루지 못했다. 엥겔스는 마르크스의 무덤 앞에서 "그에게는 많은 적이 있을 수 있다. 하지만 개인적으로는 단 한 명의 적도 없을 것이다"라고 말한 적이 있다. 이 말을 가져다 저우언라이를 평가한다면 가장 적합할 것이다. 저우언라이가 서거했을 때, 동서양을 막론하고 모두들 슬픔에 젖었다. 지구만으로는 그 많은 유감과 슬픔을 다 담아내지 못할 듯싶었다.

그의 대덕(大德)이 당에 새로운 생명을 주었고 공화국에 새로운 생명을 주었다. 그가 공산주의자의 대공무사함과 유가의 인의충신(仁义忠信)을 결합하여 탄생시킨 새로운 미덕은 중화의 문명에 새로운 전범(典範)이 되었다. 만약 마오쩌둥이 중국공산당과 중화인민공화국의 창건자라고 한다면, 저우언라이는 당과 국가의 정비자라고 할 수 있다. 그는 여러 방면에서 오는 압력과 모순에 대해 자기 한 몸을 가루로 분쇄시키며 저항했고, 또 그것을 짜서 기름을 만들어 당과 공화국이라는 이 기계에 기름을 쳐서 정상적으로 돌아가도록 했다. 50년 동안 그는 두 번이나 당의 영수를 받들어 올렸고, 세 번이나 공화국을 위기에서 건져냈다. 준의(遵义)회의에서 마오쩌둥을 부축하여 일으켜 세웠고, '문화대혁명' 중 덩샤오핑을 받들어 올렸다. 두 세대의 영수로서 마오쩌둥과 덩샤오핑의 공로는 사서에 빛날 것이지만, 저우언라이는 조용히 그 여섯 '무'로써 산화했던 것이다. 건국 후 그의 공로는 첫째로 전쟁의 상처를 치료하고 나라를 재생시켰고, 둘째로는 대약진의 재난을 다스리고 나라를 중흥시켰으며, 셋째로 린뱌오 와 장칭 집단에 항쟁하여 마침내 그들 요물들을 제거해 버리게 했다. 하지만 그는 온 나라가 승리를 경축하는 그 전야에 조용히 먼저 세상을 떠나버렸다. 그는 떠나면서 유골마저 남기지 않았다. 저우언라이가 그토록 오랫동안 사람들을 깊이 감동시킬 수 있었던 것은 바로 이 여섯 가지 '무(无)'와 여섯 가지 '유(有)'가 사람들 마음속에 큰 파도를 일으켰기 때문이다. 그의 박애와 대덕이 많고도 많은 사람들을 구하였고, 그들의 마음을 따뜻하게 해주었다. 자고로 백성을 사랑한 영도자는 사람들의 추앙을 받아왔다. 제갈량(诸葛亮)은 촉나라(蜀国)를 27년간 다스려 왔지만 그를 기리는 우허

나룻배를 찾아서

우스(武侯祠)는 1700년간 향불이 꺼지지 않았다. 천이(陈毅)는 우허우스를 다녀가고 나서 "공명이 소열(유비)보다 나은 것은 무슨 연고 때문인가? 공명이 촉나라를 다스림에 그 사랑이 여전히 남아있기 때문이로다"라고 했다. 남아있는 사랑이 두터우면 두터울수록 그리움이 더 간절해지는 법이다. 일반 사람들도 오는 정 가는 정이 있는 법인데, 하물며 위대한 인물이 나라를 창건하고 민족을 부흥시키고 백성들을 윤택하게 했는데 후세 사람들이 어찌 그리 쉽게 잊겠는가! 우리는 유물론자이다. 하지만 나는 어느 날엔가 사람들이 총리를 위해 사당을 세울 것 같은 생각이 든다. 사당은 신의 전당이고, 신은 후세 사람들이 모든 전인들 중에서 선별해낸 본보기들이다. 예를 들면 충의롭기로는 관공(关公)이요, 백성을 사랑하기로는 제갈량 같은 사람이다. 저우언라이는 수양이나 나라를 다스림에 있어서, 그 공덕이나 재능, 지혜, 민심을 얻은 정도가 제갈량과 비슷하다. 제갈량은 자녀교육에 매우 엄격했는데, 〈계자서(诫子书)〉라는 유명한 글에서 "고요함으로 몸을 닦고, 검소함으로 덕을 기른다. 마음에 욕심이 없어 담박하지 못하면 뜻을 밝힐 수 없고, 마음이 안정되어 있지 않으면 원대한 이상을 이룰 수 없다(静以修身, 俭以养德, 非淡泊无以明志, 非宁静无以致远)"고 했다. 제갈량은 근검하게 살림을 했는데 후주(后主)에게 올리는 상소에서 뽕나무가 800그루가 있고, 밭 15경이 있어 온 집안의 생계를 유지할 수 있으며 그 외에는 아무 것도 없다고 했다. 이 두 가지는 늘 사학가들의 찬양을 받아왔다. 그런데 총리는 자식이 없으니 자녀 교육에 대한 격언이 있을 수 없고, 유산이 없으니 세상을 떠날 때 그 가족들은 기운 옷 몇 가지 남기는 것으로 기념을 했다. 그에게는 사당도 없고, 무덤도 없으며, 유골마저도 없다. 그는 유언을 남기지 않았고 〈출사표(出师表)〉같은 후세에 남길 유작도 없다. 이렇게 아무 것도 없는 그에게서 사람들은 그의 사랑을 마음에 새기게 된다. 그 무(无)가 채찍처럼 사람들의 마음을 후려갈겨 아프게 한다. 루쉰은 "비극이란 인생에서 가치가 있는 것들을 발기발기 찢어 사람들에게 보이는 것"이라 했다. 운명은 총리에게서 원래 그에게 속해야 할 것들을 하나씩 찢어 버렸다. 이는 마치 후세 사람들의 마음을 그대로 찢어 버리는 것과도 같은 것이다. 그것은 영원히 미봉할 수 없는 유감이라고 하겠다. 이 유감은 또 깊은 그리움으로 전화된다. 어느덧 22년이란 세월이 흘렀다. 총리에 대한 그리움은 사람들의 마음속에 더 깊숙한 사색으로 전화되었다. 그리하여 총리의 인격적 힘이 농축되고 고정되어, 더 두드러지게 나타나고 있다. 인격적 힘은 일단 형성되기만 하면 시공을 초월하여 존재하게 된다. 총리뿐이 아니다. 역사상의 모든 위인들, 예를 들면, 중국의 사마천(司馬遷), 문천상(文天祥), 외국의 마르크스, 레닌을 우리가 언제 본 적이 있었던가, 아인슈타인은 물리의 큰 산을 꿰뚫고 나와 철학적 결론을 내렸다. 속도가 빛의 속도와 같아질 때 시간이 정지되고, 질량이 충분이 커지면 그 주위의 공간은 변형이 된다는 것이었다. 그럼 우리도 '인격상대론'을 도출해 낼 수 있지 않을까? 사람의 인격적인 힘이 일정한 강도에 도달했을 때, 그는 빛의 속도처럼 만물에 부착되어, 이 세상의 생령을 보호할 것이다. 그렇기 때문에 우리는 항상 위인과 더불어 함께 하는 것이며, 시간과 공간의 제한을 받지 않는 것이다.

이것이 바로 생명 철학인 것이다.

저우언라이는 영원히 우리와 함께 할 것이다!

1998년 1월 8일

영수는 아버지와 같다

2001년 3월 11일 오전, 하노이 우의궁에 들어가 앉아 있을 때 단상 위에 있는 베트남 당기와 국기, 그리고 호치민(胡志明)의 반신상을 보면서 갑자기 이 제목이 생각났다. 당시 나는 베트남 '인민일보(人民日報)' 창간 50주년 경축 의식에 참가하고 있었다.

베트남의 거의 모든 공공장소와 사무실, 응접실에는 모두 호치민의 반신상이 있다. 수척하면서도 상냥한 모습의 반신상 외에도, 입상과 좌상 등이 있다. 사이공 공항 휴게실에는 웃옷을 걸치고 오른손을 든 전신 조각상도 있다. 호치민은 베트남의 국부로서, 베트남의 당과 국가를 창립한 사람이다. 우리가 경험한 모든 정식 회견과 일반 회담에서 주관자는 언제나 호치민의 공적을 말하곤 했다. 중국내에서는 이미 이런 상황이 사라졌으므로 그때마다 영수에 관해 생각하게 되었다.

영수와 정당에 관해 레닌은 다음과 같이 아주 이름난 글을 쓴 적이 있다. "군중은 계급으로 나뉜다는 것을 누구나 다 알고 있다…… 계급은 정당이 이끈다. 정당은 일반적으로 가장 위신이 있고, 영향력이 있으며, 경험이 있는 사람들이 선발되어 중요한 직무를 담당한다. 정당은 영수라고 불리는 사람들로 구성된 비교적 안정된 그룹이 주관한다. 이것은 가장 기본적인 상식이다." 당이나 국가는 영수가 없을 수 없다. 영수는 나라를 창립하고, 영도한다. 이는 마치 집에서의 아버지 위치와 같다. 하지만 아버지는 다만 혈연관계이기 때문에 통솔자로서의 위치만 부여된다. 영수는 사상으로 지도자로서의 위치가 결정된다. 장기간의 투쟁 속에서 영수는 인민과 사회의 사상성과를 종합하여 자신의 사상을 수립하며, 또 이러한 사상을 다시 인민에게, 그리고 사업에 주입시킴으로써 상하 순환이 이루어진다. 이는 마치 하천이 땅 위에서 흐르고 핏줄이 온 몸에 분포되어 있는 것과 마찬가지이다. 인민과 국가, 민족은 천 만 갈래로 복잡하게 얼킨 혈맥상통의 관계를 이룬다. 한 나라와 민족, 정당은 반드시 한 가지 지도사상으로 통일돼야 하며 이런 사상은 일반적으로 영수의 이름을 그 표지로 한다. 영수는 그 군체에 속하고, 군체는 영수를 선택한다. 그리고 군체가 실천 중에서 정련(精鍊, 잘 단련해 냄)해 낸 사상을 그에게 교부하여 그를 등대지기로 삼는다. 이러한 등대지기는 오직 한 사람이어야 한다. 그러므로 덩샤오핑(邓小平)은 "마오쩌둥(毛泽东) 사상이 마오쩌둥 동지 한 사람의 사상이 아니라 전 당이 투쟁 실천하는 과정에서 수립된 사상을 종합한 것이다"라고 했던 것이다. 바로 레닌이 말한 것처럼, 영수라는 인물로서 실현된 것이다. 그리하여 영수와 당, 인민, 국가와 민족은 이렇게 깊은 사상적 연(缘)이 있게 되는 것이다. 마치 아버지가 가족과 혈연관계가 있는 것처럼 네 안에 내가 있고, 내 안에 네가 있게 되어 서로를 분명하게 가리기가 어렵다. 그렇기 때문에 한 영수의 공로와 과오, 잘잘못은 그 한 사람이 분명히 설명하고 책임을 질 수 있는 것이 아니다.

사람들은 등대지기로서의 영수가 신이기를 바라며, 그가 아무런 잘못도 없기를 바란다. 또한 모르는 것이 없고, 틀리는 것이 없으며, 영험하지 않은 것이 없기를 바란다. 이는 합리적인 일면도 있다. 왜냐하면 큰 운동과 사업은 확실히 권위가 필요하기 때문이다. 그러므로 중국 고대에는 '피휘(避讳, 꺼리어 피함)'라는 것이 있었다. 즉 권위를 지켜주는 것이었다. 예젠잉(叶剑英)은 '4인방(四人帮)'을 타도한 후, "강청은 얼른 혼내주어야 하는데 모주석의 이미지 때문에, 쥐를 때려잡고 싶어도 그릇을 깰까봐, 마오쩌둥 동지의 권위를 지켜주기 위해 손을 쓰지 못했다"고 말했다. 마찬가지로 가정에서도 부모의 이미지를 지켜주어야 한다. 이를 두고 위신을 지켜준다, 이미지를 부각시켜 준다고 한다. 이미지는 무형의 힘이다. 아버지의 이미지는 가정에 있어서, 영수의 이미지는 단체에 있어서 모두 없어서는 안 되는 것이며 또한 매우 중요한 것이다. 중국공산당과 군중에게 있어서 매우 긴 세월 동안 마오쩌둥이라는 이 이름은 그 자체가 명령이었고 힘이었다. 일에 부딪치면 해석하거나 동원할 필요가 따로 없었다. 그것이 물불을 가리지 말아야 하는 일이라 할지라도 말이다. 주코프는 《회억과 사고》에서 2차 대전 시기 스탈린의 영수 역할에 대해 이렇게 말했다. "스탈린이 내린 명령이었기에 우리는 평소에는 완성할 수 없는 많은 일들을 해냈다." 이것이 바로 영수의 위신이고 위력이다. 이러한 위신과 위력은 구체적인 이미지에 부착되는 것이 필요하다. 즉 내외가 모두 완벽한 이미지를 필요로 하게 된다는 말이다. 나는 소련이 해체되기 전에 소련을 방문한 적 있다. 어느 한 박물관에서 레닌의 스케치를 보았는데 턱에 수염이 없었다. 안내자는 이 스케치야말로 당시 레닌의 진정한 모습이라고 말했다. 그 후 영화와 그림에서 레닌은 모두 수염이 있었고 더는 그 이미지를 고치지 않았다는 것이다. 수염이 있는 레닌의 이미지가 사람들의 머릿속에 각인되어 있었기 때문이다. 이미지는 변화해서는 안 된다. 저우언라이는 서안사변(西安事变) 전에는 온 얼굴이 수염으로 가득 덮혔었다. 그런데 지금 사람들 기억 속의 저우언라이는 수염이 없다. 호치민은 수염이 많지 않았다. 이 세 명의 영수에게 있어서 수염은 대단한 것이 아니다. 중요한 것은 수염으로써 이미지를 고정시킨 것이며, 또 이 구체적인 이미지로 사람들 마음속에 추상적인 위대한 이미지를 수립한 것이다. 사람들이 영수를 위해 이미지를 수립하고 조각하는 것은 중세기에 신을 만든 것과 조금은 유사하다. 사람들은 무지의 상태에서 신비한 자연과 미래의 운명에 대해 두려움을 느낄 때 신을 만들어 신봉함으로써 가호를 받을 수 있기를 바란다. 또한 사람들은 자신의 운명을 영수에게 의탁하기에 영수가 신처럼 위력이 한없이 커서 항상 승리하기를 바라므로 저도 모르게 영수를 신격화 하게 된다.

하지만 영수는 사람이지 신은 아니다. 사람이면 잘못을 저지를 가능성이 있다. 일반인의 잘못은 전체적인 사업에 영향을 미치지 않을 수도 있지만, 영수가 잘못을 저지르면 전 국민에게 해가 미칠 수 있으며 전체 운동에 해가 될 수 있다. 물론 영수가 잘못을 저지르지 않으면 가장 좋다. 마오쩌둥의 비서인 톈쟈잉(田家英)은 뤼산(盧山)회의 후 마오쩌둥 동지의 일부 잘못을 보고는 비공식적인 장소에서 괴로워하며 "주석님께서 세상을 뜨신 후 사람들 입에 오르지 않았으면 좋겠다"고 말했다. 사랑이 깊을수록 그 말이 절박해 지는 법이다. 그 후 그는 '문화대혁명' 속에서 자살하고 만다. 영수에게 일단 잘못이 있게 되면, 사업에 손실을 가져다 줄 뿐만 아니라, 그를 깊이 사랑하는 많은 사람들의 마음을 아프게 한다. 이는 마치 가정에서 아버지가 잘못을 저지르면(예를 들면 법을 위반하는 등) 다른 사람들은 관계치 않겠지만, 심지어 경멸하거나 질책할 수도 있겠지만, 자녀로서는 아무리 대의멸친(大義滅親, 국가의 대의를 위해서는 부모형제를 돌보지 않는 것)한다 해도 말로는 표현할 수 없는 고통 속에 빠지게 된다. 하지만 영수의 잘못은 또 그 개인의 잘못이 아니다. 개인의 능력과 성격적 요소를 제외하고도 당시의 형세가 그렇게 되게 한 것이다. 이는 영수의 공적과 마찬가지로 영수의 잘못도 일반적으로 역사의 필연이기 때문이다. 이러한 역사적 사실을 우리는 받아들이고 객관적이고도 변증적으로 대할 수밖에 없다. 덩샤오핑 동지는 그 당시 사람들이 마오쩌둥 동지의 잘못에 대해 논할 때 "그의 기치는 버릴 수 없으며 더는 먹칠할 수 없다. 영수를 잃으면 사업마저 잃게 되어 스스로 실패를 자초하게 된다. 소련의 해체는 영수를 비방하면서부터 시작되었다. 가장 일찍이 후루시초프가 스탈린을 비방하면서부터 시작되었다. 이는 마치 아버지에게 잘못이 있으면 온 가족이 다 같이 그 책임을 져야 하고 뒷수습을 해야 하는 것과 같다"고 분명하게 말했다. 베트남을 방문하면서 나는 베트남 인민들의 행복을 진심으로 부러워했다. 그들에게는 과거 잘못을 적게 저질렀거나 혹은 잘못이 없는 영수가 있기에 말할 수 없는 고통과 난처함이란 게 없었던 것이다. 그들의 영수에 대한 사랑은 단순하고도 신성했다. 하지만 우리는 '문화대혁명'으로 인해 더는 이러한 느낌을 찾을 수 없게 되었다. 하지만 우리는 이 문제를 통해 많은 것들에 대해 더 깊이 있게 인식하게 됐고 더 이성적으로 생각하게 되었다.

물론 객관적인 원인도 있다. 호치민은 줄곧 치열한 전쟁 속에서 나라를 영도하여 왔다. 그는 남북이 통일되는 것을 보지 못하고 세상을 떠났다. 마오쩌둥 동지는 "전쟁은 세척제이다"라고 말한 적 있다. 정권을 탈취하기 전, 전쟁 중의 영수는 주요 모순이 단일하고 두드러지도록 큰 잘못을 저지르지 않게 된다. 전쟁 기간의 스탈린이나 마오쩌둥이 바로 그러했다. 하지만 평화로운 시기는 영수에게 있어서 또 다른 시련이 될수가 있다. 이는 역사유물주의인 동시에 역시 변증유물주의이기도 하다.

하노이의 대 강당에 앉아 호치민 조각상을 바라보며, 회의장의 분위기를 바라보노라니, 나도 모르게 이러한 감상에 빠지게 되었다.

2001년 3월

나
룻
배
를

찾
아
서

큰 당과 작은 배

　　중국공산당은 6,500만 명의 당원을 가진 큰 당으로, 960만km
2의 국토에 13억여의 인구를 관장하는 집정당이다. 하지만 이러한 당
이 자그마한 배에서 탄생했을 것이라고는 누구도 생각지 못했을 것이
다. 건당 80주년을 맞이하며 나는 쟈싱(嘉興) 난후(南湖)에 가서 이 작
은 배를 참관했다. 배가 얼마나 작은지, 머리를 숙이고 허리를 굽혀서
야 겨우 선창에 들어설 수 있었다. 선창은 겨우 10여 명이 무릎을 맞대
고 앉을 수 있을 정도로 작았다. 배는 가는 줄로 호숫가에 매놓았는데
작은 바람과 파도에도 기우뚱거렸다. 산을 밀어치우고 바다를 뒤 짚어
엎을 만큼 기세 드높았던 지난 80년의 세월이 이렇게 작은 배에서 쏟
아져 나왔다고 생각하니 믿기가 어려웠다.

　　이 배는 당역사(党史)의 기점이므로 지금은 붉은 배라고 불리고 있
다. 1921년 7월 23일, 중국공산당 제1차 대표대회가 상하이 프랑스 조
계의 한 건물에서 열렸으나, 곧 조계 경찰들의 감시를 받게 되었다. 이
에 하는 수 없이 대회는 즉각 휴회하고 다른 곳으로 이동하게 되었다.
대표들 중의 한 사람이었던 리다(李达)의 부인 왕훼이우(王会悟)가 후

난(湖南) 사람이었으므로, 그는 이곳 쟈싱에서 회의를 할 것을 제의했다. 8월 1일, 왕훼이우, 리다, 마오쩌둥이 먼저 상하이로부터 쟈싱에 와 여관을 잡고 '회의장'을 찾았다. 이들이 난후 호심도(호수 가운데 있는 섬)의 연우루(烟雨楼)에 올라 주위를 둘러보았다. 안개가 자욱하고 보슬비가 내리는데, 수면에는 유람선 몇 척이 적막하게 떠있을 뿐이었다. 이에 기발한 생각이 든 그들은 배 한 척을 세 내어 '회의장'으로 쓰기로 했다. 당시에는 유람선 위치를 연우루의 동북방향으로 정해 놓았다. 이곳은 섬에 인접하지도 않고 기슭에 닿지도 않아, 그냥 물 위에 떠있을 수가 있었다. 이튿날 기타 대표들도 각자 움직여, 상하이에서 이곳으로 와 이 배에 모였다. 이날 오후에 제일 마지막 두 문건을 통과시켰다. 중국공산당은 바로 이렇게 해서 탄생했다.

오늘 연우루에 오르니 하늘은 푸르고 물은 고요한데, 수양버들이 미풍에 흐느적거린다. 연우루는 오대시기에 세워졌는데, 원래는 호숫가에 있었다. 명나라 가정(嘉靖) 연간에 당지의 부지사가 남호를 준설하고 파낸 흙으로 호수 가운데에 섬을 만들었고 이듬해에는 그 섬에 누각을 세웠다. 호수에 섬이 있고, 그 섬에 누각이 있게 된데다, 이 일대는 보슬비가 자주 내리므로 남호 연우루는 절경이 되었다. 청나라 시기 건륭(乾隆) 황제는 강남에 여섯 번이나 내려 왔었는데, 연우루에만 여덟 번 왔다고 한다. 지금도 섬에는 어비(御碑)가 두 개 남아 있다. 연우루 편액의 '연우루'라는 세 글자는 중국공산당 제1차 대표대회의 대표인 동비우(董必武)가 직접 쓴 것이라고 한다. 파란만장한 역사는 자욱한 이슬비 속에 묻혀 버린 듯싶었다. 난간을 잡고 되돌아보노라니, 우리의 이 큰 당이 애초에는 얼마나 어려웠던가가 상상조차 되지 않았다. 당시의 민중은 가난하기 그지 없었다. 민중의 이익을 대표하는 당을 창립하려면 발붙일 곳조차 없었다. 레닌은 "군중은 계급으로 나누어지고,

계급에는 당이 있으며, 당에는 영수가 있다"고 말했다. 당시 이 12명의 영수들은 얼마나 곤궁했을까? 신주(神州, 중국) 대지를 다 둘러보아도 발붙일 수 있는 한 치의 땅도 없었으니…… 나는 작은 배와, 배 안의 작은 탁상, 걸상, 대나무 천장과 뱃전을 손으로 어루만져 보았다. 대략 계산해 보았는데, 배 안에는 빈자리가 전혀 없을 듯했다. 걸상 14개밖에 놓을 수 없는 공간이었기 때문이었다. 이것이 바로 현재 6,500만 명의 당원을 가진 중국공산당의 제1차 대표대회의 회의장이란 말인가? 하지만 당시는 이 회의장조차도 여전히 안전하지 못했다. 왕훼이우 동지는 뱃머리에서 보초를 섰다. 오후에 갑자기 수면 위에 모터보트가 나타나자 그는 경찰이 출동했나 싶어 다급히 배 안의 사람들에게 암호를 보냈다. 그러자 배 안에서는 마작하는 소리가 나기 시작했다. 배를 빌어 놀러 나온 청년 문인들로 가장했던 것이다. 모터보트가 지나가자 마작소리는 사라지고 사람들은 다시 낮은 소리로 서류에 대해 토론했다. 그러면서도 유성기를 꺼 소리를 은폐하는 것을 잊지 않았다. 노동자와 농민의 당은 이 작은 배라는 강보에서 이렇게 탄생했다. 남호에서 그다지 멀지 않은 곳에 조수(潮水)로 유명한 쳰탕장(钱塘江)이 있다. 손중산(孙中山) 선생은 쳰탕장의 조수를 보고 나서는 감탄하여 "세상의 흐름은 호탕하여라, 그에 따르는 자는 번창할 것이요, 거스르는 자는 멸망할 것이다"고 말했다. 이때의 공산당은 조류에 순응하여 탄생하였으니 하늘의 뜻에 맞다고 해야 할 것이다.

서양사람들은 하느님을 신앙하나 우리는 마르크스주의를 인정한다. 우리의 이 큰 당이 작은 배에서 탄생한 것은 마르크스가 은연중 그렇게 시킨 것인지도 모른다. 그리하여 당의 몸속에는 배의 유전자가 있게 되었고 당의 활동은 배를 떠날 수 없게 되었다.

송나라 시기 반랑(潘閬)은 조수 속에서 배가 가는 것을 두고 아주 이름난 사(词)를 쓴 적이 있다. "밀물이 들어올 때에는 온 바다가 텅 빈 것 같고, 파도 소리는 1만 개의 북을 두드리는 것 같네. 파도 타는 사람 파도 위에 섰는데, 손에 든 붉은 깃발 젖지 않았구나(来疑沧海尽成空, 万面鼓声中. 弄潮儿涛头立, 手把红旗旗不湿.)" 공산당은 바로 파도 위에 선 그 파도 타는 사람이었다. 중국공산당 제1차 대표대회 이후, 마오쩌둥은 남호에서 나오자 곧바로 배를 타고 남하해 후난으로 가서 농민운동을 조직했다. 대혁명 실패 후에는 추수봉기(秋收起义)를 일으키고 징강산(井冈山)에 올랐다. 이때 중국은 온 나라가 백색 테러 속에 떨고 있었다. 많은 사람들은 혁명의 희망이 어디에 있는지 알지를 못했다. 이때 마오쩌둥은 징강산 산정에 우뚝 서서 혁명의 고조는 "해안에서도 돛대의 머리가 바라보이는, 저 멀리 바다 위에서 항행하는 배와도 같다"고 말했다. 이때 저우언라이도 남창봉기(南昌起义)를 영도했는데, 봉기 실패 후 광저우(广州)로 남하했다. 거기서 배를 타고 홍콩으로 밀항했다가 다시 상하이로 와서 불씨를 지폈다. 당시 그 거칠고 사나운 파도 속에서 쪽배에 앉아 밀항한 사람이 바로 미래의 공화국 총리일 줄을 그 누가 알았으랴. 장제스(蒋介石)는 과거 하천들에 의지해 혁명을 막아내고 궤멸시키려 했지만, 혁명 대오는 한 번 또 한 번 쪽배를 타고 포위 속을 뚫고 나와 승리를 하였다. 천연 요새라고 하는 대도하(大渡河)는 과거 석달개(石达开)의 10만 대군을 궤멸시켰다. 하지만 장제스가 이 곳에서 홍군을 포위 추격할 때에는 멀리 사라지고 있는 배 몇 척과 강가에 벗어놓은 짚신밖에는 볼 수 없었다. 항일전쟁 8년 동안, 공산당은 산시 북부(陕北)에서 역량을 모아 동으로 황허를 건너고 베이핑(北平, 베이징의 다른 이름)을 탈취했다. 황하를 건너는 데에도 역시 뱃사공이 젓는 목선을 이용했다. 여전히 별로 크지 않은 배여서 마오쩌둥이 사랑하는 백마가 탈 수 없었다. 중국혁명의 총사령부는 이렇게 목선을 이용해 전략적 대 이동을 했다. 그 후 백만 대군이 범선을 타고 창장을 건너 전 중국을 해방시켰다. 중국역사에서 개국 황제들은 말 위에서 천하를 얻었다고 하는데, 중국공산당은 배 위에서 천하를 얻었던 것이다. 배에서 태어나고 파도 위를 항해하면서 천하를 얻었던 것이다. 영웅이 시대를 만들고, 시대가 영웅을 만든다고 했다. 역사 대하의 거대한 파도는 가장 일찍 배에 탔던 12명의 영수들을 뒤흔들었다. 제일 처음 혁명을 위해 희생된 사람은 허수헝(何叔衡)이었다. 홍군 장정 후, 어느 한 포위망을 돌파하는 과정에서 그는 동지들에게 짐이 되지 않기 위해 절벽에서 뛰어 내려 죽었다. 그 후 류런징(刘仁静)이 탈당했고, 청공보어(陈公博), 저루퍼하이(周佛海), 장궈타오(张国焘)가 당을 배반했다. 마오쩌둥은 당의 가장 오랜 영수가 되었다. 이 12명 중 둥비우 한 사람만이 남호를 다시 찾은 적이 있었다. 1958년 마오쩌둥은 항저우(杭州)로 가는 길에 전용 열차가 남호를 지나가게 되자 그는 급히 열차를 정지시키도록 명령을 내리고 길가에서 40분 동안 남호를 바라보았는데, 당시 위인의 감개무량함을 충분히 짐작할 수 있는 일이었다.

중국 고대에는 배에 관한 아주 이름난 우화가 있다. 바로 각주구검(刻舟求劍)이라는 말이다. 이 우화는 문제를 판단함에 있어서 실사구시하지 않고, 발전적, 변증적으로 문제를 보지 않음을 비유한 말이다. 우리는 과거 다급한 마음으로 새로운 생산관계를 추구했었고, 책에서 본 그러한 방식을 추구했으며, 우리가 배에 금을 그은 곳에서 주관적으로 갖고 싶은 것을 찾으려 했었다. 이로 인해 몇 번인가 힘껏 배를 몰아 온 힘을 다 해 앞으로 나아가려 했지만, 오히려 그 바람에 "가장 깊은 곳에 잘못 들어서게 되었다(误入藕花深处)". 그중에서도 가장 위험한 것은 '문화대혁명'이었는데, 하마트면 배가 전복될 뻔 했다. 하지만 우리는 대담하게 잘못을 인정하고 잘못을 고쳐나갔다. 이때의 중국공산당은 이미 큰 배가 되어 있었다. 큰 배는 방향을 돌리기가 어렵다고 한다. 하지만 덩샤오핑(邓小平)은 성공적으로 배가 방향을 돌릴 수 있도록 지휘했다. 우리가 수십 년 동안 사회주의를 건설해 온 후, 다시 무엇이 사회주의인가하고 물음을 던졌고, 사회주의 초급 단계가 적어도 100년은 필요하다고 대담하게 말하게 되었다. 이러한 용기는 당시 비 내리는 남호에서, "배가 가야 할 방향이 어디인가?" 하고 물음을 던진 것과 마찬가지였다.

붉은 배는 남호에서 출발하여 80년을 항행해 왔다. 그간 "봄날 햇살이 화창해져 물결에도 놀라지 않네(春和景明, 波澜不惊)"라는 시구와도 같은 기간이 있었는가 하면, 이따금은 "음산한 바람이 화난 듯 울부짖으며 흙탕물 파도가 허공을 차고 오르네(阴风怒号, 浊浪排空)"라는 시구와도 같은 시기도 있었다. 80년간 당의 영수들은 항상 천하를 근심하고, 항행의 법칙을 유의하면서 조정해 왔다. 역사적으로 가장 먼저 배와 물의 관계로 치국어세(治国驭世)를 비유한 사람은 아마 순자(荀子)일 것이다. 후에 위징(魏徵)이 이 비유를 당태종(唐太宗)에게 이야기해 주었다. 그는 "물은 배를 띄울 수도 있지만 전복시킬 수도 있다(水可载舟, 亦可覆舟)"고 말했다. 우리의 이 작은 배가 항행을 시작한 지 34년이 되는 해인 1945년 7월 1일, 중국공산당은 제7차 대표대회를 열었고 승리를 눈앞에 두고 있었다. 이때 민주인사 황옌페이(黄炎培)가 옌안(延安)에 가서 마오쩌둥과 아주 유명한 담화를 한 적이 있다. 황옌페이는 새로운 정권은 어떻게 "순식간에 일어나고 홀연히 망한다(其兴也勃, 其亡也忽)"고 하는 주기율을 피할 수 있겠는가 하고 물었다. 이에 마오쩌둥은 "민주에 의거하고 인민을 신임하는 데 의거한다"고 대답했다. 인민대중에 의거하여 우리는 공화국이라는 큰 배를 만들어 냈다. 그 후 이 붉은 배가 항행을 시작한 지 71년이 되던 해인 1992

나룻배를 찾아서

년 덩샤오핑(邓小平)은 남방 순시 중, "물을 거슬러 가는 배와 같아서 나아가지 않으면 뒤로 밀린다(逆水行舟, 不进则退)", "발전이야말로 확고한 이치이다(发展才是硬道理)"라고 다시 항행의 방향을 제시했다. 우리는 중국특색의 사회주의라는 돛을 올리고 다시 한 번 용감히 파도 위에 올라탔다. 파도 위에서의 80년 동안 천하 사람들을 걱정해 왔다. 우리의 사업은 나날이 향상하고 번영 발전할 것이다. 중국공산당은 이미 위대한 당, 성숙된 당이 되었기 때문이다.

남호에는 지금도 이 작은 쪽배가 떠있다. 안개가 걷히고 비도 멎었다. 산도 밝고 물도 고요하다. 관광객들은 지나가면서 조용히 눈인사를 건넨다. 이 배는 정치적 상징이 되었고 철학적 의의도 명시해 주고 있다. 6,500만 명의 당원을 가진 큰 당이 바로 여기에서 기슭으로 올라왔던 것이다. 한 치의 땅도 없어 물 위에서 유랑하던 데로부터 신주(神舟) 만리(萬里)의 강산을 모두 붉게 물들였다. 당은 배 위에 있고, 배는 물 위에서 간다. 풍랑을 두려워하지 않고 우환을 잊지 않으며, 조류를 따라가다 다시 피안에 오른것이다.

2001년 6월 21일

역사는 거울과 같다

난간을 골고루 두드리다

중국 역사에서 군인 출신으로, 무인으로 시작했으나 최종 문인
으로써 시와 사의 대가가 된 사람은 오직 한 사람뿐인데, 그가 바로 신
기질(辛弃疾)이다. 이는 그의 사(词) 및 그 사람 됨됨이가 문인들 중에
서 유일성을 가지게 했으며 역사상 독특한 위치가 정해지게 했다.

내가 본 역사 자료에 의하면, 신기질은 적어도 몇 번은 사람을 죽인
적이 있다. 그는 천성으로 기골이 장대하고 용맹했는데, 이려서부터 검
법을 연마해 왔다. 그는 금(金)나라와 송(宋)나라가 대립하던 난세에
태어나, 금나라의 침략과 유린에 불만을 품어 왔다. 22세가 되던 해에
그는 수천 명을 모아 의병을 일으켰다. 후에 그는 또 경경(耿京)을 위수
로 하는 의병과 합병하여 서기장(书记长)을 겸임하면서 인신(印信)을
관리했다. 언젠가 의병 내부에 반역자가 나타나 인신을 훔쳐 가지고 금
나라에 도망가려 했다. 이에 신기질은 혼자서 검을 들고 말을 달려 꼬
박 이틀이나 뒤쫓았다. 사흘째 되던 날 그는 반역자의 수급을 들고 되
돌아 왔다. 광복의 대업을 위해 그는 경경에게 송나라에 귀순할 것을
설복했으며, 직접 남하하여 임안(临安)에 연락을 취하러 갔다. 그런데

생각 밖으로 바로 그 며칠 사이에 내부에서 변란이 생겼다. 부장이 변절하여 경경이 피살당했던 것이다. 이에 대노한 신기질은 기병 수 명만 거느리고 군영에 뛰어들어 변절한 장수를 생포했다. 그리고 다시 변절자를 압송하면서 천리를 달려 임안에 갔으며 거기에서 변절자를 처단하였다. 그는 1만 명을 이끌고 남하하여 송나라에 귀순하였다. 그가 이같은 장거를 행할 때 나이는 겨우 20여 세밖에 되지 않았다. 혈기 왕성한 나이인 그는 조정을 위해 적을 무찌르고 잃은 땅은 되찾으려 생각했다.

하지만 세상일은 그렇게 생각대로 되는 것이 아니다. 남으로 온 후, 그는 손 안의 검을 잃고 만다. 그에게는 붓밖에 남지 않았다. 그에게는 더는 전쟁터를 종횡할 기회가 없게 되었다. 오직 붓을 휘날리거나 화선지에 눈물을 뿌릴 수밖에 없었다. 그리하여 역사에 비장한 외침소리와 유감스러운 탄식, 그리고 어쩔 수 없는 자조를 남겼다.

솔직히 신기질의 사(词)는 붓으로 쓴 것이 아니라, 칼과 검으로 새긴 것이었다. 그는 영원히 전쟁터의 영웅과 애국장군의 이미지로 역사와 자신의 시와 사(词)에 남겨졌다. 천 년이란 세월이 흐른 지금에 와서도 그의 작품을 읽으려 하면, 서릿발 치는 살기와 호탕한 기세를 느낄 수 있다. 예를 들면 '파진자(破阵子)'라는 사가 그러하다.

"취중에도 등불을 밝혀 칼날을 살피고, 일어나면 병영을 깨우는 나팔을 부네. 귀한 쇠고기를 나누어 휘하 장병들에게 구워 먹이고, 오십 현 거문고로 웅장하게 군가를 연주하네. 가을날 전장에서 군사를 점검하네.(醉里挑灯看剑, 梦回吹角连营. 八百里分麾下炙, 五十弦翻塞外声. 沙场秋点兵.)

말은 적로처럼 쏜살같이 달리고, 활은 벽력같이 시위를 울리누나. 군왕의 중원수복 위업을 완수하여 살아서는 일신에, 죽어서도 명예를 얻고자 하였는데, 가련하도다, 어느덧 흰머리가 생겼구나.(马作的卢飞快, 弓如霹雳弦惊.

了却君王天下事, 赢得生前身后名. 可怜白发生.)"

감히 말하건대, 이 사(词)는 무성(武圣) 악비(岳飞)의 '만강홍(满江红)'만이 이에 필적할 수 있을 뿐, 중국 5000년 문인들의 작품들 속에서 이처럼 쟁쟁한 쇳소리가 나는 사는 더 찾아내기 어렵다. 두보(杜甫)도 "사람을 쏘려면 그의 말을 먼저 쏘아야 하고 적이란 역시 왕을 먼저 잡아야 한다(射人先射马, 擒贼先擒王)"라는 시를 쓴 적 있고, 군인 시인 노륜(卢纶)도 "빠른 말을 타고 쫓고 싶으나, 큰 눈이 활과 창에 가득하다(欲将轻骑逐, 大雪满弓刀)"라는 시를 쓴 적이 있다. 하지만 이러한 것들은 모두 방관 식의 상상이고 토로이며 묘사였다. 그 어느 시인도 그처럼 칼끝에서 굴러본 경력이 없었던 것이다. "군함이 고층 누각처럼 우뚝 솟았구나(列舰层楼)", "채찍을 던져 강을 가로막다(投鞭飞渡)", "검을 들어 삼진을 공략하고(剑指三秦)", "가을바람 속 국경 요새의 말(西风塞马)" 등 그의 시와 사는 실로 군사 사전이라고 할 수 있다. 그 자신은 원래 나라를 위해 한 몸을 다 바칠 준비가 되어 있었다. 하지만 남으로 온 후 전장에서 떨어질 것을 강요당했으며, 더는 재능을 발휘할 기회가 없게 되었다. 그리하여 굴원(屈原)처럼 하늘을 우러러 장탄식하였고, 공공(共工)처럼 불주산(不周山)을 들이박았다. 그는 강가에 서서 멀리 장안을 바라보았고, 높은 누각에 올라 난간을 두드리며 뜨거운 눈물을 흘렸다.

"초나라 하늘 천리가 맑은 가을, 물은 하늘 따라 흘러가고 가을은 끝이 없네. 아득한 봉우리를 바라보면, 수심을 주고 한을 주는 옥비녀에 소라 상투 같은 산. 해지는 누각 머리, 외떨어진 기러기 소리 속에, 강남 나그네. 검을

잡고 보네, 난간을 다 두르려도, 사람들은 모른다, 누각에 오른 기분을.(楚天

千里淸秋, 水隨天去秋无际, 遥岑远目, 献愁供恨, 玉簪螺髻. 落日楼头, 断鸿声里,

江南游子. 把吴钩看了, 栏杆拍遍, 无人会, 登临意.)"

'수룡음(水龙吟)'

사실상 누가 그의 망국의 비분을 알 수 있으랴? 위의 사(词)는 그가
건강(建康) 상심정(赏心亭)에 올라서 지은 것이다. 이 정자는 저 멀리
에 있는 옛 진회하(秦淮河)를 마주하고 있는데, 역대로 문인묵객들의
사랑을 받아와 아취가 배인 곳이다. 하지만 신기질은 여기서 비탄의 소
리를 내고 있다. 난간을 두드리며 그는 과거의 칼을 두드리며 말을 재
촉해 전쟁터를 질주하던 일을 회억했을 것이다. 하지만 지금에 와서는
헛되이 뜻과 힘만 가득할 뿐, 어디에도 그 포부를 펼칠 곳이 없지 않은
가? 나는 일부러 남경(南京)에 가서 신기질이 난간을 두드렸다는 곳을
찾아보았다. 하지만 사람은 사라지고 누각은 훼손되어 흔적조차 없었
다. 다만 유유히 흐르는 강물만 사(词)를 지은 사람의 장탄식처럼 쉼 없
이 동으로 흐르고 있었다.

신기질의 사(词)가 깊은 차원에서 기타 문인들과 다른 점이라면, 그
의 사(词)는 먹으로 쓴 것이 아니라, 피와 눈물로 지어진 것이라는 점이
다. 오늘 우리는 그의 사(词)를 읽노라면, 애국적 대신의 눈물의 호
소와 고백을 분명하게 들을 수 있다. 석양 속에서 난간을 잡고 멀리 바
라보는 그의 모습을 잊을 수가 없다.

신기질은 송나라로 귀순한 후 무엇 때문에 조정의 환심을 사지 못했
던 것일까? 그는 '계주(戒酒)'라는 희작(戏作)에서 "원망은 크고 작든,
좋아하는 것에서 생겨나는 법이요, 사물은 밉든 곱든, 지나치면 곧 재
앙이 된다.(怨无大小, 生于所爱 ; 物无美恶, 过则成灾.)"고 하였다. 이 작

품이 바로 그의 정치적 고민을 잘 보여주고 있다. 그는 나라를 사랑함으로써 원망이 생겼고, 직책을 다 함으로써 재난을 입었던 것이다. 그는 나라를 너무나도 사랑하였고, 백성을 사랑하고, 조정을 사랑하였던 것이다. 하지만 조정은 그를 두려워했고, 시끄러워 했으며, 기용하기를 꺼려했다. 그는 40년 동안이나 남송의 신민(臣民)으로 살았지만 거의 20년 동안 기용되지 못했다. 짧게 기용됐던 20여 년 동안에는 37번이나 자리를 옮겨야 했다. 하지만 조정을 위하여 일할 기회가 주어지기만 하면 아주 성심껏 일했다. 자기 앞 일만 하고 쓸데없는 일에는 참견하지 말아야 했지만, 뜨거운 애국심은 그의 온 몸을 불태우게 했다. 40년 동안 어디에서 어떤 직무에 임하든, 심지어 관직이 없을 때에도 끊임없이 상소하고, 권고하였으며, 기회만 있으면 철저하게 일을 했다. 군사를 조련하고, 자금을 모으고 정무를 정돈하면서 시시각각으로 전선에 나갈 모습을 보이곤 했다. 화평을 주장하는 조정으로서는 시끄럽지 않을 수 없었다. 그는 호남(湖南) 안무사(安抚使)로 임직했을 때, 지방 행정장관이었지만 2,500명의 '비호군(飞虎军)'을 창설했다. 이 군사는 위풍이 당당했으며 강남지역을 확고하게 제압했다. 건군 초기, 병영을 건설하는데 마침 줄장마가 이어져 기와를 구워낼 수가 없었다. 이에 그는 장사(长沙) 시민들에게 매호 당 기와 20개씩을 내야 한다고 영을 내렸다. 기와를 바치면 그 자리에서 현금을 주었다. 이렇게 이틀만에 기와를 전부 준비할 수 있었다. 시정(施政)에 있어서 얼마나 유능하고 노련한가를 알 수 있는 대목이다. 후에 그는 복건(福建)에서 지방관리로 있었는데, 그 곳에서도 전쟁준비를 하였다. 복건 남부는 막북(漠北)과 멀리 떨어져 있었지만, 여전히 국민의 사정과 형편을 걱정하고, 잃은 땅을 수복하려는 그의 의지를 끊어놓을 수 없었다. 이같이 과분하게 일했으므로 재난을 불러왔고 많은 비방을 불러일으켰다. 심지어는 그가 독재를 하고, 범죄를 저지른다고 비방하기까지 했다. 황제도 그를 기용했다가는 또 버리곤 했다. 나라 사정이 위급하면 불러다 며칠 동안만 기용했고, 조정에 헐뜯는 소리가 나돌면 또 몇 년씩 내버려두곤 하였다. 이것이 그의 기본적인 생활 리듬이었고, 또한 그의 일생에서 최대의 비극이었다. 그는 책을 많이 읽어, 사(词)에서 전고를 인용하기를 즐겨했다. 심지어 후세사람들에게는 "학문을 자랑하기 좋아한다"고 비난 받기도 했다. 하지만 죽을 때까지도 그는 남송 조정이 왜 일시적인 안일만 탐내고 잃은 땅을 되찾으려 하지 않는지를 알지 못했다.

신기질은 이름이 기질(弃疾)이다. 즉 질병을 버린다는 뜻이다. 하지만 어려서부터 무예를 익혀온 그에게 무슨 질병이 있겠는가 하고 의문을 가지겠지만, 그에게는 심병(心病)이 있었다. 즉 국토를 잃고, 가족이 흩어지고, 산천이 부서져 마음이 불안했던 것이다.

> "욱고대 아래 청강수는 얼마나 많은 행인들의 눈물을 담았던고! 서북으로 장안을 바라보니, 가련한 것은 무수한 산뿐이로다.(郁孤台下清江水, 中间多少行人泪! 西北望长安, 可怜无数山.)
>
> 청산이 막을 수 없어, 끝내는 동으로 흐르거니. 노을 낀 강가에서 수심 겨워 할적에, 깊은 산 저 멀리서 뻐꾸기가 우는구나.(青山遮不住, 毕竟东流去. 江晚正愁予, 山间闻鹧鸪.)"

이는 우리가 중학교 교과서에서 읽은 적이 있는 유명한 사(词)인 '보살만(菩萨蛮)'이다. 그는 마음이 우울한 병에 걸렸던 것이다. 그는 심지어 자신의 성씨를 두고 자조하기도 했다.

> "집안의 조상들은 충성스럽고 의로웠지, 성품이 강직하고 엄하기를 불볕

이나 가을서리 같았네. 우리 조상들은 언제 이 성씨를 가진 걸까? 어찌하여
이러한 성씨를 가졌을까? 내가 자세히 얘기해 자네의 웃음이나 사려 하네.
우리 신 씨네 '신'자는 신고로 이루어진 것이어서 슬프고 가슴이 쓰릴세. 언
제나 괴로움과 고생스러움이 따라다니지. '신'이란 맵다는 뜻이지, 우리 신
씨 네의 성격이 바로 그러하다네. 그 매운 맛을 참지 못한 사람들은 으깬 후
추나 육계를 먹은 것처럼 구역질을 한다네.(烈日秋霜, 忠肝义胆, 千载家谱. 得
姓何年, 细参辛字, 一笑君听取. 艰辛做就, 悲辛滋味, 总是辛酸辛苦. 更十分, 向人
辛辣, 椒桂捣残堪吐.)"

"세상에는 향기롭고 아름다운 부귀영화가 있으련만 종래 우리 신 씨네 집
안에는 찾아오지 않는다네.(世间应有, 芳甘浓美, 不到吾家门户.)…"

'영우락(永遇乐)'

세상에는 즐겁고 좋은 일들이 많지만, 그에게만은 왜 항상 차례가 가
지 않았을까? 그는 항상 방치돼 있지 않으면, 빈번하게 인사이동을 당
해야 했다. 1179년 호북(湖北)으로부터 호남(湖南)으로 인사이동이 되
어 가게 된 그는 전송을 나온 동료 앞에서 완곡한 어조로 정치적으로
여의치 않음을 표하였으니, 이것이 바로 그 이름난 사(词)인 '모어아
(摸鱼儿)'이다.

"얼마나 더 비바람을 견디어 낼까, 봄은 또 가려는구나. 봄에 일찍 핀 꽃
도 애석한데 하물며 지금은 낙화가 무수하기만 하네. 봄이여 잠시 멈추라,
방초가 귀로를 막았다는 얘기를 듣지 못했느냐. 묵묵한 봄이 한스럽구나, 은
근하고 다정한 건 단청으로 화려한 대들보 위의 봄을 잡으려고 버들가지 잡
고 있는 거미줄뿐이네.(更能消几番风雨, 匆匆春又归去. 惜春长怕花开早, 何

況落红无数. 春且住! 见说道, 天涯芳草无归路. 怨春不语. 算只有殷勤, 画檐蛛网, 尽日惹飞絮.)"

"장문궁의 기쁜일이 또 지연된 것은 그 아름다움이 질투를 받았기 때문이네. 천금으로 사마상여의 부를 샀지만, 이 깊은 정을 누굴 향해 하소연 하리오? 그대는 너무 기뻐하지 마시게나, 보지 못 했나이까, 옥환 비연도 결국은 진토가 되었다오. 괜한 근심이 가장 괴로운 법이네. 누각에 올라 난간에 기대어 멀리를 바라보지 마소, 지는 해는 물안개 자욱한 버드나무 숲에 있어 애만 끓이게 된다오(长门事, 准拟佳期又误. 娥眉曾有人妒. 千金纵买相如赋, 脉脉此情誰诉? 君莫舞, 君不见, 玉环飞燕皆尘土. 闲愁最苦. 休去倚危楼, 斜阳正在, 烟柳断肠处.)"

전해지는 바에 의하면, 송효종(宋孝宗)은 이 사(词)를 보고나서 매우 언짢아했다고 한다. 이 사를 두고 량치차오(梁启超)는 "이처럼 지극히 사람을 감동시키는 것은 고금을 통해 더 없을 것이다"라고 했다. '장문궁'의 일이란 한무제의 진황후가 시샘을 받아 장문궁에 연금된 이야기를 가리킨다. 신기질은 이 전고를 빌어 자신을 비유하였던 것이다. 일편단심 충성심과 뜨거운 사랑, 그리고 그 많은 슬픔, 고생, 아픔, 참으로 온갖 감회가 한데 버무려졌던 것이다. 따라서 오늘 우리가 이 사(词)를 읽어도 놀라지 않을 수 없는 이유이다. 마치 눈물과 핏물로 얼룩져 있는 듯 느껴지기 때문이다. 옛 문인들이 가는 봄에 대한 시구는 산처럼 많고도 많이 쌓여 있지만, 그 어느 작품도 이처럼 완곡하면서도 비분강개하게 봄빛을 정치에 녹여 넣지 못했다. 또한 미인에 대한 상사병도 옛 문인들이 많이 써먹은 제재이기는 하지만, 그 어느 시나 사도 이처럼 적절하게 국사를 비유하고 시비를 평가하면서 울분을 토로하지 못했던 것이다.

하지만 남송 조정은 필경은 20년 동안이나 그를 방치해 두었다. 그는 20년 동안 정계에서 벗어나 방관할 수밖에 없었다. 이에 신기질은 "군의 은덕이 하늘같은데, 부용이나 심으라 하네!(君恩重, 且教种芙蓉)"고 자조했다. 이는 마치 송인종(宋仁宗)이 유영(柳永)을 두고 "한가로이 술잔을 기울이며 낮은 소리로 노래를 읊조릴 것이지, 왜 허명을 구하느냐?" 한 것과 비슷한 맥락이었다. 이에 유영은 진짜로 한가로이 술잔을 기울이며 낮은 소리로 노래를 읊조리러 가버렸다. 그 결과 그는 순수한 사(词) 예술가가 되어 버렸다. 하지만 신기질은 유영과 다르다. 그는 큰 사발로 술을 마시고 커다란 고기 덩어리를 안주 삼아 난간을 두드리며 큰 소리로 정치를 논하는 사람이었다. 나라에 보답할 길이 없는 그는 강서(江西) 동북부로 가 호수를 끼고 있는 별장을 짓고 홀로 적막함을 달래곤 하였다.

"대호는 내가 가장 사랑하는 곳이라, 천 장의 비취색 경대를 펼친 것 같구나. 한가로운 날 지팡이 짚고 삼으로 삼은 신을 신은 채 호숫가에서 천 번을 배회하네. 갈매기와 해오라기는 오늘 나와 사이좋게 지내겠다고 다짐을 했거늘, 서로 의심하지 말자. 백학은 어디에 있느냐, 그도 함께 오렴아(带湖吾甚爱, 千丈翠奁开. 先生杖屦无事, 一日走千回. 凡我同盟鸥鹭, 今日既盟之后, 来往莫相猜. 白鹤在何处, 尝试与借来.)"

"갈매기는 부평을 젖히기도 하고 녹조를 헤치기도 하며 청태 위에 서 있네, 물고기만 엿보는 미련한 저 놈은 내가 잔을 드는 이유를 모르는구나. 과거 이 곳은 황폐한 늪과 거친 언덕뿐이었는데 오늘 밤은 달빛도 교교하고 바람도 서늘하도다. 인간세상의 애환은 얼마나 흘렀는고. 동쪽 기슭에는 아직 녹음이 적구나, 수양버들을 더 심어야겠다. (破青萍, 排翠藻, 立苍苔. 窥鱼

笑汝痴计, 不解举吾杯. 废沼荒丘畴昔, 明月清风此夜, 人世几欢哀. 东岸绿荫少, 杨柳更须栽.)

'수조가두(水调歌头)'

이번에는 진짜로 그 자신의 호(号)인 '가헌(稼轩)'처럼 농촌에나 가서 농사나 지어야겠다고 했다. 장년의 한창 나이에, 경험이 풍부하고 큰 뜻을 품은 정치가가 매일 산기슭에서, 물가에서 산책이나 하고 백성들과 한가한 이야기나 하지 않으면, 날아가는 새를 보고 혼잣말이나 해야 했으니 어찌 '공연한 근심'에 괴롭지 않고, "깊은 정을 누굴 향해 하소연 하리오?" 하지 않을 것인가?

신기질의 필력이 칼로 새긴 것이라 하든, 아니면 피로 썼다 하든 간에 그가 추구하는 모든 것은 사인(词人)이 되지 않으려는 것이었다. 궈모뤄(郭沫若)은 천이(陈毅)에게 '장군의 본색은 시인이요"고 한 것처럼, 신기질, 이 사인(词人)의 본색은 무인이었고, 무인의 본색은 정치인이었다. 그의 사(词)는 정치라는 이 커다란 맷돌에서 갈리워 나온 두유일 뿐이었다. 그는 무인이었지만 문인이 되었고 문인이었지만 정치를 하려고 했으며, 시종 출세와 입세의 모순 속에서 시달렸고 기용을 포기당하는 시달림에서 헤어나지를 못했다. 봉건 지식인으로서 그는 도연명(陶渊明)처럼 살짝 맛만 보고 그만둔 것도 아니고, 백거이(白居易)처럼 장기간 재임하면서 글을 쓴 것도 아니다. 국가와 민족에 대하여, 그는 내려놓을 수도 없고 그만둘 수도 없는 뜨거운 마음을 가지고 있었다. 그는 참을 수도 없고 다 써버릴 수도 없는 힘을 가지고 있었다. 그는 "다섯 말의 쌀을 위해 허리를 굽히지 않았고", 중상 모략하는 말들이 장대비처럼 쏟아져도 두려워하지 않았다. 그저 시국의 기복에 따라 분망히 보내다가도 갑자기 할 일이 없게 되는 그런 생활의 연속이었다. 항상 버슬길에서 급격한 파동을 겪어야 했다. 조금 치적을 올렸다 하면 바로 비방을 받아 관직을 삭탈 당했다. 그러다가도 국난이 들이닥치면 곧바로 다시 임용되었다. 그는 직접 군사를 조련했는가 하면 '미근십론(美芹十论)'과 같은 이름난 치국 방략을 상소한 적도 있다. 그는 가의(贾谊), 제갈량(诸葛亮), 범중엄(范仲淹)처럼 항상 나라를 걱정해온 정치가였다. 그러나 그는 쇠를 뜨겁게 달궈 두드렸다가 다시 찬물에 집어넣는 담금질을 당하곤 했다. 사람들은 그를 소동파를 이어받은 호방파라고 한다. 하지만 소동파의 호방함은 "창장이 동으로 흐른다(大江东去)"는 식의 산수의 드넓음이다. 소동파는 북송 태평성세에 살았는데 당시에는 민족의 원한이나 국토 회복이라는 사명이 없었으므로 사(词)의 혼백을 크게 다스릴 필요도 없었고, 큰 전쟁을 배경으로 하여 사(词)의 위세를 돋굴 필요도 없었다. 진정한 시인은 정치적인 대사(사회, 민족, 군사 등 모순을 포함)의 압력을 받고 비틀리고 뒤엉키는 등의 시련을 받아야만 역사의 조류에 맞는 깨달음을 얻게 되고, 정의의 화신이 될 수 있다. 시가(诗歌)는 오직 정치적 비바람의 충격을 받아야만 비상할 수 있고, 불타오를 수 있으며 사람들을 깨울 수 있다. 시학(诗学)의 실력은 시 외에 있고 시가(诗歌)의 효력은 시 밖에 있는 것이다. 우리는 예술 본신의 매력을 인정하지만, 예술에 사상의 폭발력을 더 해야만 한다고 본다. 또 어떤 사람들은 신기질은 사실 완약파라고 본다. 그 다정하고 섬세하기를 유영이나 이청조(李清照)에 못지않다고 보기 때문이다.

"근래 나의 수심은 하늘처럼 크다네, 누가 알고 누가 가련히 여기리오? 누가 알고 누가 가련히 여기리오? 그 수심 하늘에 비할 수밖에 없네.(近来愁似天来大, 谁解相怜? 谁解相怜? 又把愁来做个天.) 오늘과 과거의 무궁한 일들을 수심 속에 넣어두네. 수심 속에 넣어두고, 술로 달래네(都将今古无穷事, 放在愁边. 放在愁边, 却自移家向酒泉.)"

'추노아(丑奴儿)'

"소년시절엔 슬픔이란 걸 몰라, 높은 누대에 오르길 좋아했네. 높은 누대에 올라, 새 노래 지으려 억지로 슬픈 이야기를 했다네.(少年不识愁滋味, 爱上层楼. 爱上层楼, 为赋新词强说愁.) 지금은 슬픔을 다 알아버려, 말하려다가도 그만둔다네. 말하려다가도 그만두니 오히려 서늘하여 좋은 가을이라 하네.(而今识尽愁滋味, 欲说还休. 欲说还休, 却道天凉好个秋.)"

'추노아(丑奴儿)'

유영과 이청조의 수심은 "두 손 마주잡고 젖어드는 눈동자를 바라보다(执手相看泪眼)" 혹은 "오동나무에 더구나 가랑비까지 내린다(梧桐更兼细雨)"는 정도이지만, 신기질의 사(词)에서 완약한 수심은 담담한 예술적 미감으로 다가오면서도 정치와 생활의 철리가 짙게 담겨 있다. 진정한 시인은 일반인의 심경으로 큰 철리를 말하며, 소리없이 우뢰와 같은 놀라움을 준다.

나는 신기질을 위해 이미지를 조성한다면 가장 적절한 제목이 "난간을 골고루 두드리다(把栏杆拍遍)"일 것이라고 생각한다. 그의 일생은 대부분 버림받은 데서 오는 분노와 유감 속에서 지냈다. 집권자는 그에게 관직을 주지 않았지만, 그를 위해 사상과 예술을 수련할 수 있는 환경을 마련해 주었다. 많은 시련을 겪고 난 그는 더욱 단단해졌다. 역사의 풍운, 민족적 원한, 정의와 사악함의 싸움, 사랑과 원한의 뒤엉킴, 지식의 누적, 정감의 주조, 예술의 승화, 문자의 정련, 이 모든 것은 그의 마음속과 머릿속에서 뒤척이고 출렁이었다. 마치 지각 안에서 맨틀

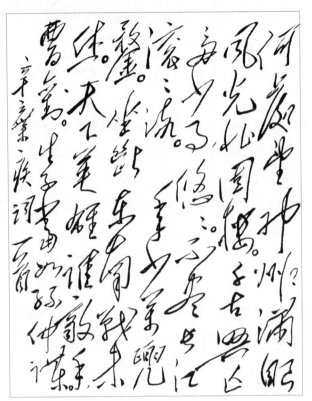

마오쩌둥이 친필로 쓴
신기질의 사(词)

이 꿈틀거리고 부딪치며 에너지가 축적되는 것처럼. 이 에너지가 총칼 끝의 힘으로 발산되지 못하고 정치적 힘으로 발산되지 못하니, 전부 시와 사에 주입되어 시와 사의 작품으로 변신할 수밖에 없었다. 그는 사실 사인(词人)이 되려는 생각이 없었다. 하지만 무인으로서, 정치인으로서의 길이 통하지 않게 되면서 역사는 그를 사인의 길에 몰아넣었던 것이다. 그리하여 수련 끝에 그의 탄식마저도 좋은 사로 변해버렸다. 본질적으로 재능과 사상은 한 사람의 입신의 근본이다. 돌 틈에서 자라는 작은 나무는 비틀리고, 눌리어 깃대가 될 수는 없지만, 강건한 용두 지팡이는 될 수 있으니 이 또한 다른 한 종류의 가치라 하겠다. 하지만 그 전제는 반드시 나무여야지 풀이 돼서는 안 된다. "가을날 전장에서 군사를 점검하노라"에서부터 "서늘하여 좋은 가을이라 하네"에 이르기까지, 나라를 위해 '병'을 떼겠다고 하던 데로부터 나중에 쪼개고 씹어 으깨어 '신(辛)'자의 함의를 알게 될 때까지, 그리고 다시 '가헌(稼軒)'이라고 호를 달고 물새들과 동맹을 맺을 때까지, 신기질은 애국지사로부터 애국시인으로의 성숙의 과정을 걸어왔다. 시는 아무나 쓸 수 있나? 시인, 역사에 이름을 남길 수 있는 시인은 아무나 될 수 있나? "한 장수의 공훈의 그늘에는 수많은 병졸의 비참한 죽음이 있다"고 했었다. 그렇다면 사상이 빛발을 뿌리고, 예술적 매력이 뛰어난 시인은? 이러한 시인이 나타나려면 그 시대적 운동이 있어야 할 것이고, 맨틀이 서로 부딪치는 것처럼, 그는 그 사이에 끼워 시달림을 받아야 할 것이요, 때로는 또 팽개쳐져 냉정한 사고를 해야 할 것이다. 그러니 북송, 남송 300년의 난국이 신기질 한 사람을 만들어 냈던 것이다.

2000년 8월

무후사(武侯祠), 1700년의 묵상

　　중국 역사에는 헤아릴 수도 없이 많은 명인들이 있지만, 제갈량(諸葛亮)처럼 오랫동안 사람들의 그리움을 받은 명인은 없다. 중국의 대지에는 많고도 많은 사당이 있지만 청두(成都)의 무후사처럼 사람들에게 무한한 숭경을 받고, 끝없이 생각하게 하며 깊은 유감을 남기는 곳은 없다. 신기한 색채를 지닌 이 건물은 국내외 모든 숭배자들에게 신비로운 동경을 주는 곳이다.

　　무후사는 성도 시내구역에서 남쪽에 조금 치우 친 번화가에 자리 잡고 있다. 오래된 용나무 두 그루가 병풍처럼 둘러서 있고, 돌사자 한 쌍이 호위하는 가운데 길거리에는 날 듯한 추녀를 가진 붉은 사당 문이 있다. 그 문 안에 들어서기만 하면 속세를 잠깐 떠나온 듯한, 성지에 들어선 듯한 장엄하고도 경건한 감정이 스스로 생겨난다. 문 안에 들어서면 정원인데, 온통 푸른 나무들이 길을 덮고 있는 가운데 여러 가지 꽃들이 눈에 들어온다. 50미터 가량 되는 통로는 두 번째 문으로 직통한다. 통로의 양측에는 각각 당대(唐代)와 명대(明代)의 옛 비석이 한 채씩 있다. 녹음의 청량함과 옛 비석의 아득한 고요함이 방문자로 하여금 감정상의 준비를 하도록 만든다. 우리는 이제 곧 1700년 전의 옛 철인을 만나게 된다. 두 번째 문 안에 들어서면 바로 사합원이 나타난다. 대략 50미터 가량 들어가는데, 유비전(刘备殿)이 추녀 꼬리를 높이 치켜든 채 한복판에 웅거해 있고, 좌우 양측 낭하에는 28명 문신과 무장들이 모셔져 있다. 유비전을 지나 계단 11개를 내려가서 정원을 가로질러 가면 또 다른 사합원이 나타난다. 동, 서, 남 삼면의 회랑이 통하는데 이곳이 바로 제갈량전(诸葛亮殿)이다. 제갈량전에서 붉은 담벽과 푸른 대나무가 늘어선 길을 따라 가노라면 사당의 서쪽—혜릉(惠陵)에 이른다. 이곳이 바로 유비의 무덤이다. 석양이 고총과 늙은 소나무에 걸려 아득한 한위(汉魏) 시절을 생각게 한다. 제갈량전 동쪽에 난 문으로 나가면 원림이 있다. 이 나무들과 전각, 능은 모두 붉은 담장에 둘러싸여 있다. 담장 밖은 떠들썩하고 담장 안은 짙푸른 측백나무가 우거져 있다. 이 곳에서 제갈량에게 제사를 지내고 있는데 앞에는 천자의 사당을 모시고 오른쪽에는 선제의 능에 의지하여 천 년 동안 향불이 꺼지지 않고 있다. 이러한 일은 유례가 없는 것이다.

서기 234년 제갈량은 그의 생애에서 마지막으로 위(魏)나라와 작전을 하던 중 군대 내에서 병사했다. 일시에 나라는 동량을 잃었고, 백성은 재상을 잃어 온 나라가 비통 속에 빠졌다. 백성이 사당을 세우기를 청원했지만 조정은 예(礼)에 부합되지 않는다고 허락하지 않았다. 이에 백성들은 해마다 청명절이면 야외에서 하늘을 향해 제를 지냈고 온 나라가 애통해 하며 그 혼백을 불렀다. 이렇게 30년이 흘러, 조정에서도 민심을 거스를 수가 없음을 알고 제갈량이 순직한 정군산(定军山)에 제일 첫 사당을 짓도록 허락했다. 그런데 이렇게 허락을 했더니 전국에 많은 무후사가 생겨났다. 청두(成都)에다 가장 일찍 무후사를 건립한 것은 서진(西晋)이고 그 이후 여러 번의 변천을 거쳤다. 처음에 무후사는 유비(刘备)사당과 이웃하여 있었는데, 무후사는 향불이 꺼질 줄 몰랐지만 유비 사당에는 사람들의 발길이 닿지 않았다. 명(明)나라 초년, 황실 귀족 주춘(朱椿)이 참배하러 왔다가 이러한 사정을 보고 심기가 불편하여, 무후사를 없애고 유비전 옆에다 부수적으로 제갈량을 모시도록 했다. 그런데 그의 초지와는 달리, 백성들은 오히려 유비사당을 무후사라고 부르기 시작했고 이로부터 또 추모의 발길이 들끓게 되었다. 청(淸)나라 강희(康熙) 연간에 와서는 이러한 모순을 해결하기 위해 아예 군신 합동 사당으로 재건하여, 유비를 앞에 모시고 제갈량을 뒤에다 모셨다. 그 후 조정에서는 여러 차례나 이 사당의 진짜 이름은 소열사당(昭烈庙, 유비의 시호가 소열제임)이라고 표명하고 대문 위에 커다란 편액을 달았다. 하지만 사람들은 줄곧 무후사라고 불러왔으며 그것이 오늘에까지 이르렀다. '문화대혁명(文化大革命)' 기간 많은 문물과 고적들이 광적으로 파괴당했지만, 무후사만은 조금도 손상을 입지 않았으며 지금도 해마다 200만 명이 방문한다. 이곳은 사람들이 감회를 느끼고, 감정을 토로하며 옛일을 빌어 오늘을 증명하는 곳으로 되었다.

나는 정원을 가로질러 조용히 제갈량전으로 갔다. 이곳은 불전처럼 깊숙하거나 침침하지 않았다. 승상이 일을 보는 곳인 만큼, 기둥이 우뚝 서 있어 천지의 정기를 관통시키고, 문 앞은 탁 트여서 만민의 사정을 담아둘 수 있게 했다. 제갈량은 한 복판의 단상 위에 단정하게 앉아 있는데, 머리에는 관건을 쓰고 손에는 깃털 부채를 들었으며, 깊은 상념에 잠긴 듯한 모습이다. 옛일은 천 년을 넘어왔건만 역사의 풍진은 여전히 그의 총명한 눈길을 가리지 못하고, 담장 밖 거마의 떠들썩한 소리도 그를 깊은 생각 속에서 깨우지 못하고 있다. 그의 좌우에는 아들 제갈첨(诸葛瞻)과 손자 제갈상(诸葛尚)이 있다. 첨과 상은 제갈량 사후 모두 촉한의 정권을 위해 전사했다. 제갈량전의 뒷 편에는 구리로 된 북이 세 채 있는데 이는 애초 제갈량이 군사를 다스릴 때 쓰던 것이었는데, 지금 푸른 녹이 얼룩덜룩 피어 있지만 예전의 위력이 남아 있는 듯했다. 이 북을 대하고 있노라니, 창과 칼이 부딪치는 소리가 은은히 들려오는 듯했다. 제갈량전의 좌우 양 벽에는 그의 명문(名文) 두 편이 각각 쓰여져 있다. 그중 왼쪽은 '융중대(隆中对)'인데, 조목조목 상세히 분석하여 수십 년 후의 일을 예견했다. 오른쪽은 〈출사표(出师表)〉로, 격앙된 어조로 우국우민의 마음을 표했다. 나는 그의 침착한 눈빛을 꿰뚫고 동방 '사상가'의 과거를 발견하려고 노력했다. 어지러운 세월, 그는 산 속에서 농사를 지으며 공부를 하는 평민의 모습을 하고 있었다. 초려에서 갓 나와서는 깃털 부채를 가볍게 흔들며 80만 조조의 군사를 연기로 사라지게 했다. 마속(马谡)의 목을 칠 때에는 형언할 수 없는 뜨거운 눈물을 흘리는 것을 보았다. 또한 후주(后主)에게 가산(家産)을 신고할 때의 거리낌 없는 모습을 보았다. 어릴 적 《삼국연의》를 읽을 때면 항상 촉(蜀)나라가 이기기를 바랐던 기억이 있다. 유비를 위해서가 아닌, 제갈량을 위하는 마음에서였다. 이렇게 재주가 하늘보다 높고 덕성이 높은 사람이 이기지 못하는 것은 그야말로 천리에 용납될 수 없는 일이었다. 하지만 그는 지고 말았다. 하느님은 중국역사를 위해 가장 비장한 비극을 마련하였던 것이다.

만약 그가 옛 주(周)나라나 당(唐)나라 시기에 태어났더라면 그는 아마 주공(周公)이 되었을 것이고, 위징(魏徵)이 되었을 것이다. 만약 하늘이 그에게 10년이라는 시간만 더 주었더라도(제갈량은 63세까지 살았으므로 그다지 오래 살았다고 할 수는 없다) 그는 강성한 한(汉)나라를 만들어 냈을지도 모른다. 혹은 그에게서 우직한 충성심을 조금만 더 거두어 들여 유비의 유언대로 아두(阿斗)를 대신하여 황제에 올랐더라면 다른 새 왕조를 만들어 냈을 지도 모른다. 내 가슴 속에서 바다가 거품을 몰고 오듯 이 많은 '만약'들을 생각하고 있을 무렵, 문뜩 머리를 들어 보니 제갈량은 여전히 조용히 앉아 있었다. 아니 오히려 눈길이 더 밝고 깨끗해진 것 같고 손에 든 깃털 부채는 금방 살랑살랑 흔들렸던 것 같아 보였다. 나는 나도 모르게 자신의 허튼 생각이 우스워졌다. 나도 그가 이미 조용히 앉아 묵묵히 1700년을 생각해 왔으리라는 것을 알고 있다. 그는 아마 천명을 거스르기 어렵다는 것을 알았을 것이었고, 영웅이라 하더라도 시대의 추세를 거스를 수는 없다는 것을 알았을 것이다.

1700년 전 제갈량은 조씨 위(魏)나라에 졌지만 그 후부터 모든 사람들의 마음을 얻었다. 나는 제갈량전에서 회랑을 따라 정원에서 천천히 거닐었다. 이 천정(天井) 식의 정원은 역사의 턴넬처럼 가는 곳마다 당(唐), 송(宋) 시기의 유물을 만날 수 있었다. 심지어는 낭하에 서서 옛사람들과 몇 마디씩 이야기를 나눌 수도 있었다. 그중에서도 두보(杜浦)가 이 사당에 가장 많이 다닌 듯했다. 그의 명구인 "출정하여 이기지 못하고 몸이 먼저 죽었으니, 오래도록 영웅들로 하여금 눈물로 옷깃을 적시게 하네(出师未捷身先死, 长使英雄泪满襟)"가 바로 제갈량의 비극을 읊은 것이다. 정원의 동쪽에 당나라 때의 비석이 있는데, 정면과 뒷면, 양측에 모두 글이나 시가 가득 쓰여져 있었다. 자세히 보니 모두 두보의 이 비장한 시에 대한 화답이다. 당나라 시기 사람의 비문(碑文)에는 "하늘이 그에게 수명을 더 주었더라면 한나라의 제사를 더 이어나갈 수 있었을 것이고, 선생의 뜻을 이루는 것이 어렵지 않았으리라(若天假之年, 则继大汉之祀, 成先生之志, 不难矣.)"고 했으며, 원(元)나라 사람의 시에서는 "정통 사상이 천고에 전해졌으니, 천하가 삼분된 것으로 성패를 논하지 말라(正统不渐传千古, 莫将成败论三分)"고 했다. 명(明)나라 사람의 다른 한 시는 아예 역사를 재연하지 못하는 것을 한스러워 했다. "선군의 탁고의 기대를 저버리지 않기 위해, 민강에 들어 가

주야로 흐르지 못하는 것을 한스러워 했다(托孤未付先君望, 恨入岷江昼夜流)." 남쪽에 있는 동서 두 주랑의 벽에는 악비(岳飞)가 쓴 초서체된 전·후 〈출사표(出师表)'〉가 상감되어 있는데, 강과 바다를 뒤집을 듯 필세가 웅건하고 생동하여, 검은 바탕의 흰 글자가 마치 어두운 밤중의 번개와도 같았다. 나는 묵묵히 "표에 임하여 눈물이 나서 말할 바를 알지 못하겠습니다(临表涕泣, 不知所云)", "선제께서는 한실과 조적은 양립할 수 없고, 왕업은 지방에 안거하는 것으로 그칠 수 없다고 여기시었습니다(汉贼不两立, 王业不偏安)"를 읽어내려 갔다. 묵적은 눈물 자국이요, 필치는 창극 같아, 이 두 충신의 900년을 사이에 둔 영혼의 공명을 듣는 것만 같았다. 이 사당은 1700년 동안 줄곧 이렇게 제갈량의 기상에 휩싸여 있으면서 점차 민족의 혼을 이루었다. 후세 사람들은 이곳에서 하늘을 우러러 탄식하는가 하면 깊은 생각에 잠기기도 하였다. 그들 중에는 장군이 있는가 하면, 조정의 대신도 있고, 변강을 지키는 제후도 있었고 심지어는 파촉에서 할거했던 산적 두목도 있다. 하지만 누구든 어느 곳에서 왔고 어떠한 사명을 지녔든간에 이 뜰 안에 들어서기만 하면 장엄함을 느끼게 된다. 사람마다 그의 늠름한 정기에 감화되고 충의로움에 격동되고 담박한 지조에 정화되며 지혜로움에 매료된다. 한사람이 재능이 있기는 그리 어렵지 않은 일이다. 진회(秦桧)와 같은 간사한 인간도 부정한 재주와 능력을 가지고 있었다. 그런가 하면 덕을 갖추기도 어려운 일이 아니어서 덕망이 높은 사람도 적지 않았다. 하지만 덕재를 겸비하기는 어려운 일이고, 또 그 재능으로 천하 사람들의 이익을 도모한 이는 많지 않으며, 그 공을 티내면서 오만함을 드러내지 않는 것은 더욱 어려운 일이다.

역사가 흘러 지금 우리가 옛일을 거슬러 올라가다보면 반드시 '조적(曹贼)'을 미워할 리는 없지만 제갈량에 대해서만은 항상 친절감을 느끼게 된다. 이는 제갈량이 그 역사 속의 투쟁에서 단순히 조 씨의 위나라를 멸망시키려는 것이 아니라 자신의 치국 이상을 실현하고 처세 원칙을 실천하려는 것 뿐이었으며 자신의 능력을 최대한 발휘하려는 것뿐이었다. 촉, 위, 오 3국의 싸움은 다만 그의 이 세 가지 실험의 경력이었을 뿐이다. 그는 이를 통해 한 인간으로서, 역사적 위인으로서의 가치를 실현하였던 것이다. 서기 347년 환온(桓溫)이 촉나라를 정벌하러 갔다가 무후 때 작은 벼슬을 한 적이 있다는 100여 세의 노인을 만난 적 있었다. 환온이 "승상을 지금의 누구에 비할 수 있느냐?"고 물으니 그가 대답하기를 "제갈공께서 계실 때에는 남다름을 느끼지 못했는데 공이 세상을 떠난 후에는 그와 비길만한 사람을 본 적 없습니다"라고 대답했다고 한다. 이 일화가 믿을만한 것은 아니지만, 제갈량은 확실히 시공을 초월한 존재였던 것이다. 동서고금을 보면 모두 두 가지 부류의 사람이 있는데 그중 한 부류의 사람은 현재를 위해 살아가는 사람으로, 향락을 누리기 위해 모든 걸 아랑곳하지 않으며 죽을 때까지 향락을 위한 추구를 멈추지 않는다. 또 다른 부류의 사람은 이상을 위해 사는 사람으로, 이상을 위해 전력을 다 하며, 역시 죽을 때까지 그 이상의 실현을 위한 추구를 멈추지 않는다. 한 사람의 관직이 얼마나 높든, 나중에는 인간으로 환원되기 마련이며, 또 얼마나 오래 살든 나중에는 죽기 마련이다. 다만 아주 적은 사람만이 행운을 입어 백성들에게 선택되고 역사에 발탁되어 신이 됨으로서 사시사철 제사를 받고 영원을 누리는 것이다.

나는 무후사에서 반나절 가량을 머물렀다. 떠날 무렵 다시 무후상 앞에 섰다. 제갈무후는 여전히 샘물처럼 명정한 눈길로 세상을 바라보고 있었고 가볍게 우선을 든 채 꼼짝도 하지 않고 있었다.

1990년 12월

칭저우(青州)에서 수(壽)를 말하다
— 영원한 범중엄(范仲淹)

    산둥(山東) 치어우(青州)는 중국에서 가장 오래된 행정구역 중
의 하나이다. 과거 대우(大禹)는 물을 다스리면서 중국을 9주로 나누었
는데 그때부터 칭저우가 있게 되었다. 이는 《우공도(禹贡图)》에 기록되
어 있다. 지금은 사람들이 칭저우를 찾으면 주로 두 가지 일을 빼놓지
않는데 그중 하나는 산에 올라 '축수'를 하는 것이고, 다른 하나는 성에
올라 범중엄을 추모하는 것이다.

    칭저우성을 나와 남으로 5리쯤 가면 운문산(云门山)이 있다. 산 밑에
서 멀리 산정을 바라보면 절벽 위에 어슴프레 '수(壽)'자가 보인다. 이
것이 바로 사람들이 이곳을 찾는 목적이다. 구불구불한 돌계단을 따라
올라 가노라면 양옆은 푸른 측백나무 일색인데 무성한 나뭇가지들이
뻗어나가 계곡에 가득 찼다. 나무는 아주 굵은 것은 아니지만, 단단하
고도 늘씬했다. 게다가 모두 돌 위에서 생장하고 있었다. 뿌리는 석벽
을 타고 퍼졌는데 마치 번개가 하늘을 가르는 모습과도 같았다. 석벽을
뚫고 나온 나무줄기는 바람에 나부끼는 깃발과도 같았다. 가끔 가다가
길 중앙에 서 있는 나무도 있었다. 그것은 길을 낼 때 베어버리기 아쉬

위 일부러 남겨둔 것이었다. 나무껍질은 여행객들이 얼마나 만졌는지 반들반들해졌다. 주위를 돌아보노라니 지난 세월의 만연함을 느끼기에 충분했다. 잠깐이면 산중턱에 있는 망수각(望寿阁)에 도착해 휴식을 취할 수 있었다. 여기서는 산정 석벽 위의 붉은색 '수(寿)'자가 선명하게 보였다. 산 아래를 다시 내려다보면 시가지는 멀리 나있는 듯 싶었고, 들녘이 그물처럼 촘촘히 둘러져 있었다. 좀 더 힘을 내어 산정으로 올라가며 올려다보면 '수(寿)'자는 돛대를 가득 단 거대한 선박처럼 안개와 구름을 껴안고 바로 머리 위를 내리 누를 듯했다. 동행 중 한 청년이 '수(寿)'자 위에 붙어 섰는데, 키가 '수(寿)'자 아래 획인 촌(寸)자의 길이만큼도 미치지 못했다. 이는 세계에서 가장 큰 '수(寿)'자로 서법의 정품, 최상품이라 할 수 있다. 일본의 서도(书道) 전문가들도 자주 바다를 건너와 경배한다고 했다. 이는 명대(明代) 가정(嘉靖) 39년 칭저우 형왕(衡王)이 자신을 위해 축수하면서 새긴 것이라고 하는데 이미 지금으로부터 400여 년이나 흘렀다. 산에는 잔설이 아직 다 녹지 않았다. 나는 쌀쌀한 봄바람 속에서 이 '수(寿)'자를 자세히 살펴보았다. 높이가 7.5미터, 너비가 3.7미터인 이 글자는 애초 어떻게 쓰고 또 어떻게 새겨냈는지 모르겠지만, 이렇게 간가구조(间架结构)를 갖추고 그 취지를 찍어냈다는 것이 감탄을 자아낼 만 했다. 형왕(衡王)이 기적을 창조했다고 하지만, 당시 그의 목적은 예술을 위한 것이 아니었다. 마치 고분에서 출토된 위비(魏碑)를 두고 오늘날 우리가 서법의 정품이라고 하지만, 그 당시에는 죽은 자의 옆에 두는 일반적인 돌에 지나지 않았다. 형왕(衡王)이 수(寿)자를 새긴 것은 자신의 100년 장수를 위한 것이고 또한 황족의 위엄을 보이려는 것이었다. 하지만 몇 세대가 지난 뒤, 형왕부는 가산을 몰수당했고 그 위엄도 비바람 속에 사라졌으니 그 명(命) 또한 어찌 영원불멸할 것인가! 오히려 예술적 가치가 있는 이

'수(壽)'자는 오늘까지 그 수명을 계속하고 있는 것이다. '수(壽)자' 앞에서 왼쪽으로 걸어가니 동굴이 나타났다. 동굴은 성문 같았다. 뒤돌아보니 문밖은 운무가 피어오르고 있었다. 이것이 바로 운문산(云门山)이라는 이름을 얻게 된 유래이다. 그 문을 경과해 산정에 올라서니 지형이 붕어 등허리처럼 약간 평평하였다. 위에는 돌계단이 있었고 정자와 사찰, 그리고 불굴(佛窟)이 있었다. 난간에 기대어 멀리 바라보니 동으로부터 바닷바람이 불어오는데, 운무가 망망하여 산천과 도시와 향촌이 아득한 그림과도 같았다. 먼 옛날, 대우가 물을 다스릴 때 바로 이곳으로부터 물을 바다로 끌어들여 천하가 홍수 속에서 구원을 받았다고 한다. 그래서 이 칭저우가 있게 된 것이라고 한다. 그때부터 사람들은 이 곳에서 남자는 농사를 짓고 여자는 길쌈을 하면서 대대손손 살아왔다. 범중엄이 이곳에서 관리로 있었고 이청조(李清照)도 이곳에 은거한 적이 있으며, 또한 형왕이 이 소천지를 다스렸던 것이다. 사람들은 돌산 위의 암벽을 갈아 글자를 새겼고, 굴을 뚫어 불상을 만들며 재잘재잘 '편지우'하게 살아왔다. 오직 이 산만이 묵묵히 말이 없다. 내 생각에 운문산신(山神)은 돈을 들여 글자를 새기고 머리를 조아리며 수(壽)를 비는 형왕을 보고 콧방귀를 뀌고 돌아앉아 입정하였을 것이다. 나는 산을 돌아가며 당(唐)으로부터 명(明)에 이르기까지의 유적들을 둘러보았다. 산 밑에 운무가 감도는 것을 보며 진심으로 운문산이 자랑스럽게 느껴졌다. 운문산은 풍우도 우습게보고 천둥, 번개와도 싸워오면서 천 년을 넘어왔다. 임측서(林则徐)는 이 산에 대해 말할 때 "절벽은 천 길이 되나 욕심이 없기에 굳건하다(壁立千仞, 无欲则刚)"고 했다. 바로 욕심이 없으면 영원한 것이 되는 것이다.

산에서 내려와 칭저우성 서쪽에 위치한 범공사(范公祠)에 참배하러 갔다. 이는 사람들이 북송(北宋)의 범중엄을 기리기 위해 세운 사당으로, 천년 동안 향불을 바치는 일이 그치지 않았다. 사당은 그다지 크지는 않았다. 대략 농구장 2개 정도의 정원이었다. 정원의 중심에는 우물이 있었는데 범공정(范公井)이라 불렀다. 전하는 바에 의하면 범중엄을 위해 판 우물이라고 했다. 우물 물 또한 보통이 아니었다. 맑고도 차가웠다. 범중엄공은 이 물로 '칭저우백환약(青州白丸药)'을 조제해 백성들의 고질병을 치료했는데 효과가 신통했다고 한다. 우물은 정인의 신물처럼 후세 사람들이 범공을 그리는 의탁물이 되었다. 송(宋)나라 사람이 시를 지어 말하기를 "달고 맑은데 긷고 길어도 끝이 없어 마치 과거 희문의 마음과도 같아라(甘清汲取无穷已, 好似希文昔日心)"라고 했다. 여기서의 희문은 범중엄의 자이다. 정 동쪽에는 사당이 있었는데 범공상(范公像) 및 그 생애를 그린 벽화가 있었다. 사당의 좌우에는 구양수(欧阳修)와 부필(富弼)이 모셔져 있었다. 그들은 모두 과거 경력신정(庆历新政)을 시행할 때 이를 주재했던 자들이었다. 정원의 남쪽에는 죽림이 있었는데, 푸른 죽 천 그루가 울창하게 땅의 영기를 뿜어내고 있었다. 죽림 뒤에는 비랑(碑廊)이 있었는데 범공의 〈악양루기(岳阳楼记)〉가 각인되어 있었다. 정원의 중심에는 고목 세 그루가 있었는데 당나라 시기에 심은 가래나무와 송나라 시기에 심은 홰나무라고 했다. 이 사원이 얼마나 오래 됐는가를 알 수 있는 대목이다. 나무의 북쪽에는 풍옥상(冯玉祥) 장군이 예서로 쓴 비련(碑联)이 있었다. "가슴에는 뛰어난 지략을 품어 날뛰는 오랑캐의 기병도 범 씨를 두려워했노라. 우락(희로애락)으로 천하를 두루 보았으니 오늘날 사람들이 분발 노력하여 이 수재 선생을 따라 배웠으면 하노라.(兵甲富胸中, 纵教他虏骑横飞, 也怕那范小老子；忧乐观天下, 愿今人砥砺振奋, 都学这秀才先生.)" 이 두 마디는 범공의 일생을 아주 정확하게 개괄한 것이다. 범중엄은 어려서 부친을 잃고 빈한한 가정에서 생활하였다. 그는 열심히 공부를 하였는데 아침이면 일찍 일어나 죽 한 그릇을 끓여서는 식은 후 네 등분으로 나누어 놓았다고 한다. 이것이 그의 하루 식사 거리였다. 그 후 과거에 급제한 그는 용도각(龙图阁) 대학사(大学士) 직을 수여받으며 정치적으로 청렴하였고 힘써 혁신을 도모하였다. 그 후 서하(西夏)에서 빈번히 중원으로 침범해 오자 조정에 군사재능을 가진 인재가 없어 그가 문관 신분으로 군사를 거느리고 변경을 지키면서 외적을 물리쳤다. 이에 서하 사람들이 크게 놀라 "그는 가슴에 백만 정병을 품고 있다"고 말했고, 변경 지역 주민들을 그를 "용도 어른(龙图老子)"이라고 높이 모셨다. 심지어 황제마저 지도를 짚고 "중엄이 있으니 짐은 걱정이 없다"고 말했다고 한다. 그 후 범중엄은 조정에 되돌아와 경력신정의 개혁을 주지했는데, 과감히 낡은 것을 버리고 새 것을 추구했으며 자주 지방 각지로 임직되어 나가 직접 지방정치의 혁신을 추진했다. 그는 변방에 있든 조정에 있든, 아니면 지방에 나가 있든 항상 "들어와도 걱정이요, 나아가도 걱정(进亦忧, 退亦忧)"이었다. 그 우국우민의 마음은 항상 그처럼 열렬하였다. 범중엄은 제갈량, 저우언라이 식의 정치가로 일생동안 주로 실천에 주력해 왔었다. 그는 자신이 확신하고 있는 처세치국의 도에 따라 몸과 마음을 다 해 모든 재능을 구체적인 정무와 군무의 처리에 힘썼으며 문장을 쓰는 데에는 별로 신경을 쓰지 않았다. 글재주가 없어서가 아니라 그럴 시간이 없었던 것이다. 송인종(宋仁宗) 황우(皇祐) 3년 (서기 1051년) 범중엄은 칭저우에 와 지부(知府) 직에 임직하였는데, 이는 그의 벼슬 생애와 인생 여정에서 제일 마지막 임무였다. 그 이듬에 병사했기 때문이었다. 〈악양루기(岳阳楼记)〉는 그가 세상을 떠나기 7년 전에 쓴 것으로, 병으로 인해 전선으로부터 내지로 전임된 후에 쓴 것이다. 이는 〈출사표(出师表)〉와 마찬가지로 위인의 후기 작품이고 또한 그의 일생동안 사상의 결정체이기도 하다. 한 노인이 이 작은 정원에서, 우물 정자 아래에서, 죽림에서 초조히 배회하면서 자책하고 우국 우민하는 모습을 상상할 수 있었다. 그는 "사람들은 잠을 못 이루는데 장군은 머리가 희어지고 병졸들은 눈물만 흘리네(人不寐, 将军白发征夫泪)"라며 지난날의 정경을 회억했을 것이고, 조정에서 황제 옆에서 정사를 돌보던 어려움을 회억했을 것이었으며, 전곡을 풀어 기민을 구휼(救恤)하면서 본 평민들의 고통을 회억했을 것이다. 그는 역대 선현과 자신의 일생동안의 정치 경력을 종합한 끝에 "천하 사람들이 걱정하기에 앞서 걱정하고, 천하의 사람들이 다 기뻐하고 난 다음에 기뻐한다(先天下之忧而忧, 后天下之乐而乐)"고 귀납하였다. 철저히 깨닫고 난 후의 이 귀납은 유명 사찰의 종소리처럼 낮고 우렁차게 멀리까지 울려퍼져 대천세계를 진동시켰다. 이 귀납은 기나긴 천년동안 수많은 지사들을 격려해 주었고, 또 수많은 관리들을 바로잡아 주었다. 〈악양루기(岳阳楼记)〉는 동정호(洞庭湖)의 풍경이 선생의 눈앞에 펼쳐지는 악양루에서 지은 작품이 아니다. 악양루를 빌어 그의 생각을 발표한 작품이다. 범공은 인생과 사회에 대한 이해와 일생동안의 정치적 파동, 그리고 가슴속에서 파도치는 갖가지 상념들을 동정호의 변화 무쌍한 기상을 빌어 쏟아냈던 것이며, 그리고는 갑자기 멈추어서 이 한 마디 명언으로 귀결해 냈던 것이다. 이 한 마디는 일곱색깔 무지개로 화하여 하늘 높이 걸린 채 천추에 길이 빛나고 있는 것이다.

봄바람이 당나라 시기의 가래나무와 송나라 시기의 홰나무의 새 가지를 흔들고 있다. 연록의 대나무는 하늘거렸다. 이 옛 사당은 역사의 장하(长河)에서 또 새로운 한 해를 맞이하고 있다. 범공은 사당 내에 단좌한 채 묵묵히 이 봄빛을 만끽하고 있었다. 나는 정원을 배회하였다. 범공(范公), 구양공(欧阳公)과 부공(富公)의 위패를 마주하면서 "천년의 역사에서 이들과 같은 관원은 얼마나 많았을까? 이들처럼 근면하게 정사를 처리한 사람은 또 얼마나 많았을까? 그런데 왜 범중엄만 사람들의 기억 속에 남게 되었을까?”하고 묵묵히 생각해보았다. 고생스러운 실천이나 성실한 희생만으로는 부족한 것 같았다. 그들은 생명이 다 함과 동시에 종말을 고한 것이고, 같은 시대의 사람들에게만 이해되었을 것이다. 그렇기 때문에 중요한 것은 민심에 부합되고 역사 발전의 법칙에 부합되는 사상을 제련해 내야만 한다고 생각되었다. 마치 “천하의 사람들이 걱정하기에 앞서 걱정하고, 천하의 사람들이 다 기뻐하고 난 다음에 기뻐한다(先天下之忧而忧, 后天下之乐而乐)”는 명언처럼 진보적인 관점을 제련해 낸 범중엄처럼 그렇게 해야 만이 영원토록 사람들 가슴속에 남게 되는 것이라고 생각되었다.

나는 범공사에서 나와 차를 타고 도시를 빠져나오는 길에 들어섰다. 길가에 높이 솟은 패루(牌樓) 두 개가 찬바람 속에 적막히 서있는 것이 보였다. 이것이 과거 형왕부의 옛 터라고 했다. 위풍당당했던 황족이었건만 지금은 길가의 패루와 산 위의 ‘수(壽)’자만이 남아 있다. 멀리 있는 운문을 바라보니 운무 속에 푸른 측백나무와 기이한 산봉우리가 우뚝 서있는 것이 보였다. 산 위에 글자를 새긴 사람은 후세에 길이 남지 못하고 다만 묵묵히 서 있는 이 산만이 남아 있을 뿐이었다. 높은 패루를 세운 사람은 영원히 남지 못했지만, 생명으로 역사의 차바퀴를 돌린 사람은 영원히 남아 있는 것이다.

1991년 4월 27일

유영(柳永)을 읽다

유영은 중국역사에서 별로 대단한 인물은 아니다. 많은 사람들은 유영에 대해 잘 모른다. 유영에 대해 접한 적이 있는 사람도 잊어버리기가 쉽다. 그런데 최근 몇 년간 이 '버드나무 가지(유영의 성을 가리킴 – 역자 주)'가 어쩐지 나를 묶어놓고 놓지를 않는다. 물론 "수양버들 드리운 언덕에 새벽바람 불어오고, 희미한 달빛만 남아 있구나(杨柳岸晓风残月)"라는 그의 유명한 시구 때문만은 아니다. 그리고 "허리띠 헐렁해져도 끝내 후회는 않으리, 그이를 위해서라면 기꺼이 초췌해지리라(衣带渐宽终不悔, 为伊消得人憔悴)"라는 시구 때문만도 아니다. 자신의 뜻대로 할 수 없었던 그의 경력과 뜻밖의 성취, 그리고 이로부터 얻게 된 처세의 도리 때문이 아닌가 싶다.

유영은 복건(福建) 북부의 숭안(崇安) 사람으로, 그의 생애에 대해서는 역사에 많이 기록되어 있지 않아 지금까지 그의 확실한 생존연대는 알 수가 없다. 그해 나는 복건 북부로 가서 그의 가문에 대해 알아보고 추모할 수 있는 실물을 찾아보려고 했지만 끝내는 아무것도 알아낼 수 없었다. 내가 지금 알고 있는 것은 그가 대략 30세쯤 되었을 때 고향을 떠나 경성으로 공명을 구하러 갔다는 점이다. 유영은 봉건시대의 대다수 지식인들과 마찬가지로 정계에 들어가는 것을 인생의 제1 목표로 하고 있었다. 사실 당시에는 누구나를 막론하고 모두 자신의 유한한 생명으로 최대의 빛과 열을 발산하려는 수단으로는 정계에 들어가는 것을 생각했기 때문이다. 오직 직위가 있어야 권리가 있고, 또한 그래야만 포부를 펼쳐 세상을 개조하고 후세에 길이 남을 수 있기 때문이다. 그때 당시에는 지금처럼 다원화 된 성취라는 것이 없었다. 지금은 기업가가 될 수도 있고, 작가나, 유명 가수, 유명 선수 혹은 부자가 되는 것 모두가 성취를 이룩할 수 있는 길이다. 하지만 당시에는 이름을 날리려면 오직 벼슬에 오르는 그 길 하나밖에 없었다. 그리하여 정계에 들어가는 길에서 갖가지 비틀린 인물들이 나타났던 것이다. 이백(李白)이나 도연명(陶淵明)은 정계에 들어설 수 없음으로 하여 산수를 유람하러 다녔고, 소식(苏轼)이나 백거이(白居易)는 문학의 길에 들어섰다. 맹호연(孟浩然)은 종남산에 숨어 경성을 엿보았으며 제갈량(诸葛亮)은 널리 알려지기를 바라지 않는다고 하면서도 몰래 힘을 모았다가 현명한 군주를 만나며 세상에 나와 공을 세우고 출세하려고 했던 것이다. 유영은 다른 한 부류의 인물이라고 할 수 있다. 큰 열정으로 정치에 투신하려 했던 그는 퇴짜를 맞자 대다수 문인들처럼 산수(山水)를 유람하는 것으로 전향한 것이 아니라, 시정 깊숙이 시민들 속에 들어가 글로써 명성을 남겼으며 이것으로 중국문학사상 자신의 위치를 정립했던 것이다. 그렇기 때문에 그는 중국 봉건 지식인들 중 유일한 유형이고 특수한 대표적 인물이라고 할 수 있다.

유영은 대략 서기 1017년인 송진종(宋真宗) 천희(天禧) 원년에 경성으로 과거시험을 보러 올라갔다. 자신의 재능이면 충분히 과거에 급제할 수 있을 것이라고 여긴 그는 큰 일을 해낼 수 있으리라는 환상에 젖어 있었다. 그런데 누가 알았으랴. 첫 시험에 합격하지 못했던 것이다. 하지만 그는 별로 개의치 않았고 "부귀가 어찌 생각대로만 될 것인가. 때가 되면 높은 뜻 이루리라(富贵岂由人, 时会高志须酬)"하는 사(词)를 지었다. 다시 3년을 기다려서 두 번째 과거에 참가했는데 역시 급제하지 못했다. 이번에는 그도 참지 못하고 불평을 부렸다. 그래서 쓴 것이 바로 이름난 '학충천(鶴冲天)'이다.

> "황금방에서 우연히 떨어졌구나. 정치가 청명한 시절에도 현인을 놓치는 일은 있었으니, 나는 어이할꼬? 청운의 기개 펼치지 못했으니 어찌 마음껏 방탕하지 않으리오. 득과 실을 따질 것 없어라. 재자, 사인은 본래부터 재상인 것을.(黄金榜上, 偶失龙头望. 明代暂遗贤, 如何向. 未邃风云便, 争不恣狂荡. 何须论得丧. 才子词人, 自是白衣卿相.)"

> "화류 단청의 병풍 뒤에 숨어보세, 다행히 마음 맞는 사람 있으면 기꺼이 찾아가세나. 여인에게 다정히 기대어 온갖 풍류로 평생을 후련하게 보내리라. 젊음이란 잠깐에 불과하니, 어찌 헛된 명예를 위하여 술 마시며 노래하는 즐거움을 바꿀 수 있으랴.(烟花巷陌, 依约丹青屏障. 幸有意中人, 堪寻访. 且恁偎红翠, 风流事, 平生畅. 青春都一饷. 忍把浮名, 换了浅斟低唱.)"

과거에 급제하지 못한 게 뭐 그리 대수인가? 나에게 재능만 있으면 마찬가지로 사회의 인정을 받을 수 있다. 그러니 나는 관복을 입지 않은 관원이다. 그까짓 허명이 무슨 소용이 있으랴, 그 허명으로 술이나 바꿔 마시고 노래나 부르자. 이건 원래 뒤에서 불평을 부린데 불과한 일이었다. 하지만 어찌 자신이 가장 잘 하는 사(詞)를 이용해 불평을 토로할 수 있단 말인가? 아마 자신이 지은 사의 가치를 잘 몰라서 그랬을 것이리라. 그 아름다운 어구와 우아한 선율은 이미 팬들의 마음을 정복하고도 남음이 있었던 것이었다. 그의 사는 이미 관가와 민간의 모든 가무만회의 곡목으로 되어 있었으며 "우물이 있는 곳이면 모두 유영의 사를 노래한다(凡有井水处都唱柳词)"는 경지에 이르렀다.

이는 또 나로 하여금 다른 한 일화를 생각케 했다. '문화대혁명' 기간, 대서법가 심윤묵(沈尹默) 선생이 '검은무리'로 타도되어 반성문을 쓰게 되었다. 하지만 그가 쓴 반성 대자보(大字报)는 항상 풀이 마르기도 전에 누군가 훔쳐가곤 했다. 이 때문에 그는 항상 반성문 쓰는 일을 완성할 수가 없었다.

유영이 불평을 한 이 노래는 궁에까지 퍼졌다. 송인종은 크게 화를 내었으며 마음속에 단단히 기억해 두었다. 유영은 경성에서 또 3년간을 견뎌내었고 그 다음 번의 과거에 참가했다. 이번에는 가까스로 시험에 통과하였다. 그런데 황제가 친히 방점을 찍어 명단을 내놓아야 하는 대목에 가서 인종이 "가벼운 술 한 잔과 낮은 노래 소리만 있으면 될 건데 허명을 해서는 뭘 하나"며 그의 이름을 지워 버렸던 것이다. 이번에는 타격이 너무나도 컸다. 유영은 더더욱 시민들 속에 깊숙이 빠져 들어가 노래 가사를 쓰는 일에만 전념했다. "나는 어명을 받들어 사를 쓴다" 그는 이렇게 자조했다. 그는 종일 가관(歌馆)이나 청루에 드나들며 가기(歌妓) 친구들을 많이 사귀었고, 그의 사로 인해 유명해진 가기들이 많았다. 그녀들은 진심으로 그를 보살펴 주었다. 숙식을 해결해 주었을 뿐만 아니라 고료(稿料)까지 주었다. 가난한 서생인 그에게 경성에 연고가 있어 생활 자금을 마련할 수 있었겠는가? 오직 사를 팔아 생계를 유지할 수밖에 없었던 것이다. 바로 이러한 생활 압박과 황실의 냉담은 그로 하여금 일심으로 민간 창작에 종사할 수 있게 했던 것이다. 그는 민간에 들어가 사를 지은 첫 사(词) 작가이다. 그의 이런 창작

생활은 줄곧 17년 동안이나 지속되었다. 그러다가 그가 47세 나던 해에야 정식으로 시험에 통과되어 작은 벼슬아치가 되었다.

가관이나 청루가 무슨 곳인가, 사람들이 향락을 누리게 하고, 타락하게 하며, 돈을 물쓰듯 쓰게 하는 곳이고, 경박해지고 방탕해지게 만드는 곳이다. 아무리 높은 지향이 있다 하더라도 이런 곳에 오래 머물기만 하면 제 구실을 못하게 된다. 하지만 유영은 아니었다. 유영의 재능은 이곳에서 유용하게 쓰였다. '탈영이출(脫穎而出)'이라는 성어가 있다. 곧 "송곳은 주머니를 뚫고 나오기 마련이다"라는 말이다. 송인종은 유영이라는 이 송곳을 탐탁하게 여기지 않아 '툭' 하고 황궁의 대전에서 시정 밑바닥으로 던져버렸다. 그런데 의외로 '헌옷'도 그의 빛나는 '송곳' 끄트머리를 감싸지 못했다. 그가 쓴 사(词) 그대로 "재자, 사인은 본래부터 재상인 것"을 어찌하겠는가? 그는 초라한 옷을 입고 있었지만 빛나는 재능을 그 헌옷으로 감싸고 있었던 것이다. 그러고 보니 재능만 있어서 되는 일이 아니었다. 유영처럼 지향하는 바가 높아야 하는 것이다. 얼마나 많은 사람들이 청루의 여인들 속에 빠져 변질되었던가? 물론 유영이 높고 큰 뜻을 가지지 못했다고 말할 수도 있다. 다 같은 사 작가인 신기질(辛弃疾)처럼 "대장부는 죽을지언정 강철처럼 굳세야 한다. 우리가 손을 펴는 것을 보게나, 찢어진 하늘을 기울 것이다 (男儿到死心如铁, 看试手, 补天裂.)"고 하는 정도도 아니었고, 육유(陆游)처럼 '스스로 제후 되려고 만 리 먼 곳에 와 있음을 누가 알아주랴만, 귀밑머리 다 빠져도 마음 죽지 않았어라(自许封侯在万里. 有谁知, 鬓虽残, 心未死.)고 하지도 못했다. 하지만 그가 처한 시대가 이들과 다름을 간과해서는 안 된다. 유영이 살던 시대는 북송이 개국한 후 얼마 되지 않아서였으므로, 국가가 통일되고 천하가 태평했으며 경제, 문화가 회복되고 번영하기 시작했다. 경성인 변경(汴京)은 당시 세계적으로 가장 큰 도시였으며 신흥 시민 계층이 신속하게 형성되기 시작했고 도시의 통속 문예도 이에 상응하게 발전했다. 엥겔스는 유럽의 르네상스기를 논할 때, 이는 거인이 필요하고 또한 거인을 만든 시대라고 했다. 시민문화는 자신만의 거인이 나타나기를 바랐다. 바로 이때 유영이 나타났던 것이다. 그는 중국역사상 첫 전문 시민문학가였다. 시정(詩情)이라는 비옥한 땅이 그를 받들어 올렸던 것이다. 그는 마치 곡식이 물과 비료를 만난 듯 웃자랐으며 자신의 재능을 남김없이 발휘하였다.

유영이 사에 대한 공헌은 마치 뉴턴이나 아인슈타인이 물리학에 있어서의 공헌과 다를 것 없을 정도로 이정표적인 것이었다. 그는 형식에 있어서 과거 수십 글자 밖에 안되던 단령(短令)을 100여 자나 되는 장조(长调)로 발전시켰다. 내용적으로는 사를 관사(官词)에서 해방시켜 대담히 시민생활과 시민감정, 시민언어를 이용하여 시민들이 노래하는 '사'로 만들었다. 예술적으로는 상세히 서술하는 기법을 발전시켜 비흥(比兴) 기법을 사용하지 않고, 서술하는데 있어서 동양화의 백묘(白描, 동양화에 엷고 흐릿한 것 없이 먹의 선만으로 그린 그림 – 역자 주)와 같은 솜씨를 통해 전에 없던 경지를 창조해 냈다. 마치 초음파로 탐색하는 것처럼, 전자현미경으로 스캐닝하는 것처럼 서술하였는데, 그 필촉의 세밀함과 절묘한 차원에 탄복하지 않을 수 없는 것이다. 그는 단 몇 글자로 우리가 온갖 촬영 기자재들을 다 동원해도 담기 어려운 정경을 그려냈다. 예를 들면, 900년 동안 전해 내려온 이 '팔성감주(八声甘州)'가 바로 그러하다.

"세찬 저녁 비가 강과 하늘에 내리니 맑은 가을이 한바탕 씻겨나간다. 서릿바람 점차 싸늘해지니 마주한 산하는 썰렁한데 해질녘의 잔광이 누각으로 떨어진다. 도처에 꽃 지고 잎 떨어지니 아름다운 경치는 점점 사라져가고 오직 창장의 물줄기만 말없이 동으로 흘러가도다.(对潇潇, 暮雨洒江天, 一番洗清秋. 渐霜风凄紧, 关河冷落, 残照当楼. 是处红衰翠减, 苒苒物华休. 惟有长江水, 无语东流.)

　참지 못하고 높은 곳에 올라 멀리 바라보니 고향이 아스라이 바라보여 돌아가고 픈 마음 거둘 길 없어라. 지난 해 돌이켜 보니 무슨 일로 타지에서 고생했던가? 사랑하는 님 그리어, 단장하고 누대에 올라 애타게 기다릴 제 몇 번이나 잘못 알았을 꼬, 하늘 끝자락 넘어 돌아오는 배에 내가 있으리라고. 내 마음 어찌 알꼬, 난간에 기대어 이렇게 수심에 빠져있는 줄을(不忍登高临远, 望故乡渺邈, 归思难收. 叹年来踪迹, 何事苦淹留? 想佳人, 妆楼颙望, 误几回天际识归舟. 争知我, 倚栏杆处, 正恁凝愁.)"

　이 시구들을 읽노라면 처음으로 구채구(九寨沟)에 갔을 때가 연상된다. 당시 사진을 찍을 때 아예 배경을 선택할 필요가 없었다. 어느 곳에서 사진을 찍든 모두 기묘한 풍경화가 되곤 했다. 지금 이 시를 읽노라면 그중의 어느 한 구절을 뜯어보든 모두 애정이 무한하고 아름답기 그지없다. 이러한 재능을 가진 사람은 고금의 시단에 모두 몇이 되지 않는다.

　예술의 높은 경지에 오른 인물을 탄생시키는 것은 자연계의 명산이나 기이한 봉우리처럼 사람의 의지에 의해 나타나는 것이 아니다. 유영은 자신이 중국문학상 이렇게 중요한 위치를 차지하리라고는 생각지 못했을 것이다. 마치 오늘 우리가 모사하는 비첩 중 많은 것들은 당시 무덤 주인의 생애를 기록한 평범한 돌에 지나지 않으며, 대부분은 작자의 성명마저 없는 것처럼. 대개 예술성과란 이렇게 여러 가지 조건이 교차되어 우연히 특수한 환경을 이룬 가운데 그 예술의 씨앗이 자연적으로 발아하여 이루어진 것이다. 유영은 이름난 작가가 되기 위해 시정에 들어간 것이 아니었다. 그는 과거시험에서 낙방한 후 하는 수 없이 기루(妓樓)에 들어섰던 것이다. 하지만 그가 지니고 있는 문학적 재능과 예술적 천부는 삽시간에 이곳의 떠들썩한 생활의 숨결과 우아한 음악 그리고 다정하고 아름다운 여성들과 공명을 가져왔던 것이다. 그러기에 그는 이런 곳에서 타락하지 않았다. 그는 소비의 함정 속에 뛰어들었지만 오히려 창조의 거인이 되었던 것이다. 이는 다시 한 번 성공의 변증법적 도리를 증명해 준다. 사람은 사회라는 이 커다란 주판 위에서는 주판알에 불과하기에 운명의 희롱을 받지만, 자신이라는 이 작은 주판 위에서는 주판알을 튕기는 손이 될 수도 있다. 재능과 시간, 정력, 의지, 학식 그리고 환경 등이 모두 스스로 지배할 수 있는 주판알이 된다. 사람은 환경을 선택하기 어렵다. 하지만 환경을 이용할 수는 있다. 사람마다 모두 기본적인 조건을 갖추고 있으며 기본적인 재능이 있다. 한 사람의 성공 여부는 그가 외부와의 관계를 어떻게 처리하는가에 달려 있다. 마치 황산(黃山)의 영객송(迎客松)이 절벽 위에 섰지만 풍설 속에서 점차 굳게 뻗어 올라 구름처럼 무성한 가지를 펼치어, 보는 사람마다 경모의 정이 생기게 하는 것과도 같다. 하지만 만약 애초부터 이 소나무의 씨앗에 영기가 있어 스스로 생명의 터전을 선택하게 했다면 아마 산 아래의 햇빛 밝은 평원을 선택했을 것이다. 그런데 지나가는 바람이, 혹은 날아가는 새가 그를 이 높은 산, 절벽 위 돌 틈에 데려다 놓았을 것이요, 하늘을 향해 울어도, 땅을 향해 소리쳐도 알아주는 이가 없으니 구슬프게 울고 나서(혹은 유영처럼 불평을 부리고 나서) 끝내는 뼈아픈 결심을 내렸을 것이다. 이로부터 사력을 다 해 천지의 정화를 빨아들이고 가지를 뻗어 태양을 향했을 것이요, 뿌리를 내리어 물을 찾았을 것이며, 풍설과 사투를 하였을 것이다. 그리하여 끝내는 명물로 자리를 잡았을 것이다. 성공 후에는 아마 "그래도 이곳에 남기를 잘했지. 산 아래에 자리를 잡았더라면 한평생을 평범하게 살았으리라"고 생각했을 것이다. 생명이란 무엇인가, 생명이란 바로 창조이다. 모체가 남겨준 제한된 정보를 가지고 외부세계와 최대한도로의 새로운 조합을 만들어 새로운 생명을 창조하는 것이다. 역경 속에서 큰 인물이 나온다고 하는 것은, 역경이 사람에게 주는 세계와 본래 갖고 싶은 세계가 판이하게 다르기 때문이다. 두 가지 서로 다른 세계의 모순 투쟁의 결과, 사람은 이 두 세계를 초월하는 더 완벽한 세계를 얻게 된다. 하지만 순경(順境, 순조로운 환경 - 역자 주)에 처해 있는 사람은 마음속에 모순이 없기에 그만큼 바라는 것도 없으며, 이상 속의 새로운 세계라는 것도 없다. 당연히 그 이상 속의 새로운 세계를 위하여 싸우고 창조하지도 않을 것이다. 그러노라면 헛되이 나이를 먹고 세월을 허송할 것이다. 유영은 송진종(宋眞宗)과 송인종(宋仁宗) 시기 네 번의 과거시험을 거쳐서 겨우 진사에 급제한다. 이 네 번의 과거시험에서 모두 916명이 과거에 급제하였고, 이중 915명이 순조롭게 벼슬길에 들어섰으며, 또 그중 일부 사람들은 혁혁한 권세를 누렸을지도 모른다. 하지만 그들은 이미 역사의 기억 속에서 깨끗이 사라졌다. 오직 유영만이 아직도 사람들에게 기억되고 있는 특별한 영광을 누리고 있다.

오호라! 살다보면 천지가 공평함을 알 수가 있다. 사람마다 지향하는 바가 다르고, 품은 재능도 다르다. 여기에는 크고 작음도 없고 귀천도 없다. 오직 마음만 죽지 않는다면 그 재능을 발휘할 곳이 있게 되고, 후세에 길이 이름을 남길 수 있는 것이다. 그러면 한평생을 헛되이 보내지 않았다고 할 수 있다. 이것이 바로 역사가 진시황이나 한무제를 기억함과 동시에 유영을 기억하고 있는 원인일 것이다.

1997년 2월 3일

한유(韓愈)를 읽다

　　한유는 당송(唐宋) 팔대가(八大家)의 수령으로, 그 문장이 매우 훌륭한 것은 더 말할 것도 없다. 내가 팔대가를 읽기 시작하면서 당연히 먼저 읽기 시작한 것은 그의 문장부터였다. 중학교 교과서에 그의 '사설(师说)'과 '진학해(进学解)'가 있다. 과외 독본에서도 한유의 문장을 흔히 볼 수 있다. 그의 많은 경구들, 예를 들면 "스승은 도를 전하고, 학업을 가르치며, 의혹을 풀어주는 이다(师者, 所以传道, 授业, 解惑也)", "학업은 부지런히 하는 데서 정진되고 노는 데서 황폐해진다. 행실은 생각하는 데서 이루어지고 마음대로 하는 데서 허물어진다(业精于勤荒于嬉, 行成于思毁于随)"는 말은 천 년을 뛰어넘어 지금도 우리를 이끌어주고 있다.

　　하지만 그런 문장을 읽던 데로부터 그의 사람됨을 읽게 된 것은 그때 그 일이 계기가 되었다. 지난해 나는 차오저우(潮州)에 출장을 간적 있다. 차오저우에는 한공사(韩公祠)가 있다. 한공사는 산과 물을 끼고 건설되었는데 기세가 웅위(雄偉)롭다. 한공사의 뒤에는 산이 있었는데 한산(韩山)이라 불렀다. 동굴 앞에는 강이 있는데 한강(韩江)이라 불렀다. 현지 사람들의 말에 의하면, 이 같은 지명은 한유를 생각하여 지어진 것이라고 한다. 이에 나는 이해가 되지 않았다. 일개 서생에 불과한 한유가 어찌하여 산수에 이름을 달고 천년 동안 이 같은 예우를 받아왔을까?

여기에는 이런 이야기가 있다. 당(唐)나라 시기 헌종(宪宗)은 불교에 깊이 빠져 있었는데 그의 창도 하에 국내에서는 불사가 성황을 이루었다. 서기 819년 그는 또 부처님 유골을 영접하는 대규모 행사를 벌였다. 부처님 유골을 장안에 영접해 들이는 행사였는데 이 때문에 길을 닦고 사원을 건립했다. 행사는 인산인해를 이루었고 관가와 상인 그리고 민간인들이 앞 다투어 재물을 기부했는데, 이는 백성을 혹사시키고 물자를 낭비하는 짓이었다. 한유는 이 일에 대한 자신만의 관점이 있었다. 감찰어사 직을 담당한 적 있는 그는 수시로 성실하게 의견을 제출하는 습관이 있었다. 이런 관직의 가장 중요한 소양은 바로 다른 사람들의 미움을 사는 것을 두려워하지 않는 것이다. 또한 이로 인해 죽을 죄를 짓더라도 결코 타협하지 않는다는 것이다. 이른바 "문신은 간언 때문에 죽고 무신은 싸움터에서 죽는다(文死谏, 武死战)"는 것이 그것이다. 한유도 상주하기 전에 많이 고민했지만, 끝내는 대의가 사심을 이겨냈던 것이다. 이 상주문이 그에게 재난을 가져왔고, 이 재난이 바로 일련의 이야기들을 만들어냈으며, 그의 사후 명성을 이루어냈던 것이다.

문장가였던 만큼 한유는 상주문을 써도 기타 일반 관원들보다 더 신경을 썼다. 이 상주문은 아주 감동적이었을 뿐만 아니라, 강고하고도 박력이 있었다. 그는 부처님 유골이란 더러운 해골에 지나지 않으므로, 황제가 "까닭 없이 썩고 더러운 것을 취하시기 위해 친히 임하시어 이를 관람하심에(今无故取朽秽之物, 亲临观之)", "군신이 그 그릇됨을 이야기하지 않고 어사가 그 실책을 들어 말하지 않으니 신이 부끄러이 생각합니다. 바라건대 이 부처님 유골을 맡아보는 관리에게 분부하시어 물이나 불속에 던져 근본을 영원히 끊고…… 그리하오면 어찌 훌륭하다 하지 않을 것이며, 어찌 통쾌하지 않겠나이까?(群臣不言其非, 御史不举其失, 臣实耻之. 乞以此骨付之有司, 投诸水火, 永绝根本…… 岂不盛哉！岂不快哉！)라고 하였다. 그는 또 만약 부처님 유골이 진짜로 영험하여 그 어떤 재앙을 일으킨다면 제가 받겠나이다. (부처가 만일 신령스러움이 있어 재앙의 전조가 나타나면 닥쳐오는 재앙을 모조리 신의 몸으로 받겠습니다)라고 했다. 귀신도 두려워하지 않고 부정, 불의에 굴하지 않는 늠름함과 헌신하는 정신이 돋보이는 과정이다. 하지만 우리가 지금 말하듯, 입장이 다르면 감정도 다르기 마련이다. 한유가 이같이 이해관계를 따지며 충심을 표했지만, 헌종은 그가 용안을 거스른다고 여겨 대역무도하다고 생각했다. 그리하여 한유를 경성 밖으로 쫓아냈던 것이다. 한유는 8,000리 밖의 해변가 차오저우 지방관리로 좌천되었다.

한유의 이 좌천은 그의 일생에서의 큰 좌절이었다. 이는 일반적인 역경과 비할 바가 못 되었다. 이백(李白)이 재능을 펼칠 기회를 갖지 못한 것이나, 유영(柳永)의 과거시험에서의 계속되는 낙방보도다 더 심각한 것이었다. 그들은 산 정상에 오를 길을 찾지 못했다고 하면, 한유는 이미 산 정상에 올랐다가 단번에 그 깊이를 알 수 없는 심연(深淵) 속에 떨어진 것이었다. 그러니 당시 그의 심정이 어떠했을지 가히 짐작할 수 있다. 그가 경성에서 압송되어 나온 지 얼마 안 지나 가족들도 장안에서 쫓겨 나왔다. 당시 12살밖에 안 되는 그의 어린 딸이 역로(驿道)에서 참사하였다. 한유 자신도 삶이 아무런 의의가 없다고 느꼈다. 이에 그는 남관(蓝关)을 지나면서 아주 이름난 시를 썼다. 나는 줄곧

한유의 문장은 훌륭하나 시는 보통이라고 생각해왔었다. 하지만 이 시
만큼은 마음 속에 쌓인 응어리를 파도처럼 쏟아내었으니 확실히 뛰어
나다.

　　"아침에 황제에게 상소문을 올렸더니 저녁에는 차오저우로 좌천되어
8,000리길에 올랐구나(一封朝奏九重天, 夕贬潮州路八千)
　　천자가 폐단을 제거하기를 바랐을 뿐이니 늙어 스러져가는 몸을 어찌 아
쉬워하랴(欲为圣朝除弊事, 肯将衰朽惜残年)
　　구름이 진령에 가로 걸려 있는데 고향은 어디쯤인고? 눈이 남관을 뒤덮어
말이 나아가지를 못하네(云横秦岭家何在? 雪拥蓝关马不前)
　　네가 멀리서 찾아왔음은 뜻이 있어서일 테니, 창장 가에 내 뼈를 잘 거두
어주게나. (知汝远来应有意, 好收吾骨瘴江边)

　　이 시는 당시 그를 보러 온 질손(侄孙)에게 쓴 것으로, 한유의 심정
을 잘 엿볼 수 있다. 하지만 차오저우에 도착한 한유는 현지의 상황이
그의 심정보다도 훨씬 더 나쁜 것을 발견했다. 기후나 수토(水土)를 말
하면 이곳은 그래도 풍요로운 곳이었지만 편벽하고 문화가 낙후하였
으며 악습이 많았다. 농경방식이 원시적이었고, 농촌에서는 학교가 흥
하지 않았다. 당시 북방에서는 벌써 노예제가 끝났고 당율(唐律)은 양
민을 노예로 삼아서는 안 된다고 명확히 규정했지만, 이곳에서는 인신
매매가 계속되었으며 부자들이 노예를 기르는 것이 하나의 유행이 되
고 있었다. "영남에서는 사람을 물건처럼 매매하는데, 황량하고 교통
이 막힌 곳에서는 부자를 한데 묶어 노예로 삼았다(岭南以口为货, 且荒
阻处, 父子相缚为奴)." 게다가 풍속도 귀신을 숭상하여 병이 있으면 약
을 구하는 것이 아니라, 가축이나 가금을 죽여 귀신이 신통력을 발휘하

기를 빌었다. 사람들은 이렇게 오랜 세월 동안 무지몽매하게 살아왔다. 이런 정경을 본 한유는 크게 놀랐다. 북방의 선진문명에 비하면 이곳은 그야말로 미개한 원시인들의 생활과도 같았다. 다 같은 당나라 국토에서 어찌 이런 구석이 있도록 그대로 놔둔단 말인가? 지금 말로 하면 다 같은 푸른 하늘 아래 사람마다 똑같이 행복한 생활을 누릴 권리가 있어야 한다는 것이다. 당시의 규정대로 하면 좌천된 신하는 죄인이 징역살이를 하는 거나 다를 바 없었으므로, 지방에서 잠자코 시간을 보내며 기회만 기다리면 되었다. 절대 주동적으로 나서지만 않으면 되었던 것이다. 하지만 한유는 그렇게 할 수가 없었다. 그는 자신의 지식과 능력으로 지방의 백성을 위해 뭔가 일을 해야 한다고 생각했다. 백성들의 고통에 비하면 자신의 억울함과 고통은 아무것도 아니라는 생각이 들었다. 그리하여 신임관리가 부임하듯 연속해서 4가지 일을 하였다. 그중 하나는 악어를 제거하는 일이었다. 당시는 악어의 해가 매우 심각하였는데, 미신적인 현지 사람들은 가축을 죽여 제사를 지내는 것으로 해결하려 했다. 이에 한유는 "재간이 있는 백성과 관리를 선발하여 강궁과 독화살"로 그 해를 제거하였다. 다음으로는 수리건설을 하고 북방의 선진적인 경작기술을 보급하였다. 셋째로는 노비를 해방시켰다. 그는 명령을 내려 노비는 품삯으로 빚을 갚을 수 있으며 그 빚을 다 갚으면 자유를 회복할 수 있다고 했다. 만약 품삯으로 빚을 갚기가 부족하다면 돈을 내어 자유를 회복할 수 있다고 했다. 또한 앞으로는 노예를 두어서는 안 된다고 규정했다. 네 번째로는 교육을 흥기시켰다. 그는 교사를 초빙하고 학교를 건설하였으며 심지어 "차오저우 사람들의 발음을 교정"해 주었다. 즉 지금의 말로 하면 표준어를 보급한 것이었다. 그가 차오저우로 좌천되어서부터 다시 위안저우(袁州)로 좌천되어 가기까지 8개월 동안에 이렇게 4가지 일을 하였다고 하니 상상하기조차 어려운 것이다. 우리는 그가 한 이러한 일들의 크고 작음은 그만두고 그의 성심만을 보기로 하자. 나는 사(祠) 내에 있는 비문과 관련 자료들을 자세히 읽어보았다. 한유는 확실히 뛰어난 문인이었다. 그는 무슨 일을 하던 간에 문장으로 표현하기를 좋아했다. 바로 이 때문에 우리에게 아주 소중한 역사자료를 남겨줄 수 있었던 것이다. 예를 들면, 악어를 제거하기 전, 그는 먼저 "제악어문(祭鰐鱼文)"을 썼다. 이 문장은 그야말로 악어에 대한 격문이었다. 그는 문장에서 "나는 천자의 명을 받들어 이 땅을 지키러 왔는데, 악어가 이곳에서 포악하게 백성과 가축을 잡아먹는 것은 자사(刺史)에게 항거하여 우두머리가 되려고 다투는 것이다. 자사가 비록 노쇠하고 약하지만 어찌 악어에게 머리를 낮추어 받들어 모실 수 있단 말인가"라고 하면서 악어가 3일 내에 멀리 바다로 돌아 갈 것을 명령하였다. 3일 내에 안 되면 5일, 5일 내에 안 되면 7일, 만약 그래도 떠나지 않으면 천자가 보낸 관리의 명령을 듣지 않는 것이니 "다 죽인 다음에야 그칠 것이다(必尽杀乃止)"라고 하였다. 연일 장맛비가 그치지 않자 그는 또 제문을 써서 호수에 제를 지내고, 성황신에게 제를 지내고 돌에 제를 지내 비를 그칠 것을 요구하였다. 그는 제문에서, "하늘이시여! 이렇게 비가 계속 내리면 벼가 익지 않고 누에가 실을 뽑지 않으니 백성이 무엇을 먹고 무엇을 입고 산단 말입니까? 만약 내가 관리 노릇을 잘 하지 못했다면 나에게 벌을 내리시옵소서. 백성은 무고하니 그들에게는 복을 내리소서(刺史不仁, 可以坐罪 ; 唯彼无辜, 惠以福也)"라고 했다. 그의 간절한 마음을 엿볼 수 있다. 한유는 차오저우에 있으면서 모두 13편의 문장을 썼는데 그중 3편은 짧은 편지이고, 2편은 상주문이며, 그 외의 것은 모두 악어를 쫓는다거나, 학교를 설립한다거나, 백성을 위해 복을 비는 등의 글이었다. '그 글'에 '그 사람' '그 마음'이라 할 수 있을 것이다. 황제에게 죄를 지어 바닷가로 좌천되어 왔고, 집과 가족을 잃은 상황에서도 백성을 생각한다는 것은 참으로 쉽지 않은 일이다.

문관으로서 빈말을 하지 않고 관리로서 거짓말을 하지 않으며, 정무를 처리함에 있어서 실적을 추구하는 것은 봉건사회에 있어서 쉽지 않은 일이다. 한유는 언행이 일치했다고 말할 수 있다. 정치적으로 그는 유가의 기치를 높이 추켜들었는데, 봉건 전통사상 도덕의 수호자라고 할 수 있다. 전통이란 양면성이 있는 법이다. 혁명의 새 조류에 부딪쳤을 때에는 가증스러운 완고한 모습을 보인다. 하지만 역류 사설(邪说)에 부딪쳤을 때에는 산을 움직이기는 쉬워도 전통은 움직이기 어렵다는 위엄을 보인다. 한유도 그러하였다. 그는 한편으로는 왕숙문(王叔文)의 개혁을 반대하였지만, 다른 한편으로는 당시의 가장 첨예한 사회 문제였던 번진(藩鎭)의 할거와 불도(佛徒)의 범람에 대해서는 극도로 미워하였으며 단호히 비난하였다. 그는 직접 반란을 평정하는데 참가하였다. 만년에는 노쇠한 몸으로 혼자서 말 한 필을 끌고 반군 진영에 가 투항을 권고하기도 하였다. 그의 이러한 영웅적 기개는 관운장이 칼한 자루만 가지고 약속장소에 나간 것에 못지 않았다. 그는 가난한 집안 출신으로 진사에 급제하기 전 세 번이나 낙방되었다가 네 번째에야 진사에 급제하였다. 그리고 관리의 시험을 치를 때에는 세 번이나 실패하였다. 그러니 그의 관직은 쉽게 얻어진 것이 아니었다. 그런 만큼 그관직을 아껴야 하였지만 그는 두 번이나 직언을 하였다. 강등된 후에도 계속 있는 힘껏 백성을 위해 일하였다. 이것이 바로 중국 지식인의 전통인 것이다. 나라를 위한 것을 사명으로 삼고, 백성을 위한 것을 근본으로 하며, 본의에 어긋나는 일을 하지 않으며, 시간을 낭비하지 않고, 생명을 낭비하지 않는다. 그는 또 고문운동을 창도하여 문장의 혁명을 일으켰는데 "문장은 도를 담아야 하고, 진부한 말을 없애야 한다"고 제창하여, 변려문(骈文)이라는 형식을 중시하고 화려함을 요구하는 쓸모 없는 가지를 잘라버려 문장이 진한(秦汉)의 풍격을 계승하게 하였다. 그리하여 소동파는 한유를 두고 "문장은 8대에 거친 쇠락을 다시 일으켜 세웠고, 도는 천하의 몰락을 구하였다(文起八代之衰, 道济天下之溺)"고 했다. 그는 업적을 남겼을 뿐만 아니라, 유가의 도덕을 전면적으로 실천하였다.

한사(韓祠) 내의 돌난간을 붙잡고 세차게 흘러가는 한강을 바라보며 나는 생각에 잠겼다. 헌종이 불교에 깊이 빠졌는데도 조정의 문무 대신들 중 한유밖에 바른 말을 하는 사람이 없었다. 만약 한유 전에도 직간하는 대신이 있었더라면 어떠했을까? 한유가 강등될 때 그를 위해 말해주는 사람이라도 있었더라면 역사는 어떻게 쓰여 졌을까? 그리고 한유가 차오저우에 오기 전에 인신매매나 교육의 황폐화 등 문제들이 존재함에도, 지방관리들이 주마등처럼 바뀌었음에도, 물론 그중에는 재직 기간이 8개월을 초과한 사람이 부지기수였음에도 왜 누구도 나서서 해결하지 않았을까? 만약 누군가 한유 전에 이런 문제들을 해결하였다면 역사는 어떻게 쓰여졌을까? 하지만 그런 일들은 결코 발생하지 않았다. 장안 대전 위의 아름답게 조각한 기둥과 옥으로 깎은 섬돌은 눈썹 같은 새벽달 아래에서 조용히 기다리고 있었고, 역사는 끝내 쇠락한 이 서생을 기다려냈다. 긴 수염에 허리가 활등처럼 휜 그는 두 손으로 상주문을 받쳐 든 채 한 걸음 한 걸음 대전으로 향하고 있다. 그리고는 다시 홀로 여윈 말을 타고 상전벽지로 향했다.

인생의 역경은 대체로 네 가지로 나눌 수 있다. 하나는 생활의 어려움으로, 추위와 굶주림에 시달리는 것이다. 다른 하나는 심경의 어려움으로, 가슴에 품고 있는 학문과 재능을 펼칠 기회를 만나지 못하는 것이라 하겠다. 또 다른 하나는 사업에서 어려움을 만나, 성공 직전에 실패하고 마는 것이다. 네 번째는 존망의 위험으로, 사지에 빠진 것을 말한다. 역경에서의 심경도 네 가지로 나뉠 수 있다. 하나는 의기소침하여 의욕을 잃는 것이요, 다른 하나는 하늘을 원망하고 남을 탓하며 불평, 불만으로 가득한 것이다. 또 다른 하나는 뜻을 밝히고 직언하는 것이다. 네 번째는 태연히 역경을 대하며 능력 범위 내의 일을 하는 것이다. 여기서 한유는 두 번째와 세 번째의 역경에 처하여 세 번째와 네 번째의 심경으로 대처했다. 즉 마음을 밝히고 문장을 지어 도를 창도하였으며 실제적으로 할 수 있는 일을 하였던 것이다. 이 점은 그가 굴원이나 이백보다 한 수 위라고 할 수 있다. 그는 어려움을 한탄하거나 망설이기만 한 것이 아니었다. 그는 바닷가의 작은 구석에서 뛰어난 공적을 추구하지 않고 다만 현지의 백성을 위해 일한 것뿐이었다. 누군가 이런 연구를 한 적이 있다. 한유 전에 차오저우에는 진사 3명이 나왔었다. 그런데 한유가 간 후로부터 남송시기까지 진사에 급제한 자가 172명이나 되었다. 이는 그가 현지에서 교육을 발전시킨 공로라 하겠다. 이 일은 현대에 발생한 다른 한 가지 일을 연상케 한다. 1957년 반우파 투쟁의 확대 속에서 경성의 적지 않은 지식인들이 우파로 구분되어 벽지로 유배되어 갔다. 당시 왕전(王震) 동지가 신장(新疆)의 개발을 주재하였는데 자진하여 일부 사람들을 수용하였다. 생각밖에 이로 인해 사막에 녹음이 조성되는 아름다운 일이 이루어졌다. 당시 내가 석하자(石河子)에 취재를 간 적이 있는데 이렇게 유배되어 갔던 문인들의 공로를 직접 알아보는 계기가 되었다. 한 사람이 얼마나 많은 억울함을 당했던 간에 역사는 절대로 그 억울함을 위해 눈물을 흘려주지 않는다. 오직 한 사람이 어느만큼 공헌 했는가 만을 볼 뿐이다. 비장(悲壯)이라는 두 글자에서 만약 장(壯)이 없으면 비(悲)를 말할 수 없다. 이 웅위로운 한공사(韓公祠)와 한산(韓山), 한수(韓水)는 한유의 억울함을 기념하기 위한 것이 아니라, 그의 공적을 기리기 위한 것이다.

이연(李淵) 부자는 천하를 얻었지만 당나라 산천이 그로부터 이 씨 성을 가지게 되었다는 말은 못 들었다. 오히려 한유는 죄지은 신하이 지만 그가 좌천되어 간 해변에서 8개월이라는 짧은 기간 동안 정무를 본 결과, 이곳의 산과 강이 그만 성씨를 고치게 되었던 것이다. 역사적 으로 얼마나 많은 사람들이 불후한 명성을 남기기 위해 비석을 세우거 나 사찰, 사당을 세웠는지 모른다. 하지만 그 어느 비석이, 그 어느 사 찰이 산보다 더 높고 강보다 더 오래 갈 수 있겠는가? 이는 백성들이 좋은 일을 한 사람에 대한 영원한 기념물인 것이다. 개체로써의 한 사 람은 보잘 것 없다지만 그가 현지 백성들의 이익, 사회 진보와 연계될 때 그 가치는 무궁하게 되며 사회의 인정을 받게 된다. 나는 사(祠) 내 에 있는 추모의 글들을 빠짐없이 읽어보았다. 시(诗), 사(词), 문(文), 주련(联)은 당송(唐宋)시기로부터 지금까지 편액과 돌에 새겨진 것이 110여 건에 달했다. 1,300여 년 동안 여러 부류의 인물들이 한공에 대 해 얼마나 많이 읽었는지 알 수 없다. 내 마음 속에도 점차 아래의 그의 시가 떠오르기 시작했다.

"아침에 구중천에 상주문을 올렸더니 저녁에는 8,000리 밖 차오저우로 좌천되었네. 8개월 동안 백성을 위해 4가지 일을 하였으니 강산이 한 씨로 성씨를 바꾸더라."

1997년 5월 차오저우에서 구상하고 1998년 7월 베이징에서 쓰다.

나룻배를 찾아서

최후의 죄지은 공신

중국 근대사가 1840년의 아편전쟁부터 시작된다고 하면, 아편을 금지시킨 영웅 임측서(林則徐)는 중국 근대사의 첫 번째 가는 인물이라 할 수 있다. 애석하게도 이 영웅은 남해에서 아편을 소각하는 불길을 태워 올려서 얼마 안 되어 조정으로부터 신장(新疆)으로 유배를 가야 하는 처벌을 받게 되었다. 공과 죄가 순식간에 한 사람에게서 교차되면서 그를 재조하였다. 마치 원자가 핵분열 하듯이 상상 밖의 결과를 빚어냈다.

봉건 황제는 최대의 사유자(私有者)로서, 항상 천하를 개인 소유로 생각한다. 도광(道光)황제는 아편 금지문제에서 원래부터 망설이고 있었다. 대신들도 두 개 파벌로 나뉘어 있었다. 나의 추측에 의하면 임측서의 그 이름난 상주문이 황제의 사심을 명중시켰을 것이다. 그는 상주문에서 아편이 범람하도록 그냥 두면 수십 년 후 중원에는 "적을 막을 군사가 없게 되고", "군량에 쓸 은자가 없게 된다"고 말했다. 이에 황제는 자신의 천하를 보전하기 어렵다고 느껴져 임측서를 아편을 금지시키는 흠차대신으로 임명하였던 것이다. 임측서는 나라가 위급하고 백성이 약한 것을 보고 중임을 맡았고 "하루라도 아편이 없어지지 않으면 본 대신은 돌아가지 않으련다. 이 일의 시작과 끝을 함께 할 것을 맹세한다"고 하였다. 하지만 임측서는 너무 천진하였다. 그가 돌아가느냐의 여부는 아편이 없어지느냐에 달린 것이 아니었고, 또한 그 자신이 결정할 수 있는 일도 아니었다. 즉 황제에게 복종해야 했던 것이다. 과연 그는 부임하여 1년 6개월만인 1840년 9월 파면되어 전하이(镇海)로 좌천되어 갔다. 또 그 이듬해 7월 재차 "이리로 보내 속죄하게 하라"는 명을 받았다. 임측서가 신장에 가는 도중 황허(黄河)가 범람하였다. 군기대신 왕정(王鼎)의 보증과 추천 하에 임측서는 죄를 진 채 홍수를 다스리는 데에 파견되었다. 그는 해로운 것만 보면 그것을 제거하는데 나섰고 백성이 어려움에 처한 것을 보면 그것이 아편에 의한 해이던지, 아니면 외래 침략이던지, 홍수에 의한 피해이던지 용감하게 나섰다. 반년 후 치수가 끝나자 모든 사람들에게 공로를 따져 상을 내렸지만 유독 임측서에게만은 "계속해서 이리로 가라"는 황제의 유지가 내려졌다. 이에 많은 사람들이 불공평하다고 생각하였다. 수염과 머리카락이 하얗게 센 왕정은 눈물을 비오듯 흘렸다. 임측서는 바로 이렇게 몇 번이나 되는 탄압을 받으며 옥문관(玉门关)을 나섰다. 그는 시로써 의지를 표하였다. "진실로 나라에 이롭다면 목숨 바쳐 다할 뿐 어찌 화와 복 때문에 따르거나 피하겠는가, 임금의 후덕한 은혜로 귀양 떠나는 몸, 변방의 수졸이 되어 내 본분을 지키리라(苟利国家生死以, 벌因祸福避趋之. 谪居正是君恩厚, 养拙刚于戌卒宜.)" 이 시의 앞 두 구절은 그의 사나이다운 기개와 강직한 성품을 보여주며, 뒤의 두 구절은 그의 불평과 유감을 나타내고 있다. 멀리 보내져 휴식할 기회를 주는 것은 황제의 큰 은혜이니 변경을 지키는 병졸이 되어 부족함을 감추겠다는 것이었다. 이 말은 유영의 "어명을 받들어 사를 쓴다"와 신기질의 "군은이

임측서의 초상
(1785. 8. 30~1850. 11. 22)

하늘같은데, 더욱이 부용을 심으라 하네!(君恩重, 且教种芙蓉)"와 같은 맥락이었다. 다른 점이라면 유영은 도성의 시가에 버려졌고, 신기질은 강남의 수향(水鄉)에 버려졌으나, 임측서만은 대사막에 유배되었다는 점이다. 유영과 신기질은 버림을 받아 기용되지 못했을 뿐이지만, 임측서는 정치범으로 멀리 보내졌던 것이다.

하지만 임측서는 서쪽으로 갈수록, 조정과 멀리 떨어질수록, 민간과 중하층 관리들의 환대를 받았다. 마치 얼음구멍에서 나와 화로 속으로 들어간 듯한 느낌이었을 것이다. 이런 강렬한 대비가 생긴 것은 당시 임측서가 생각지 못한 것이었을 뿐만 아니라 150년 후의 우리도 깜짝 놀라는 일이다.

사실 임측서가 광둥과 전하이에서 파면될 때 현지 백성들은 이미 강한 불만을 표하였다. 그들은 황제가 뭐라고 하든 관계없이 임측서를 찾아 와 위로하였는데 그 사람 수가 얼마나 많았던지 길이 막히기까지 했다고 한다. 그들은 임측서에게 신이나 우산, 향로, 거울을 보내왔는가 하면 그를 칭송하는 편액을 52개나 보내왔다고 한다. 민족영웅에 대한 경모하는 마음과 조정에 대한 항의를 아낌없이 표하였던 것이다. 임측서가 황하의 홍수를 다스린 후 다시 유배를 가게 되자 중원에서는 그를 구원하려는 움직임이 일어났다. 카이펑(开封) 지부 추명학(邹鸣鹤)은 "임측서를 구할 수 있는 사람에게는 만금을 사례하겠다"고 공개적으로 표시까지 했다. 임측서가 중원에서 출발하여 서부로 가는 길에서 받은 대우는 영웅에 대한 환영이었다. 각급 관리들과 일반 백성들까지 모두 앞 다투어 그를 맞이하고 전송하면서 그의 풍채를 우러러 보려 했고 그를 위해 조금이라도 뭔가 일을 하여 그의 심리적, 신체적 고통을 덜어주려 했다. 중앙정부의 힘이 미치지 못하는 곳에서 민심은 이처럼 자신들의 마음을 표하였던 것이다. 1842년 8월 21일 임측서가 시안(西安)에서 떠날 때 장군(将軍), 원(院), 사(司), 도(道), 부(府) 및 주(州), 현(县)의 관료 30여 명이 교외까지 배웅을 나왔다. 란저우(兰州)에 도착했을 때에는 총독과 순무(巡撫)가 친히 관원들을 이끌고 성외로 마중을 나왔으며, 무관은 10리 밖으로까지 마중을 나왔다. 간수(甘肃)의 구랑현(古浪县)을 지날 때 현의 지사(知事)는 현에서 31리 떨어진 역참에 나와 공손히 마중하였다. 서부로 가는 도중 임측서는 숙식면에서 세심한 보살핌을 받았다. 신장(新疆) 하미(哈密)에 진입하니 관련 대신이 문무 관원을 인솔하여 행관(行馆)에 찾아뵈러 왔고 말 한 필까지 선물하였다. 디화(迪化, 지금의 우루무치)에 도착하니 관원들이 열정적으로 접대했을 뿐만 아니라, 그를 위해 대형 차량 5대, 4륜 짐차 한 대와 2륜차 4대를 세내주었다. 1842년 12월 11일 넉 달 하고도 사흘 동안의 여정을 거쳐 임측서는 마침내 신장의 이리(伊利)에 도착했다. 이리

장군 브옌타이리가 직접 임측서의 거처에 찾아가 임측서를 만나보고는 요리와 차(茶) 등을 보내주었으며 임측서가 군량을 관할하도록 하였다. 이건 조정의 죄 지은 신하를 감독, 관리하는 것이 아니라, 그야말로 개선해 돌아온 영웅을 환영하는 셈이었다. 임측서가 황제가 멀리로 내버린 벽돌이라고 하면, 이 벽돌은 땅에 떨어지기도 전에 중하층 관리와 민중들이 가볍게 받아서는 직접 호위하는 셈이었던 것이다.

이리에 도착한 임측서에게는 두 가지 시련이 기다리고 있었다.

하나는 열악한 환경이었다. 현존하는 자료를 통해 보면 임측서는 민중의 보호를 받기는 했지만 역시 적지 않은 고생을 하였다. 나이가 많고 신체가 허약한데다 긴 여정을 지나왔으므로 서안을 지나자 비장이 아파 코피가 그치지 않았다. 디화에서 출발해 궈즈꺼우(果子沟)를 거쳐 이리로 가는 길에서는 큰 눈이 내려 길이 모두 얼어붙었으므로 말을 탈 수도, 차에 앉을 수도 없어서 도보로 눈길을 헤치며 가야 했다. 그와 함께 신장에 간 두 아들이 양옆에서 부축하였는데 늙은 부친이 이 같은 고생을 하는 것에 마음 아파 눈물을 흘렸다. 그들은 땅에 꿇어 앉아 부친이 "하루라도 빨리 사면 받아 돌아갈 수만 있다면 맨발로라도 궈즈거우를 지나겠다"고 하늘에 기도하기를 했다. 임측서는 이리에 도착한 후 몸이 허약하여 툭하면 감기에 걸리곤 하여, 글자는 200자 이상 쓸 수가 없었고, 책을 보면 30행을 넘기기가 어려웠다. 역사적으로 수많은 조신들이 이렇게 유배지에서 죽어갔다. 이것 또한 황제의 목적 중 하나라고 하겠다. 임측서는 무형의 검은 그림자가 짓누르는 감을 느꼈다. 그는 일기에서 "시간이 흘러가는 것이 애석하고 노년의 슬픔을 깊이 느꼈다!", "흰 머리 긁적이며 점차 늙어 가는데 정성스러운 마음만 남아 괴로움을 견딘다"고 썼다. 그는 정신력으로 병마에 저항하고 있었던 것이다.

다른 한 가지는 전장을 떠난 후의 적막감이었다. 임측서는 아쉬운 마음으로 중원을 떠나 왔다. 그가 지우취안(酒泉)에 도착했을 때 청정부에서 '남경조약(南京条约)'을 체결했다는 소식이 들려왔다. 이에 그는 나랏일이 어려워지고 있음을 깊이 느꼈다. 그는 친구에게 보내는 편지에서 "내 한 몸의 길흉과 생사는 모두 도외시할 수 있으나, 중원이 이같이 유린을 당하여 큰 불이 벌판을 태우는 듯 하는 것은······ 되돌아보니 침식이 불안하다"고 했다. 그는 또 "어중이떠중이들을 누가 진멸시킬 것인가, 중원에서 말고삐를 당겨 천하를 맑게 하기를 바라네. 관산 만리 길 새벽녘 꿈결에서 조차 강동의 전고 소리가 들리는 듯 싶구나(小丑跳梁谁殄灭, 中原揽辔望澄清. 关山万里残宵梦, 犹听江东战鼓声.)"라고 시를 지어 중원의 위급함과 인재가 없음을 안타까워했다. 과연 중원에 인재가 부족해서일까? 아니다. 인재들이 연이어 철직당하고 유배되었을 뿐이었다. 당시 그와 함께 후먼(虎门)에서 아편 소각에 참여했던 등정정(邓廷桢)은 그보다 반년 앞서 신장으로 좌천되어 왔다. "하느님께 권고하노니, 다시 기운 내시어 격식에 얽매이지 말고 인재를 내려주소서(我劝天公重抖擞, 不拘一格降人才)"라는 명구를 쓴 공자진(龚自珍)도 조정을 위해 적을 막을 방략을 많이 제시했지만 받아들여지지 않았다. 공자진은 서역 변방에 대해 많이 연구했으므로 임측서와 함께 신장에 가겠다고 했다. 임측서는 제 한 몸도 보전하기 어렵다고 생각되어 나라를 위해 인재를 남겨두는 차원에서 결코 따라오지 못하게 했다. 중국 봉건사회의 뜻 있는 지식인들은 모두 조정에 중용되어 국가와 민족을 위해 일할 수 있기를 희망했다. 이는 신하로서 최대의 소망인 동시에, 역시 그들 인생가치관의 핵심이기도 하다. 그들의 이 소망을 박탈하는 것은 바로 그들의 생명을 박탈하는 것이며, 칼로 천천히 살을 베어내는 것과 다름없었던 것이다. 평지로 내려 온 호랑이 신세가 되어

나룻배를 찾아서

고통스러움과 외로움 속에서 천천히 훼멸되어 버리라는 뜻이었다.

"강족의 피리 소리 하필이면 저 버들을 원망하느냐(羌笛无须怨杨柳)", "서쪽으로 양관을 나가면 벗이 없다네(西出阳关无故人)." 옥문관밖은 풍물이 처량하고 사람을 찾아볼 수 없으니 죄 진 신하를 괴롭히기에는 그야말로 안성맞춤이라 하겠다. 고비사막을 걷노라면 과거 봉건군주들의 "변방으로 유배를 보내라"고 발명해 낸 것에 진심으로 감탄하게 된다. 하루 종일 걸어도 누런 모래뿐이오, 또 다시 하루 종일 걸어도 누런 모래일 뿐이다. 또 하루 종일 걸어도 얼음과 눈뿐이오, 또다시 하루 종일 걸어도 역시 얼음과 눈뿐이다. 사람이 없고 촌락이 없으며 시가지가 보이지 않는다. 이러한 공허함과 적막은 빈 벽뿐인 감옥 안에 있는 것과 별반 구별이 안 되는 것이다. 마르크스는 "사람은 모든 사회관계의 총화"라고 했다. "아! 사람이 사람으로 될 수가 없구나! 특히 박식하고 사상이 있는 사람, 과거에 능력을 발휘하던 사람, 미래에 대해 큰 뜻을 갖고 있던 사람이면 더구나 그러했다."

"섣달 내리는 눈에 귀밑머리가 희게 물들고 봄에 거른 막걸리에 병든 얼굴이 불그레 해진다(腊雪频添鬓影皤, 春醪暂借病颜酡.)"

"삼 년 동안 정처 없이 유랑하다 보니 백년 세월이 대부분 흘러갔구려(三年漂泊无定居, 百岁光阴去已多.)"

"아름다운 새 날은 사람을 따라 다니고, 천객은 언제면 길동무 찾아 돌아갈고?(新韶明日逐人来, 迁客何时结伴回?) 등불만 헛되이 비추는데 영험한 방법이 없어 멍청히 있노라니(空有灯光照虚耗, 竟无神诀卖痴呆.) 섣달 그믐날 가슴에 품은 생각만을 적네(除夕书怀)"

그는 혼자서 이렇게 그믐날을 보냈던 것이다.

"눈 내리는 천산의 밤 달빛은 교교한데, 늘 듣던 변방의 노래 소리도 처량하기만 하다(雪月天山皎夜光, 边声惯听唱伊凉.) 외로운 마을에서 술을 마시니 수심에 어찌할 길이 없네, 옆집 붉은 치마 입은 여인의 음악 소리 멎지를 않는구나(孤村白酒愁无奈, 隔院红裙乐未央.)"

'추석 감회(中秋感怀)'

그는 또 이렇게 추석을 보냈던 것이다.

"귀양집에서 잠시 꽃을 찾는다. 꽃피는 아름다운 시절 어찌 가벼이 버리겠는가, 산에는 빙설이 녹지 않았지만, 모직으로 된 장막 안에서는 꽃향기를 맡네. 꽃구경 하며 술을 마시니 변강의 도시에서 재액을 물리치는 제사를 지낸 걸로 치세, 원망해서는 뭘 하랴, 꽃이 피고 지는 일은 하늘의 뜻에 맡기세, 봄이 언제 오는지 묻지나 말게나(谪居权作探花使. 忍轻抛, 韶光九十, 番风廿四. 寒玉未消冰岭雪, 毳幕偏闻花气. 算修了, 边城春禊, 怨绿愁红成底事？任花开花谢皆天意. 休问讯, 春归未.)"

그는 이렇게 계절의 변화 속에서 봄의 적막함을 되 뇌이고 있었다.

집권자는 너무나도 총명한 것이다. 유배를 온 사람이 이런 환경에서 아무런 할 일도 없게 하여 이상과 의지를 소모하도록 하니 말이다. 어떻게 노호하든, 미친 듯이 웃든, 아니면 애가를 부르든, 광활한 고비사막은 이 모든 것들을 깨끗이 흡수해 버린다. 이는 메아리가 있는 감방에 갇혀 있는 것보다도 더 끔찍한 것이다. 아무리 뛰어난 사람이라 해도 이런 곳에서는 그냥 일반인, 범인, 폐인이 되어 넋을 잃고 실의에 빠지게 되는 것이다. 임측서는 경천위지의 재능을 가진 어진 신하로서 역사에 남을 인물이다. 아편을 금지시켜야 한다는 열화가 가슴에서 타올랐고, 남해의 파도 소리가 귓가에서 메아리쳤다. 만리 밖에서 조야의 상하 대시들이 영국과 항쟁하고 있을 때, 그는 이곳 사막에서 적막함에 직면해 있을 수밖에 없었다. 토끼가 죽지 않았는데 사냥개가 먼저 삶아지는 격이었다. "언제면 천막에서 벗어날고, 보검은 우차에 오를 수 있기만을 바라네.(何日穹庐能解脱, 宝刀盼上短辕车)." 그는 절벽에 결박당한 용사마냥 마음은 불타올랐지만 힘을 쓸 수가 없었다.

어떻게 이러한 상황에서 벗어날 수 있을까? 가장 일반적인 방법은 그냥 아무 생각 없이 살아가다가 다시 조정의 부름을 받는 것이었다. 말썽을 부려 그 죄가 더해지는 것은 말아야 하면서 말이다. 그리고 또 방법을 구상하여 황제의 환심을 사거나 관원에게 뇌물을 줘야 했다. 한유(韓愈)도 과거 남해로 좌천되었을 때 한 제일 첫 번째 일이 바로 황제에게 사은표(謝恩表)를 올리는 것이었다. 마음속으로야 어떻게 생각하든 우선 환심을 사고 볼 일이었다. 이때 내지에서 임측서의 가족과 친구들도 은전을 마련해 청조 법률에 따라 그를 위해 속죄하려고 준비하고 있었다. 그런데 임측서가 오히려 단호히 거절하였다. 그는 편지에서 "죄를 입은 원인이 일반적인 것과 완전히 다르다", "이 일은 반드시 중지해야 한다. 불경스런 청원서를 내지 말라"고 했다. 그는 "자신은 아무런 잘못도 없으며 이렇게 없는 죄를 속죄하는 것은 스스로 죄가 있다고 인정하는 것과 같으니 어찌 역사를 직면할 수 있겠는가!" 라고 말했다. 이 편지들은 지금 이리(伊犁)의 기념관에 보존되어 있는데 문장이 통쾌하고 정기가 늠름하다. 경건한 심정으로 문물 전시관 안의 이들 친필 원고들을 읽노라면 고개를 들어 태산을 우러러보는 것과 같은 숙연한 경모의 감정이 저절로 생기며, 임공의 그 좌우명이 다시 떠오른다. "바다는 모든 물을 받아들이기에 그 너그러움으로 거대하고, 절벽은 천 길이 되나 욕심이 없기에 굳건하다(海纳百川, 有容乃大 ; 壁立千仞, 无欲则刚)." 그는 조금의 사욕도 없었으며 그 누구에게도 머리를 숙이지 않았다. 자신이 뜻을 끝까지 견지하기 위해 그는 모든 불공평함을 받아들였다. 그는 위로는 하늘에, 아래로는 백성을 대함에 있어서 한 점의 부끄러움도 없이 초지일관하며 나라를 위해 있는 힘을 다 했던 것이다.

애국하는 신하와 봉건군주가 근본적으로 다른 점은, 전자가 나라와 백성을 사랑하고 천하의 일을 자신의 소임으로 생각한다면, 후자는 자신의 권세를 사랑하고 천하를 자신의 소유로 생각한다는 점이다. 이 양자가 일시적으로 통일을 가져올 때에는 충성스러운 신하에 어진 임금으로 나타나며 상하가 합심한다. 이때 신하는 나라를 사랑하는 것과 임금에게 충성하는 것을 통일시킨다. 하지만 이 양자가 일치되지 못할 때에는 충신이 쫓겨나게 된다. 쫓겨난 신하는 임금의 명을 받들어 외로움과 분노 속에서 죽기도 한다. 예를 들면 가의(贾谊), 악비(岳飞) 등이 그러했다. 혹은 잠시 임금을 한옆에 버려두고 나라와 백성을 위해 실제적인 일을 하기도 한다. 예를 들면, 한유, 신기질, 임측서 등이 그러하다. 그들은 권세와 개인적 이익과 영욕을 버려두고 역사에 책임을 지려 한다. 그리하여 이들은 역사가 받아들이고 역사에 기록되는 것이다.

임측서는 이곳이 아주 황폐한 것을 보고 이리의 장군에게 둔전을 실시할 것을 건의했다. 우선 그는 이리 장군에게 협조하여 성 주변의 20만 무 황무지를 개간하기 시작했다. 황무지를 개간하려면 우선 수리시설을 건설해야 했다. 하지만 이곳에는 수시시설을 건설하는 습관도 없고 경험도 없었다. 임측서는 앞장서 개인 돈을 기부해 수로를 건설했다. 이 수로를 건설하는데 4개월의 시간이 걸렸으며 연 210만 명의 노

동력을 기울였다. 후세 사람들에게 '임공거(林公渠)'라 불리는 이 수로
는 줄곧 123년 동안이나 사용되다가 1967년 새 수로가 건설되고서야
퇴역할 수 있었다. 과거 한유가 유배지에 중원의 선진적인 경작 기술
을 소개한 것과 마찬가지로 임측서도 내지의 수리, 재배기술을 청왕조
의 가장 서북쪽 변경에 보급했다. 그는 또 현지 사람들이 창조한 특수
한 수리 공사인 '카레즈(坎儿井)'를 발견하고 연구한 끝에 대대적으로
보급시켰다. 황제는 원래 변방 지역의 열악한 환경으로 그를 괴롭히려
했지만, 그는 오히려 의지와 재능으로 환경을 개조했다. 황제가 외로움
과 우울함으로 그를 죽이려 했지만 그는 오히려 이 오래된 황야에서 사
람을 놀라게 하는 천둥소리를 냈다. 자고로 죄를 지은 신하가 변방으로
유배되면 그 결과는 두 가지이다. 운명에 굴종하여 고독과 울적함 속에
서 유배지에서 처참히 죽는 것이 대부분이다. 오직 소수 사람들만 온
힘을 다 해 운명을 되돌리어 다시 생명과 사업을 통해 빛을 뿌린다. 주
문왕은 구금되어서 《주역》을 풀이하였고, 월(越)왕은 오(吳)왕에게 포
로가 된 후에 와신상담하였다. 이는 생명의 교향악 중에서 가장 강렬한
곡이라 하겠다. 임측서도 바로 이런 계열에 속하는 것이다.

임측서가 이리에서 수로를 건설하고 황무지를 개간하여 탁월한 성과
를 거두었지만, 마치 황하 치수에서 성공한 후에도 황제의 용서를 받지
못한 것처럼, 이번에도 남부 신장(南疆)으로 가 황지를 조사하라는 파
견 명량을 받았다. 북부 신장(北疆)은 편벽하기는 하지만 강우량이 비
교적 많았으므로 농업이 가능했다. 하지만 남부 신장은 사막이 끝이 없
고 기후가 무덥고 건조했으며 인가가 드물었고 언어가 통하지 않았다.
게다가 북부 신장과 남부 신장은 천산(天山)이 가로막고 있었다. 천산
은 눈으로 덮인 산봉우리가 하늘을 찌를 듯 높게 솟아있다. 이는 임측
서에 대한 또 다른, 더욱 큰 시달림이 아닐 수 없었다. 지금은 남부 신

장과 북부 신장 간에 도로가 뚫려 차를 타고 다닐 수 있다. 지난해 8월 내가 한 여름에 천산에 갔을 때에도 여전히 설산을 넘고 얼음동굴을 통과해야 했다. 임측서는 그 허약한 몸으로 어떻게 이처럼 어려운 임무를 수행했을까? 황제 입장에서는 이런 것이 임측서에게 대한 진일보적인 징벌이라고 한다면, 임측서에게 있어서는 말년에 나라와 백성을 위해 조금이라도 더 힘을 낼 수 있는 기회였다. 1845년 1월 17일 임측서는 셋째아들 총이(聰彝)의 배동 하에 이리에서 출발하여 1년 동안에 남으로 카스(喀什), 동으로 하미(哈密)에 이르기까지 신장의 동부와 남부를 모두 조사하였다. 그는 얼음을 밟고 다녀야 하는 추운 겨울과 불덩이처럼 활활 달아오른 태양 아래의 무더운 여름을 지나왔고, 심하게 흔들리는 차에 앉아 "키에 담긴 곡식처럼" 흔들리며 고비사막을 지났다. 초가집과 천막, 심지어 땅굴(地穴)에서도 살아 보았다. 바람이 불면 "온 밤 동안 노호하고", "천막을 뽑아낼 듯" 하여 "전혀 잠들 수가 없었다"고 했다. 심지어는 사람이나 마차가 바람에 날려갈 수도 있었다. 임측서는 이르는 곳마다에서 셋째 아들과 함께 직접 천막을 치고 밥을 지었다. 그리고는 즉시 책상 앞에 엎드려 사무를 보기 시작하였는데 4경까지 공문서첩을 처리했다. 그리고는 이튿날 차 안에서 잠깐 쪽잠을 자는 것으로 대체했다. 일의 긴박함이나 어려움이 전쟁을 하는거나 별반 다름이 없었다. 황무지를 개간하고 수로를 건설하는 공사는 그가 직접 토방(土方)을 검사하고 공사의 질을 점검하여 시작했다. 그는 또 부하들에게 반드시 "위로는 조정에, 아래로는 백성에게, 가운데로는 동료에게 미안하지 않도록" 하기를 요구했다. 이에 대해 다른 사람들은 이해하기를 어려워했다. "변방을 지키는 죄지은 신하로서 그렇게까지 할 필요가 있는가? 어디에서 그 같은 정신이 생기는가" 하고 궁금해 했다. 가련하지만 이번의 토지 조사도 역시 '흠차(欽差)'라 할 수 있는 것이다. 하지만 이는 과거 남하하여 아편을 금지시키던 것과는 완전히 다른 것이었다. 이것은 황제가 그에게 내린 고역이었지만 일은 해야 했다. 그러나 명분이라고는 전혀 없었다. 그의 모든 공로는 현지 지방 관원의 명의로 돌아갔다. 심지어는 황제에게 상주문을 쓰거나, 보고서를 올리거나, 문제점에 대해 말할 권리조차 없었다. 문서를 작성해서는 다른 사람의 명의로 상주할 수밖에 없었다. 이는 황허의 치수에서 공을 세웠으나 유공자 장려 명부에서 그의 이름을 찾을 수 없었던 것과 똑 같은 맥락이었다. 임측서가 시에서 "죄지은 신하가 사신이 되는 것은 원래부터 분수에 넘치는 일이거늘(羈臣奉使原非分)", "직함이 뭐냐고 조소를 받았네(头衔笑被旁人问)"라고 한 것에서 알 수 있듯이, 얼마나 난감해 했을까, 이 또한 얼마만큼의 고통이 되었을까? 하지만 그는 이 모든 것을 묵묵히 참아냈다. 그는 오직 일할 수만 있다면, 나라를 위해 힘을 낼 수만 있다면 이 모든 것을 마다하지 않았다. 근 1년 동안 그는 청정부를 위해 69만 무의 경작지를 개간해 내어 관가의 재산을 크게 늘리게 했고 변방을 공고하게 하였다. 진정으로 "분수에 넘치는 일"을 해낸 것이었다. 그는 죄를 지은 신하의 신분으로 충신이 해야 할 일을 하였던 것이다. 역사와 현실 속에서는 늘 일부 사람들이 다른 한 가지 "분수에 넘치는 일"을 하고 있다. 합법적 직위와 국가에서 부여한 권력을 이용해 뇌물을 받고 법을 어기는 것이다. 왕망(王莽), 양국충(杨国忠), 진회(秦桧)로부터 장칭(江青), 캉성(康生)이 그러했다. 사회에서 큰 악인이나 탐관 혹은 소인배들은 모두 합법적인 명분으로 본분을 떠나 탐오를 하고 개인의 이익을 챙긴다. 물론 그들도 나중에는 역사에 기록된다. 진의(陈毅)는 "손을 뻗치지 말라, 손을 뻗치면 꼭 잡힌다(手莫伸, 伸手必被抓)"라는 시구를 쓴 적이 있다. 그들은 역사에 잡혀 치욕의 기둥에 못 박혔다. 세상일이란 차이가 가장 큰 것이 인격임을 알 수 있다. 어떤 사람은 죄인의 몸으로 치욕을 참아가며 중임을 맡아 공을 세우고 업적을 쌓지만, 또 어떤 사람은 권력을 이용해 떳떳하지 못한 일을 하여 치욕을 자초한다. 확실히 분수라는 분(分)자는 사람 인(人)자 껍데기에 그 경계선이 있다. 일단 이 껍데기가 분열되면 좋고 나쁨을 막론하고 모두 다 그 힘이 막강해 진다.

임측서는 또 "분수에 넘치는 일"을 한 것이 있는데, 바로 '토지개혁'을 한 것이다. 토지 조사를 끝내고 하미(哈密)로 돌아가는 길에서 100여 명의 지역 유지와 관리, 상인, 백성들이 그가 탄 가마를 가로막고 나서서 하소연을 하는 것이었다. 원래, 이곳은 법은 멀고 주먹은 가까운지라 하미왕(哈密王)이 관할구역 내의 토지 및 탄광, 산림, 과원, 채소밭을 모두 자기 소유로 만들어버렸던 것이다. 이에 한족과 위그르족 백성들은 경작할 만한 땅이 한 치도 없었고 심지어 주둔군 부대가 병영을 지으려고 흙을 날라 오려 해도 한 차에 얼마씩 돈을 내야 했다. 백성들은 사람이 죽어 매장을 하려면 몇 냥씩 돈을 내야 했다. 하미왕은 또 국가 세금을 제멋대로 횡령하였는데 수십 년 동안 누구도 감히 만류하지를 못했다. 이에 임측서는 대노하여 "이곳은 요충지로써, 변방에서 가장 중요한 지역인데 밭이 없고 양식이 없으면 왕화(王化, 군주의 덕화 – 역자 주)가 미치지 못하는 외국이 되는 게 아닌가"라고 하면서, 왕이 점유한 1만 여 무의 경작지를 현지의 한족과 위그르족 농민들에게 나누어 주라고 판결했다. 그는 또 포고를 내어 "신장은 내지와 더불어 모두 황제가 관할하는 통일된 영역 안에 있으며, 단 한 치의 토지도 마음대로 사유할 수 없다. 한인과 위구르인은 모두 성은을 입고 있으며 그 어느 곳에서도 차별시할 수 없다. 반드시 상호 화목하게 지내며 경계가 없어야 한다"고 했다. 또 변화가 생길 것을 걱정하여 이 포고를 편액으로 제작해 "성문 부근의 큰 길 옆에 세워두어 모든 사람이 볼 수 있게 하며 영원히 지키도록 할 것"을 요구했다. 포고가 나가자 여러 민족 백성들은 서로 이 소식을 알리기에 바빴으며 모두 살아갈 수 있는 생계 방법이 있게 되었다. 뿐만 아니라 여러 민족이 화목하게 지낼 수 있게 되어 변방은 더욱 공고해졌다. 죄를 지은 신하의 몸으로 또 한 건의 "상관없는 일"을 했던 것이다. 마침 이때 청나라 조정의 사면령도 내려왔다! 임측서는 이 지역 민족들이 헤어지기를 아쉬워하는 축원 속에서 관내로 떠났다.

150년 후 나는 임공의 종적을 찾는 길에 나섰다. 하지만 그때의 혜원성(惠远城)은 벌써 제정 러시아의 침략에 의해 사라지고 말았다. 내가 혜원성에서 당시 선생이 거주했던 성남의 동2항 옛집을 찾아보고 싶다고 했을 때, 가이드는 원래의 성은 없어지고, 지금의 성은 1882년 원래의 성에서 7킬로미터 뒤로 철수하여 재건한 것이라고 했다. 성의 위치가 변했지만 그것은 관계없는 일이었다. 내가 찾고자 하는 것은 중국 근대사상 빛나는 민족의 영혼일 뿐 그 구체적인 과정은 크게 관계없는 것이기 때문이었다. 중국공산당이 천하를 얻기 전 최후의 농촌 지휘부, 우리가 지금 참배하고 있는 시바이보어촌(西柏坡村)도 산 아래서 몇 십 리를 옮겨 재건한 것이 아닌가? 나는 조심스레 그 작은 골목길에 들어섰다. 작은 울 안에 낮은 담장, 원두막 안에는 넝쿨이 늘어져 있었다. 옛 임공당을 날던 제비는 여전히 날개를 펼치고 멀리서 온 손님을 맞이하고 있었다. 나는 이것만으로 만족할 수가 없어 또 다시 차를 타고 남행하여 그 옛 성의 유적을 찾았다. 어느 한 마을을 질러서 나가보니 키 높이만큼 자란 백양나무와 수로를 지나 무성한 옥수수밭 옆에 토벽 한 토막이 있는 것이 보였다. 이것이 옛 혜원성이라고 했다. 석양 아래 침중한 황토 위로 난 도도한 푸름의 '바다'는 마치 하늘가로 뻗은 긴 제방 같았다. 나는 임공의 영혼이 고금을 가르며 천지에 충만되어 있다는 느낌이 들었다.

임측서는 황가에서 '흠정'한, 중국 고대 최후의 '죄신'이었고, 또한 인민이 받들던 근대사 첫 머리의 제일 첫 공신이었던 것이다.

2001년 6월

"난세의 미(美)" 신

이청조(李淸照)는 그녀의 유명한 '성성만(声声慢)'으로 사람들에게 기억되고 있다. 그 처량한 미, 특히 "찾고 또 찾아보지만 차갑고 맑기만 하여 쓸쓸함과 비참함 슬픔만이 있네(寻寻觅觅, 冷冷清清, 凄凄惨惨戚戚)"라는 시구는 그야말로 그녀의 브랜드가 되어버렸으며, 문학사에서 길이 이름을 남긴 전무후무한 사(詞)가 되었으며, 그녀는 "수심의 화신"이 되었다. 우리가 그녀의 수심을 읽을 때 중국 3000년 고대 문학사 중 세속에 구애되지 않고 독자적인 최고의 경지에 도달한 여성은 그녀 한 사람뿐이라는 것이다. 그녀에 대한 해석을 "어찌 '수(愁)' 한 글자로만 표현할 수 있을까?(怎一个愁字了得)."

사실 이청조는 이 사를 쓰기 전 많고 많은 즐거움을 누려 왔었다.

이청조는 송신종(宋神宗) 원풍(元丰) 7년(서기 1084년)에 관료가정에서 태어났다. 부친 이격비(李格非)는 진사 출신으로 조정에서 관리가 있었는데 그 지위가 낮지 않았다. 그는 학자 겸 문학가였으며 또한 소동파(苏东坡)의 학생이었다. 모친도 명문가의 규수였으며 문학에 재능이 있었다. 이러한 출신 배경은 당시 여성에게 있어서 매우 귀한 것이었다. 관료가문 및 정치활동의 영향으로 그녀는 시야가 넓었고 기질이 고상하였다. 그녀는 또 생활에 대해 깊이 있고 세밀하게 느끼고 아름다움을 체험할 수 있었다. 그녀의 화상이 전해지지 않고 있으므로 우리는 지금 그녀의 용모에 대해서는 알 수가 없다. 하지만 출신과 그녀의 '사'에서 나타난 운치로부터 보면 그녀는 반드시 타고난 미인일 것이다. 이청조는 철이 들기 시작해서부터 곧바로 중국 전통문화의 심미(審美)적 훈련을 받았다. 또한 이와 동시에 그녀는 창작도 하는 한편 다른 사람을 평가하였고 문예이론을 연구하였다. 그녀는 아름다움을 만끽할 줄 알았을 뿐만 아니라 또한 아름다움을 통제할 수가 있었으므로 아주 높은 기점에 도달할 수 있었다. 이때의 그녀는 아직 시집가지 않은 규중소녀였다.

아래의 사 세 수를 보기로 하자.

> "얼굴에 붙인 부용 수는 소녀가 웃자 활짝 피는 듯하고, 비스듬히 꽂힌 보압 비녀는 그녀의 두 볼을 더욱 희게 하며. 살짝 굴리는 눈동자 모습 다른 사람 생각을 다 아는 듯하네. 부드러운 자태에는 운치가 깊은데 편지지 절반의 원망은 그리움을 담은 듯. 달이 뜨고 꽃 그림자 흔들리니 정인이 오시려나. (绣面芙蓉一笑开. 斜飞宝鸭衬香腮. 眼波才动被人猜. 一面风情深有韵, 半笺娇恨寄幽怀. 月移花影约重来.)"

완계사(浣溪沙)

> "맑고 화창한 봄볕 내리는 한식날, 옥향로 침수향의 남은 연기 하늘거리네. 꿈에서 깨어나 보니 베개가 꽃비녀를 가리고 있네. 바다제비 아직 오지 않았건만, 사람들은 투초(놀이의 한 가지 - 역자 주)를 하고, 강가의 매화는 벌써 철이 지나 떨어지고 버들은 솜털을 날리네. 해 저물녘의 가랑비는 그

네를 적시네(淡荡春光寒食天. 玉炉沉水袅残烟. 梦回山枕隐花钿. 海燕未来人斗草, 江梅已过柳生绵. 黄昏疏雨湿秋千.)"

완계사(浣溪沙)

"그네를 박차고 뛰어내려, 가쁜 숨 고르며 옷깃을 여미는 섬섬한 손끝이 나른해진다. 구슬 같은 이슬 꽃송이를 뒤덮고, 얇은 옷 땀에 젖어 속살이 비치네. 어머나! 누가 오고 있잖아, 버선도 찢기고 노리개도 떨구며 부끄러워 무작정 뛰었네. 문 앞에서 돌아보니 풍겨 오는 시큼한 땀 냄새!(蹴罢秋千, 起来慵整纤纤手. 露浓花瘦, 薄汗轻衣透. 见客入来, 袜刬金钗溜. 和羞走, 倚门回首, 却把青梅嗅.)"

점강순(点绛唇)

아름다운 머리카락과 옥 같은 볼, 꽃 같고 옥같이 아름다운 천진한 소녀가 있다. 사랑에 막 눈을 뜬 그녀는 규방에서 멍청하니 향이 피어오르는 모습을 보는가 하면 몸을 일으켜 연서를 쓴다. 그리고는 친구와 함께 정원에 가 투초놀이를 한다.

관료 가문의 천금 같은 아가씨가 편안한 생활을 누리는 동시에 문화 교육을 받는 것은 중국 수천 년 봉건사회에서 별로 이상한 일이 아니다. 놀라운 것은 이청조가 일반적인 관례대로 공부를 하고나서 바느질이나 자수를 배우고 시집가기를 기다린 것이 아니었다는 점이다. 그녀는 부친이 소장한 책들을 다 읽을 만큼 풍부한 문화 자양분으로 인해, 그녀는 아름답게 활짝 필 수 있었을 뿐만 아니라, 대쪽같이 바른 심성을 키워주었다. 그녀는 시와 사(词), 율격(格律)을 투초놀이나 그네 타기처럼 자유자재로 다룰 수 있었으며, 역사 인물을 품평함에 있어서도 거침이 없었다.

당나라 개원(开元) 천보(天宝) 연간에 일어난 안사의 난(安史之乱) 및 난의 평정은 중국 역사에서 대사였으며 후세 사람들이 많이 평한 역사적 사건이다. 그중 당나라 시인 원결(元结)이 쓴 '대당중흥송(大唐中兴颂)'은 아주 유명하다. 그는 대서법가 안진경(颜真卿)을 초청해 이 글을 절벽에다 쓰고 조각을 하였는데 문장과 서법이 모두 탁월하다. 이청조와 같은 시기의 장문잠(张文潜)은 소문4학사(苏门四学士) 중의 한 사람으로, 시(诗)를 잘 지어 이름을 날렸다. 이처럼 큰 인물이라 할 수 있는 장문잠이 이 비(碑)를 두고 시를 써서 감탄한 적이 있다. "하늘이 이 두 사람을 보내 일을 기록해 전하도록 하시니, 높은 산의 열 길 높은 절벽을 갈아내고 이를 새겨 넣었네. 누가 이 비문 탁본을 갖고 내게 왔던고? 나는 이를 보자마자 어둡던 눈이 열리는 듯하였네(天遣二子传将来, 高山十丈磨苍崖. 谁持此碑入我室? 使我一见昏眸开.)" 당시 널리 전해지던 이 시는 규방으로까지 흘러들어가 이청조에게 전해졌고, 그녀는 곧 시를 지어 화답했다. "50년의 공적 모두 쓸어버렸네, 화청궁의 버들 함양의 풀이라. 오방에서는 투계를 봉양하고 주육 속에서 늙어감을 모르네. 갑자기 오랑캐 군사가 하늘에서 쏟아지는데, 역신인 오랑캐는 또한 간웅이었네. 근정루 앞에 호로의 말이 달려 구슬과 비취가 먼지로 되어 날리건만, 왜 출전만 하면 패하는 것일까? 여지를 보내느라 말이 죽어서겠지. 요순의 공덕은 워낙 하늘처럼 높은 것이라, 어찌 보잘것없는 글로 기록하랴. 비문을 새겨 그 공덕을 기록하는 게 오히려 천박한 듯싶구나. 귀신더러 절벽을 갈아 쓰게 해야 할 것을……(五十年功如电扫, 华清花柳咸阳草. 五坊供奉斗鸡儿. 酒肉堆中不知老. 胡兵忽自天上来, 逆胡亦是奸雄才. 勤政楼前走胡马, 珠翠踏尽香尘埃. 何为出战辄披靡? 传置荔枝马多死. 尧功舜德本如天, 安用区区纪文字! 著碑铭德真陋哉, 乃令鬼神

磨山崖.)"

이 시의 기세를 본다면 규중 여인의 손에서 나온 것 같지가 않다. 장면에 대한 상세한 서술, 공적과 과실에 대한 품평, 세상사에 대한 개탄은 낭만적이고 호방한 이백이나 신기질에 못지않다. 이청조의 부친 이격비도 처음 이 시를 보고 깜짝 놀랐다고 한다. 이 시가 밖에 전해지자 더구나 문인들 속에서 큰 반향을 일으켰다. "이 씨네 집에 장성한 따님이 있는데, 필세가 웅건하고 뛰어나 우레 소리 일으켰네"라고 평할 정도였다. 소녀 이청조는 이처럼 재기로 엮어진 채 아름다운 후광과 가족의 사랑을 마음껏 누리고 있었다.

사랑은 인생의 가장 아름다운 장절이다. 사랑은 또한 나루터이기도 하다. 이 나루터로부터 출발하여 인생의 청년시절로 향하며 부모의 따뜻한 날개 밑에서 나와 독립적으로 인생의 길을 가게 된다. 여기에는 새로운 생명의 연속도 포함된다. 그러므로 사랑에는 기대와 초조함이 동반되며 그로 인해 튕겨 나오는 불꽃 또한 푸근한 감정이 흐른다. 물론 실패에서 오는 슬픔과 처량함도 없지 않다. 사랑은 가장 복잡하고, 가장 감동적인 교향악을 연주해 낸다. 많은 위인들의 생명도 바로 이러한 시각에 기묘한 광채를 내뿜곤 했다.

이청조가 규중 소녀의 모든 행복을 그대로 가지고 사랑의 강에 들어섰을 때, 그의 아름다운 인생은 비단에 꽃을 수놓은 듯이 더 원만해졌고 우리에게 아름다운 사랑이야기를 남겨주었다. 그녀의 사랑은 서방의 로미오와 줄리엣에 못지않았고, 동방의 양산백과 축영대((梁山伯과 祝英台)와도 달랐다. 천신만고 끝에 겨우 얻은 것이 아니라, 시작부터 직접 꿀단지 속에 그냥 빠진 거나 다름없었으며 애초부터 산정에 오르고, 수정궁에 들어선 거나 다름없었다. 그녀의 신랑 조명성(趙明誠)은 시원스러운 소년이었다. 두 사람은 또 문학 지기로서 의기투합하였다. 조명성의 부친도 조정에서 관료로 있었던지라 두 가문은 형편도 엇비슷하였다. 더우기 두 사람은 일반 문인들처럼 시와 사, 음악과 바둑에 모두 흥미가 있었을 뿐만 아니라 모두 금석(金石) 연구에도 흥미가 있었다. 자유연애가 금지되고 중매인의 말과 부모의 의지에 따라 혼인이 결정되던 봉건시대에서 이들 두 사람과 같은 원만한 결합은 그야말로 하늘이 점지한 좋은 인연이라 할 수 있었으며, 백에 하나도 있기 어려운 좋은 인연이었다. 육유(陆游)의 '채두봉(钗头凤)'이 우리에게 사랑의 슬픔을 남겼다면 이청조는 우리를 위해 사랑의 달콤함을 남겨주었다. 이 사랑 이야기는 이청조의 아름다운 필치의 윤색을 거쳐 중국인들에게 천여 년 동안 정신적 향수를 안겨주었다.

아래의 '감자목란화(减字木兰花)'를 보기로 하자.

"꽃행상에게서 막 피어나는 꽃 하나를 샀네. 점점이 맺힌 눈물은 붉은 꽃잎에 남은 아침이슬 자국이라네. 낭군님이 나보다 꽃이 예쁘다 할까 걱정되어 구름 같은 머리에 비스듬히 꽂고 비교해보시라고 해야겠네.(卖花担上, 买得一枝春欲放. 泪染轻匀, 犹带彤霞晓露痕. 怕郎猜道, 奴面不如花面好. 云鬓斜簪, 徒要教郎比并看.)"

신혼의 달콤함과 남편에게 애교를 부리는 모습이 그대로 나타난다. 그리고 또 그녀가 자신의 용모에 대한 자신감을 엿볼 수 있는 대목이기도 하다.

그리고 또 송별을 노래한 '일전매(一剪梅)'를 보자.

"연꽃 향기 스러지자 고운 대자리에 가을이 왔네. 살며시 비단 치마 벗고 홀로 목란 배에 오르네. 누가 저 구름 속에서 사랑의 편지 전해 줄까? 기러기 떼 돌아가고 나니 서루엔 달빛만 가득하네. 꽃은 절로 떨어지고 물도 절로 흘러가니 그리움 때문에 두 곳에서 뜻 모를 시름에 잠겨 있네. 그리운 이 마음 없앨 길 없어, 가까스로 미간 아래로 내려갔나 했더니 또 다시 마음 위로 올라오네(红藕香残玉簟秋. 轻解罗裳, 独上兰舟. 云中谁寄锦书来, 雁字回时, 月满西楼. 花自飘零水自流. 一种相思, 两处闲愁. 此情无计可消除, 才下眉头, 却上心头.)"

이별의 슬픔과 헤어지기 아쉬운 마음이 잘 그려져 있다. 사랑의 감정이 깊을수록 그리움도 깊은 법이다. 이것은 또 다른 사랑의 달콤함이라 하겠다.

더욱 중요한 것은 이청조는 '천첩이 빈 방을 지킨다'는 식의 탄식만 하는 아녀자가 아니라는 점이다. 그녀는 빈 방에서 문학적 수련을 하였고, 이 예술을 최고의 경지에로 끌어 올렸다. 그리하여 이 가장 일반적인 사랑에 대한 표현 방식이 부부 사이에 창작 경합이 되어버렸으며 그들이 예술의 최고봉을 향한 등반의 기록이 되었다.

아래의 '취화음중양(醉花阴重阳)'을 보자.

"옅은 안개 짙은 구름 긴긴 하루 시름겨워하고, 용뇌향은 황금 짐승 안에서 타고 있네요. 아름다운 계절 중양절이 또 돌아오니, 간밤에는 옥베개 깁방장에 서늘함이 갓 스며들었네. 울타리 아래서 홀로 술잔을 기울이자 황혼이 지며 그윽한 꽃향기가 옷소매에 가득하다. 그리움에 넋이 나가지 않았다고 말하지 마십시오, 가을바람에 주렴이 말려 올라가니 국화보다 수척한 나의 모습이외다!(薄雾浓云愁永昼, 瑞脑销金兽. 佳节又重阳, 玉枕纱厨, 半夜凉初透. 东篱把酒黄昏后, 有暗香盈袖. 莫道不销魂, 帘卷西风, 人比黄花瘦.)"

이는 조명성이 외지로 출타한 후 이청조가 그에게 보낸 상사사(相思词)이다. 뼈 속까지 사무치는 사랑과 그리움을 가을바람과 국화꽃을 빌어 남김없이 표현하였다. 역사 기록에 의하면, 조명성은 이 사를 받은 후 처음에는 그 정에 감동하였고, 그 다음으로는 사의 예술적 매력에 자극받아 아내의 사를 뛰어넘는 사를 쓰겠다고 다짐했다고 한다. 그로부터 그는 사흘 동안 문을 닫아걸고 모든 방문객을 사절한 후 50수의 '사'를 써냈다. 그는 아내의 사를 이 50수의 '사' 속에 끼워 넣고 친구에게 보이면서 품평을 요청했다. 뜻밖에 친구는 "그리움에 넋이 나가지 않았다고 말하지 마십시오, 가을바람에 주렴이 말려 올라가니 국화보다 수척한 나의 모습이외다!"라는 구절이 가장 좋다고 평가했다. 이에 조명성은 아내보다 못함을 자탄하였다고 한다. 이 이야기는 널리 전해졌는데 이들 부부의 금슬이 얼마나 좋았는가를 알려준다. 이는 또 재능과 용모를 겸비했지만 이에 상응하는 사랑을 얻지 못한 후세의 남녀들에게는 처량함을 주기도 하였다. 이청조는 〈금석록 후서(金石录后序)〉에서 그때의 생활을 회억하여 이렇게 썼다. "나는 가끔 기억력이 좋을 때가 있었다. 매번 식사가 끝나 차를 마실 때면 쌓인 책들을 가리키며 어느 책 어느 권 어느 페이지 어느 줄에 무슨 일을 기록했는가를 맞추기를 하여 승부를 가려 차 마시는 순서를 정하였다. 이기면 찻잔을 들고 크게 웃었는데 이 때문에 차가 쏟아지기도 해 오히려 차를 마시지 못했다"고 했다. 이건 어떠한 행복이고 어떠한 즐거움이랴! 어찌 그냥 '달콤함'이라고만 할 것인가! 이러한 생활은 그녀의 풍모와 왕성한 예술 창조에 자양분을 마련해 주었던 것이다.

하느님은 진즉에 이청조의 커다란 예술적 재능을 발견하였다. 만약 그녀에게 계속 이같이 편안하게 규중 안의 수심이나 쓰게 한다면, 중국 역사와 문학사는 그녀를 그냥 스쳐 지나게 할 것이 뻔했다. 그리하여 시공간을 뒤흔들리게 하면서 새로운 인격적 시련과 새로운 창작을 할 수 있는 상황을 그녀 앞에 놓이게 하였다.

　　송(宋)왕조는 167년 동안 '청명상하도(清明上河图)'에 나타나는 그림처럼 안정과 번영을 누렸다. 이에 하늘이 흉신을 내려 보내더니 북방의 유목민족을 흥기시켰다. 금인(金人)은 단번에 송의 도성인 변경(汴京, 지금의 개봉)의 호화로운 궁전을 파괴시켰으며 휘종(徽宗)과 흠종(钦宗) 두 황제를 붙잡아갔다. 송왕조는 1127년 총망히 남으로 도망치면서 중국 역사상 국가와 민족의 굴욕적인 한 페이지를 기록했다. 이청조의 산동(山东) 칭저우(青州)에 있는 보금자리도 풍비박산이 났고, 식구들은 유랑생활을 시작했다. 남으로 내려간 후 두 번째 해가 되자, 조명성은 남송(南宋)의 수도 건강(建康)의 지부(知府)로 임명되었다. 이때 생각할 수 없는 국가와 개인에게 모두 수치스러운 일이 발생했다. 어느 하루 심야에 도성에서 반란이 일어났던 것이다. 지방 장관이었던 조명성은 병사들을 이끌어 반란을 평정한 것이 아니라 몰래 밧줄을 타고 성에서 도망쳐 나왔다. 반란이 평정된 후 그는 조정으로부터 철직(撤直)을 당했다. 연약한 여성이었던 이청조는 이 일에서 굳은 절개를 보였는데, 남편이 도망친 것을 부끄럽게 생각하였다. 조명성이 철직된 후 부부 두 사람은 계속 창장을 따라 강서(江西) 방향으로 방랑하였다. 길에서 두 사람의 사이가 틀어지게 되어 과거처럼 다정다감하지 못하게 되었다. 오강진(乌江镇)에 이르렀을 때, 이청조는 이곳이 과거 항우(项羽)가 전쟁에서 패배하여 자살한 곳임을 알고는 가슴이 뛰어 감격해 마지않으며 도도히 흐르는 강물을 바라보면서 천고의 절창을 남겼다.

　　"살아서는 응당 세상의 호걸이 되고, 죽어서는 또 귀신의 영웅이 되어야 하건만.

지금 항우를 기리는 것은, 강동으로 건너가지 않으려 했기 때문이라네(生
当作人杰, 死亦为鬼雄. 至今思项羽, 不肯过江东.)"

조명성은 쟁쟁한 쇳소리가 나는 이 절구를 들으면서 얼굴에 부끄러
워하는 표정을 지으며 깊은 자책감에 빠졌다. 그 이듬해(1129년) 조명
성은 경성으로 복직되어 갔지만 얼마 안 되어 급병으로 사망하였다.

사람은 사랑 없어서는 살 수 없는 것이고 꽃 같은 여인은 사랑이 없
어서는 더더욱 안 되는 법이다. 특히 감정이 풍부한 여시인은 사랑이
없어서는 안 된다. 그녀의 예술의 나무가 사랑의 자양분으로 무럭무럭
성장할 때 하느님은 무정하게도 그 사랑을 잘라버렸던 것이다. 이청조
는 사랑을 알고, 사랑을 받는데에 습관된 사람이었는데 갑자기 사랑이
메말라버리는 곤경에 빠졌으니 어찌 수심이 없으랴?

가정을 잃고 난 후의 이청조는 그녀 후반생에서 세 가지 시련에 부딪
쳤다.

제일 첫 시련은 재혼과 이혼으로 인한 애정 상의 고통이었다.

조명성이 죽은 후 이청조는 정처 없이 떠돌았으며 몸과 마음이 날
로 더 초췌해졌다. 얼마 후 그는 장여주(张汝舟)라는 사람에게 시집갔
다. 이청조가 왜 재가했는가에 대해서는 역사적으로 여러 가지 설이 있
다. 그러나 혼자로서의 생활이 어려워서가 주요 원인이었을 것이다. 장
여주라는 사람도 처음에 그냥 봐서는 아주 점잖은 군자 같은 인간이었
다. 갓 결혼했을 때, 장여주는 이청조를 아주 세심하게 배려해주었다.
하지만 얼마 지나지 않아 그 정체가 여지없이 드러났다. 원래 그는 이
청조에게 아직 남아있는 문물들이 욕심났던 것이다. 이청조는 이 문물
들을 목숨처럼 귀히 여기고 있었다. 게다가 본인이 쓰고 있던《금석록
(金石录)》도 아직 정리되어 책으로 나오지 못했다. 그러니 이런 문물들

은 잃어서는 안 되는 것들이었다. 하지만 장 씨는 이청조가 이미 시집 왔으니 그녀가 가지고 있는 물건들이 모두 자신의 소유가 된 것이라 생각했고, 자신이 마음대로할 수 있다고 생각하고 있었다. 또한 이청조에게 독립적으로 추구하는 바가 있어서도 안 된다고 생각했다. 두 사람은 우선 문물의 지배권을 가지고 모순이 생겼고 점차 지향하는 바와 취미가 완전히 다르다는 것을 느끼게 되었다. 진짜 동상이몽이었던 것이다. 장여주는 이처럼 아름답고 이름난 사인(词人)을 자신의 소유로 한 것에 자부심을 느꼈으나, 후에는 점차 그녀의 마음을 휘잡지 못하여, 그녀의 행위를 통제할 수가 없자 분하고 부끄러운 나머지 크게 화를 내었고, 나중에는 문인이라는 가면을 벗어버리고 폭력을 휘두르기에 이르렀다. 장여주의 진면모를 본 이청조는 불같이 화를 냈다. "넓고 큰 바다를 경험한 (曾经长海难为水)"적 있는 그녀는 장여주에게 결코 머리를 숙이지 않았다. 인격을 목숨보다 더 소중히 여기고 있는 이청조가 이 같은 억울함을 당하고만 있을 리 없었다. 그녀는 장여주와 갈라서기로 마음 먹었다. 하지만 봉건사회에서 여인이 이혼을 한다는 것은 말처럼 그렇게 쉬운 일이 아니었다. 그녀는 방법이 없자 두 사람 다 같이 자멸하는 길을 선택했다. 그녀는 장여주를 "임금을 기만한 죄(欺君之罪)"로 고발했다.

원래 장여주는 이청조와 결혼한 후 기분이 좋아 과거 자신이 과거시험에서 부정행위를 한 일을 자랑 삼아 이야기한 적이 있었다. 이는 당연히 대역무도한 일이었다. 이청조는 장여주를 고발해, 그가 응분의 처벌을 받아야 그의 그물에서 벗어날 수 있었다. 하지만 송조의 법률에 따르면, 여성이 남편을 고발하면 그 잘잘못을 떠나 모두 2년간 감옥살이를 해야 했다. 이청조는 사랑에 있어서 절대 그럭저럭 견디는 사람이 아니었다. 그녀는 육체적인 고통을 받더라도 정신적으로 노역을 당하려 하지 않았다. 일단 상대방의 영혼을 꿰뚫어 보기만 하면 한없는 경멸과 깊이 후회하는 모습을 보였다. 그녀는 친구에게 보내는 편지에서 "만년에 어찌 말 거간꾼 같은 자와 혼인해서 살 수가 있겠느냐?(猥以桑榆之晚景, 配玆駔儈之下材)"고 했다. 강직한 성정의 그녀는 옥살이를 하더라도 '말 거간꾼'과 같은 사람과 반려할 수 없다고 작정했던 것이다. 이 송사 결과 장여주는 유주(柳州)로 유배를 갔고, 이청조는 감옥에 들어갔다. 혼인의 자유를 위해 법정에 선 이청조가 가슴을 내밀고 가냘픈 두 손을 가쇄(枷锁)에 들이미는 순간을 상상해 볼 수 있다. 그녀의 견결함과 차분함은 결코 목을 베이는 순간의 항우에 못지않았으리라. 당시 이청조는 명성이 높은데다 또 많은 사람들이 이 사건을 주목하고 있었고, 조정에서 일하는 친구가 도와준 덕분에 아흐레 동안만 옥살이를 하고 바로 풀려나왔다. 하지만 이 일은 그녀의 마음 속 깊이 커다란 상처를 남겨주었다.

지금은 남녀 간의 결혼과 이혼이 합법적이고 보통일로 되어 있지만, 송나라 시기의 여인, 특히는 공부를 한 여인이 재혼하고 또 이혼하는 일은 커다란 사회적 여론을 일으키고, 큰 시기와 질투를 당하게 된다. 그 당시와 사후의 이청조를 기록한 사서에서는 모두 그녀의 재능에 대해서는 긍정하고 있지만 동시에 다른 면에서는 "만년에 절조를 잃었다", "만년에 귀처 없이 떠돌았다"고 폄훼하여 기록했다. 절조란 무엇인가? 바로 좋고 나쁨을 떠나서 여자라면 한평생 한 남자를 섬겨야 하는 것으로, 개성화된 추구가 있어서는 안 된다는 것이다. 이청조가 당시 얼마나 큰 심리적 부담을 겪었겠는가를 알 수 있다. 하지만 그녀는 두려워하지 않았으며 독립적인 인격을 견지하고 높은 품질의 사랑을 추구하였다. 그녀는 두 달이라는 시간에 명쾌한 절주로 장여주라는 이 '말 거간꾼'을 뿌리치고 몸과 마음을 다 해《금석록(金石录)》을 저술하는데 달라붙었다. 오늘날 우리가 이 사료를 읽으면 이것이 거의 천년 전에 발생한 일이라고는 믿기 어렵다. 오히려 '5.4'운동 시기의 반봉건 신여성이라고 한다면 어느 정도 이해할 수 있을 텐데 말이다.

생명은 사람마다 오직 하나밖에 없다. 그럼 사랑은 한 사람에게 몇 번이나 있을까? 가장 아름답고, 뼈에 사무치는 사랑은 단 한 번뿐이리라. 사랑이란 생명의 배에서 하는 가장 위험한 실험이다. 청춘, 재능과 시간, 사업을 모두 건 도박이라 할 수 있다. 오직 극소수의 사람들만이 이 한 번의 기회에 성공한다. 이처럼 한 번의 사랑에 성공한 사람들은 로또에 당첨된 것처럼 운이 좋다고 몰래 기뻐하며 '인연'이라는 듣기 좋은 이름을 붙이곤 한다. 그리고는 동정과 연민의 눈길로 실패했거나 반실패한 사람들을 바라본다. 이청조도 본래는 이러한 유형에 속했었다. 그런데 하늘은 그녀가 이름을 날리도록 하기 위해서는 먼저 그 사랑을 빼앗아 그 마음을 고통스럽게 하였다. 그녀를 행복한 사람의 유형에서 빼버리기 위해, 조명성을 먼저 인간세상에서 떠나게 했고, 다시 장여주를 보내 그녀의 뜻을 시험해 보았던 것이다. 그녀는 생명의 외로운 배 (孤舟)에 앉아 세속의 거센 파도를 가르며 배수진을 칠 각오를 하고 격전하였던 것이다. 사랑이란 원래 한 번 실패하고 난 다음 재차 시도를 해서 크게 성공한 사람들도 적지 않다. 사마상여와 탁문군이 바로 그러하다. 이청조도 재차 사랑의 산봉우리를 정복하려 했지만 끝내는 그 산봉우리에 올라서지 못했다. 이것은 비극이었다. 한 여인의 마음속에서 사랑의 불꽃이 영원히 스러져버리고 말았던 것이다. 그러니 어찌 낙담하지 않고 시름에 휩싸이지 않겠는가?

이청조의 두 번째 시련은 도처로 떠돌아다니고 도망을 가야 하는 바람에 몸과 마음이 다 고달픈 생활을 하였다는 점이다.

1129년 8월 남편인 조명성이 사망하였고, 9월에 금나라 군사가 쳐

들어왔다. 이청조는 무거운 서적들과 문물들을 가지고 피난길에 올랐다. 그녀는 황제가 도망한 노선을 따라갔다. 국군(國君)이란 국가의 대표였기 때문이다. 하지만 이 가증스러운 황제는 그런 각오가 없었다. 그는 나라를 대표한 것이 아니라 자신의 목숨만 대표하고 있었다. 그는 건강(建康, 난징의 옛 명칭)에서 도망쳐 월주(越州), 명주(明州), 봉화(奉化), 영해(宁海), 대주(台州)를 거쳐 도망쳤으며 계속해서 바다에까지 표류했다. 그러다가 후에 온주(溫州)에 도착했다. 이청조는 과부의 몸으로 속수무책으로 국군이 간 방향으로 향했다. 그녀는 배를 구하기도 하고, 다른 사람에게 부탁하기도 하고, 친척이나 친구들에게 의탁하기도 하면서 조명성과 둘이서 수집한 서적과 문물을 가지고 고생스럽게 따라갔다. 조명성의 생전 부탁도 있었으므로 이 문물들은 목숨을 버리는 한이 있더라도 버릴 수가 없었다. 게다가《금석록(金石录)》도 아직 간행하지 못하고 있었다. 이는 그녀 일생의 정신적 숙제인 동시에 살아가는 의지처였다. 그녀는 이 문물들을 전쟁에서 그녀 혼자의 힘으로 확실히 보전하기 힘들 때에는 조정을 쫓아가 기부하기로 마음먹고 있었다. 하지만 시종 황제를 따라잡을 수가 없었다. 그녀는 그해 11월 구주(衢州)로 유랑해 갔고, 그 이듬해 3월 또 월주(越州)로 갔다. 이 기간 그녀가 홍주(洪州)에 보관해 둔 책 2만 권과 2천 권의 금석 탁본이 금나라 군사들에 의해 모두 소각되지 않았으면 약탈되었다. 월주(越州)에 도착했을 때에는 휴대하고 간 다섯 상자의 문물을 도둑이 벽을 허물고 들어가 모두 훔쳐갔다. 1130년 황제는 뒤따르는 사람이 너무 많아 도망치는 데에 불리하다고 여겨 아예 문무백관을 해산한다고 영을 내렸다. 이청조는 용기(龙旗)와 용주(龙舟)가 망망대해 속으로 사라져가는 것을 보며 무한한 실망을 느꼈다. 봉건사회의 관념에 따르면, 국가란 국토, 국군과 백성이다. 국토의 절반 이상이 침략을 당했는데 국군마저 허겁지겁 줄행랑을 놓는가 하면, 백성들은 정처 없이 떠돌아 다니고 있으니, 나라가 나라답지 못하고 국군이 국군답지 못하여 몸 둘 곳조차 없는 망국의 국민으로서 어찌 시름에 겨워하지 않았겠는가? 이 청조는 역사의 '기름 솥' 속에서 고통스러운 몸부림을 하고 있었다.

대략 온주에서 피난할 무렵, 그녀는 '첨자추노아(添字丑奴儿)'라는 사를 썼다.

"창밖에 누가 파초를 심었나? 파초나무 그늘 뜰 안에 가득하네. 그늘로 가득한 뜰에, 잎사귀마다 줄기마다 남은 정 있어 폈다 말았다 하네. 침상에서 심상해 있는데 한밤중에 비까지 뚝뚝 떨어지네. 뚝뚝 떨어지는 빗방울 소리에 수심으로 야위는 북방사람, 일어나 빗소리 듣는 일 익숙지 않아라(窗前谁种芭蕉树? 阴满中庭. 阴满中庭, 叶叶心心, 舒卷有余情. 伤心枕上三更雨, 点滴霖霪. 点滴霖霪, 愁损北人, 不惯起来听.)"

북방사람이란 어떤 사람들을 가리키는 것인가? 바로 유랑하는 사람, 망국의 백성을 가리켰다. 이청조가 바로 그중의 한 사람이었던 것이다. 중국역사에서 이족(异族)의 침략은 대부분 북으로부터 남으로 간다. 그러므로 북방사람들의 피난은 역사적 현상이 되어버렸으며 또한 한 가지 문학현상이 되어버렸다. "수심으로 야위는 북방사람, 일어나 빗소리 듣는 일 익숙지 않아라"라는 시구에서 우리는 뭘 들었는가? 조적(祖逖)이 강심에서 노로 물을 치면서 소리치는 외침이요, 육유(陆游)의 "난리 겪는 백성들 눈물 마를 날 없는데 천자의 군대 기다리다 또 한 해가 흘러가네(遗民泪尽胡尘里, 南望王师又一年)"라는 탄식이고, 신기질(辛弃疾)의 "감히 고개 돌려 내려 보니 까마귀 나는 속에 북소리만 들려오네(可堪回否, 佛狸祠下, 一片神鸦社鼓)"라는 속수무책의 절망감을 들을 수 있으며, 또 "나의 집은 송화강 위에 있네"라는 구슬픈 노래 소리만 들을 수 있었던 것이다.

1134년 금인들은 또 다시 남침했고 조구(赵构)는 또 도성을 버리고 도망쳤다. 이청조는 두 번째로 금화(金华)로 망명하였다. 국운이 위태롭고 수심이 깊은데, 누군가 그녀에게 부근의 쌍계(双溪)라는 명승지를 유람할 것을 요청해왔다. 이에 그녀는 크게 한탄하며 놀러 갈 마음이 없다고 했다.

> "바람 멎고 흙냄새 향기로우니 꽃은 이미 다 지었구나. 날이 저물도록 머리 빗기도 귀찮구려. 경치는 그대로인데 사람은 없어 일마다 끝이나 있구나, 말을 하려니 눈물이 먼저 흐르네. 듣자니 쌍계의 봄은 아직도 볼만 하다는데, 가벼운 배라도 띄워볼까나. 다만 쌍계의 조그마한 거룻배로는 이 많은 시름 다 싣지 못할까봐 걱정이라네(风住尘香花已尽, 日晚倦梳头. 物是人非事事休, 欲语泪先流. 闻说双溪春尚好, 也拟泛轻舟. 只恐双溪舴艋舟, 载不动许多愁.)"

무릉춘(武陵春)

이청조는 망명하려는 목적지가 따로 없었다. 나라는 산산조각이 나고, 강산은 의구한데 인간사는 변해버렸으니 그 수심이야말로 어찌 배한 척에 다 실을 수 있었겠는가! 이 '사'는 두보(杜甫)가 피난 도중에 쓴 시 "시국이 슬퍼 꽃을 보고 눈물 뿌리고 이별이 아파 새 소리에 마음 놀라네(感时花溅泪, 恨别鸟惊心)"를 떠올리게 한다. 이때 이청조의 수심은 벌써 "한 가지 그리움으로 두 곳에서 뜻 모를 시름에 잠겨 있네"라는 가정적인 애수, 사랑의 시름이 아니었다. 나라가 멸망하고 가정이 파괴되었으니 옛 수심을 찾으려고 해도 찾을 수가 없다는 심정을 보였던 것

나룻배를 찾아서

이다. 이때 그녀의 수심은 《시경》 중의 '서리(黍离)'의 수심이고, 신기질의 "지금은 슬픔을 다 알아버렸네(而今识尽愁滋味)"라는 수심이었다. 국가와 민족에 대한 커다란 걱정이었고 하늘을 대신해 하는 걱정이었던 것이다.

이청조는 "시란 마음 속에 있는 뜻을 말하는 것이고, 노래는 말을 길게 읊조리는 것이다(诗言志, 各永言)"라는 가르침을 철저히 지켰다. 그녀는 사에서는 주로 정서 같은 것을 노래하였고, 시에서는 품은 생각과 지향, 호불호를 토로하였다. 이청조는 사로써 널리 알려졌으므로 많은 사람들이 그녀의 시름에 겨워하는 일면만을 알고 있다. 이청조의 시를 읽어보면 그녀가 쓴 사의 배후에 내포된 고민과 몸부림, 그리고 추구에 대해 더 잘 알 수 있으며, 그녀가 도대체 어느 만큼이나 수심에 차 있었는지를 알 수가 있다.

1133년 고종(高宗)은 갑자기 사람을 금나라에 파견하여 휘종과 흠종의 소식을 알아보고, 더불어 강화의 가능성에 대해 알아보려고 생각했다. 하지만 호랑이의 소굴에 들어가야 하는 만큼, 조정에는 갑자기 나서려는 사람이 없었다. 이런 상황을 본 대신 한수저우(韩肖胄)가 자진해서 모험해 보겠다고 나섰다. 이청조는 국사에 대해 깊은 관심을 가지고 있었던 만큼, 이 소식을 듣고 매우 감동하였다. 그녀는 가슴 속에 가득 서려있던 모든 수심을 희망과 호기로 변화시켜 장시(长诗)를 써서 증송하였다. 그녀는 시의 첫 부분에서 "이안실이라는 사람이 있는데 조상이 모두 한공의 문하생이었습니다. 지금은 가세가 쇠약하고 자손들의 지위가 미천하여 감히 공의 뒤를 따를 수가 없습니다. 게다가 가난과 병이 겹치었는데, 정신만은 쇠약하지 않아 이렇게 큰 명령을 들으며 말하지 않을 수 없어서 시 두 수를 지어 보잘 것 없는 저의 뜻을 전합니다(有易安室者, 父祖皆出韩公门下, 今家世沦替, 子姓寒微, 不敢望公之

车尘. 又贫病, 但神明未衰落. 见此大号令, 不能忘言, 作古, 律诗各一章, 以寄区区之意.)"고 하였다. 당시 그녀는 가난과 질병의 시달림을 받아 심신이 모두 초췌해진, 홀로 사는 과부에 불과했지만, 그녀는 이토록 국사에 대해 관심을 가지고 있었던 것이다. 두말 할 것도 없이, 그녀는 조정에서 아무런 지위도 없었을 뿐만 아니라, 사회적으로도 이 일을 논할 처지가 아니었다. 그러나 그녀는 높은 소리로 한수저우의 늠름한 대의적 모습을 노래했던 것이다. "천지의 영험함과 종묘의 위엄을 받들어 황제의 조서를 들고 황룡성으로 곧바로 들어가세(愿奉天地灵, 愿奉宗庙威. 径持紫泥诏, 直入黄龙城.)", "옷을 벗어준 한의 은혜 알게 된 것과 같은지라, 역수의 물은 차갑다고 이별의 노래를 하지 않네(脱衣已被汉恩暖, 离歌不道易水寒.)"

그녀는 민간인 과부의 신분으로 이별을 앞두고 "민간의 과부가 견식이 짧으나, 피 맺힌 맹세를 하며 비서관에게 이 서신을 보내네(闾阎嫠妇亦何如, 沥血投书干记室)", "진귀한 보물을 욕심내지 않고 다만 고향 소식 전해주기만 바라네(不乞隋珠与和璧, 只乞乡关新信息.)", "자손이 남하하여 지금 몇 년째인가, 떠돌아다니다가 이제는 유랑자가 되었네. 피와 눈물 산하에 보내려 하니 산동의 흙에만 뿌려주게나.(子孙南渡今几年, 飘零遂与流人伍. 欲将血泪寄山河, 去洒东山一抔土)"라고 격려의 말을 해주고 싶었을 뿐이었다.

절강(浙江)성 금화(金华)에는 '팔영루(八咏楼)'라고 있다. 남북조시기의 심약(沈约)이 '팔영시(八咏诗)'를 지어서 이 같은 이름을 얻은 곳이다. 이청조는 이곳에서 피난을 하면서 누각에 올라 남국의 절반만 남은 강산을 바라보며 저도 모르게 감개무량해 했다.

"천고의 풍류 팔영루여, 강산에 대한 근심은 뒷사람들에게 남겨놓게나.

물길은 강남 삼천리에 통하니 그 기세 강가의 14주를 압도 하네(千古风流

八咏楼, 江山留与后人愁. 水通南国三千里, 气压江城十四州.)"

이 시의 기세만을 본다면 유랑하는 여자가 쓴 것 같지 않다. 오히려
잃은 땅을 되찾기에 급급한 장군이나 혹은 나라를 근심하는 신하가 쓴
것 같다. 그해 금화에 간 나는 특별히 이 팔영루를 찾아가 고인을 추모
한 적이 있다. 세월이 흘러 팔영루는 그 후에 지어진 개인 가옥들 때문
에 깊은 골목 속 복잡한 곳에 서 있었지만 여전히 군계일학처럼 그 기
상이 과거에 못지않았다. 마침 팔영루를 지키는 노인도 이청조의 팬이
었다. 노인은 나에게 이청조에 관한 여러 가지 이야기들의 민간 판본들
을 알려주었다. 그는 또 새로 수집한 이청조의 '사' 필사본을 내게 선물
하기도 했다. 나는 누각을 쳐다보고 다시 골목을 내려다보며 사인의 영
령이 인간 세상에서 오래도록 남아있음을 깊이 느꼈다. 이청조는 금화
에서 피난하던 시기 또 '타마부(打马赋)'를 쓴 적이 있다. '타마(打马)'
란 원래 당시의 도박 게임이었는데, 이청조는 이 게임을 빌어 역사상의
많은 명신과 명장의 전고를 인용하면서 강력한 군대와 전쟁의 기세를
묘사함으로써 송나라 황실의 무능함을 견책하였다. 문장의 끝에서는
열사 노년의 웅장한 마음을 직접적으로 토로했다.

"목란은 창을 비껴든 훌륭한 여성이나, 늙으니 천리 밖에 뜻을 두지 않는

다오, 다만 더불어 회수를 건널 수 있기를 바랄 뿐이라네!(木兰横戈好女子,

老矣不复志千里, 但愿相将过淮水!)"

이 시에서 볼 수 있듯이 그녀는 진정으로 "지위는 비천하지만 우국

을 감히 잊지 못한다(位卑不敢忘忧国)"고 했다. 이 얼마나 천하를 걱정하고 나라를 걱정하는 것인가! "회수를 건널 수 있기를 바라네"는 우리로 하여금 조적(祖逖)의 "닭울음소리를 듣고 일어나 무예를 연마하다(闻鸡起舞)"를 연상케 하고 북송의 항금(抗金) 명신 종택(宗泽)이 병이 위급한 와중에도 이불을 뒤집어쓰고 앉아 "강을 건너라!"고 소리쳤다는 고사를 연상케 한다. 더구나 이는 여시인인 "민간인 과부"의 호소였으니, 그 감회는 더욱 크게 느껴지는 것이다. 이는 그녀의 조기 작품에서 나오는 "뜻 모를 시름"과는 180도 차이가 나는 것이다. 이러한 수심 속에는 정치적 수심, 민족적 아픔이 수없이 더 많이 증폭되어졌던 것이다.

후세 사람들은 이청조를 평가할 때 대부분은 그녀의 수심에 대해서만 말한다. 하지만 그녀의 심령 깊은 곳에서는 언제나 항쟁의 불꽃과 이상에 대한 부르짖음이 잠재되어 있었음을 잘 모른다. 그녀는 출로를 찾을 수가 없어서 수심에 차 있었던 것이다! 그녀는 권세가에게 기대지 않았고 본심에 어긋나는 일을 하지 않았다. 그녀는 당시 조정의 권신이었던 진회(秦桧)와는 친척이 되는 사이었다. 진회의 부인이 그녀의 둘째 외숙의 딸이었으니 이종사촌 간이었던 것이다. 하지만 이청조는 그들과 일절 왕래하지 않았다. 그녀의 혼사가 가장 어려웠던 시기에도 먼 친척집에 찾아갈지언정 진 씨 네는 찾지 않았다. 진 씨네 저택이 낙성되어 친척과 친구들을 불러 큰 연회를 차렸을 때도 그녀는 참가하기를 거절했다. 그녀는 "시를 배움에 헛되이 사람을 놀라게 하는 구절도 있었다(学诗漫有惊人句)"는 것에 만족함이 없이 "피와 눈물을 산하에 보내려" 하였다. 그녀는 잃은 땅을 되찾을 수 있기를 바랐으며 "황제의 조서를 들고 황룡성으로 직접 들어갈 수 있기"를 바랐던 것이다. 하지만 그녀가 본 것은 무엇이었던가? 도성에서 허울만 좋은 번영에 안거하는 상황이었고, 조정에서 금나라에 항거하려는 충신들을 모략하고 박해하는 괴상한 현상이었으며, 주전파와 민족 의사들의 피와 눈물의 호소 뿐이었다. 1141년 바로 이청조가 58세 나던 해에 악비(岳飞)가 진회(秦桧)로 인해 감옥에 갇혔다가 살해당하였다. 이 사건은 경성을 놀라게 했을 뿐만 아니라 전국을 비통 속에 빠지게 하였다. 검은 구름이 도성을 뒤덮었고 온 세상이 근심 속에 빠졌다. 이청조는 마음의 평정을 잡을 수 없어서 크나큰 비통에 잠겼다.

이청조의 세 번째 시련은 시공을 초월한 고독이었다. 혼인생활에서의 고통과 국가와 민족에 대한 우려는 그녀를 고통의 심연 속에 떠밀어넣었다. 그녀는 마치 외로운 배처럼 풍랑 속에서 무기력하게 흔들리고 있었다. 하지만 이 두 가지는 그녀의 가장 큰 아픔과 고독이 아니었다. 생활 속에서 혼인의 변화는 항상 있을 수 있는 일이었고, 충신이 버림을 받는 일도 대대로 끊긴 적이 없었던 일이었다. 더구나 일개 여자의 몸으로 난세에 태어났으니 말이다. 그녀는 국난과 개인적 감정 외에도 일개 평범한 사람으로서의 가장 일반적인 가치마저 실현하기가 어려웠다는 점을 제일 애석해했다. 말년에 접어든 이청조는 자녀가 없이 혼자서 고적한 뜰 안을 지켜야 했다. 신변에 가족이라고는 없었다. 국사는 그만두고 가정일도 처리하기 어려웠던 것이다. 오직 가을바람에 떨어진 낙엽만이 문 앞에서 맴돌 뿐이었다. 그러다 가끔 옛친구가 찾아오는 것이 다였다. 그녀에게는 성이 손 씨인 친구가 있었는데 열 살짜리 아주 총명한 딸이 있었다. 하루는 이 아이가 놀러 왔는데, 이청조가 아이에게 "내가 일생동안에 배운 것들을 모두 전수해주겠다"고 했다. 그런데 뜻밖에도 아이가 "재주는 여자가 갖추어야 하는 것이 아닙니다"라고 하였다. 이청조는 깜짝 놀래 '헉' 하고 숨을 들이켰다. 현기증을 느낀 그녀는 문틀을 잡고 한참동안 자신을 진정시켜야만 했다. 어린아이의 말이어서 신경 쓸 것까지는 없다고 하겠지만, 사회적으로 재능이 있고 감정이 풍부한 여성은 참으로 불필요한 존재였다는 것을 알게 되었기 때문이었다. 그런데도 그녀는 줄곧 국사에 관심을 두었고, 저서를 편찬하여 이론을 내세우며, 후세에 학설을 전파하려고 욕심을 부리고 있었던 것이다. 그녀가 수집한 문물은 한우충동(汗牛充棟, 장서가 많음을 비유한 말 – 역자주)이라 할 수 있었다. 또한 그녀는 학식이 풍부하고, 사(词)는 경성을 놀라게 할 정도였지만, 결국은 나라에 충성하려 해도 길이 없고, 감정을 기탁할 곳마저 없었으며 더구나 학설을 전해줄 사람조차 없었다. 다른 사람들은 그녀를 괴물처럼 보았다. 이청조는 자신이 끝없는 막연한 심연 속에 빠져든 듯한 느낌이 들었다. 무서운 고독이 엄습해 왔던 것이다. 이 세상에는 그녀의 마음을 알아줄 사람이 없었다. 그녀는 상림아주머니(祥林嫂, 루쉰의 소설에서 나오는 인물)처럼 망연자실한 채, 늦가을 항저우(杭州)의 낙엽과 국화 속을 걸으며, 그녀 자신의 일생과 심신의 고통을 농축시킨, 또한 중국 문학사상 그녀의 지위를 확립한 사인 '성성만(声声慢)'을 읊었다.

> "찾고 또 찾아보지만 차갑고 맑기만 하여 쓸쓸함과 비참한 슬픔만 있네. 잠깐 따뜻하다 금세 추워지니 참으로 몸조리도 어렵구나. 맑은 술 몇 잔 마시지만 어이 감당할까. 밤새 세찬 바람 불 터인데! 기러기 날아갈 적에 마음 더 아픈 것은 예전에 알았던 기러기라서 그런 걸까. 온 땅에 노란 국화 가득 쌓여 있는데, 시들시들 상하니 초췌하기 그지없으니 이제 그 누가 따려하겠는가? 창가에 지키고 서서 홀로 이 어둠 어찌 견딜 수 있으리오? 가는 비 오동잎에 내리더니 황혼녘까지 똑똑 방울지며 떨어지네. 이 내 마음을 어찌 수(愁)라는 한 글자로써 표현할 수 있을까나?(寻寻觅觅, 冷冷清清, 凄凄惨惨戚戚. 乍暖还寒时候, 最难将息. 三杯两盏淡酒, 怎敌他, 晚来风急. 雁过也, 正伤心,

却是旧时相识. 满地黄花堆积, 憔悴损, 如今有谁堪摘. 守着窗儿, 独自怎生得黑.

梧桐更兼细雨, 到黄昏, 点点滴滴. 这次第, 怎一个愁字了得!)"

그렇다, 나라에 대한 수심, 가정에 대한 수심, 감정에 대한 수심, 그리고 학업에 대한 수심을 어찌 '수(愁)'라는 한 글자로 다 말할 수 있으랴! 이청조가 찾고 또 찾았던 것은 무엇이었을까? 그녀의 처지와, 시와 사 및 문장에서 우리는 적어도 그녀가 세 가지를 찾고 있음을 알 수 있다. 하나는 국가와 민족의 전도이다. 그녀는 강산이 깨어지어 "떠돌아다니는 유랑자가 되는 걸" 원하지 않았으며 "피와 눈물을 산하에 뿌리려" 했다. 이 점에서 그는 동 시대의 악비(岳飞), 육유(陆游), 신기질(辛弃疾)과 상통한다. 하지만 여인으로서 그녀는 악비처럼 전장을 누빌 수도 없고, 신기질처럼 조정에 나설 수도 없었으며, 육유나 신기질처럼 정계나 문단의 친구들과 같이 통쾌하게 술을 마시고 욕을 해댈 수도 없었으며, 난간을 치며 한을 토로할 수도 없었다. 심지어 그녀는 그들과 교류할 기회조차 없었으며 홀로 시름에 잠겨 있어야만 했다. 다음으로는 행복한 사랑을 찾는 것이다. 그녀도 재차 사랑하는 사람을 찾으려는 꿈을 꾸었지만, 그 꿈은 더욱 참혹하게 부서졌다. 심지어 그로 인해 칼을 쓰고 감옥에 들어가기까지 해야 했으며, 만년에 절조(節操)를 지키지 못했다고 역사에 기록되기까지 하는 모욕을 받아야 했다. 이에 대해 그녀가 뭐라고 할 수 있겠는가? 홀로 시름에 겨워할 수밖에 없었던 것이다. 세 번째로 그녀가 찾았던 것은 바로 자신에 대한 가치였다. 그녀는 비범한 재능과 꾸준한 노력, 그리고 사랑의 힘으로《금석록(金石录)》이라는 학술 거작을 완성하였으며, 사(词)라는 예술을 전에 없는 높은 경지로 끌어올렸다. 하지만 그 사회에서는 이를 대단하게 여기지 않았고, 더구나 공로라고 여기지 않았다. 심지어 열 살짜리 어린 여자애에게 마저 "재주는 여자가 갖추어야 하는 것이 아니다"라는 말까지 들었던 것이다. 심지어 후에 육유(陆游)가 손 씨 여성의 묘지명을 쓸 때 이를 두고 잘 한 것이라고까지 했다. 육유와 같은 뜨거운 피가 흐르는 애국적 시인마저 "재주는 여자가 갖추어야 하는 것이 아니다"라고까지 했으니 그녀가 무슨 말을 더 할 수 있었겠는가? 그녀 혼자서 처량함을 씹어야 했으니 또 하나의 수심일 뿐이었다.

이청조는 금석과 문화사를 연구한 만큼 하(夏)와 상(商)으로부터 송(宋)에 이르기까지 여인이 재주가 있고 저술이 있는 게 새벽별처럼 드물다는 것을 잘 알고 있었을 터였다. 또한 사의 예술에서 최고의 경지에 도달한 사람도 그녀뿐이라는 점도 알고 있었을 것이다. 물건은 적을수록 귀하다고 하지만 그녀는 오히려 이류(类类), 반항자, 불필요한 인간으로 간주되었다. 즉 "2000년이라는 세월을 두루 살피어 보니, 긴 밤은 바위처럼 단단하고 비바람이 몰아쳐 하늘은 암담하기만 한데, 알아주는 이 그 누가 있으리오?"와 같은 신세였다. 루쉰(鲁迅)이 한 여가수를 위하여 쓴 시가 있다. "휘황한 등불 아래 권세가 집에서는 연회를 차리느라 문을 활짝 열어젖히고, 아름다운 여인은 진한 화장을 한 채, 옥 술잔을 받쳐 들고 있네. 타버린 땅 밑에 묻힌 가족을 생각하노라니 눈물이 절로 흘러, 양말을 정리하는 척, 눈물 흔적 닦네(华灯照宴敞豪门, 娇女严妆侍玉樽. 忽忆情亲焦土下, 佯看罗袜掩啼痕.)" 이 시처럼 이청조는 봉건사회에서 사역당하는 '가수'였다. 그녀는 진한 화장을 한 채 이 사회를 시중들고 있었던 것이었다. 그러다 갑자기 자신이 추구하던 모든 것을 잃었음을 생각한다. 자신이 노래하고 있는 것들이 어느 하나도 실현될 수 없음을 안 그녀는 저도 몰래 마음이 쓰리어 "짐짓 국화와 가을바람과 이야기 할 수밖에 없구려"하고 한탄하였던 것이다.

이청조의 비극은 그녀가 봉건시대에 태어난 여성 문화인이라는 데 있다. 여인으로서 그녀는 봉건사회의 제일 하층에 위치해 있을 수밖에 없었다. 하지만 지식인으로서의 그녀는 또 사회사상의 최고 위치에 있으면서 많은 다른 사람들이 볼 수 없는 것들을 볼 수 있었고, 많은 다른 사람들이 추구할 수 없는 경계를 추구했던 것이다. 이 때문에 그녀는 고독과 비애를 피하기 어려웠던 것이다. 3000년 간의 봉건사회에서 얼마나 많은 사람들이 마음 편히 시대 조류에 휩쓸려 살아왔던가? 북송 황제는 창황히 남으로 도망쳐 온 후, 그 혹독한 비바람 속에서 금나라에 신하로도 칭했고, 자식으로도 칭하면서 152년 동안이나 구차히 이어오지 않았던가! 이청조와 동 시대의 육유(陆游)는 "공경 중에는 당파가 있어 종택을 배척했고, 후방에서 책략을 세우는 사람들 중에는 악비를 기용하는 자가 없었다(公卿有党排宗泽，帷幄无人用岳飞)"고 했지만 조정의 대신들은 여전히 이와는 상관없이 관리 노릇을 하면서 부패하고 사치스러운 생활을 하지 않았던가? 난세에 태어났다고는 하지만 얼마나 많은 문인들이 부채를 흔들어 대며 풍월을 노래하고 금기서화(琴棋书画)로 일생을 보냈던가? 또 얼마나 많은 여성들이 저 손 씨처럼 재주도 없고, 사랑을 추구하지 않았어도 여전히 별 탈 없이 잘 살지 않았던가? 하지만 이청조는 아니었다. 그녀는 평민의 몸으로 공경의 직책을 생각하지 않았고, 국가 대사를 근심하지 않았던가? 여인의 몸으로 인격의 평등을 구하려 했으며 사랑에서 존중을 받으려 했다. 국가의 정사를 대함에 있어서나, 학업을 대함에 있어서, 그리고 또 사랑과 혼인을 대함에 있어서 그녀는 절대로 시대의 조류를 다루려 하지 않았고, 그럭저럭 맞춰 살려고 하지 않았다. 그러니 시공을 초월한 고독과 해탈할 길 없는 비애를 피해갈 수가 없었던 것이다. 그녀는 무거운 십자가를 멘 채, 국난과 가정의 난, 그리고 혼인의 난과 학업의 난을 한 몸에 떠안아야 했다. 모든 봉건 전제제도가 조성한 정치, 문화, 도덕, 혼인, 인격 등 각 방면의 충돌과 시달림을 국화처럼 연약한 그녀 한 몸으로 받아들이고 극복하려 했던 것이다. 《백년의 고독》이라는 책이 있는데, 이청조는 '천년의 고독'이라고 할 수 있다. 온 세계의 여성계를 바라 보아도 이청조와 같은 사람은 없었다. 다시 좌우를 살펴보아도 알아주는 사람도 없었다. 그리하여 그녀는 천 년을 거슬러 올라가 영웅 패왕과 상통할 수 있기를 바랐던 것이다. 바로 "지금 항우를 생각하는 것은 강동으로 건너가지 않으려 했기 때문이라네"와 같은 심정이었던 것이다. 그리고 그녀가 알 수 없었던 것은 천년이 지난 후, 봉건사회의 천운이 다 할 무렵, 그녀를 알아줄 수 있고 또 그녀와 마음이 통할 수 있는 여성이 나타났다는 점이다. 바로 추근(秋瑾, 근대 중국의 민주혁명가)이었는데, 그녀는 3000년의 긴 밤을 돌이켜보고는 "가을바람 가을비는 사람을 수심에 빠지게 하네! (秋风秋雨愁煞人!)"라고 길게 탄식하였다.

만약 이청조가 손 씨 여성의 딸이나 혹은 루쉰 작품 속의 '상림아주머니'와 같았다면, 더 이상 긴 말을 할 필요가 없는 것이다. 만약 이청조가 죽음으로 항쟁한 두십낭(杜十娘, 명나라의 유명한 기생이나 비극적 운명으로 강에 몸을 던짐 – 역자 주)과 같다면 역시 더 말 할 필요가 없다. 그녀는 붓으로 하늘을 불렀다. 그녀는 높은 천부적인 예술혼으로 끝없는 수심을 명주실 뽑듯 세세히 짜서 미로 승화시켰고, 사람들이 영원히 누릴 수 있는 사(词)를 창작해냈다. 이청조 '사'의 특수한 매력은 그녀의 인품처럼 슬픔 속에서도 자신의 이상을 굳세게 추구했던 강건한 기질을 가지고 있었다는 점이다. 수심을 노래한 것이지만 진실과 지향점을 피력한 것이기에 백년 혹은 천년이 지나도록 사람들에게 읽혀지고 있는 것이다. 정진탁(郑振铎)은 《중국문학사》에서 "그녀는 독자적으로 별개의 격식을 창조했다. 그녀는 기타 사인(词人)들과 달리

독립되어 있었다. 그녀는 다른 사인들의 영향을 받지 않았으며, 다른 사인들 또한 그녀의 영향을 받을 수 없었다. 그녀는 다른 사람들의 능력을 훨씬 능가하였으므로 평범한 작가들은 근본적으로 그녀를 따라올 수 없었던 것이다. 많은 사인과 시인들이 이별과 규원(閨怨)에 관하여 무수히 많은 시와 사를 썼고, 그들 중 절반 이상은 여 주인공을 위해 말했지만, 이 모든 시와 사는 이청조 앞에서는 분토(糞土, 섞은 흙)와 같아서 평가할 만한 가치가 없다"고 했다. 그리하여 이청조 일생의 이야기와 마음 속 깊이에 잠긴 수심은 처량한 비극적 미로 승화되었음을 알 수 있다. 그녀와 그녀의 '사' 또한 영원히 역사의 별 하늘에 높이 걸리게 되었던 것이다.

시대의 발전과 더불어, 이청조의 수많은 고통들은 지금 새로운 답안을 찾고 있다. 하지만 우리가 다시 천 년 전의 비바람을 돌이켜보게 된다면, 항상 가을바람과 국화 속에 서 찾고 또 찾고 있는 미의 신을 찾을 수 있을 것이다.

2003년 2월 탈고, 5월 발표

신하는 나 같아라

싱화촌에서 술을 찾다

보통 유람지는 두 가지 유형으로 나뉜다. 하나는 풍경이 특별히 좋아 눈과 마음을 즐겁게 하고, 다른 하나는 명승고적으로, 유람 도중 놀라기도 하고 애석해 하기도 하면서 견식을 넓힐 수 있다. 하지만 중국의 명주인 '펀지우(汾酒)'의 생산지인 산시(山西) 싱화촌(杏花村)은 도대체 어디로 분류하는 것이 좋을지 모르겠다.

촌(村)이라고 부르고 또 '싱화'라는 이름을 붙였지만, 사실 이곳은 일반적인 술 공장일 뿐이다. 역사적으로 이곳에는 확실히 천 그루나 되는 살구나무숲이 있어, 살구꽃이 구름처럼 피었다고 한다. 하지만 지금은 살구나무라고는 전혀 찾아볼 수 없다. 그러나 산시에 오는 대부분의 사람들은 될수록 싱화촌을 찾아보려고 한다. 싱화촌의 매력은 사실상 이곳의 이름난 제품인 '펀지우'에 있는 것이다. 유람객들이 산수를 보려고 찾아오는 것이 아니라 술을 보고 찾아온다는 말이다.

이곳에 찾아오는 사람들에게는 보통 두 가지 코스가 주어진다. 그중하나는 술을 마시는 것이고 다른 하나는 술 제작 과정을 구경하는 것이다. 먼저 그 맛을 본 후에 다시 그 유래를 알게 하는 것이다. 식당은 꽤

독특하게 꾸며졌다. 벽에는 명인들의 서화가 걸려 있었는데, 가장 눈에 띄이는 것이 바로 궈모뤄(郭沫若)가 직접 썼다는 "싱화촌에는 술이 샘물 같아라(杏花村里酒如泉)"는 시이다. 벽 구석에는 술장이 있고 그 안에는 '펀지우'와 '주예칭(竹叶青, 주예칭주)' 술단지가 있다. 종업원이 일반 술집에서처럼 술장을 열고 술단지를 꺼내서는 술을 술병에 쏟아 넣고 다시 술병의 술을 잔에 따랐다. 액면이 파동을 멈추자, 술잔에 담긴 '펀지우'는 순수하고도 투명해 보였다. 마치 방금 따른 술 같지가 않았다. '주예칭'은 연한 노란색이었는데 봄날에 새로 돋아난 버드나무 잎 같았다. 어느새 맑은 향기가 서서히 보이지 않는 옅은 안개처럼 온 상 위에 퍼지더니 사람들의 가슴 속에, 옷소매 속에 스며들었다. 이때 사람들은 눈이나 코로 술을 느끼는 것이 아니라 온 몸으로 그 미를 느끼고 있다. 주인이 술잔을 들었다. 나는 한 모금 마셔보았다. 술이 입술에 처음 닿을 때에는 향기롭고도 부드러웠는데 넘기고 나니 단맛이 감돌아 술맛이 부드러우면서도 깊이가 있었다. 손님들이 모두 웃었다. 얼굴에는 모두 달달한 보조개(酒窝)가 떠올랐다. 하지만 큰 소리로 술이 좋다고 칭찬하는 사람은 없었다. 다들 미소를 짓고 머리를 끄덕일 뿐이었다. 마치 떠드는 소리가 술의 고요함을 깨뜨릴까 억제하는 듯싶었다. 중국의 술은 네 가지 유형의 향기가 있다. 즉 농향(浓香), 장향(酱香), 청향(清香)과 복합향(复合香)이다. '펀지우'는 청향의 대표이다. 진하지도 않고 독하지도 않다. 순수함과 진실함을 추구할 뿐이다. 기타 술은 염려하는 젊은 부인처럼 요염하지만, 이 '펀지우'는 요조숙녀처럼 가벼운 화장만 하고 있다. 아마 그러기에 술이 이처럼 순수할 것이리라. 또한 이로 인해 '펀지우'가 명주의 시조로 되었는지도 모른다. 꿰이저우(贵州)의 '마오타이'주는 청나라 강희(康熙)황제 시기 산시의 염상(盐商)이 전해간 것이라 한다. 산시(陕西)의 시펑(西凤)주도 산시 객호(客

戶)가 이주해가면서 생긴 것이라고 한다. 지금도 중국 적지 않은 지방의 명주에는 여전히 '펀(汾)'자가 붙는다. 예를 들면 '샹펀(湘汾)', '시펀(溪汾)', '쟈펀(佳汾)'이 그러하다. 그 연원을 알 수 있는 대목이다.

술의 제작과정을 보는 것도 재미있었다. 먼저 수수 등 원료를 분쇄한 다음 누룩을 뒤섞어 커다란 독에 눌러 넣는다. 그리고 독을 흙 속에 깊숙이 파묻는다. 이 원료와 공예는 겉보기에는 조잡하고 심지어 깨끗하지 못하다는 느낌까지 들었다. 이것이 발효된 후에는 큰 시루에 놓고 찌는데, 얼마 지나지 않아 맑고 투명한 샘물 같은 것이 조록조록 통에 흘러든다. 이것이 바로 술이다. 이 술의 '샘물'은 다시 술의 '바다'에 흘러든다. 그것은 2층으로 된 주고(酒庫)이다. 주고 안에는 13,000여 개의 사람 키 절반쯤 가는 큰 독들을 놓아두고 있었다. 술은 이곳에서 조용히 2년 내지 4년을 기다려야 출하할 수 있다. 이를 두고 '숙성시킨다'고 한다고 한다. 이 공예는 대략 술을 빚기 시작해서부터 이러했다고 말했다. 여기까지 참관하고 나서 손님들은 모두 이런 물음을 제기한다. "저 질그릇 독들을 시멘트로 만든 못이나 법랑 용기로 대체할 수 없는가?"라 말이다. 그리고 또 "저 못생긴 시루도 공업화된 정류탑으로 바꿀 수 있지 않느냐?"고 물었다. 물론 바꿀 수도 있다고 말했다. 또한 바꾼 적도 있다는 것이다. 하지만 그렇게 만들어진 '펀지우'는 더 이상 '펀지우'가 아니라고 했다. 조잡한 것 같고 못생긴 독이나 시루들이 1400년의 역사를 가지고 있다는 것이다. 여기에 어떤 오묘함이 있는지는 사람들이 아직은 잘 알 수 없다고 했다. 그리고 여기에 더 신비한 두 가지가 있다고 했다. 하나는 지하수이고 다른 하나는 싱화촌 상공의 공기라는 것이다. 여기에서 오랜 세월을 두고 술을 빚어왔으므로 공기 중에 아주 특별한 미생물이 있다는 것이다. 이 미생물이 '펀지우'의 발효에 아주 유리하다고 했다. 사람들은 처음에는 이 이치를 잘 몰랐다고 한다. 싱화촌에서 퇴직한 기술자가 뛰어난 기예를 지니고 있다고 하여 타지의 술 공장에 초빙되어 갔는데 온갖 재간을 다 부려도 그 술이 '펀지우'를 따라갈 수 없었다는 것이다. 기예는 따갈 수 있지만 물이나 공기는 옮겨갈 수 없었던 것이다. 주인은 여기까지 이야기하고 나서 얼굴에 신비롭고 득의만면해 하면서 자호감이 넘치는 미소를 짓는다. 이 '펀지우'는 1915년 파나마 만국박람회에서 금상을 받은 적이 있으며, 해방되자 바로 중국의 8대 명주 반열에 올랐다. 그 후 다른 술은 명주의 반열에서 교체되기도 했지만 '펀지우'만은 변함이 없었다.

모든 생산라인을 다 돌고나면 포장 현장에 들어오게 된다. 투명한 고무호스를 통해 분출되는 영롱한 술의 샘물들은 재빨리 하나 또 하나의 유리병을 채운다. 이것을 보노라면 또다시 '펀지우'의 순수함에 놀라게 된다. 이 술은 순수하기로 산간의 샘물 같다. 이 샘물이 얼마나 깊은 지층에서 몇 겹의 모래층과 암석층의 여과를 거쳐 끝내 지면에 넘쳐흐르는지 잘 모르겠지만, 온갖 꽃과 풀과 나무들, 그리고 무성한 대나무가 덮인 지표의 밑에서 조용히 흐른다. 이는 확실히 '펀지우'의 매력이고 비밀이라 할 수 있다.

술을 마시고, 또 술을 보기도 하고나서 우리는 숙박 시설에서 잠깐 쉬게 되었다. 이 숙박 시설도 특이했다. 중국식 사합원인데 '취선거(醉仙居)'라고 이름을 달았다. 정원의 가운데에 옛 우물이 있었고 가산(假山)이 있었다. 가산 아래에는 물과 풀이 있었다. 풀밭에는 흙으로 빚은 황소가 산기슭으로부터 돌아서오고 있었고 황소의 등에서는 목동이 피리를 불고 있었다. 황소의 뒷산 돌에는 비석이 있었는데 두무(杜牧)의 "주막이 어디 있느냐고 물으니 목동이 멀리 살구꽃 핀 마을을 가리키네(借问酒家何处有, 牧童遥指杏花村)"라는 명시가 새겨져 있었다. 정원 안을 돌아보니 남북으로는 손님방이 있었고 동측에는 비랑(碑廊)이 있었는데 남북조(南北朝) 이래 '펀지우'의 역사를 기록하고 있었다. 서측에는 전시실이 있었는데 명인들이 '펀지우'에 관해 쓴 제사(題词)가 많았다. 이때 주인은 벌써 방안에서 뜨거운 차를 우려 놓고 손님들을 부르고 있었지만 사람들은 여전히 정원에서 발길을 돌리기 아쉬워했다. 사람들이 술 때문에 이곳을 찾은 건 틀림이 없지만, 만약 술 외의 이런 것들이 없었다면 술이야 어디서 맛보지 못하랴? 사람들이 고집스레 싱화촌을 찾는 것은 사실 이 술 속에 응집된 민족문화를 음미하고 기리기 위한 것이 아니겠는가? 마치 바다링(八达岭) 장성에 서서 멀리를 바라보거나 고궁의 대전 앞 주추(柱础) 옆에 서서 깊은 사색에 잠기는 거나 다름이 없는 게 아니겠는가?

싱화촌은 확실히 특수한 곳이라 하겠다. 여기에 유람을 오는 사람들 또한 그 뜻이 산수에 있는 것은 아니지만 또 완전히 술 속에만 있는 것도 아니었음을 느꼈다.

1983년 7월 16일

청량세계 우타이산

　한여름인 7월, 나는 차를 몰고 산시(山西) 동북부에 있는, 오랫동안 경모해 왔던 불교성지 우타이산(五台山)에 왔다.

　우타이산은 오랜 세월 동안 나의 마음속에 신비의 색깔로 남아 있다. 들은 바에 의하면 우타이산에서 부처님께 소원을 빌면 매우 영험하다고 했다. 그리고 종종 발원한 일이 이루어져 우타이산에 감사의 예참(禮參)을 갔다는 얘기를 들어왔다. 마치 사람들은 우타이산에 소원을 빌러 가거나 감사의 예참을 가는 것에 대해 공감대가 있는 것 같았다. 나는 불교 신도는 아니기는 하지만, 역시 일반인들처럼 신령을 숭배하는 마음을 품고 있는지라, 아직 우타이산과 인연이 없는 와중에도 우타이산에 다하지 못한 정을 빚진 듯한 감이 있었다. 오늘 나는 마침내 우타이산의 중심인 타이화이진(台怀镇)에 왔다.

　우타이산은 태항산(太行山)의 지맥이며 동서남북중(東西南北中) 다섯 주봉이 둘러싸여 이루어졌다. 다섯 산봉우리가 우뚝 솟았는데 산 정상은 평탄하고도 넓다. 보루 같기도 하고 누대 같기도 하여 우타이(五台)라고 부른다고 했다. 다섯 산봉우리는 나름대로 명명되었다. 동대

(东台)는 왕하이봉(望海峰), 서대(西台)는 과위예봉(挂月峰), 남대(南台)는 진시우봉(锦绣峰), 북대(北台)는 예터우봉(叶斗峰), 중대(中台)는 췌이옌봉(翠岩峰)이다. 오대 중 가장 높은 것은 북대 예터우봉으로, 해발 3061.1미터인데 중국 화베이(华北)지역의 최고봉으로, '화베이의 지붕'으로 불리 운다. 우타이산은 산정의 기온이 매우 낮아 여름에도 눈꽃이 날린다. 그리하여 또 칭량(清凉)산이라는 이름을 가지고 있다. 우타이산은 자연 풍경이 기려한 것도 있겠지만, 널리 이름을 날리게 된 것은 중국 불교의 4대 명산 중 으뜸으로 인정되기 때문이다. (중국 불교의 4대 명산으로는 또 어메이(峨眉)산, 지우화(九華)산, 바오타(寶塔)산이 있다.)

우타이산 다섯 봉우리의 바깥 측은 타이와이(台外)로 불리며, 안측은 타이나이(台內)로 불리는데, 타이나이에서는 또 타이화이진이 중심이다. 조그마한 타이화이진에는 가는 곳마다 관광객들과 분향객들로 넘쳐난다. 물론 가는 곳마다 호텔과 식당이 있어 명산의 영기를 그대로 느낄 수 있다. 이곳은 사면이 산으로 둘러싸여 있고, 산에는 푸르른 송백이 가득한데, 헤아릴 수 없이 많은 사찰들이 산을 끼고 타이화이진 주위에 분포되어 있다. 푸른 하늘과 흰 구름 아래 백탑은 더욱 웅대해 보였다. 이는 탑원사(塔院寺)의 백탑으로 탑신의 높이는 50여 미터나 된다. 마침 승려들이 일보일배를 하는 것이 보였다. 그제야 나는 장전불교(藏傳佛教, 티베트의 라마교) 외에 이곳에서도 오체투지(五体投地)하는 고행승이 하는 방식의 참배가 있다는 것을 알았다.

우타이산에 사찰을 세우기 시작한 것은 역사가 아주 오래 되었다. 기록에 의하면 한명제(汉明帝) 시기부터 사찰을 건설하기 시작했고 당나라 시기 가장 성행했으며 청나라에 와서는 더구나 성황을 이루었다. 원

나룻배를 찾아서

래 사찰 360채가 있었는데 현재 남아있는 것은 124채이며, 당나라 이래의 각 조대의 사찰은 아직 47채가 남아 있어 세계 고대 건축예술의 보고라 할 수 있다. 1257년 티벳의 이름난 승려인 파스파가 우타이산에 참배를 오면서 장전불교도 우타이산에 전해 들어와 한전(漢傳)불교와 병존하면서 한전불교 사찰과 장전불교 사찰이 함께 흥기하는 성황이 이루어졌다. 우타이산의 옛 사찰들은 산을 따라 지어졌는데, 상대적으로 집중되어 있었으며 높고 낮음이 질서 정연하다. 이런 고대 건물은 자연환경과 하나로 융합되어 중국 종교 문화예술을 연구하는 중심지가 되었다. 그러므로 우타이산을 중국 불교의 4대 명산 중 으뜸으로 치는 것은 명실상부하다 하겠다.

우타이산의 현존 124채의 사찰은 사방 100킬로미터의 범위 안에 분포되어 있는데, 대략 다녀올라치면 최소로 두 달이라는 시간은 걸릴 것이다. 만약 다섯 산정에 모두 오르려면 어려움은 좀 더 크다. 참배를 하는 승려에게서 알아본 바에 의하면, 우타이산의 사찰들을 모두 돌고 다섯 산정에까지 다 올라가볼 수 있는 사람은 매우 적다고 했다. 보통 사람은 모든 사찰들을 다 찾아보기 매우 힘들다는 것이다. 오직 극소수의 매우 경건하고 꾸준한 사람만 가능하다고 했다. 전해지는 바에 의하면, 건륭(乾隆)황제는 우타이산에 올 때마다 친히 산정에 올라 참배를 하려고 했지만 매번 풍설에 막혔다고 한다. 건륭 46년(서기 1781년) 봄, 건륭황제는 중대(中台) 연교사(演敎寺)에서 20년간 있은 대라정(黛螺顶)의 청운(青云) 스님에게 산정에 오르는 것에 대해 문의한 적이 있었다. 청운 스님은 산정의 변화무쌍한 기후에 대해 사실대로 아뢰어 등반이 매우 어렵다고 했다.

산정의 기후는 매우 열악하여 오대 중의 중대는 1년 중 8개월은 강설 날씨이고, 화베이지역의 최고봉인 북대는 해발고도가 3061.미터로, 그 기후가 더욱 열악하여 이곳에는 5월에야 해빙되는데 8월에도 눈을 볼 수 있는데, 기상자료의 기록에 의하면, 오대의 산정 연평균 기온은 영하 2도이고, 최고 온도도 가장 높아야 20도이며, 최저 기온은 영하 44.8도까지 내려간 적 있다고 한다. 7월이 가장 더운 달인데 월 평균 기온이 9.5도이며 1월이 가장 추운 달로 월 평균 기온이 영하 19도이다.

건륭황제는 산정에 오르기 어렵다는 것을 알고, 청운 스님에게 아주 어려운 숙제를 내렸다고 했다. 즉 5년 후 다시 우타이산에 오겠는데, 그때에도 산정에 오르지는 않겠지만, 우타이산의 문수보살은 꼭 참배하겠다는 것이었다. 청운 스님은 제자의 도움 하에 동대 산정의 총명문수(聰明文殊), 서대 산정의 사자후문수(獅子吼文殊), 남대 산정의 지혜문수(智慧文殊), 북대 산정의 무구문수(无垢文殊), 중대 산정의 유동문수(孺童文殊)보살을 오문수전(五文殊殿) 내에 빚어놓았다고 한다. 건륭 51년(서기 1786년) 3월, 건륭황제는 이곳에 와서 분향하고 오대문수보살을 참배하고 나서 크게 기뻐하며 친필로 시 한 수를 썼다. 이 시는 '대라정비기(黛螺顶碑记)'의 뒷면에 새겼다. 현재 대라정사원의 산문 앞에는 패루 한 채와 돌사자 한 쌍이 있으며, 그 안에는 건륭황제가 지은 '대라정비기'가 있다. 대라정은 풍경이 그윽하고, 멀리 내다보면 전체 대회진의 사찰들이 한눈에 들어온다. 대라정에 오대문수보살상이 건설됨으로 하여 사람들은 오대를 모두 돌아다니지 않고도 오대문수보살을 참배할 수 있게 되었다. 그러므로 이곳은 '소조대(小朝台)'라 불리면서 분향객들이 반드시 찾는 곳으로 되었다.

역사가 유구한 사찰들 속을 유유히 거닐며 금빛 찬란한 전각들을 바라보노라면, 햇빛이 나무그늘에 남겨놓은 빛의 반점들을 바라보노라면, 새벽종소리와 저녁북소리, 목탁소리와 염불소리를 듣노라면, 명명

지경(冥冥之境)에 세월이 황연한 느낌이 든다. 신룡이 배회하는 가운데, 대자대비와 평안을 기원하노라면 모든 것이 어제일인 듯싶다.

시간이 제한되었으므로 나는 자료에서 추천한 대로 중점적으로 대라정(黛螺顶), 현통사(显通寺), 탑원사(塔院寺), 용천사(龙泉寺), 진해사(镇海寺), 남산사(南山寺), 수상사(殊像寺), 오야묘(五爷庙), 관음동(观音洞) 등 대표적인 사찰들을 둘러보았다. 그리고 차를 몰고 제일 높은 산봉우리인 북대 예터우봉에 올라, 적어도 하나의 대만이라도 등정하겠다는 염원을 완성했다. 북대 산정에 올라가는 길은 빙빙 돌아가는 산길이었는데 아슬아슬하기 그지없었다. 산길의 한 측은 절벽과 심연이었으며 다른 한 측은 푸르른 나무와 졸졸 흐르는 개울물이었다. 산정의 구름은 맑고 은은한데 꿈같기도 하고 연기 같기도 하였다. 산간의 나무는 늘씬하고 수려하였으며, 푸르름이 방울져 떨어질 것 같았다. 산 속의 물은 맑고도 차가워서 그윽하면서도 아취가 있었다. 산정은 한여름이고 햇빛이 직사하고 있었지만 여전히 서늘한 기운이 감돌았다. 산정에 올라 조망하니, 뭇 산들은 멀리 사라지어 만 리에 거침이 없어 천지의 조화를 남김없이 볼 수 있었다. 불교 성산의 산정에 올라서인지, 심령은 티끌 하나 없이 깨끗이 씻긴 듯하여 천인합일의 자연의 조화로움에 정복될 수 있었다.

우타이산을 둘러보고 우타이산의 역사와 문화를 세세히 음미해보노라면 시간이 거꾸로 흘러 순수함으로 되돌아가는 느낌이다. 역사의 중량감, 인문의 정화, 불교문화의 정수, 이 모든 것들이 어찌 강산의 아름다움과 문화의 휘황함, 천지의 조화로움에 찬탄치 않게 하랴?

우타이산을 떠날 때가 되자 마음은 큰 짐을 부려놓은 듯 편안해졌다. 머리를 돌려 바라보니 높이 솟은 백탑과 웅위로운 사찰, 온 산의 푸르른 소나무와 측백나무가 혼연일체를 이루어 장려한 산수화와도 같았다. 나는 점차 멀어져가는 성지를 향해 손을 흔들며 "불교 성지 우타이 산이여! 다시 만나자, 여름의 청량세계여!"하고 작별을 고했다.

1984년 1월

수저우(蘇州)의 원림

내가 수저우에 온 것은 특별히 원림을 보기 위해서였다. 아주 작은 골목 안에서 나는 왕스원(网师园)을 찾을 수 있었다. 왕스원은 수저우에서 제일 작은 원림으로, 부지 면적이 8무(畝)밖에 되지 않는다. 원림의 입구는 매우 좁았다. 네 면에는 산과 물, 돌, 다리, 꽃과 나무가 있었다. 원림의 중심에는 건물 한 채가 있었는데 '죽외일지헌(竹外一枝轩)'이라 불렀다. 처음에 건물의 이름을 들었을 때에는 좀 의아한 느낌이 들었다. 하지만 자세히 생각해보니 알 수 있을 것 같았다. 소동파(苏东坡)의 "강변 천 그루 나무 봄빛 깊은데, 대숲 밖에 비스듬히 뻗어 나온 한 가지가 더 아름답구나(江头千树春欲暗, 竹外一枝斜更好)"라는 시의 경지를 빌린 것이었다. 과연 건물 밖에는 못이 있었고, 못가에는 비스듬히 선 소나무와 하늘거리는 수양버들이 있었다. 그리고 버드나무 뒤의 못가에는 정자가 보였다. 경물(景物, 계절에 따라 달라지는 경치)은 들쭉날쭉했고 심지어는 무질서하기까지 했다. 하지만 이것이 바로 정돈된 미 밖의 더 높은 차원의 미가 아닌가? 이 원림의 건설자는 시인과 마음이 상통한 것이다. 그들은 모두 인력으로 자연미를 정련해 낼 줄 아는 걸출한 인물이었다. 이것이 바로 예술이다. 왕스원과 비교할 때 주어정원(拙政园)은 수저우의 가장 큰 원림이라 할 수 있다. 전하는 바에 의하면 이 원림은 《홍루몽(红楼梦)》중의 대관원(大观园)의 원형이라고 한다. 하지만 주어정원은 크다 하여 결코 그 정교함을 잃지 않는다. 원림 내의 건물은 '젠산루(见山楼)'라 불렀다. 하지만 건물의 맞은 켠에는 넓은 못이 있고, 맞은 켠 못가에는 정자와 누각이 푸른 나무숲 속에 묻혀 있었지만 산이라고는 없었다. 난간에 기대어 다시 음미해 보노라니 문득 육유(陆游)의 시가 떠올랐다. "듬성듬성한 대조리로 북쪽 산골을 나누고 나무를 자르니 남산이 보인다 (疏篱分北涧, 翦木见南山)"라고 한 것처럼 저 앞의 나무를 자르고 나면 저쪽에 산이 없다고 누가 장담하랴 싶었다. 보고 싶은 산이 보이는 산보다 더 멋있고 더 음미할 가치가 있다고 느껴졌다. 이는 함축의 극치미를 말한 것이었다. 그 외에도 많은 정자와 대청이 있었는데 예를 들면, '간송독화헌(看松读画轩)', '풍도월래정(风到月来亭)', '유청각(留听阁)' 등이 있는데 모두가 화룡정점한 것으로 그 경치 외의 뜻을 품고 있어 풍경 속에서 풍경 밖의 것을 생각하게 만들었다. 도시 속의 원림은 자연 속의 산수와 비할 바가 못 되었지만, 제한된 조건에서 율시처럼 정교롭고 세련되며, 함축적인 예술을 추구하였다. 이러한 원림은 크기는 제한되어 있지만 그 정취가 그만큼 무한하다고 할 수 있다. 원림 예술의 표현 수단은 시처럼 글자나 단어에 의거하는 것이 아니라, 산과 돌, 꽃과 나무, 벽돌과 기와에 의거한다. 이같이 소리 없는 것들로 고상한 운치 미의 경지에 도달할 수 있다는 것이 경이로웠다. 이러한 원림 속을 거닌다는 것은 사실상 당시(唐诗)나 송사(宋词)를 감상하는 거나 다름없는 것이었다.

왕스원이나 저우정원에서 얻을 수 있는 것이 시적인 정취라고 한다면 류원(留园)에서 얻는 것은 화의(画意)라 하겠다. 류원에는 회랑이 많다. 그리고 정당(亭堂)에는 또 창문이 많다. 회랑이나 정당(亭堂)의 창문을 통해 화면을 구성하려는 구상이 표현된 것이다. 창문 밖은 보통 분홍색 벽이다. 창문과 벽 사이에는 참대를 몇 대 심거나 혹은 매화나무를 한 그루 심는다. 벽이 종이라 한다면, 이 같은 식물은 먹이라 할 수 있다. 벽이라는 종이 위에 천연적인 선홍색과 비취색의 그림이 그려졌다. 이것은 그 어떠한 화가의 그림도 비할 수 없는 것이었다. 이뿐만이 아니었다. 창문은 여러 가지 도안의 격자창인데 이 창문을 통해 바깥을 내다보면 은은한 분위기가 감돌았다. 몽롱한 아름다움이라 해야겠다. 또 하나 기묘한 정취를 자아내는 것은 사람들이 회랑에서 움직이며 다른 시각에서 봤을 때 다른 화면이 된다는 점이다. 우리의 시각적 잠재력을 충분히 발굴했다고 말할 수 있다.

원림에는 이러한 그림 외에도 또 조각이 있었다. 조각을 논하게 되면 돌부터 말하게 된다. '응석(鹰石)'이라고 있는데, 아주 돌출적으로 솟아 있다. 돌은 표면이 울퉁불퉁하고 구멍이 가득 났는데, 그 위에 금방 날개 치며 하늘에 날아오를 듯한 솔개가 있다. 긴 목은 안으로 구부리고 두 발은 쭉 폈으며 두 눈은 형형한 빛을 띠었다. 땅 위에 있는 병아리를 발견하고 날개를 펼치고 덮치려는 것 같았다. 나는 돌 옆에 서서 한참이나 지켜보았다. 볼수록 생동적이고 솔개를 닮은 것 같았다. 솔개가 있으므로 하여 돌 전체가 살아나는 것 같았다. 물론 이는 태호에서 그냥 건져낸 돌일 뿐이라는 것을 나도 알고 있다. 수저우의 원림예술은 될수록 자연의 아름다움을 그대로 이용하고 있다. 또한 전문적으로 비슷함과 비슷하지 않은 것 사이를 취하는 데 그 장인의 마음은 보는 사람의 상상을 이끌어 내려는 데에 있는 것 같았다. 그저 이끌어 내기만 하려했지 구체적인 것은 만들지 않았다. 중국화에는 원래부터 사의(写

意)파가 있었는데 세밀화보다 더 함축적이고 은근한 맛을 냈다.

류원에는 또 사람들에게 깊은 기억을 남기는 돌 두 개가 더 있다. 그 중 하나는 '관윈봉(冠云峰)'이라 불리는데, 높이는 6.5미터이고 무게는 5톤이다. 송나라 시기, 운반하던 화석강(花石纲)이 태호에 빠진 것을 청나라 관료인 유용봉(刘蓉峰)이 원림을 만들 때 건져내 사용한 것이다. 이 돌은 수저우 원림 중 가장 큰 것이다. 이 돌 옆에는 또 다른 돌이 있는데 '시우윈봉(岫云峰)'이라 불렀다. '시우윈봉' 옆에는 등나무가 자라는데 두 가닥으로 나뉘어 돌의 작은 구멍을 따라 위로 올라 뻗었다. 그러다가 돌의 꼭대기에 가서는 한데 뒤엉키어 깊은 그늘을 만들어 내고 있다. 등나무의 덩굴은 웅건하고 힘이 있으며, 잎사귀는 한데 엉키고 설켜져 있는데 적어도 백년은 넘어 산 것 같다. 수저우 원림에서 공간은 더 말할 필요도 없이, 시간적 요소마저 조림 예술에 이용되었다. 인위적으로 만들어낸 부조화의 아름다움, 역사가 만들어낸 고풍스럽고 그윽한 아름다움이 있었다. 우리가 평소 그림을 논할 때 말하는 것은 평면의 색채이고, 산수에서 노닐며 보는 것은 자연의 원형이다. 그러나 우리가 수저우의 원림에서 보는 것은 창틀 안에서 보이는 대나무이고, 못 속에 있는 산과 돌이다. 이는 자연물이 종이 위 그림으로 가는 과도 과정이며, 자연미와 예술미가 융합된 것으로, 그 독특한 시각으로 인해 또 다른 재미가 있었다.

택지 내의 화원과 구별되는 것은 창랑정(沧浪亭)이었다. 정원 내에 산이 있고 그 산을 에돌아가며 강이 흘렀다. 강의 수면은 탁 트여 있었다. 이곳은 본래 송나라 경력(庆历)연간, 시인 소순흠(苏舜钦)이 관료 사회에 실의한 후 은거하던 곳이다. 그는 이곳에 정자를 짓고 '기(记)'를 지어 자유를 노래하였다. "술잔을 잡고 큰 소리로 노래를 부르기도 하고, 웅크리고 앉아 하늘을 향해 크게 소리 지르기도 하네. 시골 노인마저 오지 않으니, 물고기 새와 더불어 즐기노라. (觞而浩歌, 踞而仰啸, 野老不至, 鱼鸟共乐.)"정자에는 또 이런 대련도 걸려 있다. "맑은 바람과 밝은 달은 원래부터 값을 헤아릴 수 없고, 가까운 강과 먼 산은 모두 정이 있어라.(清风明月本无价, 近水远山皆有情.)"정자에 올라 멀리 바라보니 녹음 밖의 하늘과 물빛 아득한데, 인간세상의 소란스러움도 들리지 않고 시정도 보이지 않아 여유롭고 조용하다. 이곳은 시내 안에 있는 정원과 비할 수가 없는 것으로, 시내 안의 정원은 그 주인이 관운이 형통할 때 지은 것인데, 한가할 때 가끔씩 돌아보며 즐기는 곳이지만 이곳은 관료사회에서 실의한 문인이 처량함을 토로하고 불만을 쏟아놓는 곳이기에 그 경지가 이백(李白)의 "봄밤 도리원 연회 서문(春夜宴桃李园序)"이나 왕유(王维)의 "산 속에서 배수재에게 보내는 서한(山中与裴秀才书)", 도연명(陶渊明)의 "도화원기(桃花源记)"와 같은 것으로, 담박하고 유유자적했다. 그러니 이는 시나 그림에 도취되는 것뿐이 아닌, 역사에 대해 냉정하게 훑어보는 것이라 할 수 있다. 이러한 정원은 우리로 하여금 민족의 유구한 문화와 역사적으로 나타난 여러 가지 사상과 인물들을 다시 한 번 회억해 보게 한다.

수저우에서 원림을 보는 것은 입체적인 책을 읽는 것이나 다름이 없다. 본래 건축이라는 이 거울을 통해 당시 사회의 정치, 경제와 문화에 대해 엿볼 수 있는데, 이러한 엿보기와 탐구는 예술적 즐거움이 가득 묻어난다. 국외에서는 이미 '예술사회학'이 흥기하고 있다고 한다. 수저우의 원림 건축예술은 충분히 이 '예술사회학'의 분과라 할 수 있다. 내가 보기에, 우리가 민족의 문화유산을 이어받으려면 도서관에 가 연구하거나 문물을 고찰하고 옛 희곡을 감상하는 것도 당연하지만, 응당 이러한 도시에 다녀보고 음미해야 한다. 건축은 응고된 음악이다. 이 아름다운 원림에서는 수시로 몇 세기 전의 음표가 날리고 있는데, 우리들

마음속의 현(弦)과 부딪치면 역사의 음악소리가 울려 심령의 계곡에서 오래도록 메아리친다. 우리는 고전 문화예술에 흠뻑 젖어 있는 수저우를 감상할 때, 어떻게 하면 우리의 후대들을 위해 이와 마찬가지로 당대 문화예술을 가득 저장한 예술의 도시를 창조할 수 있는가 하는 사명감을 잊어서는 안 될 것이다.

1985년 3월

태산(泰山), 인간의 하늘에 대한 하소연

과거 황산(黃山)에 가본 적이 있는데, 그때는 황산에 대하여 한 글자도 쓰지 않았다. 구름이 피어오르고 노을이 비낀 화려한 경치에 화가가 아니었던 것이 후회될 지경이었다. 이번에 태산을 유람하고 나니 또 똑같은 난감함에 빠졌다. 나무와 돌 사이에 두루 널려있는 진한(秦汉)시기의 유적들은 또한 역사를 전공하지 않은 것을 후회하게 만들 정도였다. 아아, 진정한 명산은 스스로 영(靈)이 있고, 혼이 있으니 어찌 문자로 그려낼 수 있으랴?

나는 케이블카를 타고 직접 난톈문(南天门)에 올랐다. 천문은 호랑이처럼 두 산 사이에 웅크리고 앉아 깊은 계곡을 지키고 있는데, 돌로 쌓은 성루가 공중에 가로 걸렸고, 현관 아래 십팔반의 돌계단은 구불구불 계곡 밑에까지 나타났다 사라지곤(明滅)했다. 이것은 본래 몇 톤씩 나가는 큰 석조(石条)를 간 40리 등산길인데, 천문산 아래부터는 산바람에 흔들리는 푸른 나무와 폭포에 아무렇게나 걸린 빈약한 줄사다리 같았다. 문루에는 대련이 걸려있었다. "문은 구중천으로 통하고, 삼천의 명승고적이 내려다보이네. 계단은 만 급까지 올려 뻗어 있고, 뭇 산봉우리의 기이한 경관을 굽어볼 수 있네(门辟九霄, 仰步三天胜迹；阶崇万级, 俯临千嶂奇观)." 문간에 기대어 서서 인간세상을 돌아보니 운해가 망망하여 속세가 보이지 않는다. 문 안에 들어서면 천가(天街)인데 이로부터 대정(岱顶)의 범위에 속한다. 천가라는 단어는 누가 생각해 낸 것인지 모르겠다. 운무 속에 널찍한 청석 길이 깔려 있고, 길의 오른쪽은 깊이를 알 수 없는 만장이나 되는 심연(深淵)인데, 크고 작은 푸른 소나무와 위로 용솟음치는 흰 구름으로 채워졌다. 길의 왼쪽에는 산을 따라 건설된 누각인데, 날아갈 것 같은 처마와 붉은 대문, 조각한 기둥과 채화로 장식한 대들보가 보인다. 사실 이 건물들은 일반 상점과 식당들이다. 관광객들은 운무를 딛고 들어가 쇼핑을 하고 잠깐 쉬었다 갈 수 있다. 일반인의 생활에서 벗어나지 않으면서도 상당히 신선의 태깔이 느껴지는 것이 바로 이 천상의 거리이다.

천가에서 걸을수록 점점 더 지세가 높아지는 것을 느낄 수 있다. 태산은 그 거인의 어깨로 우리를 구름층 속에 받쳐 올려주었다. 절정의 가장 좋은 풍경은 그래도 바다 위의 해와 뭇 산을 조망하는 것이다. 하지만 그러자면 날씨가 매우 좋아야 한다. 오늘 내가 감상할 수 있는 것은 가까운 곳의 돌과 먼 곳의 구름뿐이었다. 나는 산정에 있는 사신애(舍身崖)에 올랐다. 이것은 110제곱미터 되는 커다란 돌이었다. 주위는 석조 난간으로 빙 둘러 싸여 있었으며, 벼랑 위에는 거대한 돌이 툭 솟았는데 높이가 3미터도 넘어보였다. 돌 옆에는 큼지막하게 '첨로대(瞻鲁台)'라고 새겨져 있다. 전하는 바에 의하면 공자가 이곳에서 노(鲁)나라의 도성 곡부(曲阜)를 바라보았다고 한다. 난간에 기대어 바라보니, 먼 곳은 처량하고 흐릿하여 어떤 세상인지 알 수가 없다. 가까운 맞은 켠의 산은 벽처럼 그냥 우뚝 솟아 우람한 영웅 같기도 하고, 혹은 기이한 봉우리가 툭 튀어나와 준일하고 빼어나기도 하다. 주위에는 또

기이한 돌들이 산허리를 가로질러 튀어 나와 있는가 하면 또 운해 속으로 머리를 쏙 내밀기도 하고 있다. 혹은 가운데에서 한 줄기 틈이 생긴 것도 있고, 한 무더기로 모인 것도 있다. 바람이 윙윙 불자 옷자락이 마구 휘날리고 사람은 그 자리에 서있기 조차 힘들었다. 급히 날려 오던 구름들도 산허리에 머리를 보이고는 그 자리에서 다시 계곡으로 밀려 떨어져 돌 틈으로 빨려 들어갔다. 머리 위에서 가벼운 빗방울이 떨어지더니 돌들을 더 검고 더 짙푸르게 씻어주었다. 나는 바닷가에서 미친 듯한 파도가 우뚝 선 암석에 부딪쳐 부서지는 것을 조용히 지켜본 적이 한두 번이 아니다. 하지만 오늘 이 세상을 침몰시키려는 듯 미친 듯이 소리치며 달려들어 대정석 앞까지 와서는 패잔병처럼 꼬리를 배리고 도망치는 구름파도와 안개바다는 처음 보았다. 그러기에 사람들이 태산을 오악의 우두머리인 동악대제(东岳大帝)로 떠받드는 것이 아닐까. 일반적으로 민가에서는 문 앞에 태산석을 세워 놓아 액막이로 한다. 또한 견고함을 나타낼 때는 "태산처럼 끄떡없다(稳如泰山)"고 한다. 최소한 이 시각 이 곳에서 나는 태산이 바로 천지를 받치는 버팀대라고 생각했다. 머리를 돌려 굳센 생명력을 상징하는 큰 소나무를 돌아본다. 돌 틈으로 기어오르는 소나무들은 조그마한 녹색의 이끼 자국에 지나지 않았다. 신령의 위력을 상징하는 불교의 사찰들과 도교의 사원들은 절벽이 암석 사이를 드문드문 장식한 붉은색과 노란색의 장난감 블록에 지나지 않았다. 오히려 공자로 하여금 천하를 작게 여기게 했다는 거석만이 운해에 몸을 내밀고 비바람을 맞받아 내면서 끝없는 하늘을 향해 뻗어있다. 태산이여! 무성한 만물이든, 높고 아득한 신령이든 그대 앞에서는 이처럼 보잘 것 없어지는 같습니다.

이 대정(岱顶)은 확실히 하늘과 대화하기 좋은 곳이었다. 오랫동안 속세에서 사노라면 사람들은 땅을 벗어나 하늘로 향하려고 한다. 그리하여 사람들은 제로(齊魯) 평원에 우뚝 솟은 태산을 선택하였다. 태산의 산정은 일반 산봉우리처럼 그렇게 깎아지른 듯하지 않고 평탄하고 넓다. 가장 높은 곳이 바로 옥황정(玉皇頂)이다. 옥황정의 남쪽에는 널찍한 평지가 있고 더 남쪽으로 가면 일관봉(日观峰)이 있으며 일관봉의 옆에는 탐해석(探海石)이 있다. 여기에는 거닐면서 생각을 할 수 있는 평지가 있고, 일출을 볼 수 있는 정자가 있으며, 글자를 새길 수 있는 돌들도 많다. 이는 마치 하늘이 인간을 위해 그 자신의 대문 어귀에 붉은 섬돌을 마련한 거나 다름없다. 나는 과거 외국의 일부 교회당에 가 본 적이 있는데, 그 넓고 텅 빈 음산한 둥근 천장과 천창으로부터 흘러드는 몇 줄기 햇빛은 인간이 스스로 보잘 것 없음을 느끼게 하였고, 볼 수는 없지만 도처에 존재하는 신에게 영혼을 꽉 틀어 쥐인 듯한 느낌을 받은 적이 있다. 하지만 일단 교당에서 나오면 사람들은 인위적으로 잘 배치해 놓은 밀실에서 하느님과 은밀히 만나고 왔다는 느낌이 든다. 하지만 대정(岱顶)에서는 "끝없는 하늘의 구름 파도는 새벽안개와 이어지고, 은하수가 돌아 일천 돛대가 춤을 추네.(天接云涛连晓雾, 星河欲转千帆舞.)", "천상의 목소리 들려오는데, 나에게 어디로 가느냐고 자세히 물으시네.(闻天语, 殷勤问我归何处.)"라는 시와도 같이, 밀실에서가 아니라 천궁의 문어귀에서 천제와 대화를 나누는 것 같았다. 다 같이 인간이 숭배한다는 뜻을 표하고 인간과 신의 상통함을 표현한 것이지만, 그 기백과 분위기 효과는 완전히 다르다. 전자는 열등감을 느끼며 제풀에 겁을 먹어 몰래 작은 소리로 이야기하지만, 후자는 솔직하고 대담하게 감정을 직접 토로하였다. 말할 수 있을 뿐만 아니라, 또 쓰기까지도 할 수 있다.

여기의 돌에는 글자가 새겨지지 않은 것이 거의 없다. 큰 돌은 전체 석벽을 벗겨내고 그 위에 긴 문장을 새겼다. 작은 돌은 평평한 곳에 한

두 글자 남겼다. 산바람이 울부짖고 돌의 수풀이 우뚝 솟았는데, 소전 (小篆)과 예서(隶书)가 좌우에 나란히 서 있다. 천여 년 동안, 각양각색 의 사람들이 구슬땀을 흘리며, 가쁜 숨을 몰아쉬며 이 커다란 무대에 등장하여 시를 남기고 글자를 남겨, 바람의 위세와 산의 위력을 빌어 하늘에 자신의 생각을 토로하고 의지를 나타냈던 것이다.

옥황정에 현존하는 가장 큰 석각은 당현종(唐玄宗)이 개원 13년에 태산을 동봉(东封)할 때의 '기태산명(纪泰山铭)'으로, 높이가 13.3미터 이고 너비는 5.7미터인데 모두 1,009자가 새겨져 있다. 명(铭)은 "하 늘이 사람을 만들어 군왕이 다스리게 하였다. 군주는 하늘의 명을 받들 었으므로 하늘의 아들로서 받들어졌다. 왕조가 바뀌고 오가는 사람이 끊이지 않지만……(维天生人, 立君以理, 维君受命, 奉为天子, 代去不留, 人来无已……)." 공훈이 혁혁한 고조로부터 시작하여 이씨 당나라 왕조 의 공덕을 대대적으로 칭송하였다. 이는 황제의 은혜를 널리 선양하여 백성들을 안정시키는 한편 또 하늘의 위엄을 빌어 군주를 비호하려는 것이었다. 백성에게는 위엄스럽지만 하늘에 대해서는 비굴하기 그지 없는 제왕의 미묘한 심리였을 것이다. 제왕들은 천하를 지키려는 마음 이 클수록 더욱 산에 부지런히 다녔다. 한무제(汉武帝)는 일곱 번, 건 륭(乾隆)제는 열한 번 태산을 다녀갔다. 중화대지의 수많은 산들 중 오직 태산만이 천자의 고두(叩头, 머리를 조아려 절하는 것 – 역자 주)를 받는 특별한 영광을 지닐 수 있었다. 그리고 또 군주 외에도 중 화의 운명에 관심을 가진 사람들 중 태산에 다녀가지 않은 이가 없을 정도였다.

또 시인들도 다녀갔다. 그들은 이 산의 강의(剛毅)함과 바람의 광무 (狂舞)로 시혼(诗魂)을 주조하였다. 이백(李白)은 산에 올라 "남천문에 서 휘파람 길게 부니 만리에서 맑은 바람이 불어온다(天门一长啸, 万里

清风来)"고 하였고, 두보(杜甫)는 "언젠가는 반드시 꼭대기에 올라서서 뭇 산의 작음을 한눈에 굽어보리라(会当凌绝顶, 一览纵山小)"고 하였다.

지사들도 태산에 올랐다. 그들은 푸른 소나무와 지는 해, 흩날리는 눈을 빌어 포부를 기탁하였다. 어느 한 돌 위에는 이런 시구가 새겨져 있었다. "눈앞의 천지는 작아지고 가슴속의 분노는 커지는구나. 산정의 가장 높은 곳에 올라 검을 뽑아 들고 한껏 노래를 부르노라(眼底乾坤小, 胸中块垒多, 峰顶最高处, 拔剑纵狂歌)."

장군들도 태산에 올랐었다. 쉬향젠(徐向前)은 "산정에 올라서니 천지간이 장관이구나(登高壮观天地间)"라고 돌에 새겼고, 천이(陈毅)는 "태악이 하늘로 치솟으니 뭇 산이 뒤따르노라(太岳高纵万山丛)"라고 돌에 새겼다. 그 외에도 많은 석각이 있다. 예를 들면, "오악독존(五岳独尊)", "최고봉(最高峰)", "등봉조극(登峰造极, 최고의 경지에 도달하다)", "경천봉일(擎天捧日, 하늘을 떠받들고 해를 섬긴다)", "앙관부찰(仰观俯察, 하늘을 쳐다보고 지리를 살핀다)" 등이 있다. 그 중에서도 '과연(果然)'이라는 두 글자가 가장 의미심장했다. 확실히 중국 사람으로서, 태산에 오기 전에 마음속에 태산의 존엄과 이미지를 담지 않은 이가 어디 있겠는가? 그러니 태산 산정에 오른 후의 정경에 대해서는 더 말할 것도 없다.

내 생각에 능력 있고 사상이 있는 사람을 육성해내는 데 있어서 높은 곳에 오르도록 하는 것은 아마 누구도 주의하지 않은 사항이지만 줄곧 사용되어 온 수단일 것이다. 사람의 자질에 있어서 넓은 흉금과 원대한 지향, 감정의 격앙은 확실히 높은 곳에 올라 바람을 맞받으며 천지간의 정기를 모으는 것이 필요하다. 역대 제왕들이 태산에 오른 것은 천도의 힘을 빌려 백성을 교화하려는 것도 있지만, 정치가의 차원에서 대중을 통솔하고 나라를 잘 다스려 천하를 태평케 하려면 태산에 올라 호연지기(浩然之气)를 가득 들이마실 것이 필요했기 때문이었으리라. 인인지사와 장군, 시인들도 각자 자신의 경력, 감정, 지향하는 바를 품고 이 산정에 올라 풍설과 서로 배태하고 변화하여(孕化) 시야를 넓히고 심검(心剑)을 단련하며 호가(浩歌)를 썼다. 그리고는 느낀 바를 발아래의 돌에 새기고 표연히 산에서 내려와 성취를 이루어 갔던 것이다.

산정을 다 보고나서 우리는 보행으로 하산하여 산골짜기로 내려갔다. 산골짜기 양측은 모두 하늘을 가리는 연봉과 푸르디푸른 송백이었다. 금방까지도 우리를 호기롭게 운무 속에 들어 올렸던 태산은 지금 부드럽게 우리를 감싸 안고 있다. 샘물은 산세를 따라 사람과 함께 즐겁게 아래로 내리 떨어지고 또 떨어지면서 폭포를 이루기도 하고, 개천을 만들기도 하면서 낭랑하게 석판 위를 구르러 가는데 그 맑은 소리가 참으로 듣기 좋았다. 괴이한 돌들도 길가에 가로 눕기도 하고 삐쭉 삐어져 나온 것도 있다. 좋은 물과 좋은 돌은 당연히 정교로운 각자(刻字)로써 화룡정점(画龙点睛) 하기 마련이다. 만년을 버텨온 옛 산에는 자연히 천년 고목이 있기 마련이다. 그중 명성이 가장 높은 것이 영객송(迎客松)과 진송(秦松)이다. 전자는 그 모양이 손을 내밀고 손님을 맞이하는 것 같아 이 같은 이름을 얻었고, 후자는 진왕(秦王)이 등산하여 그 나무 밑에서 비를 피했다 하여 이 같은 이름을 얻었다. 두모궁(斗母宫) 앞에는 한(汉)나라 시대의 '와룡괴(卧龙槐)'라는 마무가 있는데, 끊어진 느티나무의 가지가 10여 미터나 가로 뻗어 있다. 껍질밖에 남지 않은 이 가지에 또 새 가지가 자라 위로 무성하게 올려 뻗으면서 발밑의 청석과 수(寿)를 같이 하고 있다. 앞에서 태산이 땅 위에 우뚝 솟아 그 기개로 사람들에게 역사의 변천을 말해 주었다고 한다면, 지금은 수려하고 그윽한 풍경으로 유구한 문명을 돋보이게 한다. 나는 문화와 풍경이 어우러진 이 산길을 따라 이번 산행의 종점인 경석욕(经

石峪)으로 왔다.

경석욕은 석각으로 인해 이 같은 이름을 얻었다. 즉 돌 위에 경문을 새긴 산골짜기라는 뜻이다. 등산길 옆으로 구불구불 계곡을 향해 뻗은 오솔길을 따라 내려가노라면 여기저기에 자갈이 널려 있고 여러 가지 나무들이 제멋대로 자라고 있다. 낡은 정자를 지나면 졸졸 물 흐르는 소리를 들을 수 있다. 거기서 계단을 따라 얼마간 올라가면 눈앞이 환해지며 한 무(畝)쯤 되는 석평(石坪)이 나타난다. 가장 놀라운 것은 석평 위에 말(斗)만큼 큰 글자의 경문이 새겨져 있다는 점이다. 이것은 한 부의 온전한 《금강경》인데 세월의 풍화작용으로 1,067자가 남아 있다. 나는 석평 주위를 빙 돌아가며 자세히 살펴보았다. 이곳은 오랜 세월 동안 흐르는 물의 침식을 받아 강바닥에 글자를 새기기에 아주 안성맞춤인 석판이 형성되게 되었던 것이다. 이 경문은 대략 북제(北齐) 연간에 새겨진 것이라고 한다. 역대 승려들은 바로 이같이 독특한 방식으로 자신의 신앙을 표현하였던 것이다. 나는 조국의 여러 곳을 여행하면서 자주 불교 신앙의 힘과 그들이 신앙을 표현하는 수단에 놀라곤 했다. 그들은 운강(云岗), 돈황(敦煌)의 산을 모두 파내서 부처님 상을 만들었고 낙산(乐山) 석산을 좌불 상으로 개조하였으며, 또 대족(大足)의 전체 산골짜기에 부처님 상을 가득 조각해 놓았다. 그리고 태산의 개천에 경문을 새겨 놓았던 것이다. 석굴은 몇 백 년 동안 몇 세대 사람들의 노력을 거쳐 완성되었다. 그럼 이 경문은 얼마나 걸렸을까? 글자마다 길이 너비가 각각 50센티미터 되는 정방형인데 필력이 강하고 글자체는 고풍스러우면서도 힘이 있다. 몇 백 년이라는 시간까지 걸리지는 않았겠지만, 뜨거운 햇볕아래 땀을 비오듯 흘리면서 단단한 화강석 위에 글자를 새기려면 하루에 한 두 글자도 새기기 어려웠을 것이리라. 중국의 책은 죽간에 쓴 것이 있는가 하면, 비단에 쓴 것도 있고, 종이에 쓴 것도 있다. 하지만 오늘 본 것은 명실상부한 돌 책이라 하겠다. 나는 이 커다란 책 위에서 가볍게 발걸음을 옮겨 놓았다. 천년의 비바람을 견디어 온 페이지를 잘못 다쳐 손상을 입히기라도 할까봐 겁나서였다. 나는 머리를 숙여 글자의 가로금과 세로금을 내려다보았다. 글자의 한 획 한 획 모두 고대 건물의 대들보와 기둥 같기도 했고, 고대 전장의 검과 창 혹은 출토된 청동기물 같기도 하였다. 나는 천천히 무릎을 꿇고 앉아 가볍게 한 획 한 획 어루만져보았다. 그리고는 다시 온 몸을 쭉 펴고 이 커다란 책 위에 누어 하늘을 쳐다보며 깊은 생각에 잠기었다. 주변은 송백이 둘러선 산골짜기이고 머리 위의 푸른 하늘과 흰 구름은 천장과도 같았다. 샘물이 옆에서 미끄러져 흘러가는데 잔물결 밑에는 '청음유수(淸音流水)'라는 글자가 새겨진 것이 보였다. 나는 무한한 만족감을 느꼈다. 일반적으로 사람들은 태산에 오르면 대부분 산정에서 일출을 기다린다. 나처럼 편벽한 산골짜기의 돌로 된 책 위에서 잠을 자는 사람은 아마 별로 없을 것이다. 책 위에 누으니 헤르젠의 독서에 관한 명언이 떠오른다. "책은 한 세대가 다른 한 세대에게 남기는 정신적인 유훈이다." 태산이 바로 우리의 선조들이 후세에 남겨준 거대한 책이다. 조물주는 이처럼 웅장하고도 수려한 산을 만들고 또 특별히 그 산의 초목과 흐르는 물 사이에 많은 청석들을 깔아 놓았다. 사람들은 이런 돌들 위에 자신들의 사상을 새기어 한 세대 또 한 세대 전해 내려왔다. 사람과 자연은 이렇게 협력하여 태산이라는 이 걸작을 만들어 냈다. 그러기에 태산을 민족의 상징이라고 하는 것이다. 태산에는 얼마나 많은 세대 사람들의 이상과 정감, 생각이 기탁되어 있는가? 물론 일부는 시대에 뒤떨어졌고 심지어 진부하기까지 하지만, 여전히 이토록 진실한 것이다. 돌과 나무로 구성된 이 큰 산은 중화민족의 문명사 창조에 특수한 공헌을 하였다. 역대의 수많은 등산가들 중 누가 감히 문득 깨달음을 얻어 대업을 이룩한 사람이 없다고 말할 수 있겠는가!

날이 어두워지기 시작했다. 우리는 서둘러 태안(泰安)성으로 내려가 대종묘(岱宗廟)를 둘러보았다. 이 사당은 베이징의 고궁과 격식이 같았는데 다만 벽돌 석 장 정도로 높이가 낮을 뿐이었다. 황제가 대신(岱神)에 대한 존경심을 알 수 있는 대목이었다. 사당에는 또 많은 비명(碑刻) 자료와 조각상, 벽화, 고목, 대전 등이 있는데, 이러한 것들은 모두 태산에 대한 주해(註解)라고 할 수 있다. 중국에서 황제만 고궁을 향유할 수 있는 것처럼, 이같이 큰 사당을 향유할 수 있는 또 다른 사당은 없다. 사당은 신이 사는 곳이다. 신은 또 사람이 만들어낸 것이다. 대악지신(岱岳之神)은 우리의 선조들이 조금씩 자신의 신념을 태산이라는 이 캐리어에 쏟아 부어 수천 년 세월의 누적을 거쳐 이루어낸 것이다. 그는 사원의 관세음보살도 아니고, 마을 어귀의 사당에 있는 토지신도 아니며 부뚜막의 조신(灶神)도 아니다. 그는 전 민족 마음속에 있는 문화의 신이고, 천지간에 가득 찬 수천 년의 민족혼이다. 나는 대종묘의 성루 위에 서서 석양 속의 태산을 바라보며 묵묵히 목례를 하였다.

1990년 1월

우이산(武夷山), 나의 독후감

　　나는 명산을 적지 않게 돌아다녔다. 하지만 우이산(武夷山)에
갔을 때에는 놀랍게도 등산을 하는 노고가 필요 없음을 발견하였다. 대
나무 뗏목 위에 누워 양안의 뭇 산을 묵독하기만 하면 되었기 때문이었
다. 이 한 가지만으로도 우이산은 참 매력적이었다.

　시골 부두가, 무지개가 파도 위에 서렸고 돌다리 아래로 새파란 시냇
물이 천천히 흘러내리고 있었다. 양안의 뭇 산은 툭 튀어나온 암석이나
무성한 푸른 머리카락을 맑고 투명한 시냇물 속에 집어넣고 있었다. 우
리가 뗏목 위에 오르자 사공은 긴 삿대를 가볍게 밀었다. 그러자 뗏목
은 유유히 거울과도 같이 잔잔한 강심으로 미끄러져 갔다. 강은 그다지
넓지 않았는데 대략 30~50미터쯤 되었으므로 양쪽 산 위에 있는 초목
과 절벽에 새겨진 글들이 모두 선명하게 보였다. 물은 그다지 깊지 않
아 대체로 삿대가 그대로 강바닥에 닿을 수 있을 정도였다. 물은 아주
맑았는데 수초와 자갈이 분명하게 보였다. 물의 흐름도 완만하여 강 길
이 14킬로미터에 낙차가 15미터밖에 되지 않아 뗏목이 스스로 떠내려
갈 수 있었다. 다만 굽이가 매우 많아 '구곡십팔만(九曲十八弯)'이라 할

수 있었다. 이것이 바로 우이산의 절묘한 점이라 하겠다. 유한한 공간
에 많은 것을 집어넣어 둔 것과 같았다. 시냇물은 산을 에돌아 흐르고
양안의 첩첩한 산봉우리는 아름다운 자태를 자랑했다

　나는 뗏목 위에 놓인 대나무 의자에 누워 물 흐르는 소리를 들으며
취한 듯이 양안의 풍경을 바라보았다. 귓가에는 사공이 이 돌과 저 봉
우리, 천왕, 옥녀, 그리고 물가의 신귀출수(神龜出水)와 산비탈의 '동자
관음(童子观音)'에 대해 웅얼웅얼 소개하는 소리가 들려왔다. 필경 산
수는 말할 줄 모르는 지라 일반인들은 그 적막함을 견딜 수 없어 이러
저런 이야기들을 만들어 내기도 한다. 나는 조용히 이 수묵화를 읽기만
했다.

　양안의 산은 그 아름다움이 참 자연스러웠다. 푸른 옷을 입지 않았을
때에는 아예 적나라하게 맨 살을 드러내고 있었다. 원래의 붉은색 암석
은 오랜 세월동안 산화되어 검은색을 띠었고, 그 검은색 암석은 또 물
에 씻겨 내려가면서 많은 흰색의 흔적을 남겼다. 그리고는 다시 튀어
나왔던 구김살을 적셨는데 그 자연스러움이 사랑스러울 정도였다. 이
러한 암석들은 웅크리고 앉아있는가 하면 그대로 선 것도 있었는데, 조
용히 엎드린 사자 같기도 하고 날개를 펼치고 하늘을 날려고 하는 솔개
같기도 하였으며, 또 장난꾸러기 아이 같기도 하고 무던한 농민 같기도
한 것이 전혀 속세에 물들지 않았다. 하지만 대부분의 산은 그래도 무
성한 수림에 대나무가 쭉쭉 높이 뻗었고 덩굴이 무성하여 또 다른 운치
를 보여주었다. 뗏목이 한두 굽이 더 돌자 강은 갈수록 점점 더 좁아졌
고 산도 수면에서 점점 더 가까워졌다. 짙은 녹음과 산정에 있는 대나
무의 푸르른 가지들이 녹색의 천문진(天门阵)을 이루며 하늘 높이까지
치솟았다. 거기에 산중턱에 있는 소나무와 삼나무들까지 합세하여 빽
빽하게 죄여 왔다. 가끔씩 나뭇가지 하나가 수면에 비스듬히 뻗어 나왔

는데 그것은 마치 강태공이 드리운 무성(无声)의 낚싯대 같았다. 무성한 풀숲 속에서는 파초 한 그루가 튀어 나오기도 하였는데, 커다란 잎들이 화려한 꽃들을 빙 둘러싸고 있는 모습이 마치 속세를 떠난 빈 계곡에 홀로 남은 미인 같았다. 강에는 파도가 없고 산에는 소리가 없었다. 다만 양안에 낀 자욱한 녹색의 안개가 가볍게 흐를 뿐이었다. 물속에서 기복을 이루고 있는 산 그림자는 촘촘한 파도로 인해 청아한 뱃노래처럼 되어 미풍과 가벼운 삿대질과 더불어 들려왔다. 그리하여 더는 산의 모습이 존재하지 않게 되었고 귀도 아무 소용이 없게 되었다. 주자청(朱自清)이 "연못의 달빛(荷塘月色)"에서 마치 "바이올린으로 연주하는 명곡"을 듣는 듯하다고 한 것처럼 이때의 나도 그냥 감각에 따라 산의 선율을 느낄 뿐이었다.

구불구불 흐르는 이 시냇물은 그 아름다움이 순수하고도 진솔하였다. 시냇물은 상류 50㎢의 뭇 산에서 이슬이 한 방울 두 방울씩 풀잎 위에 떨어졌다가 흙 속에 스며들며 모래알의 여과를 받은 후 다시 땅 위로 넘쳐 나와 졸졸 흐르는 실개천이 되었다. 그리고 다시 많은 실개천들이 모여 뗏목을 띄울 수 있는 이 강이 이루어졌다. 그러기에 물은 부드럽기 그지없다. 위태로운 소용돌이도 없고 산을 뒤흔드는 노호도 없다. 다만 살살 조용히 흐를 뿐이다. 그러다가 산을 만나면 몸을 돌려 살짝 비켜가며 그윽한 눈길로 되돌아보고, 여울을 만나면 푸른 치맛자락 거머쥐고 사뿐사뿐 지나간다. 뗏목이 급한 여울을 지나갈 때마다 상쾌한 푸른 바람이 얼굴을 스친다. 그때면 나는 몸을 더욱 낮추고 하곡(河谷)을 따라 끝없이 펼쳐지는 비단 같은 물결을 바라본다. 일시 속세를 떠나 어디로 가는지 알 수 없는 느낌이다. 속세와 선계가 뒤섞인 듯한 경지에서 나는 시냇물의 맑음과 시원함, 조용함과 부드러움을 세세히 느껴본다. 언제 이 같은 다정함과 어여쁨을 즐길 수 있었던가? 물과 사귀었던 과거를 돌이켜 보니 남해의 미친 파도, 천지의 냉정함, 황화(黃河) 호구(壺口)의 사나운 울부짖음, 창장삼협(长江三峡)의 웅장함을 알았지만, 오늘에야 태초에 나타난 물의 상태를 알게 된 것 같았다. 원래 물은 이처럼 "머리 숙인 부드러움과 찬바람 이기지 못해 부끄러워하는 듯한 모습(最是那一低头的温柔, 不胜凉风的娇羞)"이 최고였던 것이다. 세간의 모든 자연미의 형식 중에서 오직 산만이 이 같이 기세 드높게 구불구불 이어질 수 있고, 또 오직 물만이 이처럼 마음껏 성정을 다 나타낸다. 또한 오로지 우이산만이 이렇게 산과 물이 서로 휘감고 어울리며 의지하여 그 아름다움을 같이한다. 그러니 그 아름다움은 떼어놓을 수도 없고 뭐라고 이름 지을 수도 있으며 그려내기는 더더구나 어렵다. 나는 산수도 정인 같고 명곡 같아 뼈를 녹이는 매력이 있다고 생각한다. 아름다운 산수는 심신을 잠깐 쉬게 할 수 있는 항구와도 같다. 왕유(王维)는 그만의 망천산장(辋川山庄)이 있고, 소동파(苏东坡)에게는 창장 적벽(赤壁)이 있으며, 주자청(朱自清)에게는 달빛 아래의 연못이 있고, 하면(夏丏)에게는 백마호(白马湖)가 있다. 그럼 오늘 나도 나만의 무이구계(武夷九溪)를 찾은 것이 되는 것인가?

뗏목이 오곡계(五曲溪)를 지날 때 절벽 위에 '오곡유계진(五曲幼溪津)'이라는 글자가 새겨진 것이 보였는데, 유(幼) 자의 역(力)을 일부러 머리가 나오지 않게 쓰고 있었다. 원래 유계는 명나라 시기 이름이 진성(陈省)이고 자(字)가 유계(幼溪)라는 사람으로, 조정에서 관리로 있었는데 중용을 받지 못하자 이곳에 은거해《역경(易经)》을 연구하였다. 돌 위는 또 그가 불만을 터놓은 시가 새겨져 있었다. 양안의 석벽을 자세히 보니 옛 사람들이 남겨놓은 글들이 매우 많았다. 나도 점차 이 산수화 속에서 많은 인물들을 읽어낼 수 있었다. 의병을 거느리고 남송(南宋)에 돌아가 "지금은 슬픔을 다 알아버려 말하려다가도 그만두네

(而今识尽愁滋味, 欲说还休.)"라고 했던 사인(词人) 신기질과 "그저 구주가 통일됨을 보지 못함이 한이라(但悲不见九州同)"고 한 시인 육유(陆游), 그리고 이학의 대가인 주희(朱熹)도 모두 이곳에서 오랫동안 한거하면서 필묵을 남겼다. 그 외에도 명장 척계광(戚继光)이 석벽에 남긴 쟁쟁한 시구도 있다. "검을 한 번 휘두르니 별빛이 차갑구나, 호로를 평정하고 다시 만인을 정복하리라, 어느 때엔가 제후에 분봉되면 제왕에게 이 산과 바꾸리(一剑横空星斗寒, 甫随平房复征蛮. 他年觅取封侯印, 愿向君王换此山)." 이들은 모두 어떠한 사람들이었을까? 칼날이 번뜩이는 살벌한 전장에서 혈로를 뚫고 나온 영웅들이었고, 책의 산과 먹의 바다에서 걸어 나온 철인들이었다. 그들의 가슴 속에는 기복이 심한 산과 파도가 뒤섞여 있는 바다가 있었다. 하지만 그들은 인간세상의 온갖 풍진을 안고 이곳에 와 아득히 높고 고요한 무이를 대하자마자 즉시로 마음의 평정을 찾을 수 있었으리라.

사람은 세상에 오래 있게 되면 자연히 이러저러한 번뇌와 무거운 짐에 짓눌리기 마련이다. 이 모든 것에서 해탈하기 위해서는 예로부터 두 가지 방법이 있었다. 하나는 종교에 귀의하여 심리적 평형을 구하는 것이고, 다른 하나는 자연 속에 들어가 귀속을 찾는 것이다. 소동파는 이 도리를 잘 알고 있었다. 그리하여 그는 거사(居士)가 되었을 뿐만 아니라 산과 물을 찾아다녔던 것이다. 하지만 사람으로 하여금 속세의 번뇌를 제거하고 즉각 정화되어 회귀하도록 할 수 있는 산과 물이 얼마나 되겠는가? 소동파의 월하 적벽은 필경 월색이 몽롱한데다 취의까지 있었기 때문이라고 할 수밖에 없으니 어찌 눈앞의 이 낭랑한 하늘과 푸른 산, 그윽한 물, 그리고 뱃노래와 뗏목의 그림자가 어우러진 이 확실한 선경과 비길 수 있으랴? 만약 어느 한 곳의 산수가 그 운치로 사람의 영혼을 정화시키고 심령을 평정시키며 인생 철리로 계시하여 승화를 이루고 사람으로 하여금 종교와 같은 동경을 가지게 한다면, 이와 동시에 또 그 풍경의 아름다움이 뜨거운 사랑에 빠진 사람처럼 산수를 추구하게 한다면, 그 매력이 족하다고 할 수 있으리라. 이러한 곳이라면 인간세상의 천국 선경이 아니겠는가? 태산에 오를 때 나는 산수가 사람에게 주는 격려를 느낄 수 있었고, 아미산(峨眉山)에 오를 때에는 산수가 사람에게 주는 즐거움을 감수할 수 있었다. 오늘 우이산의 품속에 들고 보니 위대한 편안함과 소박한 평화로움을 느낄 수 있었다. 이는 마치 사우나를 한 후의 홀가분함 같기도 하고 정좌를 한 후의 텅 빈 듯 하면서도 변화무쌍한 듯한 느낌이기도 하다. 이러한 감각은 아마 힌두교 신도가 갠지스 강에서 목욕을 한 느낌이나 불교도가 우타이산(五台山)을 참배할 때만 있을 수 있는 그러한 감각 같은 것이리라. 나는 종교적 체험은 없지만 자연이 인간에 대한 세례를 진정으로 받아들였다. 무이에서 한 번 유람하고 나면 10년 묵은 수심도 털어 버릴 수 있다고 한다. 푸른 산과 명경 같은 물을 마주하면 "무엇이나 다 버릴 수 있다. 다시 살아보자"고 진심으로 다짐할 수 있는 곳이다. 그러기에 이 산에 '환골암(換骨巖)'이라고 있는 것일까?

내가 한창 우이산에 대한 묵독에서 도리를 깨쳤다고 다행스레 생각하고 있을 때, 갑자기 눈앞이 환해지는 듯한 느낌이 들었다. 뗏목이 구곡계(九曲溪)를 벗어나오고 있었던 것이다. 수면이 문득 넓어지고 물은 더 짙푸른 색을 띠었다. 뒤돌아보니 늘씬한 옥녀봉이 낙조 속에서 화장을 하고 있었고, 사공은 여전히 그 끝이 없는 이야기를 계속하고 있다.

1990년 11월

칭다오(青島)에서 집을 보다

9월 말 칭다오(青島)에서 전국 규모의 회의가 있었다. 회의 참가자들은 한결 같이 이곳이 아름답다고 칭찬하였다. 심지어 광저우(广州), 샤먼(厦门) 등 연해지역의 이름난 도시에서 온 사람들마저 이렇게 말하였다. 내가 보기에, 칭다오의 아름다움은 이곳에 있는 특별한 멋의 건물에 있다고 해야 할 것이다.

칭다오의 구식 건물은 주로 독일식이다. 독일 사람들은 1897년 칭다오에 침입한 후 영원히 떠나지 않을 계획을 하였다. 식민정책의 목적은 당연히 약탈이다. 칭다오를 점령한 17년 동안 그들은 계산할 수 없을 만큼의 많은 재물을 약탈해 갔고 또 칭다오에 안락한 은신처까지 만들었다. 아마 고향에 대한 그리움을 해소하기 위해, 혹은 자체 문화 전통에 대한 자부심일지는 몰라도, 그들은 많은 독일 식 건물을 지었다. 그 후 기타 식민 국가들도 이곳에서 본국 풍격의 건물을 적지 않게 지어 무형 중 건축박물관이 이루어졌다. 식민자들은 세계상의 많은 나라에서 이 같은 흔적을 남겼다. 이는 마치 먹이를 찾아 달리는 야수가 무의식중에 몸에 묻은 식물의 씨를 타향에 가져가는 거나 다름없었다.

독일사람들이 칭다오에 지은 큰 건물은 주로 제독부(提督府), 제독루(提督楼)와 화석루(花石楼) 등 세 곳이다. 이곳들은 각각 제독이 사무를 보던 곳, 주거용 주택과 휴식 장소 등이다. 이 세 곳을 나는 모두 자세히 둘러본 적이 있는데, 모두 화강석으로 쌓은 건물이다. 제독부는 정권기구에 이용되는 것인지라, 건물이 높고 벽이 두터우며 풍격이 웅장하고 장엄하였다. 화석루는 바닷가에 있었는데 고고한 성채 같았으며 전원적 풍이 농후하였다. 화석루 아래에는 자그마한 소나무 숲이 있었는데, 숲 속에서 파도소리를 들으며 조수를 보노라면 속세의 번뇌를 모두 털어버릴 수 있을 것 같았다. 제일 볼만한 것은 그래도 제독루였다. 제독루는 1903년에 짓기 시작하여 1907년에 낙성되었다. 들은 바에 의하면, 이 건물은 독일 황궁의 모양을 축소하여 지은 것이라고 한다. 제독루는 전형적인 독일식 성 건물이다. 제독루를 참관할 때 나는 먼저 건물 주위를 한 번 쭉 둘러보았다. 건물은 높이가 30여 미터이고 모두 3층으로 되어 있었다. 1층과 3층은 투박한 돌로 외벽에 장화를 신기고 모자를 씌웠다. 창문 역시 조석(粗石)으로 테를 둘렀다. 좁고도 긴 유리창문은 마치 움푹 패여 들어간 눈 같았고, 중간의 창틀에 불룩하게 나온 돌은 독일인의 높은 콧날과 흡사했다. 1층에는 객실이 있었는데 객실의 가구는 과거와 다름이 없었다. 찬장 위의 상표는 이것이 황실 용품임을 증명하고 있었다. 객실의 동쪽에는 화청이 있었는데 전체가 유리 천장으로 되었으며 분수가 설치되어 있었다. 객실의 오른쪽은 댄스홀로 통했다. 댄스홀 천장 중심 위치에는 꽃바구니 모양의 샹들리에가 있었고 이 샹들리에는 38개의 전구가 달려 있었다. 벽에는 여러 가지 모양의 금속 벽 전등이 쭉 돌아가며 달려 있었다. 가장 재미있는 것은 작은 무대 양측에 각각 여자 얼굴 모양의 벽 전등이 있다는 점이다. 이 벽 전등은 머리 위에 꽃 네 송이가 뻗어 있고 전등 네 개를 달고 있었다. 벽 전등의 원래 얼굴모양은 만월 같이 둥글고 콧등이 살짝 높았다. '문화대혁명' 시기, 홍위병들은 벽 전등의 서양 미인 모습이 눈에 거슬린다고 하여 발로 밟아 납작하게 만들어버렸다. 코가 밟힌 미인은 당연히 마음이 괴롭기 마련이다. 그래서인지 지금 보면 마치 우거지상을 하고 있는 것 같다. 이 건물은 매우 견고하게 지어졌다. 벽 두께가 1미터이다. 토치카로 사용해도 될 듯싶었다. 실내 장식도 매우 호화로웠다. 실외에는 이름 모를 나무와 풀들로 온 비탈이 초록색 바람을 이루었다. 나무들 사이로 비탈을 따라가며 가끔씩 과거 공사를 감독하고 정원을 지키는데 사용되었던 보루가 있었다. 관광객들은 무심코 절반쯤 뜬 그 '눈'과 눈길이 마주치게 되면 저도 모르게 몸서리를 치게 되고, 이곳이 중국 노동자들이 칼날 아래에서 만들어 낸 작품임을 회상하게 된다. 또한 바로 이러한 보루의 보위 하에 이 건물 안의 주인들이 누렸을 사치스런 생활을 연상하게 된다. 듣건대, 이 건물을 지은 제1임 제독은 건물이 황궁을 모방하였고 또한 방대한 자산을 허비하였으므로 본국 내 국회에서 탄핵을 받아 건물에 입주해 보지도 못한 채 돌아갔다고 한다. 역사의 비바람을 사이에 두고 보니 이러한 옛 이야기들은 이미 희미해 졌지만, 오늘의 밝은 햇빛 아래 이 건물의 군체는 점차 그 미학적 가치를 드러내기 시작했다. 이는 마치 일반인들이 이화원(頤和園)을 유람할 때 자희태후(慈禧太后)가 어떻게 해군 군비를 유용하였는가에 대해서는 별로 마음에 두지 않는 것과 같은 도리이다. 예술과 정치는 필경은 서로 다른 일이기 때문이다.

칭다오에 있는 며칠 동안 집을 보는 것이 나의 가장 큰 흥미가 되었다. 아침 일찍 일어나서는 골목들을 다니면서 이국적 건물들을 자세히 들여다보기도 하고 그들의 화강석 벽을 만져 보기도 했으며, 창문의 문미에 올린 기와 숫자를 헤아려 보기도 했다. 이런 집들의 아름다움은 우선 그 조형에 있었다. 이런 건물들은 네모난 상자나 기차 차량 식의 금을 그은 듯한 가지런한 것이 없었으며 윤곽도 직선이 적고 꺾은선이나 호선이 많았다. 지붕도 평평한 것이 없었다. 고딕 양식의 뾰족한 지붕이나 헬멧 형이 많았다. 창문도 그냥 네모난 것이 적었다. 어떤 창문은 좁고도 길어 성채의 깊숙함을 느끼게 하고 또 어떤 것은 배두렁이처럼 아래는 둥글고 위는 뾰족해 공중에 떠있는 이슬방울을 연상케 했다. 지붕은 일색으로 붉은 기와를 얹었는데 이러한 기와들도 현대 건물처럼 평형으로 배열해 놓은 것이 아니었으며 혹은 중국 궁전 식으로 비스듬히 펴놓은 것도 아니었다. 거의 수직에 가깝게 세로로 걸어 놓은 것이었다. 건축사는 장중한 화강암 작품을 곧 완성하게 될 무렵, 선명한 빛깔의 붉은 기와로 '머리장식'을 하여 건물들을 이마부터 쭉 돌아가며 포장해 놓았던 것이다. 그 모습은 마치 붉은 천으로 머리를 동여맨 시크족 무사가 해변의 푸른 나무 아래에 꼿꼿하게 서있는 것 같았다. 나는 가끔 좀 더 멀리 가 해변의 암초 위에 앉아 전 도시를 바라보곤 했다. 빌딩이 즐비하게 늘어선 것이 보였는데 구름 같은 푸른 나무들에 어울리어 한 무더기의 튕기는 불꽃 같기도 하고 푸른 하늘과 바다 사이의 붉은 낙조 같기도 하였다. 사실 칭다오의 서양식 건물만 놓고 베이징의 사합원(四合院)이나 수향의 죽루(竹楼)와 비긴다면 더 아름답다고 하기는 어렵다. 다만 익숙한 땅 위에 갑자기 이국의 건물이 나타나 마치 산문체 백화문에 우연히 연구(对偶句)가 나타난 것처럼 이화접목(移花接木)의 신기한 효과가 나타난 것이다. 게다가 우리는 마음이 너그럽고 다른 사람 것을 받아들일 줄 아는 민족이므로 이런 건축 풍격의 이국적 씨앗이 보류되어 중국의 대지 위에 하나의 도시 풍격이 되었던 것이다. 이로부터 칭다오는 "타산지석 같은 아름다움"을 지닌 것으로 전해지게 됐고 그 아름다움이 개성이 있게 되었다. 이따금 나는 호텔

빌딩에서 창문을 열고 전 도시를 굽어보기도 한다. 이때면 그 붉은 지붕들은 평면 투영이 되어 보이는데 수많은 붉은색 손수건이 푸른 나무의 바다에서 가볍게 나부끼는 듯했다. 그 붉은 손수건 아래의 사람들은 자신이 들어 올리고 있는 지붕이 이렇게 아름다운 그림을 조합했음을 절대 생각하지 못했을 것이다. 이는 마치 대형 집단체조 공연과도 같은 것이었다. 나는 저도 모르게 변지림(卞之琳)의 명시가 떠올랐다.

> "당신이 다리 위에 서서 풍경을 볼 때
>
> 풍경을 보는 사람이 건물에서 당신을 보네.
>
> 명월이 당신의 창문을 장식했다면
>
> 당신은 다른 사람의 꿈을 장식했지"

칭다오, 그대는 다른 도시와 함께 생산, 생활, 건설에서 무심코 다른 사람들의 얼마나 많은 꿈을 장식해 왔던가!

도시 이미지의 형성은 자연 풍광이 이루어지는 것과 흡사하다. 우리에게는 타이산(泰山)의 웅장함이 있고, 황산(黃山)의 광활함이 있으며, 지우차이거우(九寨沟)의 신기함이 있다. 그리고 또 베이징(北京) 황궁의 휘황함과 수저우(苏州) 원림의 정교함, 칭다오 건물들의 현란함과 다채로움이 있다. 모든 아름다운 사물의 탄생은 고통스러운 시달림을 거친다. 어느 명산인들 불의 단련과 물의 절삭을 거치지 않았는가! 칭다오는 역사의 진통을 거쳐 이러한 아름다움을 육성해 냈다. 우리는 그 아름다움을 잘 보존해야 할 것이다.

1991년 10월 21일

영원한 계림

계림(桂林)의 산수에 대해서는 사실 아주 많이 다루어졌다. 하지만 사람들은 아직 그에 대한 담론을 그치지 않고 있다. 이는 계림의 매력이 무궁함을 말해준다. 계림의 아름다움은 영원히 다 볼 수 없고, 다 알아낼 수 없기 때문이다. 그리하여 사람들은 계림을 감상하고 탐색하며 또한 그 속에서 미를 만끽하려 한다. 해마다 1,000여 만 명의 사람들이 세계 각지로부터 계림에 찾아오는데, 이곳의 산과 물, 그리고 이곳의 돌을 보기 위한 것이다. 산이나 물, 그리고 돌이 어디엔들 없으랴? 하지만 이곳의 산과 물, 돌은 그 어느 곳과도 같지 않다. 그 산수는 보는 사람이 깜짝 놀라도록 아름답고, 취하도록 아름답다. 문인 묵객들이 예술적으로 칭찬한 말은 그만두고, 천이(陈毅)의 제사가 오히려 더 진실하다 할 수 있다. 즉 "계림 사람이 되기를 원하고 신선이 되기를 원하지 않는다"고 했다. 어느 한 외국의 원수는 "하느님이 첫 일곱 날에 아담과 이브를 만들고 그 다음 일곱 날에 계림을 만들었다. 그 다음 일곱 날 에는 또 무엇을 만들어 낼지 참으로 알 수 없다"고 말했다. 외국사람들은 하느님을 믿고 중국 사람들은 신을 믿는다. 신이든, 하느님이든 하여튼 명확히 설명할 수 없는 것들은 그들에게 맡기는 것이다. 계림의 아름다움은 확실히 명확히 설명할 수 없는 것이다.

설을 갓 쇠고 나서 계림을 유람하였다. 우리는 먼저 배를 타고 리강(漓江)을 따라 계림으로부터 양쉬(阳朔)에 왔다. 수면은 맑고도 옅었다. 얼마나 옅은지 의심이 갈 정도였다. 배에 앉아 물 밑의 돌을 다 들여다 볼 수 있었다. 물이 얕고 파도가 없었으므로 수면은 마치 거울과도 같았다. 이렇게 얕은 물이지만 110명이나 탄 배를 띄울 수 있었다. 이는 물이 고요한 덕분이라 하겠다. 배는 바닥이 편평하여 흘수가 깊지 않아 목편처럼 안전하게 뜰 수 있었다. 이는 우선 배에 탄 사람으로 하여금 매우 친절함을 느끼게 했다. 야만적이지도 않고 위험하지도 않았다. 계림으로부터 양쉬까지 80킬로미터인데 낙차는 38미터밖에 되지 않는다고 했다. 강 위에는 가끔씩 대나무 뗏목이 지나갔는데, 대나무 일곱 대를 묶어 만든 것이었다. 뗏목 위에는 항상 어부가 있었는데 삿대를 가로 들었고 물수리를 두 마리쯤 데리고 있었다. 멀리서 보면 어부가 발을 물에 잠그고 있는 것이 마치 물 위에 서있는 것 같아 신화 중의 여덟 신선이 바다를 건너거나 관세음보살이 물 위로 나오는 것 같았다. 이때 양안의 산은 물가에 드문드문 서있었는데 산봉우리는 북방처럼 뾰족하지 않고 부드러운 호선을 이루며 평지를 뚫고 나오는데, 둥글둥글한 만두 같기도 하고 세워놓은 우렁이 같기도 하였다. 산은 겨울이지만 초목이 가득 자라 있었다. 산들은 멀지 않은 거리를 사이 두고 서있는데 물의 움직임에 따라 갖가지 자태를 만들어 냈다. 산들은 높지도 않아 보통 40~50미터 정도 안 되었다. 그러니 배 위에서 무엇이나 다 똑똑히 볼 수 있었다. 산간의 나무와 나무 사이로 가끔 내민 붉은 잎, 돌과 돌 위의 무늬까지 다 보였다. 그리고 또 언제 새겨진 것인지 알 수 없는 석벽 위의 글자까지 보였다. 마치 도시에서 한가하게 걸으며 도로 양측의 층집 베란다에 널린 옷들 중 누구 집 것이 보기 좋은지, 또는 누구 집에서 창문에 새로 칠을 했는지 보이는 것 같았다. 강물은 산기슭에 바싹 붙어서 가볍게 돌아갔는데 그 가벼움이란 물이 흐르는 것인지 흐르지 않는 것인지 알 수 없을 정도로 파도가 없었고 심지어 잔물결조차 없었다. 사실 이 물은 산의 거울이 되어 있었다. 물에 비낀 그림자가 조금도 다름이 없는 표준적인 기하학적 대칭체가 아닌가? 배가 양쟈핑(杨家坪)을 지날 때 '양의 뿔'이라는 이름의 산이 있었는데, 그 곳의 물은 진짜로 커다란 '양의 뿔'과 같았다. 물이 구불구불 돌아갈 때마다 산봉우리들은 앞뒤 좌우로 다 볼 수 있었고 또 거울 밖에서도 보고 거울 위에서도 볼 수 있었다. 산과 물은 본래 사람을 당당하고 대범하게 만든다. 그런데 오늘만은 마치 공예품을 손바닥 위에 올려놓고 완상하는 듯한 느낌이다. 산이 단장을 하고 강변에 서서 교태를 부리며 거울을 들여다보는데, 그대 한 번 오기 쉽지 아니 하니 흠뻑 취하도록 보시게나. 신기질의 사(词)에는 이런 구절이 있다. "내가 푸른 산을 보매 그저 아름답기만 하여라, 푸른 산도 나를 보면 응당 그러하리라(我见青山多妩媚, 料青山见我应如是.)." 이곳의 산은 강건한 맛은 없다. 물 또한 더욱 부드럽고 섬세하여 큰 소리 내어 부를 수조차 없다. 양쟈핑을 조금 지나면 반볜다오(半边渡)이다. 산이 물과 너무 가까이에 서있다 보니 그만 물속에 발을 담궈 버렸다고나 할까? 물가에서 사람들이 다니던 길이 이곳까지 오면 끊겨져서 배로 가야 한다. 하지만 배를 타고 간다고 하지만 맞은편 기슭으로 가는 것이 아니라 그냥 원래 가던 길을 계속 가는 것이다. 마침 이때 초등학생들이 하교하여 지나갔는데 그 모습이 마치 어린 양들이 재롱을 부리며 뛰노는 것 같았다. 얼마나 들썩거렸는지 수면 위 나무 그림자들이 부르르 떨렸다. 사람 없는 나루터에서 꼬맹이 너덧이 가볍게 뗏목 위에 뛰어 오르더니 그중 좀 커 보이는 애가 스스로 뒤에 가서 삿대를 잡았다. 휘파람 소리와 더불어 붉은 넥타이를 아이들은 삽시간에 바람을 타고 붉은 화염으로 변하여 길의 저쪽 켠으로 가버렸다. 그쪽에서는 몇몇 여성들이 물이 옅은 곳의 돌 위에서 다듬이질을 하며 빨래를 하고 있었다. 애들은 풀숲에서 장난을 치고, 그 뒤 좀 더 먼 곳에서는 농부들이 일하고 있었다. 겨울의 끝자락인지라 리강에서 늘 보는 안개비도 내리지 않아 풍경이 맑고 아름다웠다. 물가에는 종종 봉황죽(凤尾竹)이 한무더기씩 나타나곤 했는데 그 뒤에는 농가에서 밥 짓는 연기가 모락모락 피어오르고 있다. 앞을 바라보니 여러 산들이 기복을 이루었는데 마치 행진하고 있는 낙타 무리 같았다. 그 낙타의 방울소리가 귓가에 은은히 들려오는 듯싶었다. 뒤를 돌아보니 물과 하늘이 하나로 어우러져 있고 산봉우리들이 서로 맞대어 있는 듯하여 마치 장성의 여장(女墙)처럼 빙빙 돌아가며 끝없이 이어지는 것 같았다. 배 위에 선 나의 머릿속에는 수시로 "이게 산이 맞나, 이게 물이 맞나?"하는 생각이 떠올랐다. 북방의 산에서는 몇날 며칠이고 그 속에서 나올 수가 없다. 그 사이 얼마나 많은 일선천(一线 天)과 편담협(扁担峡)을 지나야 하는지 모른다. 케이블카로 산 정상에 오르면 강과 바다를 뒤집는 듯한 기세를 체험할 수 있다. 그런데 이곳의 산수는 정교하기가 분재 같고 아름답기가 동화 같다. 분재라고 할 수 있다지만 진짜 산과 물이고 진짜 수목이다. 또한 동화 같다 하지만 우리는 확실히 그 속에 몸을 담그고 있다. 사물은 진위를 분간하기 어려울 때, 수묵화처럼 흐릿한 미감이 번지기도 하고, 무제의 시처럼 무엇인지 확실하게 알 수 없는 뜻을 전달하기도 하며, 무대 위의 대역 배우처럼 신선함이 배어 나오기도 한다. 이것이 계림에 대한 나의 첫 인상이었다.

기슭에 오른 후 우리는 차를 타고 육로를 통해 귀로에 올랐다. 육로는 물빛에 비낀 풍경이 없지만 대신 온 들에 가득 찬 푸른 바람이 있었다. 길가의 작은 산들은 평야에 우뚝 솟았는데 가까이에서 보면 둥근 토치카 같기도 하고 보릿단을 쌓아놓은 것 같기도 했다. 산은 높지 않았고, 부들부들한 초목들을 가득 뒤집어쓰고 있었는데 차를 세우고 손을 내밀어 만져보고 싶었다. 혹은 그 풀더미 속에 풍덩 뛰어들어 다시 어린 시절의 꿈을 꾸고 싶었다. 같은 차에 앉은 한 젊은 친구가 말했다. "세상에 진짜로 이런 산도 있네요. 어릴 때 상형 '산'자를 보고 그런 산을 상상할 수가 없었는데 이제 와서야 그 수수께끼가 풀린 것 같아요." 그 말에 사람들이 모두 한바탕 크게 웃었다. 이 보릿단 더미들은 크고 작은 것들이 뒤섞여 시야에 나타났다가는 사라지곤 하였고, 물 오른 푸른 가지들은 봄바람에 단장을 한 버드나무들이 한 무더기씩 서있는 것 같기도 하였다. 이들은 하늘가에까지 가서는 녹색의 곡선으로 남을 뿐이었다. 우리가 앉은 차는 위예량동(月亮洞)으로 향하고 있었다. 사실 위예량동은 멀리에 있는 산봉우리인데 산 가운데로 동굴이 뚫려 있고, 이 동굴은 또 앞쪽의 산에 가리어져 있다. 차가 앞으로 나감과 더불어 조각달이 시야에 들어오고 있었다. 달은 갈수록 점점 더 둥글어졌고 마치 어린 아가씨의 웃음 띤 얼굴처럼 찬연하였다. 그런데 다시 앞으로 더 나가니 가벼운 구름에 가리어진 것이 월식과도 같았다. 이 위예량동에 대해 닉슨 대통령도 유람을 왔다가 큰 소리로 절찬을 하였다고 한다. 그는 기어코 산에 올라가 그 원인을 알아보려고 하였다는 것이다. 이건 원래 수저우 원림 예술에서 많이 사용하는 '이보환경법(移步換景法, 발걸음을 옮기면 풍경이 달라지게 하는 방법)'이다. 다만 대자연이 벌써부터 이러한 풍경을 만들어 놓고 있었다는 점을 생각지 못했을 뿐이다.

이튿날 우리는 하루 종일 시내에서 산을 구경했다. 시내에서 산을 본

나룻배를 찾아서

다는 것 자체가 신선한 화제이다. 도시에 어찌 산이 있을까? 있다 해도 그냥 공원 안에 꾸며놓은 인공 산이겠지 했다. 과거 쿤밍(昆明)에서 룽먼(龙门)에 오를 때, 도시 근교에 진짜 산이 있어서 크게 놀란 적 있었는데, 이번에 계림에 와보니 수십 개의 크고 작은 산이 길가에 있는가 하면 기관의 뜰 안에까지 뚫고 들어가 있었으며, 심지어 주택가 창문 밑에 웅크리고 앉아 있기도 했다. 또는 아예 사거리에 막아 나서서 지나가는 사람들을 지켜보기도 했다. 고산(孤山), 천산(穿山), 상산(象山), 첩채산(叠彩山), 낙타산(骆驼山), 독수봉(独秀峰)이 바로 이렇게 사람들과 한데 어울리고 있었다. 계림에서는 출퇴근 시간이면 차들이 꼬리를 물고 산을 에돌아 다닌다. 휴일이면 인파가 산허리에서 구르기도 하고 산속의 동굴로 파고들어 가기도 한다. 이렇게 산과 사람이 오랜 세월 동안 함께해 오다 보니 산에도 영기가 있게 되었다. 그중 가장 이름난 것이 샹비산(象鼻山)이다. 도시 주변의 물가에 네 발을 든든하게 내디디고 선 이 '코끼리'는 긴 코를 물속에 쭉 뻗치고 있었고 그 물속에는 또 똑같은 모양의 '코끼리'가 있었다. 낙타봉은 서쪽을 향해 힘들게 걸어가는 긴 털의 낙타와도 같았다. 잔등 위의 두 육봉과 앞으로 내민 코, 그리고 여행으로 인해 지친 모습이 똑같이 닮아 있었다. 이 산들은 대부분 공원으로 개조되었는데, 진짜 산수인지라 경치 좋은 산이나 이허원(颐和园)보다 훨씬 더 보기 좋았다. 계림의 산에는 모두 동굴이 있었다. 동굴의 크기는 이루다 말할 수 없었다. 나는 촨산(穿山)의 한 동굴에만 들어가 봤다. 전설에 의하면, 이 동굴은 복파(伏波) 장군이 활을 쏘아 단번에 꿰뚫은 것이라고 한다. 동굴 안에는 수백 명이 앉을 수 있었는데, 돌로 된 상과 걸상이 있었다. 여름이면 퇴직한 노인네들이 이곳에서 장기를 두거나 마작을 하며 놀곤 하였는데 그야말로 신선도 부러워할 지경이다. 가장 오래된 동굴은 당연히 루디암(芦笛岩)이다. 이 지하 용궁에는 온통 석순, 석주, 그리고 돌로 된 참외나 복숭아, 오얏, 돌로 된 사자, 범, 원숭이, 거북 등의 천지이다. 그중 일부 기석은 아무리 고명한 대가라도 그처럼 하늘땅을 놀라게 하는 걸작을 조각해 낼 수는 없을 것이다. 이곳에서는 어찌하여 크게는 산으로부터 작게는 돌에 이르기까지 모두 이처럼 생명력 있고, 활력이 있을까 하는 생각이 들 정도였다. 계림은 산수로부터 초목에 이르기까지, 하늘로부터 땅에 이르기까지 온통 영기가 차고 넘친다. 인걸(人杰)은 백 대에 한 사람이 나올 수 있으나, 영험한 산천은 만 리에 한 곳도 찾아보기 어렵다고 했다. 그러니 이곳은 하느님의 특별한 사랑을 받았다거나 귀신이 조화를 부린 것이라는 외에 어찌 달리 해석하랴?

　어쩐지 계림에서는 늘 수저우(苏州) 생각이 났다. 계림과 수저우는 자연과 인공이라는 양단에서 각각 아름다움에 접근한다. 이들은 모두 이 양단을 끌어다 아름다운 꽃송이로 엮으려 한다. 사람은 좋은 음식과 아름다운 옷을 중히 여길 뿐만 아니라, 아름다운 곳을 선택해 거주할 수 있기를 바란다. 아름다운 곳을 선택함에 있어서 한 가지 방법은 자연미가 풍부한 곳을 찾아가는 것이다. 그곳이 바로 계림이 될 수 있다. 그 외 또 다른 방법이라면 바로 자기가 살고 있는 곳을 될수록 자연에 가깝게 꾸미는 일이다. 그러한 곳이 바로 수저우라 할 수 있다. 인류는 본래 어린 새가 둥지를 떠나기 아쉬워하듯 자연에 기대려 하고, 자연을 동경한다. 고대에는 얼마나 많은 승려와 도인, 은자가 자연을 즐기기 위해 도시에서 탈출했는지 모른다. 하지만 인력의 강대해짐과 더불어 인류는 또 자연을 배척하기 시작했다. 그리하여 현대화된 도시를 건설했다. 철근과 시멘트, 유리, 알루미늄합금으로 새 둥지를 만들었다. 하지만 그와 동시에 응분의 징벌을 받게 되었다. 우리는 계림에서 또 다른 답안을 얻게 되었다. 계림의 산수와 마찬가지로 보귀한 것이 있다면 바로 사람과 자연이 일치를 가져오는 것이다. 계림의 산수처럼 사람들의 부러움을 자아내는 것이 바로 계림 사람들의 생존 환경이다. 그들은 사람의 가치를 충분히 실현하는 동시에 승려가 사찰을 꾸리듯 자연의 비위만 맞추려 하지 않았고, 또 상하이(上海)나 광저우(广州) 사람들처럼 아예 자연을 쫓아 버리지도 않았다. 그들은 자연의 품에 안겨 현대문명을 지극히 적당하게 발휘하여 자연의 아름다움을 최대한도로 보류해, 사람이 자연에 대한 순수함과 동심을 남겼고 또 사람과 자연이 서로 사랑하고 서로 녹아들 수 있게 하였다. "계림 사람이 되기를 원할 뿐 신선이 되기를 원하지 않는다"고 한 천이(陈毅)의 말뜻을 진정으로 이해할 수 있었다. 신선이 좋기는 하지만 인간의 향기가 없다. 계림은 인간 향기가 풍기는 선경이고 진짜 산과 물로 된 진경이며 어른의 동심이 어린 꿈속 같은 곳이다.

1995년 8월

지우화산(九华山)에서 불법을 깨닫다

지우화산에 도착한 것은 오후였다. 우리는 숙박할 곳을 대충 정해 놓고는 케이블카를 타고 곧장 톈타이(天台)로 향했다. 케이블카는 천천히 위로 올라갔다. 발밑에는 산들이 겹겹이 이어졌고 산비탈과 벼랑 가에는 소나무, 측백나무, 가문비나무, 계수나무, 멀구슬나무가 가득 덮여 있었다. 가장 매혹적인 것은 그래도 푸른 대숲이었다. 녹황색의 대나무 잎은 봉황이 꼬리를 가볍게 흔들 듯 짙푸른 나무의 바다에서 하늘거렸다. 가끔씩 그 잎이 우리의 케이블카에 닿기도 했다. 너구나 새로 돋아나온 대나무의 싱싱한 신록은 그 끝에 흙빛의 죽순 껍질이 벗겨진 채 온 몸의 풋 기운 그대로 우리의 발밑을 향해 찔러 왔다

톈타이의 정상은 완만한 산등성이인데, 거석이 있고, 돌 사이에는 또 오래된 소나무가 있었다. 길 복판에는 두 거석이 가지런히 서 있었고 그 가운데는 틈이 나 있었다. 석벽 위에는 '일선천(一线天)'이라는 큰 글자가 새겨져 있었다. 몸을 옆으로 돌려 비스듬히 그 틈을 통과하여 나오니 갑자기 눈앞이 확 트이며 핑타이(平台)가 나타났다. 핑타이의 맞은편에는 기이한 봉우리가 우뚝 솟았고 그 옆에는 또 거석이 가슴을

쑥 내밀고 바로 붙어 서있었다. 이것이 바로 지우화산의 이름난 풍경인 '노응파벽(老鷹爬壁)'이다. 이 절벽 위에는 소나무 8~9그루가 돌 위에 발을 붙이고 서 있었는데, 수관이 쫙 퍼진 것이 큰 우산 같았다. 평대에서 아래를 굽어보니 소나무와 대나무가 파도를 치고 있었고, 바람이 불고 구름이 피어오르는 모습이 참 장관이었다. 가끔 두견화가 푸름의 바다 속에서 불길처럼 붉게 타오르고 있었다. 멀리서 바라보니 산봉우리들이 면면히 이어지면서 선을 이루었는데 팔을 벌리기만 하면 이 수많은 아름다운 풍경을 품 안에 넣을 수 있을 것 같기도 했다. 먼 곳의 숲속에는 가끔씩 흰색 혹은 노란색의 건물이 보였는데, 이러한 건물은 대부분 사찰이라고 했다. 나는 속으로 참으로 좋은 풍경이고, 참으로 좋은 숲이구나 하고 감탄했다.

우리는 이 같은 풍경에 심취한 채 청석으로 된 오솔길을 따라 산에서 내려왔다. 어스름이 점차 산골짜기에 스며들었다. 왼쪽은 촌락의 시골길이고 오른쪽은 계곡을 따라 흐르는 개울물인데 푸른 나무들이 가득 우거져 개울을 덮어버려 졸졸 흐르는 물소리만 들릴 뿐 물이 어디에 있는지 보이지 않았다. 산바람이 솔솔 불어오고 고요하기 이를 데 없는데, 도시에서 온 우리들은 오래간만에 느끼는 고요함에 누구도 입을 열지 않고 묵묵히 그 고요함을 한껏 누리고 있었다. 바로 이때 갑자기 왼쪽의 작은 뜰에서 한 노파가 걸어 나왔다. 손에는 삼태기를 들었고 비구니 옷차림을 했는데 여윈 체형에 온 얼굴에 주름 투성이었다. 그녀는 우리를 막아서며 말했다. "선인이시여, 보살님께서 당신네 온 가족이 평안 무사하도록 보호할 것입니다. 어서 들어오셔서 분향하십시오." 그제야 머리를 들어보니 그곳은 비구니 암자였다. 사람들은 신기하게 느껴져 그녀를 따라 들어갔다. 노파는 기뻐서 끊임없이 중얼거렸다. "귀인이시여, 보살님께서 당신들이 승진하고 부자가 되도록 보호해 주실 것입니다." 암자는 아주 평범한 민가였다. 바깥방에 관세음보살상을 모시고 향로 하나와 방석 하나가 놓여 있었다. 벽 구석에는 농가의 기물들을 쌓아 놓고 있었다. 관세음보살은 그 사이에 끼워 있었다. 안방을 들여다보니 주방이었다. 나는 헌금함에 지폐 몇 장을 넣고는 노파와 이야기를 나눴다. 그녀는 올해 예순 아홉인데, 원래는 산 아래에 살았고 이 곳에 온 지는 7년째라고 했다. 집에는 아들 둘, 손자 둘이 있다고 했다. "지금은 농촌 사람들도 잘 산다고 들었습니다. 집에 돌아가 손자나 보시지 않고 왜 이곳에 있습니까?" 내가 이렇게 묻자 그녀는 "며느리가 욕해요, 내가 이미 나왔으면 다시 돌아갈 생각을 하지 말라고 해요"라고 대답했다. "아들들이 보러 옵니까?" 내가 또 물었다. "안 와요. 아들들은 나에게 수행을 하라고 해요. 하지만 삭발은 하지 말라고 해요." 노파는 얼마 남지 않은 흰 머리카락을 가리키며 말했다. "분향하러 오는 사람은 많습니까?" 내가 다시 물었다. "어디에 분향하러 올 사람이 있겠어요? 내가 나가서 모셔 들이지 않으면 누구도 들어오지 않습니다." 그녀는 이렇게 대답하는 것이었다. 울 안을 둘러보니 우물이 있고 초롱과 막대기 등이 있었다. 혼자서 어렵게 생활함을 알 수 있었다. 동행한 여성 두 명도 탄식해마지 않았다. 나도 어쩐지 마음이 우울해졌다. 하산하면서 거리를 살펴보니 전 산마을은 크고 작은 절과 암자, 정사(精舍), 모붕(茅棚)으로 가득했다. 그중 많은 것들은 새로 지은 것이었는데 벽은 눈을 자극하는 흰색 혹은 노란색으로 칠했고 문어귀에는 불교적인 대련을 붙여놓고 있었다. 문 안에는 불상을 모시었으며 향불 연기가 피어오르는 것이 은연히 보였다. 이곳 사람들은 대대손손 부처님을 믿는 것으로 생업을 꾸려 나가고 있었다. 어느 한 중등 크기의 '정사' 앞을 지나며 보니 승복을 입은 사람이 문 앞에서 한담을 하고 있었다. 내가 몇 마디 대꾸를 하자 그는 열정적으로 소개하기 시작했다. 원

나룻배를 찾아서

래 이곳 산에는 크고 작은 절과 암자 등이 700여 개나 있었는데 그중 일부는 정식으로 관리하는 사찰이고 대부분은 절이라고 이름 짓고 향로나 마련해 놓고는 손님을 맞이하는 '개인' 절이라고 했다. 마치 도시 사람들이 길가에 있는 창문을 열어놓고 물건을 팔면 그대로 작은 가게가 되는 거나 같다고 했다. 하산하여 여관에서 이 일에 대해 얘기했더니 현지인이 "아직 모르시는가 봅니다. 어떤 절은 아예 부부가 운영하고 있습니다. 낮이면 남자는 승복을 입고 여자는 비구니 옷을 입고 헌금함을 차려 놓습니다. 그러다가 저녁이면 침대를 붙이고 함을 열고 돈을 헤아린답니다"라고 했다. 그 말에 나는 뭐라고 대답했으면 좋을지 몰랐다. 나도 모르게 아까 만났던 노파가 아들이 삭발을 하지 말라고 했다던 말이 떠올랐다. 아마 우리가 가짜 비구니라고 생각할까봐 그러는 것 같았다.

이튿날 이른 아침 우리는 이 산에 있는 명찰인 즈의옌사(祇园寺)를 찾아갔다. 사찰에 들어서니 스님들이 급히 어디론가 가고 있었는데 마치 군사 행동이라도 하는 것 같았다. 가사를 입은 노승 행렬이 대웅보전에 들어가고 좀 젊은 스님들이 앞뒤로 급히 뛰어다녔는데 마치 지방에서 대회를 열거나 경축행사를 하는 것 같았다. 더욱 이상한 것은 속인 남녀들도 급하게 객당(客堂)에 들어갔다가 잠시 후 다시 나올 때에는 남자들은 구두를 신은 채 그 위에 승복을 걸쳤고 여자들은 립스틱을 바르고 장신구를 달고, 하이힐을 신은 채 니의(尼衣)를 입고 있었다. 승려와 속인들은 모두 대웅보전에 들어가 앞에는 승려들, 뒤에는 속인들 순서로 여러 줄을 섰다. 앞에 있는 노승이 목탁을 몇 번 두드리자 전내에는 사처에서 경 읽는 소리가 울리기 시작했는데 우레 소리 같았다. 승복, 니의를 입은 속인들도 합장을 한 채 입술을 움직이고 있었다. 대전 내 양측에는 긴 걸상이 놓여 있었는데 이는 우리 같은 구경이나 하러 온 속인들을 위해 준비한 것이었다. 내가 앉은 걸상에는 중년 여성 두 명이 더 앉아 있었다. 그중 한 여성은 격동을 금할 수 없다는 듯이 황급히, 그러나 조금은 부끄러운 듯한 표정으로 옆에 있는 여성을 독경 대열로 잡아끌었다. 그런데 이 여성은 손을 뿌리치며 대열에 들어서려 하지 않았다. 그러자 그 여성은 도반을 돌아보고는 다시 눈을 크게 뜨고 이 신비하고도 장엄하며 또 약간은 공포스러운 전당을 휘둘러보는 것이었다. 삼보대불(三保大佛)이 반공중에 정좌하였는데, 두 눈을 가느스름히 뜨고 인간세상을 내려다보고 있었다. 그녀는 끝내 그 압력을 이기지 못해 니의를 거머쥔 채 두 번째 독경 대열에 들어섰다. 나는 그냥 남아있는 여성 옆에 옮겨 앉아 그녀와 이야기를 나눴다. "왜 독경하는데 나가지 않으십니까?", "다른 사람이 자기 조상을 위해 불사를 하는데 내가 왜 독경하겠어요." "이러한 불사를 하려면 돈이 얼마나 듭니까!", "적어도 수십만 위안은 들어야 해요. 이번에 불사를 하는 사람은 싱가포르에서 온 거상이라고 해요. 자신의 모든 조상들의 명복을 빌기 위해 대비주(大悲咒)를 독경해요." 나는 깜짝 놀랐다. 불사를 하는데 이렇게 많은 돈이 들다니! 이때 그녀가 말했다. "싼 것도 있어요. 10위안을 내면 망자의 이름을 쓴 위패를 대전에 이레 동안 놓아 둘 수 있어요." 그녀는 이렇게 말하며 대전의 왼쪽 뒤 구석을 가리켰다. 그제야 나는 거기에 위패들이 작은 산처럼 가득 쌓여 있는 것을 발견했다. "보아하니 거사인 것 같은데……" 내가 말했다. 그녀는 불문에 귀의한 시간이 오래 되지 않으므로 아는 것이 많지 않다고 했다. 입고 있는 니의에 대해 묻자 그녀는 절에서 산 것이라고 했다. 35위안에 한 벌인데 이 대전에 드는 신도들은 모두 승의, 니복을 입어야 한다고 하면서, 절에서 승의, 니복을 공급한다고 했다. 그제야 나는 속가제자(俗家弟子)들이 왜 객당으로 가는가에 대해 알 수 있었다. 금선탈각(金蟬脱殼)을 위한 것이었다. 이건 마치 학교에서 교복을 통일해 입는 거나 다름없었다. 규정이기도 하지만 또한 꽤 큰 장사수단임에 틀림없었다.

우리는 즈위옌사에서 나와 층계를 따라 산정에 올랐다. 바이쉐이궁(百岁宫)을 보기 위한 것이었다. 바이쉐이궁은 사실상 동굴이었다. 전하는 바에 의하면 명(明)나라 시대 무가(无暇)라는 스님이 이곳에서 수행하였는데, 28년이라는 세월 동안 혀를 찔러 그 피로 화엄경을 썼다고 한다. 무가스님은 110세에 좌화하였는데 육신이 3년 간 부패하지 않아 문도들이 기이하게 여겨 금으로 육신을 감아 지금까지 보존해오고 있다고 한다. 진신(真身)불이 있으므로 이곳은 향화가 흥성하고 있었다. 우리가 왔을 때에도 이 곳에서는 한창 불사를 하고 있었다. 가격을 물으니 한 번에 20만 위안이라고 했다. 산정에는 별다른 풍경이 없었다. 한창 토목공사를 하고 있었는데 도처에 벽돌과 목재, 모래가 널려 있어 발 디딜 자리조차 없었다. 사찰 앞의 공지에서는 몇몇 석공들이 뚝딱거리며 공덕비를 새기고 있었다. 길가의 가게에서는 독경 녹음 테이프를 틀어 놓고 큰 소리로 목탁이나 염주 같은 법물을 팔고 있었다. 범음(梵音)과 시장의 시끌벅적한 소리가 어울리고, 여행객과 참배자가 한 덩이가 되어 붐비었다. 우리는 천천히 하산하기 시작했다. 하산길에 목재나 벽돌, 기와 등을 메고 오는 산민들을 만날 수 있었다. 산민들은 수시로 멈춰 서서는 목재로 땅을 짚은 채 땀을 닦았다. 하지만 그들은 휴식도 그대로 휴식하는 것이 아니라, 옆으로 지나가는 여행객들에게 손을 내밀었다. "보살님께서 보우하실 것입니다. 선행을 베풀어 찻값이나 좀 주십시오. 사찰을 짓는 사람에게 돈을 주는 것은 향을 올리는 것보다 더 영험할 것입니다." 그들을 보며 내 마음은 모순되기 그지없었다. 고생하는 사람에게 돈을 주지 않자니 양심에 거리끼고 그렇다고 돈을 주자고 하니 구걸하는 걸 부추기어 좋지 않은 풍기를 조장하는 것 같았다. 게다가 이렇게 곳곳에서 여행객들의 돈주머니를 노리는 걸 보니 흥이 깨졌다. 불심이 강하고 마음이 여린 사람들은 더구나 당혹스러워 했다. 한 사람에게 돈을 주면 곧바로 두 사람, 세 사람이 달라붙어 구걸했기 때문이다. 나는 인도를 방문할 때의 정경이 생각났다. 당시 귀국 후 "도처에서 구걸의 손을 내밀어"라는 글을 썼었는데 의외로 오늘 국내의 성지, 명산에서도 이 같은 난처한 지경에 빠질 줄이야 누가 알았겠는가! 하지만 나는 마음을 모질게 먹을 수가 없어서 목재를 나르는 산민과 이야기를 나누었다. 그에 따르면 100근을 메어 나르는데 품삯이 4위안 3지아오(角)라고 했다. 확실히 고생스러운 일이었다. 나는 손이 가는 대로 지폐 한 장을 꺼내 주었다. 돈을 본 그 사람의 얼굴에는 즉시 웃음꽃이 피어났다. 하지만 나는 조금도 선행을 했다는 기쁨을 느낄 수 없었다. 하산 후에는 직접 지장왕전(地藏王殿)을 둘러보았다. 지우화산은 지장왕보살을 주로 모시는데, 그는 주로 저승의 윤회 등에 대해 관리한다고 했다. 전 내에는 웅얼웅얼하는 독경소리와 목탁소리가 들려왔다. 문어귀에서 어린 중이 밥을 먹으면서 당직을 서고 있었다. 내가 여기에서도 불사를 할 수 있느냐고 물으니 그가 나를 흘기며 "이곳은 지장왕보살이 있는 곳입니다. 지장왕보살은 전적으로 제도를 관할하는데 어찌 불사를 하지 않겠습니까?"라고 대답하는 것이었다. 가격을 물으니 700위안 내지 20만 위안 등 여러 가지가 있다고 말했다. 하산할 때 우리는 지우화가(九华街)를 가로질러 갔는데 마침 은행 두 집이 있는 것이 보였다. 은행 안에서는 스님이 한창 저금을 하고 있었다. 뒤에서 본 스님은 두 손을 카운터에 올려놓고 머리를 앞으로 내민 채 허리를 꼿꼿이 폈는데 승복은 더욱 빳빳하고 위엄 있어 보였다.

점심에 식사를 하면서도 나는 기분이 별로 좋지 않았다. 중국 4대 불교 명산 중 우타이산(五台山), 으어메이산(峨眉山)과 푸퉈산(普陀山)은 과거에 이미 다녀왔었고, 지우화산은 내가 경모한 지 오래 되는데 오늘 생각 밖으로 이처럼 돈 냄새밖에 풍기지 않을 줄은 생각도 못한 일이었다. 돈이라는 것은 흐르는 물과 같아서 벌려면 수로를 파야 한다. 어떤 사람은 공업이라는 수로를 파서 제품을 팔아 돈을 벌고, 어떤 사람은 농업이라는 수로를 파서 채소나 양식을 팔아서 돈을 번다. 또 어떤 사람은 상업이라는 수로를 파서 유통으로 돈을 번다. 그 외에도 서적이나 신문, 오락, 관광, 요식업, 심지어 도박, 색정 등 여러 가지 수로가 있다. 이 세상에는 곳곳에 수로를 파고 구덩이를 파서 높은 곳의 물이 낮은 곳으로 흐르는 그 세를 빌어 다른 사람 주머니 속의 돈이 흘러나오게 해서는 그걸 모아 축재를 한다. 그런데 오늘 내가 놀란 것은 자비와 제도(普度), 사신(舍身), 고행(苦行)을 근본으로 하는 부처님마저 이 사방 100킬로미터 되는 지우화산 복지에 자신 혹은 다른 사람이 이렇게 많은 수로를 파고 구덩이를 파도록 허락했다는 점이다. 산에서는 향을 팔고, 길가에서는 부처님을 팔며, 지우화가에서는 음식을 팔았다. 사람들은 또 온 산 위에 절간과 암자를 짓고, 길을 막고 구걸을 한다. 그 외에 묘지를 경영하는 사람도 있다고 한다. 나는 갑자기 어제 산정에서 도취되어 보았던 산과 나무, 푸른 대숲 등 모두가 욕망의 바다라고 느껴졌다. 어스름이 질 무렵 대숲에서 들리던 개울물 소리도 원래는 이 욕망이라는 바다를 향해 흘러가고 있었다는 느낌이 들었다. 우리는 산수의 아름다움을 감상하기 위해서 이 곳에 온 것이 아니라 돈을 내어주기 위해 불리어 온 것 같았다. 마치 강 위에서 물결 따라 흐르는 낙엽 같다는 생각이 들었다.

식사 후 나는 허전한 마음으로 하산했다. 차가 산 어귀에 이르니 푸른 대숲과 가지가 큰 우산처럼 쫙 퍼져 절반이나 하늘을 뒤덮은 큰 나무가 있었다. 나무 밑에는 누런 담벽에 청색 기와를 얹은 옛 사찰이 보였다. 역시 지우화 명찰 차트에 이름을 올린 큰 사찰인데 간루사(甘露寺)라고 했다. 간루사는 또 지우화산 불학원(佛学院)이기도 했다. 사찰의 장중한 모습에 나는 나도 모르게 차를 세워놓고 들려 보기로 했다. 마침 점심시간인지라 스님들이 모두 휴식을 하고 있어서 크나큰 사찰이 고요하기 그지없었는데, 불쑥 불문에 들어섰다는 감이 들었다. 대전에는 아무 사람도 없었는데 향 몇 대가 혼자서 타들어 가고 있었고, 좌선 방석들이 나란히 줄지어 있었다. 부처님은 반공중에 단정히 앉아 있었는데 물 같이 맑은 눈길로 대천세계를 조용히 지켜보고 있었다. 대전의 기둥에는 계패(戒牌)가 걸려 있었는데 '지우화산 불학원 좌선 규칙', '선당에 들어서면 마음을 차분히 가라앉히고 온갖 인연을 모두 내려놓아야 한다'고 쓰여 있었다. 복도의 기둥에는 '승가벽훈(僧伽壁训)', '중으로서 가장 중요한 것은 성실이며, 사람을 대함에 있어서 자비를 중요시해야 한다'고 씌어 있었다. 오른쪽은 식당이었는데, 식탁과 걸상이 10여 줄 놓여 있었다. 모두 원목의 원색 그대로였는데 고풍스러우면서도 소박하였다. 식탁 위에는 두 자씩 사이를 두고 사발 두 개를 엎어 놓았는데 아주 깨끗했다. 벽에 걸린 계율도 대부분 "한 끼의 음식도 쉽게 오지 않는다" 등이었다. 식당의 옆에는 평대가 있었고 거기에는 꽃과 나무를 키우고 있었다. 그중 한 나무에 계패가 걸려 있었는데 "푸른 대나무와 국화가 바로 불성이요, 뜨거운 태양과 밝은 달이 선심을 비춘다(绿竹黄花即佛性, 炎日皓月照禅心)"고 쓰여 있었다. 나는 갑자기 부처님은 무소부재하다는 느낌이 들었다. 우리가 이렇게 사찰 안에서 마음대로 돌아다녔지만 이따금씩 만나는 스님들은 곁눈질조차 하지 않고 지나쳐 버리는 것이었다. 우리가 뭔가 훔쳐갈까 걱정하지도 않았거니와 더구나 우리를 신도로 여기지 않는 모양이었다. 그리하여 마음은 산 위에 있을 때보다 한결 홀가분해졌다. 대전에 돌아와서 나는 불교를 신봉하지는 않았지만 그래도 역시 합장을 하고 부처님 앞에 삼배(三拜)를 하며 말했다. "이야말로 진불(真佛)이구나."

간루사에서 나온 우리는 계속 하산했다. 차는 한 굽이 또 한 굽이 내려갔다. 첩첩한 산봉우리는 짙푸르고, 대나무 그림자는 면면히 이어졌다. 내 생각에 불교는 너무 심오하여 헤아릴 수 없다. 불교는 처처에서 인연에 따른다. 그리하여 즉석에서 현금을 벌 수 있는 돈나무가 될 수 있는가 하면, 깨달을 수 없는 철학서가 되기도 한다. 즉각 돈을 내어 위안을 살 수도 있고 경건함을 바꿀 수도 있다. 또한 성정을 다 하여 이 세상 모든 것이 허무한 것임을 깨닫기 위한 노력일 수도 있고, 영원히 끝이 없는 불리(佛理), 불심(佛心)을 깨닫기 위해 노력할 수도 있는 것이다.

1995년 8월

신하는 나 같아라

이성적인 인생

청산은 늙지 않는다

'삼국연의(三国演义)'에 이런 이야기가 있다. 방덕(庞德)과 관우(关羽)가 결전할 때 관을 메고 나갔다는 이야기다. 즉 목숨을 내걸고 싸우겠다는 태도였다. 남아 대장부의 기개를 보여준 장면이다. 이러한 기개는 오직 전쟁에서나 혹은 책 속에서만 만날 수 있다. 하지만 내가 어느 한 산골에서 무명의 그 노인을 만났을 때에는 '삼국연의'에서 이 구절을 읽었을 때보다 더 감동되는 것은 어쩔 수가 없었다.

창밖에는 높이 솟은 수양버들이 있었다. 뜰은 골짜기에 있었고 온 산에는 나무로 꽉 찼다. 우리가 책상다리를 하고 온돌에 앉았을 때에는 마치 배를 탄 것 같았다. 주위는 모두 녹색의 물결인데 바람이 불면 나뭇잎들이 반짝반짝 빛을 뿌렸다.

하지만 나는 이곳 산골 밖의 큰 환경이 어떠하다는 것도 잘 알고 있었다. 이곳은 중국 산시(山西) 북부로, 시베리아의 큰 바람이 자주 포악을 부리는 곳이며, 가뭄, 서리, 모래폭풍 등 생명과 맞서자는 괴물들이 둥지를 틀고 있는 곳이다. 과거 이곳에서는 바람이 불면 모래가 성벽 꼭대기까지 매몰시켰다. 현지(县志)에는 "큰 바람에 소와 말이 거꾸로 가기도 하고, 2~3장 높이로 말려 올라갔다가 떨어지기도 했다"고 기록되어 있다. 하지만 놀랍게도 바로 이렇게 험악한 곳에서, 내 맞은 편에 담뱃대를 들고 앉아있는 이 왜소한 노인이 오아시스를 만들어냈 다는 점이다.

나는 이 뜰안의 작은 환경에 대해서도 알고 있다. 세 칸짜리 집에 노 인 한 사람과 그의 관만 남아 있을 뿐이다. 관은 그와 벽 하나를 사이에 둔 동쪽 방에 놓여 있다. 노인은 매일 아침이면 땔나무를 가져다 밥을 짓는다. 그리고 건량을 휴대하고는 삽을 들고 산에 올라간다. 저녁에 돌아와서는 밥을 먹고, 담배나 피우고는 곧 잠이 든다. 그는 65세가 되 던 해에 7명의 노인들을 이끌고 이 골짜기를 정비하기 시작했다. 지금 그중 5명이 이미 세상을 떠났다. 하지만 이미 푸르름이 온 골짜기를 다 메웠다. 노인은 올해 여든하나이다. 그 자신도 어느 날엔가 아침에 깨 어나지 못할 것을 잘 알고 있다. 그리하여 관을 준비해 두었다는 것이 다. 그의 존경스러운 아내, 그와 일생동안 생사고락을 같이 한 아내도 어느 날인가 그가 나무를 심고 돌아와 보니 구들 위에 누워 조용히 이 세상을 떠나버렸다고 했다. 노인에게는 아들이 없고 외동딸이 있는데 도시에서 일한다고 한다. 딸은 몇 번이나 노인을 도시에 모셔다 편안한 만년을 보내게 하려 했지만, 노인이 가지 않겠다고 버텼다고 한다. 노 인은 자신의 생명 가치는 바로 나무를 심는데 있으며, 옆 칸에 있는 관 은 생명의 가치가 끝날 때의 종착점이라고 생각하고 있었다. 그는 대통 을 두드리며 이렇게 유유히 말했다. 촌 간부가 옆에서 공손하게 보태었 다. "15년 동안입니다. 산골짜기 8개를 녹화했고, 방풍림 벨트를 7개 나 만들어냈으며, 3,700무의 방풍림을 조성했습니다. 작년 겨울에는 임업 수입으로 집집마다에 텔레비전을 한 대씩 나눠줬습니다." 이 얼마 나 대단한 기적인가! 하지만 노인은 아직도 만족하지 않고 있었다. 그에게는 더 거창한 구상이 있었다. 그리하여 아직도 계속 나무를 심어야한다는 것이었다. 움직이지 못할 때까지 나무를 심겠다고 했다.

우리는 바로 이러한 환경에서 이야기를 나누고 있었다. 노인은 생사의 경계에 서서 이야기를 하는 것 같았지만, 동시에 또 그렇듯 마음 편하게 이야기하고 있었다. 주인은 마치 집안의 가정 기물을 헤아리듯 동쪽 골짜기와 서쪽 비탈의 나무에 대해 이야기 했고, 벽을 두드리며 농담을 하고는 담배를 한 모금 빨아들이곤 했다. 나는 지금까지 이같은 취재를 해본 적이 없었다.

집안에서 이야기가 끝나자 노인은 우리와 함께 골짜기에 심은 나무를 보러 나왔다. 백양나무와 버드나무는 팔뚝 같이 실한 것이 있는가하면, 넓적다리처럼 실한 것들도 있었다. 그들은 산골짜기와 산허리에힘 있게 뻗치고 서 있었다. 이 나무들은 뿌리를 볼 수 없었다. 홍수가지면서 쏟아져 내려온 흙이 나무의 하반부를 덮고 있었다. 하지만 나무는 여전히 홍수의 맹렬한 기세를 이겨냈다. 이 산은 이미 원래의 모양을 잃고, 나무들로 층대를 이루었다. 노인이 말했다. "이 나무뿌리 밑의 진흙만 해도 2미터는 됩니다. 모두 좋은 흙이죠." 그렇다, 이 황토를 지켜내야만 우리는 푸른 나무가 있을 수 있고, 또한 이 푸른 나무가있어야만 이 황토를 지켜낼 수 있는 것이다.

나무를 다 보고나서 우리는 마을 어귀에서 노인과 작별인사를 했다. 노인은 지팡이를 짚고 그 푸른 바람이 일렁이는 숲 속으로 들어갔다. 나는 어찌된 일인지 노인의 관이 생각나며 나도 모르게 콧등이 찡해졌다. 어쩌면 저렇게 들어간 노인은 다시 나오지 못할 지도 모른다. 정치가로서의 저우언라이(周恩来)는 병상에서 공문을 읽고 지시를 내렸으며, 과학자로서의 화라껑(华罗庚)은 교단에서 세인들과 작별하였다. 산촌 노농으로서 노인은 이렇게 자아 가치를 실현하고 있는 것이다. 한 사람이 생명을 사업에 주입시켰을 때, 생과 사는 더는 경계선이 없어진다. 살아 있을 때 자신의 생명을 다른 한 사물에 전이시켰기 때문이다. 그리하여 죽은 후에도 그 사물과 함께 영원히 존재하는 것이다. 그는 진정으로 산천과 공존하고 일월과 같이 빛을 뿌리는 것이다. 다윈과 아인슈타인은 삶과 죽음이 그들에게는 상관없는 일이라고 말한 적이 있다. 왜냐하면 그들은 하려고 생각했던 일을 다 했기 때문이다. 이 노인이 바로 그렇게 편안한 모습이었다. 왜냐하면 그는 이미 생명을 푸른 산으로 전환시켰기 때문이다.

노인은 성이 고(高)씨이고 이름이 부(富)이다.

이 무명의 노인은 나에게 위대한 철리를 깨닫게 했다. 즉 "청산은 늙지 않는다"는 것이었다.

1987년 12월

뜨거운 온돌

참으로 부끄럽고 유감스러운 일이다. 기자인 나는 많고도 많은 인물에 대해 인터뷰한 것을 쓴 적이 있지만, 그들에 대해서만은 아주 적게 써 왔다. 왜냐하면 그들은 참으로 위대하면서도 평범하기 때문이었다. 얼마나 평범한지 어떻게 글을 써야 할지 알 수가 없어서였다. 하지만 그들의 고상한 성품은 가슴을 떨리게 한다. 나는 그들을 취재할 때마다 이러한 모순을 겪곤 했다.

신지(神池)는 산시(山西) 서북에서 해발이 가장 높고 추운 곳이다. 춘삼월의 어느 하루, 나는 모 산골 여 교사를 취재하기 위해 이곳을 찾았다. 그녀의 사적은 아주 간단했다. 온돌방에서 25년 동안 아이들을 가르쳐 왔다는 것이다. 젊은 여성이 깊은 산골에 은거하며, 온돌 위에 책상다리를 하고 앉아서 콩알만한 등잔불 밑에서 몇몇 개구쟁이들을 가르치며 25년을 살아왔다는 것이다. 이 얼마나 청빈하고 강인한 수도식 생활인가! 나는 꼭 가봐야겠다고 마음먹었다.

차는 산간 지역에 들어서자 홍수로 인해 생긴 골짜기와 가시덤불 속에서 아래위로 심하게 흔들렸다. 가끔 가다가 황소 몇 마리가 앞길을 막기도 했다. 한기가 차창으로 엄습해 왔다. 산봉우리 하나를 넘으니 벌써 길이 없어졌다. 남으로 갈수록 점점 더 좁아져 차바퀴 두 개의 자리도 되지 않았다. 급정거를 하니 바로 옆이 만장이나 되는 심연이었다. 골짜기 밑바닥 음달에 있는 측백나무 몇 그루는 마치 분재 같았다. 되돌아가서 다시 북쪽으로 방향을 잡아 갔더니 이번에는 적설을 만났다. 우리는 아예 차에서 내려 보행했다. 멀리에서 밥 짓는 연기가 보였다. 바람은 칼날처럼 옷깃이며 옷소매로 파고 들었다. 산에는 잔설을 제외하고는 바람에 떨고 있는 쇠꼬챙이 같은 마른 풀대가 있을 뿐이었다.

산간의 평지를 지나니 산마루가 나타났다. 마을 어귀의 첫 집은 학교였는데 낭랑한 글 읽는 소리가 들려 왔다. 우리가 뜰 안에 들어서자 한 중년 여성이 창문 유리로 움직이는 듯하는 것이 보이더니 급히 마중을 나오는 것이었다. 그녀가 바로 이 온돌 소학교의 여교사 쟈수전(贾淑珍)이었다. 온돌 위에는 13명의 아이들이 세 줄로 나뉘어 앉아 있었다. 아이들은 순진해 보이는 눈을 크게 뜨고 이 산 밖의 손님들인 우리를 쳐다보았다. 온돌 아래에는 작은 솜을 넣은 두툼한 신들이 한 줄로 쭉 놓여 있었다. 온돌 맞은편의 의자 위에는 작은 흑판이 놓여 있었고, 흑판에는 한어병음(漢語拼音)이 쓰여져 있었다. 쟈 선생님은 우리를 방안으로 안내해 들이며 말했다. "이렇게 추운 날씨에 오시느라고 고생 많으셨습니다. 어서 온돌에 올라가 앉으십시오." 그러면서 그는 학생들에게 자리를 좀 내주라고 했다. 산골에서 추운 날이면 집에서 가장 따뜻한 곳이 바로 온돌이다. 마치 호텔 응접실의 제일 좋은 위치의 소파는 귀한 손님에게 내어주는 거나 다름없다. 우리가 이 작은 동굴집의 수업을 방해하지 않으려고 온돌에 올라가지 않았다. 그러자 그녀는 온돌 위한쪽 구석에 앉은 반장 여자애에게 말했다. "본문을 한 벌 베껴 써요.

그 다음에는 20쪽의 연습 문제를 해요." 그리고는 우리를 자신의 동굴 집으로 안내했다. 학교 아래쪽에 있는 뜰이었는데 다섯 문이 난 동굴집 은 일반 농가와 다름없었다.

　나는 책상다리를 하고 온돌 위에 앉았다. 두 다리에 뜨끈뜨끈한 기운 이 전해져 오며 몸속의 한기가 점차 빠져나가기 시작했다. 온돌 가에는 농촌에서 흔히 볼 수 있는 큰 솥이 걸려 있었다. 우리는 취재를 하러 온 것이 아니라, 친척 방문을 온 것 같았다. 쟈 선생님은 솥뚜껑을 열고는 급히 물을 부었다. 땔나무를 나르느라 바삐 움직였다. 손님 접대를 위 해 밥을 지으려는 것이다. 그러면서 한편으로는 우리가 옷을 너무 적게 입었다고 나무람까지 했다. 산 속의 날씨가 산 밖보다 춥다고 했다. 같 이 온 몇몇 젊은 친구들이 책상다리를 할 줄 몰라 온돌 위에 올라가려 하지 않는데도 그녀는 억지로 온돌에 올라가라고 등을 밀었다. 현에서 같이 온 사람이 그녀에게 서둘러 이야기나 하는 게 좋겠다고 했다. 베 이징에서 기자가 오는 것은 쉽지 않은 일이니까 그리 재촉하는 것 같았 다. 하지만 그녀는 밥을 짓지 않더라도 물이야 마셔야 하지 않겠느냐고 고집했다. 나는 한옆에서 조용히 그녀를 훑어보았다. 살짝 뚱뚱한 몸매 에 듬직해 보이는 얼굴, 그리고 고집스러운 열정, 거기에 이 뜨끈뜨끈 한 온돌, 어디선가 본 듯한 장면이었다. 나는 마치 꿈속에서 동년 시절 의 작은 산골 마을로 되돌아간 듯한 느낌이었다. 잊을 수가 없었다. 그 때에는 집에 손님이 오기만 하면 먼저 하는 말이 식사를 하라는 것이었 다. 오죽하면 도시에 온 후 손님 접대를 할 때 담배만 권하는 것이 이해 가 되지 않았을 정도였으니까 말이다. 오래간만에 만나는 이 순박한 시 골 인심, 그리고 또 이 오래간만에 만나는 뜨끈뜨끈한 온돌.

　쟈 선생님은 권하는 말을 이기지 못해 땔나무를 내려놓고 온돌 가에 앉아 그녀의 지난 과거사를 이야기하기 시작했다.

"그것은 1961년이었어요. 그해 나는 열일곱 살이었는데 금방 중학교를 졸업하고 장량(張亮)과 결혼해 이 마을에 왔어요. 온 마을에 인가가 20호도 되지 않았는데, 학교가 없었어요. 마을에 아이들이 8~9명 있었는데, 나무에 기어오르지 않으면 밭에 나가 곡식을 밟곤 했지요. 그래서 제가 지부서기에게 말했어요. 제가 공부는 많이 하지 못했지만 애들을 지킬 수 있어요, 마을에서 까불게 놔두기보다는 낫잖아요. 당시 생산대에는 동굴집이 없었어요. 제가 금방 결혼하여 아이가 없었으므로 학교를 저희 신혼집에 차렸지요."

"남편이 동의했습니까?"

"남편은 마음이 좋아요. 어차피 낮에는 일하러 나가므로 집에 사람이 없잖아요. 그런데 온돌 위에 10명 정도의 아이들을 다 앉히기가 어려웠어요. 애들은 각자 집에서 풀무질을 할 때 쓰던 걸상을 가져오기도 하고, 엄마의 화장대를 가져오기도 하였어요. 수업용 책상인 셈이죠. 전 우리 집에서 돼지 잡을 때 쓰던 큰 도마를 잘 씻어서 구들고래에서 꺼낸 그을음을 칠해 흑판을 만들었어요. 그리고 또 산 위에 있는 흰 흙을 뭉개어서 거기에 감자가루를 반죽해 길쭉하게 빚었어요. 그게 바로 분필이에요. 그 외 책이 없어서 친정집 마을에 가서 베껴 왔어요. 친정집 마을은 좀 커요. 40호가 되는데 소학교도 있었어요."

쟈 선생님은 온돌 가에 앉아서 한담을 하듯 과거사를 회억했다. 이야기에는 숭고한 이상이라든가 웅위로운 계획이라든가 하는 내용은 없었고, 장렬한 행동 같은 것은 더더구나 없었다. 모든 것이 자연스레 이루어졌던 것이다. 마을에 아이들을 관리할 사람이 없었고, 그녀 자신은 아이들을 돌보려 생각해 학교를 꾸렸는데 교실이 없었다. 그리고 제멋대로 하는 게 버릇이 된 아이들은 창문을 찢어놓고, 돗자리를 찢어버리기도 했다. 비 오는 날이나 눈 오는 날이면 두 발에 흙이 가득 묻은 채로였다. 겨울에는 온돌이 차다고 땔나무 하러 가기도 하고 풀을 가져다 때기도 했다. 한 온돌에서 4개 학년을 가르치다 보니 이쪽에서는 산수를 공부하고 저쪽에서는 어문을 공부해야 했다. 떠들썩하게 소란을 피우는 애가 있는가 하면, 담이 작아 말도 못하는 애도 있었다. 그녀는 사심 없는 마음과 자애로운 어머니 같은 감정으로 애들을 이끌어 갔다. 1962년에 학교를 꾸리기 시작해서부터 지금까지 25년이라는 세월이 흘렀다. 동방화촉을 밝혔던 그 온돌에서 12기의 학생들을 졸업시켰다. 1974년 그들 부부는 다섯 칸짜리 동굴집을 지었는데 그중 두 칸은 전적으로 학생들을 위한 것이었다. 학생이 많아져 한 칸에 다 앉을 수 없게 되었던 것이다. 그러다가 1983년 마을이 부유해져서야 학교라고 이름을 지은 세 칸짜리 동굴집을 지을 수 있었다. 이 마을의 25세 이하 아이들은 그녀의 학생이 아닌 이가 없다. 지금은 또 그녀가 가르친 학생들의 아이들이 그녀의 온돌학교를 졸업하고 중학교로 진학했다.

온돌, 나는 무의식적으로 뜨끈뜨끈한 온돌을 만져보았다. 온돌은 무던한 북방 농민들이 생존할 수 있는 기본적 지탱점이며, 북방 민족의 요람이다. 이 온돌에서 사람들은 잠을 자고, 밥을 먹고, 물레를 젓고, 천을 짜냈다. 비나 눈이 오는 날이면 남자들은 이 온돌에 앉아 광주리도 엮고, 돗자리도 엮었다. 저녁이면 또 어느 한 집 온돌 위에 모여앉아 옛말도 하고 한담도 늘어놓곤 했다. 이 구척의 온돌은 그들의 생활 무대였던 것이다. 그들은 이렇게 대대손손 자손을 키우고, 생존하고, 발전해 왔다. 쟈 선생님은 바로 이러한 무대 위에 새로운 것, 즉 교육이라는 내용을 더해 넣었다. 사람은 태어나 이 온돌 위에 와서 먹고, 자고 생활하기 위해서만 일해야 하는 것이 아니다. 응당 문화가 있어야 하고 정신문명이 있어야 한다. 이 평범한 여교사가 바로 온돌에 새로운 의미를 부여해 주었던 것이다.

나는 갑자기 그녀가 자신의 아이는 어떻게 돌봤을까 하는 생각이 들었다. 여성으로서 아이를 키워야 하는데, 그럼 애 오줌똥도 역시 이 온돌에서 받아냈을까?

"지금 젊은이들은 아이를 낳으면 반년 동안 출산 휴가를 주어 쉬지요. 저는 세 아이를 낳고 모두 일주일 만에 수업을 재개했어요. 하긴 우리 집 애들도 이상하지요, 종래 사람을 귀찮게 한 적이 없어요. 수업을 하고 나서 10분간의 휴식시간에 젖도 먹이고 기저귀도 갈아줬어요. 애가 아직 기어 다니지 못할 때에는 온돌 위 한쪽 구석에 눕히고 베개로 막아놓고 우리는 우리대로 수업했죠. 애가 막 기어 다니자 줄로 매어놓았죠. 애는 줄이 닿는 곳까지만 기어 다닐 수 있었어요. 온돌 위에 자리가 부족했거든요. 애가 좀 더 크자 바닥에 내려놓았어요. 애는 온돌을 짚고 걸어 다니며 학생들이 공부하는 걸 지켜봤어요. 좀 더 크자 애들과 같이 온돌에 앉아 있었어요. 그래서 우리 집 애들은 모두 일찍 공부를 시작했어요. 우리 둘째 애는 올해 스무 살인데 곧 대학을 졸업하게 돼요."

"하지만 산후 조리를 하려면 누군가 옆에서 보살펴 줘야 하지 않겠습니까? 그런데 이곳은 비좁아서 돌아설 자리도 없는데요."

쟈 선생님의 얼굴에 잠깐 알락말락한 괴로운 표정이 지나갔다. "저는 여섯 살에 어머니가 돌아가셨어요. 장량은 우리가 사귈 때 벌써 부모가 없었어요. 우리 둘이 고아이다 보니 아무도 보살펴주러 올 사람이 없었어요."

나는 가슴이 뜨끔했다. 이렇게 훌륭한 두 사람이 원래는 이같이 불우한 운명이었던가? 그들은 부모의 사랑을 많이 받지 못했지만 오히려 무엇이 사랑인지 가장 잘 알고 있지 않는가? 25년이라는 세월 그들은 이 온돌에서 자기 아이까지 모두 42명의 아이를 키워온 셈이다. 응아

응아 하는 애기 울음소리와 애들의 낭랑한 글 읽는 소리가 이 온돌 위에서 어떠한 교향악이 되어 울려 퍼졌는지 상상할 수가 있다. 온돌 가장자리를 짚고 다니는 아기가 호기심 어린 두 눈을 둥그렇게 뜨고 온돌 위에 앉은 형님, 누나들과 작은 흑판에 글자를 쓰는 엄마를 쳐다보는 모습이 상상되었다. 동굴집에서 수업하는 모습이 그림처럼 되어 다가온다. (하산 후 나는 화가 친구에게 이번 취재에 대해 이야기했다. 화가는 나와 함께 취재를 가지 못한 것을 후회했다. 갔더라면 "꼭 좋은 그림을 그려냈을 텐데"하고 말했다.)

"장량은 지금 무슨 일을 합니까?"

내가 물었다.

"15리 밖의 다른 한 마을에서 애들을 가르쳐요."

"왜 남편과 함께 가지 않았습니까?"

"우리 이 마을은 작아서 둘이 가르칠 필요가 없어요. 제가 그쪽 마을로 가면 우리 마을 학교는 문을 닫아야 해요. 1983년 전에는 마을에서 학교라고 이름을 단 동굴집을 짓지 못했어요. 지금은 학교가 있다고 하지만 누가 여기에 교사로 오려고 하겠어요? 향(乡)에 가 회의에 참가하려고 해도 왕복으로 2시간 동안 비탈길을 걸어야 해요. 그리고 우리 마을은 지난해에야 겨우 전기가 들어왔어요."

다른 사람이 오기 싫어하는 곳이지만, 그녀는 오히려 떠나기가 아쉽다고 한다. 일은 누군가 해야 하고, 고생하고 손해 보는 일도 누군가는 해야 한다. 알아서 공헌하고 희생하는 것이 바로 그녀의 철학이었다.

"장량은 자주 돌아옵니까?"

내가 물었다.

"보름에 한 번씩 학교 간 회의를 열 때면 만날 수 있어요. 그리고 가끔 일요일이면 돌아와요. 2월 11일에는 그쪽 마을에서 전통극 공연이 있었어요. 장량은 공연을 보러 오지 않겠느냐고 물었어요. 우리 이 마을은 작다 보니 제가 시집와서 한 번도 극단을 요청해 공연한 적이 없었지요. 원래는 가려고 했는데 다시 생각해 보니 이 10여 명이나 되는 애들을 어떻게 하고 가죠? 올해에는 졸업생 2명이 진학시험을 치러야 해요. 그러니 수업이 빠지면 안 되죠. 그래서 그만두기로 했어요. 뭐 그리 볼 게 있겠어요?"

우리는 이렇게 유유히 이야기를 나누었다. 바깥 창문턱에서는 닭 두 마리가 창문 유리를 쪼아댔다. 집안 창문턱 위에 석류 화분 한 통과 월계화 화분 두 통이 놓여 있었는데 닭들은 그 푸른 잎을 먹으려고 유리를 쪼는 것이었다. 햇빛이 실내에 비쳐 들며 온돌 위에 빛나는 사각형을 만들어 놓았다. 방안은 갓 들어왔을 때보다 한결 더 따뜻해졌다. 광선을 사이에 두고 나는 그녀의 얼굴을 자세히 뜯어보았다. 그녀의 얼굴에는 이미 주름이 적지 않았다. 내가 대략 생각해 보니 그녀는 올해 마흔넷일 것이다. 이 나이는 여성의 두 번째 황금 시기라 할 수 있다. 내가 과거 취재했던 많은 중년의 여과학자, 여 엔지니어들은 높은 학식과 복스러운 몸집, 점잖은 풍채, 풍성한 성과로 일생에서 가장 자랑스러운 시기를 누리고 있었다. 그리고 이 나이의 배우라면, 여전히 광채를 뿌리는 시기이다. 하지만 그녀는 적어도 50세는 되어 보였다. 교사로서의 엄숙함과 산속의 청빈한 생활은 그녀에게 겸손하고 성실하며 고생을 두려워하지 않으나 조금은 초췌해 보이는 모습과 풍채를 만들어 줬다. 나는 마음속으로 그녀가 안타깝고, 그녀의 처지가 불만스러웠으나 입으로 이런 말만 나왔다.

"산에서 오래도록 생활해 왔는데, 건강은 괜찮으십니까?"

"건강이 좋을 리 없지요. 이제는 시력이 사람을 알아보지 못할 정도입니다. 근시 500도에요. 저 호선생도 이전에 몇 번 본 적 있는데, 아까는 누구인지 도무지 생각이 나야지요. 제 사정을 모르는 사람은 아마 제가 눈이 높다고 하겠지요." 그녀는 이렇게 말하며 눈을 비볐다. 눈물이 가득 괴어 올라왔다. 그녀는 급히 해석했다. "눈이 나빠서 걸핏하면 눈물이 나와요."

그제야 나는 작년에야 마을에 전기가 통했다고 하던 말이 생각났다. 20여 년 동안 그녀는 등잔불 밑에서 애들 숙제를 검사해 왔으니 눈이 좋을 리 없었던 것이다.

"근시라면 얼른 안경을 맞춰야죠."

내가 말했다.

"안경이 있어요, 하지만 안경을 쓰고 바깥에 나가지 못해요. 다른 사람들이 보면, 노력하는 모범이 됐다고 우쭐하기 위해 지식인인 체 하기 위해 안경을 쓴다고 말해요."

나는 그만 웃어버리고 말았다.

"뭘 그리 겁내십니까, 제가 방금 올 때 보니 산 아래에서 나귀수레를 모는 농민도 안경을 썼던데요. 게다가 근시라 해서 눈물을 흘리는 법이 어디 있습니까? 저도 500도짜리 안경을 씁니다. 보세요, 안경을 벗어도 눈물이 나지 않습니다. 아마 다른 병이 있어서 눈물이 나겠죠."

"맞아요, 6년 전에 간염이 발견됐어요. 시내에 가 약을 지어다 꼬박 40일간 먹었어요. 그 다음에는 다시 검진을 하지 않았어요. 자리를 비울 수가 없거든요. 시내에 들어가려면 적어도 이레는 걸리는데 그 사이 대신 강의할 사람이 없지 않아요? 산사람들은 그래도 잘 견뎌내요."

쟈 교사의 말에 나는 깜짝 놀랐다. 최근 몇 년 동안 적지 않은 중년들이 간염으로 죽었다는 말을 들은 적이 있었기 때문이었다. 대부분 너무 힘들어서 그렇게 되었던 것이다. 나는 급히 물었다. "오른쪽 옆구리가 아프지 않습니까?"

"아파요, 이따금 바늘로 찌르는 것처럼 아파요."

"잔등이 아프지는 않습니까?"

"힘들면 등골과 허리가 아프고 다리맥이 풀려요. 회의하러 갔다가 걸어서 돌아오지 못할 것 같아 걱정이에요."

"제가 겁주는 게 아닙니다. 쟈 선생님, 선생님은 병에 걸린 것 같습니다. 애들을 더 가르치기 위해서라도 병을 고쳐야 합니다."

나는 끔찍한 결과가 생각되었으나 감히 입 밖에 내지를 못했다. 하지만 그녀는 여전히 그 한 마디였다. 대신 수업해 줄 사람이 없다는 것이었다. 나는 머리를 들어 벽에 걸린 상장들과 거울 틀에 꽂힌 사진들을 바라보았다. 최근 7~8년 간 그녀는 해마다 지구급, 성급 노력 모범인에 당선되어 베이징과 성소재지에 가 상을 받았다. 그런데 왜 상 타러 가는 김에 병을 보이지 않았을까? 대체로 이런 유형의 사람들은 오직 한 가지 패턴으로만 생활한다는 점이다. 즉 일만 하고 몸을 돌보지 않는 것, 몸에 병이 있음을 알면서도 거기에 대해 생각하지 않는 것이다.

나는 산 뒤에 있는 기사가 기다릴 것 같아서 일어나 작별 인사를 했다. 그녀는 여전히 우리에게 점심 식사를 하고 가라고 권했지만, 우리는 미안해서 얼른 도망치듯이 나왔다. 거리에서는 여성들이 양지쪽에서 신바닥을 누비고 있었다. 나는 그중 열일곱, 여덟 살가량 되어 보이는 여자애에게 다가가 물었다.

"쟈 선생님에게 배운 적 있어요?"

"네, 저도 저기 가는 애도 쟈 선생님 제자에요."

여자애는 마침 지나가는 젊은 친구를 가리켰다. 그들은 모두 "쟈 선생님은 참 좋은 사람이에요!"라고 말했다.

"시골 사람들은 마음이 좋아요. 들에 나가 나물 같은 걸 뜯어 와도 꼭 저에게 보내와요."

우리는 학교 동굴집 앞으로 돌아와 학생들이랑 다 같이 사진을 찍었다. 그녀는 방에 들어가 애들을 불러냈다. 꼬맹이들은 잽싸게 구들에서 미끄러져 내려와 맨발로 신을 찾아 신었다. 그녀는 애들 머리를 다듬어 준다, 옷깃을 여미어 준다 하며 바쁘게 움직였다. 제일 어린 애는 콧물을 닦아주며 웃었다.

"이 모양을 하고도 사진을 찍겠다고 하니……."

나는 조용히 서서 넌지시 그녀를 지켜보았다. 이게 어디 교사인가, 분명 자애로운 어머니가 아닌가? 산골 아이들의 어머니였다. 그녀에게는 마흔두 명의 아이들이 있다.

작별인사를 하면서 나는 그녀에게 병원에 가보라는 말을 다시 했다. 그리고는 명함을 건네주었다. 도시에서 어려움이 생기면 내가 도와줄 수 있다고 했다. 하지만 그녀는 줄곧 "식사도 못하고 가시네요"하고 되풀이 하지 않으면, "바람이 센데 옷이 너무 얇습니다. 감기에 걸리지 않도록 조심하세요"라고 말했다. 산굽이를 돌 때 돌아보니 그녀는 아직도 찬바람 속에 선 채 손을 흔들고 있었다. 마을 사람들의 말소리가 귓가에서 들리는 듯싶었다. "쟈 선생님은 참 좋은 사람이에요." 이런 좋은 사람은 참 드문데, 마치 영지처럼 산 속에 조용히 숨어 있는 것이다. 20호 가량의 이 작은 마을은 그녀 덕에 수십 년 동안 문맹이 한 명도 없었다. 게다가 대학생이 2명, 전문학교 학생 2명이 나왔다. 교사는 촛불에 비유되는데, 그녀가 바로 이렇게 묵묵히 자신을 불태워 온 것이 아닌가? 바로 이 산골의 농가 온돌에서 자신을 불태워 온 것이다!

1987년 6월

사업이 바로 당신의 종교입니다

　　여러 해가 지났지만 이번 취재 후 당신에게 기사 한 편도 써 드리지 못해 죄책감을 느꼈습니다. 그것은 참으로 평범한 취재였고 당신도 참으로 평범한 여교사였으며 아주 평범한 일을 했다고 생각합니다. 그리하여 취재 노트를 열어 볼 생각조차 하지 않았지요. 그래서 당신의 이름마저 잊어버렸습니다. 다만 당신의 성이 백씨라는 것을 기억하고 있을 뿐입니다.

　　그날 저는 교무실에서 당신을 기다리고 있었습니다. 책상 4개에 의자 몇 개가 놓여 있을 뿐이었고, 책상 위에는 산더미 같은 숙제 노트며 교과서와 참고서가 놓여 있었습니다. 방구석에는 나무 궤짝이 몇 개 놓여 있었고 그 궤짝 위에는 원추, 원주 같은 수업 도구 모형이 있었습니다. 당신은 금방 수업을 끝내고 들어오는 길이었습니다. 넓음직한 얼굴에 조금은 뚱뚱하였고 나이는 마흔다섯 아니면 마흔여섯 가량 되어 보였습니다. 손에는 커다란 삼각자와 나무로 된 컴퍼스를 들고 있었는데 옷자락에는 분필 가루가 묻어 있었습니다. 우리는 가벼운 인사를 나누고 이야기를 시작했지요.

만약 특별한 게 있다면 바로 당신의 신체였지요. 당신이 금방 들어섰을 때 저는 당신의 걷는 걸음 자세를 유의해 보았습니다. 우리의 화제도 여기부터 시작되었습니다. '문화대혁명' 시기 당신은 스무 살밖에 되지 않았었습니다. 이 나이는 남자들 앞에서 뽐내려고 하는 한창 때이죠. 또한 사업에 대한 동경을 가지고 있을 때이기도 하고요. 하지만 바로 이 시절 당신은 정신적으로 괴로움을 당하셨지요. 얻어맞아서 허리를 상하고 종일토록 독신자 기숙사에 누워 있었지요. 주위는 온통 붉은 색의 바다였습니다. 하지만 당신은 얼음물을 뒤집어쓴 듯 마음이 죽어 있었습니다.

'문화대혁명' 후 당신은 베이다이허(北戴河)로 병 치료를 갔지요. 유리 창문을 사이에 두고 본 바다에서는 썰물이 들어왔다가는 나가고, 배들이 끝없이 드나들었지요. 그걸 보면서 당신은 마음이 되살아났다고 했습니다. 하지만 단 절반만 되살아났지요. 결혼은 하지 않겠지만 사업은 반드시 훌륭히 해내야겠다고 생각했지요. 병원에서 나오자 당신은 곧바로 교단 위에 섰습니다. 필사적으로 일했지요. 후방이 없는 지구전을 시작한 거였습니다. 45분 동안 교단 위에 서 있고 나면 허리가 꺾어질 듯 아팠습니다. 강의를 할 때에는 오른손으로 책을 들거나 판서를 했고 왼손은 항상 교탁을 잡고 있어야 했습니다. 사정을 모르는 사람은 이것이 당신의 특수한 수업모습이라고 생각하겠지요. 몸을 돌릴 때면 당신은 항상 남모르게 이마 위의 식은땀을 닦아야 했습니다. 그 모습은 마치 앞머리를 살짝 건드리는 것 같았지요. 당신의 서랍 안에는 늘 진통제와 진통주사가 준비되어 있었습니다. 뼈 속으로부터 시큰시큰한 느낌이 일기 시작하면 그 극렬한 요통이 곧 시작되리라는 걸 알고 있는 당신은 재빨리 입안에 알약을 털어 넣었지요. 만약 수업을 알리는 종소리가 곧 울릴 것 같으면 약으로는 미처 요통을 누를 수 없기에 스스로 주사 한 대를 놓지요. 당신은 바로 앓는 몸으로 운행되는 로봇이었습니다. 전기도, 기름도 소모하지 않는, 다만 의지력으로 구동하는 로봇이었습니다. 그런데 이 로봇이 하루도 쉼 없이 10여 년을 돌고 돌았습니다. 당신은 퇴원하면서 그때의 염원을 실현하였고, 전 학교와 전 시의 모범이 되어 '5.1노동메달'을 획득하고 천안문 성루에 올랐습니다.

당신이 짠 교수안은 시의 교수 성과 전시회에 나간 적도 있다고 했습니다. 내가 교수안을 보자고 하니 당신은 교수안이 많기는 하지만 모두 집에 있다고 했습니다. 나는 당신을 따라 캠퍼스 뒤쪽에 있는 기숙사로 왔습니다. 당신이 살고 있는 기숙사는 한 칸 반 되는 집이었습니다. 실내 장식은 간단하고 수수했습니다. 서가와 책상, 스탠드, 일인용 침대, 그리고 간단한 취사도구가 있을 뿐이었습니다. 집에는 일반 가정에서 흔히 볼 수 있는 옷장도 없었고 노인의 잔소리도, 어린애의 웃음소리도 없었습니다. 사무실의 연장이라는 느낌이 들 뿐이었습니다. 서가 위에는 줄기가 부드럽고 잎이 큰 절학란이 놓여 있었는데 아래로 가볍게 내리 드리워 있었습니다. 절학란은 옅은 남색의 작은 꽃을 피우고 있었는데, 그것은 마치 주인의 심경을 그대로 드러낸 듯싶었습니다. 당신은 침대 밑에서 나무 상자 세 개를 끄집어냈습니다. 내가 어리둥절해 있는데 당신은 상자의 덮개를 열어젖혔습니다. 깜짝 놀랐습니다. 그 안에 들어 있는 것은 모두 교수안이었습니다. 당신은 영아를 품에 안 듯 조심스레 그것들을 책상 위에 안아 올려 한 줄로 쭉 세워 놓았습니다. 나는 그중 한 권을 뽑아 들었습니다. 교수안을 펼치는 순간 저도 모르게 가슴이 떨리는 것은 어쩔 수 없었습니다. 이게 그래 교수안이란 말입니까? 교수안이란 강의할 내용이 아니겠습니까? 특히 수학 교수안이라면 공식 몇 개, 예제 몇 개 정도가 아니겠습니까? 내가 학교에 다닐 때 일부 교사들은 달랑 분필 석 대만 들고 교단에 서기도 했습니다. 머릿속에 강의할 내용이 모두 들어 있고, 재능이 넘친다는 표현이기도 하였지요. 하지만 나의 눈앞에 있는, 그 해수와 달수로 표기되어 있는 교수안은 정연하다는 단어만으로는 형용할 수 없는 것이었습니다. 또한 교수안의 매력을 예술이라고 비교해도 역부족이었습니다. 그 교수안들이 나에게 준 첫 느낌은 모종의 정신이 글자와 글자 속에서 차고 넘쳐 나와 나의 눈앞과 주위를 꽉 채운다는 것이었습니다. 내가 교수안을 보면서 처음으로 떠올린 것은 소학생의 숙제 노트였습니다. 오직 소학생만이 자신의 숙제 노트를 그처럼 조심스럽게 다루지요. 그 교수안을 보면서 내가 또 떠올린 것은 손으로 베껴 쓴 경서였습니다. 오직 신도만이 경서에 대해 이 같은 신비와 경건한 마음을 품을 수 있다고 생각되었습니다. 거의 100권에 달하는 교수안은 모두 방송체(仿宋体)로 썼는데, 단락을 나눈 것이나, 별행, 첫 칸을 띄운 것 등 모두가 질서 정연하였습니다. 수학공식은 모두 예쁜 필기체로 되어 있었는데, 외국어 자모들은 마치 오선보 위의 악보처럼 아름다웠습니다. 나는 놀라서 물었습니다.

"해마다 똑같은 교과서가 아닙니까? 그리고 선생님은 이젠 수십 년 경력의 노 교사인데 이렇게 수고스럽게 교수안을 쓸 필요가 있습니까?"

당신은 교수안을 어루만지며 대답했습니다.

"교과서는 크게 변하지 않지만 학생은 해마다 변합니다. 학생들에게 묵은 밥을 먹여서야 안 되지요. 게다가 다시 가르칠 때마다 또 새로운 소감이 있습니다."

이때에야 나는 교수안마다 모두 두 가지 색깔의 잉크로 쓰여 있다는 것을 발견하였습니다. 앞면에 남색 잉크로 쓴 것은 수업 전 준비물이고, 뒷면에 붉은색 잉크로 쓴 것은 수업 후의 소감이었습니다. 어느 한 페이지에는 한 학생이 교사와 다른 방법으로 문제 풀이를 했다는 기록이 있었습니다. 당신은 얼마나 기뻤는지 느낌표를 세 개나 써 놓았습니다. 그런데 어찌 된 일인지 이 붉은색의 글자들은 신도가 피로써 쓴 경서를 연상케 하였습니다. 이 글자들과 문제들, 거기에는 당신의 심혈이 가득 스며들어 있는 것이었지요. 교육이란 당신의 종교이고, 당신의 신앙이었습니다. 당신은 신도의 경건함으로 교사 일을 대하고 있었습니다.

그날 한창 이야기를 하고 있는데 누군가 문을 열고 들어와 편지를 주고 가는 것이었습니다. 당신은 손이 가는 대로 봉투를 찢어 편지를 꺼내었습니다. 그리고는 또 찢어진 종이를 봉투 안에 넣는 것이었습니다. 나는 찢어진 종이를 봉투 안에 넣는 당신이 궁금했습니다. 찢어진 종이를 어디에 쓰느냐고 물었습니다. 당신은 웃으며 대답했습니다. "직업적 습관입니다. 평소 교실에서 학생들이 종잇조각을 함부로 버리지 못하게 합니다. 그러니 교사로서 시시각각 모범을 보여야 하지요."

아, 나는 그제야 당신이 엄정한 기준으로 생활하고 있다는 것을 느꼈습니다. 나는 저도 모르게 벽에 걸린 컴퍼스와 곱자 등을 다시 한 번 쳐다보았습니다. 그것들은 당신이 얼마나 오랫동안 써 온 것인지 알 수가 없었습니다. 하지만 사람은 필경 강철이 아니고, 나무가 아닙니다. 이렇게 스스로 자신을 통제하여, 표준 그 자체가 된다는 것은 어떠한 의지와 각오, 희생정신이 필요한 것입니까? 당신은 바로 이렇게 뛰어난 예술로 말없이 사람들의 영혼을 빚어 내었겠지요.

당신은 열심히 편지를 읽었습니다. 나는 당신에게 다른 가족이 없다는 것을 알고 있습니다. 이 편지는 아마 과거의 어느 장난꾸러기 학생이 보낸 것일지도 모릅니다. 당신의 나무 상자 안에는 벌써 이러한 편지들이 한 뭉치 들어 있었습니다. 햇빛이 창문으로 비스듬히 비쳐 들어, 당신의 단정하면서도 자애로운 윤곽을 그려내고 있었습니다. 나는 당신 얼굴에 출렁이는 미소를 느낄 수 있었습니다. 하지만 동시에 안타깝게도 당신의 머리 뒤쪽에 내리 드리운 백발 몇 오리를 발견할 수 있었습니다. 나는 사진기를 지니고 가지 않은 것이 후회되었습니다.

  아마 앉아 있는 시간이 너무 오래되어서일까요? 나는 이 작은 방안의 한적함 속에 얼마간의 처량함이 깃들어 있다는 생각이 들었습니다. 그래서 나는 참지 못하고 속된 물음을 제기했습니다. "누군가 돌봐주는 사람이 있어야 하지 않습니까? 예컨대 결혼하거나 혹은 아이를 입양해야죠." 이번에는 당신의 얼굴에 아까 같은 미소가 떠오르지 않았습니다. 당신은 심각한 표정으로 벽을 바라보며 탄식했습니다. "저를 관심 있게 보는 사람들은 모두 그렇게 말합니다. 결혼 상대를 소개해 주기도 합니다. 심지어 자기 아이를 내게 주겠다는 사람도 있었습니다. 하지만 모두 사절했습니다. 다른 사람에게 부담이 되고 싶지 않습니다. 그리고 또 이 때문에 마음을 분산시키고 싶지도 않습니다." 그러면서 당신은 감동적인 이야기를 하였습니다. 지난해 졸업한 두 여학생이 대학에 가기 전 당신을 보러 왔다고 했습니다. 그녀들은 신중하게 생각한 끝에, 부모의 동의를 거쳐 당신의 딸이 되고 싶다고 했습니다. 그녀들은 진심이었고 진정이었습니다. 눈물을 흘리며 수락해 달라고 부탁했습니다. 당신은 두 아이가 성장하는 걸 6년 동안이나 지켜보아 왔습니다. 당신도 눈물을 흘렸습니다. 좀 생각하게 해 달라고 했습니다. 내일 다시 보자고 했습니다. 두 아이는 웃으며 집으로 돌아갔습니다. 하지만 이튿날 두 아이가 선물을 들고, 딸의 신분으로 쓴 축사를 가지고 찾아왔을 때 당신은 엄숙하게 거절했습니다. 저는 이렇게 좋은 인연을 맺지 않은 것이 유감스럽게 느껴졌습니다. 그래서 왜 거절했느냐고 물었습니다.

  "걔들의 마음을 나도 압니다. 매우 감동되었습니다. 온 하룻밤 동안 생각해 보았습니다. 세상에서 사제 간의 감정보다 더 순결하고 소중한 것이 또 어디에 있겠습니까? 그러니 다른 무언가를 거기에 더할 필요가 있습니까?"

당신이 사제 간의 감정에 대해 이렇게 생각할 줄은 미처 몰랐습니다. 당신은 사제 간의 감정을 그렇게 순결하게 보고 있었지요. 마치 흰 종이 위에는 그 어떤 색감도 차마 더할 수 없다고 생각하고 있었습니다. 그 색깔이 얼마나 아름답든 당신은 다만 순결을 요구할 뿐이었습니다.

그날 취재를 마치고 나는 천천히 교문을 나섰습니다. 격동되기도 하였지만, 망연하기도 하였습니다. 어떻게 기사를 써야 할지가 떠오르지 않았습니다. 당신의 의지는 퀴리 부인에 비길 수 있고, 당신의 완강함은 영웅이라 해도 손색이 없었습니다. 하지만 당신이 하는 일은 가장 평범한 일이었습니다. 당신의 생명의 빛은 한순간의 빛남에 있는 것이 아니라 묵묵히 견지해 나가는 것, 끈질기게 노력해 나가는 데에 있었습니다. 세상일이란 지나치게 평범하면 오히려 그것을 실행하기가 더욱 어려운 법입니다. 순수한 일반인이 되는 것이 어려운 일이라면 이러한 사람을 위해 기사를 쓰는 것은 더욱 어려운 일입니다. 이 괴로운 감정은 나를 여러 해 동안이나 고통스럽게 하였습니다. 하지만 당신의 이미지는 오히려 더욱 또렷해졌습니다. 그리하여 나는 끝내 이 글을 써낼 수 있게 되었습니다. 이건 기술(记述)이라 할 수 없습니다. 다만 나의 경의를 표하려는 것일 뿐입니다.

1990년 1월 16일

한 번 앓아 보았다

마오쩌둥 주석이 생전에 이런 말을 한 적 있다. "배의 맛을 알려면 직접 먹어 보아야 한다." 무릇 어느 한 물건의 성능에 대한 실험은 대부분 모두 파괴적이다. 배의 맛을 알려면 씹어야 하고 껍질을 뚫고 과육과 과즙을 맛보아야 한다. 공업에서도 어느 한 부품의 강도를 알려면 그것이 파열되도록 압력을 주어야 한다. 우리가 자신의 몸(의지력도 포함)의 강도에 대해 알려면 가장 간단한 방법이 바로 병에 걸리는 것이다. 이것 또한 다른 방법이 없는 파괴이다. 사람이 살다 보면 병에 걸리지 않을 수 없지만, 이 병으로 인해 아픔을 느끼고 친절함과 초조함, 그리고 과거에 알지 못했던 일과 이치에 대해 알게 되는 것은 그리 흔하지 않은 일이다. 또한 이러한 경우가 너무 많아서도 안 될 것 같다. 그런데 내가 최근에 다행히 이렇게 앓아 보았다.

연말이 다가오던 때 나는 국외로 방문을 나갔다. 간 곳은 동유럽의 나라들이었다. 이는 힘든 일이었다. 내가 힘들다고 하는 것은 결코 잘난 체 하기 위해서가 아니다. 외교 인사들마저 이러한 지역의 주재 임원으로 가기 싫어한다. 이 지역에 파견되면 '하향(下乡)'했다고 말한다.

예를 하나만 들겠다. 우리가 갔을 때 그 나라 수도에서는 한창 큰 눈이 내리고 있었는데 평지에 눈이 1미터 두께로 쌓여 있었다. 그런데 우리가 투숙한 여관에는 전혀 난방이 되지 않았고 이레 동안 더운물을 단 한 번 공급했을 뿐이다. 떠날 때에도 비행기가 제시간에 이륙하지 않아 공항에서 12시간 동안이나 기다리다 몸이 얼어버릴 정도였다. 휘발유가 없어서 그렇다는 것이었다. 이렇게 보름 동안 고생하다가 마침내 지구의 1/4을 날아 넘어 상하이로 돌아왔다. 그런데 베이징에 가려고 하니 또 비행기가 고장 났다고 하는 것이다. 우리는 따뜻한 기내에 있다가 다시 추운 대기실로 내려와야 했다. 그래서 아침 8시 30분부터 저녁 8시 30분까지 꼬박 12시간 동안 더 얼어야 했다. 아무리 좋은 약을 지어 먹는다 해도 우리처럼 이렇게 반복해서 얼고 나면 저절로 병에 걸리게 될 것이다.

집에 도착하였을 때에는 밤 12시였다. 나는 자리에 눕기 바쁘게 잠들어 버렸다. 이튿날에는 오후에야 깨어나 아무거나 대충 먹고 다시 잠이 들었는데 그 다음 날 오전까지 잠을 잤다. 그런데 깨어나 침대에서 내려오니 다리가 나른하여 하마터면 쓰러질 뻔하였다. 두 눈을 꼭 감고 침대 가장자리를 붙잡은 채 숨을 고르노라니 몸은 마치 아직도 착륙 중의 비행기 안에 있는 것 같았다. 얼마나 어지러운지 머릿속에서 팽이가 돌아가는 것 같았다. 몸은 여전히 추운데다가 또 여기저기 아프기 시작했다. 마병(魔兵)이 내 다리 위, 팔 위, 내 몸의 산야에서 소리 없이 압도해 오는 것 같았다. "이거 큰일이네, 병에 걸린 것 같군" 나는 속으로 이런 생각을 했다. 오후에는 이군에게서 전화가 왔다.

"사람은 돌아왔는데 감기에 걸렸다네, 며칠 지나면 나을 거야." 나는 이렇게 말했다.

"그래도 조심하십시오. 유럽 사람들은 감기에 걸리는 걸 제일 두려워

한답니다. 금방 거기서 돌아왔으니 지금 걸린 게 '유럽 감기'일지도 모릅니다. '유럽 감기'는 '중국 감기'보다 심하다고 합니다."

그 말을 듣고 나는 그만 하하 웃어버리고 말았다. 웃고 나니 마음이 한결 가벼워졌다. 하지만 금방 다시 온몸을 침습해 오는 아픔에 질식해 버릴 것만 같았다.

이렇게 하루 또 하루를 버티어 냈다. 오늘은 내일까지 낫지 않으면 병원에 가야지 하고 생각했다가 그 다음 날이면 또 오늘 낫지 않으면 내일은 꼭 병원에 가야겠다고 생각했다. 베이징은 도시가 너무 크다 보니 병원에 다니는 것도 쉬운 일이 아니다. 계약을 맺은 병원은 멀리 동성구에 있는데 나는 서성구에 산다. 워낙 흔들거리는 몸에 다시 북풍에 부대껴야 하고 거기에 차를 타고 사람들 속에 끼어 가야 하니 병원에 가는 일도 두렵기만 했다. 이렇게 질질 끌다가 엿새째 되던 날 아침 두군과 양군이 병문안을 왔다. 그들은 나를 보자 아예 "이대로 더 있어서는 안 되겠습니다. 차를 갖고 왔으니 병원에 가서 링거를 맞아야겠습니다"라고 했다. 그들이 이렇게 말하니 나도 마치 김이 빠진 공 같다는 느낌이 들었다. 평소에는 오후에야 열이 났는데 이날은 오전부터 흐리멍덩한 느낌이 들었다. 협화병원에 가 줄을 서고 보니 얼굴 절반은 오븐에서 갓 꺼낸 빵 같다는 느낌이 들었다. 코에서 뿜어져 나오는 더운 기운이 입술을 태울 것 같았다. 아내가 의사에게 부탁했다.

"벌써 엿새째가 되는데 약을 아무리 먹어도 낫지를 않습니다. 입원하는 게 좋지 않을까요? 하여튼 우선 링거는 놓아주십시오."

그 말에 급진실 문어귀에 서있던 얼굴이 검고 사나워 보이는 간호사 아가씨가 귀찮은 듯 말했다.

"링거밖에 모르시네요. 환자마다 링거를 맞겠다고 하는데 지금 어디에 자리가 있어요? 그래도 링거를 맞겠으면 복도의 의자에 가 누우세요!"

그 말에 양군이 "복도라도 좋습니다"라고 했다. 검은 얼굴에 흰 가운을 걸친 간호사 아가씨는 양군을 흘기면서 "링거 알레르기로 사람이 죽을 수도 있습니다"라고 말하고는 가버렸다. 나는 그때까지 중년이 되도록 입원이라고는 해본 적 없었다. 게다가 링거를 맞는 게 얼마나 무서운 일인지도 모른다. 과거 현대의학이 내 몸에 베풀어졌던 최고의 수단은 엉덩이에 주사를 맞은 것이었다. 흰 가운에 얼굴 검은 간호사 아가씨의 말에 놀라 내 열이 삼분쯤은 내렸으리라.

"주사나 맞고 맙시다."

내가 이렇게 말하자 아내가 나를 흘겨보더니 병력서를 들고 의사와 이야기하러 가버렸다. 의사는 아주 진지한 태도로 자세히 물어보더니 또 나를 의료용 침대 위에 반듯이 눕게 하고는 가슴도 두드려 보고 배도 만져 보는 것이었다. 그리고는 병력서에 반 페이지나 써넣는 것이었다. 보통 의사들은 처방전을 적을 때면 글자를 갈겨쓰지만 이 의사만은 병력서와 처방전, 그리고 검사증까지 글씨 쓰기 연습을 하는 것처럼 단정한 해서체로 쓰는 것이었다. 주위 환자들의 하소연이나 젊은 간호사들의 웃음소리가 한데 어울린 교향악도 그녀를 방해할 수 없는 것 같았다. 나는 나도 모르게 그녀에 대한 존경심이 들어 슬쩍 그녀 앞가슴에 달린 명찰을 보았다. 그녀는 성이 서 씨였다.

다행히 양군이 병원에 성이 이 씨인 지인이 있어, 그의 도움으로 진료실 옆에 있는 검고 단단한 침대 위에 누울 수 있었다. 하지만 문어귀에 위치해 있어 사람들이 드나들고 찬바람이 쌩쌩 불었다. 나와 한 고향인 장 여사가 문병을 왔다가 이 정경을 보고는 말했다.

"이래서는 안 되겠는데요. 병원 문을 나서면 바로 왕푸징(王府井)이잖아요. 내가 가서 천을 사 올 테니 휘장을 칩시다."

이 말에 아내가 마침 목에 둘렀던 스카프를 풀었다. 세심한 여인들의 네 손으로 잠깐 사이에 링거대 위에 휘장이 만들어졌다. 스카프는 종잇장처럼 얇았지만 그 정만은 두터운 성벽과도 같았다. 나는 스카프로 친 휘장 안에 들어가 누웠다. 휘장 밖에서는 찬바람이 쌩쌩 불었지만 나는 "마침내 구원을 받았구나!" 하는 생각이 들며 내 평생의 제일 첫 링거를 장엄하게 맞기 시작했다.

조용히 누워 있으니 질병이 인간의 몸에 대한 변혁을 체험할 수 있었다. 나는 원래 아주 단단한 체질이었는데 지금은 마른 콩이 갑자기 물을 만나 싹이 트기 시작하는 것 같았다. 그리하여 세포마다 모두 변형하기 시작해서 머리와 발가락을 내밀기 시작했고, 그러다 보니 몸뚱이의 공간이 부족해 내 몸 안에서 서로 공격하며 싸우기 시작하더니 온몸이 어디라 할 것 없이 조용하지 않았다. 근육이 시큰시큰해지고 뼈가 아파지는가 하면 머리는 하얗게 비어가며 전신에 대한 지휘가 제대로 되지 않았다. 제일 재미있는 것은 눈이었다. 내가 아무리 노력해 눈을 크게 뜨려고 해도 도저히 떠지지가 않았다. 과거 농촌으로 취재를 다닐 때면 나는 진속력으로 달리는 차 안에서 먼 곳의 풍경을 바라보기를 좋아했었다. 경치가 눈앞으로 와락 덮쳐 왔다가는 슬쩍 비켜가는 모습을 보기 좋아했다. 혹은 높은 곳에 올라 봄꽃이 활짝 핀 모습이나 가을 산야를 둘러보는 데에 도취되곤 했다. 그럴 때에는 스스로도 내 눈에서 빛발이 뿜겨져 나온다는 생각이 들었다. 전에 다른 사람에게 문병을 갔을 때 눈을 감고 아무 말도 안 하는 모습을 보고, "눈 뜰 힘이야 그래도 있지 않을까?" 하는 생각이 들었다. 그래서 내가 만약 앓으면 일어나 앉지는 못한다 하더라도 눈이야 크게 떠야지 하고 마음먹었다. 힘은 없다 하더라도 정신 줄만은 놓지 말아야겠다고 생각했던 것이다. 과거 사서를 읽으며, 금나라에 저항해 싸운 노장 종택(宗澤)이 임종 전 여전히 큰 소리로 "강을 건너자! 강을 건너자!"고 외쳤는데 그 눈빛이 타오르는 횃불 같았다고 쓴 부분을 보고 크게 탄복한 적이 있다. 그런데 오늘 여기에 누워 직접 앓아 보니 과거 내 생각이 얼마나 천진했었는가를 느낄 수 있었다. 병마가 힘만 빼앗아 가고 정신을 남겨두는 일은 절대 있을 수 없는 일이라는 것을 말이다.

나는 자신이 이미 실험에 들어섰다고 느껴졌다. 내 몸이 누워 있는 침대가 바로 실험대이고 이 진료실이 바로 실험실이었다. 나 같은 환자들은 변혁을 거치고 있는 실험품이며 실험의 주인은 운명의 신(죽음의 신도 포함됨)과 저 백의천사들이라 해야 할 것이다. 땅 위에 널려 있는 링거대며, 산소통, 각종 의료 기기들이 실험의 의기라 해야 할 수 있었다. 이곳은 이름을 진료실이라 했는데, 바로 진찰을 거쳐 떠남과 머무름을 결정한다는 뜻이 아니겠는가? 아마 일부 사람들은 바로 이 부두에서 출발해 다른 한 세계로 갈 것이다. 그러니 병을 기호로 하는 실험은 사람의 인생 중 가장 암담한 시기, 심지어는 말로의 어느 한 구간에 대해 샘플링 실험을 하는 것이라고 해야겠다. 인생의 다른 한 측면인 무도장의 경쾌한 노랫소리, 전쟁터의 돌격, 경기장에서의 경쟁, 사업에서의 분투 등은 모두 버려질 것이다. 외국에서 중상으로 '사망'했던 사람이 다시 살아나 죽었을 때의 감각에 대해 이야기한 기사를 본 적이 있다. 그것도 실험이라 할 수 있는데, 더구나 보기 드문 실험이라 해야 하겠다. 하느님도 사람마다 모두 한 번씩 죽어 보게는 할 수 없으므로 이러한 실험을 하게 했을 것이다. 여러 번 앓다 보면 생명에 생화(生化, 태어나고 성장하는 일 – 역자 주)만 있는 것은 아님을 알게 하려고 그런 것 같았다.

진료실에는 환자가 모두 10명이었다. 하느님은 이렇게 10명을 한 조로 묶어 훈계를 하고 거기에 체벌까지 하는 것이다. 그리스신화에서는 사랑을 관리하는 신이 꼬마 천사를 파견하여 사람마다의 가슴에 화살을 날린다. 그러면 화살을 맞은 사람은 사랑의 달콤함에서 빠져나올 수 없게 된다고 한다. 내가 있는 이 진료실에도 백의천사가 여러 명 있었다. 그녀들은 손에 활을 쥐지 않았지만 직접 우리의 손등에 주사침을 꽂아 놓는다. 침은 가늘고 긴 고무관과 이어져 있고 고무관은 또 묵직한 약병과 이어져 있다. 약병은 또 말뚝 같은 쇠기둥에 걸려 있었다. 우리도 도망칠 수 없는 포로가 되어 버린 것이다. 사랑의 포로가 된 것이 아니라, 병의 포로가 된 것이다. "마음은 신의 화살을 피할 수 없었다"고 했듯이 이 선은 정맥에 연계되어 있고, 정맥은 심장과 통하는 것이다. 나는 우선 진료실을 대략적으로 관찰해 보았다. 남녀노소가 다 있었는데 일률적으로 손에는 줄을 달고 병상에 누워 울적한 표정을 하고 있었다. 그 모습은 마치 감옥에 갇힌 죄수와도 같았다. 죽음의 끔찍함에 대해서는 모르는 사람이 없다. 신기질(辛弃疾)은 "그대는 너무 기뻐하지 마소, 보지 못했소이까? 옥환 비연도 결국은 진토가 되었다오(君莫舞, 君不见, 玉环飞燕皆尘土.)"라고 스타와 미녀들에게 경고했고, 소동파(苏东坡)는 "큰 강은 동으로 흘러 물결은 천고의 풍류 인물들을 모두 쓸어가 버렸네(大江东去, 浪淘尽, 千古风流人物.)"라고 영웅호걸들을 탄식했다. 기실 영웅, 미녀나 아니면 평범한 인물이나 모두 불가항력적인 일은 그만두고라도, 가장 유감스러운 건 아마 순풍에 돛 단 듯 순조롭다가 갑자기 질병이라는 '추풍'에 "풀의 색깔이 변하고 나무의 잎이 떨어지는 것"처럼 기세가 꺾이고 괴롭힘을 당하는 것이다. 나의 오른쪽 침대에는 건장해 보이는 키 큰 청년이 차지하고 있었다. 그는 머리에 붕대를 감았는데 피가 배어 나온 것이 보였다. 그의 어머니가 옆에서 시중을 들고 있었다. 나는 눈을 감은 채 아내가 청년의 어머니와 한담하는 것을 들었다. 공장에서 싸움이 일어났는데 싸움 말리러 갔던 청년이 날아오는 의자에 머리를 맞아 언어신경이 손상 됐다고 한다. 그래서 지금도 말을 하지 못한다는 것이었다. 청년의 어머니는 그의 귓가에 대고 뭘 먹고 싶느냐고 물었다. 청년은 한 글자 한 글자씩 드문드문 말했다. "케이크를…… 먹고…… 싶습니다." 청년은 말 하는 것이 어려웠지만 오후에는 욕질을 해댔다. "날라 온 의자"를 욕했고, 의자를 날린 사람을 욕했다. 다만 숙련되지 못한 전보 통신원처럼 전신 부호를 하나하나씩 발송해야 했다.

　나의 맞은편에는 농촌에서 온 노인이었는데 기골이 장대하였다. 나처럼 손에 링거 줄이 달린 외에도 코에 튜브를 꽂고 있었다. 발밑에는 작은 대포만한 산소통이 놓여 있었다. 아마 폐에 문제가 생긴 듯싶었다. 노인네는 아마 네 세대가 함께 사는 대가족인 듯싶었다. 남녀노소 6~7명이나 노인을 둘러싸고 있었다. 다른 병상에는 시중드는 사람이 한 명씩인데 노인네는 사람이 많다 보니 좀 우쭐해 하는 것 같았다. 노인은 성깔을 부리며 산소통이랑 모두 치워버리라고 야단이었고, 가족들은 그러는 노인을 둘러싸고 조심스레 그러면 안 된다고 권고했다. 이때 의사가 들어왔다. 젊은 청년이었는데 손에는 진료기록을 들고 있었다. 그는 마치 손에 큰 칼이나 든 것처럼 높은 소리로 외쳤다. "모두 비키세요!" 라고 몇 번이나 말했는데 통 듣지를 않자. "공기를 당신들이 다 마셔버리니 숨이 차지 않을 수가 있습니까?"라고 나무라자 아랫사람들이 공손하게 비켜섰다. 항렬이 낮은 사람은 더 멀리 비켜서는 것 같았다. 의사는 또 환자에게 다가가 훈계했다. "왜요? 이런 것들이 다 싫다고요? 그럼 여기서 진찰받을 게 뭐 있습니까? 좋습니다. 그럼 다 빼어 버릴까요? 아무튼 이렇게 된 바에는 시험이라도 해봐야 잖아요." 의사는 나이가 젊었지만 노인의 자식이나 조카가 아닌 만큼 노인도 더 고집을 부리지 못했다. 오히려 신처럼 공경했다. 나는 눈으로 이 연극을 보고만 있었지만, 귀로는 이 젊은 의사가 내몽골 서부지방의 말투가 다분하다는 것을 들어서 알 수가 있었다. 그곳은 내가 처음 근무를 시작해 6년 동안이나 있었던 곳이다. 나는 부지중에 타향에서 친지를 만난 듯한 친밀감이 들었다. 아내도 의사의 말투를 알아들은 것 같았다. 우리는 그가 몸을 돌리는 순간 막아서며 물었다. "이 링거가 너무 늦게 떨어지지 않습니까?" 우리는 원래 두 번째 질문으로 "혹 내몽골 사람이지 않습니까?"하고 물으려 했었는데, 생각 밖으로 그는 손에 든 '칼'을 휘두르며 "간호사에게 물으세요"하면서 나가버리는 것이었다.

나는 창피해서 베개에 비스듬히 기대어 혼자서 자신을 욕했다. 이때야 실험품으로서의 자신의 신분이 더 잘 어울린다는 것을 알았다. 실험품은 말할 권리가 없다. 더구나 주제넘게 딴소리를 하려고 주인과 친분을 맺으려 하지 않았던가? 어찌 된 일인지 《사기(史记)》중 '홍문연(鸿门宴)'의 한 구절이 생각났다. 번쾌가 유방에게 말하기를, "남은 칼이고 도마요, 우리는 고기이다", 아무리 국가 원수라 한들, 혹은 스타나 유명 인사라 한들, 나이가 많은 노인이거나 혹은 집에서는 아끼는 천금 같은 아가씨라 한들 질병 앞에서는 모두 감옥에 감금된 죄수에 불과한 것이었다. 과거 얼마나 큰 권력을 가지고 있었고 또 얼마나 빛을 뿌렸든 간에, 병상에 누우면 불쌍하고 의지할 데 없는 어린양이 되어 버린다. 도마 위의 잉어가 요리사와 이야기하는 걸 본 적 있는가? 나는 눈길을 링거 약병에 집중시켰다. 약물은 한 방울 한 방울씩 늦지도 빠르지도 않게 투명한 호스 속으로 떨어지고 있었다. 갑자기 주자청(朱自清)의 '총총(匆匆)'이란 산문이 생각났다. "시간과 생명은 이렇게 어찌해 볼 도리가 없이 한 방울 한 방울씩 사라진다." 주 선생은 이 글을 지을 때 나처럼 진료실에 누워 본 경험이 없으리라. 그렇지 않으면 세월이 흘러가는 것에 대한 아름다운 묘사에 이 같은 구절이 더 있어야 할

게 아닌가? 나는 또 옛사람들이 물시계를 사용했던 것이 생각났다. 그러자 밤의 적막 속에서 아득하게 들려오는 물 떨어지는 소리가 느껴졌다. 병이라는 이 곤봉은 생활을 꼭 붙잡고 있던 나에게 일격을 가해 일밖으로 밀어냈으며, 일반인들은 오지 않는 이 구석으로 몰아넣었던 것이다. 이 시각 내 곁을 지키고 있는 사람은 오직 아내뿐이었다. 다른 사람들은 여전히 자신의 생활에 몰두하고 있을 것이었다. "유럽 감기가 무섭다"고 하던 이군은 이 시각 병원과 골목 하나를 사이에 두고 있는 출판사에서 원고를 보고 있을 것이었다. '문화대혁명' 기간 우리는 함께 변경 밖으로 하방(河放, 간부나 지식인들이 사상 단련을 위해 농촌 등으로 노동하러 가는 것)되어 함께 사막에서 글을 쓰고, 강가에서 시를 논하곤 하였었다. 원래는 내가 귀국한 후 변경 밖 옛 친구들을 모아놓고 '난정(兰亭)'의 모임을 가지려 했었다. 그들은 이 시각 내가 저 '말뚝'에 묶여 꼼짝도 못 하고 있을 줄을 생각지도 못할 것이다. 이제 만나게 되면 이군에게 말하리라, "당신이 말한 '유럽 감기'는 확실히 무서운 것이라고……", "학술 논문 한 편 혹은 전문 저작 한 권을 낼 수 있을 정도로 대단한 것이라고……" 러시아 예카테리나 여제의 애인이었던, 호랑이 같던 포템킨 장군도 유럽 감기로 인해 총망히 인간세상을 떠났다고 한다. 이 골목에는 또 종교를 연구하는 친구인 왕군도 살고 있다. 우리는 시간을 내어 열흘 내지 보름 동안 이야기를 나누고 공동으로 "문안, 문 밖에서 불교를 이야기하다"라는 책을 내자고 약속한 적도 있다. 그도 아마 내가 지금 이 구석에 틀어박혀 한 방울 한 방울씩 떨어지는 약물을 쳐다보는 이 무성의 '목탁'을 두드리고 있을 줄은 알지 못하리라. 그리고 또 외지로부터 이곳에 출장을 나온 형님은 바로 이 병원 부근의 어느 여관에 자리를 잡고 있는데, 내가 지금 여기에 누워 있을 줄은 절대 생각지 못할 것이다. 그 외에도 많은 친구들이 있는데, 내가 그들을 생각할 때 그들도 아마 "이 시각 내가 뭘 하고 있을까?"라고 생각하고 있을지 모른다. 혹은 우리가 앞으로 만났을 때의 정경에 대해 떠올리고 있을 수도 있다. 그러니 내가 이처럼 처량한 신세가 되어 이 작은 항만에 정착해 있을 줄은 알지 못하리라. 병이란 무엇인가? 병이란 바로 사람을 정상적인 생활의 궤도에서 이탈시키는 것이다. 고속도로에서 밀려난 차라고나 할까? 병은 이렇게 사람들이 정상적으로 생활할 권리를 빼앗아 버린다. 그리고 생의 권리 박탈여부에 대해서는 일단 관찰을 해보고 다시 결정한다.

젊은 의사에게 면박당하고 나서 이렇게 약물 '물시계'를 이용해 자신의 내면을 들여다보고, 또 한참 '목탁'을 두드리고 나니 기공(气功)의 효과인지 아니면 약물이 내 심령에까지 도달했는지 의식이 점차 명확해졌다. 나는 또 머리를 들어 이 열 명의 세계를 관찰하기 시작했다(아마 보복심리인지, 아니면 기자의 직업적 습관인지 나는 항상 관찰 받는 자가 아닌, 관찰자의 위치를 차지하려고 한다.) 시인 장극가(臧克家)는 입원하는 동안 "천장은 영원히 다 읽을 수 없는 책의 한 페이지이다"라는 시를 쓴 직 있다. 나는 오늘 천장을 읽으려고 해도 읽을 수가 없다. 왜냐하면 나에게는 조용한 병실이 차례로 오지 않았기 때문이다. 내 주위는 쳰먼(前门)의 대책란(大栅栏)처럼 시끌벅적하다. 그리하여 나는 이 환자들의 얼굴, 몸을 읽을 수밖에 없었다.

네 세대가 함께 사는 대 가정 노인의 옆 병상에는 노부인이 누워 있었다. 노부인은 점잖은 표정으로 이불에 기대어 앉아 있기도 하고 잠깐 누워 있기도 하였다. 내가 노부인을 보고 있을 때 그녀는 한창 다리를 쭉 펴고 누워 천장을 쳐다보고 있었다. 한 중년 여성이 노부인의 이불 밑에 손을 넣어 뭔가 꺼내고 있었다. 한참 후에 이불을 들 때에 다시 보니 그녀는 뜨거운 수건으로 노부인의 발을 씻겨주고 있었다. 또 한참

지나서 그녀는 다시 뜨거운 물을 바꿔 오는 것이었다. 그리고는 두 손
으로 노부인의 발을 받쳐 들고 뜨거운 수건을 감아주는 것이었다. 노
부인의 발을 따뜻하게 해주려고 그러는 것 같았다. 따뜻한 혈육의 정
이 몸의 아픔을 위로하기에 충분할 것 같았다. 그것을 보며 나는 어쩐
지 부러운 마음이 들었다. 더 물을 것도 없이, 중년 여성은 효녀리라.
그러니 노부인은 병에 걸렸음에도 저렇게 차분한 것이다. 노부인은 이
번의 병으로부터 또 다른 수확을 거뒀을 것이다. 믿고 의지할 수 있는
자녀가 있으니 천의를 거스를 수 없다 해도 유감은 없으리라. 딸이야말
로 부모를 아껴줄 줄 안다고 했는데 오늘 보니 과연 그른 데가 없었다.
나는 머리를 돌려 아내를 쳐다보았다. 아내도 노부인과 그 중년 여성을
바라보고 있었다. 우리는 마주보며 웃었다. 그 웃음 속에는 약간의 허
탈함이 묻어나 있었다. 왜냐하면 우리에게는 딸이 없었기 때문이다. 아
마 앞으로 저 노부인 같은 복은 누리지 못하리라.

　네 세대가 함께 사는 대 가정 노인의 오른쪽에는 다른 한 노부인이
있었다. 그녀는 중풍에 걸린 모양으로 말을 하지 못하고 있었는데, 손
이며 코에 모두 링거며 튜브가 꽂혀 있었다. 이 노부인의 병시중을 드
는 사람은 잘 생긴 소년이었다. 얼굴이 얼마나 흰지 자기로 만든 인형
같았다. 머리카락은 어깨에 드리웠고 몸에 딱 붙는 재킷을 입었으며 발
에는 유난히 반짝반짝 빛나는 구두를 신고 있었다. 이어폰을 끼고 두
눈을 살짝 감고 있었는데 베토벤의 명곡을 듣는 건지, 아니면 전련원의
평서(评书)를 듣는지 알 수 없었다. 하여간 이 열 명의 세계와 더불어
간호를 하는 사람들까지 모두 그와는 무관한 듯싶었다. 한참 후 소년은
귀가 아팠는지 이어폰을 내려놓고 이번에는 검은 안대를 착용하는 것
이었다. 소년은 좀 서양 멋이 났다. 그 옆에 있는 네 세대 대 가정의 아
들이나 조카들과는 다른 스타일이었다. 팔짱을 끼고 의자에 기대어 있

는 모습은 졸고 있는 듯했다. 그는 진료실의 시끄러움을 견딜 수 없어 이어폰을 끼었을 것이고 눈앞의 혼잡함을 견딜 수 없어 안대를 착용했을 것이었다. 내 생각에 그는 이제 곧 흰 마스크까지 꺼낼 것이다. 하지만 소년은 마스크를 꺼내지는 않았다. 그는 눈과 귀의 무장을 해제하고 두 손을 바지 주머니에 찌른 채 병실 밖으로 산책을 나갔다. 우리 곁을 지날 때에는 휘파람까지 불었다. 한참 후 소년이 시중들던 노부인이 깨어나 입으로 뭐라고 소리를 치는데 병실 안에는 누구도 알아듣는 사람이 없었다. 간호사가 왔지만 역시 알아듣지 못했다. 간호사는 복도로 나가 큰 소리로 불렀다. "XX환자 가족 어디 있습니까?" 그리고는 다시 의사를 찾았다. 소년은 아마 노부인의 아들이거나 사위일 것이다. 어머니에게 발을 씻기는 여성에 비하면 그야말로 천양지차라 할 수 있다.

우리가 지금 음성양쇠(陰盛陽衰)라는 말을 자주 하는데, 전통적인 효도를 선양함에 있어서도 음성양쇠를 논증할 수 있을 것 같다. 하남성의 지방극인 예극(豫劇)에서 화목란(花木兰)이 아주 당당하게 "누가 여자가 남자보다 못하다고 했어요!(谁说女子不如男!)"라는 노래를 한다. 두보(杜甫)도 "참으로 알겠노라, 남자 낳기는 싫어하고 도리어 여자 낳기를 좋아하는 것을(信知生男恶, 反是生女好.)"이라고 했으며, 백거이(白居易)도 "이로 인해 세상 모든 부모들의 마음이 아들보다 딸 낳기를 중히 여겼다(遂令天下父母心, 不重生男重生女.)"고 했다. 이 두 사람이 만약 살아있다면 수염을 만지며 "불행히도 내 말이 맞았군"하고 말했을 것이다. 아까 그 졸던 소년도 이 열 명 중의 은자가 되어 이 '속세'를 떠나버리고 싶어 했는데, 사실 누구인들 이 곳에 미련을 가질 것인가? 다만 소년은 나이가 어리다 보니 여기 사람들이 모두 질병의 신에게 억지로 끌려 왔다는 것을 잘 모르고 있는 것 같았다. 그렇지 않으면 어찌 사람마다 팔에 달린 저 줄이 옆에 있는 '말뚝'에 단단히 묶이어 있으랴.

다음에는 소년이 병에 걸리면 염라대왕이 흉악하게 생긴 악귀를 보내서 소년을 요청했으면 좋겠다.

언제인가 나의 옆에 바로 문을 마주하고 있는 자리에 긴 의자가 하나 더 놓았다. 의자 옆에는 임시로 링거대가 가설되었고 거기에는 웬 청년이 '묶여 있었다' 코에는 솜을 틀어막았는데 핏자국이 얼룩져 있었으며 머리는 맥없이 친구에게 기대어 있었다. (나는 그래도 병상을 하나 차지하고 있었지만 이 청년은 나보다도 더 운이 없는 것 같았다.) 청년은 말도 하지 않았고, 눈도 뜨지 않았다. 나의 오른쪽에 있는 전신 부호 식 언어로 사람을 욕하고 있는 환자보다 더 기력이 없어 보였다. 청년의 옆에는 젊은 아가씨가 서 있었다. 내가 이 열 명의 세계를 투시를 하고 나서 눈길이 그 젊은 아가씨에게 떨어졌을 때 깜짝 놀랐다. 그것은 놀랐다고 할지, 아니면 기쁨이라고 할지, 혹은 유감이라 할지 알 수 없는 감정이었다. 분명하지는 않지만 이 곳은 그녀가 있을 곳이 아니라고 느껴지기까지 했다. 그녀는 예쁘게 생긴 유형이었다. 송옥(宋玉)이 말한 것처럼 "담장에 올라 3년 간 훔쳐볼" 정도의 미녀는 아니고 조식(曹植)이 말한 것처럼 "놀란 기러기처럼 날렵하고, 노니는 용과도 같은(翩若惊鸿, 婉若游龙)" 낙신(洛神)은 아니더라도 이 구질구질한 열 명의 세계에서는 (지금은 열한 명의 세계로 변했음) 흙 속의 진주 같다고 해야 할 존재였다. 그녀는 키가 대략 165센티미터쯤 되어 보였는데, 위에는 깊게 패인 붉은색 스웨터를 입었고 아래에는 검은색의 얇은 나사 치마를 입고 있었으며, 발에는 흰색의 부츠를 신고 있었다. 그리고 겉에는 검은색의 망토를 걸치고 있었는데 무너져 가는 환자들 속에 선 그녀는 강건하면서도 호감이 가는 모습이었다. 그녀의 얼굴에는 따뜻함이 그대로 묻어나 있었다. 복사꽃 같은 얼굴에 웃음기는 보조개 위에 가득 찼고, 눈은 살구씨 같았다. 《부생육기(浮生六记)》에 나오는 운(芸) 같기도 하고,

또 같지 않은 듯하기도 하였다. 하지만 일을 처리하는 모양이 시원스럽고 활달한 걸 보니 시대 여성의 풍채가 엿보였다. 이들 세 사람 중 의자에 앉아 시중을 드는 사람은 환자의 '등'이고 여인은 환자의 '다리'였다. 그녀는 망토를 내려놓고(더욱 날씬해 보였다) 도처로 뛰어다니며 약을 가져온다, 물을 떠온다, 이불을 얻어온다 하며 바삐 돌아쳤다. 그리고는 또 핏자국을 씻어주기도 하고 아픈가 물어보기도 했다. 나는 그녀가 환자의 여동생이거나 여자 친구일 것이라고 추측했다. 천방백계로 병실을 피하려 하던 환자를 두고 간 미남 소년보다는 훨씬 사랑스러웠다. 상대성 이론이 장난쳐서일 수도 있다. 아인슈타인도 사람들에게 알기 힘든 상대성이론을 설명할 때에도 이렇게 설명했다고 한다. 늙은 할머니와 함께 있으면 시간이 느리게 흐르는 것 같고, 젊은 아가씨와 함께 있으면 시간이 너무 빨리 흐르는 것 같다는 것, 즉 상대적이라는 것이다. 이 아가씨는 아마 마음속에 사랑의 불꽃이 있으니 빙설 속에 있어도 봄바람 속에 있는 듯하리라. 사랑이 있으면 불꽃이 있고, 생활이 있으며 희망이 있고 내일이 있는 것이다.

한참 후 아가씨는 어디에서인가 도시락 교자를 얻어왔다. 그는 환자에게 교자를 몇 개 먹게 하고는 그 자신이 맛있게 먹기 시작했다. 그녀가 교자를 쥐는 자세도 아름다웠다. 마치 전통 연극에서의 난화지(兰花指)처럼 엄지와 중지로 집어 먹었는데 깜찍하면서도 시적 맛이 있었다. 심지어 교자마저 껍데기가 얇고 희었으며 모양이 반듯하여 평소 식당에서 파는 것보다 더 미감이 있어 보였다. 삼선(三鮮) 교자 속에 들어 있는 소(蔬)의 향기가 풍겨 왔다. 저명 가수 해수란(奚秀兰)이 부른 "아리산의 아가씨는 물처럼 아름답고 아리산의 소년은 산처럼 튼튼하네"라는 노래가 떠올랐다. 오늘 내가 만난 청년들은 머리가 터지지 않으면 코가 터져서 튼튼하다고 말할 수는 없지만 이 아가씨만은 물처럼 수려하고 거울처럼 맑다. 그녀라는 거울에 나는 생활을 비추어 본 셈이다. 당태종(唐太宗)은 "사람을 거울로 하면 득실을 알 수 있다"고 했는데, 병에 걸려 누워 있는 사람이 청춘의 활기로 넘치는 사람을 보면, 의기소침한 사람이 사랑의 불길이 활활 타오르고 있는 사람을 보면, 가장 큰 감격이 아마 생활에서 퇴출될 수 없다는 생각이리라. 이 아가씨는 붉은 살구나무 가지처럼 창문 안으로 비껴들어서는 우리들에게 큰소리로 외친 셈이다. "알고 있습니까! 바깥의 생활은 여전히 뜨겁습니다." 나는 방금까지도 생활의 궤도에서 내던져졌다고 생각했는데 지금은 오히려 하늘가 멀리로 항해에 나선 돛단배를 보는 것 같았다.

이때 갑자기 우리 줄의 병상에서 소동이 일어났다. 오늘 진료실에서 '연극'의 최고조가 곧 출현할 모양이었다. 몇몇 사람들이 뚱뚱하고 피부가 검은 대략 50여 세 쯤 되어 보이는 건장한 남자를 병상에 눌러 눕히고는 바지를 내렸다. 굵은 넓적다리가 드러났고 흰색의 3면 병풍으로 환자를 막았다. 남자는 동북말로 소리쳤다. "아파 죽겠어! 아파 죽겠어!" 그러자 옆에 있는 사람이 어린애 어르듯 말했다. "금방 끝나, 금방이야!" 하지만 금방 끝나지는 않았다. 그 남자는 여전히 소리쳤다. "당신들 지금 뭐해! 미치겠다! 안 되겠어!" 그 비참한 목소리는 천장에 부딪쳐서 다시 지면에 떨어지면서 세 번이나 튕겨 오르는 것 같았다. 이때 온 진료실의 사람들은 모두 숨을 죽인 채 병풍만 쳐다봤다. 내가 있는 이쪽은 각도가 특수했기에 마침 병풍 안을 들여다볼 수 있었는데, 마스크를 쓰고 두 눈만 내놓은 간호사 아가씨 2명이 가느다란 튜브를 집어 들더니 남자의 음경을 꾹 집고는 튜브를 밀어 넣는 것이었다. 원래는 도뇨(導尿, 방광 속의 오줌을 카테타로 뽑아내는 것)를 하고 있었던 것이다. 남자가 뭐라고 소리를 치든, 두 아가씨는 모르는 척 자기 일만 했다. 두 눈은 파도 없는 물결처럼 고요했다. 남자가 이렇게 한참 발버둥을 치던 중 수술(사실은 수술이라 하기도 어렵다)이 끝났다. 남자는 온 얼굴에 식은땀이 가득 흘러내렸는데 아직도 화살에 놀란 새 같은 표정을 하고 있었다. 그중 한 간호사 아가씨는 어느새 마스크를 벗고 병풍을 거두어 들고는 병상들 속을 빠져나갔다. 그 모습은 마치 봄날 연을 들고 소풍하러 가는 것 같았다. 다른 한 아가씨도 머리도 돌리지 않은 채 수술차를 끌고 나가버렸다. 수술 차는 마치 말 잘 듣는 삽살개처럼 간호사 아가씨의 뒤를 따라 나가버렸다. 두 사람이 내 옆을 지나갈 때 가만히 살펴보니 둘은 그야말로 어린아이처럼 천진하면서도 아름다웠다. 진료실 문을 나서서 활개 치며 가는 그들은 마치 '시골의 오솔길에서'라는 곡에 맞추어 걸어가는 것 같았다. 금방 진료실에서 있었던 연극은 흔적도 없이 사라진 듯싶었다. 남자는 아직도 흐느끼기를 그치지 않았고 가족은 그에게 옷을 입히고 있었다. 그야말로 "꽃은 절로 떨어지고 물도 절로 흘러간다"는 식이었다. "당신은 아프면 소리쳐라, 나는 내 갈 길을 간다는 식"이었다. 나는 가슴이 옥죄어 드는 것 같았다. 현실이 너무 냉혹한 것 같았다. 다시 《사기(史记)》 속의 그 말이 생각났다. "남은 칼이고 도마요, 우리는 고기이다." 한 사람이 의사의 치료를 받아야 하는 대상이 되면 얼마나 불쌍한가? 저 남자도 평소에는 사납지 않다고 말하기 어렵다. 하지만 지금의 모습은 얼마나 낭패스러운가? 속어에도 "무엇보다도 병이 들지 말아야 하고, 돈이 없어서는 안 된다"고 했다. 과거 읽은 어느 양생서에는 머리말에서 "건강은 행복이고 병이 없는 것은 자유이다"라고 했는데, 이제 와 보니 그 말이 참으로 맞는 말이었다. 오늘 내가 손에 줄이 달려 '말뚝'에 묶이어 눈앞의 정경을 보고 그 말을 다시 음미해 보니 그 소득이 서 의사가 처방해준 약보다 효과가 열 배는 더 되는 것 같았다. 그러나 한참 지나 다시 생각해 보니 간호사의 무관심도 잘못된 게 없다는 생각이 들었다. 그녀들이 환자와 함께 신음할 필요가 있단 말인가? 과거 우리가 가난한 사회주의일 때 사람마다 다 같이 가난했었다. 하지만 병도 모두 함께 아플 수야 없지 않은가? 상황이 다르면 태도도 다르기 마련이다. 그래야 다채로운 세계가 될 게 아닌가?

매승(枚乘)은 '칠발(七发)'에서 초나라 태자가 병에 걸려, 오나라 사람이 병문안을 갔는데, 약과 침을 쓰지 않고 일곱 단락의 정곡을 찌르는 말을 하여 태자가 "땀이 흠뻑 나더니 갑자기 병이 다 나았다"고 했는데, 나는 오늘 이 '말뚝'에 묶이어 인간 경물(景物)을 일곱 번 보고 일곱 번 들었으며 일곱 번 생각하고 나니, 병이 갑자기 낫지는 않았지만, 점차 마음이 안정되는 것 같았다. 팔을 들어 시계를 보니 이미 시침은 정오 12시부터 비실비실 기어 오후 7시가 되었다. 그러니 똑똑 떨어지는 저 '목탁'을 일곱 시간 동안이나 지키고 있었던 셈이다. 내일 나는 불교를 연구하는 왕군에게 물어봐야겠다. 이렇게 참선하는 것은 사원의 고승이라도 아마 반드시 가능하다고는 말하기 어려우리라. 다시 머리를 들어 보니 세 병이나 되는 커다란 약병의 약물도 거의 다 떨어지고 마지막 한 병의 약물이 병목에 작은 술잔으로 한 잔 만큼의 분량이 남았다. 바로 이때 간호사가 들어오더니 묶이어 있는 나를 풀어주었다. 그러자 아내가 침대를 정리하고 빌려온 베개와 담요를 돌려주었다. 나는 나도 몰래 타유시(打油诗) 한 수가 떠올렸다. "갑자기 약이 없어져서 포승줄을 푼다는 말을 들었네, 침대를 정리하며 미칠 듯이 기뻐하노라. 왕푸징에서 차를 타고 서사에서 내리면 서천에 도착하지(우리 집이 소서천에 있음)."

나는 주사침을 뺀 후에도 여전히 저려오는 왼손을 주무르며 여기에서 일곱 시간 동안이나 실험을 받았던 병상을 되돌아보았다. 마음속으로는 어쩐지 이별하기 아쉬운 듯 연연한 감정이 들었다. 태어나서 처

음으로 이곳에서 많은 사리를 알게 되었기 때문이다. 병은 많이 앓아
서는 안 되지만, 전혀 앓지 않아도 안 되는 것이다. 오스트롭스키의 다
음의 명언은 우리 이 세대들을 고무 격려해 왔었다. "생명은 우리 모두
에게 한 번밖에 없는 것이다. 사람의 일생은 이렇게 지내야 한다. 지난
일을 회억할 때 세월을 헛되이 보낸 것으로 하여 후회하지 않고, 또한
생활의 천박함으로 인해 부끄러움을 느끼지 않으며 임종에 이르러서
도……" 임종까지 기다릴 필요조차 없다. 한 번 앓고 나면 생명을 더욱
아끼고 생활을 더욱 사랑하게 된다! 우리는 또 헤겔 노인에게도 감사
를 드려야 할 것이다. 그는《정신현상학》에서 "사람의 의식이 주체로도
될 수 있고 객체로도 될 수 있다"는 이 변증법적인 비밀을 발견하였다.
그래서 오늘 내가 실험의 대상이 되었지만 동시에 또 실험 변혁 과정의
주체가 되었던 것이다. 만약 과일인 배라면 사람에 의해 주스로 된 후
"사람에게 먹혀 보았다"라는 글을 써내지는 못할 것이다.

　이것이 바로 우리 인간의 위대함과 빼어남이리라.

1992년 3월

30년의 초원 40년의 노래

　　내몽골(內蒙古) 가수가 민족궁 대극장에서 "몽골족 장조 가곡
음악회"를 연 적이 있다. 음악회의 주제는 초원을 보호하고 사막화를
억제하자는 것이었다. 음악회가 시작되기 전 프로그램이 나왔는데 거
기에는 놀랍게도 노 가수인 하자푸(哈札布)의 이름이 있는 것이었다.
나는 깜짝 놀랐다. 그가 아직도 살아있었구나!

　　나는 하자푸를 본 적은 없고, 그의 노래를 들어본 적도 없다. 내가
이 이름을 기억한 것은 예성타오(叶圣陶)의 시 "몽골족 가수 하자푸의
노래를 듣다" 때문이다. 1968년 대학을 졸업한 나는 내몽골에 파견되
어 갔다. 현지에 도착하자 나는 자료부터 수집했다. 명인이 내몽골을
유람하면서 쓴 시집이 있었는데, 그중에는 예성타오의 이 시도 포함되
어 있었다. 시의 첫 두 구절이 특히 인상이 깊었는데 지금도 외울 수 있
다. "그의 노래는 정취가 순후하였지/ 새로 나온 찻잎 같기도 하고 오
래된 술 같기도 했어./ 그의 노래는 리듬이 자연스러웠지/ 솔바람 같기
도 하고 시냇물 같기도 했어." 내가 이 시를 본 것은 30여 년 전의 일이
다. 이 30여 년 동안 나는 단 한 번도 하자푸의 이름을 들어본 적이 없

으며, 또한 그의 노래를 들을 수 있으리라고는 더구나 생각해 본 적도 없다.

환경보호와 생태회복을 호소하는 주제로 된 음악회이여서인지 분위기가 어쩐지 조금은 딱딱하였다. 노 가수는 제일 마지막 순서로 무대에 올랐다. 사회자는 그가 올해가 마침 80세라고 소개했다. 그는 붉은색 바탕에 어두운 빛깔의 꽃이 돋친 몽골족 전통 의상을 입고 있었으며 너른 허리띠를 매고 있었다. 그의 모습에는 침착함과 정중함이 묻어났다. 젊은 가수들이 그를 중간에 세우고 양옆으로 줄을 섰다. 그가 부르는 노래의 이름은 '힘찬 기러기'였다. 목소리는 조금 쉰 듯했으며 전형적인 몽골족 장조였다. 눈을 감고 조용히 들으니 천지 만물의 아득하고 창연한 정경을 보는 듯한 감정이 밀려들었다. 과거 내몽골이 해내외에 널리 이름을 날리게 된 것은 아름다운 초원과 아름다운 노랫소리가 있었기 때문이다. 나는 30년 전 초원에서 기자로 있으면서, 말을 타고 달리기도 하고 풀숲에 누워 푸른 하늘의 흰 구름을 쳐다보기도 했으며, 멀리서부터 들려오는, 공연을 위한 노래가 아닌 노래를 듣기도 했었다. 그때 전국을 휩쓴 아주 이름난 노래가 있었는데 그 가사가 지금도 기억에 남아있다. "채찍질에 아침 안개가 부서졌네, 양은 머리 숙여 풀향기를 맡네." 그때에는 이런 아름다움이 수십 년 후에 소실될 줄은 누구도 생각지 못했다. 최근 몇 년 동안, 황사 현상이 초원에서부터 시작해 곧바로 베이징을 덮치는 일이 비일비재하다. 지난해 베이징의 어느 한 신문은 전면에 과거와 오늘을 대비하는 사진을 실었는데, "과거에는 바람이 불어 풀이 몸을 낮추면 소와 양이 보였으나, 지금은 쥐가 지나가면 등이 보인다"는 전단 제목을 달았다. 오늘 저녁, 눈을 감고 노래를 듣노라니 저도 모르게 눈물이 흘렀다. "새로 나온 찻잎과 오래된 술도 맛이 없어지고 솔바람도 멈추고 시냇물도 흐르지 않는다"는 예성타오의 노래를 듣고 나자 극장 안에는 고요함만 깃들어 있었다. 늙은 기러기가 푸른 하늘 아래 모래언덕 위에서 빙빙 돌며 뭔가 찾고 있는 듯, 회억하고 있는 듯한 정경을 보는 듯싶었다. 내 뒤에는 지금도 초원에서 기자로 일하고 있는 친구가 앉아 있었다. 그가 조용히 한마디 했다. "가슴이 막히는 것 같군."

음악회가 끝난 후 집에 돌아왔지만, 밤이 깊도록 잠을 이룰 수가 없었다. 나는 아예 일어나 30년 전의 노트를 찾았다. 노트에는 예성타오의 시가 그대로 쓰여 있었다.

"그의 노래는 정취가 순후하였지,

새로 나온 찻잎 같기도 하고 오래된 술 같기도 했어.

그의 노래는 리듬이 자연스러웠지,

솔바람 같기도 하고 시냇물 같기도 했어.

글자마다 사람들의 마음속 깊은 곳에 와 닿네,

묵묵히 머리를 끄덕이게 하지,

조금 높아도, 조금 낮아도 안 되지,

조금 빨라도 조금 늦어도 안 되지,

오직 그 같아야만 꼭 알맞은 거야,

사람들이 심취되게 하지, 마음껏 즐기게 하지.

언어가 통하지 않아도 괜찮아,

노랫소리만 들어도 알 수 있으니깐.

하늘가의 초원이 노랫소리 속에서 나오네,

풀은 연하고 꽃은 싱싱하여, 향기가 전해지는 듯하네,

방목을 하는 가축의 떼가 여기에도 있고 저기에도 있네,

맛있는 풀을 먹으니 머리 쳐들고 혀를 내두르며 기뻐하지.

말 탄 총각은 노랫소리 속에서 나는 듯이 달리네,

홀로 앉은 처녀는 노랫소리 속에서 턱을 괴이네,

처녀 총각은 멀리로 이별하지만,

두 마음 하나로, 정만은 변함이 없을 것이네.

바닷물이 마르고 돌이 썩더라도 영원히 변하지 말자 하네,

하늘에서는 비익조가 되고 땅에서는 연리지가 되자고 하네.

영원히 싱싱한 이 노래들은

사람을 깊이 감동시키네.

그의 노래는 정취가 순후하였지,

새로 나온 찻잎 같기도 하고 오래된 술 같기도 했어.

그의 노래는 리듬이 자연스러웠지,

솔바람 같기도 하고 시냇물 같기도 했어.

사람들의 마음속에서 감돌고 있네.

더구나 나는 노래의 포로가 되었지,

음악 소리가 정지되고 노래가 끝나 막이 내렸지만

나는 박수를 치는 것조차 잊고 있었다네."

　　예성타오의 몽골어를 알아듣지는 못했지만 그 노래 속에서 풀의 연함과 꽃의 싱싱함, 그리고 방목하는 가축들의 고요함과 청년 남녀의 사랑을 느낄 수 있었다. 나는 예성타오가 이 시를 쓴 시기에 대해 찾아보았다. 1961년 9월이었다. 지금으로부터 마침 40년 전에 쓴 것이다. 내가 이 시를 베껴 쓴 것도 30년이나 지났다. 30, 40년 동안, 우리는 도시의 시멘트 수림(樹林)이 웃자라는 것을 기쁜 마음으로 보아왔다. 하

지만 초원이 푸른색의 옷을 벗겨지는 것에 대해서는 미처 생각지를 못했다. 초원은 여름, 겨울 따로 없이 수치스럽게 알몸을 드러내고 뜨거운 햇빛과 찬바람 속에 누워 있다.

녹색이 없으면 어찌 생명이 있으랴? 생명이 없으면 어찌 사랑이 있으랴? 사랑이 없으면 또 어찌 노랫소리가 있으랴? 엽성도가 살아 있다면 다시 하자푸의 노래를 듣고 또 어떠한 시를 쓸까? 돌아오라, 내 마음속의 초원이여, 그리고 또 예성타오 마음속의 그 노래도.

1996년 3월 15일

이
성
적
인

인
생

책과 사람에 대한 단상

책에 대한 격언 중에서 내가 가장 좋아하는 것은 헤르젠의 말이다. "책은 이제 곧 세상을 떠나게 될 노인이 이제 막 생활을 시작하는 젊은이들에게 주는 충고이다…… 종족, 군체, 국가가 소실되었다 해도 책만은 남겨질 것이다."

인류사회는 연속적으로 발전하는 과정이다. 우리는 이를 역사의 장하에 비교하곤 한다. 사람들은 모두 중도에 탑승하여 한 구간만 가는 승객이다. 우리가 배에 올랐을 때, 전인들은 그들의 발견과 창조를 책으로 농축시켜 환영 선물로 한다. 이 또한 그들이 우리에게 교대하는 부탁이기도 하다. 바로 이 마법의 배턴이 있으므로 인해 우리는 인류 수십만 년의 역사와 어느 한 학과가 수천 년 동안 누적해 온 성과를 아주 짧은 시간 내에 알아낼 수 있다. 이로 인해 우리는 새로운 창조를 하는데 충족한 시간이 있다. 책은 우리가 천 년의 역사를 알고 세계를 연결하는 교량이며, 사람들이 이 세상에 온 후 우선 가져야 할 통행증이다. 역사가 길수록 문명의 누적이 많을수록, 사람과 책의 관계는 더욱 긴밀해진다.

현실생활에서 사람들은 자주 새로운 세계를 발견한다. 예를 들면, 바다, 우주, 미생물 등이다. 새로운 세계는 우리에게 끝없는 즐거움을 가져다준다. 하지만 진정 큰 세계는 책이다. 책은 물질세계와 평행되는 다른 하나의 정신세계이다. 어느 한 양생 전문가는 "건강이 행복이고, 병이 없는 것이 자유이다"라고 말했다. 이것은 물질로써의 사람에 대해 말한 것이다. 정상적인 사람은 갓 태어나면 아무 질병도 없는데, 마치 흰 종잇장처럼 생기가 넘쳐흐른다. 하지만 세월이 흐르면서 바람과 추위의 침습을 받고 세균의 감염을 받으며, 칠정 육욕(七情六欲)이 생기면서 점차 병에 걸리게 된다. 한 가지 병에 걸리면, 그만큼 한 가지 활동의 자유가 감소된다. 하지만 정신세계의 사람은 이와 상반된다. 갓 태어나서는 이 세계에 대해 아무것도 아는 것이 없으며 흐리멍덩하고 소심하며 망연하다. 그리하여 글자를 익히고 책을 읽기 시작한다. 책 한 권 읽으면 그만큼의 자유를 얻는다. 읽은 책이 많을수록 자유가 많아진다. 그러므로 학자는 만년에 와서 몸은 질병에 시달려 신체적 자유가 매우 적을 수 있지만, 정신적인 자유는 최대한도에 도달할 수 있다. 심지어 세상을 떠난 후에도, 그가 창조한 정신세계는 여전히 존재할 수 있다. 코페르니쿠스는 일생동안 '태양중심설'을 연구하여 교회의 박해를 많이 받았고, 만년에는 성보에 갇혀 있었는데 두 눈이 실명되고 걸음도 걷기 어려웠지만 끝내는 획기적인 '천체운행'이라는 거작을 완성하였다. 세상을 떠나기 전 마지막 순간, 그는 갓 출판된 책을 만지며 유감이 없어 했다. 그 시각 그는 천문의 세계에서 최대의 자유를 얻었던 것이다. 뿐만 아니라 후세 사람들도 끊임없이 그의 자유를 함께 나누고 있다.

중국 고대에 사람은 태어날 때 성품이 본래 착하냐 악하냐 하는 논쟁이 있었다. 나는 사람은 태어날 때 본래 우매하다고 말하고 싶다. 다만 후에 공부를 함으로써 점차 지혜가 쌓이게 된다. 책에 기록된 것들, 책에서 연구한 범위와 언급된 것들에 대해 모두 도달할 수 있고 알 수 있게 된다. 그러니 책을 읽지 않는 사람은 책을 읽는 사람의 행복을 알 수 없는 것이다. 이건 마치 집 밖으로 한 발짝도 나가지 않는 사람은 세계 여행을 다니는 사람을 이해할 수 없거나 달에 오른 사람의 심정을 이해할 수 없는 거나 다름없다. 책이 인류의 모든 재부를 총화하고, 인간으로서의 경험을 총화한 것이라고 할 때 책을 읽는 것은 한 사람의 시야, 지식, 재능과 기질을 결정케 한다. 물론 책을 읽은 후에는 실천이 필요하다. 고리키는 "책은 인류 진보의 디딤돌이다"라고 했다. 만약 디딤돌이 없다면 실천이 어느 정도나 멀리 갈 수 있겠는가? 쉴 새 없이 굴만 파는 프레리도그처럼 일생 동안 먹고 입는 것 밖에 모르리라. 스스로는 만족스럽게 생각할지 몰라도 사실상 이미 다른 사람보다 절반의 세계는 즐기지 못했다고 할 수 있다. 사람이 책의 힘을 빌어 정신적 세계에 진입했을 때에만 만물을 꿰뚫어 볼 수 있고 현실의 한계에서 빠져나올 수 있으며 또한 그래야만 시대와 역사적 의의가 있다. 옛 격언에 이르기를, 책을 읽어야 이치를 안다고 했다. 진리를 파악한 사람만이 세계를 파악할 수 있다. 그래서 책을 읽는 사람이 가장 용감하다고 하는 것이다. 그리하여 일개 서생이 세계를 짊어지는 일이 자주 있는 것이다. 마오쩌둥(毛泽东) 주석도 과거 청년 지식인으로서 징강산(井剛山)에 오르지 않았던가? 피 비린내가 진동하는 현실 속에서도 그는 새 중국을 건립할 수 있다는 신념을 가지고 있었다. 계급 분석과 계급투쟁이라는 이치를 알고 있었기 때문이다. 마인추(马寅初)는 일개 노인이었지만 기세등등한 비판 앞에서도 진리를 견지할 수 있었다. 왜냐하면 그는 인구과학이라는 이 진리를 알고 있었던 것이다. 그는 자신의 한 몸이 존재하지 않더라도 진리는 여전히 존재한다는 것을 알고 있었으므로 자기 한 몸의 생사에 대해서는 도외시할 수 있었던 것이다. 책을 읽는 것은 사람에게 커다란 지혜를 가져다준다. 아인슈타인은 갈릴레이와 뉴

톤의 책을 읽은 기초 위에서 '상대성이론'을 발견할 수 있었으며, 그로 인해 물리 세계는 새로운 기원에 들어설 수 있었다. 마르크스는 선인들의 모든 경제학 저서들을 읽은 기초 위에서 잉여가치 법칙을 발견하였고 자본주의가 필연적으로 멸망한다고 지적할 수 있었다. 그리하여 사회주의 혁명의 새로운 기원을 열어놓았다. 물리의 이치를 파악하였기에 세계를 봄에 있어서 포정(庖丁)이 소를 보듯, "마음으로 보는 것이지 눈으로 보는 것이 아니다" 이것은 일반인으로서는 도달하기 어려운 경지이다. 그러므로 일정한 의미에서는 책을 읽는 것이 사람을 만든다고 할 수 있다. 어느 한 분야에서 필요한 사람이 되려면 그 분야의 책을 공부해야 한다. 새로운 발견과 창조를 하려면 우선 전인들이 누적해온 책을 읽어야 한다. 마오쩌둥(毛澤東)은 "공자로부터 손중산(孫中山)에 이르기까지 모두 종합해 보아야 한다"고 말했는데, 과연 역사는 진짜로 마오쩌둥(毛澤東), 덩샤오핑(邓小平) 등 거인들을 탄생시켰다. 이것이 바로 한 민족, 심지어는 전 세계적인 위대한 인물은 왜 반드시 지식인, 책을 읽은 사람, 책을 가장 많이 읽은 사람들 중에서 나오고 있는가를 말해주고 있다.

우리는 역사 흐름 속의 여행객으로서, 배에 오를 때면 전인이 남겨준 책이라는 선물을 받는다. 그렇다면 이 배에서 내릴 때면 다음에 오를 여행객들을 위해 어떠한 선물을 남길 것인가를 고려해야 한다. 책을 읽는 것이 한 사람 욕구의 표식이라고 하면, 글을 쓰는 것은 한 사람이 창조력과 책임감이 있느냐 없느냐 하는 여부에 대한 표식이라고 해야 할 것이다. 책을 읽는 것은 흡수이고 계승이다. 글을 쓰는 것은 창조이고 초월이다. 세계를 이해하고 나서 자신만의 글을 써내는 것, 그리고 그 글이 세상에 유용하다면 이를 두고 곧 공헌이라고 한다. 그래야만 진정으로 계승과 초월의 교체를 완성하고 역사적 책임을 다 하였다고 할 수 있다. 글은 한 사람의 학식과 재능, 지혜를 알아볼 수 있는 가장 간단한 방법이다. 책을 쓴다는 것은 책을 베끼는 것이 아니다. 전인의 것을 자신의 실천 속에 융합시켜 새로운 사상을 도출해 내는 것을 말한다. 마치 루쉰이 말한, "풀을 먹고 우유를 짜내는 것"과 마찬가지이다. 이것은 창조이다. 마치 과학기술의 발견과 발명은 지혜와 용기가 필요한 것과 같다. 작은 지혜와 작은 용기는 작은 글을 써낼 수 있고, 큰 지혜와 큰 용기는 큰 문장을 써낼 수 있다. 당태종은 "사람을 거울로 할 수 있다"고 했다. 사실 문장도 거울이라 할 수 있다. 동서고금을 막론하고 평범한 사람은 문장을 남기지 못했다. 옛날 사람들이 말하듯, 덕을 세우고(立德) 주장을 남기려면(立言) 반드시 새로운 역사 속 흐름에 합류해 들어가 승인을 받아야 한다. 마르크스, 엥겔스, 마오쩌둥(毛泽东), 덩샤오핑(邓小平) 혹은 이백(李白), 두보(杜甫), 한유(韓愈), 유영(柳永) 등 누구든 그 당시에 덕을 세웠을 뿐만 아니라, 더우기는 후세에 전해진 문장이 있다. 즉 사상적으로 대 발견과 대 발명이 있는 것이다. 그들이 이 세상에 남긴 문장이나 저작을 역사의 배에 탑승했을 때의 승선표라고 볼 수 있다. 지식인이라는 이름을 가졌다면 될수록 무임 승선하지 않는 것이 좋다. 물론 승선표도 경중이 다르고 가치가 다를 수 있다. 《자본론(资本论)》이나 《홍루몽(红楼梦)》은 얼마나 묵직한 승선표인가. 책의 무게란 사실상 사람의 무게라고도 할 수 있는 것이다.

책을 읽지 않는 사람은 그 어리석음을 애석해 하지만, 책을 읽기만 한 사람은 멍청하여 더 애석하다. 그렇기 때문에 책을 읽은 후 작품을 내놓는 사람, 또한 그 작품이 새롭다는 평가를 받는 사람이야말로 큰 지혜를 지닌 사람이라고 할 수 있는 것이다.

1999년 5월

인생을 즐기다

'즐기다'라는 단어는 아주 오랫동안, 그리고 대부분 상황에서 부정적인 뜻을 가진 단어로 사용되어 왔다. 나이가 들고 경력이 많아지면서 이러한 이해가 편협하다는 것을 알게 되었다. 사람이 이 세상에 태어나, 아름다운 생명은 단 한 번뿐이다. 그런데 생명의 내용은 무한하다. 그러니 아무리 서둘러 즐긴다 해도 그 중의 일부분밖에 즐길 수 없다. 손리(孫犁) 작가는 몇몇 청년들이 타이산(泰山) 산정에서 풍경을 감상하는 것이 아니라, 카드놀이를 하는 것을 보고 탄식했다. 카드놀이는 어디에선들 못하랴? 이 타이산 산정의 풍경을 일생에서 몇 번이나 즐길 수 있다고 여기에서 카드놀이를 하느냐고 했다. 이 말에서 바로 '즐기다'가 나오지 않는가? 이건 착취도 아니고, 사기도 아닌 대범하고도 자연스러운 일이며 아무리 즐겨도 끝이 없는 무진장한 것이며 즐거운 일이다.

사실 자연을 즐기는 것은 인생의 일부분에 불과하다. 생명은 즐겨야 할 것들이 너무 많다. 예를 들어, 지식을 즐긴다면, 책을 읽고 공부하는 즐거움을 느낄 수 있다. 예술을 즐긴다면, 음악을 듣고 시를 감상하고 공연을 볼 수 있다. 스릴을 즐긴다면, 탐험하고 등산하고 경기를 구경할 수 있다. 감정을 즐긴다면, 혈육의 정, 우정, 애정을 느낄 수 있다. 성공을 즐긴다면, 장려와 생화, 박수소리를 즐길 수 있다. 환경을 즐긴다면, 신선한 공기를 마신다거나 시야에 가득 들어오는 녹색을 즐길 수 있다. 안녕을 즐긴다면, 마음 편히 스스로의 평형을 즐길 수 있다. 한가함을 즐긴다면, 산책이나 한담을 즐길 수 있고 휴가를 즐길 수 있다. 정신적인 즐거움을 찾는다면, 신앙이나 이상, 종교 등을 즐길 수 있다. 이 외에도 아직도 많은 것들을 더 들 수 있는데, 이러한 것들은 모두 자연이 우리에게 부여한 것으로, 우리가 마음껏 즐기라는 것이다. 어느 한 번은 친구와 한담을 하였는데, 그의 말이 싱글이나 승려들은 사랑이 없고, 반려가 없어서 많은 것들을 즐길 수 없을 것이라고 했다. 그러자 곧 다른 한 사람이 그것 또한 즐기는 것이라고 했다. 고독을 즐긴다는 것이다. 원래 생명은 이처럼 여러 가지 차원과 여러 가지 시각이 있는 것이다. 생명은 이 같이 많은 즐거움으로 꽃을 피우는 것이다. 꽃과 박수소리 속에서 메달을 받는 사람과 담배 한 대 붙여 물고 흡족해 하는 사람, 이 두 가지는 완전히 다른 즐거움이라 하겠다. 하지만 서로 다른 사람들이 같은 즐거움을 느낀다는 것은 얼마나 평등한 일인가? 주자청은 "담배를 피우는 사람에게 있어서, 한가롭게 한 대 붙여 물고 있으면 삽시간에 자유의 몸이 된 것 같은 느낌이다. 이는 소파에 기대어 앉아있는 신사나 층계에 쪼그리고 앉아있는 미장공을 막론하고 똑같다"라고 말했다. 하지만 사실상 많은 사람들이 한평생 생활 전부의 내용 혹은 일부 내용을 즐기지 못하고 있다. 우리가 5성급 호텔에 투숙하였을 때, 잠을 자는 외에 헬스라든가, 오락, 미용, 상무 등 관련 시설들을 이용하지 못하고 있는 것을 일례로 들 수 있다. 또한 컴퓨터를 이용함에 있어서도 일부 사람들은 다만 타자기로 사용하고 있을 뿐이다.

생명에는 즐길 수 있는 것들이 매우 많다. 하지만 생명 또한 짧은 것이어서 많은 것들은 금방 사라져 버린다. 우리가 '즐기다'에 대한 이해는 편협하지도 냉담하지도 말아야겠다.

물론 착취나 점유, 낭비 식의 즐김은 저급하고도 시대의 흐름에 부합되지 않는다. 우리가 여기서 토론하는 것은 전면적인 '즐기다'이다. 이것은 사실상 생명에 대한 인식과 이용이다. 이러한 경지에 도달하려면 우선 두 가지 조건을 갖추어야 한다. 그중 하나는 용기이다. 바로 생활에 대한 용기이다. 루쉰(魯迅)이 말한 인생을 직시하는 것이고, 옛 사람들이 말한 "나 아니면 또 누가 있으랴?"는 것이며, 지금의 유행가에서 노래하는 것처럼 "멋있게 살다 가자"는 것이다. 생명에 신심으로 충만 되어 있지 않은 사람, 생활을 사랑하지 않는 사람은 생명의 결실을 즐길 수 없다. 산봉우리가 높다고 하여 뒤로 물러서는 사람은 산정의 풍경을 즐길 수 없고, 풍랑이 두려워 돛을 내리는 사람은 거칠고 사나운 파도를 경험할 수 없다. 다른 하나는 창조이다. 생명의 몸은 부모가 준 것이지만, 생명의 의의는 완전히 후천적인 개발에 달렸다. 얼마만큼 창조했으면 얼마만큼 즐길 수 있다. 마르크스, 마오쩌둥(毛泽东), 덩샤오핑(邓小平), 코페르니쿠스, 뉴턴, 아인슈타인은 각자 새로운 학설을 창조했다. 이 학설들은 새로운 영역, 새로운 세계를 개척했다. 그리하여 그들의 생명에는 독특한 맛이 있게 되었고 특수한 즐거움이 있게 되었다. 이는 우리 같은 일반인으로서는 보기 힘든 것이다. 그만큼 "생명을 즐기다"라는 말은 침중한 것이기도 하다. 이는 마치 "에베레스트 산에 오르겠다"는 말은 아무 사람이나 함부로 할 수 있는 것이 아닌 것과 같다. 하지만 이러한 높은 산봉우리의 풍경도 필경은 즐기는 사람이 있으므로, 확실히 우리의 생명 중 일부분이라 해야겠다. 아이슈타인, 다윈, 에디슨, 케플러 등은 위대한 발견을 완성하였을 때, 모두 "이제는 삶과 죽음이 대단한 게 아니다"라는 유사한 말을 한 적이 있다. 왜냐하면 그들은 이미 생명에서 가장 성공적이고 가장 화려한 한 단락을 완성했기 때문이다. 큰 뜻을 이루지 못한 채 죽음으로 향한 용사들, 예를 들면 부르노, 문천상(文天祥), 항우(項羽), 담사동(谭嗣同), 임각민(林觉民) 등도 역시 생명의 성공을 즐긴 것이다. 일반인들이 부모가 준 피와 살로 된 몸으로 의복과 음식에 의한 즐거움을 누릴 때, 그들은 생명의 폭탄을 뿌려 던짐으로써 무한한 빛과 열을 폭발시켰던 것이며, 열반을 거쳐 영생을 얻은 것이다. 그들은 살아 있을 때 사업의 쾌락, 이상의 쾌락을 즐겼을 뿐만 아니라 사후에 역사적 공훈과 인격적 존엄을 누리고 있다.

물질적 진보와 정신적 자유를 추구하는 것을 두고 두 가지 문명이라고 한다. 이는 인류 생존 분투에서의 기본 목표라 할 수 있다. 우리는 금욕주의자가 아니다. 우리의 많은 노동과 투쟁, 희생은 바로 이러한 행동 뒤에 있을 행복을 누리기 위한 것이다. 하지만 행복은 또 동적 상태에 있다. 높은 산봉우리 위에 홀로 서려면 그 산봉우리들을 오르는 수밖에 없다. 그래야만 한 번 또 한 번씩 즐길 수 있는 것이다. 하지만 우리는 산정에 오른 후 땀을 닦고 숨을 돌리느라 오히려 산의 아름다운 풍경을 홀시할 수도 있다. 발밑의 임해와 절벽 위의 아름다운 꽃, 그리고 하늘가로 흐르는 구름을 잊곤 한다. 이러한 즐거움은 조금만 주의하지 않아도 금방 사라져 버려서, 만약 재차 추구하지 않는다면 새로운 즐거움이 있을 수 없다. 인생 중 가장 기본적인 먹고 입는 것으로부터 끝없는 물질적, 정신적 향수는 얼마나 큰 재고량이며 얼마나 넓은 영역인가. 최대한도로 개발하고 창조하며 풍부하게 하는 한편 또 마음껏 이용하고 가지고 즐길 수 있다. 진정으로 생명을 즐길 줄 아는 사람은 조물주가 준 모든 것들을 마음껏 즐길 뿐만 아니라, 더우기는 자신의 창조를 즐길 수 있다. 또한 더욱 소수의 걸출한 인물들은 시공을 뛰어넘어 영원히 역사의 영광을 누릴 수 있다.

하지만 잊지 말아야 할 점이 있다. 조물주는 이와 동시에 다른 한 철칙을 제정하였다. 즉 생명은 한 번밖에 없으며 시간이 제한적이라는 것이다. 그러므로 우리가 생명을 즐긴다는 것은 여유로울 수 없으며 무한정할 수도 없었다. 생명은 사탕수수대와도 같아 달기는 하지만 한 입 먹으면 그만큼 적어진다. 그러니 소중하게 아낄 줄 알아야 하고 세세히 음미할 줄 알아야 하며 마음껏 즐길 줄 알아야 한다.

2000년 3월 29일

인격

　　자세히 생각해 보면, 인격이라는 단어는 아주 정확하게 만들어졌다. 이는 마치 우리가 원고를 쓸 때, 원고지의 칸에 맞게 글을 써야 편집자가 고치기 쉽고, 독자가 알아보기 좋은 것과 같다. 시를 씀에 있어서도 율격이 있어야 한다. 율격에 맞아야만 아름다운 시라고 할 수 있다. 그럼 인간이 되려면 어떠해야 하는가? 역시 일정한 격이 있어야 한다. 가장 기본적인 격에 부합돼야만 정상적인 사람이라 할 수 있으며, 더욱 높고 엄격한 격에 부합되는 사람은 호인, 달인, 위인이라고 할 수 있다. 호인이 되기 어렵지만 위인이 되기는 더욱 어렵다. 이는 율시를 쓰기 어려운 것과 마찬가지다. 왜냐하면 그것은 기준이 더 높기 때문이다. 물론 사회적으로 불합격인 사람도 있다. 이는 마치 우리가 신문, 잡지 같은 간행물에서 형식에 맞지 않는 시들을 볼 수 있는 것과 같다. 이런 시들은 시라고는 하지만 사실은 시라고 할 수 없는 시이다. 사람의 인품과 덕성은 여러 가지 등급의 격이 있는데 이것이 바로 인격이다. 인격에는 제품에 국가의 기준이 있는 것처럼 일정한 요구가 있다. 어떠한 의미에서 보면 사람도 역시 제품이라 할 수 있다. 마르크스는 "사람은 여러 가지 사회관계의 총화이다"라고 하였다. 사람은 사회적 제품이고 사회가 공동으로 키우고 교육한 제품이며, 사회가 연마시킨 것이고 여러 가지 우연이 겹치어 제조된 것이다. 이는 마치 암초가 바다에서 파도에 씻겨 지고 침식되어 여러 가지 모양과 등급으로 나누어져, 서로 다른 품질과 형태, 격이 형성되는 것과 같다. 사람이 세상에서 살아감에 있어서, 격이란 그 자신의 선택과 행동에서 이루어진다. 한 사람이 어느 한 관념을 받아들였다면 바로 그와 대응하는 차원의 칸에 들어가게 된다.

나는 줄곧 사람이 사회에서의 입신에는 세 가지 자본이 있다고 생각해 왔다. 이걸 두고 세 가지 매력이라고 할 수도 있다. 그중 하나는 외모이다. 여기에는 체격, 용모가 포함된다. 이는 주로 선천적인 것이나 확실히 제일 큰 본전이라 할 수 있다. 동서고금을 막론하고 외모가 출중하여 많은 사람들의 추종을 받아 성공한 사람이 적지 않다. 다른 하나는 지식, 기능, 사상이다. 이는 후천적인 수련을 거쳐 얻은 것으로, 한 번의 겨룸으로 형세를 되돌리거나, 온 세상을 놀라게 하거나, 혹은 나라를 세우고 태평성세를 열 수도 있다. 또 혹은 천기를 꿰뚫어 보고 발명이나 발견을 하여 재부를 창조하고 인류에게 행복을 가져다 줄 수도 있다. 또 다른 하나가 바로 인격이다. 이는 외모, 기능에서 완전히 독립한, 사상과 세계관에 대한 수련에서 온 것이다. 사람은 외모가 평범할 수도 있고 재능이 뛰어나지 못할 수도 있으며, 자랑할 수 있는 공로도 없고 뽐낼 만한 능력도 없을 수 있다. 하지만 인격적으로는 아주 탁월하여 대중의 모범이 될 수는 있다. 정신적 힘이 외모의 아름다움과 재능의 뛰어남을 넘었을 때, 그것은 또 다른 감동이 되어 사람들이 동경하게 만든다. 뢰이펑(雷锋)은 외모로 보면 키가 150센티가 조금 넘었을 뿐이다. 능력을 놓고 말하면, 그는 아주 평범한 운전병이었다. 하지만 그의 사심 없는 정신과 다른 사람을 즐겨 돕는 인품은 지금 이미 중화민족, 더 나아가 전 인류의 정신적 재부로 되었으며 그 인격적 매력은 이미 많은 사람들 위에 놓이게 되었다.

　인격이란, 그 이름을 격이라 했을 때, 네모반듯하여 일에서나, 이치에서나 모두 그것을 행함에 있어서 지키는 것이 있고, 말을 함에 있어서 기본이 있으며, 일정한 척도의 분별이 있어야 한다. 금전과 명예, 이익의 유혹에도 변하지 않고, 엄혹한 형벌과 죽음 앞에서도 굴복하지 않으며, 항상 차분하게 정해진 규칙에 따라 일하며, 정해진 방향을 따라 씩씩하게 나가야 한다. 인격이란 정신이다. 정신은 물질로 변할 수 있고 심지어 물질을 초과하여 힘을 발휘할 수도 있다. 인격은 신념이다. 신념은 산이 들에 있어 우러러 보 듯, 제방이 물을 막아 물결이 잔잔하듯 하다. 신념이란 일단 형성되기만 하면 그것은 한 사람의 일이 아니다. 심지어 한 세대의 일도 아닌 어느 한 군체, 민족, 나아가 전 사회의 인정을 받는 규범이 되는 무형의 힘이다. 그러므로 우리가 영웅을 노래하고, 개국 공신이나 장군, 원수, 교수나 학자 혹은 유능한 사람이나 실력자의 놀라운 업적을 직접 체득할 때, 이러한 감수들 중 일부분은 이들의 인격적 매력이기도 한다. 뿐만 아니라 시간의 흐름에 따라, 이런 인격적 매력이 그 사람이나 그 사람이 이룩한 업적 자체의 의의를 뛰어 넘을 수 있다. 마오쩌둥(毛泽东)이 산베이(陝北, 산시성 북부지방)에서 전전할 때, 버드나무 지팡이를 짚고 후종난(胡宗南) 대군의 코밑에서 왔다갔다 할 수 있은 여유로움, 저우언라이(周恩来)가 장기간 정무에 바삐 보내는 와중에, 안팎으로 압력을 받으면서도 원망도 사심도 없이 일할 수 있었던 아량, 펑더화이(彭德怀)가 루산(庐山) 회의에서 혼자 뭇사람들의 비판에 대해 상을 치며 논쟁할 수 있었던 배짱, 그리고 천두시우(陈独秀)가 당과는 의견이 엇갈렸지만, 국민당의 감옥에서 높은 벼슬자리를 주겠다는 유혹에 코웃음을 칠 수 있었던 경멸, 압송 도중 쇠고랑을 차고도 쿨쿨 잘 수 있었던 기개, 이러한 것들은 모두 그들이 한 일의 의의를 초월해 정신적 충격파와 영향력을 폭발시키고 있다. 우리는 또 여기에서 거슬러 올라가 신해(辛亥)혁명의 의사 린쟈오민(林觉民)이 옥중에서 아내에게 보낸 마지막 편지에서 보인 강개함, 무술(戊戌)변법의 의사인 탄스통(谭嗣同)이 청나라 정부의 체포를 기다리며 변법을 위해 피를 흘리는 첫 사람이 되겠다고 했던 자신감, 린저쉬(林则徐)가 후먼(虎门)에서 아편을 소각하며 민족의 대의를 위해서는 "욕심이 없기에 굳건하다"고 한 지조, 스커파(史可法)가 양저우(扬州)를 수비함에 있어서 절개를 지키며 죽을지언정 비굴하게 목숨을 부지하지 않겠다고 한 희생정신, 원톈샹(文天祥)이 죽을지언정 일편단심 변치 않는다고 한 정기(正气), 악비(岳飞)가 간신의 핍박을 받으면서도 몸과 마음을 다 해 나라에 충성한 비장함, 조신(朝臣)으로서의 범중엄이 "천하의 사람들이 걱정하기에 앞서 걱정하고, 천하의 사람들이 다 기뻐하고 난 다음에 기뻐한다"고 한 성심, 소무(苏武)가 19년 동안 양을 치면서 보여준 충정, 사마천(司马迁)이 큰 치욕을 당하고도《사기》를 쓴 강인함, 항우(项羽)가 패배를 인정한 후 고향 어르신들을 볼 면목이 없다며 결연히 자결한 영웅적 기개, 그들은 모두 우리 민족 역사상 찬란한 별들이었다. 국외에도 브루노처럼 과학을 위하여 교회의 화형을 당한 영웅이 있다. 그들의 주요한 업적이 어느 한 가지 일을 한 것에 불과하다고 할 수 있는가? 아니다. 이와 반대로 시간이 흐름에 따라 그 구체적 업적들은 상황이 변하기도 하여 우리들과 점점 멀어지기도 한다. 하지만 그들이 보여준 인격적 힘과 인격적 빛은 시간의 검증을 거쳐 더욱 강해지고 영원히 우리들을 비춰 준다. 우리는 전적에서 조상을 찾을 때, 이 별들이 그려낸 정신적 궤적에 감사함을 느껴야

343

이성적인 인생

할 것이다. 이때에야 우리는 정신이 물질로 변한다는 것이 이처럼 구체적이라는 것을 알 수 있을 것이다. 중국 역사, 아니 전 세계역사는 바로 이렇게 인류의 전진과 혁신, 희생정신 하에 쓰여진 것이다. 이러한 정신을 체현하는 것이 바로 시공을 뛰어넘어 인격적 매력을 발산한 별들이다. 역사의 긴 흐름에서 이런 인격적 좌표가 결핍하면 마치 조대가 바뀌는 등 하늘땅을 진동하는 이정표적 대사들이 없는 것과 같다. 우리는 정치사나, 군사사, 과학사를 씀에 있어서, 혹은 문학 창작을 하거나 이야기를 기록하고 인물을 부각할 때 이렇게 보일락 말락 존재하면서도 반짝반짝 빛을 뿌리는 주인공들을 잊지 말아야 한다.

사실이 증명하다시피, 문학이 사람에 관한 학문일 뿐만 아니라, 사학도 사람에 관한 학문이고, 사회학은 더더구나 사람에 관한 학문이다. 한 사람이 출중한 외모에 의거하였을 때 그는 명인이 될 수도 있다. 또한 한 사람이 일에서 성과를 거두었을 때 그는 공신이 될 수도 있다. 하지만 한 사람이 인격적으로 일정한 가치의 높이에 도달하면 그는 호인이라 할 수 있다. 만약 그가 용모가 뛰어나고 재능이 출중하다면 위대한 인물이나 성스러운 인물이 될 수도 있다. 역사적으로 이러한 인물은 대략 수십 년 혹은 수백 년에 겨우 한 명이 나올 수 있다. 하지만 사람으로서 이 모든 것을 다 갖추기란 사실상 매우 어렵다. 그러니 역시 가장 기본적인 인격으로부터 시작해야 한다. 지성이면 감천이라고 했다. 사람마다 모두 그 자리에서 성불할 수 있으니, 먼저 도덕적으로 인정받는 그런 사람이 되도록 하자.

2000년 10월

사람마다 국왕이 될 수 있다

　　권리와 대우에 대해 말한다면 국왕은 한 나라의 최고라 할 수 있다. 온 천하에 왕의 땅이 아닌 것이 없다고 했다. 일국의 재물을 임의로 사용할 수 있고, 일국의 백성을 임의로 사역할 수 있다. 그리하여 옛날부터 지금까지 왕위는 많은 사람들이 추구하는 목표가 되었고, 국왕의 생활상태 또한 일반인들이 추구하는 최고의 기준이 되었다.

　　하지만 "일척이 짧을 수도 있고, 일촌이 길 수도 있다"는 속어도 있다. 물론 큰 것은 큰 것으로서의 이점이 있지만, 모든 영역에 다 장점이 있는 건 아니다. 예를 들면 다 같은 단위의 척도이지만, '리(里)'는 길의 노정을 잴 수 있지만, 가옥의 크기는 잴 수가 없다. '자(尺)'로 방의 크기는 잴 수 있지만 책의 두께는 잴 수가 없다. 관찰 도구인 망원경으로는 수십 리 밖까지 볼 수 있지만 미생물을 관찰할 수는 없다. 미생물을 관찰함에 있어서는 당연히 현미경을 사용한다. 사람에 대해 말하면, 권력이 크고 중요한 위치에 있기를 국왕이라 하더라도 역시 그만의 국한성이 있다. 예를 들면, 촌사람이나 평민의 즐거움을 누릴 수 없다는 것이다. 《홍루몽(红楼梦)》에서 봉저(凤姐)는 "큰 것은 큰 것으로서의 어려움이 있다"고 말했다. 《서유기(西游记)》에서 손오공(孙悟空)은 작은 것의 우월한 점을 잘 알고 있었다. 작게 변해 철선공주(铁扇公主)의 뱃속에 들어가 일을 성사시킨다. 군주제도의 사회에서도 왕위는 결코 모든 사람들이 즐겨 선택하는 것은 아니었다. 명나라 시대 인종(仁宗) 황제의 제6세 손인 주재육(朱载堉)은 일곱 번이나 상소하여 끝내 작위를 사직하였다. 그는 일생 동안 음악과 수학에 대해 연구하였는데, 그가 발견한 '십이평균율'은 서방에 전해진 후, 유럽 음악에 거대한 영향을 주었다. 양자 이론에 중요한 공헌을 한 프랑스 사람 드 브로이도 공작 세가 출신이었다. 하지만 그는 금의옥식(錦衣玉食)보다는 과학연구에 몰두하여 끝내 과학사에서의 지위를 확립할 수 있었다. 현재 네덜란드 여왕도 계승자 문제로 인해 골머리를 앓고 있다고 한다. 세 자녀가 모두 왕위에 대해 관심이 없기 때문이다.

현대사회에서, 특히 시장경제 운행 법칙 하에서, 사람들의 이익 성향, 가치 성향과 그 실현 방법도 다원화 되고 있다. 성공한 사람들은 모두 사회적 존경을 받고 꽃다발과 레드 카펫의 영광을 누릴 수 있다. 사회에는 많은 '국왕'들이 있다. 그들은 각자 다른 '왕국'에서 신민들의 존경을 받는다. 가수, 축구스타는 팬들의 국왕이고, 작가, 화가는 그 감상자들의 국왕이며, 학자, 교수는 학술 영역에서의 국왕이다. 유치원, 초등학교 교사는 아이들의 국왕이다. 심지어 양치기마저 푸른 하늘, 흰 구름 아래 채찍을 휘두르며 목청껏 노래를 부르는 것이 천지간 유아독존의 국왕이 된 느낌을 갖지 않겠는가?

사물은 항상 양면성이 있기 마련이다. 포기하는 것이 있어야 얻는 것이 있고 실패가 있어야 성공이 있다. 인생지사 새옹지마라 했다. 사람마다 노력하면 모두 왕으로서의 보답을 받을 수 있다. 높은 뜻을 펼 수 없거나 재능을 알아주는 사람이 없는 것 등은 아마 인생 중 가장 저조하거나 방도가 없는 시기라 해야 하겠다. 하지만 이러한 상태에서도 여전히 추종자가 있을 수 있고 여전히 왕이 될 수 있다. 북송(北宋) 시기 유영(柳永)은 송인종(宋仁宗)의 미움을 사 과거시험에서 몇 번이나 낙방을 하여 신하의 자격조차 얻지 못했다. 그리하여 그는 일반 백성이 될 수밖에 없었다. 하지만 가루(歌楼)와 기루(妓院)에서 그는 사(词)의 왕이 되었다. "우물이 있는 곳이면 모두 유영의 사를 노래한다(凡有井水处都唱柳词)"고 했다. 그러니 그의 왕국이 얼마나 큰가를 알 수 있다. 임측서(林则徐)는 신장(新疆) 이리(伊犁)에 유배를 가는 범인이었지만 관리와 백성들은 연도에서 앞 다투어 그를 영접했다. 눈물을 흘리는 사람이 있는가 하면 옷과 음식을 주는 사람들도 있었다. 유배지에 도착한 후에는 위문을 오는 사람, 글을 받으러 오는 사람으로 가득했다. 그리하여 글자를 써야 할 화선지가 산처럼 쌓였다고 한다. 인격의 왕국에서 임측서(林则徐)는 왕으로 추대되었던 것이다.

일상생활에서도 사람마다 왕이 될 수가 있다. 언젠가 모 가수의 콘서트를 본 적 있다. 사실 그는 크게 이름난 가수도 아니었다. 하지만 그 당시에는 참으로 제왕의 품격을 보였다. 무대 아래 여자들이 조금도 부끄러워함이 없이 큰 소리로 "사랑해"하고 외치는 소리가 끊이지를 않았다. 콘서트가 끝나자 팬들이 무대 위로 몰려 올라갔는데, 사인을 요구하는 사람, 포옹하려는 사람들로 아수라장이 되었다. 또 어느 한 번은 등산을 갔는데, 산 아래에서 웬 청년이 풀로 메뚜기, 사슴 등 동물 모형을 가득 만들어 놓은 것을 보았다. 그는 아이들과 그 부모들에게 겹겹이 둘러싸여 있었다. 그 모습은 막강한 군사력을 보유한 왕처럼 위풍이 당당했다. 등산을 하면서 산허리에서는 또 많은 사람들이 한 노인을 겹겹이 에워싸고 있는 것을 보았다. 노인은 삼절곤으로 여러 가지 동작을 하고 있었는데, 사람들이 갈채를 보낼수록 더욱 의기양양해 했다. 이

산허리에 임시로 만들어진 삼절곤 왕국에서 그가 바로 국왕이었던 것이다.

국왕은 정신적으로 세 가지 즐거움이 있다. 하나는 성취감이고 다른 하나는 자유이며, 또 다른 하나는 추종자들이 있다는 점이다. 이 세 가지에 도달할 수만 있다면, 버킹검 궁전의 영국 여왕이든, 아니면 거리에서 바이올린을 연주하는 예술가든 정신적으로는 똑같은 만족을 느낄 수 있다. 이러한 경지에 도달하려면 그리 어려운 것도 아니다. 오직 성실하고 근면하면 된다. 왜냐하면 이룰 만한 왕업은 없겠지만 크고 작고를 막론하고 이룰 만한 사업이야 있지 않겠는가? 권력은 없지만 몸과 마음의 자유는 있지 않은가? 신하와 백성의 추종이 없지만 친구가 있고 또 숭배자가 있지 않은가? "천하에 누가 그대를 모른다고 하랴?" 그러니 사람마다 국왕이 될 수 있다는 것이다. 그러기 위해서는 누구나 자비심을 가져야 하고, 또한 그 누구도 오만해서는 안 되는 것이다.

2003년 4월 18일

나룻배를 찾아서

명절 연상

　　중국 사람들의 습관에는 정월이 지나지 않으면 그냥 설을 쇤다고 한다. '설'이란 춘절(春节)을 가리킨다. 이것은 일 년 중 가장 큰 명절이다. 그리하여 정부는 특별히 휴식을 취할 수 있는 기간을 준 것이다. 이 때문에 나는 설과 명절이 어떤 다른 점이 있는가를 생각해 보았다. 정월에는 정월 대보름이 있고, 더욱 작은 명절로 입춘, 우수 등 '절기(节气)'라 불리는 명절이 있다.

　　사실 명절이라는 절(节)은 잇는다고 하는 접(接)과 같은 말이다. 사물은 순풍에 돛 단 듯 똑바로 앞으로 나갈 수가 없다. 모두 절도와 질서가 있으며 앞으로 가다가 멈추게 된다. 그러니 힘을 이어서 나가야 한다. 절(节)이란 움직이는 개념이다. 이것은 우선 우주 운행의 법칙이다. 지구가 태양을 에워싸고 한 바퀴 공전하면 그 위치가 다름으로 하여 24절기가 생긴다. 그리하여 봄부터 겨울까지 한 절기씩 지나가는 것이다. 이렇게 1년이라는 시간이 흐른다. 사람의 성장도 단계가 있다. 유아기, 학생 시절, 출근 시절, 퇴직 후의 노년 시절이 있다. 그리하여 사회적으로 아동절, 청년절, 노인절이라고 만들어 낸 것이다. 결국 유아기로부터 노년

에 이르기까지 한 단계, 한 단계씩 일생을 보내게 된다. 식물의 성장에
도 마디가 있다. 가장 전형적인 것이 대나무이다. 죽관(竹管)은 속이 비
고 외관이 곧다. 보기에는 아름답지만, 일정한 길이로 자라면 잠시 멈추
었다가 다시 계속하여 자란다. 그리하여 마디가 생긴다. 만약 마디가 없
이 곧게 자란다면 재목으로 쓸 수가 없다. 농사를 지어 본 사람이라면 옥
수수 대가 어떻게 자라는지 잘 알 것이다. 여름 밤 흠뻑 물을 댄 옥수수
밭에서 조용히 들으면 '쩍쩍' 소리가 난다. 이것은 밭의 생명 교향곡이다.
생명이 있는 것이든, 아니면 생명이 없는 사물이든 모두 이렇게 한 마디
한 마디씩 이어지며 앞으로 나아간다. 이것은 생명의 동적 과정이다.

절(节)이란 결(结)이다. 옛사람들은 문자를 발명하기 전 새끼로 매듭을
지어 일을 기록하였다. 매끈한 새끼에 매듭을 짓는다는 것은 반드시 기억
해 둬야 할 일이 있음을 말한다. 평범한 일상에 명절을 만들었다는 것은
반드시 기념할 만한 일이 있었다는 것을 의미하기도 한다. 절(节)이란 시
간적 개념이다. 기념할 만한 일이란 좋은 일도 있고 나쁜 일도 있을 수 있
다. 좋은 일에 대해 말하면 '5.4청년절'은 청년학생들이 제국주의를 반대
했던 일을 기념하는 날이다. '8.15'는 일본 침략자가 투항한 기념일이다.
'10.1'은 국경 기념일이다. 나쁜 일로는 '7.7사변'이나 '남경(南京)대학살'
등의 기념일도 있다. 하지만 우리는 일반적으로 좋은 일에 관해 명절(节
日)이라 부르고 나쁜 일에 대해서는 기념일이라고 한다. 요컨대 어느 한
위대한 인물을 기념함에 있어서도 사람들은 그의 생일을 기념할 뿐만 아
니라, 기일도 기억한다. 좋은 일을 기념하는 것은 선양하고 경축하기 위
한 것이고, 나쁜 일을 잊지 않는 것은 경계심을 가지기 위한 것이다. 곽말
약(郭沫若)은 '갑신삼백년제(甲申三百年祭)'라는 아주 유명한 글을 쓴 적
이 있다. 이는 지난 일을 잊지 않음으로써 앞으로 교훈이 되게 하기 위한
것이다. 인생과 사회는 오직 좋은 것과 나쁜 것, 반면과 정면의 대립과 투

쟁 속에서만 앞으로 나갈 수 있다. 절(节)이란 사회 운행 중의 좌표이다. 한 국가가 국경절을 규정하는 것은 국민으로 하여금 건국의 어려움을 알게 하려는 것이다. 국경일을 잊는 것은 나라를 잊는 것이다. 한 민족이 가장 전형적인 풍속과 예의와, 관습으로 자신의 절(节)을 지낸다는 것은 동포들이 조상을 잊지 말라고 일깨우는 것이다. 중국 사람들은 음력 7월 15일을 귀신절(鬼节)이라고 한다. 외국에는 죽음의 날이라고 있다. 이는 살아있는 사람이 죽은 사람을 잊지 말라는 뜻이다. 절(节)이란 긴 끈에 매듭을 짓는 것이며, 걸음마다 뒤돌아보라는 것이다. 과거를 누적하고 미래를 창조하라는 뜻이다.

절(节)이란 절(截)이다. 전적으로 생활에서 가장 의의가 있는 날들을 절취한 것이며, 다시 이 날들을 기치로 하여 일정한 지역, 일정한 군중을 절취하여 생활 속에서의 부동한 개성을 강화하는 것이다. 각 나라와 각 민족에게는 모두 자신만의 명절이 있다. 청년에게는 청년절이 있고 노인에게는 노인절이 있으며 부녀(婦女)에게는 부녀절이 있다. 기독교인들에게는 크리스마스가 있고 심지어 연인들은 연인절이 있다. 이 절(节)은 또 사람들의 감정을 조절하는 수문이기도 하다. 보시라, 설이면 고향으로 돌아가는 사람들의 인파가 조수 같지 않은가 말입니다. 정월 대보름, 추석, 중양절 등 어느 명절이나 모두 사람들의 상념을 불러일으킨다. 절(节)에서 가장 작은 것은 생일이고 가장 큰 것은 전 지구적으로 365일이 지날 때마다 쇠게 되는 원단(元旦)이다. 화성에서는 686일에 한 번씩 원단을 쇠게 된다. 나는 가끔씩 기발한 생각을 한다. 지금 사람들은 아직 우주가 대 폭발로 인해 태어난 그 날을 알지 못한다. 만약 그 날을 알고 또 외계인을 찾았다면 다 같이 우주의 원단을 쇠게 된다면 어떠한 양상일까? 이렇게 생각하면 절(节)은 또 공간을 나누는 개념이 되기도 한다. 이러한 절(节)은 앞에서 말한 절(节)과 관련이 있기도 하고 없기도 하다. 많은 사람들이 동시에 어느 한 명절을 주목하는 것은 큰 범위 내의 대동(大同)이다. 또한 어느 한 사람이 명절에 기록될 때, 그는 최고의 위망을 지녔다고 할 수 있다. 예를 들면 위대한 인물의 생일은 항상 기념일이 된다.

절(节)이 생명의 과정이라고 할 때, 우리는 절(节)을 각별히 아끼게 된다. 한 단계씩 앞으로 나가고, 용기를 내어 앞으로 나가며 인생의 각 마디, 인격의 각 마디를 엄수한다. 절(节)은 시간적 개념으로, 우리에게 생명의 유실을 일깨워준다. 나는 다른 한 편의 글에서 누가 '설'을 발명했느냐고 질문한 적이 있다. '설'은 우리의 생명을 여러 개의 작은 단계로 토막 내고 있다. 우리는 세월을 헛되이 보내지 말아야 하지만, 다른 한편으로 이러한 단계와 순서를 인정해야 한다. 흐르는 물은 억지로 만류할 수가 없다. 중요한 것은 생명의 과정을 즐기는 것이다. 절(节)은 공간적 개념이다. 세계에 얼마나 많은 군체와 민족, 국가, 조직이 있으면 또 그만큼의 명절이 있게 된다. 또한 얼마나 많은 사람이 있으면 얼마나 많은 생일이 있게 된다. 절(节)은 우리에게 "자신의 절(节)을 아끼는 동시에 다른 사람의 절(节)도 아끼라"고 주의를 준다. 명절 때마다 상호 축하하는 것을 잊지 말아야 한다. 이웃 나라의 국경절에 축전을 보내고, 친구의 명절에 꽃을 보낸다. 노인은 아동절을 기억하고 청년은 부친절과 모친절, 중양절을 잊지 말아야 한다. 절(节)은 이 세상에서 우리를 서로 연계해 주는 다리이다. 이 다리는 또한 사랑의 유대를 연계해주는 다리인 것이다.

위의 뜻을 이해한다면 우리는 날마다 명절(节)을 쇠고 있는 셈이다. 날마다 다른 사람이 행복하기를 축원하고 또 동시에 다른 사람의 축복 속에 있는 셈이다.

2004년 2월 15일

역외 풍경

평양의 눈

10월 26일 오전, 우리가 남포에서 참관할 때에는 작은 비가 구질구질 내렸다. 그런데 오후 5시 우리가 평양에 도착했을 때에는 거위털 같은 함박눈이 펑펑 쏟아졌다. 저녁에 우리는 차를 타고 묘향산으로 가는 길에 올랐다. 좀 어둑해서인지 도로 양쪽의 소나무들은 육중한 판다들이 망망한 어둠 속에 줄을 서 있는 것 같았다. 눈꽃이 차창으로 돌진해 왔다. 기사는 우리가 올 겨울 조선의 첫눈을 만났다고 말했다.

묘향산은 조선의 이름난 풍경구이다. 이곳의 호텔은 민족 특색이 짙었다. 우리는 차에서 내리자 뜨끈뜨끈한 호텔방에 들 수가 있었다. 역시 이곳의 습관대로 문 안에 들어서자 신을 벗어야 했다. 바닥에는 얇은 돗자리가 놓여 있었다. 돗자리는 아주 세밀하게 짜여져 있었고 아름다운 도안까지 있었다. 좋은 소파가 있었지만 사람들은 모두 돗자리 위에 앉았다. 바닥은 뜨끈뜨끈했다. 난방이 바닥으로 지나가게 설계된 것이었다. 고풍스러운 방안에는 라디오, 텔레비전과 냉장고 등 여러 가지 현대화된 가전제품들이 구비되어 있었다. 우리는 혹여 베이징의 프로를 볼 수 있겠나 하여 텔레비전을 켰는데, 베이징의 프로는 없었고, 채

널도 하나뿐이었다.

이튿날 아침 깨어나 커튼을 거두고 보니 유리창 밖이 바로 산이었다. 그리고 졸졸 물 흐르는 소리도 들렸다. 산이 아주 가까이에 있었다. 그리하여 물과 나무가 그냥 직접 안겨오는 것 같았다. 마치 호텔의 존재를 느낄 수 없는 듯싶었다. 어제저녁까지 사용했던 텔레비전이며, 냉장고, 그리고 욕실까지 동시에 그림자조차 없이 사라진 듯한 느낌이 들었다. 오직 자연만 나와 대화를 하려고 찾아온 것 같았다.

산은 단조롭지 않았다. 2~3층으로 된 산은 앞뒤로 들쭉날쭉하여 근경과 원경이 있었으며, 지(之)자 모양의 계곡을 만들어 놓았다. 계곡에는 물이 있었고, 물이 흐르는 소리를 들을 수 있었다. 산에 가장 많은 것은 유송(油松)이었는데, 온 산에 두터운 녹색의 바탕을 깔아 놓았다. 그 위에는 황색이었는데, 그것은 이갈나무(잎갈나무)였다. 그리고 또 붉은색도 있었는데, 그것은 단풍나무였다. 황갈색이 나는 것은 붉은색이 지나쳐서 황갈색을 띠는 황로수였다. 그리고 잡다한 관목들이 있었는데, 서리를 맞은 후 명암이 다른 녹색으로부터 붉은색으로 넘어가는 과도현상을 보여주고 있었다.

하지만 오늘 아침은 이 복잡한 여러 가지 색상 위에 또 흰색이 한 층더 뿌려져 더욱 기묘한 변화를 보여주었다. 흰색은 그림에서는 원색으로 바탕이 되어 주는 색이다. 그런데 지금은 반대로 붉은색과 녹색 위에 있다. 만약 이 흰색이 두텁게 한 층 쌓여 이불처럼 모든 것을 덮어버렸다면 더 말할 필요도 없겠지만, 첫눈이어서 자연히 많이 내리지 않았고, 게다가 눈이 내린 시간도 길지 않았다. 그리하여 흰색이 바탕색이 아닌 장식이 되어 버렸다. 흰 눈이 내리기 시작할 무렵, 이갈나무와 단풍나무는 손을 쳐들고 눈을 받았으리라. 하지만 이들 잎은 작지 않으면 연하여 눈꽃이 그 손가락 사이로 흘러 떨어져 아래에 있는 잡초와 관목을 희게 덮어 버렸다. 그리하여 노란색은 더욱 노랗게, 붉은색은 더욱 붉게 보였다. 유송만은 이들과 달랐다. 침엽이 **빽빽**한 데다 단단하기까지 하여 눈꽃들이 그 잎 사이에 걸리지 않으면 덮여서 온 나무의 윤곽이 더 두툼해 보였다. 태양이 나오자 눈은 말랑말랑해졌고 푸른 침엽들이 눈을 뚫고 나왔다. 물에 씻긴 푸른 잎들은 더욱 밝은 녹색이 되었다. 그리하여 소나무들은 고요한 흰색과 촉촉한 녹색으로 변신했다. 거기에 떠오르는 태양의 붉은 빛을 들러 쓰고 노란색 가지와 붉은색 잎으로 점철되었다. 게다가 멀리서 들려오는 맑은 물소리의 반주까지 있었다. 저 멀리를 바라보니 어렴풋하고 뿌옇다. 하지만 가까운 곳은 또렷하면서도 고요했다. 참으로 아름다운 수채화이고 교향악이다. 산이 하룻밤 사이에 이렇게 아름답게 변할 수가 있다니? 나는 나도 모르게 창문을 붙잡고 감정이 북받쳐 올랐다.

이때 갑자기 문이 열리며 동료가 들어왔다. 그제야 나는 자신이 아직도 방안에 있다는 것을 발견했다. 바닥 위에는 여전히 냉장고며 텔레비전이 놓여 있었다. 이튿날 대사관으로 돌아가자마자 나는 어젯밤 베이징에도 눈이 내렸느냐고 물었다.

1986년 11월

인도의 꽃과 나무

보통 아름다운 풍경을 보면 도취되거나 깊은 생각에 잠기게 된다. 하지만 내가 인도 남부의 방갈로르에 갔을 때에는 풍경에 감동되어 그냥 미친 듯이 소리치고 싶었다.

방갈로르의 풍경은 모두 거리의 꽃과 나무에 있었다. 우리가 평소 말하는 꽃이란 책상 위 꽃병에 꽂힌 꽃이거나 창턱 위 화분에 심은 꽃, 혹은 화단에 심은 꽃이나, 전야에 핀 꽃을 가리킨다. 하지만 이 곳은 나무 전체가 꽃이고 온 거리, 온 도시가 꽃이다. 게다가 타는 듯한 붉은 꽃이다. 공항을 나서니 바로 맞은편에 이름을 알 수 없는 큰 나무가 있었는데, 나무에는 푸른 잎이 아닌, 온통 붉은 꽃송이였다. 시내 구역에 들어서니 차는 꽃나무로 이루어진 골목 속을 요리조리 뚫고 다녔다. 그후 나는 꽃나무가 주로 두 가지라는 것을 알게 되었다. 그중 하나는 중국 남방에도 있는 목면이다. 꽃이 크고 1년 사시사철 핀다. 다른 한 가지는 횃불나무(火把樹)인데 중국의 용선나무(绒线树)와 비슷하다. 잎이 아주 가늘고 자잘한데 꽃은 오히려 매우 크다. 꽃이 크고 잎이 작아 잎이 잘 보이지를 않는다. 거리에는 아름드리나무가 하늘을 꿰뚫을 듯 우뚝 솟아 있는데 푸른 잎이 무성한 것이 아니라 수많은 꽃이 피어 눈부신 햇살 아래 불꽃인 듯 열광적으로 춤을 추며 5~6층이나 되는 건물의 창문 앞에까지 다가서고 있다. 또한 붉은 비단이 도로변까지 드리운 듯, 차의 꼭대기와 행인들의 머리를 쓰다듬는 것 같다. 꽃구경이라 하면 원래 사람이 주된 것이고 꽃은 부차적인 것이다. 꽃은 사람들 손에 들린 감상의 대상이고 사람들이 보는 작은 경치에 불과하다. 꽃 한 송이를 책상 위에 놓았다고 하면 꽃의 아름다움과 유유자적한 마음을 함께 품평했었다. 그런데 지금은 오히려 본말이 전도되었다. 꽃은 아래위로 반공중에, 그리고 온 거리에 가득 피어 사람이 그 속에 단단히 갇혀버린 듯했다. 붉은 꽃과 뜨거운 피가 함께 끓어오르는 것 같았다. 마치 평소에 좋은 술 한두 잔 있는 것을 다행으로 생각하다가 갑자기 술의 바다에 빠져 취하고 또 취하여 동서남북을 가리지 못하는 것 같았다.

이렇게 나무 위에 가득 핀 꽃 외에도 넝쿨이 있는 아주 명려한 꽃이 벽을 타고 올라가고 있었다. 보라색의 이 꽃은 꽃송이가 아이들 주먹만큼 컸는데 나뭇잎이 아주 무성했으며 구불구불 수십 미터 혹은 거의 100미터 높이로 뻗어 올라 담장 위를 빽빽하게 덮어 버렸다. 그 꽃은 색채가 화려하기 이를 데 없었으나 그 모습은 오히려 야외에 버려진 쑥갓이 자생자멸 하는 것 같은 모습이었다. 이러한 정경을 볼 때마다 나는 애석하다는 마음이 들었다. 만약 국내라면 책상 위에 이런 꽃 한 송이만 있어도 방안이 금세 환해진 듯한 느낌이 들 것이다. 만약 공원에 이런 식물이 한 그루라도 있다면 관광객이 구름처럼 모여들 것이다. 그런데 여기에서는 이렇게 아무렇게나 버려둔다. 꽃이 핀 게 낭비이고 사치스럽다는 생각까지 들었다. 그러니 꽃이 얼마나 많이 피었는가를 알 수 있다.

붉은 꽃 외에도 도처에는 푸른 나무들이 꽉 차 있었다. 게다가 나무도 모두 하나같이 놀라울 정도로 컸다. 보리수는 하늘을 덮었고, 야자

나룻배를 찾아서

수는 깃대처럼 솟았으며 용수나무의 뿌리는 하늘땅과 맞닿은 듯했다. 클로즈업 한 장면만 보면 작은 수림 같았다. 나무 한 그루가 하나의 주차장이고 하나의 녹색의 정원이었다. 한 줄로 된 나무는 구불구불 뻗어나간 제방이고 산맥이었다. 나무는 녹음이 짙게 우거져 깊은 그늘을 이루었고 녹색이 겹치고 또 겹치어 끝이 없었다. 사람이 나무 밑에 서면 마치 신비한 교회당에 몸을 담그고 있는 것 같았다. 나는 과거 중국 대지 위의 녹색에 대해 꽤나 주시해 왔었다. 천산의 눈보라 속에 있는 응고된 듯한 녹색, 화북평원 봄바람 속에 서있는 백양나무의 신록, 강남 연못에 있는 연잎의 청록색. 하지만 내 머릿속에 있는 그 어느 녹색으로도 눈앞의 이 이국의 거목을 형용할 수가 없었다. 이것은 북위 12도의 뜨거운 햇빛에 구워진 반짝반짝 빛나는 윤기 흐르는 녹색이다. 그것은 더는 색깔이 아닌 방출되고 있는 에너지였다.

이렇게 많은 처음 보는 나무들 중 가장 나의 눈길을 끈 것은 그래도 아소카나무였다. 아소카 왕(기원전 304년-기원전 232년)은 인도를 통일한 제일 첫 번째 국왕이다. 그 위치는 중국에서 말하면 진시황(秦始皇)에 상당하는 인물이다. 그가 자신의 공적을 기념하기 위해 세운 아소카 석주는 기둥머리의 사면에 네 마리의 숫사자를 조각했는데, 지금까지 보존되어 있다. 인도의 국장은 바로 이 조각물을 도안으로 하고 있다. 현재 이 나무들이 아소카의 이름을 단 것도 아주 잘 어울린다. 나는 인도의 땅을 밟자 이 나무들의 신비한 위력에 감화를 받았다. 빅토리아박물관의 정원에는 아소카나무가 두 줄로 서 있는데, 나무줄기는 기둥처럼 곧장 뻗었고 수관은 큰 산과도 같았으며 나뭇잎들이 바람이 통하지 않을 정도로 빽빽했다. 신비로운 검푸른 빛깔은 옛스러웠고 장엄한 느낌을 줬다. 나무 옆에는 푸른 물결이 출렁이는 연못이었다. 좀 더 먼 곳에는 역사의 증거물을 수장하고 있는 박물관 건물이었다. 나는 머리를 쳐든 채, 푸른 하늘을 떠받들고 있는 이 신비한 나무들을 바라보았다.
마치 아소카 왕이 공중에서 자신의 신민들을 주시하고 있는 듯한 느낌
이 들었다. 초목이 인간의 신비로운 위력을 나타낼 수 있는 것은 천지
에 영기가 있기 때문이리라. 하지만 내가 방갈로르에서 만난 아소카나
무는 또 다른 기품을 보여주고 있었다. 수관이 지면에서 떨어지기만 하
면 곧바로 철탑 모양으로 가지치기를 하여 위로 곧장 솟게 했다. 그러
나 가지는 아래로 드리워 긴 잎이 신록의 빛깔로 반짝이고 있었다. 이
것은 마치 위엄스러운 장사(壯士)가 새 갑옷을 입고 있는 것 같았다.
이것은 거꾸로 심은 아소카나무였다. 중국의 거꾸로 심은 수양버들(倒
栽柳)과 비슷했다. 다만 중국의 거꾸로 심은 수양버들과 비기면 유연한
자태가 아닌, 용맹한 기상을 보여주고 있었다. 이 나무에도 영기가 있
는 걸까? 옛사람들은 모란은 부귀하고, 국화는 은일(隱逸)하다고 말했
다. 그렇다면 이 아소카나무는 웅장하다고 말할 수 있다.

　방갈로르에 온 이튿날, 우리는 차를 타고 마이소르에 왔다. 여기에
서도 도시 외곽의 전야에서 나무들의 풍경을 볼 수 있었다. 길가에서는
수시로 망고나무와 잭프루트나무를 볼 수 있었다. 나무에는 과일이 주
렁주렁 달려 있었다. 먼 곳에 보이는 빽빽한 야자림은 끝이 없는 것 같
았다. 이 괴상한 나무들은 하늘을 만질 수 있을 만큼 높이 뻗어 올라 간
다음에 커다란 잎이 달랑 몇 장 나온다. 그런데 겨드랑이에는 수박만큼
큰 과일들이 가득 달려 있다. 이 과일은 일년 사시사철 쉬지 않고 익는
다. 사람들이 나무에 기어올라 과일을 따면 얼마 지나지 않아 또 자라
난다. 마치 하느님이 하늘에서 소리 없이, 끝없이 인민에게 과일을 하
사하는 것 같다. 가는 도중 우리는 길가에 차를 세우고 휴식을 취했다.
길가는 담장 같은 야자림이 뻗어 있었다. 야자 하나에 2.5루피라고 했
다. 야자를 파는 사람은 굽어진 칼을 휘둘러 야자 껍질 뚜껑을 제거하

고 빨대를 꽂아 주었다. 야자 즙은 달고 향기로웠다. 마침 차가 거대한 횃불나무 밑에 주차했으므로 우리는 파르스름하고 시원한 야자를 든 채 붉은색의 수관을 쳐다보며 마셨다. 달콤한 야자즙과 아름다운 풍경을 함께 들이켰다. 조물주가 왜 이 땅에 특별한 은총을 내렸는지는 알 수 없었다. 생명의 힘은 이곳에서 샘물처럼 솟아나고 있었다.

인도에 있는 나날은 꽃과 나무와 함께 하는 시간이었다. 거리에 나서면 차는 나무 밑을 꿰질러 다녀야 했다. 호텔에 들어서면 화환부터 받았다. 방문이 끝나도 꽃묶음을 선사했다. 하루는 내가 깊은 밤에 돌아와 보니 책상 위에는 붉은 장미가 한 묶음 놓여 있었고 탁자 위에는 과일 바구니와 손 씻는 그릇이 놓여 있었다. 손 씻는 그릇에는 맑은 물이 담겨 있었는데, 물 위는 빨간 꽃잎이 석 장 떠 있었다. 불빛 아래 꽃잎 주인의 마음의 향기를 마주하고, 홀로 앉아 깊은 생각에 잠기니 잠기마저 싹 사라져 버렸다. 붉은 꽃과 푸른 잎들은 털어도 털어버릴 수 없이 꿈속에까지 따라왔다. 붉은 꽃과 푸른 잎은 우리의 이 세상을 아름답게 단장하기 위해 생긴 것 같았다. 조물주가 이 두 가지 색깔을 선택한 것은 그들이 생명의 상징이기 때문이리라. 우리가 볼 수 있는 동물과 식물은 그 어느 하나도 헤모글로빈과 엽록소를 떠날 수 없다. 그러기에 붉은 꽃과 푸른 나무가 이렇게 사람의 감정을 끓어오르게 하는 것이리라. 이는 뜨거운 생명이 끝없이 솟구치는 힘을 붉은 색과 푸른 색 두 가지로 우리에게 보여주는 것이다. 생명이 이어지는 한 꽃과 나무는 영원히 우리와 함께할 것이다.

우리가 붉은 꽃과 푸른 나무를 사랑할 때, 사실 그것은 자신의 생명을 사랑하는 것이다.

1990년 5월

모스크바에서 가을과 만나다

차가 모스크바 공항에서 시내구역을 향해 나는 듯이 달렸다. 길 양쪽의 경치가 눈 깜빡할 사이에 사라져 버렸다. 나는 갑자기 타향에서 옛 친구를 만난 듯한 느낌이 들었다. 아주 친숙한 사이인데 갑자기 이름이 생각나지 않는 그런 옛 친구를 만난 듯한 느낌이었다.

모스크바의 교외는 베이징보다 넓어 보였다. 가늘고 부드러운 시든 풀들이 하늘 끝까지 깔려 있는 듯싶었다. 잔디 위에는 붉은색의 목조 건물들이 드문드문 널려 있었다. 하늘은 씻긴 듯이 짙푸르렀다. 길가의 자작나무숲은 바람에 가볍게 스치며 먼 곳으로 뻗어 나갔다. 쌀쌀한 녹색들 속에 반짝이는 노란 잎이 보였다. 그것은 마치 화가가 임의로 그려 넣은 듯했다. 하늘과 땅 사이는 청명하고 고요했다. 여덟 시간 전에만 해도 나는 베이징 공항에서 인파에 휘둘렸는데 지금은 여기에서 이국의 풍경을 감상하고 있다. 낯선 와중에도 일찍이 알고 있었던 듯한 친절감이 들었다. 나는 머리를 유리 창문에 붙이고 세세히 음미해 보았다. 시내 구역에 들어서니 차가 실북 나들 듯했고 행인들은 스프링코트를 입고 한가롭게 거닐고 있었다. 낙엽은 그들의 발밑에서 가볍게 선회

했다. 붉은색 옷을 입은 오얏나무가 차창 밖으로 휙 스쳐 지나갔다. 오얏나무는 붉은색 불길 같았다. 나는 갑자기 마음속이 훤해지는 듯한 감이 들었다. 수천 킬로미터를 날아 넘어와 이곳에서 가을을 만난 것이다. 갑자기 가을의 품속에 낙하한 것이다.

올해 나와 가을은 모스크바에서 만났다.

이튿날 우리는 교회당을 참관했다. 교회당은 사실상 공원이었다. 오래된 건물과 초가을의 나무들은 자연스럽게 어울리어 그윽하고 고요했다. 아름드리 백양나무는 무성하지는 않았지만 덩치가 컸다. 노란 나뭇잎은 바람이 불자 '쏴아쏴아' 소리를 내며 흩날려 떨어졌다. 그런데 땅 위의 풀은 아직 푸른색 그대로 풍성했다. 햇빛이 비스듬히 비쳐들면 가는 실오리처럼 절단되어 장려하면서도 기이한 풍경을 만들어 냈다. 나는 수림 속에 들어가 소리쳤다. "내게 사진을 찍어 주세요. 이 나무와 풀과 이 빛을 찍어야겠습니다." 만약 손님의 신분이 아니었다면, 나는 땅 위에 큰 대(大)자로 드러누워 대지의 부드러움과 공기의 청량함을 그대로 만끽하고 싶었다. 숲 속에는 가끔 가다 여행객들이 한가롭게 거닐고 있었다. 그들은 수림과 잔디, 그리고 이 가을 풍경과 하나가 되어 있었다.

공원이라고 하지만 중국 국내의 향산(香山) 산기슭이나 이화원(頤和園) 장랑에서처럼 사람들이 북적거리지 않았다. 아주 조용했다. 사람들은 한둘씩 자연스럽게 오갔다. 나는 큰 나무를 향해 서서 하늘을 바라보며 가을을 음미해 보았다. 가을이란 무엇인가? 가을은 마치 무형의 손이 허공에 현상액(顯影劑)을 뿌린 것 같았다. 그리하여 하늘이 높아지고 구름이 엷어졌다. 무성하던 나뭇잎이 떨어져 나뭇가지들이 여위었다. 공기가 맑아지고 공간이 넓어졌다. 시끌벅적하던 여름이 차분한 가을로 변신한 것이다.

나에게 가을을 더 깊이 음미할 수 있게 해 준 것은 키예프에서의 모임이었다. 그날 중소우호협회 키예프 분회에서 우리를 요청해 좌담회를 열었다. 키예프는 원래부터 밤나무의 도시라는 미칭이 있다. 키예프 분회의 건물은 밤나무 수림 속 깊이에 있어 매우 한적했다. 좌담회가 끝난 후 사회자는 중국 손님들을 위해 특별 공연을 준비했다고 말했다. 실내의 구석에 피아노가 놓여 있었는데 남녀 2명의 가수가 나와서 "만남은 오직 한 번뿐이라네"라는 애틋한 노래를 불렀다. 노랫소리와 피아노소리는 천장에, 벽에 그리고 우리들 옆에서 빙빙 선회했다. 우리는 음악의 온천에 푹 잠겨버렸다. 나는 풍경이 좋은 것을 비유하는 성구인 '수색가찬(秀色可餐)'이 생각났다. 우리는 지금 바로 이 미묘한 음악을 먹고 있는 것이다. 이런 생각을 하며 머리를 들어 보니, 두터운 참나무로 만든 창문 밖으로 하늘을 찌를 듯이 높이 솟은 밤나무와 밤나무 뒤로 어슴푸레 알아볼 수 있는 건물이 보였다. 거리에서는 차들이 꼬리를 물고 지나갔다. 하지만 여기 실내에는 조금도 다른 소음이 들리지 않아 마치 물고기가 물에서 노닐 듯 자유로웠다. 귀로는 아름다운 음악을 듣고, 눈으로는 소리 없이 흐르는 차의 흐름을 보며, 노란색과 녹색이 섞인 밤나무 잎을 바라보며 나는 종래 느끼지 못했던 돈오(頓悟)의 경지에 들어선 것 같았다. 움직이는 것과 정지된 것이 이렇게 묘하게 결합되다니? 이것은 가을이 준 것인가? 가을은 여과기이다. 여름날의 매미 울음소리와 개구리 울음소리를 여과시키고 속세의 번뇌와 초조함을 여과시키고 있었던 것이다.

가을을 음미할 수 있는 다른 한 기회는 레닌그라드에서 주어졌다. 이곳은 항구도시인데 또한 제정 러시아 시절의 수도이기도 하다. 이곳의 가을색은 옛 담장과 푸른 물, 붉은 나뭇잎이 어우러진 것이었다. 황제의 여름궁전은 이미 예술박물관이 되어 있었다. 궁전 앞 푸른 물에는 높은 하늘과 흰 구름이 비끼어 있었고, 물 옆에는 눈부시게 아름다운 단풍나무들이 있었다. 단풍나무 꼭대기로 원형의 금빛 찬란한 지붕이 보였다. 예쁜 아이가 두터운 옷을 껴입고 동그란 얼굴만 내놓고 있었다. 아이는 커다란 두 눈을 반짝이며 돌계단 위로 깡충깡충 뛰어다니면서 나뭇잎을 줍고 있었다. 나는 저도 모르게 마음이 즐거워져 아이의 머리를 어루만지며 러시아어로 남자애인가, 여자애인가, 몇 살인가고 물었다. 아이는 얼굴을 쳐들고 뒤에 있는 부모를 한 번 돌아보고는 "남자입니다"라고 대답했다. 그리고는 손가락 두 개를 내밀고 두 살임을 나타냈다. 아이의 부모는 빙그레 웃으며 나를 쳐다보았다. 그들은 의료 관련 일을 한다고 했다. 나는 그들에게 함께 촬영할 것을 요청했다. 소 씨 성의 통역이 웃으며 말했다. "'소련 수정주의'와 사진을 찍어도 괜찮겠습니까?" 그 말에 우리는 다 같이 웃었다. 우리는 붉은 단풍나무 옆에 가지런히 섰다. 예쁜 아이도 함께 섰다. 가을 햇빛이 조용히 우리들을 비춰 주었다. 포근했다.

우리는 여름궁전으로부터 걸어서 여관으로 돌아왔다. 네바강은 거리를 따라 궁전 담장을 끼고 시 중심에서 고요히 흘렀다. 흰 파도는 양안의 검은색 석조(石条)를 가볍게 때렸다. 청록색의 물에는 먼 곳에 있는 금빛의 교회당 지붕이 거꾸로 비껴 있었다. 가을이어서 날씨가 서늘했다. 강가에서 거니는 사람들은 모두 스프링코트를 입고 중절모를 쓰고 있었다. 장갑을 낀 사람도 있었다. 젊은 화가 여러 명이 강가에 화판을 세워놓고 이 가을 풍경과 가을 풍경 속을 가고 있는 사람들의 모습을 그리고 있었다. 나는 걸으면서 파도가 반짝이는 수면을 바라보았다. 강의 맞은편에는 위엄스레 우뚝 솟은 겨울궁전이 있었다. 수면에는 그 이름난 오로라호 순양함이 있었다. 과거 신구 세력을 대표했던 이 두 가지는 지금 하나는 강가에, 하나는 물 위에서 사람들이 옛일을 회상하는 문물이 되어 있었다. 나의 눈앞에는 아까 만났던 남자애의 웃는 얼굴이 떠올랐다. 가을바람이 수면 위의 축축한 물안개를 실어왔다. 여기에서, 혹은 여기의 가을 풍경에서 내가 본 것은 여과된 계절뿐이 아니었다. 여과된 세기도 보았던 것이다.

1989년 1월

미국에서 돈을 말하다

미국에서 여행하면서 느낀 점이라면 은연중 '하느님'의 지배를 받고 있다는 것이다. 나는 며칠 후에야 이 '하느님'이 바로 돈이라는 것을 깨닫게 되었다. 미국사람들은 금전의 역할을 남김없이 발휘하고 있었다.

돈이 바로 권력이다 – 돈을 쓰는 것은 수중의 권력을 이용하는 것이다.

과거에도 몇 번 출국한 적이 있지만 모두 공무 출장이어서 달랑 30달러의 용돈만 가지고 다녔다. 그러다 보니 돈을 쓸 자격도, 다른 사람이 어떻게 돈을 쓰는가 볼 기회도 없었다. 이번 미국 출장길에는 샌프란시스코 공항에서 빠져나오자 곧바로 '황후'라는 이름의 식당에 가게 되었다. 식당은 이름과 같이 시설이 매우 호화로웠다. 우리는 처음으로 외국에 나왔으니 보는 것마다 모두 신기했다. 주객은 황금색 식탁보를 편 둥그런 식탁 앞에 둘러앉았다. 창문 밖은 차들이 물 흐르듯 하고, 등불이 휘황찬란한 황홀한 야경이었다. 식탁의 분위기는 열렬하면서도 친절했다. 그런데 식당 사장이 광동 사람이어서 표준어도 모르고 영어도 구사하지 못해 한참이나 말했지만 메뉴를 확실하게 알려 주지 못했다. 그러자 우리가 급해 하지 않는데 오히려 그가 먼저 안달이었다. 손님들 중 한 사람이 담배를 샀다. 그런데 담배가 오자 식당 사장이 그 즉시 돈을 받겠다는 것이었다. 나중에 계산할 때 내겠다고 해도 막무가내였다. 그리하여 담배를 사겠다고 한 손님이 곧바로 돈을 꺼냈고, 또 식사를 요청한 석군(席君)도 돈을 내겠다고 나섰다. 그 때문에 조용하던 물에 자그마한 파문이 일었고, 봄바람 속 도화림(桃花林)에 갑자기 마른나무 가지가 보이듯 따뜻하던 분위기가 어수선하게 되어 버렸다. 식사가 끝나 계산을 하자 식당 사장이 자그마한 사기 접시에 영수증과 거스름돈을 담아왔다. 석군은 거스름돈에서 그냥 동전 몇 개만 남기고 일어서는 것이었다. 나는 국외에서는 꼭 팁을 줘야 한다고 들었다. 과거 인도에 갔을 때에도 늘 팁 주는 일로 인해 골머리를 앓았다. 방콕에서 만난 어느 한 대표단은 팁이 지나치게 많이 나가, 경비 부족으로 조기 귀국까지 했었다. 그러니 미국에서 팁을 이렇게 적게 줘도 되는 걸까? 차에서 이 일에 대해 언급하자 석군은 "식당에서는 보통 15%의 팁을 줘야 합니다. 하지만 오늘은 서비스가 좋지 않았으므로 당연히 팁도 적게 주는 겁니다. 이건 소비자의 권리입니다"라고 하였다. 그제야 나는 영문을 알았다. 이 얇은 지폐에도 이렇게 묵직한 권리가 있다는 것을. 중국 국내에서는 팁을 받는 걸 금지한다. 우리의 습관에 따르면 팁을 주는 것은 돈을 하사하는 것이고, 팁을 받는 것은 치욕이다. 사람들은 모두 신사협정에 따라 예의 바르게 지낸다. 만약 어느 한쪽이 신사답지 못하다면 어떻게 하는가? 다투기도 하고 상대방의 상급자를 찾아가기도 한다. 혹은 참는 것을 상책으로 여기기도 한다. 하지만 이런 선택은 모두 유쾌한 것이 아니고, 또 효율적인 것도 아니다. 국외에서처럼 하는 것이 오히려 더 좋을 것 같다. 베일을 벗어버리고 일을 얼마만큼 했으면 얼마만큼 보수를 받는 것이다. 게다가 일부분 돈은 보스가 주는 노임이 아니라 고객이 직접 주는 것이므로, 많이 일했거나 일을 잘 했으면 더 많이 받는 것이다. '문화대혁명(文化大革命)'시기 집권파를 괴롭힐 때 "모자(감투)를 썼으면 시시각각으로 조심하도록 만들어야 한다"는 말이 있었다. 이 팁도 그 '모자'나 다름없는 것이다. 고객의 손에 쥐여진 무형의 권력인 것이다. 겉으로는 인정이 없어 보이지만 사실은 매우 공평하고 효율적이라 생각됐다.

식사 후, 석군이 나에게 집에 전화를 하라고 권고했다. 기자 출신인 나는 출장을 출근처럼 여기는지라 전화를 거는 습관이 없었다. 평소 국내에서도 출장만 하면 공금으로 장거리 전화를 걸어서는 길게 이야기하는 사람을 밉게 보아왔다. 석군이 나를 전화기 옆으로 잡아끌었다. 그는 수화기를 집어 들더니 카드를 전화기 옆에 난 틈에 꽂아 넣고는 번호를 돌리고 나서 수화기를 넘겨주는 것이었다. 아내가 내 목소리를 알아듣고 큰 소리로 말했다. "지금 어디에요? 아주 잘 들리네요." 나는 아내에게 금방 차이나타운에서 식사를 마쳤다고 알려주었다. 아내는 퇴근해 주방에서 식사준비를 하고 있다고 말했다. 우리는 다 같이 웃었다. 이렇게 몇 마디 이야기를 하고 나서 나는 석군이 돈을 많이 쓸 것 같아 염려되어 전화를 끊었다. 국내에서 장거리 전화를 한 번 하는데도 수십 위안이 든다. 그런데 지금 태평양을 넘어 지구를 한 바퀴 돌아 전화를 한 것이다. 나의 머릿속에는 지폐로 이어진 무지개다리가 연상되었다. 참으로 돈만 있으면 지구도 돌릴 수 있는 셈이다.

호텔에 돌아가 나는 석군에게 있는 돈은 아니지만 돈보다도 더 좋아보이는 카드에 관심을 보였다. 그는 기분이 좋았던지 카드케이스를 꺼냈다. 그 속에서 '후루룩'하고 일고여덟 장이나 되는 카드가 떨어져 나왔다. "이건 전화 카드이고, 이건 비행기 타는데 쓰는 카드, 이건 숙박 카드, 이건 주유카드…… 이게 가장 중요한 건데 이것으로 수시로 돈을 인출할 수 있습니다." 과연 미국에서는 현금을 많이 휴대하고 다니지 않았다. 어느 도시, 어느 거리로 가든 주머니에 현금이 없으면 이 카드를 현금 인출기에 밀어 넣으면 즉시 달러가 흘러 나왔다. 그야말로 카드만 있으면 어디나 갈 수 있었다. 나는 처음으로 돈이 바로 권력이라는 것을 맛보았다. 책에 있는 이야기에서 보면, 황제가 평복 차림으로 민간에 나와 이런저런 귀찮은 일을 당하는가 하면 창피를 당하거나 심지어 목숨을 잃게 되는 위험한 상황에 빠지기도 한다. 하지만 황제인지라 두려울 것이 없다. 중요한 시각이 되면 변장을 하고 따르던 수행 인원들이 황제의 신분을 밝힌다. 그러면 상대방이 오히려 놀라 땅에 엎드려 부들부들 떤다. 왜? 황제에게는 권력이 있기 때문이다. 이 무형의 권리는 황제로 하여금 영원히 위험하지 않게 하는 것이다. 지금 우리도 손에 카드가 있으므로 해서 바로 이러한 심정을 체험하고 있었다. 믿는 데가 있었으므로 두려울 게 없는 것이었다. 후에 우리가 뉴욕, 워싱턴 등지를 돌아다닐 때에는 미국 유학생인 이 씨가 가이드를 했다. 호텔에 들어서자 이 씨가 웃으며 말했다. "오늘 우리도 나리 노릇 좀 해 보지요. 누구도 짐을 들지 마세요!" 그 말에 사람들은 팔짱을 끼고 서서 우리보다 머리 하나는 더 큰 미국사람들이 허리를 굽히고 짐을 나르는 것을 쳐다만 보았다. 그리고는 팁을 줬다. 이 씨에 따르면, 이 미국인은 요 며칠 동안 우리의 가이드를 하지 않는다면 식당에 가 아르바이트를 할 것이라고 했다. 팁을 벌어 학비를 낸다고 했다. 지금 석 군이 돈을 내서 우리를 초대하였으므로 편의를 살 수 있는 권리가 생긴 것이다. 우리는 며칠 동안 그를 잘 부려먹었으나 안색도 변하지 않고 가슴도 두근거리지 않았으며 다른 사람을 착취한다는 자괴감도 없었다.

나는 거지처럼 가난의 고통을 겪지는 못했지만 돈이 없어 겸연쩍었던 일은 적지 않다. '4인방(四人帮)'이 타도되기 전, 우리 같은 대학 졸업생은 여러 해가 지나도록 노임이 46위안 밖에 되지 않았는데 그 돈으로 가족을 먹여 살려야 했다. 어느 한 번은 누나네 집에 손님으로 갔는데 마침 탁자 위에 1위안이 놓여 있었다. 나와 누나는 탁자를 사이에 두고 한참이나 아무 말도 하지 않았다. 나는 그 지폐만 쳐다보며 몇 번이고 "이 1위안 나에게 줘요, 간장이나 사게"라고 말하고 싶었지만 끝내 입을 열지 못했다. 그 후 기자 일을 하면서 취재를 나갈 때마다 하루에 6위안만 받는 여관을 찾아 들어갔다. 6위안 이상이면 회사에 정산을 청구할 수 없었기 때문이었다. 후에 간부가 되었고, 일정한 직무까지 담당하게 되었지만, 출장을 가면 우선 여관비부터 물었다. 접대를 책임진 측에서 그런 건 관계치 말고 초과된 부분이 있으면 자신들이 지불하겠다고 말하면 나는 얼굴을 붉힌 채 할 말을 찾지 못했다. 최근 몇년 동안 돈을 번 개체호(个体户)들이 길에 나서기만 하면 택시를 잡고, 큰 식당에서 대범하고도 용감하게 요리를 주문하는 걸 보면서 나는 전문적인 훈련을 받아도 그런 매너는 배워낼 수 없을 것이라 생각되었다. 나보다 10여 세 어린 친구가 이렇게 말하는 나에게 반박했다. "그건 돈이 없기 때문이죠, 돈만 많아 보십시오, 배우지 않아도 절로 압니다." 그런데 지금 내가 뉴욕, 워싱턴의 거리를 걸으면서 의외로 그런 소탈함을 느낄 수 있었다. 밥을 먹거나, 호텔에 들거나 나는 돈이 얼마나 드는가를 알려고 하지 않았다. 물론 이건 잠시 신세를 지는 것이고, 임시적인 향락이지만, 실천(응당 실험이라고 말해야 할 것이다)을 통해 이 도리를 깨달은 셈이기 때문이었다. 돈이 얼마 있으면 담량도 얼마 있게되고, 또 그만큼 자유가 있게 되며 자신의 권리를 장악할 수 있게 된다는 점을 알았던 것이다.

한번은 석군이 물었다. "지난해 미국에서 선정한 가장 훌륭한 매니저가 어떤 사람인지 아십니까?", "어떤 사람입니까?", "열세 살 되는 남자애입니다." 나는 불가사의하다고 말했다. 미국사람들은 문 앞에 잔디밭이 많다. 풀은 자랐는데 전문 회사에서 미처 잔디를 깎지 못하면 이 아이가 방과 후에 가서 잔디를 깎고 팁을 벌곤 했다. 후에 아이를 요청해 잔디를 깎는 가정이 많아졌다. 아이는 혼자서 그 일을 다 할 수 없게 되자 사람을 고용하기 시작했고, 점차 10여 명의 직원이 있는 잔디 깎는 회사를 세웠다. 허우대 큰 흑인들도 그의 수하에서 노동자로 일한다고 했다. 기자가 아이에게 "노동자들이 말을 잘 듣는가?"라고 묻자 아이는 "잘 듣습니다. 제가 노임을 주는데요"라고 대답했다는 것이다. 중국의 고사에서 말하는 "닷 말 쌀 때문에 허리를 굽히지 않는다"는 것은 특수한 상황에서만 있을 수 있는 일이고, 사실 대부분 사람들은 모두 허리를 굽히고 일해 돈을 벌어 쓴다. 사람들은 돈을 벌기 위해서는 아직 발견되지 않은, 혹은 다른 사람들이 다 하지 못한 일거리를 찾게 된다. 그런데 누군가 당신을 도와 그 일거리를 찾아준다면 당연히 그를 감사하게 생각할 것이고 그의 지휘에 복종하게 될 것이다.

샌프란시스코 공항에서 나오자 석군이 차를 빌려 가지고 마중을 나왔다. 며칠 동안 우리는 그 차로 해변가를 돌아다니며 잘 놀았다. 골든게이트교를 보러 가고 실리콘밸리를 방문하는데 매우 편리했다. 하루는 신바람 나게 놀다가 기분이 좋아진 석군이 아예 차를 몰고 로스앤젤레스로 가자고 했다. 그럼 차는 어떻게 하느냐는 나의 물음에 그곳에 두어도 된다고 했다. 다만 돈을 좀 더 내야 한다는 것이다. 이는 외지에서 여행하러 온 사람으로 보면 참으로 편리한 일이었다. 우리는 물론 로스앤젤레스에 가지는 않았지만, 다른 한 도시에서 비행기에서 내리자 또 깜짝 놀랐다. 공항을 나서자 문어귀에 바로 셔틀 버스가 와 있었는데, 셔틀 버스는 우리를 택시 승강장에 있는 어느 한 승용차 앞에까지 실어다 주었다. 승용차는 차문이 열려 있었고 키가 꽂힌 채로였다. 석군이 액셀을 밟자 차는 바로 승강장을 벗어나는데 누구도 간섭하는 사람이 없었다. 길에는 가로등들로 등불의 바다를 이루었고, 차창 밖으로는 알록달록한 광고판들이 스쳐 지나갔다. 하지만 나는 불안한 마음을 금할 수 없었다. 마치 차 도둑이라도 된 것 같은 심정이었다. 석군은 "이건 우리 차가 틀림없습니다. 샌프란시스코 공항에서 전화로 예약해 두었습니다"라고 하는 것이었다. "예약을 한 것이라고 해도 어찌 이처럼 주도면밀하게 준비해 둘 수 있습니까? 마치 무형의 하인이 시중드는 것 같지 않습니까?" 내가 말했다. "그거야 우리 돈을 벌기 위해서이죠. 이 회사에서 이렇게 하지 않으면 다른 회사에서 할 거 아닙니까? 그러면 다른 사람이 돈을 벌어가게 되죠."

하루는 우리가 번화가에서 차를 몰고 가는데 붉은 신호등이 켜졌다. 그러자 차들이 가득 정거하게 되었는데, 그 차들 속으로 흑인 아이 하나가 손에 자그마한 물통을 들고 솔에 물을 묻혀서는 차창을 씻었다. 그리고는 손을 내밀며 돈을 달라고 했다. 이렇게 하는데 전후로 몇 초밖에 걸리지 않았다. 이건 돈을 그냥 달라고 강요하는 거나 다름없었다. 하지만 인도에서 본 도처에서 돈을 구걸하는 사람들보다는 나은 것 같았다. 하여튼 먼저 일을 하고 돈을 달라고 하는 것이니깐. 게다가 몇 초 안 되는 틈을 이용해야 하니까 역시 쉽지 않은 일이다. 이 며칠 동안 만난 사람들과 부딪친 일들을 다시 생각해 보면 돈이란 마치 타이어 속의 공기처럼 사람을 팽창시켜 쉴 새 없이 일하게 만든다.

또 하루는 우리가 보행으로 시내 구경을 하고 있었는데, 갑자기 어느 한 상가 앞에 사람들이 가득 모인 것을 발견했다. 상가의 진열장 안에 남자 모델이 멋진 옷을 입고 서 있는데, 머리, 손, 몸을 기계적으로 흔들고 있었다. 로봇을 모델로 이용하는 것을 나는 처음 보는 셈이다. 머리카락이나 얼굴, 손 피부는 진짜 사람과 같은데 다만 눈동자가 직시만 할 뿐 움직이지 않았다. 도대체 진짜 사람인지, 아니면 가짜 사람인지 지나가던 사람들이 모두 진열장을 둘러싸고 흥미진진하게 구경하고 있었다. 나도 호기심이 동해 사람들 틈을 비집고 들어가 진열장 바로 앞으로 다가서서 자세히 들여다보았다. 진열장 안의 사람과 거의 코가 부딪치고 눈이 마주칠 정도였다. 이때 그 '로봇'이 갑자기 "와―"하고 소리를 내며 혀를 내밀고 익살스러운 표정을 짓는 것이었다. 맙소사, 원래는 진짜 사람이었던 것이다. 나는 얼른 몸을 돌려 같이 온 사람에게 사진을 찍어 달라고 부탁했다. 사진을 찍고 나서 다시 보니 모델은 벌써 로봇 상태로 돌아가 있었다. 산 사람이 진열장 속에 그냥 서있기만 해도 힘들고, 답답해 견디기 어렵겠는데, 쉴 새 없이 기계적인 동작까지 하니 얼마나 힘들까. 이 사람은 무얼 위해 이런 일을 하는 걸까? 돈을 벌기 위해서일 것이다. 물건은 흔하지 않을수록 귀한 법이다. 다른 사람이 한 적 없는 일을 한다면 꼭 많은 돈을 벌 것이다. 아마 한 시간에 수백 달러는 줘야 할 것 같다. 하지만 모델도 상가를 위해 많은 사람들을 불러 모으는 게 아닌가.

　한마디로 말하면, 미국의 거리에서 걸으면 걸을수록 이 곳에서는 돈이 블랙홀이며 사람의 심력, 체력을 그 블랙홀 안으로 빨아들인다는 느낌이 들었다. 돈은 윤활제로써 사회의 노동조합을 조절한다. 뭐가 부족하면 곧 큰돈을 내서 그 것을 사들이는 사람이 있고, 따라서 그러한 일을 하는 사람이 있다. 돈은 마치 수은처럼 사회 곳곳에 틈만 있으면 침투되어 들어가 사회적으로 공백인 업종을 보기 힘들게 만든다(심지어 거리에서 x 세 개로 표시한 스트립쇼 무도장도 도처에서 볼 수 있었다). 돈은 또 구동 장치이다. 이 구동 장치는 쉴 새 없이 인력, 물력 자원을 개발하며, 사회라는 이 큰 기계를 돌게 한다.

돈은 당신 것이기도 하고 내 것이기도 하다 – 방도를 내서 당신 주머니 속의 돈을 다 털어낸다

라스베가스는 미국 서부의 도시이다. 이곳은 사막과 가까워 개발 가능한 농업, 공업 자원이 거의 없다. 그리하여 미국 정부는 이곳에서 도박장을 개설하도록 특별 허가했다. 이렇게 해서 사람들 주머니 속의 돈을 끄집어냈던 것이다.

우리는 저녁에 라스베가스에 도착했다. 비행기가 착륙하면서 보니 그냥 등불의 바다에 내리는 것 같았다. 차를 몰고 도시에서 호텔을 찾는 과정은 그 바다에서 한 마리의 물고기가 된 것 같은 기분이었다. 등불로 촘촘한 그물과 겹겹의 파도가 만들어져 우리를 사면팔방으로부터 포위하고 있었다. 어떻게 해도 그 속에서 헤어 나올 수 없을 것 같았다. 길가의 바와 여관들에 촘촘히 걸린 등불은 아름다운 윤곽을 만들어내고 있었다. 빌딩들은 윗부분에 네온사인으로 된 간판글자가 걸려 있는 외에도 건물 전체가 온통 등불 빛이 휘황찬란한 광고였다. 네온사인이 엇갈아 가며 번쩍거리는 모습은 마치 빛나는 옷을 입은 아이들이 건물 위를 기어 다니며 숨바꼭질을 하는 것 같았다. 또 어떤 건물에는 포스터를 다닥다닥 걸었는데 불빛 아래 그림 속 사람의 솜털까지 그대로 다 보였고, 여배우의 미니스커트가 지나가는 사람의 코끝에 닿을 것 같았다. 사거리에는 대부분 육면 혹은 팔면으로 된 광고탑이 있었는데 천천히 회전했다. 그 모습은 마치 늙은 중이 독경하는 것 같았다. 거리 복

판의 화단에는 등불 분수가 있었고 잔디밭의 탐조등 불빛은 종려나무를 밤하늘 높이에까지 밀어 올려 마치 거인 같기도 하고 괴물 같기도 했다. 우리가 샌프란시스코에서 등불의 바다에 매료되었을 때, 갓 라스베가스에 다녀온 미스 정(丁)이 "라스베가스에 가보세요, 그 곳이야말로 미국이라 할 수 있죠"라고 했었다. 괴상한 것은 이 도시가 불빛은 현란한데 소리가 없다는 점이었다. 이 곳에서 우리를 접대하는 주인에게 묻자 모두 도박장에 들어갔다고 알려주었다. 대체로 도시의 외모는 항상 그 생존 환경의 배경을 나타내고 있는 법이다. 예를 들면, 하얼빈(哈尔滨)은 빙설, 우루무치(乌鲁木齐)는 거리의 과일들을 들 수 있다. 도박의 도시 라스베가스는 중국어의 '지취금미(纸醉金迷, 호화롭고 사치스러운 생활)'라는 단어로 표현하는 것이 제격인 것 같았다.

도시에는 큰 도박장이 여러 개 있었는데 그중 가장 이름난 것이 카이사르궁이었다. 아마 로마 카이사르 대제의 위명을 빌린 것 같았다. 도박장은 들어서자 바로 대형 분수가 있었고 그 옆에는 로마신화의 인물 조각 군상이 있었다. 좌우로는 상가 두 개가 있었다. 이 상가는 실내에 있지만 아치형 지붕에 푸른 하늘과 흰 구름을 그려 넣어 마치 실외에 있는 듯한 느낌을 주었다. 상가 양쪽에는 상점들이 빽빽이 들어 앉아 있었다. 머리 위의 아치형 지붕은 높고도 넓어 마음이 탁 트이는 것 같았다. 이것만 해도 얼마나 거대한 공사인가를 알 수 있었다. 중심에 있는 도박장은 끝이 없이 넓은 대청이었는데 '파친코'라고 하는 도박기계들이 반짝반짝 빛을 뿌리며 촘촘히 배열되어 있었다. 예쁜 서비스하는 아가씨가 차를 밀고 다니며 파친코의 동전을 바꿔주고 있었다. 첫 느낌에 이곳은 도박장이 아니라 커다란 직조공장 같았다. 과거 도박장에 대한 인상이라면 연기가 자욱한데서 험상궂은 얼굴을 한 도박꾼들이 팔소매를 걷어 부치고 저속한 욕을 하거나 심지어 싸움을 벌이는 곳이었

나룻배를 찾아서

다. 하지만 지금 눈앞의 모습을 보면 남자들은 양복을 입고 구두를 신었으며 여자들은 커다란 동전 통을 들고 도박기계 앞에 조용히 앉아 담배를 피우거나 차를 마시며 친구와 담소했다. 도박장에는 파친코 외에도 룰렛게임, 전자경마, 카드게임, 주사위 던지기, 스크린 축구경기 도박 등이 있었다. 도박장에 들어오기는 평생 처음이었다. 그것도 지구를 절반 돌아 여기까지 와서 도박장을 찾은 것이다. 그러니 도박꾼의 뜻은 도박에 있는 것이 아니라고 해야 할 것 같았다.

나는 도박자금으로 10달러를 바꿨다. 동전 통을 들고 파친코 앞에 앉은 나는 조심스레 동전을 하나씩 파친코에 밀어 넣기 시작했다. 동전을 밀어 넣고 손잡이를 돌렸지만 기계가 아무런 반응도 보이지 않았다. 또 동전 두 개를 더 넣고 손잡이를 돌렸다. 이번에는 와르르 하고 동전 네 개가 쏟아져 나왔다. 은근히 기분이 좋았다. 그래서 다시 동전 세 개를 넣었다. 그런데 이번에도 기계는 아무런 반응도 보이지 않았다. 이렇게 기계는 쉬엄쉬엄 동전을 토해냈는데 하나씩, 혹은 둘씩 나왔다. 그러나 대부분은 "고기만두로 개를 때린 격"으로 돌아오는 게 없었다. 그럼에도 나는 항상 파친코가 입을 쫙 벌리고 크게 소리치며 동전을 한 통 토해냈으면 하고 바랐다. 하지만 파친코는 천천히, 한입 한입씩 내가 준 동전을 모두 받아 먹어버렸다. 그래서 또 10달러를 바꿔 왔다. 이번에는 1달러가 아닌 5센트씩 넣었다. 하지만 그것도 역시 아까보다 시간이 조금 더 걸렸을 뿐, 한 시간도 안 되어 모두 잃었다. 석군은 우리에게 노는 법을 가르치기만 할 뿐 자신은 놀지 않았다. "무조건 따지 못합니다. 이 기계는 돈을 따지 못하도록 되어 있습니다" 석군이 말했다. 하지만 가끔씩 기계가 돈을 토해 낼 때면 동전이 댕그랑 댕그랑 소리를 내며 떨어졌는데 그 소리가 아주 듣기 좋았다. 온 대청 여기저기에서 연달아 들리는 댕그랑 소리는 마치 아름다운 여인이 걸을 때마다 몸에 단 장신구가 땡그랑 땡그랑 소리를 내는 것처럼 상서로운 기운이 감돌았다. 모르는 사람은 이 소리만 듣고 여기에서 모두들 돈을 따는 것이라고 생각할 것이다. 대청 복판에는 고급 승용차 석 대가 놓여 있었는데 그것도 돈을 딴 사람에게 주는 것이라고 했다. 돈을 따면 그냥 몰고 갈 수 있다고 했다. 또 큰 도박꾼은 엘리베이터를 타고 건물 옥상에 직접 내린다고 했다. 만약 큰돈을 따게 되면 경호원이 호송해 나간다고 했다.

한참 놀고 나서 우리는 파친코 곁을 떠났다. 도박장이 얼마나 큰가 알고 싶어 여기저기로 돌아다녔다. 그러다가 도박장 안에 커다란 극장이 있는 걸 발견했고 좀 지나서는 또 큰 상점과 식당이 있는 걸 발견했다. 극장에서는 한 시간 30분에 한 번씩 공연이 있었는데 매번 대만원을 이루었다. 식당은 또 중국식당, 일본식당, 서양식당이 있었다. 그리고 상점은 그야말로 박람회나 다름없었다. 손에 긴 창과 방패를 든 고대 로마 무사, 엷은 천으로 된 긴 치마를 입은 고대 로마 소녀, 그리고 검은 곰, 토끼, 도날드 덕으로 분장한 사람들이 도박장 문어귀에서 왔다 갔다 하면서 손님을 만나면 먼저 인사를 했고 손님들과 기념촬영을 했다. 대문 어귀에는 손에 먼지털이를 든 어릿광대가 서 있었는데 사람이 오면 문을 열어주고 먼지를 털어주면서 우스꽝스러운 표정을 지었다. 우리는 극장에서 가무를 관람하고, 다시 시장에 가서 상품들을 구경했다. 그리고는 식당으로 갔다. 웨이트리스는 상하이에서 온 대학생이었다. 그녀는 온 가족이 모두 이곳으로 이사 왔다고 말했다. 그녀의 부모는 중년 지식인인데 도박장에서 딜러로 일한다고 했다. 나는 식사를 하면서 창밖 도박기계 사이로 장터에서 다니듯 걸어가는 사람들을 구경했다. 그 사람들 속에는 차를 닦고 돈을 달라고 하던 흑인 아이도 있을 수 있고, 진열장 안에서 로봇인 체 하던 모델도 있을 수 있다. 그들도 이 곳에서 운수놀음을 할 수 있다. 사실 인생도 도박과 같다. 평소에는 총명과 노력으로 도박을 하고, 여기에 와서는 운수로 도박을 한다. 그런데 이 도박장(차라리 이 사회라고 하자)은 더욱 총명하다. 수천 개의 도박기계들이 입을 쩍 벌리고 달러를 먹이기만을 기다린다. 물론 일부 사람들이 그 호랑이 입에서 얼마간 돈을 딴다고는 하지만 그것도 너무 좋아 할 일은 아니다. 그리고 극장, 가무청, 식당, 상점에서 층층이 방어선을 치고 당신이 소비를 하도록 끌고 있다. 그것은 마치 당신이 주머니 속에 금방 집어넣은 몇 장의 돈을 다 꺼내고야 말겠다는 태세이다. 그렇지 않으면 문어귀의 저 어릿광대가 어찌하여 그토록 열정적이겠는가?

도박장에서 나와서야 나는 이 곳 도박성의 상점, 술집 문어귀나 매대, 식탁 옆, 심지어 역이나 공항의 대청에도 도박 기계가 있다는 것을 발견했다. 이 곳은 과연 미국의 축소판이라 해도 과언이 아니었다. 이 곳에서는 언제 어디서나 때를 가리지 않고 인생을 도박할 수 있고 운수를 시험해 볼 수 있다. 당신은 시시각각 돈 버는 꿈을 꾸는데 또 당신 주변의 많은 손들이 당신의 주머니를 노리고 있다. 그리하여 돈은 당신의 것이기도 하고 내 것이기도 하다. 이렇게 서로 끄집어내기를 경쟁하고 있다. 하지만 분명한 것은 이렇게 서로 돈을 끄집어내는 경쟁 중에서 일부 사람들이 부유해졌지만 또 일부 사람들이 무너져 버렸다는 점은 기억할 필요가 있을 것이다.

1994년 3월

완화 희석되고 연해진 환경

독일에서 여행을 하면서 나는 이곳의 환경에 질투심이 생겼다. 베이징(北京)의 혼잡한 자전거와 자동차의 대열, 그리고 인파 속을 뚫고 다니던 내가 푸랑크푸르트에 내리니 마치 봄날 갑자기 솜옷을 벗어버린 듯 홀가분한 느낌이 들었다. 넓은 라인강이 조용히 도시를 흘러지나가고 있고 잔디밭, 벗나무, 오동나무 그리고 숙연하고 오래된 교회당이 한 폭의 그림을 구성하고 있었다. 우리는 마치 오래 전의 중세기 혹은 편벽한 소도시에 온 듯한 느낌이 들었다. 마음마저 평온해져 마치 옥호(玉壺)에 빠져든 듯싶었다.

몇몇 대 도시 사이의 여행은 항상 차를 몰고 다녔다. 고된 야외 여정이었지만 마치 인공 목장 혹은 어느 개인집 화원을 산책하는 듯한 느낌이 들었다. 도로는 리본처럼 상하좌우로 기복을 이루었다. 길옆은 완만한 녹지가 아니면 끝이 보이지 않는 삼림이었다. 고속도로 난간에는 그다지 멀지 않은 간격으로 사슴을 그려놓고 있었는데, 이는 기사에게 야생동물을 조심하라고 주의를 주는 것이었다. 끝내 대자연 속에 돌아왔다고, 대자연과 대화하고 대자연의 품속에 안겼다고 분명한 느낌을 주는 것이다. 나는 눈을 크게 뜨고 녹색의 기복을 이룬 언덕 위에 자란 것이 목초인가 아니면 보리밭인가를 분간해 보았다. 주인은 그렇게 분간해 볼 필요가 없다고 말했다. 그것은 모두 목장이라는 것이다. 이러한 곳이 만약 중국에 있었다면 금방 논밭으로 개발되었을 것이다. 어찌 풀만 자라게 할 수 있으랴? 하지만 그 언덕 위에는 소 한 마리도 보이지 못했다. 이곳 초지가 그만큼 여유가 있다는 것을 말해준다. 대략 며칠에 한 번씩 소 몇 마리가 풀을 뜯는 것을 볼 수 있었다. 그러니 이곳은 목장이라는 이름뿐인 사실상의 자유 초원인 것이다. 푸른 하늘 아래 햇빛과 수분을 흡수하고 산소를 내뿜는 녹색의 즐거운 생명이고 우리를 받쳐 든 녹색의 주단이었다. 그 녹색의 주단 끝에 수림이 나타났을 때 그것은 깔끔한 케이크 같기도 하고 혹은 아이들이 놀다 버린 장난감 블록 같기도 했다. 이른 봄이라 나무는 아직 새파랗게 물이 오르지 못해 짙은 갈색을 띠고 있었다. 그것은 분명 풀밭의 완만함과 가벼움, 부드러움을 돋보이게 하기 위해 장엄하고 진중한 모습을 하고 있는 것 같았다. 이런 선명한 장식미는 은연중 누군가 그렇게 만든 것 같았다. 유럽 사람들은 대부분 기독교를 신앙하고 있으니 아마 하느님이 그렇게 배치한 것일지도 몰랐다. 만약 수림이 도로와 붙어 있다면 머리를 차창에 대고 휙휙 지나는 나무들을 헤아려 볼 수 있을 것 같았다. 나무는 아주 **빽빽했고** 종류도 여러 가지가 있었다. 소나무, 측백나무, 백양나무, 단풍나무 등이 있었는데, 굵은 것과 가는 것, 강한 것과 약한 것이 뒤섞이어 있었고, 나뭇가지들이 한데 뒤엉켜 짙은 녹음이 사면을 덮고 있었다. 이는 나무가 오랜 시일을 거쳐 자라왔지만 누구도 건드리지 않았음을 말해준다. 나무들은 자유롭게 생명의 그물을 엮고 있었다. 그 곁을 지나노라면 생명의 그물과 정보를 교환한다는 느낌이 들었다. 쾰른에서 프랑크푸르트, 다시 베를린에 이르기까지 우리는 이렇게 풀밭과

수림 사이를 질주해 왔다. 차가 베를린 시내 구역에 들어섰을 때, 맙소
사, 우리는 거꾸로 삼림 속에 들어섰다는 감이 들었다. 진정한 큰 삼림
이었다. 차는 때로는 빌딩들 속을 지나기도 하고 때로는 다시 삼림 속
에 들어가곤 했다. 양쪽에는 초목이 무성했다. 나는 그 나무들 사이로
사람과 차 혹은 건물을 찾아보려고 노력했다. 하지만 볼 수가 없었다.
숲이 너무 깊고 넓어서 깊은 산속에 있는 것 같았기 때문이다. 다만 나
무가 덜 굵을 뿐이었다. 주인은 숲이 크다고 했다. 이 숲속에서 사냥이
라도 할 수 있다는 것이다. 나는 갑자기 어느 한 자동차 브랜드의 이름
이 떠올랐다. '시티헌터(도시 사냥군)'라는 이름이다. 도시가 수림 속
에 있고 수림이 도시 속에 있으니 이를 어떻게 상상할까? 후에 상점에
서 베를린의 조감도를 사서 보니 시중심의 승리의 여신은 망망대해 속
의 정해선침(定海神针) 같았고 주변은 녹색의 망망대해였다.

곳곳마다 녹색의 풀밭과 녹색의 나무인 환경 속에는 자연히 예쁜 건
물을 짓기 마련이다. 그렇지 않으면 이 환경에 너무 미안할 것 같아서
이다. 독일에서는 건물을 보는 것도 즐거웠다. 유럽 사람들의 건물은
우리처럼 네모반듯하지 않았다. 대체적인 풍격은 일치했지만 여러 가
지 스타일이 있었다. 지붕만 놓고 봐도 어떤 것은 뾰족하다 못해 송곳
처럼 하늘을 찌를 듯했다. 그 지붕을 쳐다보면 신성한 천국으로 들어가
는 듯싶었다. 또 어떤 지붕은 얼마나 큰지 마치 커다란 천으로 건물 전
체를 덮어 버린 것 같았다. 그런 지붕 밑에서는 아주 세심하게 창문이
며 문을 찾아야 했다. 하지만 그래도 헬멧 모양의 지붕이 많았다. 이런
건물은 중세기의 무사처럼 위풍당당하고 견고해 보였다. 그리고 또 옛
것을 모방한 잔디밭 모양의 지붕도 있었다. 이런 지붕은 푸른 하늘 아
래 은은한 옛스러운 멋을 뽐내고 있다. 이런 지붕이 건설비가 가장 많
이 든다고 한다. 지붕은 대부분 붉은 기와를 사용했는데, 바람이 살짝

만 불어도 푸른 나뭇가지들 사이로 붉은 천이 나부끼는 것 같은 느낌을 주었다. 독일 사람들은 건물을 짓는 것을 게임으로 생각하는 것 같았다. 그래서 뭔가 독특한 멋을 내려고 하는 것 같았다. 만약 대형 건물이라면 아주 참을성 있게 지어야 했다. 전 세계적으로도 손가락을 꼽을 수 있는 쾰른 대성당은 수많은 지붕들이 기복을 이루고 있었는데 마치 일천 개의 산봉우리 같았다. 이 대성당은 1284년에 짓기 시작해, 1880년에 완공되었으며 지금까지 정비, 보수가 정지된 적 없다고 한다. 우리가 갔을 때에도 '산' 사이에 많은 비계가 가설되어 있었다. 그 외, 일반 개인 가옥은 마치 아이들이 소꿉장난 하듯 꼭 뭔가 새로운 모습을 보이려 했다. 독일 사람들은 보통 땅을 사서는 친구 몇몇을 요청해 스스로 집을 짓는다. 그들은 생활을 충분히 음미할 줄 안다.

　독일에는 나무가 많고 가옥이 아름다운 것과는 반대로 사람이 적었다. 차가 길에서 달릴 때면 길 양쪽에서 다니는 사람을 볼 수 없었다. 시내구역에서도 사람을 보기가 힘들었다. 몇 번인가 나는 길에 사람이 몇이 있을까 하고 짐작해 보았는데, 온 거리를 다 보아도 모두 몇이 되지 않았다. 그곳은 중국 베이징의 창안졔(長安街)나 시단(西单) 같은 곳이었다. 어느 한 번은 시중심의 광장에서 주차를 해야 하겠는데 주머니에 동전이 없었다. 사람을 찾아 동전을 바꾸려 해도 반나절이 지나서야 겨우 산책하러 나온 노부인 세 사람을 만날 수 있었다. 또 어느 한 번은 높은 곳에 있는 주차장에서 차를 몰고 나오는데, 출구 쪽에서 동전을 내야 자동 난간이 올라가게 되어 있었다. 그런데 마침 또 주머니 속에 동전이 없었다. 그래서 내가 브레이크를 밟고 독일어를 아는 친구가 사람을 찾아 동전을 바꾸러 나섰다. 대략 10분 동안 차가 길목에 오래 서있을 수가 없어 마음이 조급했지만, 조용한 곳이라 사람을 만날 수 없었다. 자동 난간은 무언의 긴 팔을 내리 드리우고 있었다. 나는 핸

들을 잡은 채 차창 밖을 내다보았다. 눈앞에는 과거 주자청(朱自淸)이 유럽을 여행할 때의 정경이 떠올랐다. "소가 길을 막고 있어 차는 멈춰 설 수밖에 없었다. 소가 느릿느릿 지나기를 기다렸다." 유럽 사람들은 이렇게 편안하게 산다. 마치 목장에 소와 양이 없고 푸른 풀밭만 있는 것처럼, 도시에 사람이 없고 빈 거리만 있는 것처럼. 생존 공간이 크다 보니 마음이 편하고 몸이 가볍다. 사람이 적다 보니 서비스도 좋았다. 함부르크에서는 대략 60~70미터마다 횡단보도가 있었다. 우리가 탑승한 거대한 차들도 수시로 행인들에게 길을 양보해야 했다. 또 일부 교차로에는 전선대에 손바닥 무늬가 찍혀 있었다. 행인이 교차로를 건널 때 그 것을 누르면 차도에 붉은 신호등이 켜지고, 다 지나가면 자동적으로 신호등이 바뀐다고 했다. 차가 파도처럼 밀려드는 거리에서도 사람들은 이렇게 태연히 교차로를 건널 수 있었다. 마치 자연의 혜택을 받듯이 사회의 완벽한 배려를 받고 있었다. 역으로 사람들은 자연을 보호하듯 사회질서가 아주 잘 준수되고 있었으며, 자각적인 기율성을 보여주었다. 기율이란 사회의 공동 이익이다. 중국 국내에서도 독일 사람들이 한밤중에 사람 한 명, 차 한 대 없는 사거리에서 신호를 기다린다는 말을 들은 적이 있다. 이번에 그것을 직접 체험해 본 셈이다. 차를 운전하는 사람들도 아주 예의가 밝았다. 특히 커브에서 직행차에 양보를 할 때에는 지나치게 사양하여 조바심이 날 지경이었다. 베이징의 도로에서는 차가 자전거와 행인들을 밀어내면서 다닌다. 환경의 느슨함이 인성의 겸양을 형성시킨 것 같다. 여기에서 겸양은 어느 한 사람에 대한 것이 아니라 전체 생태환경에 대한 존중이었다.

요컨대 독일에서는 시골이든 도시든 모두 완화되고 희석되고 연해진 환경에 대해 느낄 수 있었다. 우리가 왜 초원이나 바닷가에 여행 가기를 좋아하는가? 그곳의 환경이 넓고 홀가분하기 때문이다. 공간이 커서 아무리 멀리 바라보아도 시선을 막는 것이 없기 때문이다. 또한 이러한 곳에서는 아무리 들어도 당신의 청각을 교란하는 소리가 들리지 않는다. 오직 대자연의 소리만 들릴 뿐이다. 이러한 때에만 사람은 존재감을 느낄 수 있고, 인간으로서의 지배감을 느낄 수 있다. 사람이 산과 물을 찾는 것은 도시에서 오랫동안 압축된 시력과 청력을 풀어주고, 가슴 속의 탁한 기운을 방출하기 위한 것이다. 그러므로 한 도시가 하루 24시간 동안 모두 사람들에게 녹색의 안정을 줄 수 있다는 것은 얼마나 행복한 일인지 알 수 있을 것이다.

1997년 4월 12일

역
외
풍
경

유럽에서 교회당을 보다

　　외국사람들은 중국에서 여행할 때면 '낮에는 사찰을 구경하고 밤에는 잠을 잔다'고 한다. 중국 사람이 유럽에서 여행하면 '낮에는 교회당을 구경하고 밤에는 중국음식점에 간다'고 한다. 이는 두 가지 문화의 차이로써 상호간의 생소함과 몰이해를 보여준다. 처음 교회당을 봤을 때 나는 괴상하고도 신비한 감이 들어 더 많이 보려고도 하지 않았고 더 자세히 생각하려고도 하지 않았다. 하지만 유럽에서는 매일 머리만 들어도 교회당이 보인다. 또한 우리에게 안내해준 명승지도 대부분 교회당이었다. 그것은 마치 우리가 문을 나서면 나무를 볼 수 있고, 손님으로 가면 차를 마시는 것처럼 아주 떨쳐버릴 수 없는 일이었다. 이번의 이탈리아 방문은 또 교회당에 관한 많은 연상을 불러일으켰다.

　　기독교의 기원은 기원후 1세기이다. 당시 지금의 이탈리아 일대는 여러 해 동안 전쟁이 계속되어 평민들은 그 고통을 이루다 말할 수 없었다. 그리하여 민중을 고난에서 구제하는 예수가 나타났던 것이다. 이것도 민심에 순응한 것이고 백성이 환상하고 동경하는 것이라고 해야하겠다. 지금까지 이미 2000년이나 되는 이 종교는 세계상의 대다수 국가와 민족보다도 더 오래되었다. 무엇이나 오래되면 자격이 있게 되고 견해가 있게 되며 또 억지로 갖다 맞추는 것이 있게 되는가 하면 기탁하는 바가 있게 된다. 예를 들어, 어느 한 고목이 구름 속으로 높이 솟고 짙은 녹음이 햇빛을 가릴 정도라면 바람에 불려 왔거나 혹은 새가 물어온 씨앗이 거친 나무줄기 위에 혹은 나뭇가지 사이에서 발을 딛고 자라나기도 한다. 심지어는 나무 위에 또 나무가 자라는 수도 있다. 나뭇가지 사이로 저녁 까마귀가 소란스럽게 우는가 하면, 나무 구멍 안에서는 여우가 잠을 잔다. 호사가들은 또 귀신이나 신선이 붙었다고 하며 정신적으로 기탁의 대상으로 삼아 붉은 천을 매고 제사를 지내며, 향을 피우고 절을 한다. 그러면 나무는 물질이지만 또한 정신적인 나무가 된다. 하지만 이러한 나무는 반드시 오래된 나무여야 한다. 오래된 것일수록, 고목일수록 혹은 괴상할수록 더욱 좋다. 늘씬하게 뻗은 어린 나무는 이런 자격이 없다. 내가 유럽의 교회당을 이 같은 나무에 비유했으니 당신은 그 나무에게서 나무 외의 것을 많이 읽어낼 수 있으리라고 생각한다.

1

나무의 줄기는 정치이고 철학이며 세계관이다. 원래부터 종교란 세계에 대한 관점이며, 이로써 현실세계에 대한 자신의 행위를 결정한다. 나는 바티칸을 방문하면서 그동안 바티칸이 세계에 어떠한 영향을 주고 관여를 하였는지 느낄 수 있었다. 그날은 마침 월말의 일요일이었다. 매달 이 날에만 바티칸 궁전을 대외에 개방한다고 했다. 우리는 매우 일찍 갔다. 성 베드로 성당 광장에는 아직 아무 사람도 없었다. 사방을 둘러보니 은근히 제왕의 기운이 느껴졌다. 이곳은 종교적 건물이기는 하지만 중국의 우타이산(五台山)이나 어메이산(峨眉山)처럼 푸른 나무가 옛 사찰과 어울려 속세를 떠난 듯한 느낌을 주지는 않았다. 또한 링인사(灵隱寺)처럼 푸른 연기가 피어오르고 붉은 촛불이 타는 세속적인 느낌도 없었다. 교회당의 정면에는 대리석 기둥 8개가 우뚝 솟아 있는데 중국과 비하면 용의 영험함이 서리지 않았을 뿐이었다. 넓은 계단과 깊고 아늑한 문간을 보면 말 그대로 천하에 군림하는 황궁 대전 같았다. 대전의 좌우 양측에는 호형으로 된 석주 회랑 두 개가 환형으로 광장을 둘러싸고 있었다. 그것은 온 천하를 다 차지하려는 기세였다. 건물 설계에서의 이러한 구상은 소극적인 출세(出世)의 종교를 보여주는 것 같지 않았다. 오히려 적극적으로 입세(入世)하려는 제왕과도 같았다. 사실상 유럽의 지중해 연안에서는 고대부터 교황과 세속 황제가 권력 투쟁을 해 왔으며 승부를 가르기 어려웠다. 교회가 정치에 대한 관여는 종래부터 멈춘 적이 없었다. 756년 피핀 프랑크 국왕은 로마 교황이 그의 즉위를 도운 것에 감사의 뜻을 표하기 위해 새로 빼앗은 이탈리아 중부의 대 면적의 토지를 기부하였다. 이를 두고 역사에서는 '피핀의 기부'라고 한다. 이로부터 정신적 세계를 통치하던 교황도 토지와 신민, 군대와 조세가 있게 되었으며 정신세계와 물질세계의 진정한 황제가 되었다. 그리하여 역사적으로 교황국이라는 새로운 명사가 나타나게 되었다. 유럽의 정치 분규와 군사적 쟁탈, 왕실의 교체, 심지어 과학과 사상 영역에까지 모두 관여하였으며 새 왕의 대관식까지 관여하였다. 그 권세는 13세기에 절정에 달했다. 1870년 이탈리아는 결단을 내리고 로마 주변에 있는 교황의 영토를 수복하기 시작했고, 교황은 로마 서북쪽에 있는 바티칸에 피거(避居)하였다. 그러다가 1929년이 되어서야 무솔리니는 교황청과 정식으로 조약을 체결하고 독립적인 바티칸 제국을 인정해 주었다. 바티칸의 정식 주민은 1000명밖에 안 되지만 자체의 군대와 신문이 있으며 또 우표까지 발행한다.

바티칸은 정치, 사상적으로 그 영향력이 0.44㎢라는 국계(国界)를 훨씬 뛰어넘는다. 세계적으로 기독교가 있는 곳이면 거의 모두 바티칸의 그림자가 있다.

우리가 바티칸 궁에서 나왔을 때는 바로 교황이 어쩌다가 일반인과 만나는 시간이라고 했다. 어느 한 베란다에서 일반인과 만난다고 했다. 하지만 푸른 하늘에 흰 구름만 아득할 뿐 교황은 어디에 있는지 보이지 않았다. 다만 마이크에서 어슴푸레 윙윙 소리가 들릴 뿐이었다. 원래 텅 비었던 광장에는 이미 많은 사람들이 조용히 서 있었다. 후에 우리는 성 베드로 성당에 들어가 보았다. 성당 내부는 아주 화려했고 관광객으로 붐비고 있었다. 하지만 붐비는 와중에도 아주 조용한 곳이 여러 곳 있었는데 바로 벽 구석에 있는 참회실이었다. 참회실 문 앞에는 사람들이 묵묵히 줄을 서서 있었다. 제일 앞에 선 사람은 창문 아래에 무릎을 꿇고 앉아 문발 뒤 얼굴 모르는 신부가 하는 심리적 해명를 듣고 있었다. 황궁처럼 우뚝 솟은 성당과 성당 내외 경건한 사람들을 보면서 종교도 힘이고, 정치와 사상적 세력임을 인정하지 않을 수 없었다.

마르크스는 "종교는 인민의 아편이다"라고 했다. 기번이 쓴 《로마제국 쇠망사》에는 다음과 같은 교묘한 이론이 있다. "로마 세계에서 성행했던 여러 가지 숭배는 모두 인민들에게 다 같이 정확한 것이라고 받아들여졌으며, 철학가들은 그것을 다 같이 황당한 것이라고 보았다. 그런데 지방 행정장관은 그것이 다 같이 유용한 것이라고 보았다." 종교와 정치는 줄곧 혼인관계를 이어왔다. 서로 떨어질 수 없었고 서로 이용하는 관계였다. 불교도 중국에서 그와 같은 길을 걸어왔다. 황제에게 이용되어 호국선사와 국사로 봉해졌고, 토지와 소작인을 하사 받았는가 하면, 또 황제가 사찰을 불태우는 등 불교를 탄압하는 일도 있었다. 당(唐)나라 시기에도 헌종(宪宗) 때에는 거대한 자금과 많은 인력을 동원해 사찰과 불탑을 짓고 부처님 유골을 받아들였으며 심지어 일반 백성들이 전 재산을 다 기부하거나 팔을 끊는 것으로써 그 경건함을 표하도록 오도(誤導)하기도 하였다. 이에 한유(韓愈)는 황제에게 불교를 반대하는 상소를 올렸다. 그리하여 "아침에 황제에게 상소문을 올렸더니 저녁에는 차오저우로 좌천되어 8,000리길에 올랐다(一封朝奏九重天, 夕貶潮州路八千)"고 하는 시도 남겼다. 무종(武宗)황제 시기에는 전국적으로 불교를 궤멸하는 열기가 일어 불교 사찰이 모두 소각되었다. 그 때문에 지금 우리가 고고학적으로 당(唐)나라 이전의 고대 건물을 연구함에 있어서 어려움에 부딪치고 있는 것이다. 다행히 우타이산(五台山) 기슭에 숨겨진 휘광사(佛光寺)는 너무 편벽한 곳에 있어 소각되지 않았으며, 지난 세기 30년대 양스청(梁思成)의 고증으로 발견되었다. 이것은 유일하게 남겨진 보물이라 해야 하겠다. 이렇게 때로는 치켜세우고 또 때로는 쳐부수는 것은 모두 이익 다툼 때문이고 권모술수로 이용하기 위한 것이었다. 따라서 종교도 변수가 많은 짐작하기 어려운 유령이 된 것이다. 바티칸을 산책하다 보면, 바티칸 궁전과 성 베드로 성당에서 때로는 천하를 군림하는 휘황찬란함이 느껴졌지만, 또 때로는 한쪽 구석에서 울면서 역사를 음미해야 하는 처량함도 느껴졌다. 성당의 음침한 그림자, 벽과 둥근 지붕 위의 비바람에 침식된 흔적들은 관료사회에서 오르락내리락하는 정객의 모습과도 같았다. 그는 완강하게 자신의 입장을 견지하는 한편 또 교활하고도 관대하게 민중을 회유했으며, 필사적으로 정적과 격투했다. 그리하여 이처럼 상처투성이가 되었고, 냉혹한 모습을 하게 되었다.

2

종교는 신도들을 통제하기 위해서는 우선 이론을 만들고 체계를 건립하며 성직자를 양성, 훈련해 내야 했다. 그리하여 문화를 독점했다. 문화를 공부하려면 반드시 신학원, 수도원에 들어가야 했다. 아시아의 일부 지역에서는 어린 아이들마저 문화를 공부하기 위해서는 사찰에 들어가야 했다. 하지만 사람은 문화가 있게 되면 자신만의 개성을 나타내려고 한다. 그리하여 겉보기에는 이상하지만 일리가 있는 현상이 나타났다. 즉 교회는 늘 반역자를 양성해 내곤 했다. 이는 마르크스가 자산계급은 자신의 매장꾼을 양성하고 있다고 말한 것과 같은 이치이다. 교회당은 새로운 과학과 새로운 사상이 탄생하는 하우스가 되었다. 영국의 베이컨은 신학 박사이다. 그는 제일 처음으로 "빛은 일곱가지 색깔로 구성되었으며 지구는 둥글다"고 하는 관점을 제기했다. 교회는 베이컨을 미워한 나머지 그에게 종신 감금을 판결했다. 폴란드의 코페르니쿠스는 로마에 와서 신학을 공부했으며 사제장 직을 담임하기까지 했다. 하지만 그는 신학원에서 "태양 중심설"을 연구해 냈다. 엥겔스는 그가 하느님의 우주를 전도했다고 말했다. 이탈리아의 브루노는 15세에 수도원에 들어가 25세에 목사가 되었다. 하지만 그는 코페르니쿠스의 "태양 중심설"을 굳게 믿었으며 또한 용감하게 선전했다. 나중에 그는 교회에 의해 화형을 당했다. 오스트리아의 멘델은 수도원에서 8년 동안 일했으며 생물유전법칙을 발견했다. 중국 당(唐)나라 시기에도 일행(一行)이라는 중이 있었는데 사찰에서 천문을 연구하여 세계적으로 제일 처음으로 자오선을 실측했다. 1977년 국제 천문계는 그의 이름으로 소행성의 이름을 명명하기도 했다. 하지만 은혜와 원한이 가장 많이 뒤얽힌 것은 갈릴레이와 로마교회라고 해야 할 것이다.

중학교 시절, 물리를 공부하면서 갈릴레이와 그가 실험한 피사의 사탑에 대해 알게 되었다. 솔직히 말해 이번에 이탈리아에 오면서 가장 보고 싶어 한 것이 바로 이 피사의 사탑이었다. 하지만 천만뜻밖인 것은 피사의 사탑마저 교회 건물이라는 점이었다. 대략 10세기 경 피사라는 작은 나라가 이웃 나라와의 전투에서 승리를 거두어 대량의 재물을 약탈할 수 있었다. 승리를 자랑하기 위해 그들은 광장을 건설하려 했다. 광장에는 당연히 종교 건축물이 빠질 수 없었다. 그리하여 교회당 즉 예배당과 탑을 설계하게 되었다. 아마 탑을 건설하는 자금의 내원이 깨끗하지 못해서일까, 탑은 3층까지 건설하고 나서 남쪽 방향으로 경사진 것을 발견하자 건설을 중지할 수밖에 없었다. 그러다가 또 94년이 지났다. 파사의 사람들은 단념하지 않고 탑을 계속 건설하기 시작했으며, 층마다 경사진 쪽의 기둥을 조금 더 길게 했다. 피사의 사탑은 약 1268년에 완공되었다. 하지만 여전히 사탑이었다. 그리하여 이 탑은 다른 이름이 없고 그냥 '사탑'으로 세상에 알려졌다. 하지만 그 이후의 레오나르도 다빈치든, 아니면 미켈란젤로이든, 지금도 세계 제일이라고 불리 우는 성 베드로 성당이든, 아니면 세계 두 번째로 불리 우는 성모 마리아 대성당이든 이같이 절묘한 것은 없다. 그 어느 것도 피사의 사탑처럼 기울어지는 것을 비교할 수 없기 때문이다. 지금도 사탑 꼭대기는 여전히 중축선보다 4.89미터 기울어져 있다. 사탑은 이렇게 800년 동안 우뚝 솟아 있다. 그야말로 조개가 상처를 입어 진주가 생기고 우황이 보물로 된 것과 같은 셈이다. 세상에는 이처럼 우연한 성공이 존재한다. 사탑은 기울어짐으로 인해 오히려 널리 이름을 날리게 되었고, 지금도 매일 10만에 달하는 관광객들이 찾아온다고 했다. 피사의 사탑은 그 자손들에게 많은 돈을 벌어주고 있는 셈이다.

앞에서 우리는 사탑이 건설되기 전 기타 교회당에서 이미 베이컨, 코페르니쿠스, 부르노 등 하느님의 반역자가 나타났다고 했다. 이 탑이 건설되어 300년이 지난 어느 날, 탑 아래에 웬 청년이 나타났다. 그가 바로 피사대학의 교수인 갈릴레이였다. 그의 손에는 크고 작은 두 개의 쇠공이 들려 있었다. 그는 이 이름난 사탑을 빌어 "만고불변의 진리"를 폭로키로 마음먹고 있었다. 과거 사람들은 물체가 공중에서 낙하할 때 무거운 물건이 가벼운 물건보다 빨리 떨어진다고 믿어왔다. 갈릴레이는 그것의 옳고 그름은 실천을 거쳐 검증해야 한다고 생각했다. 그가 두 손을 펼치자 두 개의 쇠공이 '펑'하고 소리를 내더니 동시에 떨어졌다. 바로 이 소리가 근대 물리학의 대문을 연 것이다. 그리하여 우리는 가속도라는 개념이 있게 되었다. 우리는 운동에 대해 연구하게 되었고 그 이후로 기차와 자동차가 있게 되었으며 달 착륙 우주선이 있게 되었다. 바로 그 찬란한 시각을 직접 목격한 것은 지구상에 현존하는 것으로는 이 사탑뿐이다. 갈릴레이가 실험을 끝내고 사탑에서 천천히 내려오자 갈릴레이의 학생들은 환호하며 그를 찬양했다. 그는 희색이 만면하여 동으로 피렌체, 로마, 베네치아를 바라보았다. 그의 눈길은 교회당의 '수림'을 꿰뚫었다. 그는 하느님이 설계한 이 세계를 의심하기 시작했다.

당시 피사는 피렌체국에 속해 있었다. 갈릴레이는 사탑 실험 이후 득의만면해 했지만 오히려 공작의 음해를 받아 피사대학 교수직을 잃어버리게 되었다. 그는 부득이 베네치아에 가서 교수직을 맡아야 했다. 당시 베네치아는 교회로부터 배제당하고 있었으며, 종교재판소도 베네치아는 관할하지 못했다. 그리하여 이탈리아의 적지 않은 학자들이 이곳으로 도망쳐 와 학문을 닦았다. 그는 이곳에서 또 천문망원경을 발명하였고, 조용하고 아름다운 밤하늘에서 회전하고 있는 새 별을 발견했으며 먼 달 위의 산맥을 발견했다. 그는 단번에 하느님의 완벽한 세상에 커다란 구멍을 뚫어 놓은 셈이었다. 교회는 처음으로 그에게 경고를 내렸다. 더 이상 입을 열어서는 안 된다는 것이었다. 그는 이렇게 9년을 참았다. 그러다가 교황이 죽고 나서야 갈릴레이는 《프톨레마이오스와 코페르니쿠스의 양대 세계의 체계에 관한 대화》라는 책을 써내어 대담하게 코페르니쿠스의 학설을 선전했다. 또한 종래 들어보지 못했던 새로운 원리인 "운동과 정지의 상대성"에 대해 말했다. 이것이 바로 갈릴레이의 유명한 "상대성 원리"이다. 이번에는 하느님이 종이로 바른 세계에 더욱 커다란 구멍을 뚫어 놓은 셈이 되었다. 이는 지구는 정지된 것이며 우주의 중심이라는 설법을 근본적으로 동요시켰다. 또한 그 후 아인슈타인의 상대성 이론을 위한 기초를 닦아 놓았다. 이번에는 교회에서도 더는 이 반역자를 용인하려 하지 않았다. 교회는 그를 로마로 잡아가 3개월 동안 주야불문으로 혹형을 가하였다. 이에 그는 할 수 없이 "나는 앞으로 그 어떠한 방법, 언어 혹은 저작으로도 지구가 움직인다는 사악한 학설을 지지하거나 옹호, 혹은 선전하지 않을 것이다"고 표명했다. 갈릴레이는 당시 교회의 위세에 굴복하였던 것이다. 그는 브루노처럼 용감하게 화형을 받아들이지 않고 결국 사인하고 말았다. 그는 바닥에 엎드려 사인하면서도 혼잣말처럼 "그래도 지구는 돌고 있는데……"고 했다고 한다. 과학가로서 양심적 시달림을 받았던 것이다. 그는 과거 교회와의 관계를 잘 처리하려고 생각했었다. 그는 "나는 하느님의 충실한 아들이다"라고 했다. 그는 몇몇 주교 친구에게 환상을 품고 있었다. 하지만 우매는 과학을 용납할 수가 없었다. 그는 여전히 재판에서 벗어날 수 없었다. 그 해는 서기 1632년으로 피사의 사탑이 건설된 지 364년이 되던 해였다. 종교재판소는 그에게 종신형을 판결했다. 한창 나이인 그가 실험을 마치고 환호소리 속에서 사탑에서 내려왔을 때 진리와 자유낙하에 대한 정리도 그와 함께 사탑에서 내려왔던 것이다. 노년에 들어선 그의 입을 통해 더욱 많은 진리들이 나왔지만 종교재판의 감옥은 모든 것을 집어삼켜 버렸다. 과학 원리는 그 발견의 초기에는 항상 사람들의 주목을 받지 못한다. 과거 패러데이가 막 자기 전기를 발견하고 실연할 때 어느 한 신사가 물어왔다. "이게 도대체 무슨 소용이 있습니까?" 당시 패러데이는 "얼마 지나지 않아 이것은 당신을 위해 더욱 많은 세금을 받아올 것입니다"고 대답했다. 현재 전 세계적으로 전기로 인해 얻어지는 세금은 얼마나 많은 지 헤아릴 수가 없을 정도다. 갈릴레이는 교회당 깊숙이 감금되었지만 바깥의 세상은 한 걸음 한 걸음 그가 제시한 법칙대로 변화 발전했다. 신부와 주교마저 자동차, 기차, 비행기를 타고 상대성 운동을 하게 되었으며, 위성으로 전파하는 텔레비전 프로를 보게 되었다. 그들도 끝내는 지구가 확실히 움직이며 태양을 에워싸고 돈다는 것을 인정하지 않을 수 없었다. 실천은 진리를 검증하는 유일한 기준이다. 천체 운행과 신변의 운동이 갈릴레이가 정확함을 무수히 많이 증명하였을 때, 주교, 교황들도 양심적으로 미안하지 않을 수 없었다. 그들도 더는 가만히 앉아 있을 수가 없어서 마침내 1980년 갈릴레이를 위해 잘못된 판결을 인정하고 시정하였다. 교회와 갈릴레이의 이 재판사건은 348년 동안이나 끌어왔다. 진리가 인정을 받는데 이렇게 긴 시간이 걸렸던 것이다. 현재 이 역사에 대한 견증물로 두 가지가 남아 있다. 그 중 하나가 사탑이다. 그날 저녁 나는 탑 아래에 오랫동안 서서 고인을 추모하였다. 탑은 땅을 차고 일어서자 바로 기울어졌다. 그 옆은 엄숙한 모습의 교회당이었다. 하지만 탑은 교회당을 외면한 채 땅을 향해 입맞춤했다. 역시 반역자였던 것이다.

  또 다른 하나는 피렌체의 주성당이다. 이곳도 이탈리아의 명물이다. 그 규모는 세계적으로도 손꼽힌다. 이 성당의 특징은 교회에서 인정하는 명인을 매장하고 있으며 또한 대리석 조각상을 곁들이고 있다는 점이다. 하지만 뜻밖에도 성당 문을 들어서자 첫 사람으로 갈릴레이의 조각상이 보였다. 그는 단상 위에 단정히 앉아 있었는데 긴 수염이 가슴에까지 드리웠으며 맑은 눈빛으로 멀리 내다보고 있었다. 오른손에는 크고 작은 두 개의 쇠공을 쥐고 있으며 왼손에는 망원경을 들고 있었다. 이로써 그가 물리세계와 천문세계에서의 중대 발견을 하였음을 상징하고 있었다. 사실상 이는 하느님의 세계에 대한 도전이었던 것이다. 교회당 대청의 끝에서는 주교가 설교를 하고 있었다. 촛불은 어두컴컴한 곳에서 은은한 빛을 발산하고 있었다. 경건한 신도들은 긴 나무의자 앞에 꿇어앉아 있었고 관광객들은 대청에서 자유로이 걸어 다니고 있었다. 갈릴레이는 이렇게 세계의 변화를 조용히 지켜보고 있었다. 그는 아마 교회가 자신을 이곳에 모셔와, 그것도 제일 첫 자리에 앉히어 하루 종일 주교들을 동반하게 할 줄은 생각하지 못했을 것이다.

3

교회당은 기독교의 깃발이고, 강단이며 또한 그 자신이기도 하다. 즉 벽돌구조로 된 일정한 형태로 건설되고 일정한 장식을 한 가옥이기도 하다. 교회당은 정신을 담은 물질이며, 상대적 내용을 위해 존재하는 형식이다. 그런데 형식이란 항상 슬그머니 내용을 떠나버리거나 혹은 내용을 빌어 자신의 가치를 실현하기도 한다. 이는 마치 황제든 농부든 모두 옷을 입어야 하기에 재봉사가 옷이라는 형식을 이용해 자신의 솜씨를 뽐낼 수 있는 것과 같다. 중국의 시와 부(賦)의 율격은 내용을 떠나 독립적으로 존재하는 음률과 리듬의 미이다. 주교가 도처에 웅대한 교회당을 세워 설교를 하려고 할 때, 예술가들은 예술적 재능을 나타낼 수 있는 구실과 형식을 찾을 수 있게 되었다. 그러므로 우리가 오늘 교회당을 볼 때, 종교에 조금도 흥미가 없어도 그를 예술품 삼아 감상할 수 있는 것이다. 이는 마치 마왕퇴(마王堆)에서 출토한 금루옥의(金缕玉衣)를 감상할 때 누가 입었던 것인가를 꼭 알아야 할 필요가 없는 것과 마찬가지이다.

앞에서 교회가 문화를 독점했다고 말했는데, 사실 교회는 또 예술을 독점하고 건축을 독점했었다. 교회는 세력이 있고 재력이 있으므로 가장 좋은 자료를 이용하고 가장 훌륭한 예술가를 초빙해 교회당을 건설했다. (교회당과 평행되는 것은 황궁이다. 황제도 돈이 있고 세력이 있었으니, 휘황찬란한 궁전을 지을 수 있었던 것이 아닌가?) 그러므로 로마 대지 위의 이름난 교회당은 사실상 위대한 예술가의 개인 기념비라 할 수 있다. 나는 교회와 예술가가 암묵적으로 서로 이용하지 않았나 추측한다. 내가 돈을 내어 당신을 고용해 교회당을 지으니 당신은 재능을 충분히 발휘하여 멋있게 지을수록 좋다. 교회당이 훌륭할수록 우리 종교가 위대함을 증명할 수 있다. 나는 고용되어 교회당을 건설하는 만큼 돈을 많이 쓸수록 더욱 방대하게 건설할 수 있고, 또한 그럴수록 나의 재능을 충분히 발휘하고 존재감을 증명할 수 있다. 이런 암묵적인 상호 이용 관계가 우리에게 하나 또 하나의 우수한 예술작품을 남겨 주었다.

교회당을 빌어 이름을 날린 예술가로는 미켈란젤로를 들 수 있다. 그는 1475년 피렌체에서 태어났다. 그의 유모는 석공의 아내였다. 이 때문인지 그는 일생동안 석조예술과 갈라놓을 수 없는 인연을 맺었다. 그는 "나는 쇠망치와 끌의 젖을 먹고 자랐다"고 말했다. 그는 28세에 출세작인 '다윗'을 완성했다. 지금까지 전 세계 미술학교에서는 모두 이 작품을 입문 교재로 삼고 있다. 바티칸 궁의 시스타나는 미켈란젤로의 기념관이라 해도 과언이 아니다. 르네상스 시기의 이 선구자는 인문주의 사상으로 신권을 반대하였다. 하지만 그는 두 번이나 핍박을 받아 바티칸의 시스타나를 위해 그림을 그려야 했다. 처음 시스타나에 온 것은 1508년인데 4년 동안 그렸다. 두 번째는 1535년인데 이번에는 8년 동안이나 그렸다. 현재 시스타나는 사람들이 한 번 들어가 보기 어려운 예술의 성지가 되었다. 그날 우리가 보러 갔을 때에도 대청 내에는 사람들이 빼곡하게 들어서서 머리를 쳐들고 400여 년 전의 진품을 보고 있었다. 미켈란젤로의 이 작품들은 모두 나체 인물을 그린 것이다. 그는 사람의 존엄으로써 신의 통치에 대항하였다. 그가 처음으로 이곳에 와 아치형 지붕을 그릴 때, 시작에는 당시의 몇몇 이름난 화가들에게 도움을 요청했다. 하지만 며칠 후 미켈란젤로는 그들이 모두 자신의 기준에 부합되지 않음을 발견했다. 그는 혼자 힘으로 이 막중한 공사를 완성했다. 800평방미터나 되는 천장 아래에 홀로 사다리 위에 서서 머리를 쳐들고 일했다. 저녁에는 등불을 들고 서서 일했다. 이렇게 꼬박 4년 동안 그려서 1512년에야 완성했다. 다른 건 그만두고 이렇게 머리를 쳐들고 한참 보고 있는 것만으로도 목덜미가 시큰시큰해졌다. 그는 어떠한 의지로 예술적 창조를 했을까? 두 번째로 부름을 받고 왔을 때에는 제단 뒤의 벽에 '최후의 심판'을 그리기 위한 것이었다. 그림은 높이 10미터, 너비 9미터인데 200여 명의 인물이 있다. 이 그림은 꼬박 8년 동안 그렸는데 역시 모두 나체 인물이다. 그림이 완성될 무렵 교황의 한 관원이 시찰을 나왔다가 "이 신성한 곳에 어찌 이런 그림을 그릴 수 있는가? 공중목욕탕에나 어울릴 것 같다"고 말했다. 이 말에 화가 난 미켈란젤로는 그 관원의 모습을 뱀이 휘감고 있는 지옥의 법관으로 그려 넣었다. 그리하여 이 관원은 지금도 그림 속에서 벌을 받고 있다. 이 그림은 당시 전 세계적으로 커다란 파문을 일으켰다. 나는 사람들 속에 끼어 서서 숨죽인 채 그 예술적 매력에 심취해 있었다. 사면이 모두 미켈란젤로의 화신인 듯싶었다. 그 인물들은 양측의 벽과 천장으로부터 다 함께 내 앞으로 밀려드는 것 같았다. 500년의 시공을 넘어서서 화가의 외침소리와 함께 인간의 부흥과 르네상스에 대해 호소하는 것 같았다. 교회당의 쥐죽은 듯 고요한 전당에 이같이 생기가 넘치는 인간의 세계가 있는 것이 경이로웠다. 이것은 우리가 사찰과 석굴에서 볼 수 있는 싸늘하고 똑같은 모양을 한 부처님이나 나한과는 완전히 다른 것이었다. 아마 하느님도 마음 속 깊은 곳의 적막함을 인정하고 예술가에게 굴복하여, 신전에서 인간세계에로 통하는 창문을 열어놓은 것이었으리라. 사실상 이는 신들 사이에 미켈란젤로를 위해 자리를 남겨둔 것이었다. 미켈란젤로의 창작태도는 매우 꼼꼼하였다. '다윗'을 창작할 때 그는 병풍으로 막아 놓았다. 작품이 완성되기 전에는 그 누구에게도 보이지 않았다. 어느 한 번은 그가 한창 작품을 수정하고 있는데 친구가 내방했다. 친구가 그림을 힐끗 스쳐보자 그는 실수한 것처럼 하면서 등불을 꺼버렸다. 집안은 어둠 속에 잠기었다. 스스로 인정하지 못한 작품을 그는 절대로 다른 사람에게 보이지 않았다. 또한 무릇 창의적이지 못한 작품은 절대 남기지 않았다. 어느 한 번은 인물 조각상을 만드는데 연속해서 12개의 견본을 만들었다. 바로 이런 끈질긴 추구로 인해 500년 후의 오늘에도 우리는 그의 작품을 도달할 수 없는 최고봉이라고 여기고 있는 것이다.

로마와 유럽의 이름난 교회당은 대부분 여러 세대의 이름난 명인들이 설계하고 시공을 감독하여 건설한 것이다. 세계에서 가장 큰 성 베드로 성당은 기원 349년에 건설하기 시작하여 여러 번의 재건을 거쳐왔으며 16세기에는 더구나 라파엘로, 미켈란젤로 등 대가가 건설에 가입하였으며, 1612년에야 지금의 이 규모가 완성되었다. 총 1300년이 걸린 것이다. 세계에서 네 번째로 큰 교회당인 피렌체 대성당은 1296년에 착공하여 1461년에 완성되어 총 165년이 걸렸다. 성 마리아 대성당은 기원 352년에 건설하기 시작해 18세기에 완공되었는데 모두 1400여 년이 걸렸다. 건물을 100년, 1000년을 들여 완공시킨다는 것은 종교적 신앙으로만 가능한 것이다. 이것은 동방에서도 예외가 아니다. 중국의 운강(云岗)석굴은 건설하는데 50년이 걸렸고 낙산대불(乐山大佛)은 90년이 걸렸으며 대족불각(大足佛刻)은 700년이 걸렸다. 왕조는 교체되지만 신앙은 교체되지 않기 때문이다. 또한 오직 이러한 종교 신앙만이 사람들이 무한한 정력과 재력을 쏟아 부을 수 있게 하며 대대로 계속 이어 나가게 했던 것이다. 교회당은 이렇게 대대로 전해 내려올수록 더욱 진귀하게 여겨진다. 마치 10대 독자의 아기처럼 말이다. 이는 유럽 사람들이 손님들에게 가장 자랑스럽게 과시할 수 있는 것이다. 바로 이러한 전승 속에서 교회당은 독특한 예술의 나무가 되었다. 당신이 만약 세심하게 관찰한다면 이 나무가 지금도 새싹이 움트고 있다는 것을 알 수 있을 것이다. 현대 예술가들은 교회당을 설계함에 있어서도 자체적 개성을 나타내려 한다. 이는 관광업의 필요성에 적응하기 위한 것일 수도 있다. 가장 전형적인 것이 바로 폴란드의 암석 교회당이다. 이 교회당은 1969년에 건설하기 시작하였는데, 티모와 오모 형제가 협력하여 설계한 것이다. 이 교회당은 암석 위에 깊은 구덩이를 파고 유리와 강재로 천장을 만들었다. 현대적 감각이 넘치지만 여전히 교회당의 본색을 잃지 않고 있다.

기번이 종교를 논하듯, 나도 교회당을 말하고자 한다. 교회당은 교회 입장에서는 설교하는 장소이고, 신도 입장에서는 심리적 위안을 받고 마음을 씻어내는 곳이다. 예술가에게 있어서는 한 조각의 돌, 한 폭의 캔버스일 수도 있다.

1998년 11월

우리의 생존을 위해 자연을 훼손하지 말아야 한다

오스트레일리아 사람들이 전원시 같은 생활을 할 수 있은 것은 대체로 대자연이 하사한 선물 덕분이라고 생각한다. 오스트레일리아는 국토면적이 768제곱킬로미터로, 중국보다 조금 작을 뿐이다. 그런데 인구는 1,900만 명밖에 되지 않는다. 이는 중국 인구수의 자투리 숫자에 불과하다. 얼마나 큰 생존공간인가, 마치 한 사람이 수십㎡의 큰 침대를 쓰는 것처럼 가로로 눕든, 세로로 눕든, 아니면 뒹굴든 맘대로 할 수 있는 넓이이다. 그러니 얼마나 홀가분한 심경일까!

오스트레일리아는 나라라고는 하지만 사실상은 하나의 주(洲)이다. 남반구의 바다에서 떠다니는 주(洲)인 것이다. 아시아, 유럽, 북미주 등 바다 위에서 떠다니는 플레이트에는 10여 개 심지어 수십 개의 나라가 빼곡히 들어서 있다 보니 서로 발을 밟기도 하고 코가 부딪치기도 한다. 그리하여 근 1000년, 100년씩 나라들이 다투기도 하고 싸우기도 하여 하루도 편한 날이 없었다. 그런데 오스트레일리아는 남태평양에 홀로 누워 있다. 주위에 섬나라가 몇 개 있기는 하지만 오스트레일리아가 지리적 우세를 독점하고 있다. 푸른 바다가 외계와의 연계를 막아 놓은 외에도 푸른 주단 같은 잔디밭이 하늘가로 끝없이 펼쳐지고 있다. 나라를 건립하여 200여 년 동안, 2차 세계대전 시기 일본사람들이 폭탄을 던진 것 외에는 누구도 방해를 하는 사람이 없었다. 그야말로 말다툼을 할 사람조차 없는 셈이다. 아무리 날뛰어도, 큰 소리를 질러도 다른 누군가에게 방해를 줄까 걱정할 필요가 없다. 물 위에 떠있으므로 자연적으로 많은 항만이 생겨났다. 그러므로 오스트레일리아에는 이름난 항구 도시가 많다. 예를 들면, 시드니, 멜버른, 브리즈번 등이 그것이다. 이러한 곳에서는 바닷물이 살며시 내륙으로 뻗쳐 들어온다. 마치 손가락 같기도 하고 과일 같기도 하며 띠 같기도 하고 수염 같기도 하다. 생동감 넘치는 이런 남색의 띠나 조각들은 잔디밭과 삼림을 관통해 나가며 붉은 지붕을 얹은 흰색의 가옥들을 둘러싼다. 오스트레일리아의 정부청사와 관광지에는 커다란 국토 사진이 걸려 있다. 사진을 보면 짙은 남색의 바다 위에 커다란 심(心)자 모양의 비취색 옥이 떠 있는 것 같다. 오스트레일리아는 풀과 나무가 많으므로 이 옥이 비취색을 띠는 것이다. 하지만 북부에 모래밭이 있기 때문에 이 옥에는 오렌지색 조각을 박아 넣은 것 같다. 오스트레일리아에는 세계적으로 유일무이한 보석인 OPAI가 나는데 중국어로 음역하면 마침 '아오바오(奧宝)'가 된다. 정성껏 인쇄 제작한 이 국가지도는 오스트레일리아 사람들의 자만심과 만족감, 국토를 소중히 여기는 마음을 잘 보여준다.

오스트레일리아를 방문하면서 우리는 특별히 목장을 취재하겠다고 제시했다. 전원 목가식의 말단 세포가 도대체 어떤 모습을 하고 있는지 알고 싶었기 때문이었다. 그날 우리는 공업도시인 멜버른을 떠나 차를 타고 250여 킬로미터 떨어진 에버턴이라는 소도시로 왔다. 이 소도시는 인구가 모두 4,000명인데 조용하고도 깨끗한 화원 같았다. 누군가 오스트레일리아의 소도시에는 반드시 교회당, 커피점, 중국식당이 있다고 말했는데 과연 그대로였다. 이는 이곳의 문화가 다원화되었음을 설명한다. 교회당, 커피점, 중국식당은 모두 붉은 벽돌로 지어졌는데, 잔디밭 위 녹음 속에 묻혀 있었다. 목장의 주인은 대학교 교수라고 했다. 그는 14년 전에 이 목장을 사들였다고 말했다. 원인은 아주 간단했다. 네 아이가 도시의 소란스러움에서 벗어나 청정한 대자연 속에서 동년을 보낼 수 있도록 하기 위한 것이었다는 것이다. 그의 아내는 중학교 교사였는데, 대도시에서부터 이곳 소도시에 와 아이들을 가르친다고 했다. 네 아이는 모두 이곳에서 초등학교, 중학교를 졸업하고 멜버른의 대학에 다녔으며 지금은 외지에서 일하고 있다고 했다. 그들이 가장 자랑스럽게 생각하는 막내딸은 영국에 가서 영어를 가르친다고 했다. 이는 오스트레일리아 사람들의 가장 전형적인 대자연적 콤플렉스이다. 현재 그가 경영하고 있는 이 목장에서는 우량종 수소만 사육한다고 했다. 그 외 와인 양조를 위한 포도원이 있었다. 목장 주인은 현재 여전히 대학에서 교수직을 맡고 있었다. 우리는 이 농장의 과학기술 수준이 높을 것이라고 생각했다. 주인은 우리에게 양주장으로 가볼 것을 요청했다. 도로는 푸른 주단 위에 그려 넣은 리본 같았고, 오스트레일리아 특유의 유칼립투스가 거인처럼 도로 양 옆에 우뚝 솟아 있었다. 이 나무는 자란 후 스스로 껍질이 벗겨지면서 줄기가 회백색을 띠고 표면이 우둘투둘해진다. 이 나무는 여러 명이서 겨우 에워쌀 수 있는 아름드리인데 녹색과 어린잎에 비치어 오히려 온갖 풍상고초를 다 겪은 듯한 느낌을 준다. 목장 주인은 "이 농장은 본 주에서 총리가 된 사람의 손에서 산 것입니다"고 자랑스럽게 말했다. 길옆에는 총리가 되었다는 그 사람의 옛집이 아직 어렴풋이 분간할 수 있을 정도로 보였다.

차는 어느 한 산비탈에 멈춰 섰다. 거기에는 평지에 60개의 커다란 깡통이 노천에 놓여 있었다. 또 파이프와 운수용 지게차 여러 대가 있었으며 참나무통이 가득 쌓인 술창고도 있었다. 공장장은 40여 세쯤 되어 보이는 남자였다. 공장장에 따르면, 이 공장은 한 가지 종류의 포도만을 원료로 하여, 특정 입맛의, 특정 계층 사람들이 좋아하는 술만 빚는다고 했다. 공장장은 이미 다섯 번이나 중국에 다녀온 적이 있다고 했다. 후베이성(湖北省) 자오양(枣阳)에 합작하는 양조장이 있다고 했다. 그들과 합작한 원인은 그 곳 심산 속이 오염되지 않은 환경이어서 마음에 들어서라고 했다. 나는 눈앞의 양조 설비를 보며 이상하다는 느낌이 들었다. 공장이 어찌하여 노천에 있는 걸까? 기본적인 비바람을 막을 수 있는 공장 건물마저 없지 않는가? 바람이 불거나, 비가 내리거나 혹은 먼지가 일면 어찌할까? 공장장은 "이곳은 바람은 불지만 먼지가 날린 적이 없습니다. 또한 양조하는 계절은 날씨가 좋습니다. 게다가 생산하는 깡통은 밀봉된 것이므로 비가 내려도 걱정이 없습니다"라고 대답했다. 내가 주위를 둘러보니 과연 시선이 닿는 범위 내에 흙이 전혀 보이지 않았다. 이 자그마한 양조장은 풀들에 밀려 언덕 위 수림의 품속으로 거의 들어가 있었다. 기계의 사용과 기술의 진보는 우리로 하여금 '맨'과 '머신'의 공학이라는 새로운 개념, 즉 '사람'과 '기계'의 조율로 일체를 이룬다는 개념을 받아들이게 하였다. 그런데 지금 나는 또 다른 새로운 개념을 생각하고 있다. 즉 사람과 자연의 조율로 하나가 될 수 있다는 개념이다. 과학과 기술은 한 바퀴 돌아서 다시 대자연의 품속으로 돌아온 것이다.

오스트레일리아는 건국 역사가 200여 년 밖에 되지 않는다. 영국의 식민자들이 해외에서 새로 개척한 강토였으므로, 처음에는 배고픈 개가 기름진 고깃덩어리를 발견한 듯 필사적으로 개발하는 과정을 거쳤다. 수도 캔버라의 호숫가 공원의 역사 진열관에는 과거 황무지를 개간하고 광산을 발굴하며 나무를 베어내 목초지가 사막화 된 옛 사진이 있었다. 하지만 그들은 비교적 일찍 깨닫고 70년대부터 환경 보호에 대한 전민 교육을 실시하기 시작해, 지금은 환경 보호 기술, 환경 보호 교육과 환경 보호 성과 등의 면에서 모두 세계 앞자리를 차지하게 되었다고 한다.

오스트레일리아는 자원 대국이다. 서부에는 광사, 다이아몬드와 진주가 난다. 진주는 검은색, 분홍색, 보라색 등이 있는데 모두 영롱하고 아름다우며 형태가 각양각색이어서 거의 가공이 필요 없이 직접 수출할 수 있다. 남부에는 앞에서 말한 '우바오'가 난다. 이런 보석은 세계적으로도 유일무이하게 오스트레일리아에서만 나므로 경쟁을 할 필요가 없다. 연안의 바닷가에는 어류가 많이 난다. 이곳 사람들은 수산물 양식을 하지 않고 전부 천연적인 것을 그대로 취한다. 식당에서는 요리사가 물고기 요리를 할 때면 물고기 입에서 낚시를 뽑아내는 경우가 적지 않다고 한다. 물고기는 모두 바다에서 아주 쉽게 낚시질해서 잡은 것이기 때문이다. 주방에 놓아둔 요리용 바닷조개에서 해초가 자라기도 한다. 보석, 광사, 진주 외에 또 양털이 있다. 모래밭과 삼림 이외는 모두 목장이기 때문이다. 오스트레일리아 사람들은 그야말로 축복을 받은 셈이다. 오스트레일리아는 미국이나 일본처럼 군사대국이나 경제대국이 되려고 노력할 필요가 없다. 다만 환경 보호가 잘 된 국가로, 대자연이 준 것들을 잘 보전하기만 해도 먹을 걱정, 입을 걱정 필요 없는 부잣집인 것이다.

우리는 오스트레일리아 도처에서 정부가 자연적 장점을 입국의 근본으로 하며, 또한 이러한 장점을 유지하는 것을 국책으로 하고 있음을 느낄 수 있었다. 작년에 갓 끝난 시드니올림픽은 오스트레일리아가 전 세계에 이러한 국책을 펼쳐 보인 좋은 기회였다. 주경기장 주변의 27개 대형 탐조등은 전기를 사용하지 않고 모두 태양에너지를 이용했다.

올림픽공원의 두 산에는 새파란 풀이 융단처럼 펼쳐져 있었다. 하지만 누구도 이곳이 과거에는 폐수가 흐르던 쓰레기 하치장임을 상상하지 못할 것이다. 그들은 쓰레기를 9미터 깊이의 지하에 매장하였다. 지금 오스트레일리아의 크고 작은 도시와 도로 옆에는 겉에 드러난 흙을 볼 수 없다. 잔디밭 외의 나무뿌리 부분 혹은 기타 곳에는 모두 인공으로 분쇄한 나무 부스러기를 덮었다. 참으로 신을 숭경하듯 대자연을 사랑하는 것이다. 이곳에서 사람들은 남녀노소를 불문하고 모두 맨몸으로 자연 속에서 달리기도 하고 쇼핑도 하고 수영도 한다. 한 마디로 자연 속에서 뒹구는 것이다. 나는 "이 곳에서는 겉에 드러난 흙을 볼 수 없는 대신 사람들이 모두 몸을 드러내기 좋아 한다"고 우스개로 말한 적 있다. 참으로 새로운 자연 조합이었다.

물론 오스트레일리아 사람들은 자신이 다만 하느님이 준 밥을 먹는다고는 생각하지 않는다. 그들은 '양털대국', '광사대국'이라는 이미지를 고치고, 과학입국의 이미지를 만들기 위해 노력하고 있다. 이는 그들의 '과학 이민' 정책에서 잘 체현된다. 이민을 신청한 사람은 반드시 과학기술 방면의 장기가 있어야 하기 때문이다. 그 뜻은 또 인구 팽창을 통제하고 인구 자질을 높이며 하느님이 준 자원을 가능한 한 빨리 소모해 버리지 않기 위해서이다.

자연을 훼손하지 않는 것은 인류 자신이 더욱 잘 생존하기 위한 것이다.

2001년 3월

예술과 문학을 위하여

큰 일, 큰 정, 큰 이치를 쓸 것을 제창한다

　　최근 수 년 간 큰 책을 편찬하는 분위기가 날로 심해가고 있다. 한 번은 어느 한 편집자가 내게 문선 한 세트를 보내왔는데 300만 자나 되었으며, 작가권, 학자권, 예술가권 등 여덟 권으로 나뉘어 있었다. 나는 "왜 '정치가권'은 없느냐?"고 물었다. 묻고 나서 서가를 둘러보니 과연 여러 가지 산문집들이 빼곡히 꽂혀 있는 가운데 '정치가권'만은 없었다. 대략 산수(山水), 영물(咏物, 자연을 주제로 한 한시를 읊음), 품주(品酒), 화유(花遊, 赏花, 꽃 감상), 사계절, 여행 등으로 나뉘었고 '정감'에 대해 쓴 것은 또 사랑, 우정, 혈육의 정, 고향의 정, 사생의 정 등으로 나뉘었는데 인간의 모든 욕망과 감정, 하루 24시간, 천하 360가지 경물을 쪼개고 비벼 부수어 작은 과립을 만들어서는 한 권으로 만들지 못해 한스러워 할 정도였다. '인물'로 권을 나눔에 있어서도 직업 별로 나누다 보니 당연히 모든 명목의 직업이 다 들어 있었으며, 차별화적이고도 빠짐이 없었다. 이것도 물론 직책을 다 하는 것이라 하겠다. 제재 차원에서 말하면 음주와 달구경, 기타 잡담까지도 모두 책으로 나올 수 있었다. 그런데 정치 대가의 작품, 경천동지(惊天动地)의 사건,

인물과 역사를 논한 글들은 오히려 없으니 괴상한 일이 아닌가? 만약 문학과 예술을 정치의 하인이라고 본다면 문장마다 모두 정치와 관련이 있어야 한다. 문학이 반드시 정치를 위해 복무해야 한다는 것은 당연히 틀린 것이지만 과거에는 그렇게 해 왔었다. 하지만 만약 문학이 정치와 멀리 떨어져서, 정치 제재를 외면 혹은 경원시한다면, 심지어 경멸한다면 그것도 옳지 않다고 본다.

정치란 천하 대사를 가리킨다. 대형 제재, 깊이 있는 사고의 작품이 적어진다면 필연코 문학의 쇠락을 초래하게 될 것이다. 어떠한 일들이 가장 많은 대다수 사람들을 고무 격려시킬 수 있겠는가? 오직 당시 그 지방에서의 가장 큰 일, 수천수만 사람들의 공동 이익과 관련되고 대중이 주목하는 일, 그 일이 성사되면 온 사회와 민족이 기뻐하고, 실패하면 온 사회와 민족이 슬퍼하는 그런 일 말이다. 근 100년 동안 항일전쟁의 승리, 중화인민공화국의 성립, '사인방(四人幇)'의 소멸, 11기 3중전회, 개혁 개방, 사회주의 시장경제 체제의 확립, 홍콩 귀환 등은 모두 사회적 대사였고 정치이며 사람들의 주의를 불러일으키고 사람들의 마음을 격동시킨 일들이었다.

사람의 마음이 움직이는 것은, 하나는 이익을 위해서이고, 다른 하나는 감정 때문이다. 이익이 있으면 마음이 움직이기 마련이다. 한 사람의 개인적 이익과 개인적 감정 외에도 나라와 민족의 큰 이익과 큰 감정이라는 것이 있다. 즉 국가의 이익, 민족적 감정이 그것이다. 오직 정치 대사만이 국가와 민족의 공동 이익과 감정을 불러일으킬 수 있다. 옌안에서 항일전쟁 승리를 경축하기 위한 횃불 퍼레이드, 1949년 공화국 성립 경축 의식에서 하늘땅을 진동시킨 대중의 환호성, 1976년 천안문광장에서 사인방을 성토하는 상장의 바다와 시의 바다, 홍콩 귀환을 위해 온 세계의 중국 사람들이 다 같이 환호하던 일 등은 모두 공동의 이익 때문이다. 어느 한 가지 일, 한 가지 이치에서 한 마음을 가지게 되면 만민의 감정이 자연적으로 폭발하고 모아진다. 문학가와 예술가들은 항상 작품이 잘 팔리고, 잘 나가기를 바란다. 하지만 1만 부의 인심을 격동시키는 작품을 다 합해도 한 건의 국가, 민족의 이익과 관련되는 정치사건보다 사람들의 마음을 끌지는 못한다. 작가, 예술가들이 자신의 작품이 센세이션을 일으키기 바란다면 가장 쉬운 방법이 좋은 재료 즉 좋은 제재를 찾아 그 힘을 빌어 자신의 문장력을 발휘하고 거기에 문학예술의 매력을 더하면 된다. 큰 사건에서 사람과 감정, 사상을 쓰고 다시 미학적 가치로 승화시킨다면 그것이 바로 진정한 문학, 큰 문학이 되는 것이다. 높이 오르면 소리가 멀리 퍼진다고 했다. 이렇게 좋은 일을 왜 기꺼이 하지 않는가? 정치와 문학은 누구도 서로를 대체할 수는 없다. 이들은 각자 자신만의 법칙이 있다. 사상적 면에서 말한다면, 정치가 문학을 인도한다. 제재적 입장에서 말하면 문학이 정치를 포괄한다. 정치는 문학의 뼈대이고 문학의 정신이다. 정치는 문학작품으로 하여금 더욱 단단해지고 꼿꼿해지며, 더욱 아름다워져 문장의 수림 속에 높이 솟게 한다. 문학은 또 정치의 이미지이고 정치를 더욱 아름답게 하고 더욱 미덥게 한다. 이들은 서로 보완하는 관계이며 절대적으로 갈라놓을 수가 없다.

지금 정치 제재와 정치사상 면에서 깊이가 있는 문학작품이 매우 적은 것은 두 가지 원인이 있다. 하나는 작가의 정치에 대한 편견과 소원함 때문이다. 과거 한동안 우리는 실속 없는 공론적 정치를 해왔고, 또한 이 공론적 정치가 문학예술의 법칙을 방해하여 창작의 번영에 영향을 주었다. 또 일부 작가들이 정치운동 중 괴롭힘을 당하여 몸과 마음에 모두 상처를 입었다. 그리하여 잘못된 결론을 내리기에 이르렀다. 즉 정치와 문학은 대립되는 것이라고 여겨 정치와는 멀리 떨어진 '순문학'에 종사하게 되었다. 확실히 문학은 정치를 떠나서도 생존할 수 있다. 왜냐하면 문학은 자신만의 법칙이 있고 존재의 미학적 가치가 있기 때문이다. 이는 푸른 잎이 붉은 꽃이 없다 하더라도 역시 잎인 것과 같다. 정치적 내용이 없거나 정치적 내용이 매우 적은 산수에 관한 시문, 인간의 감정과 본성에 대한 시문들도 역시 존재해 내려오지 않았던가? 그중 일부는 고전 명작이 되기도 했다. 예를 들면, '낙신부(洛神赋)', '적벽부(赤壁赋)', '등왕각서(滕王阁序)' 등이 그것이다. 근대에는 또 주자청(朱自清)의 '뒷 모습(背影)', '연못의 달밤(荷塘月色)' 등도 있다. 하지만 이것은 다른 한 극단적인 결론, 문학은 정치를 배척해야 한다는 결론을 도출해 낼 수는 없다. 산수나 한담도 글의 제재가 될 수 있고 생활 속의 작은 일조차 모두 글의 제재가 될 수 있다면 정치 대사와 대중이 관심하는 일이 왜 글의 제재가 되지 못하겠는가? 꽃이 있는 잎이 더욱 아름답지 않을까? 작가가 정치를 멀리하는 것은 과거 정치가 문학에 방해를 주었기 때문이다. 그럼 상호 보완하고 상호 존중한다면? 그것은 마치 범이 날개를 얻은 격이고, 금상첨화이며, 진주가 한데 꿰이고 옥이 한데 모인 격이 아니겠는가? 우리는 '문화대혁명' 기간 무슨 일에서나 모두 계급투쟁을 논하는 '혁명문예'로 인해 문학이 따분하고 시들해진 것을 겪어 왔다. 하지만 작품이 그냥 화초나 유유자적한 마음 같은 것만을 쓰고 큰 정이나 큰 이치에 대해 쓰지 않는다면 역시 평범하게 될 것이다. 예를 들면, 두보(杜浦)는 "비취새가 난 꽃 위에서 나는 것만 보이고, 푸른 바다에서 고래를 당겨오는 기백은 없다(但见翡翠兰苕上, 未掣鲸鱼碧海中)"고 했다. 사실상 백성은 정치를 떠난 적이 없고, 작가도 하루도 정치를 떠난 적이 없다. 위에서 말한 근 100년 동안의 여러 가지 대사들을 조우했을 때 누가 열성적으로 참여하지 않았으며 또 큰 관심을 갖고 있지 않았던가? 정치적 민주 분위기는 과거의 수십 년보다 크게 진보했다고 말해야 할 것이다. 우리는 응당 공포와 편견(주로는 편견) 속에서 걸어 나와 다시 문학과 정치의 관계를 조정해 나가야 한다.

다른 하나의 원인은 작가가 정치와 문학 사이에서 전환하는 능력이 떨어지기 때문이다. 정치는 물론 인심을 격동시킨다. 회의를 할 때 격동되고, 경축행사에서 격동되지만 그대로 문학에 옮겨 놓으면 살풍경이 되기 쉽다. 예를 들면 루쉰(鲁迅)이 구호 식의 시를 비판한 것을 들 수 있다. 과학 보급 작가가 과학의 논리적 사유와 문학의 형상적 사유 사이에서 전환을 하는 것과 마찬가지로, 작가도 정치사상과 문학 심미(审美) 사이에서 전환을 해야 내용과 예술의 통일에 도달할 수 있다. 이는 확실히 어려운 일이다. 이는 작가가 정치적 경력이 있어야 할 뿐만 아니라 사상의 깊이가 있어야 하며 또한 문학적 기교를 갖출 것을 요구한다. 작가 입장에서 말하면 우선 정치적 제재를 회피하지 말아야 하며 정치적으로 문제를 볼 수 있어야 한다. 이러한 정치 제재의 문장은 정치가가 쓸 수도 있고 작가가 쓸 수도 있다. 이것은 마치 과학 보급 작품을 과학자가 쓸 수도 있고 작가가 쓸 수도 있는 것과 마찬가지이다. 중국 문학, 특히 산문은 좋은 전통이 있다. 항상 가장 중요한 정치적 내용을 보존하고 있는 것이다. 중국 고대의 관리들은 우선 공부를 해 선비가 된 후에야 다시 관리가 될 수 있었다. 그러니 우선 문장을 쓰는 관문을 넘어야 했다. 그러므로 일단 정사에 참여하게 되면 과거에 겪은 경험들이 성숙되어 좋은 문장이 나오게 되는데, 이것이 바로 정치가의 문장이다. 예를 들면 고대에는 〈과진론(过秦论)〉, 〈악양루기(岳阳楼记)〉, 〈출사표(出师表)〉가 있었고, 근대에는 임각민(林觉民)의 〈아내에게 보내는 편지(与妻书)〉, 양계초(梁启超)의 〈소년중국설(少年中国说)〉이 있었으며, 현대에는 마오쩌둥(毛泽东)의 〈인민을 위해 복

예술과 문학을 위하여

무하자(为人民服务)〉,〈베순을 기념하여(纪念白求恩)〉,〈그만해, 스튜어트(别了, 司徒雷登)〉 등이 있었다. 그 외에도 도주(陶铸)의 〈소나무의 풍격(松树的风格)〉이 있었다. 우리는 모든 위정자들이 좋은 문장을 써내야 한다고 요구할 수는 없다. 하지만 좋은 문장을 써낼 수 있는 관원이 없는 것은 아니다. 다만 창작 방향에서 큰 일, 큰 정, 큰 이치 등 정기가 넘치고, 민정시대의 선율을 나타낸 황종대려(黄钟大吕) 식의 문장을 쓸 것을 제창할 뿐이다. 바로 이러한 작가들을 발견하여 이러한 유형의 문장을 선택해 선집을 출판했으면 하는 생각이다. 우리의 적지 않은 아마추어 작가들은 정치를 회피하고 큰 일과 큰 정, 큰 이치를 회피하며 작은 정과 작은 경치, 사소한 일을 쓰며 슬픔, 몽롱함을 추구 한다 고 펑무(冯牧) 작가는 이러한 풍격을 비판하면서 "귀저기를 바꾸는 것마저 3,000자의 문장을 써낸다"고 풍자했다. 일반 작가 입장에서 말하면, 그들은 문학의 법칙, 기교를 잘 알지만, 시세와 환경의 제한으로 인해 정치적 경력이 부족하고 큰 일, 큰 어려움을 겪어보지 못하여 국가의 운명에 관심을 두고, 책임감 때문에 안타까워하는 등의 감정이 부족하다. 기교는 충분하나 그러한 감정이 부족한 것이다. 그러므로 큰 문장을 쓸 수 있는 사람은 매우 드물다. 역사나 문학사로 보면 10년, 20년이 지난 후에도 남아 있을 수 있는 문장은 매우 적다. 나머지는 모두 역사의 티끌 속에 침몰되어 버린다.

지금 우리가 살고 있는 시기를 두고 새로운 시기, 개혁·개방의 새로운 시기라고 한다. 마오쩌둥(毛泽东) 동지는 중국공산당을 영도하여 인민정권을 건립하고 천지개벽을 실현하였다. 이로 인해 중국 역사에 전례가 없는 '신 중국'이 건립되었다. 또한 덩샤오핑(邓小平) 동지는 '중국 특색의 사회주의'를 창립하였다. 그러므로 새로운 시기라고 하는 것이다. 신 중국 창립 초기, 많은 훌륭한 작품들이 나타났으며 지금도 사람들에게서 좋은 평가를 받는다. 새로운 시기에 새로운 작품들이 나타나야 할 것이다. 역사 변혁의 시기에는 중요한 정무나 대업이 이루어질 뿐만 아니라, 필연적으로 큰 문장, 좋은 문장이 나온다. 엥겔스는 르네상스를 논할 때, 거인이 필요로 되는 시기였으며, 또한 거인이 나타난 시대였다고 말했다. 우리도 새 사람이 나타나고 좋은 문장, 큰 문장이 나타나기를 기대하고 있다. 중국공산당과 중국인민의 과거 혁명투쟁 및 현재 진행하고 있는 개혁 개방의 업적은 천고(千古)에 전해져야 할 뿐만 아니라, 반드시 문학예술로 전화되어야 하며, 시대정신을 체현한 이러한 예술도 천고에 전해져야 할 것이다.

1998년 6월

내가 보는 무용의 아름다움

　　무용의 미는 사람의 미이다. 무용은 예술인만큼 당연히 예술미가 있다. 하지만 무용이 의탁하는 것은 소리, 색깔, 글자, 단어가 아니라 천연적이고 자연적인 사람이다. 그러므로 무용의 미는 또 자연의 미이다. 무용의 미는 사람의 빼어난 기운을 발굴하고 고급적인 미감을 준다. 우리나라에서 처음으로 모델을 이용하도록 제창한 미술교육가 류하이수(刘海粟) 선생은 "미의 요소는 두 가지가 있다. 하나는 형식이고 다른 하나는 표현이다. 인체는 이 두 가지 요소를 충분히 구비하고 있다. 외적으로 미묘한 형식, 내적으로 불가사의한 영감이 있으며, 물질적 미와 정신적 미를 융합한 극치에 도달하여 일체를 이루고 있다. 이것은 미에서도 최고의 미이다"라고 말했다. 무대 위에서 춤을 추는 미인의 일거수일투족, 아름다운 형태와 몸놀림, 윤곽은 모두 미의 의미와 감정을 아주 적절하게 표현한다. 또한 다른 도구의 힘을 빌릴 필요도 없다.

　　물론 무대 위의 댄서는 결코 화실의 모델이 아니다. 무용은 자연미 외에도 예술미를 중시한다. 그러므로 옷과 장식품을 중시하게 된다. 무용에서의 옷과 장식품은 과거의 전통극처럼 틀에 박힌 격식이 필요 없다. 또한 연극처럼 지나치게 사실적일 필요도 없다. 푸른 연잎 위의 이슬방울일 수도 있고 절벽 위의 푸른 등나무 덩굴일 수도 있으며 붉은 꽃 아래의 푸른 잎이거나 푸른 버드나무 위에 앉은 꾀꼬리일 수도 있는 미묘한 부착이다. 옷과 장식은 다만 댄서의 미적 존재를 알리기 위한 것일 뿐이다. 마치 흰 구름이 하늘의 푸름을 더해 주는 조연과도 같다. 옷과 장식은 댄서의 미적 형상을 돋보이게 하기 위한 것이다. 그것은 마치 흐르는 물이 그윽한 언덕을 에돌아 흐르는 것과 같다. 무대 위 외형물로써의 선천적인 인체나 아니면 후에 보충한 복장과 장식품은 모두 형과 체, 색깔과 질감에서 미에 대해 까다롭게 요구한다. 그야말로 "네 가지 미를 구비하고 서로 모순되는 두 가지를 같이 수용하여" 더욱 이상적이고 더욱 아름다운 '형태(形)'를 이루려고 한다. 날아다니는 형태를 나타내기 위해, 서방 예술에는 통통한 아이의 모습을 한 천사가 있다. 하지만 양 옆구리에 날개가 달려 있어 어쩐지 어색하다. 이는 돈황석굴의 비천(飛天)과 비교할 수 없다. 비천은 바람에 날리고 있는 띠를 걸고 공중에 떠 있는 요조숙녀이다. 사람이 옷을 입고 띠를 두르는 것은 아주 자연스러운 일이다. 하지만 이 자연스러운 옷차림으로 인해 무거운 사람의 몸이 가벼운 나뭇잎처럼 소탈하고 자연스럽게 하늘을 나는 듯하다. 사람의 외적 미와 내적 미는 모두 이같이 가벼운 장식물로 미의 이상, 미의 동경을 발현시킨다. 중국화 미술계에는 형상으로 정신을 그려낸다는 '이형사신(以形寫神)'과 정신으로 형태를 그려낸다는 '이신사형(以神寫形)'의 논쟁이 존재한다. 이 같은 시각으로 볼 때 댄서는 외적 미의 형태로 내적 미의 정신을 그려낸다고 해야 할 것이다.

또한 움직이고 있는 댄서는 절대로 정지된 조각상이 아니다. 그러므로 조형미 외에도 감정을 더욱 중시해야 한다. 이것은 음악의 힘을 빌려야 한다. 댄서는 막이 오르기 전 체내에 감정을 가득 저장해 두었다가 무대 위에 오른 후, 일단 음악 소리가 울리면 따듯한 바람을 맞듯, 하늘하늘 너울너울 움직이며 반짝반짝 빛을 뿌린다. 무용에 있어서 음악 소리는 마치 솔숲의 설레 임과 바람의 관계와도 같고, 마른 장작 위의 불길과도 같으며, 계수나무 수림 속의 향기와도 같고 첸탕강(钱塘江)의 조수(潮水)와도 같다. 우리가 음악 소리 속에서 무대 위를 지켜볼 때, 음미하는 것은 단순한 형태와 색깔이 아니라, 더 많은 정신이고 감정이며 운치이다. 온 장내에 떠도는 그윽한 원탈적(源脱的) 미를 감상하는 것이며 천 년을 역접(逆接)하여 미래에 이어지는 광활하고 까마득한 아름다움이다. 투우사는 악곡이 울리면 열광적인 스페인 춤 스텝을 밟는데, 이는 출전을 재촉하는 가락이다. 그러면 보는 사람은 마치 결투를 앞둔 사람처럼 설레인다. '강정정가(康定情歌)'가 울릴 때면 그 한들거리는 춤과 그림자는 여름날의 시원한 그늘처럼 우리에게 고요함을 가져다준다. 마치 강정(康定)의 초원 위에 누워 조각달을 쳐다보는 듯한 느낌이다. 이때 긴 소매가 무대 위에서 날리고 음악이 공중에서 어렴풋이 흐르면서 댄서의 내적, 외적 미가 함께 음악소리에 어울려 감정의 조수가 되어 관중의 전후좌우에서 출렁거린다. 이때의 관중은 더는 무용을 관람하는 것이 아니라, 눈을 감고 듣는 것이며 깊은 생각에 잠긴 것이다. 마음과 몸으로 댄서와 교류하는 것이다. 이때 다시 무대 위의 댄서를 보면, 관중은 이미 직관으로서의 그를 우회하여 그의 마음 속 깊이에 있는 맑은 물에 비추어진 원래의 그보다 더 아름다운 모습의 그를 보게 된다. 이것이 바로 '이신사형(以神写形)'인 것이다.

객관세계에는 많은 아름다운 것이 있다. 대자연의 천태만상의 아름다움, 기하학 도형의 깔끔한 조합의 아름다움, 어린 아이의 천진난만한 아름다움, 중년의 강건한 아름다움, 노인의 성숙되고 차분한 아름다움, 미술가의 색채와 선의 아름다움, 음악가의 소리의 조화로움의 아름다움, 심지어 단조롭다고 인정되는 자연 과학자마저 '공정의 아름다움'이 있으며, 가장 무미건조한 철학마저 철리의 아름다움이 있다. 이러한 미는 모두 서로 다른 사람이 각자 다른 환경에서 부지런히 탐구하여 얻은 것이다. 하지만 무용은 그 어떤 수단에도 의거하지 않는, 진정 생명 자체로 조소하는 예술이다. 그러므로 무용은 영기가 있는 것이다. 댄서는 거울처럼 사람들의 모습을 비추어 낸다. 무용의 자태는 바람처럼 사람들의 마음을 움직인다. 무대는 커다란 레이더로, 사람들의 사상을 받아들이고 반사한다. 대극장 안에서, 주변의 불빛이 점차 어두워지면서 음악소리가 울리고 댄서들이 너울너울 춤을 출 때 우리는 공동의 아름다움을 수확하게 된다. 댄서의 일빈일소(一顰一笑, 찡그림과 미소 – 역자 주), 움직임과 정지함, 일거수일투족, 우뚝 솟음과 수려함, 높고 맑음과 슬픔은 모든 아름다운 사물과 아름다운 감정이 되어 그의 한 몸에 응집돼 매력을 발산한다. 이때의 댄서는 이미 벌써 그 자신이 아닌 법력 무궁한 미의 여신이 된 것이다. 그는 사람들의 추억을 들추어내고, 감정을 불러일으키며 전체적으로 미적 세계를 촉발시킨다. 이때 사람들 마음속에 저장되어 있던 모든 아름다운 이미지인 청풍명월과 바람 자고 햇볕 따스한 봄날 물 흐르는 강남의 풍경, 온갖 새들이 지저귀는 소리가 모두 당신의 눈앞에 펼쳐진다. 순간적으로 아름다움의 정보들은 미묘한 교류를 한다.

원래 무용이란 사람의 마음이 설레어지면서 저도 모르게 손발을 움직이는 것을 말한다. 둥근 달이 높이 걸렸는데 꽃 속에 홀로인 이백(李白)은 스스로를 가엾이 여기어 너울너울 춤을 추며 술잔을 들어 밝은 달을 초청한다. 창장 위의 조조(曹操)는 백만의 정예 병력 앞에서 긴 창을 가로 들고 시를 지으며 술을 강심에 뿌려 제사를 지냈다. 오늘날 댄서는 바로 사람들이 평시 느끼지 못했던 동작들 중 가장 아름다운 것, 법칙적인 것을 추출하여 옷과 장식품을 구비해서 음악에 맞추어 술향기를 빚어내어 다시 사람들의 감정을 흔들어 움직이게 한다. 그리하여 노인이 무용을 관람하면 젊어지는 듯하고, 소년이 무용을 관람하면 깊은 생각에 빠지며, 과학자는 자신의 법칙에 미적 서술 방법을 찾아낸다. 또한 철학가는 자신의 철리를 위해 미적 이미지를 찾아낸다. 회소(怀素) 대사는 공손대랑(公孫大娘)의 춤을 보고 서법의 정묘함을 얻었으며, 두보(杜普)는 공손대랑 제자의 춤을 보고 세상에 전해지는 좋은 시편을 얻었다.

사람들이 무용을 관람하는 것은 감상이라 하기보다는 사실상 자신의 잠재적 미적 의식과 미적 소양을 승화시키는 것이다. 왜냐하면 댄서이든, 아니면 관중이든 모두 영감이 있는 고급 생명이기 때문이다. 공연예술에는 또 연극이 있지만, 그것은 주로 대사에 의존하며, 전통극은 주로 곡조에 의존한다. 그 외에 영화는 더구나 많은 수단의 힘을 빌린다. 오직 무용만 순수하게 사람의 외형과 내면에 의거한다. 그런 차원에서 무용의 미는 참으로 특별한 것이라고 할 수 있다.

'문예감상' 1985년 3월

산문 미의 세 가지 차원

산문도 예술인만큼 그 미에도 차원이 있다. 나는 산문의 미는 세 가지 차원으로 나눌 수 있다고 본다.

첫 번째 차원은 묘사에서의 미이다. 작자가 말하려는 사물에 대해 객관적으로 명확하게 써내어 독자들 앞에 내놓는 것이다. 사실적이고 변형되지 않은 사물 본래의 미를 나타내는 것이다. 이는 미술 작품의 소묘와 비슷하다.

두 번째 차원은 경지의 미이다. 작자가 어느 한 사물을 묘사하거나 어느 한 가지 사상에 대해 표현할 때 미적 분위기나 경지가 나타나 독자들을 미적 경지로 이끄는 것이다. 이러한 경지는 작자의 주관적 경지로서 다른 사람이 대체할 수 없는 것이다. 이는 미술작품에서의 사의(寫意)와 매우 비슷하다. 만약 소묘 작품이라 하면, 다른 화가가 동일한 사물을 그렸을 때 매우 비슷할 수 있다. 하지만 사의는 이와 다르다. 화가들이 동일한 사물을 그렸다고 하더라도 완전히 다를 수 있다. 화가가 작품 속에 자신의 개인적 사상과 기질을 그려 넣은 것을 볼 수가 있다. 이러한 미는 현실 속에 존재하는 사물을 기초로 하여 광환(狂

幻)을 만들어 낸 것과 같다. 이것은 마치 사탕이 갓 녹기 시작할 무렵, 사탕과 사탕 주위의 물방울(무형의 사탕)이 함께 달콤함을 이루는 것과 같다. 첫 번째 차원을 두고 객관적 미라고 한다면 두 번째 차원은 주관적 심령의 미이다.

세 번째 차원은 철리적 미이다. 작자가 객관 사물에 대해 묘사하고 자신만의 감정도 발표해 독자들을 감동시켰으며, 또한 더 나아가 그것을 철리적 사상으로 승화하여 새로운 이념을 만들어 냈고, 다시 경구나 철언으로 고정시켰을 때이다. 두 번째 차원의 예술적 힘은 주로 정(情)으로써 사람을 감동시켜 독자들이 기뻐하거나 슬퍼하도록 만드는 것이다. 세 번째 차원의 예술적 매력은 냉정한 사고에 있다. 독자들이 감정적으로 도취되고 격동된 후 다시 그 중의 도리를 생각하고 큰 도리를 깨닫게 하는 것이다. 이러한 도리는 실제적으로 존재하는 것이지만, 작자가 말해서야 비로소 인정하게 되도록 해야 한다. 그러므로 이 차원의 미는 다시 객관으로 돌아가는 것이다. 다만 이것은 더욱 높은 차원의 객관인 것이다. 미술작품에다 비교한다면 그것은 추상적이고 상징적인 그림이라고 해야 할 것이다. 다시 앞에서 말한 사탕에 비교해 보면, 사탕이 이미 모두 녹아 버려 그 원형을 찾아볼 수 없지만 그 달콤한 맛은 객관적으로 존재하는 것과 같은 것이라고 하겠다.

첫 번째 차원은 객관적 이미지를 빌어 이루어지는데 그 예술적 힘은 잠시적이므로 며칠 동안 잊지 못할 수가 있다. 두 번째 차원은 작자의 주관적 심상을 드러내 보이는 것이므로 개성이 있고 예술적 힘도 오래 간다. 세 번째 차원은 다시 객관 진리로 돌아오는 것이므로 천기를 폭로하고 사람들이 영원히 탄복하도록 만드는 것이다. 간단한 차트로 만들면 다음과 같다.

첫 번째 차원 – '묘사의 미' – 객관적 이미지의 직각 – 잠시적

두 번째 차원 – '경지의 미' – 주관적 심상의 정감 – 지속적

세 번째 차원 – '철리의 미' – 객관적 추상의 사상 – 영원적

    물론 어느 한 편의 산문에서 동시에 이 세 가지 차원에 도달하기는 매우 어렵다. 하지만 어느 한 가지 미만을 위주로 추구할 수는 있다. 예를 들면 명나라 사람 위학이(魏学洢)의 〈각주기(刻舟记)〉는 전형적인 묘사의 미에 속한다. 범중엄(范仲淹)의 〈악양루기(岳阳楼记)〉는 이 세 가지 차원의 미를 모두 겸비한 좋은 문장이라고 생각한다. 대량의 묘사적 미가 존재하며 그 경물로부터 정감으로 돌아서서 "호수가 먼 산을 물고 장강을 삼키는 것처럼 호호탕탕하다(衔远山, 吞长江, 浩浩荡荡)"고 했는데 이것은 경지의 미이다. 그리고 나중에 이 모든 경물과 정감의 누적이 함께 폭발하여 하나의 철리를 말하게 된다. 즉 "천하 사람들이 걱정하기에 앞서 걱정하고, 천하 사람들이 다 기뻐하고 난 다음에 기뻐한다(先天下之忧而忧, 后天下之乐而乐)"는 것과 같다. 독자들은 여기까지 읽고 나서 머리를 끄덕이지 않을 사람이 없다. 뿐만 아니라 이 글은 읽고 나면 영원히 잊지 않을 것이다. 왜냐하면 이 문장은 세 개 차원의 미가 모두 완벽하게 체현되었기 때문이다. 그러므로 천 여 년이 지나도록 사람들이 계속 애독하고 있는 것이다.

《어문보》1988년 "산문 창작에서의 독백" 연재 제11회,

양형의 "새로 갈 곳을 구할 뿐이다"에서

책은 지식의 씨앗이다

하루는 편집자인 모 씨가 내게 커다란 책 한 권을 보내왔다. 책은 아주 좋은 화보 종이로 되었는데 폭은 9인치, 길이는 1자 2치였으며 무게는 15근이나 되어 책을 들고 읽을 수가 없었다. 책장에도 넣을 수가 없어 그냥 탁자 위에 올려놓았다. 그렇게 여덟 달 동안 올려놓았는데 나중에는 탁자도 그 무게를 견디지 못해 하는 수 없이 사무실에서 내보냈다. 지금의 책들은 내용에는 관심이 없고 형식만 따진다. 독서 기능이 소리 없이 장식 기능으로 대체되고 있다. 어느 한 번은 대회당에서 출판계의 노 선배인 예즈산(叶至善) 선생을 만난 적이 있다. 그는 "지금 책이 점점 더 많이 나오고 있는데, 갈수록 부피만 커지고 있다, 아동 도서마저 여러 권으로 매우 두텁게 나온다. 아이들이 어찌 그렇게 큰 책을 들고 읽을 수 있겠는가?"하고 말했다. 책이 많이 출판되고 또한 좋은 책이 출판되는 것은 좋은 일이다. 하지만 형식만 추구하고 내용을 따지지 않는다면, 양만 많고 질적으로 좋지 않다면 그것은 심히 우려되는 일이다.

책을 읽는 사람마저 책이 너무 많다고 생각하는데 책을 편집하는 사람들은 왜 끝도 없이 책을 내는 걸까? 경제적 이익에 대한 고려는 그만 두고, 큰 책이 나가는 것을 영광으로 생각하고 책이 클수록 공로가 크 며 후세에 전해질 것이라는 착각 때문이리라.

　책을 냄으로써 이름을 날리는 것은 글자가 많거나 책 본신이 크기 때 문이 아니라, 책의 내용이 좋고 어느 영역 지식의 정상을 대표하기에 사람들이 그 책을 보고 지식의 정상에 오르려 하기 때문이다. 그러면 역사적으로 큰 책은 없었는가? 있었다. 하지만 크기로 논한 것이 아니 라 내용으로 논했다. 《사기(史记)》는 큰 책이다. 전설 속의 황제(黃帝) 로부터 시작해 한대(汉代)에 이르기까지의 내용을 담았다. 130편에 52 만 자로, 작가는 16년이라는 시간을 책을 쓰는데 쏟았다. 《사기》는 사 건 기록과 분석, 그리고 문학 예술적으로 모두 정상에 도달한 작품으로 후세 사람들이 역사서를 쓰는 모범이 되었다. 《자치통감(资治通鉴)》도 큰 책이지만 작가는 시작부터 정품을 목표로 하고 출발했다. 그는 《춘 추(春秋)》이후 북송(北宋)에 이르기까지 1000여 년 동안 책이 너무 많 다고 생각했다. 주요한 역사서만 1,500여 권이 되었으므로 일반 지식 인들이 일생 동안 그것을 통독하기조차 어려웠다. 그리하여 진위를 분 별하고 요점만 뽑아내어 나라를 다스림에 도움이 될 수 있는 좋은 책을 쓰려고 마음먹었다. 그는 19년 동안 심혈을 기울인 끝에 역사를 거울 로 삼아 흥망성쇠를 알 수 있게 하는 큰 책을 완성했다. 이 책은 그 후 의 중국 역사에 커다란 영향을 주었다. 《자본론(资本论)》역시 대작이 다. 하지만 이 책이 대작이라고 하는 것은 결코 책의 분량을 말하는 것 이 아니라 과거 다른 사람들이 발견하지 못한 잉여가치에 대한 원리를 명시하고, 이로부터 자본주의가 필연적으로 멸망한다는 법칙을 밝혔기 때문이다. 사마천(司马迁), 사마광(司马光)이든 아니면 마르크스이든, 그들이 완성한 책은 모두가 매우 큰 책들이다. 하지만 과거의 방대한 서적들에 비하면 매우 정련된 책들이었다.

그럼에도 불구하고 일반 독자들은 여전히 이런 큰 책들을 통독할 수는 없다. 주로 독자에게 영향을 주는 것은 그 중에서 깊이 있는 장절과 주요 관점이다. 아무리 방대한 책이라 하더라도 그 정수는 한 가지에 집약될 수밖에 없는 것이다. 이것은 관공(关公, 관우)의 대도가 아무리 무겁다 하더라도 칼날은 엷을 수밖에 없고, 장비(张飞)의 삼지창이 아무리 길다 하더라도 창끝은 뾰족한 그 한 점일 수밖에 없는 것과 마찬가지이다. 정수가 없다면 아무리 큰 책이라 하더라도 영혼이 없는 것과 같다. 정수가 있기만 하면 간단한 몇 마디의 말이라 하더라도 만세에 전해질 수 있다. 〈악양루기(岳阳楼记)〉가 대대로 전해질 수 있는 것은 "천하 사람들이 걱정하기에 앞서 걱정하고, 천하 사람들이 다 기뻐하고 난 다음에 기뻐한다"는 사상 때문이다. 또한 〈출사표(出师表)〉가 천 년을 두고 계속 많은 사람들에게 읽히는 것은 "허리를 굽혀 마음과 힘을 다 하는(鞠躬尽瘁)" 정신이 있기 때문이다. 문장은 길고 짧은 것과 관계없이, 책이 크고 작음과 관계없이 영혼이 있으면 영험하고, 그 뜻이 새로우면 오래 남는다. 그러므로 많은 짧은 글과 작은 책도 거작으로 불리며 역사서에 기록되고 심지어 역사가들이 연대를 나누는 의거가 되기도 한다. 1543년이 르네상스의 시작이라고 인정되는 것은 바로 이 해에 과학 저작 두 권이 출판되었기 때문이다. 이 저작들로는 베살리우스의 《인체의 구조에 관하여》와 갈릴레이의 《천체운행론》이다. 1905년은 현대 물리학의 시작이라고 인정된다. 왜냐하면 바로 이 해에 아인슈타인이 전 세계를 놀라게 한 "상대성이론"을 발표했기 때문이다. 하지만 이 위대한 이론은 당시 《물리학 기사》라는 잡지에 발표된 세 편의 짧은 논문에 불과했다. 30여 년 후 어느 한 반파시즘 지원군은 경비가 부족하게 되자 아인슈타인에게 이 잡지를 찾아내어 문장을 다시 한 번 베끼게끔 요청했다. 이렇게 베껴낸 글이 400만 달러에 경매되어 군대를 무장시킬 수 있었다. 그야말로 글자마다 천금이나 되었던 셈이다. 이러한 책이나 문장들은 지금 우리가 펴내는 '대형 계열', '전서(全书)'와 비교할 바가 안 된다. 하지만 그 역할은 매우 위대한 것이다. 책을 쓰는 것은 원래 할 말이 많으면 길게 쓰고 할 말이 적으면 짧게 쓰는 것인데, 지금은 거작을 만들기 위해 글자 수를 억지로 맞추는 것 같다.

늘 글을 쓰므로 가끔씩 나의 창작에 중대한 영향을 준 것은 어떤 책인가 눈을 감고 생각해 본다. 그런데 자세히 따져 보니 대부분 단편이었다. 중학교 시절에 외워 두었던 《사기(史记)》'열전', 당나라 말기 문장은 산문과 신문 기사를 쓸 때 쉽게 인용할 수 있었다. '사인방(四人帮)'이 타도된 후 다시 주자청(朱自清), 서지모(徐志摩)의 작품들을 자세히 읽고 나니 스스로도 한 차원 올라갔다는 느낌이 들었다. 1970년대 말, 무심코 새로 구두점을 찍고 교정한, 아주 얇은 《부생육기 (浮生六记)》를 보게 되었다. 이 책은 언어가 아주 수려하여 손에서 놓기 아쉬웠다. 그렇게 여러 번 읽고 나니 적지 않은 계발을 받았다. 《수리화통속연의(数理化通俗演义)》를 쓸 때에는 자료를 모두 여러 가지 과학보급과 과학 인물 소책자에서 가져왔다. 왜냐하면 이런 소책자는 과학의 바다에서 건져 올린 가장 훌륭한 실물이기 때문이다. 일반 사람들이 책을 읽는 심리는 대부분 수림 속에서 가장 빼어난 나무를 찾기 위한 것이고, 모래톱에서 진주를 찾아내고, 양 무리에서 낙타를 찾기 위한 것으로, 짧은 시간 내에 유용한 지식을 얻기 위한 것이다. 그러므로 작지만 알찬 책의 이용률이 가장 높은 것이다.

책의 기능은 원래 지식을 누적하는 것이다. 누적이 없으면 가치가 있는 것을 후대에게 전해 줄 수 없으며 책은 생명이 없게 된다. 선인이 책을 논함에 있어서 그 본질과 기능에 대해서 대체로 이 점에 집중하였다. 고리키는 "책은 인류 진보의 디딤돌이다"라고 했다. 디딤돌이란 끊임없이 앞으로 나아가기 위해 존재하는 것이다. 헤르젠은 "책은 한 세대가 다른 한 세대에게 남기는 정신적인 유훈이고, 이제 곧 세상을 떠나게 될 노인이 이제 막 생활을 시작하는 젊은이들에게 주는 충고이며, 이제 곧 휴식하게 되는 파수꾼이 임무를 인계받은 사람에게 주는 명령이다"라고 했다. 유훈이고, 충고이며 명령이라면 당연히 가장 중요한 것을 추출하여 정제된 문자로 압축시켜야 할 것이다. 우리가 지금 걸핏하면 백만 자, 천만 자씩 횡설수설하는 것과는 다르다. 옛 사람들은 입언(立言), 즉 그 말이 세상에 서려면 반드시 개성이 있고 중복되지 말아야 하며 창조적이어야 한다고 했다. 그러므로 두보(杜甫)는 "글이 다른 이들로 하여금 탄복하게 하는 경지에 이를 때까지 다듬는 것을 멈추지 않는다(语不惊人死不休)"고 하였다. 내가 그의 뜻을 확대하여 말한다면 "글이 다른 사람들이 탄복하는 경지에 이를 때까지 다듬는 것을 멈추지 않고, 새로운 경지에 도달하지 못하면 내놓지 않으며, 반드시 후세에 전해지기를 바라며, 입사(立事)를 함에 있어서는 전무후무한 일이 되게 한다"고 할 수 있다고 생각한다. 뉴턴은 그의 성공은 거인의 어깨 위에 올라섰기 때문이라고 말했다. 거인이 책으로 디딤돌을 마련해, 그가 위로 올라갈 수 있게끔 받쳐주었기 때문이다. 뉴턴의 발밑에는 코페르니쿠스의 《천체운행론》과 갈릴레이의 《대화》가 있다. 아인슈타인도 또 뉴턴의 〈자연 철학의 수학 원리〉를 발밑에 디디고 서서야 상대론을 발견할 수 있었던 것이다.

책이란 무엇인가? 나는 책은 지식의 씨앗이라고 본다. 50년대 세상을 놀라게 한 일이 일어난 적이 있다. 고고학자들이 중국 동북 지역에서 지하에 매장된 지 1000년이 되는 연밥을 발굴해 냈는데, 정성껏 재배한 결과 싹이 트고 잎이 자라더니 연꽃을 피워냈다는 것이다. 만약 그때 흙 속에 묻힌 것이 씨앗이 아니라 가지나 잎이었다면? 아마 오늘날 우리가 발굴해 낼 수 있은 것은 진흙에 불과했을 것이다. 1865년 오스트리아 과학자 멘델은 생물유전법칙을 발견했다. 그가 어느 한 과학회의에서 이것을 선포했을 때 이해하는 사람이 단 한 명도 없었다. 그는 생물유전법칙을 논문으로 써서 발표해, 유럽의 120개 도서관에 각각 소장케 했다. 이 법칙은 24년이 지난 후에야 다시 발견되고 증명되었다. 만약 이 책들이 씨앗이 되지 않았다면, 이 과학 발견은 그 뒤로 얼마나 오랫동안 늦추어졌을지도 모른다. 현재 우리가 만약 글자 수만 채워 책을 낸다면, 바로 전야에 쭉정이를 파종한 것처럼 겉보기에는 무성하지만 가을에 가서 수확을 할 수 없을 것이다. 이는 오늘의 자원에 대한 낭비일 뿐만 아니라 자손들의 양식을 끊어 버리는 셈이 되니 이렇게 할 필요가 있겠는지 책을 쓰는 사람들은 진지하게 생각할 필요가 있는 것이다.

《인민일보》1995년 2월 27일

예
술
과
　
문
학
을
　
위
하
여

내가 '나룻배를 찾아서'를 쓰게 된 동기는?

1982년 나는 《광명일보(光明日報)》에 산문 〈진사(晉祠)〉를 발표했는데, 그해 인민교육출판사에 의해 중학교 어문 교과서에 수록되었으며, 이를 쓰게 된 원인을 밝힐 필요성에 따라 "내가 '진사'를 쓰게 된 동기는?"이라는 글을 썼다. 16년 후인 1998년 또 다른 산문인 〈나룻배를 찾아서, 나룻배를 찾아서, 어디로 건너가야 하나?〉가 인민교육출판사의 고등학교 어문 교과서에 수록되었다. 많은 어문 간행물들에서는 내가 이 글을 쓰게 된 것과 관련해 가르치는데 참고할 수 있는 글을 써주기를 요청해 왔다.

이 문장은 〈진사〉와 다르다. 〈진사〉는 경치에 대한 감상을 쓴 것이지만, 〈나룻배를 찾아서, 나룻배를 찾아서, 어디로 건너가야 하나?〉는 인물을 쓴 것이다. 〈진사〉를 쓴 목적은 자연미를 발견하고 자연미를 나타내기 위한 것이지만, 〈나룻배를 찾아서, 나룻배를 찾아서, 어디로 건너가야 하나?〉의 목표는 "어떻게 사람의 가치를 발견하고 발굴할 것인가" 하는 것으로써, 인격의 힘과 인간으로서의 도리에 대해 쓰고자 한 것이다. 대자연의 광대하고 웅장하며 심오함과 마찬가지로 인간도 영원히 모두를 탐구할 수 없는 화제를 가지고 있다. 사람의 정신세계의 광활함과 복잡함은 절대 자연보다 못하지 않다. 사람은 다른 또 하나의 우주인 것이다.

한 사람의 사회 역사적 공헌 혹은 그가 체현해 낸 가치는 유형(有形) 과 무형(无形) 두 가지로 나뉜다. 유형이란 그가 이루어낸 공적을 가리킨다. 이는 개인의 능력과 기회가 다름에 따라 차이가 매우 클 수 있다. 이러한 공적은 작기로는 풀 한 포기, 나무 한 그루를 심는 데에 이를 수 있고 크기로는 나라를 건립하거나 과학 발명이나 발견을 할 수 있다. 유형의 공적만 말하면, 사람은 마치 일망무제한 모든 산과도 같은 것이다. 야트막한 구릉이 있는 가 하면, 거대한 에베레스트산이 있다. 역사를 돌이켜 보면 진시황(秦始皇)과 한무제(汉武帝), 당태종(唐太宗)과 송태조(宋太祖), 마르크스와 엥겔스, 레닌, 스탈린, 마오쩌둥(毛泽东), 류샤오치(치샤오치), 저우언라이(周恩来), 주더(朱德) 등 높은 산봉우리들이 우뚝 솟아 끝없이 이어지고 있다. 평범한 사람으로부터 영웅에 이르기까지, 작은 일로부터 큰 공적에 이르기까지 파란만장하다. 이것은 성패로써 영웅을 논하는 것이다. 그러나 그 외에 또한 무형의 가치가 있다. 이것은 바로 인격의 힘인 것이다. 사람의 외적 공훈은 크고 작은 구분이 있지만, 내적 인격도 고하의 차이가 있다. 이것은 다른 한 가지 계열인 인간으로서의 기준이다. 한 사람이 인격이 고상하다 하여 꼭 놀라운 공훈을 이룩할 수 있는 것은 아니다. 이것은 학식, 기회, 시대와 관련된다. 예를 들면 베순, 장스더(张思德), 뢰이펑(雷锋), 자오위루(焦裕禄)는 모두 놀라운 공훈을 세우지 못했다. 하지만 그들의 인격은 모든 사람들을 비춰 주고 있다. 여기에는 요직에 있거나 대권을 쥔 사람도 포함된다. 사람마다 숭고한 품덕을 숭모한다. 인격이 보여 주는 것은 인간 특유의 본질적인 힘이다. 이러한 힘은 일단 개발

되어 기타 외적인 힘과 결합하기만 하면 그 힘이 무궁하게 된다. 이것은 마치 우라늄 원자 속에 잠재되어 있는 에너지가 방출되는 것과도 같다. 사람마다 인격이 있다. 인격은 사람의 외적인 직위, 권력, 공훈의 크기에 따라 고하가 나뉘는 것이 아니다. 인격은 사람의 본질적인 의지이며 사람의 세계관이고 가치관이다. 인격은 외적 공훈과 관련이 없지만 그 인격이 나타나려면 외적인 기회가 필요하다. 이러한 기회가 있게 되면 이름 없는 사람도 특수한 광채를 내뿜을 수 있다. 내가 기자로 일할 때 억울한 사건을 취재한 적이 있다. 당시 수백 명이 박해를 받았고 심지어 현위(县委) 서기가 압박에 의해 자살까지 했다. 하지만 나중에 억울한 사건을 시정하기 위해 백방으로 뛰어다니며 호소한 사람은 절간지기 노인이었다. 이것이 바로 인격의 힘이다. 후에 나는 〈상 씨 노인〉이라는 산문을 쓴 적이 있다. 이 글에서 나는 외부 조건으로 사람의 인격을 시험해 볼 수 있으며, 나아가 외부조건은 또 사람의 인격을 단련해 낸다고 말했다. 특히 복잡한 배경, 변화가 많은 생활, 냉혹한 환경, 비극적 결말은 한 사람의 인격을 더 잘 시험해 볼 수가 있다. 취추바이(瞿秋白)가 바로 그 전형이다. 그는 내적인 인격도 있고, 외적인 공적도 있다. 게다가 재능을 다 발휘하지 못하고, 공훈을 이루지 못한 비극이 존재한다. 그러므로 그는 영원한 화제 인물이며 영원히 다 읽을 수 없는 명화이다.

내가 취추바이라는 이 인물을 알기는 비교적 이르다. 중학교 시절 나는 그를 소개하는 소책자를 읽은 적이 있다. 얼굴색이 창백해 보이는 그의 사진은 나에게 깊은 인상을 남겼다. 사진 뒷면에는 "사람에게 영혼이 있다면 구태여 육체를 가질 필요가 있는가? 하지만 만약 영혼이 없다면 이 육체를 해서는 또 어디에 쓰랴?"는 제자(題字)가 있었다. 루쉰(鲁迅)은 취추바이에게 "인생에서 지기 한 사람이면 족하다. 나는 당신을 이 세상에서 나와 같은 뜻을 품은 사람으로 본다"는 대련(對聯)을 보냈다. 1963년 내가 대학에 다닐 때에는 사회적으로 반역자의 철학을 비판하는 붐이 일었다. '문화대혁명' 시기, 전에 없던 번안(翻案) 풍조와 타도 소리 속에서 취추바이는 반역자로 몰렸다. 나는 팔보산(八宝山)에 있는 그의 무덤이 파괴된 것을 직접 보았다. 세태의 야박함을 그대로 느낄 수 있었다. '문화대혁명' 후 당 중앙은 재차 그의 공적과 영웅 칭호를 회복시켜 주었다. 그는 확실히 뛰어난 인물이었으며 복잡하고도 깊이가 있는 인물이었다. 하지만 그때까지만 해도 나는 취추바이에 대해 쓰려고는 생각하지 않았다. 내가 진정 취추바이를 위해 글을 쓰려고 마음먹었던 것은 그의 옛집에 가 보고서였다.

1990년 나는 창저우(常州)에 출장을 나갔었다. 현지에 어떠한 역사적 명인이 있는가하고 물었더니 공산당 초기의 3대 영수인 취추바이, 윈다이잉(惲代英), 장타이뢰이(张太雷)가 모두 상주 사람이라는 것이었다. 나는 깜짝 놀랐다. 참으로 산천이 영험하여 뛰어난 인물이 태어났다는 것인가? 이 작은 도시가 어찌 풍운아 같았던 인물을 3명이나 태어나게 했다는 말인가? 취추바이 동지는 시내 안에 옛집이 남아 있었는데, 이미 기념관으로 되어 있었다. 나는 그의 옛집을 참배했다. 그곳은 번화가의 큰 길 옆에 있는 낡은 집이었다. 말로는 옛집이라고 하지만 사실은 취추바이의 집이 아니었다. 그곳은 구씨네 사당이었다. 취추바이 일가는 당시 가난하여 집 한 칸 없었다. 그리하여 구 씨네 사당을 빌려서 들어가 살았던 것이다. '수호전(水滸传)' 소설 속 인물인 임교두(林教头)가 풍설 속에서 산신묘를 빌려 들어가 산 것과 별 다름이 없었다. 취추바이의 조상은 관료 집안이었는데, 그의 아버지 대에 와서 가문이 몰락하였다. 취추바이의 부친은 글씨와 그림, 그리고 의술이 뛰어났다. 취추바이의 옛집 벽에는 지금도 그의 서화가 걸려 있다. 하지만 그는 집안 일과 돈 관리를 잘 하지 못해 가난한 생활을 하였다. 생계의 중임은 취추바이의 어머니에게 맡겨졌다. 몰락한 가정은 기울어지는 건물처럼 시시로 먹을거리가 떨어졌고, 빚쟁이들이 앞뒤 문을 막아버렸다. 하지만 부친은 여전히 무능하고 책임감이 없었다. 오직 어머니만이 근심 걱정으로 애를 태웠다. 무거운 바위 같은 압력에 견디지 못한 그의 모친은 어느 날 밤 성냥대가리를 먹고 자살하였다. 당시 취추바이는 외지의 중학교에서 공부하고 있었다. 부음을 받은 그는 급히 집으로 돌아왔다. 그는 어머니의 침대 앞바닥에 엎드려 슬피 울었다. 그는 어머니의 무덤에 성묘를 하면서 이런 시를 쓴 적 있다.

> 가난하니 친척도 친척이 아니구나,
> 푸른 옷에 눈물자국만 새롭네.
> 추위와 굶주림에 시달려도 물어보는 이마저 없네,
> 영전에 사랑하는 아들이 돌아왔어요.

　나는 취추바이 옛집을 참관하며 그 구식 나무 침대와 검은색 벽돌 바닥을 묵묵히 지켜보았다. 숨이 막히는 것 같았다. 나는 그때 취추바이에 대한 글을 쓰게 되면 이 구절부터 쓰리라 마음먹었다. 취추바이는 너무나 가난하여 사회적 생존선의 변두리로 내몰린 사람이었다. 그는 본질적으로 압박받는 가난한 대중을 대표할 수 있었다. 이것은 그의 인생의 기점이었다. 가난은 그의 첫 인생 수업이었다. 그의 인격은 바로 이 첫 인생 수업으로부터 단련되었던 것이다. 그는 붉게 달아오른 쇠붙이였다. 철 침대 위에 놓여 져 반복적인 망치질을 거쳐 다시 용광로 속에 던져졌다. 그리하여 많은 불순물들이 녹아버려 푸른 연기로 화하여 날려가 버렸다. 이렇게 되어 남은 것은 단단하여 부술 수 없고, 유연하기가 손가락에 감을 수 있을 정도였고, 눈부시게 빛나는 그였다. 취추바이는 몰락한 세가의 자제로 근로 대중의 고난을 겪었으며, 유약한 서생 신분으로 영수라는 중책을 짊어졌다. 학식이 풍부하고 재능이 뛰어났지만 일반 전사로서 생사의 박투를 해야 했다. 마치 산이 높고 험해 굳센 소나무가 자라고 안개가 자욱하고 이슬이 많아 명차가 나는 것처럼, 역사상 가장 중요하고 격렬해야 했던 고비에서 취추바이가 나타났던 것이다.

취추바이의 인격을 분석하기 위해 나는 세 개의 '가정(만약…… 한다면)'을 설정했다. 그것은 두 가지 뜻을 나타내기 위한 것이었다.

그중 첫 번째는, "만약 취추바이가 이규(李逵, 소호지에 나오는 다혈질의 정의파 흑선풍 이규−역자 주) 식의 인물이라면" 그가 어떻게 '삶'을 대하고, 생명의 가치를 대하였는가를 이야기 하려고 한 것이다. 그는 보통 사람이 아니라 재능이 넘쳐나는 사람이었다. 그는 문필이 뛰어났는가 하면, 회화, 의학, 번역에서 모두 뛰어난 재능을 가지고 있었다. 그의 실제 가치는 일반인보다 훨씬 더 높다고 할 수 있다. 하지만 그는 자아도취에 빠지지 않았다. 일단 민족과 대중이 필요로 한다면 자신의 주옥같은 몸으로 돌진해 나갔다. 마치 옥으로, 황금으로 돌덩이나 흙 대신 터진 곳을 막은 것과 같았다. 이것은 최고로 사심이 없는 것이며, 최고로 고상한 자아 희생정신이다. 이는 생명을 바치는 것보다 더욱 대단한 것이며, 더욱 존경스러운 것이며, 더욱 음미할 가치가 있는 것이다.

두 번째는 "만약 취추바이의 지조가 그의 몸처럼 연약했다면" 이것은 죽음에 대한 그의 태도를 말하려고 한 것이다. 취추바이는 이성적인 사람이었으며, 생사의 대의에 대해 잘 아는 사람이었다. 그는 영웅이지만 절대 전통 이미지의 무림 영웅이 아니었고, 총칼을 들고 싸우는 영웅이 아니었다. 용맹하다는 의미의 영웅이라는 단어로써 그를 개괄할 수는 없었다. 그는 냉정하고 용감한 인물이었다. 그는 자신이 확신한 주의(主义)와 해야 할 도리들을 조용히 실천해 나갔다. 그는 주의를 위해서는 죽음도 아주 하찮게 여겼다. 마치 가볍게 찻잔의 뚜껑을 열고 찻물 위에 뜬 찻잎을 밀어버리는 거나 다름없었다.

세 번째는 그가 "만약 '불필요한 말(多余的话)'을 쓰지 않았다면" 이것은 그가 명성을 어떻게 대하느냐 하는 것이다. 취추바이는 성실한 사람이었다. 그는 생명을 가볍게 버릴 수 있었고, 죽음을 마주하면서도 담담하게 웃을 수 있었으며, 명성에 대해서도 훤히 꿰뚫어 볼 수 있었다. 그는 손에 들어 온 명성에 대해서도 생명을 대하듯 가볍게 밀쳐 버렸다. 그는 대오 각성한 사람이었으며 철저하게 세속적인 하계를 벗어난 사람이었다. 인격 수련이 이 정도였다면 불교, 도교, 유교나 혹은 일반적인 혁명 인생을 막론하고 그는 이미 모든 것을 초연했다고 할 수 있다.

취추바이는 그의 놀라운 행동으로써 위의 세 가지 문제에 대답하였다. 이는 우리가 그에 대해 많은 생각을 하기에 충분하다. 하지만 한 층 더 깊이, 혹은 더욱 감동적인 것은 그가 비극적인 방식으로 이러한 문제에 대답을 주었다는 점이다. 이것이 그에 대해 '만약'이라는 가정을 설정한다면, 네 번째 '만약(가정)'이고, 이글에서 쓰지 않은 '만약'이다. 그럼 그의 비극적인 일면은 어디에 있는 것인가? 첫 번째는 그의 재능이 발휘되지 못했다는 점이고, 두 번째는 당내 투쟁으로 인해 희생되어 그의 재능을 제대로 발휘하지 못했다는 점이다. 후세 사람들은 그가 난세에 태어나 그 재능이 활용되지 못한 것을 안타깝게 생각했으며, 그가 곤경에 처해 뜻을 이루지 못한 것을 안타깝게 생각했다. 또 사람들은 그가 생전과 사후에 당 내에서 오랫동안 억울함을 당한 것이 불공평하다고 생각했다. 이 두 가지 '비극적인 결말'은 취추바이라는 인물이 광범위한 공명을 일으킬 수 있는 주요 원인 중의 하나였다. 루쉰(魯迅) 선생은 "중국 사람들은 스스로 좋은 사람들을 다 죽여 버렸다. 취추바이가 그중 한 사람이다…… 그는 중·러 두 가지 언어를 통달했다. 그 같은 사람은 중국에서 현재 매우 드물다."고 했다.

재능이 있으면서도 펼칠 기회를 만나지 못하는 일은 중국 역사에서 흔히 있는 일이다. 또한 모든 문학작품의 영원한 주제이기도 하다. 이 것은 사회적 모순이 발전과정에서의 불가피하게 일어나는 현상이다. 사람들이 이 주제를 주목하는 것은 바로 사회적 진보와 인간의 가치 실 현을 희망하기 때문이다. 그러므로 굴원(屈原), 가의(賈誼) 사마천(司 馬遷)은 한 세대 또 한 세대의 사람들을 격려해 왔다. 취추바이도 이 행 렬에 가담하였다. 하지만 취추바이는 그들과 또 다르다. 그는 봉건시 대의 현명한 군주를 만나지 못했거나 군왕의 버림을 받은 것과는 다르 다는 말이다. 그 원인은 다음과 같다. 첫째, 그는 난세에 태어났다. 조 금이라도 평화로운 환경이 주어졌거나 충족한 시간이 있었더라면 그의 문학적 재능과 예술적 재능, 학문을 함에 있어서의 재능은 어느 한 토 양에 뿌리를 내리고 하늘을 찌를 듯한 큰 나무로 자라날 수 있었을 것 이다. 사마상여(司馬相如), 이백(李白), 왕유(王維), 백거이(白居易) 등 을 그 일례로 들 수 있다. 하지만 가정이 빈한하고 난세에 태어났으므 로 그에게는 그럴 조건이 주어지지 않았다. 둘째, 더욱 중요한 것은 민 중이 도탄 속에 빠진 것을 보고 그는 자신의 재능을 발휘할 겨를이 없 었다. 난세이기 때문에 이름을 날린 문인도 적지 않다. 예를 들면 이 글 에서 쓴 취추바이와 같은 시대의 양실추(梁實秋), 진망도(陳望道) 등을 들 수 있다. 하지만 취추바이는 자발적으로 재능을 펼칠 수 있는 기회 를 포기했다. 즉 민족과 대중의 정치를 위해 문학예술의 거대한 재능을 펼칠 수 있는 기회를 포기하고 일찍 요절하는 것을 택했다는 점이다. 이는 더욱 사람들을 유감스럽게 하고 슬프게 한다.

　큰 포부를 이루지 못하는 일은 역사적으로 자주 있는 일이다. 이것 또한 사회모순의 발로라 하겠다. 한 사람에게 있어서 역경은 피할 수 없다. 일생 동안 순조롭기만 할 수는 없다. 하지만 취추바이의 역경은 앞으로 나아가는 방향에서의 역풍이고 역량이 아니라, 혁명진영 내부에서 그의 신상에 발생한 불공평한 일이고 언짢은 일이며 심지어는 박해라 할 수 있는 일이다. 젊은 동지들은 당 내에 왜 그처럼 참혹한 투쟁이 있었는지 이해할 수 없다고 한다. 사실 당 내 투쟁도 모순의 발로이다. 여러 가지 사상과 관점, 이익이 다름으로 인해 모순이 격화될 때가 있는 것이다. 다만 사람들은 습관적으로 자기편 끼리 이러한 모순이 발생하지 말아야 한다고 생각한다. 그래서 일단 이런 일이 발생하면 슬퍼하고 분노하는 것이다. 역사적으로 악비(岳飞)나 원숭환(袁崇煥) 등 충신은 적의 손에 죽은 것이 아니라 자기 사람 손에 죽었다. 그리하여 한 세대 또 한 세대의 사람들이 가슴 아파 하는 것이다. 취추바이도 이 행렬에 포함시켜야 한다. 그는 좌적 노선으로 인해 자기 사람 손에 피해를 받았던 것이고, 장정 전 의도적으로 짐을 내려 놓기 위한 것이며, 어머니가 품속에서 아이를 밀어내친 것과 같은 격이었다. 그는 당을 구하고, 민족을 구하기 위해, 재능을 펼 기회를 버렸지만 이 같은 불공평함을 당했으니 어찌 슬퍼하지 않고 분노하지 않을 수 있겠는가? 그는 미두허(觅渡河) 부근에 집이 있었으며 일생을 통해 좋은 나루를 찾았지만 끝내는 찾지 못했다. 나는 시 한 수를 지어 그 유감을 표현하였다. "가을 물 아득하고 밤은 깊은데, 미두허 강가에서 뱃사공을 찾네. 오르내리며 찾고 또 찾아도 전혀 보이지를 않은데, 흰 빛이 번쩍이는 순간 유성이 있었지(秋水茫茫夜深沉, 觅渡河边觅渡人. 上下求索浑不见, 白光一瞬

有流星)”

　　취추바이 인생은 비극 자체였다. 즉 큰 재능이 있었지만 충분히 펼치지 못하고 일찍 요절한 것이 바로 그의 비극이었던 것이다. 성실한 마음이 알려지지 못하고 버림을 당했으며 심지어 사후에조차 오랫동안 억울함을 당한 것도 그의 비극이다. 그는 바로 이러한 비극의 과정과 비극적 분위기 속에서 생명의 가치와 인격의 수양을 드러내 보였다. 다같은 공산당 영수였지만, 그가 민족에 대한 공헌은 마오쩌둥(毛泽东)이나 저우언라이(周恩来)처럼 크지는 못하다. 하지만 그는 정신과 도덕을 보여주었다. 이러한 정신, 도덕은 사업이 가지고 있던 목적이나 의의를 초월하는 것이었다. 왜냐하면 정신은 무궁한 힘으로 변할 수 있기 때문이다. 그러므로 후세 사람들은 마오쩌둥(毛泽东), 저우언라이(周恩来)를 존경하고 기념하는 것처럼 취추바이를 존경하고 기념하는 것이다. 〈나루를 찾다〉는 1996년 8월에 발표한 것이다. 1998년 10월 나는 출장길에 네 번째로 창저우(常州)에 들러 취추바이 기념관을 찾아보았다. 기념관의 관리자는 다음 해인 1999년은 취추바이의 탄신 100주년이 되는 해라고 말했다. 나는 대뜸 1998년에 금방 저우언라이(周恩来), 류샤오치(刘샤오치), 펑더화이(彭德怀) 탄신 100주년을 기념한 일이 생각났다. 취추바이는 그들보다 한 살 어리다. 하지만 그의 물질적 생명은 전우들의 절반 밖에 되지 않았다. 하지만 그의 정신적 생명은 전우들과 마찬가지로 길이 빛나고 있다. 그는 많은 일들을 미처 하지 못했다. 하지만 그는 자신의 행동과 생명으로 길을 가리켰다. 그러므로 나는 문장의 결말에서 “탐색하는 과정이 도달한 결과보다 더 중요하다”고 했으며, “철인은 성공 가능한 일도 버림으로써 마음의 성취를 이룬다”고 했다. 인격의 힘과 가치를 짐작할 수 있다. 기념관의 관리원은 창저우에서는 취추바이 탄신 100주년을 기념하여 성대한 행사를 연다고 하는데, 여기에는 기념관을 재건하고 취추바이 동상을 제막하는 행사 등이 포함된다고 했다. 이러한 재건 경비 중 36만 위안은 민간에서 갹출한 것인데 평소 10위안, 100위안씩 기념관에 보내온 것이라고 했다. 이 돈은 평소 아무런 호소도 하지 않았음에도 들어온 것이라고 했다. "복숭아나무와 자두나무는 말을 하지 않아도 그 밑에 스스로 길이 생긴다"고 했다. 취추바이 동지는 영원히 인민들의 마음속에 살아 있는 것이다.

루쉰(魯迅)은 시에서 "차가운 별에 마음을 기탁하였으나 민중은 그것을 알지 못하였네. 나는 내 피를 헌원에게 바칠 것이네(寄意寒星荃不察, 我以我血荐轩辕)"라고 했다. 취추바이의 광명정대한 인격을 노래하고, 재능을 펼치지 못한 것을 슬퍼하며, 충심이 이해를 받지 못한 것을 안타까워하는 것, 이것이 바로 내가 〈나루를 찾다〉 이 글에서 주로 나타내려고 한 것이다. 나는 역시 이 세 가지가 독자를 감동시켰다고 생각한다. 취추바이에게서 집중적으로 나타난 인격 매력과 비극은 그 혼자만의 것이 아니다. 그것은 민족적인 것이며 또한 당의 역사에서 대표적인 것이기도 하다. 그러므로 취추바이는 역사의 전형성(典型性)을 지니고 있다고 할 수 있으므로 이 문장 또한 문학의 전형성을 갖추고 있다고 할 수 있는 것이다.

1998년 10월 18일

글을 쓰는 다섯 가지 비결

　　글은 어떻게 써야 보기 좋을까? 우선 내용은 그만두고 수법에
반드시 변화가 있어야 한다. 가장 일반적인 수법으로는 묘사, 서사, 서
정, 논술 등이 있다. 단일한 기교만을 두고 말한다면, 묘사가 단조롭지
않고, 서사가 간결하고, 서정이 가식이 없으며, 논술이 무미건조하지
않으면 그 문장은 괜찮은 것이다. 하지만 많은 사람들은 이러한 수법들
을 종합적으로 사용하게 된다. 예를 들면 서사 속에 서정이 있을 수 있
고, 서정 속에 서사가 있을 수 있으며, 논설 속에 묘사가 있을 수 있고,
묘사 속에 서정이 있을 수 있다. 그러므로 문장의 작법은 뒤섞는 방법
이고, 기발하게 쓰는 방법이며, 대비되면서도 어울리는 방법이며, 상
호 교환하는 방법이다. 문장이란 무늬이다(文者, 紋也). 즉 무늬가 교차
되어서 문장이 된다. 옛 사람들은 문장을 지음에는 고정된 격식이 없이
흐르는 구름, 흐르는 물 같아야 한다고 말했다. 이것은 흐르는 구름과
물이 항상 교차되고 움직이며 변화한다는 뜻을 따온 것이다. 문장의 내
용이 텅 비고 무의미한 글은 보는 사람이 없다. 또한 글의 형식이 틀에
박히고 변화가 없으면 보는 사람이 없다.

'글을 쓰는 다섯 가지 비결' 육필 원고

나
룻
배
를

찾
아
서

　　변화가 아무리 많다고 하더라도 기본적인 것은 몇 가지뿐이다. 개괄
해 말하면, 형상, 사건, 감정, 이치, 전적 등 다섯 가지 요소이다. 이것
을 "문장의 다섯 가지 비결"이라 할 수 있다. 그중 형상, 사건, 감정, 이
치는 문장에서 없어서는 안 되는 경물, 사건, 감정, 도리 4개 내용이라
하겠다. 동시에 또한 묘사, 서술, 서정, 논술 등 4개 기본 수단이라 하
겠다. 이들 중 '형상'과 '사건'은 실재적인 것이고 '감정'과 '이치'는 추상
적인 것이다. 그 외 '전적'은 작자가 누적된 지식을 종합적으로 운용하
는 것을 말한다. 평소 우리가 사람들과 교류할 때에도 어느 한 가지 경

물에 대해 명확하게 말하거나 어느 한 가지 사건에 대해 분명하게 이야기 할 수 있어야 하며, 또한 어느 한 가지 감정이나 이치를 분명하게 밝힐 수 있어야 한다. 그러므로 이 네 가지는 떨어질 수 없는 것이다. 하지만 실용적 기능이 다르므로 문체에 알맞은 어느 한 가지 수법을 주로 사용한다. 예를 들면, 설명문은 주로 '형상'이라는 비결을 사용하며, 서술문(신문 기사도 여기에 포함된다)은 주로 '사건', 서정문은 주로 '감정', 논설문은 주로 '이치'라는 비결을 사용한다.

하나의 현악기로도 악곡을 연주해 낼 수 있고, 달리기 한 가지만으로도 스포츠 경기를 조직할 수 있다. 하지만 어디까지나 여러 가지 악기로 연주하는 교향악이나 여러 가지 항목이 다 있는 스포츠 경기가 내용이 풍부하고 듣기 좋고, 보기 좋다. 그러므로 문예, 스포츠 행사는 어느 한 가지 수단만으로 인기를 얻기는 사실상 매우 어렵다. 일반적으로 다섯 가지 비결을 다 같이 사용해야만 다채롭고 아름다운 글을 써낼 수 있다. 이 공식을 이용해 명인의 명문을 시험해 보면 그 신통함을 알 수 있다. 범중엄(范仲淹)의 〈악양루기(岳阳楼记)〉는 기술문(记)이다. 하지만 한두 마디로 등자경(滕子京)이 좌천되어 누각을 건설하게 된 일을 서술한 것 외에 "궂은비가 주룩주룩 내리다", "봄날이 화창하고 풍광이 아름답다" 등은 모두 그 형상을 쓴 것이고, "감개무량하여 슬픈 마음이 든다", "기쁨이 넘친다"는 감정을 쓴 것이며, 제일 마지막에 가서 천년을 두고 길이 전해진 "천하 사람들이 걱정하기에 앞서 걱정하고, 천하 사람들이 다 기뻐하고 난 다음에 기뻐한다(先天下之忧而忧, 后天下之乐而乐)"는 결론을 내었다. 네 가지 비결을 모두 사용하여 문장이 생동적이고도 의미가 깊어 기술문의 범위를 훨씬 초월하였다. 양계초(梁启超)의 〈소년중국설(少年中国说)〉은 나라의 강성을 도모해야 한다는 논설문이다. 하지만 이 문장은 형상을 통해 이치를 설명했다. 그는 문장에서 "노인은 저녁노을과 같고, 소년은 아침 해와 같다. 노인은 여윈 소와 같고, 소년은 새끼 호랑이와 같다. 노인은 스님 같고, 소년은 협객 같다. 노인은 자전 같고, 소년은 연극의 대사와 같다……" 등 9개 조의 18개의 형상을 연이어 사용하였다. 이는 이치를 설명하는데 큰 도움을 주어 사람들이 한 번 보면 잊지 않게 만든다. 마오쩌둥(毛泽东)의 "인민을 위해 복무하자(为人民服务)"라는 글을 보면, 추도회 현장으로부터 시작한 것은 형상이고, 장스더(张思德)가 숯을 구운 이야기를 한 것은 사건을 기술한 것이다. 침통한 애도를 표시한 것은 감정을 나타낸 것이며, 인민을 위해 복무하자고 한 것은 이치를 설명한 것이다. 또한 사마천의 "사람은 한 번 죽지만 어떤 죽음은 태산보다 무겁고 어떤 죽음은 새털보다 가볍다"는 말을 인용한 것은 전적을 사용한 것이다. 다섯 가지 비결을 모두 구비하여 강가에 산이 우뚝 솟은 것처럼 진중하면서도 웅건하고 생기발랄하다. 어떤 사람들은 마르크스의 문장이 매우 어렵다고 한다. 하지만 그가 노동력이 상품으로써 판매될 때의 본질에 대한 분석은 얼마나 생동적이 철두철미한가? 원래의 화폐 소유자는 자본가로서, 고개를 쳐들고 앞으로 나아가고, 노동력 점유자는 자본가의 노동자로서 그 뒤를 따른다. 자본가는 만면에 웃음을 띠고 야심차게 나가고, 노동자는 전전 긍긍하며 움츠리고 나아가지 않는다. 마치 시장에서 자신의 껍질을 파는 사람처럼 그에게는 단 하나의 전도가 있을 뿐이다. 즉 다른 사람이 무두질 하게 하는 것이다. 여기에서 '형상'이라는 비결을 이용함에 있어서 이미 하나의 형상이 아닌, 조합된 형상을 이용하였다. 좋은 문장은 어느 한 가지 비결만 이용한 것이 아니라는 것을 알 수 있다. 우리가 평소 일부 명작들이 매력이 무궁하다고 생각하는 원인중의 하나가 바로 이 "글을 쓰는 다섯 가지 비결"이라는 이치와 은연중 일치하기 때문이다.

지금 사람들은 읽을 만한 좋은 글이 없다고 탄식한다. 예를 들면, 논설문은 당연히 이치를 설명하는 것을 위주로 하지만, 지금 적지 않은 논설문은 이치를 설명하는 데에만 그친다. 게다가 중언부언하여 한 말만 되풀이 하여 내실이 없는 설교가 된다. 십팔반병기(十八般兵器) 중 겨우 한 가지만 사용할 줄 아니 대전(對戰)하게 되면 당연히 대처하기 곤란해 가쁜 숨을 몰아 쉴 뿐이다. 그러니 독자의 마음을 사로잡기는 커녕, 독자가 가볍게 글을 휴지통에 버리게 된다. 앞에서 형상과 사건에 대한 기술은 실재적인 것이고 감정과 이치는 추상적인 것이라고 했다. "다섯 가지 비결"에서 허(虛)와 실(実)을 상호 치환하여 운용해야 한다. 그래야만 기록문학은 천박함을 피할 수 있고, 논설문은 딱딱함을 피할 수 있다. 예를 들면 전종서(钱钟书)의〈포위된 도시(围城)〉에는 이런 구절이 있다. "(남녀) 두 사람이 함께 있으면 사람들은 바로 헛소문을 낸다. 마치 나뭇가지 두 개가 가까이에 있으면 거미가 줄을 칠 수 있듯이……" 이것은 유형의 사물로 무형의 이치를 설명한 것으로 단순한 설교보다는 자연히 매우 생동감이 있는 것이다.

"글을 쓰는 다섯 가지 비결"을 말하는 것은 간단할지 몰라도, 그것은 평소의 형상, 사건, 감정, 이치에 대한 관찰과 정련에 기초한 것이며, 지식과 전적에 대한 누적에 기초한 것이다. 이것은 마치 태극권(太極拳) 중의 붕(掤), 날(捋), 제(挤), 안(按)이나 경극(京剧)의 창(唱), 념(念), 작(做), 타(打)를 모두 현장에 임해서 종합적으로 운용해야 하는 것과 마찬가지이다. 고수가 글을 씀에 있어서 자유롭게 움직이며 갖가지 기이한 초식을 사용하게 되면, 문장은 벽력(霹靂, 벼락)같기도 하고, 흐르는 물에 복숭아꽃이 떠내려가는 듯하기도 할 것이다.

2003년 1월 10일